당신
과
있다

당신과 있다

지은이_연두 | 초판 1쇄 인쇄_2013년 7월 19일 | 초판 1쇄 발행_2013년 7월 26일 | 발행처_도서출판 청어람 | 발행인_서경석 | 편집장_권태완 | 편집_장미연, 손수화 | 디자인_이혜정 | 주소_경기도 부천시 원미구 심곡2동 163-2 서경B/D 3F | 등록_1999년 5월 31일(제1081-1-89호) | 문의전화_032)656-4452 | 팩스_032)656-4453 | http://www.chungeoram.com | 전자우편_chungeorambook@daum.net | 어람번호_8-0028 | 파본은 구입하신 서점에서 교환하여 드립니다. 저자와 협의하여 인지를 붙이지 않습니다. 책값은 뒤에 있습니다.

ISBN 978-89-251-3377-5 03810

당신과 있다

연두
장편
소설

Contents

1부 붉은 수첩 …… 007
2부 봄여름 없이 가을 …… 026
3부 닥치고 명함 …… 044
4부 늑대와 산책을 …… 068
5부 누에고치 …… 092
6부 양다리 …… 117
7부 양주댁 …… 144
8부 이사 …… 174
9부 낡은 서랍 …… 195
10부 외탁 …… 215
11부 고양이 …… 237
12부 눈 내린 골목 …… 257
13부 핸드폰 …… 280
14부 털모자와 양말 …… 303
15부 슈퍼마켓 할아버지 …… 325
16부 목도리 …… 342
17부 공항 …… 367
18부 검은 고양이 …… 388
19부 당신과 있다 …… 414
에필로그 검은 의자 …… 432
작가 후기 …… 447

1부

붉은 수첩

　모르는 사람이었다. 윤우는 장례식장으로 들어서는 중년 사내를 멍하니 바라보았다. 사흘째 잠을 못 자고 걸핏하면 울어서인지 머릿속이 띵했다. 꼭 깊은 물속에 잠긴 돌멩이처럼 모든 것이 둔하고 무겁게 움직였다. 장례식장에서 시간은 흐르지 않고 저 어딘가 밑바닥에 쌓여갔다. 사흘 내내 쌓인 시간은 유골이 화장될 때, 함께 가루가 되어 유골함에 담겨질 것만 같았다.
　시간을 확인했다. 새벽 네 시 사십육 분이었다. 두어 시간만 있으면 발인이 시작된다. 잠을 자기도 그렇고 안 자기도 그런 장례 마지막 날 새벽, 조문을 위해 혼자 찾아온 저 사람은 누구일까. 윤우는 빈소로 들어가는 남자를 보며 무거운 몸을 애써 일으켰다.
　어쩌면 언니가 알고 있을지도 모른다는 생각에 언니에게 가보았지만, 언니 지우는 벽에 등을 기댄 채 까무룩 잠들어 있었다. 그럴 만도 했다. 그녀와 마찬가지로 그녀의 언니도 사흘 동안 거의 잠을 못 잤다. 언니의 어깨로 손을 가져가던 윤우는 이내 손을 거둬들였다. 그래 봐야 두어 시간 잠드는 것인데, 이마저도 깨운다면 언니는 그야말로 사흘 내내 한숨도 못 자고 발인 일정을 감당해야 한다. 발인제를 치르면 곧장 벽제화장터와 아버지의 묘가 있는 강원도 삼척까지 갔다 와야 하는 빠듯한 일정이었다.

장례식장에 딸려 있는 작은방으로 가보았다. 상주가 조문객을 맞이해야 하는데, 그녀의 예상대로 이제 아홉 살이 된 조카는 제 엄마 곁에서 잠을 자고 있었다. 힘들었는지 어린 조카는 그르릉 코를 골았다. 윤우는 조용히 방문을 닫고 홀로 빈소로 향했다.

조문객은 물끄러미 영정을 바라보고 서 있었다. 그녀가 빈소 옆에 섰지만, 그는 혼자만의 생각에 빠져 있는지 그녀 쪽으로 몸을 돌려 인사하지 않았다. 누군가에게 부탁을 받고 대신 온 걸까. 중년 사내의 얼굴이 덤덤하고 무심했다. 안타까움이라거나 슬픔이라거나 하는 감정의 파도가 느껴지지 않는, 우물 속같이 고요하고 서늘한 얼굴이었다.

'어떻게 온 사람일까.'

중년 사내와 영정 속의 엄마를 번갈아 쳐다보았지만, 윤우는 조문의 이유가 짐작되지 않았다. 그러다 사내의 얼굴에서 하나의 표정이 떠올랐다 사라졌을 때 그 이유가 궁금해졌다.

'왜 저런 표정을 짓지?'

일순간이지만 못마땅하고 골치 아프다는 표정이었다. 분명 그 남자의 연배는 그녀의 어머니보다 한참 낮아 보였는데, 그는 마치 철들지 않은 아이를 바라보듯 영정을 응시했다.

더 이상 궁금증을 못 참고 어디에서 오셨느냐 물으려는데, 그 순간 사내에게서 혼잣말이 흘러나왔다.

"못 말릴 사람이로군."

"네?"

그녀가 의아해하며 되묻는 순간, 중년 사내가 퍼뜩 고개를 돌려 윤우를 쳐다보았다. 혼잣말이 다른 사람에 들려서 당황한 걸까? 사내는 생경한 상황에 처한 사람처럼 눈을 가늘게 좁히고 눈앞의 그녀를 주시했다. 그녀는 못 들은 것으로 하겠다는 의미를 담아 다른 말을 긴넸다.

"어떻게 오신 분이죠?"

그는 헛기침을 한 번 하더니 그 무심한 얼굴로 답했다.

"그냥 어찌어찌 옛날부터 아는 사이입니다."

"옛날이라면 강원도에서 오신 분인가요?"

그는 말을 고르는 듯 뜸을 들이다 답했다.

"……비슷합니다."

무슨 뜻일까? 강원도 근처에서 왔다는 걸까, 강원도에서 알고 지낸 사이라는 걸까. 좀 더 구체적으로 말해달라는 의미로 윤우가 그를 쳐다보았지만, 그는 바로 몸을 돌려 빈소를 나갔다. 남자의 정체가 궁금해 그를 따라갔던 윤우는 나중에 조의금을 정리하면 알 수 있다는 생각이 들자, 허리 숙여 인사만 했다.

남자가 간 후에도 미간을 좁힌 채 그 자리에 서 있던 그녀에게 언니 지우가 말을 걸었다.

"누가 왔었어?"

윤우는 습관적으로 언니를 향해 얼굴을 보이고 입 모양을 크게 하며 답했다.

"어, 방금 갔어."

"누구였는데?"

"모르겠어. 말을 안 해주더라고."

지우는 고개를 갸웃하더니, 이내 그런가 보다 고개를 끄덕이곤 싱크대 쪽으로 향했다. 발인제를 하기 전에 남은 음식과 그릇들을 정리할 심산인 듯했다.

윤우는 조금이라도 자둬야 한다는 생각으로 방으로 들어갔지만, 방에 들어서자마자 숨이 막히는 기분이었다. 창문이 없어서인지, 조카 둘과 올케가 자고 있어서인지는 알 수 없었다. 그저 점퍼와 지갑을 챙겨 들고 밖으로 나올 뿐이었다.

새벽이라 그런가. 찬 기운이 허파로 가득 들어오면서 어딘가에 숨어 있던 그녀의 제정신이 돌아왔다. 밖엔 봄비가 내렸는지 땅이 촉촉이 젖어 있었다. 안개일까, 빗줄기일까. 빗방울이 눈에 보이지 않았는데, 막상 손을 내밀면 손바닥이 흥건히 젖어들었다. 봄비는 세상에 쏟아지지 않았고, 땅에 부딪치지 않았다. 마치 땅을 감싸고 핥기라도 하려는 양 사부작사부작 조용히 내려오고 있었다. 그 모습을 가만히 올려다보던 윤우가 점퍼를 벗어서 머리에 뒤집어썼다. 빗발이 약해 우산을 쓰지 않아도 괜찮았다.

곧장 카페를 찾아 나섰다. 골목길을 따라 대로변까지 나갔음에도 눈에 띄는 카페는 모두 닫혀 있었다. 그중 한 카페 앞에서 윤우는 우두커니 멈춰 섰다. 이렇게 보고 있노라니 지금이 언제인지 헷갈렸다. 지금이 언제일까. 재작년 늦가을인가, 작년 여름인가, 올해 초봄인가. 자꾸만 같은 시각, 같은 곳으로 회귀하고 있는 느낌. 윤우는 소용없다는 걸 알면서도 카페 문을 잡고 흔들었다. 이렇게라도 하지 않으면 소복을 입고 커피를 찾아 헤매는 이 순간에 영영 갇혀 버릴 것만 같았다.

큰오빠와 아버지의 장례식 때도 지금처럼 비가 왔다. 큰오빠 때는 겨울을 재촉하는 가을비였고, 아버지 땐 쏟아지는 장맛비였으며 지금은 안개처럼 퍼지는 는개지만 발인을 앞두고 커피를 마시기 위해 길바닥을 헤매고 다니는 건 매번 똑같이 반복되고 있었다. 또 그때마다 24시간 카페를 찾지 못하고, 편의점에 들러 종이컵에 담긴 원두커피를 사는 것도 반복됐었다.

결국 편의점으로 갔다. 커피가 아닌 다른 걸 고르려고 했지만, 골라지지 않았다. 아무것도 첨가하지 않고 방금 갈아낸 원두가루를 진하게 추출한 커피를 간절히 마시고 싶었기에, 종이컵에 든 원두커피나 캔커피에 도저히 손이 가지 않았다.

먹고 싶었다. 갓 볶은 원두를 금방 가루 내어 뜨거운 물로 천천히 드립해 추출한 원두커피를. 그런 커피 한 잔 마시면, 저기 어딘가에 숨어버린 제정신을 찾을 수 있을 것만 같았다. 윤우는 종이컵에 든 원두커피를 바라보며, 그나마 원두커피에 가까운 맛을 내는 게 뭘까 가늠했다. 어떤 걸 골라야 그나마 살아 있는 원두의 기운을 느낄 수 있을까. 쓰고 시고 달고 고소하고 구수하고 쓰디쓴 원두의 향과 맛을 간직한 게 과연 있을까. 시체는 이제 지긋지긋한데, 자칫하면 커피를 마시려다 원두 시체를 또다시 접할 수 있었다.

고민 끝에 드립커피와 방식이 비슷한 종이컵 커피를 하나 골랐다. 플라스틱 망과 표백한 종이필터를 통과한 커피가 무슨 살아 있는 맛이 나겠느냐마는 그래도 일말의 기대를 안고 계산을 치렀다. 시신을 염할 때마다 살아 있을 때의 온기를 느끼려고 손을 뻗지만 언제나 차갑고 이질적인 느낌에 소스라치는 것처럼, 뜨거운 물을 통과한 커피는 언제나 그랬듯 걸레 짠 물맛이 났다.

"젠장……."

욕을 뱉어낸 윤우가 편의점 밖에 있는 테이블로 갔다. 내리고 있던 는개가 어느새 걷혔는지, 플라스틱 의자와 테이블엔 물기가 있었지만 안개처럼 깔려 있던 주위의 희뿌연 물기는 엷어져 있었다. 흐릿했던 도로도 멀리까지 보였는데, 도로를 가르고 지나가는 버스와 자가용의 행렬이 눈에 들어왔다.

흰 소복을 입은 윤우가 그 모습을 구경했다. 도로와 나란히 있는 인도에선 사람들이 무표정한 얼굴을 하고 버스정류장 쪽으로 걸어가고 있었다. 장례식장엔 시체가 냉동되어 있더니, 길에선 시체가 걸어 다니고 있었다. 원두 시체를 우려먹고 있는 그녀도 사실은 살아 있는 게 아니고 죽어 있는 걸지도 모른다는 생각을 하는데, 어딘가에서 귀에 익은 목소리가 들려왔다.

"말씀 좀 나눌 수 있을까요?"

땅이 젖어서 그런 걸까. 발소리를 듣지 못했는데, 고개를 돌려보니 가까이에 아까 그 중년 사내가 서 있었다. 윤우가 주춤거리며 일어서자, 그가 일어나지 않아도 된다는 듯 손짓을 해 보이곤 맞은편 의자에 앉았다.

"오정혜 씨에 대해 물어보고 싶은 게 있는데, 물어봐도 될는지······."

"예, 그러세요."

거절하기엔 사내의 말투가 너무 정중하고 진지했다. 윤우는 장례식장에서 바람처럼 왔다가 가버린 그가 뒤늦게 무슨 이야기를 하고 싶은 건지 심히 궁금했다. 그녀가 귀를 기울이며 그의 말을 기다리는데, 그는 말을 고르는지 한참 동안 입을 열지 않았다. 마침내 그녀가 참지 못하고 무슨 말이냐고 물으려 할 때쯤 그가 신중한 얼굴로 물었다.

"오정혜 씨가 세상을 떠나기 전에 마음에 걸려 하던 사람이 있었습니까?"

뜬금없는 질문이었지만, 답하기 어려운 질문은 아니었다. 하지만 그가 왜 이런 질문을 하는지가 더 신경 쓰였다.

"그건 왜요?"

"제가 알아야 하기 때문입니다."

"그걸 왜 아셔야 하는데요?"

"……시간이 흐르면 차차 알게 될 겁니다."

도대체 이 사람은 누구일까? 윤우는 맞은편에 앉아 있는 중년 사내를 빤히 쳐다보았다. 그는 오십대 중반으로 보였지만, 언뜻 보면 노인 같았고 또 언뜻 보면 서른 중반의 청년 같았다. 한 사람이 청년과 노인의 느낌을 동시에 자아내는 것이 가능할 거라고 생각지 못했는데, 눈앞의 사내가 그러했다.

사내는 양복과 넥타이뿐만 아니라 셔츠와 코트까지 검은색을 걸치고 있었고, 구두와 우산도 검었다. 아무리 조문객이라고 해도 모든 걸 검은색으로 통일한다는 게 쉽지 않은 법인데 편집증적이거나 강박적인 성격을 가지고 있나 보다고, 윤우는 어림짐작했다.

보험회사 직원일까? 엄마가 죽기 전에 몰래 보험을 들어놓은 걸까? 그렇게 추측하기엔 그 남자에게선 보험회사 직원 특유의 수지타산에 밝은 면모가 느껴지지 않았다. 사사로운 이해관계보다는 좀 더 공적인 느낌이었는데, 굳이 직업을 추측한다면 공직자나 법조인에 가까웠다.

윤우가 답을 하지 않자 사내가 다시 입을 열었다.

"사실 오정혜 씨에게 답을 듣기로 했는데, 이렇게 훌쩍 떠나 버렸습니다."

"엄마가 뭘 전해주라고 부탁을 했나요?"

"그런 건 아닙니다."

"그럼 왜 그게 궁금하신 거죠?"

그는 또다시 입을 다물고, 어느새 늘어난 도로 위의 차량들을 바라보았다. 차량은 앞서 가는 차와 그 뒤를 따라가는 차가 연이어 이어졌다. 앞에 가는 차가 사라지면 그 뒤로 새로운 차들이 도로를 채웠다.

"오정혜 씨의 마음이 누구에게 많이 남아 있는지 알고 싶어서 그런 겁니다. 당사자에게 들었으면 좋았겠지만 이제 그럴 수가 없으니 자제분에게라도 묻는 겁니다."

왜 알고 싶어 하는지 그 이유를 듣고 싶었지만, 그는 더 이상의 설명은 하지 않았다.

윤우가 물어보려고 입을 열다 이내 닫았다. 그가 대답해 줄 것 같지 않았고, 알게 된다 한들 뭐가 달라지겠느냐는 회의가 몰려왔다. 그의 말대로라면 시간이 지나면 알 수 있을 것이고, 그때 할 수 있는 게 있으면 하면 되는 것이리라. 엄마가 팔십 넘게 살면 그녀는 앞으로 어찌해야 하나 고민했던 시간이 모두 소용없었던 것처럼 말이다.

어쩌면 이 사내는 단지 오정혜의 마음을 알고 싶은 것인지도 모른다고, 윤우는 생각했다. 그냥, 아무 이유 없이, 너무나 알고 싶은 것일 게다. 엄마가 마지막 숨을 거둘 때 무슨 생각을 했는지, 그냥, 아무 이유 없이 그녀가 너무나 알고 싶은 것처럼. 두 딸이 모두 없는 그 빈집에서 혼자 눈을 감을 때, 그 마지막 숨결 사이에 무슨 생각을 했는지, 누구를 떠올렸는지 너무나 궁금한 것처럼 그도 엄마가 마음에 걸려 한 사람이 누구인지 궁금한 것이리라.

윤우는 더 이상 이유를 묻지 않았다.

"엄마가 마음에 걸려 한 사람이라……."

그녀가 종이컵에 남아 있는 커피를 마셨다. 바닥에 가라앉은 원두 가루 때문에 입안이 쓰고 목구멍이 깔깔했다.

"아무래도 언니랑 저를 마음에 걸려 했을 거예요. 부모는 죽을 때에도 자식 걱정한다니까."

"하면 둘 중 누구를 더 마음에 걸려 했습니까?"

"글쎄요."

이번에 쉽게 대답할 수 없는 질문이었다. 엄마 오정혜에게 확인할 수 없고, 그래 봐야 추측일 뿐인데, 추측이라는 게 어차피 각자 사신의 기억과 경험을 토대로 한 주관적인 해석이 아니겠는가.

"저인 것도 같고 언니인 것도 같고 그래요. 언니는 엄마가 돌아가시기 전에 제 걱정을 많이 했다고 하는데, 전 엄마가 언니를 더 마음에 걸려 한 것 같거든요."

사내의 얼굴이 무표정해서 무슨 생각을 하는지 읽어낼 수 없었다. 윤우는 좀 더 구체적으로 이야기를 했다.

"제가 막내고, 아직 결혼도 안 했고, 일도 안정적이지 않아서 엄마가 절 많이 걱정하시긴 했어요. 혼자서라도 잘살 수 있겠느냐고 가끔 제게 묻기도 했고요."

그는 말없이 고개를 끄덕여 보였다. 윤우는 아직 단정하기 이른다는 양 바로 다른 말을 건넸다.

"그런데 그걸로 저를 더 마음에 걸려 했다고 하기는 어려워요. 엄만, 유독 언니한테 엄했거든요. 저한텐 이래라저래라 하는 법도 없고, 작은 일도 칭찬해 주었는데 언니한텐 안 그랬어요. 조금만 잘못해도 호되게 혼을 냈죠."

"그건 여느 부모들이 다 그렇듯 막내에겐 좀 더 너그러워서 그런 거 아닐까요?"

"저도 그런 면이 있었다고 봐요. 아무래도 막내는 다른 아이를 키워보고 난 후에 키우게 되는 거니까요. 근데 한편으론 이런 생각도 들어요. 엄마가 저한텐 기대를 걸지 않아서 그런 건 아닌가. 기대를 걸지 않으니까 뭘 하든 마냥 예쁜 거죠. 엄만, 오빠와 언니한텐 안 그랬거든요."

그는 말없이 귀를 기울였다.

"어릴 적이에요. 제가 엄마 호주머니에서 천 원을 훔쳐간 적이 있었는데, 엄마가 나중에 알고서는 하지 마라 한마디 하셨어요. 근데 얼마 후에 언니도 천 원을 몰래 가져갔는데, 그땐 언니를 무섭게 때리더라고요."

사내는 언뜻 이해되지 않는다는 얼굴로 그녀를 응시했다. 윤우가 씁쓸한 미소를 지으며 말을 이었다.

"언젠가 한 번 엄마한테 물어봤어요. 왜 언니를 더 크게 혼내느냐고. 왜 언니와 저를 차별하느냐고요. 그때 엄마가 그러더군요. 장애인은 사람들의 표적이 되기 쉽다고. 딱 한 번 거짓말을 하거나, 훔치거나 그랬다 하더라도 사람들은 그대로 낙인찍고 상대해 주지 않을 거라고. 장애인이기 때문에 더욱 책잡히면 안 된다고요."

윤우의 언니 지우는 태어날 때부터 귀가 들리지 않는 청각장애인이었다. 특수학교를 다닌 덕분에 수화도 하고, 발성 훈련을 통해 소리 내어 말을 하긴 하지만 발음이 불명확하고 새된 목소리가 섞여 나와, 지우의 말을 처음 들어보는 사람들은 생경해했다. 그래서인지 사람들은 자꾸만 다시 말해달라고 청했고, 지우는 점점 더 소리 내어 말하지 않고 필담으로 대화했다.

엄마가 가장 마음에 걸려 한 사람은 누구였을까. 기억에 따라 생각은 이리저리 바뀌어서, 윤우는 말을 하면서도 확신할 수 없었다. 어쩌면 언니만큼이나 그녀도 엄마에게는 걱정거리였다는 생각이 들자, 목구멍으로 울컥 뜨거운 게 치밀었다. 그녀가 크게 숨을 들이켜고, 커피

잔을 집어 들었지만, 잔은 비어 있었다.

"커피 드실래요? 전 한 잔 더 마실 생각인데."

중년 사내가 괜찮다는 대답을 하자, 윤우가 빈 종이컵을 들고 편의점 안으로 들어갔다. 종이컵 커피는 너무 맹맹하고 향이 없어서, 이번엔 온장고에 있는 캔커피를 골랐다. 원두 시체에 향이 없다면 차라리 우유와 설탕으로 분칠한 시체가 낫지 싶었다. 온장고 문을 닫으려던 윤우가 밖에 있는 그를 쳐다보았다. 괜찮다고 했지만, 그녀 것만 사가는 게 예의가 아닌 것 같아서 말이다. 중년 아저씨가 좋아할 만한 음료수가 뭘까 헤아리며 그를 바라보던 윤우는 어느 순간 눈을 가늘게 좁혔다. 그는 수첩에 뭔가를 끼적이고 있었다.

커피와 인삼차를 골라 든 윤우가 유리창 가까이로 걸어갔다. 조명 때문에 내지 색깔이 다르게 보이는 걸까. 펼쳐 든 수첩 내지가 붉은색이었다. 중년 사내가 붉은색 내지를 사용한다는 게 의외였다. 엄마와 개인적인 관계라면 굳이 수첩에 뭔가를 적을 필요가 없을 텐데, 정말 보험회사 직원인가. 요즘 보험회사 수첩은 붉은색으로 나오나? 어느 순간 그가 수첩을 닫고 코트 안주머니에 넣었다. 짧은 순간 본 것이지만, 수첩은 겉가죽도 붉은색이었다. 아니, 핏빛처럼 검붉었다.

붉은 수첩을 사용하는 보험회사가 있는지 알아봐야겠다는 생각을 할 찰나, 중년 사내가 고개를 돌려 윤우를 쳐다보았다. 윤우가 두 손에 들고 있던 음료수 병을 들어 보이자 사내는 가볍게 고개를 한 번 끄덕였다. 인삼차를 마시겠다는 뜻으로 받아들이고, 윤우가 계산대로 향했다.

"여기요!"

편의점 안쪽 창고에서 물품을 정리하던 점원이 그녀의 소리를 듣고 계산대로 달려왔다. 계산을 하고, 거스름돈을 받은 윤우가 인삼차와 커피를 들고 밖으로 나갔다.

그런데 중년 사내가 자리에 없었다. 건물 안에 있는 화장실로 갔나 싶어 건물 입구 쪽을 기웃거렸지만, 복도는 컴컴할 뿐이었다. 야외테이블로 되돌아간 윤우는 인삼차를 내려놓고 커피를 홀짝였다. 커피인지 커피우유인지 불명확한 맛이었다.

커피를 반쯤 마실 때까지도 그는 나타나지 않았다. 편의점 주변을 한 바퀴 돌았지만 그는 보이지 않았다. 그녀가 주변을 둘러보는 동안 그가 편의점에 왔다 간 건 아닌가 싶어, 안으로 들어가 점원에게 물어도 보았지만 점원은 전혀 모른다는 얼굴로 고개를 저을 뿐이었다.

더 이상 기다릴 수 없었다. 새벽 공기가 쌀쌀해서 뜨거운 커피는 어느새 차갑게 식어 있었고 몸이 오슬오슬했다. 할 말이 있으면 장례식장으로 오겠거니, 윤우가 돌아서는데 멀리 큰조카가 걸어왔다. 이제 곧 중학교에 들어갈 나이였는데, 요즘 아이들이 대개 그렇듯 여자애임에도 윤우와 키가 비슷했다.

"고모, 엄마가 찾아오래요."

"어."

장례비를 계산해야 하나 보다. 언니 지우는 의사소통하는 데에 어려움이 있었고, 올케는 상주인 둘째 아이를 챙겨야 하니, 장례식장 직원과 이야기를 나누는 건 윤우 몫이었다.

"근데 고모, 아까 누구랑 이야기했던 거예요?"

"봤어?"

"어두워서 잘 보이진 않았는데, 멀리서 보니까 고모가 누구랑 이야기하는 것 같았어요. 아까도 찾으러 나왔다가 그냥 들어갔었거든요. 누구였는데요?"

난감했다. 보험설계사라거나 강원도 지인이라거나 하는 건 이제 생각해 보니 모두 그녀의 추측이었을 뿐, 확실히 아는 건 아무것도 없었다.
"잘 모르겠어. 강원도에서 온 사람 같긴 한데, 누구인지 확실하게 말을 하진 않더라고."
"강원도? 그럼 아빠 친구분인가."
"글쎄."
윤우가 가족들과 함께 강원도를 떠나 서울에 온 건 일곱 살 때였다. 너무 어릴 적에 떠나온 곳이라 어렴풋한 기억밖에 없었는데, 그녀와 달리 큰오빠 박현우는 열다섯 살 때 떠나온 곳이라 초중학교 동창과 불알친구가 그곳에 다 있었다.
그 때문에 큰조카 지민은 강원도라는 연관성이 보이면 관심을 보였다. 마치 개미가 앞서 간 개미의 페르몬을 따라가듯 재작년 죽은 제 아버지의 흔적을 따라가는 행동이어서, 윤우는 말을 하면서도 가슴이 아팠다.
"아빠 친구 같지는 않았어."
"어떻게 생겼는데요?"
윤우가 방금 전까지 마주 보고 있었던 중년 사내를 떠올려보았다. 큰오빠의 집에 놀러 온 적이 있던 사람이면 큰조카와는 일면식이 있는 사람일지도 모를 일이라, 생김새를 설명하고 싶었다.
그런데 막상 설명을 하자니 표현하기가 어려웠다. 왜냐하면 남자의 얼굴이 딱히 하나를 꼬집어 말할 수 있는 개성 있는 생김새가 아니었기 때문이다. 그렇다고 못생긴 건 아니었고, 젊을 땐 꽤 잘생겼다는 소리를 들었을 법한 반듯한 인상이었다.
하나라도 특징을 말해보려고 했지만, 어느 것 하나를 딱히 꼬집어 말할 수 없었다. 분명 눈, 코, 입이 제자리에 반듯하게 있었는데 말이다. 가령 눈을 하나 든다고 해도, 그 남자의 눈이 단추처럼 작다거나 소 눈처럼 왕방울만 했다거나, 강아지처럼 촉촉이 젖어 있다거나 고양이처럼 눈꼬리가 올라갔다거나 하는 눈이 아니었다. 그렇다고 실눈도 아니고, 눈꺼풀이나 눈 밑이 통통한 것도 아니었고, 푹 꺼져서 그림자가 있다거나 눈 옆에 주름이 짙게 있지도 않았다.

눈썹도 분명 있었는데, 배우처럼 짙은 눈썹을 가졌다거나 송충이처럼 짧았다거나 그렇다고 솜털처럼 거의 없었던 것도 아닌, 지극히 평범한 눈썹이었다.

코도 그랬다. 콧방울이 큰 것도 아니고, 좁은 것도 아니고, 콧등에 상처가 있거나 콧대가 휜 것도 아니었다. 매부리코도 아니고, 화살처럼 뾰족코도 아니고, 콧등이 두툼한 주먹코도 아니고, 콧대가 긴 말코도 아니었다. 그냥 딱 있어야 할 자리에 있는 적당한 코였다.

입술이라도 좀 특이한 구석이 있다면 말해줄 텐데, 입술도 딱히 두드러지는 게 없다. 입술 색은 어두운 새벽이라 잘 볼 수 없었고, 그의 입술은 전복처럼 두툼한 것도 아니었다. 그렇다고 곱창처럼 동그랗게 오므려진 모양도 아니었으며, 앞으로 툭 튀어나온 우랑우탄 입도 아니었다. 이도 뻐드렁니나 덧니가 없었고, 옥수수 알처럼 가지런했다.

그는 얼굴에 작은 상처 하나 없었고, 눈에 띌 만큼 큰 점이 있는 것도 아니었으며, 머리숱이 없거나 수염이 있는 것도 아니었다. 헤어스타일이 특이한 것도 아니었다. 대개의 남자들이 그렇듯 짧은 머리였고, 직모였다. 새치가 조금 있었지만 그 나이대의 사람치고 그 정도 새치가 있는 건 자연스러운 거라서, 특징이 되기 어려웠다.

몸집이 남다른 것도 아니었다. 작은 키도 아니고, 큰 키도 아닌 평균적인 키였으며, 마르지도 않고 뚱뚱하지도 않아서 호리호리하면서도 적당히 살집이 있는 몸집이라고 할 수 있었다.

"딱히 어떻게 생겼다고 하기가 참……."

윤우가 설명을 못하고 난감한 얼굴을 하자 기다리다 지친 지민이 다른 걸 물었다.

"그럼, 이름이 뭔데요?"

"이름은 안 알려줬어."

"이름도 모르는 사람이랑 이 새벽에 밖에서 이야기를 했단 말이에요?"

"뭐, 조의금 봉투에 이름 적었을 테니까 굳이 알려달라고 하지 않았지. 상대방은 아는데 내가 기억 못하는 거면 좀 그렇잖아."

조카 지민이 제 고모의 허술한 구석에 걱정스럽다는 듯 쳐다보자, 윤우가 너털웃음을 지었다.

조의금 봉투에서 그 남자의 이름을 확인하고 싶었지만, 막상 장례식장에 들어간 후엔 그럴 여유가 없었다. 상조 직원과 올케가 발인제를 준비하는 동안, 윤우는 조의금을 챙겨 들고 장례식장 직원과 비용을 계산했다.

병원비와 장례비를 모두 납부하고 빈소로 돌아오던 윤우는 빈소 앞에 사람들이 웅성거리며 모여 있는 걸 보곤 어리둥절해했다. 다른 유족들이 발인제를 구경하는 건가 싶었는데, 사람들이 갈라지더니 그 사이로 상조 직원이 언니 지우를 등에 업고 나오고 있었다. 윤우가 멈칫 얼어붙은 얼굴로 그 모습을 지켜보다 그 뒤로 올케가 나오자, 올케의 팔을 잡았다.

"무슨 일이에요?"

"피곤하다면서 박카스를 하나 마셨는데, 갑자기 쓰러졌어요."

"숨은 쉬어요?"

윤우가 저도 모르게 소리치듯 물었다. 아무도 없는 집에서 혼자 숨을 거두었던 엄마처럼 언니도 그렇게 죽는 건가 싶어 손발이 후들후들 떨려오는데, 올케가 윤우의 손목을 꽉 잡았다.

"숨 쉬고 있었어요. 괜찮을 거야. 무리해서 잠깐 졸도한 것 같아요."

윤우가 고개를 끄덕여 보이자, 올케가 서둘러 응급실로 뛰어갔다.

귀가 안 들리는 지우였지만, 몸은 건강해서 일을 했다 하면 남들보다 두세 배를 해내는 사람이었다. 식당에서 일할 수 있는 것도 귀가 들리지 않는 대신 억센 일을 해냈기 때문이었다. 이럴 때 쓰러지는 건 언니가 아니라 그녀일 거라고 생각했는데, 착각이었나 보다. 골골하면서 상수한다고, 평소에 온갖 잔병을 달고 사는 윤우는 끄떡없고 건강했던 언니가 엄마를 뒤따르게 되는 것인가. 불길한 예감에 윤우가 진정하지 못하고 응급실 앞을 이리저리 서성였다.

다행히도 삼십여 분쯤 지나자 응급실 의사가 밖으로 나와 괜찮다는 말을 해주었다. 커피와 박카스, 술을 과다섭취해서 순간적으로 카페인 쇼크가 온 것 같다는 말을 하더니, 그래도 혹시 모른다는 얼굴로 이렇게 덧붙였다.

"일시적으로 심장에 무리가 가서 그런 걸 수도 있지만, 다른 이유가 있을 수도 있으니 빠른 시일 안에 정밀검사를 받으세요."

"예."

윤우가 설명을 듣는 사이 의식이 돌아온 지우는 침상에서 일어나 앉았다. 진정제를 맞은 터라 바로 움직이는 건 힘들었다. 운구차가 출발할 때까지는 침상에 누워 있기로 하고, 윤우가 발인제를 치르기 위해 장례식장으로 되돌아갔다.

관은 예정보다 늦은 여덟 시 반에 운구차에 실렸다. 마음 같아서는 지우의 정신이 말짱해질 때까지 기다렸다 출발하고 싶었지만, 화장이 예약되어 있어 늦출 수가 없었다. 운구차부터 화장 시간과 장묘까지 일정이 빠듯하게 짜여 있었다.

상조 직원의 재촉에 결국 유가족과 오정혜의 지인들이 버스에 올랐다. 아버지 박재상은 외동아들인데 전쟁고아여서 일가친척이 없었고, 오정혜는 두 언니가 죽고 그나마 살아 있는 남동생 하나는 미국으로 이민을 간 뒤 연락이 두절된 터라 사촌 형제 두엇만 참석했을 뿐이었다. 오랫동안 한동네 친구로 지낸 아주머니 두 분이 버스에 올랐음에도 버스가 반도 차지 않았다. 올케가 지우를 부축해 버스에 오르는 동안 윤우가 혹시나 남겨두고 가는 것이 있나 싶어 장례식장을 마지막으로 한 번 둘러보고는 버스에 올랐다.

잠을 조금이라도 자둬야 한다는 생각뿐이었다. 정 잠들지 못한다면 눈이라도 감고 쉬어야 한다는 생각에 윤우가 좌석에 앉자마자 머리를 기대고 눈을 감았다. 그러다 창문으로 들어오는 아침 햇살이 느껴지자 반쯤 눈을 뜨고 커튼으로 손을 뻗었다. 하지만 손길은 이내 멈춰졌다. 중년 사내가 먼발치에 서 있었다. 윤우가 창문 쪽으로 얼굴을 가까이 대고 살펴보니, 새벽에 보았던 그 사내였다. 검은 셔츠에 검은 코트를 걸치고, 검은 구두를 신고, 검은 우산을 든 중년 사내가 다른 손에 붉은 수첩을 쥐고 운구차를 응시하고 있었다.

'도대체 누굴까.'

이름도 안 밝히고, 엄마와의 관계도 밝히지 않으면서 운구차가 떠나는 건 왜 지켜보고 있는 걸까. 도대체 엄마와 어떤 관계였을까. 혹시 엄마에게 숨겨둔 아들이 있었던 걸까? 사내의 나이가 오십대 초반이라면 불가능한 일도 아니었다. 만약 아들이라면 그녀의 엄마가 열대여섯에 아이를 낳은 게 되지만, 전쟁 직후의 아수라장 같은 세상이었으니 알 수 없는 일이었다.

생각이 가는 대로 마구 추측해 보던 윤우가 어느 순간 피식 코웃음을 쳤다. 만약 그랬다면 엄마가 죽기 전에 말을 해줬을 것이다. 죽기 일 년 전쯤부터 엄마는 당신의 죽음을 예감했는지 그동안 하지 않았던 이야기를 윤우에게 털어놓았었다. 그 이야기 중에 박재상과 결혼하기 전에 연애를 했다거나, 몰래 다른 남자를 만났다거나 하는 등의 이야기는 없었다. 게다가 출생의 비밀을 그리는 드라마를 보면서 별다른 기색을 보이지도 않았었다.

운구차가 출발하자, 윤우가 커튼으로 유리창을 가리고 다시 좌석에 등을 기댔다. 창밖으로 보이던 중년 사내는 사라졌지만 그가 했던 질문은 사라지지 않았다.

"오정혜 씨가 마음에 걸려 했던 사람이 있습니까?"

윤우는 눈을 감고 잠을 청했다. 하지만 잠은 오지 않고 다른 질문이 찾아왔다.

"둘 중 누구를 더 마음에 걸려 했습니까?"

누구를 더 마음에 걸려 했을까? 마지막 순간까지 엄마가 마음에 걸려 했던 사람은 누구였을까?

눈을 감고 생각하던 윤우가 어느 순간 눈물을 흘렸다.

이제 그녀를 마음에 걸려 하는 사람이 없다는 사실과 그녀가 마음에 걸려 하는 사람도 더 이상 없다는 사실이 가슴을 짓눌렀다.

엄마가 마음에 걸려 한 사람이 언니이건 그녀이건 상관없었다. 재작년에 떠난 큰오빠나 팔 개월 전에 떠난 아버지를 마음에 가장 걸려 했다 해도 상관없었다.

고스란히 온전하게 그녀에게 남게 된 건, 엄마가 이 세상에 없다는 사실뿐이었다. 엄마가 있는 세상이 더 이상 아니라는 것, 그런 현실만 그녀에게 남아 있었다.

'엄마가 없다. 세상 그 어니에도…… 엄마가…… 없다.'

윤우가 두 손으로 얼굴을 덮었다.

2부
봄여름 없이 가을

갑자기 음악 소리가 들려왔다. 인목왕후의 편지글 서체를 필사하고 있던 윤우는 한지와 붓 사이를 비집고 들어오는 음악 소리에 붓을 멈추었다. 다른 서체도 그러하지만 정확하고 반듯한 궁체는 호흡을 놓치면 획이 흐트러졌다. 음악 소리가 이내 멈췄지만 윤우는 숙이고 있던 허리를 펴고 붓을 내려놓았다.

책상 위에 놓인 핸드폰을 집어 들어 번호를 확인했다. 언니 지우의 번호였다. 몇 분 후면 문자가 올 것이라는 걸 알기에 잠시 쉴 겸 윤우가 컵을 들고 방을 나갔다. 지우는 문자만 보내면 사람들이 모르고 지나치는 경우가 종종 있자, 문자를 보내기 전에 전화를 걸어 벨소리로 예고했다.

컵을 씻어온 그녀가 조그만 분쇄기에 원두를 넣고 드르륵 갈기 시작했다. 원두가루가 투명한 용기를 반쯤 채울 즈음 핸드폰이 '띠링' 소리를 냈다. 윤우가 분쇄기를 내려놓고 핸드폰을 확인했다. 예상대로 지우의 문자가 도착해 있었다.

〈내일 엄마 생신인데, 어떻게 할까? 너 일 때문에 바쁘면 내일 그냥 미역국만 올릴까 하는데.〉

윤우가 문득 탁상달력을 쳐다보았다.
'벌써 시간이 이렇게 지났나?'
출퇴근하는 일이 아닌데다 장례 후엔 작업실에 거의 처박혀 있다시피 한 탓에 지금이 몇 월 며칠인지 따지는 일이 거의 없었다. 날짜를 확인해 보니 추석이 일주일 정도 남아 있었다.
아직 여름이라고 생각하고 있던 윤우는 추석이 코앞이라는 사실에 황당해했다. 엄마의 장례식이 3월에 있었으니, 벌써 반년이 지났다는 게 아닌가. 분명 그 반년 동안 많은 걸 했는데 시간이 뭉텅이로 잘려 나간 것처럼 무슨 일이 있었는지 기억나는 게 없었다.
찬찬히 지난 반년간의 시간을 되짚어보았다. 장례식을 치른 후 곧장 마감에 걸려 있던 캘리그래피를 했고, 일을 끝내고 나니 사십구재였다. 엄마의 종교가 천주교였기에 언니 지우는 사십구재 지내는 걸 반대했다. 윤우는 사십구재를 그냥 지나치는 게 마음에 걸려, 바람 쐴 겸 계룡산에 있는 동학사에 다녀왔다. 일주일여 동안 삼천배를 하며 유유자적 시간을 보내고 난 후, 여름 내내 작업실에서 미국드라마를 봤다. 그즈음부터 집에 들어가지 않은 윤우는 작업실 근처에 있는 고시원에 방을 하나 잡고 지냈다. 드라마를 보는 사이 아버지의 기제사와 엄마의 백일제를 드리기 위해 집에 다녀왔는데, 시간이 꽤 지난 일임에도 어제처럼 느껴졌다.
'그리고 뭘 했지?'

윤우가 작업대 위에 펼쳐진 한지의 흰 여백을 내려다보았다. 맞다. 엄마의 백일제를 치르고 온 후 판본체와 궁체를 필사하며 지냈다.

반년간의 시간을 떠올리며 지나온 궤적을 확인한 윤우는 핸드폰으로 문자를 입력했다.

〈내일 낮에 갈게. 제사처럼 다 하지 말고, 엄마가 좋아했던 음식 몇 가지만 올리자.〉

기다리고 있었는지 지우의 문자가 금방 날아왔다. 자신은 열 시나 되어야 집에 도착하니, 장을 미리 좀 봐달라고 부탁하는 문자였다. 내일 보자는 답 문자를 보내놓고, 윤우가 창문에 쳐놓은 커튼을 열어젖혔다. 세상이 어찌 돌아가는지 알고 싶지 않아서 커튼을 쳐놓고 지냈는데, 창문을 열자 선선한 가을바람이 불어왔다. 그 가을바람과 함께 엄마와 지냈던 마지막 가을도 함께 떠올랐다. 현재의 가을을 앞에 두고, 작년 가을에 잠겨 있던 윤우는 퍼뜩 몸을 돌리더니 화분에 물을 주었다. 요 몇 달 까맣게 잊고 지내다 문득 떠오를 때 왕창 물을 주었더니, 화초 잎이 누렇게 시들어 있었다. 다시 새로운 잎이 돋아나고 있는 것도 있었지만, 점점 더 누렇게 말라가는 것도 있었다.

반년이 지나면 괜찮아질 줄 알았다. 반년이 지나면 제자리로 돌아갈 수 있을 줄 알았다. 윤우는 조선시대에 왜 삼년상을 지냈는지 이제야 알 것 같았다. 단지 유교적 격식이라고만 생각했는데, 그게 아니었던 거다. 삼 년은 되어야 제정신이 돌아오니까 삼 년 동안 부모 묘소 옆에서 지낼 수 있게 해준 게 아닐까, 그런 생각이 들었다.

하지만 이 사회가 허락하는 시간은 일주일이어서, 그 이후에도 슬픔이나 무기력감을 느끼는 사람은 감정적으로 유약한 사람인가 스스로를 의심하게 만들었다. 가진 돈만큼 슬퍼할 수 있는 세상이었다. 그나마 모아둔 돈이 조금 있었기에 반년 동안 일하지 않고 슬픔에 잠겨 있을 수 있었던 윤우는 이제 슬퍼할 시간이 다 되어가고 있다는 걸 깨닫곤 씁쓸해했다.

새로 내린 커피를 마시며 내일 사야 할 음식 재료를 메모지에 적어 나갔다. 고춧가루와 양파가 들어가는 거라 마음에 걸렸지만, 엄마가 좋아했던 짬뽕을 올리고 싶었다. 다른 귀신은 못 먹어도 엄마 귀신은 먹을 수 있을 거라고 믿고 싶었다. 잡채와 김밥 재료도 적어 넣은 후 과일과 미역도 추가한 윤우는 쓰고 있던 붓을 씻어 정리한 후 작업실을 나왔다. 새벽부터 나와 필사를 한 터라 해가 지지 않은 오후임에도 잠이 몰려왔다.

오후 나절의 고시원은 조용했다. 고시원을 운영하는 아주머니가 가끔 입구에 있는 방에서 청소하는 아주머니와 수다를 떠는 경우가 있었지만, 대개의 경우엔 비어져 있었다. 고시원엔 근처 대학에 다니는 대학생들과 일용직 노동자로 보이는 중년 남자, 그리고 외국인 노동자들이 살고 있었다.

윤우는 신발장에 신발을 넣어두고, 안으로 들어갔다. 한 아저씨가 라면을 끓여 먹으려는지 가스레인지 위에 냄비를 올리고 라면봉지를 뜯고 있었다. 짧은 순간 눈이 마주쳤지만 윤우도 그 아저씨도 인사하지 않았다. 고시원 사람들은 이상하게도 서로 인사하지 않았고, 상대를 없는 사람처럼 대했지만, 시간이 지나니 윤우도 그게 편했다. 처음엔 인사하지 않음이 각자 자신들을 비하해서 그런 거라고 생각했지만, 이젠 익명성을 서로 지켜주는 게 또 다른 존중이 아닐까 하는 생각도 들었다. 익명성이 주는 편안함을 사람들은 지키고 싶어 하는 것 같았고, 윤우도 그랬다. 그래서 이젠 인사하지 않음이 불편하지 않았다.

방에 들어가자마자 문을 잠그고 침대에 누웠다. 비좁은 방이었지만 답답하거나 불편하게 느껴지지 않았다. 오히려 비좁은 그 방이 편하고 아늑했다. 책상이랍시고 설치해 놓은 선반이 일인용 침대 위로 중첩되어 가끔 자다가 발이 부딪치는 일도 있었지만, 필요한 것만 있는 그 작은방에서 윤우는 비로소 잠을 잘 수 있었다. 그 작은방에서 지난날 얼마나 쓸데없는 것들을 이고 지고 살며 고민했는지 깨달았고, 삶은 무언가를 늘려 나갈 때보다 줄여 나갈 때 비로소 나아진다는 것도 알게 되었다.

다만 한 가지, 아직도 포기하지 못한 건 샤워젤이었다. 입고 먹는 건 최소한의 것만 있으면 만족했는데, 샤워젤은 한 가지로 충족되지 않았다. 하나의 샤워젤을 다 쓸 때까지 다른 걸 사면 안 된다고 생각하면, 샤워가 즐겁지 않았다. 해서 온갖 종류의 샤워젤을 구비해 놓고 매일 샤워할 때마다 그때 기분에 따라 골라 썼다.

침대에 누운 윤우가 선반에 일렬로 세워놓은 샤워젤 통을 구경하며 내일은 뭘로 샤워를 할까 궁리했다. 그러다 샤워젤 옆에 있는 나비페페 화분이 눈에 들어오자 시무룩한 얼굴이 되었다. 나비페페는 집에서 가져온 화분이었다.

'내일은 잘 수 있을까?'

집에선 잠을 잘 수 없었다. 아버지에 이어 엄마까지 세상을 떠난 후부턴 집에서 잠드는 게 고통이었다. 방에 누워 있으면 부모님이 남기고 간 수많은 옷과 물건들이 그녀를 짓누를 것처럼 달려들었고, 그녀의 목을 죄어왔다. 어느 날 숨이 답답하고 목이 죄어서 눈을 떠보니 그녀 스스로 목을 조르고 있었다. 그날 이후 집에 들어가지 않았고, 제사를 드리러 간혹 집에 가는 경우에도 집에선 자지 않았다. 일종의 스트레스 징후였는데 신기하게도 이 비좁은 고시원 방으로 들어온 후 그 증세가 말끔히 사라졌다.

'엄마도 그랬던 걸까?'

윤우는 아버지가 세상을 떠난 후, 언니 방에서 지냈던 엄마가 떠올랐다. 아버지가 교통사고로 병원에 입원한 후 새로 이사한 집에서 엄마는 안방을 윤우에게 쓰라고 하고는 언니의 작은방에서 지냈다. 그 바람에 언니는 윤우 방을 쓰고, 윤우는 안방을 쓰고, 엄마는 언니 방을 쓰는 우스꽝스러운 상황이 펼쳐졌다. 셋 다 모두 자신의 물건만 제 방에 두고, 다른 방에서 잤던 것이다. 그때 엄마도 그녀처럼 아버지의 옷과 물건이 있는 방에서 잠드는 게 고통스러웠던 것이라고, 엄마가 떠난 후에야 알게 됐다.

눈물이 불쑥 흘러나왔다. 나비페페를 쳐다보던 윤우가 일어나 앉아 눈물을 닦았다. 눈물은 설사와도 같아서 갑자기 터졌고 사람을 당혹스럽게 만들었으며, 터진 후엔 시원했다. 설사를 계속하면 기운이 빠지듯이 눈물도 그러하기에 그쯤에서 멈추려고 하는데, 지난 반년 동안 잊으려고 했던 사실 하나가 문득 떠오르자 눈물이 마르기는커녕 더 터져 나왔다.

'엄마가 없다. 엄마가 이 세상 어디에도 없다.'

아니라고, 그녀 곁에 있는 거라고, 엄마는 죽기 전에 나비가 되어 훨훨 자유롭게 날고 싶다고 했으니 나비가 되어 찾아올 거라고, 사십구재 때 절에서 삼천배를 드릴 때 법당 안으로 날아왔던 그 나비가 엄마였을 거라고, 그도 아니면 작업실 옥상에서 담배를 피울 때 마주쳤던 고양이가 엄마였을 거라고, 아무리 스스로에게 되뇌어 봐도, 술주정뱅이가 가끔씩 술이 깨면 어안이 벙벙한 것처럼 윤우도 문득 문득 엄마가 이 세상에 없다는 사실이 떠오를 때면 어찌할 바를 몰랐다.

거짓말이라도 좋고, 착각이라도 좋고, 기만이라도 상관없었다. 엄마는 어딘가에 있다고, 이 세상에서는 만날 수 없을 뿐이지 엄마는 그녀와 함께 있다고 그렇게 믿고 싶고, 믿을 거고, 믿어야 한다고. 그렇지 않으면 견디기 어려우니까, 그렇지 않으면 죽고 싶어지니까, 그렇게라도 믿고 살아야 한다고 말이다. 현실을 대면하지 않고 거짓된 꿈을 꾸는 게 어리석은 일이라고 해도 지금 당장 그녀를 살게 하는 게 거짓이라면 거짓을 선택하겠다고, 윤우는 보이지 않는 누군가에게 악을 썼다.

눈물을 쏟아내던 그녀가 핸드폰을 꺼냈다. 바보 같은 짓이라는 걸 알면서도, 누군가에게 저항하듯 절박하게 문자를 입력하기 시작했다.

〈엄마, 생신 축하해요. 내일 엄마가 좋아하는 김밥이랑 잡채랑 짬뽕 할 거니까, 꼭 오셔서 드시고 가세요. 엄마, 많이 보고 싶어요.〉

비록 엄마가 받지 못하겠지만, 어디에선가 엄마가 받을 것만 같아서 그녀가 전송버튼을 눌렀다. 어쩌면 여태껏 문자를 보내지 않아서 엄마가 받지 못한 것일 수도 있다고도 생각했다.

전송이 끝난 후에야 과연 그 문자가 어디로 갈지 따져 보게 되었다. 엄마의 핸드폰 번호를 해지한 건 백일제를 지내고 난 후였다. 기본 통화비를 계속 내고 있었지만 차마 번호를 해지할 수 없었고, 만사 귀찮아서 해지가 늦어졌다. 엄마의 번호가 통신사 서버에 잠들어 있다면 그녀가 보낸 메시지도 잠들 것이고, 누군가 엄마의 번호로 핸드폰을 개통하거나 바꾸었다면 그 사람에게 메시지가 갔을 것이다. 상관없었다.

핸드폰을 선반에 올려두고 다시 잠을 청했다. 답 문자는 오지 않았지만 어차피 꿈속에서 대답을 들으면 되는 것이니 그녀가 잠 속의 세상으로 잠입했다.

　새벽녘 눈을 떴을 때 기억나는 꿈은 없었다. 꿈을 꾸지 않은 것인지, 꾸었는데 기억하지 못하는 것인지 알 수 없었지만 알고 싶지도 않았다. 새벽은 그녀가 가장 좋아하는 시간이었다. 새벽이면 주위 모든 것이 얼음 아래 호수처럼 깊이 가라앉아 정적만 감돌았고, 모든 것이 어둠 뒤에 숨어 술래가 찾아주기를 기다리며 눈을 반짝였다. 미적거리지 않고 침대에서 일어난 윤우는 몇 시인지 확인하려고 선반 위에 둔 핸드폰을 집어 들었다.

　'응?'

　화면을 보던 윤우가 눈을 동그랗게 뜨고, 반짝이는 편지봉투 표시를 응시했다. 누군가 메시지를 보내왔는데, 이 새벽녘에도 광고 문자를 보냈다고 생각하니 기가 찼다. 바로 삭제를 하려고 수신함을 열자, 놀랍게도 광고가 아니라 엄마의 번호가 눈에 들어왔다. 윤우의 눈이 휘둥그레졌다.

　'엄마가 보냈나?'

　순간적인 생각이었고, 바로 그럴 리 없다는 생각이 뒤따랐다. 역시나 메시지를 열어보니 엄마가 보낸 건 아니었다.

〈문자를 잘못 보내신 것 같습니다. 제가 두어 달 전에 새로 개통한 번호인데, 아마도 전 주인에게 보낸 것 같습니다.〉

　서운하면서도 이상하게 기뻤다. 윤우는 문자메시지를 가만히 내려다보았다. 왠지 엄마의 일부가 세상에서 사라지지 않고, 남아 있는 느낌이었다. 집에 남아 있는 엄마의 옷처럼, 혈압 재는 기계처럼, 겨울에 신었던 수면양말처럼, 혼배성사드릴 때 꼈던 묵주반지처럼, 족욕

기처럼, 우황청심환처럼.

동이 트기 전에 고시원을 나온 윤우가 백여 미터 떨어진 곳에 있는 작업실로 향했다. 아무도 없을 줄 알았던 작업실엔 일러스트레이터 한 명이 마감 때문에 밤을 지새우고 있었다. 윤우는 동료와 짧은 인사를 나누고 맞은편에 있는 그녀의 방으로 들어갔다. 서너 명이 함께 사용하는 방이었지만 새벽이라 홀로 있을 수 있어서 좋았다.

커피를 내리고 인터넷을 켰다. 생신제와 일반 제사가 어떻게 다른지, 지방은 어떻게 쓰는지 검색해 보던 윤우는 문득 엄마의 문자가 떠올랐다.

'설마하니 나오겠어?'

반신반의하며 구글에 엄마의 번호를 입력하고 검색 버튼을 누르자 놀랍게도 엄마의 번호가 웹페이지에 고스란히 떴다. 윤우가 조심스레 그 웹페이지를 열어보았다. '쌍산재'라는 지리산 한옥 펜션 사이트의 게시판이었다.

『문재혁 : 4인 가족 예약하고 싶습니다. 가능하다면 이 번호로 연락 주십시오.』

남자는 글 아래 번호를 남겨두었는데, 엄마 오정혜의 핸드폰 번호였다.

윤우는 '문재혁'이란 이름도 검색해 보았다. 같은 인물인지는 모르겠으나 '박성길&문재혁 법률사무실'이란 사이트가 떴고, 관련 블로그도 검색됐다. 블로그에 들어가 보니 문재혁의 블로그였다. 등산이 취미인지 블로그엔 법률 상식과 판례 모음 말고도 산에 관한 정보와 사진이 많이 올라와 있었다.

어느 산 정상 위에서 찍은 이십여 명의 단체 사진 하나를 들여다보던 윤우는 누가 문재혁일까 헤아려 보았다. 하지만 댓글을 모두 읽어보아도 누가 문재혁인지 알 수 있는 단서는 없었다. 사진 아래 쓰여있는 문재혁의 짧은 글을 읽어보니, 그는 '산그람'이라는 등산 카페에서 활동하고 있다는 걸 알 수 있었다.

'산그람'이라는 등산 카페를 검색하자, 이름은 다르지만 줄임말이 똑같은 카페 두 곳이 나왔다. '산이 그리운 사람들'과 '산과 그리운 사람'이라는 이름의 카페였다. 윤우는 회원가입을 하고, 두 카페에 올라와 있는 최근의 글들과 산행 공지를 훑어보았다. 그러다 곧 있을 정기 산행이 작업실과 가까운 곳에서 진행된다는 걸 알고, 메모지에 산행 날짜와 모이는 장소를 적어놓았다.

사흘 후 이른 아침, 그녀가 작업실을 나섰다. 갈까 말까 마음이 반반이었기에 집에서 스포츠 의류와 등산화를 챙겨오지 않았던 윤우는 평소에 신고 다니는 운동화를 신고 노트북백을 어깨에 메고 산행에 나서야 했다.

전철을 타니 등산객들이 여기저기 눈에 띄었다. 다들 아차산을 가는 건지는 모르겠지만, 토요일 아침 사람들은 산으로, 산으로 향하고 있었다. 전철을 기다리며 윤우는 등산객들이 입고 있는 화려한 색깔의 등산복을 구경했다. 한 무리씩 전철 플랫폼에 꽃이 만발한 것처럼 울긋불긋했는데 저 무리와 이 무리의 색깔이 비슷했다. 아마도 등산복을 살 땐 마음에 드는 색깔을 신중히 고른 것이겠지만, 모여보면 대개 거기에서 거기였다. 인간사가 거기에서 거기인 것처럼 말이다.

생신제를 드리던 날, 언니 지우와 나누었던 이야기도 그러할 거라고 윤우는 생각했다. 부모님 집을 정리하고 나면 보증금을 남아 있는 사람들이 어떻게 나누어 가질 것인지, 중풍으로 누워 있던 옆집 할머니가 요즘 상태가 안 좋으신데 아마도 곧 떠나게 될 것 같다든지, 일주일 후에 오는 추석에 차례를 치를 것인지, 언니와 동생이 부모의 죽음 후에도 함께 살 것인지 아니면 이참에 갈라질 것인지 등등 말이다.

누군가의 죽음에 부수적으로 따르는 많은 상황들과 그때마다 내린 선택을 지하철에 탄 사람들도 겪었을 것이고, 지금은 아니더라도 언젠가는 겪게 될 것이다. 그러니 이 알 수 없는 슬픔은, 이 끝을 모르겠는 공허함과 상실감은 누구나 겪고 겪어내야 하는, 아무리 애를 써도 겪어낼 수 없다면 죽는 것밖에 달리 방법이 없지만 결국은 겪어내고 말게 될, 하나의 과정이고 단계라고 윤우는 속으로 되뇌었다.

전철은 한강철교를 지나는지 창밖으로 유유히 어디론가 흘러가는 강물을 보여주었다. 바다로 가는 그 매 순간을 햇살이 축복해 주며 강물을 반짝 반짝 빛나게 해주었다.

강물에게 있어, 저 산꼭대기에서 시작된 샘에게 있어, 하늘에서 내린 비에게 있어 바다는 무엇일까. 죽음일까, 아니면 또 다른 생일까. 저기 산꼭대기에서 시작되어 바다에 도착한 샘물과 바다 위로 내린 빗물 사이에 무슨 차이가 있을까. 지나온 삶의 여정은 죽음으로 모두 같은 결론을 얻는 걸까. 샘물이 지나온 길과 빗물이 지나온 길이 서로 다르니, 도착지가 바다라고 해서 그 둘을 같다고 볼 수는 없다고 할 수 있는 것인지, 그녀는 답을 내릴 수 없었다.

잡념 속을 갈팡질팡하는 사이 전철은 아차산역에 도착했다. 역 근처에 있는 약속 장소로 가보니 등산복 차림의 사람들이 여남은 명 모여 있었다. 몇몇은 다른 사람이 올 때까지 해장국을 먹고 오겠다며 자리를 비운 상태여서, 윤우는 그 김에 커피를 마시러 근처 카페로 향했다. 무리 중 한 젊은 남자가 뒤따라오더니, 친근하게 말을 걸어왔다.

"이름이 뭐예요?"

"박윤우요."

"아뇨. 실명 말고 카페에 가입할 때 등록한 별명이요."

"아…… 수리요."

"술이요?"

윤우가 입술을 찌그러뜨리며 웃었다.

"술이 아니라 수리요. 톰 크루즈 딸이요."

남자가 살짝 장난기 어린 얼굴로 믿을 수 없다는 표정을 지어 보였다. 파마머리에 큐빅 귀고리까지 한 작고 오동통한 외모여서, 개구쟁이처럼 보였다.

"설마 톰 크루즈 딸 닮았다고 생각해서 지은 건 아니죠?"

사실 '수리수리 마수리'를 따서 지은 이름이었지만, 동년배 남자가 그렇게 장난을 치니 윤우도 천진난만한 웃음을 지으며 되물었다.

"왜요? 제가 못생겼나요?"

그는 잠시 어이없다는 표정을 짓더니 구시렁거리듯 말했다.

"에이, 그래도 수리는 아니다. 생긴 걸 떠나서 나이대가 완전히 다른데."

"왜요. 그러는 회원님은 키는 작지만 잘생기고 세련된 게 딱 톰 크루즈 닮았는데."

파마머리 남자가 혀를 내두르며 놀라워했다.

"와아, 말발 센데요."

윤우가 '뭐, 이 정도야' 하는 건방진 얼굴을 하자 그가 웃었다. 외모만큼이나 밝은 성격이었는데, 눈빛은 꽤나 명민하고 날카로운 구석이 있어서 어딘가 분석적인 느낌을 자아냈다.

커피를 주문하고 기다리면서 두 사람이 이런저런 이야기를 나누었다. 윤우는 그가 동갑이라는 걸 알았고, 그의 별명이 박쥐라고 것도 알게 되었다.
"박쥐? 여기 붙었다 저기 붙었다 하는 박쥐요?"
"음, 다르게 생각하면 여기도 이해하고 저기도 이해하는 거잖아요. 그리고 박쥐가 초음파로 세계를 보는 것처럼, 나의 눈으로 세계를 보자는 뜻으로 지은 거예요."
윤우는 그가 꽤나 인문학적 소양이 있는 사람으로 느껴졌다. 하지만 그것만으로는 직업을 추측하기 어려웠다. 헤어스타일도 그렇고, 귀고리도 그렇고 외모로 봐서는 당체 변호사일 것 같지 않았는데, 조리 있게 이야기를 건네는 모습이나 쓰는 용어를 봐서는 변호사일 수도 있겠다는 생각이 들었다. 한마디로 헷갈렸다.
그가 문재혁일까? 변호사라면 아무리 성격이 자유분방해도 옷차림까지 튀게 입고 다니기는 쉽지 않을 것이다. 의뢰인에게 신뢰감을 줄 수 있어야 해서, 얼굴이 너무 어려 보이는 사람은 좀 더 나이가 있는 사람처럼 점잖은 옷을 입는 것으로 윤우는 알고 있었다. 그는 변호사처럼 사교성이 좋고 말을 잘했지만, 아무리 뜯어보아도 변호사 느낌이 아니었다.
박쥐와 함께 카페를 나온 후, 약속 장소로 가니 해장국을 먹으러 갔던 사람들이 돌아와 모여 있었다. 늦게 오는 한 명을 기다리면서, 윤우는 새로운 얼굴들과 의례적인 인사를 나눴다. 그중 삼십대 초반의 한 남자에게서 시선을 떼지 못했다. 신기하게도 그 남자가 그녀의 엄마와 닮아 있었기 때문이다. 곰인데 옴므파탈처럼 치명적인 매력을 가지고 있어서 별명을 '곰므파탈'로 지었다는 그는 정말 곰처럼 몸집이 크고 넉넉했다.
그녀의 엄마도 그랬다. 나잇살이 붙어서 그랬던 건지, 그녀의 엄마는 사십대 이후부터 살이 엄청나게 불기 시작했는데 오십대부터 각종 성인병을 달고 살면서 살은 빠지지 않아 언제나 몸이 풍만했다. 하지만 젊을 적 사진을 보면 기골 자체가 굵은 사람이어서, 호리호리하다고는 말할 수 있어도 여리여리하다고 말할 수 있는 여자는 아니었다. 그런 엄마의 젊을 적 모습과 곰므파탈은 닮아 있었다. 닮은 건 몸집만이 아니었다. 쌍꺼풀 없이 단추처럼 동그란 눈과 짧고 반듯한 콧매와 조금은 옆으로 긴 두툼한 입술도 닮아 있었다. 작다면 작은 눈동자 속에 총기가 어려 있는 듯 반짝이는 눈빛도 너무 흡사해서 윤우는 엄마를 보는 것처럼 그를 쳐다보았다.

만약 그가 문재혁이라면, 정말 운명이라고 윤우는 생각했다. 엄마의 전화번호를 받은 사람이 엄마와 닮은 거라면, 어쩌면 그는 운명이라고, 운명으로 받아들여야 한다고 말이다.

십여 분 후, 기다리던 마지막 사람이 도착하자 운영자의 인솔로 일행들이 출발했다. 사람들은 두서넛씩 짝을 지어 걷기 시작했고, 그녀와 친구 하기로 한 박쥐는 자신의 별명답게 이 사람과 저 사람 사이를 오가며 걸어갔다. 윤우는 굳이 짝을 짓지 않고, 무리 속의 혼자가 되어 사람들의 뒤를 따랐다.

산 입구로 가는 길은 온갖 상점이 즐비했다. 해장국집, 순두부집, 국수집, 찌개집, 고깃집 등이 빼곡했는데 오르막이 나타나자 카페와 스포츠 매장이 나란히 모습을 드러냈다. 모두 등산객을 겨냥한 상가들이었다. 카페 사람들 중 한 명이 오르막 입구에 있는 마트에서 물을 사야 한다며 마트로 들어가자 여러 명이 뒤따라갔다. 김밥과 물을 준비해 온 윤우는 다른 일행들과 기다리면서 마트 맞은편에 있는 스포츠 매장을 구경했다.

'스틱을 살까 말까.'

윤우가 고민스러운 얼굴로 매장 마네킹이 손에 들고 있는 스틱을 뚫어지게 쳐다보았다. 좋은 걸로 사자니 급하게 사다 괜히 돈만 쓰게 될 것 같고, 아무거나 싼 걸로 사자니 나중에 또 사야 할 것 같고, 마음이 두 갈래로 갈라졌다. 아차산은 워낙 낮은 산이라 신입회원들을 위해 코스로 정했다고 하는데, 오랫동안 산을 타지 않은데다 만날 가만히 앉아서 일을 한 터라 허리가 약해져 있는 그녀가 과연 무사히 내려올 수 있을지 알 수 없었다.

그녀가 입술을 잘근거리며 갈등하는데, 누군가 그녀에게 말을 걸었다. 아까 해장국을 먹고 온 일행들 중 한 사람이었다.

"뭐 실 거 있어요?"

"아, 아뇨. 그게……."

윤우가 대답을 얼버무리며 말을 건 사람을 쳐다보았다. 삼십대 후반의 남자였는데, 조용조용한 성격이지만 보이지 않게 사람을 챙겨주는 성격인 듯했다. 윤우가 좀 난감한 상황이라는 듯 쓴웃음을 지으며 말했다.

"스틱 때문에요. 낮은 산이라고 해서 괜찮겠거니 하고 그냥 왔거든요. 근데 다 스틱을 가지고 있네요. 게다가 전 등산화도 아니고 운동화라서…… 내려올 때 괜찮을지……."

남자는 웃지 않았지만, 눈빛은 온화했다.

"괜찮을 거예요. 이 산은 거의 다 흙길이고, 돌길이 있다 해도 험하지 않거든요. 스틱은 급하게 사면 잘못 살 수도 있으니까, 오늘은 일단 그냥 올라가고, 이따 힘들면 제 거 빌려 드릴게요."

남자의 목소리는 굵직하고 차분했다. 어딘가 모르게 정중함이 묻어나는 말투였는데, 그 말투와 태도가 상대방을 예의 바르게 만드는 힘을 갖고 있었다.

"스틱 저한테 빌려주셔도 괜찮겠어요? 제가 허리가 약해서, 아무래도 이따 빌려달라고 할 것 같은데요."

남자가 빙긋이 웃자, 입술 양옆에 주름이 깊이 파였다. 새치머리도 그렇고 주름도 그렇고 어찌 보면 연륜이 묻어나는 얼굴이었는데, 도톰한 입술과 진한 눈썹이 섹시한 느낌을 주는 남자였다.

"괜찮아요. 오늘은 스틱이 필요 없는데, 새로 오신 분들 중에 힘들어히는 분 있으면 빌려주려고 가져온 거예요."

남자는 부담 가질 필요가 없다는 뜻으로 그 말을 했지만, 말을 하고 나니 착한 척을 한 것처럼 느껴졌는지 이내 덧붙여 말했다.

"다른 회원들도 그래서 다 챙겨온 걸 거예요. 등산 자주 하는 사람들은 아차산 정도면 스틱 없어도 되거든요."

이번엔 등산 많이 했다고 잘난 척한 꼴이 되었다고 느끼는지, 남자는 말을 하고 난 후 겸연쩍은 표정을 지었다. 나이도 웬만큼 먹고 이런저런 경험도 많이 쌓였을 텐데, 어딘가 어수룩한 면이 있었다. 윤우가 전혀 그런 뜻으로 받아들이지 않았다는 의미로 답했다.

"고마워요. 이따 꼭 빌려달라고 할게요."

"네."

남자는 대답과 동시에 시선을 돌렸고, 다시 앞의 사람들 뒤통수를 보며 묵묵히 걸어갔다. 나무판자를 댄 계단을 하나하나 올라가니 먼 발치에서 산 입구가 보이기 시작했다. 폭이 좁은 계단이었기에 반대편에서 내려온 사람과 올라가는 사람이 한 줄로 다녀야 했다. 윤우가 그 남자의 뒤에 서서 계단을 오르다, 문득 남자의 뒤통수를 보며 고개를 갸웃했다.

'이 남자가 문재혁인가?'

문재혁의 블로그에서 봤던 글귀와 앞에 가는 남자의 분위기를 머릿속으로 비교해 보았다. 서체도 그렇지만 문체 또한 결국은 그 사람과 닮게 마련이었다. 하지만 아무리 머릿속에서 글귀를 떠올려 보아도 그가 문재혁인지 아닌지를 확신할 수 없었다.

산 입구에 있는 화장실에 사람들이 들르는 사이, 윤우가 그 남자에게 다시 말을 걸었다.

"이름이 뭐예요?"

실명을 기대했지만, 그도 카페 활동에 익숙한지 별명을 말했다.

"지혜로운 늑대요."

"늑대요?"

"작년에 인디언식 이름 짓기 유행할 때 만든 거예요. 회사 직원이 지혜로운 늑대라고 알려주더라고요."

윤우가 지혜로운 늑대를 가만히 올려다보았다.

'이 남자가 문재혁일까?'

그는 이름을 알려줄 차례라는 듯 그녀를 쳐다보았다.

"그쪽은요?"

"수리예요. 수리수리 마수리 할 때의 수리요."

"아, 일종의 주문을 거는 이름이네요. 모든 게 다 잘 되라는 의미로요. 맞죠?"

"네. 비슷해요."

'수리수리 마수리' 라는 주문이 천수경의 '수리수리 마하수리, 수수리 사바하' 에서 따왔다는 해석이 대중들에게 많이 알려져 있었다. 그 해석에 따르면 수리는 길상존(아름답고 길한 존재)이었고, 마하는 크다는 뜻이었으며, 수수리는 지극하다, 사바하는 성취의 뜻을 갖고 있었다. 즉 '길상존이여, 길상존이여, 지극한 길상존이여, 뜻하는 바를 성취하소서' 라는 뜻이 된다.

하지만 윤우는 이 해석 말고 다른 해석을 알고 있었다. 국내 언어학자가 몽골어에서 기원을 찾았는데, 수리 수리 마수리를 '찾아라, 찾아라, 속임수'라고 해석한 것이다. 윤우는 두 가지 뜻을 모두 염두하고 수리라는 이름을 기입했었다. 그녀가 아름답고 길한 존재라는 뜻도 가지고 있지만, 문재혁을 찾는다는 의미에서 말이다.

그나저나 문재혁이 이 등산 카페에 가입했을까, 아니면 다른 카페에 가입했을까. 그녀와 안면을 트고 인사를 나눈 사람들 속에 문재혁이 있을까? 사실 그리 궁금한 것도 아니었고, 안다고 해도 티 낼 생각은 추호도 없었다. 하지만 막상 나와서 사람들을 보니, 시간이 갈수록 궁금해졌다.

3부
(●((((●((○ ((●
닭치고 명함

  닭갈비가 익어가고 있었다. 흙길이 많은 아차산부터 돌길이 많은 용마산 산줄기까지 모두 타고 내려온 사람들은 산 아래 맛있다고 소문이 났다는 닭갈비집으로 우르르 몰려갔다. 산행 자체가 체력을 많이 소모시키기도 하지만, 처음 나온 회원들의 속도가 느리다 보니 저녁이 늦어졌던 것이다. 기존에 산을 자주 타던 회원들은 닭갈비가 익기를 기다리는 시간에도 이런저런 이야기를 나눴지만, 처음 나온 회원들은 기진맥진한 얼굴로 철판 위의 닭갈비만 뚫어지게 쳐다보고 있었다.
  윤우도 그랬다. 오랜만에 타는 산이라 걱정을 했지만 그래도 왕년에 요가도 했고 헬스도 했었으니 이 정도 산은 가뿐할 정도는 아니지만 남들만큼 탈 수 있을 거라고 생각했었는데, 완전한 착각이었다. 윤우가 경험한 아차산은 악 소리가 날 만큼 만만치 않은 산이었고, 산을 타는 동안 준비 없이 온 걸 아차 싶게 만드는 맹랑한 산이었다. 험준한 산은 산 이름에 '악' 자가 들어간다는데, 아차산이 왜 악차산이 아니고 아차산인지 윤우는 이해할 수 없었다.

아차산은 해발 높이가 낮고, 벼랑같이 가파른 지형은 적었지만, 산책길처럼 평탄한 흙길부터 돌과 바위가 콩떡담장처럼 흙에 박혀 있는 돌너덜길과 계단으로 끝없이 이어지는 길까지 다양한 지형을 골고루 갖고 있어서, 등산객이 평소에 얼마나 발과 다리를 다양하게 쓰는지 시험하는 곳이었다. 사람으로 치자면 겉으로는 수더분하고 무난해 보이는데 알고 보면 은근히 까다롭고 엉뚱한 구석을 갖고 있는 얄궂은 사람일 게다.

지혜로운 늑대에게 스틱을 빌리고, 곰므파탈이 가방을 들어주고, 박쥐가 비탈진 곳에서 손을 잡아주어 어찌어찌 산을 내려오기는 했는데, 윤우는 말 그대로 파김치가 되어 넋 나간 사람처럼 입을 헤벌리고 앉아 있었다. 물을 마시고 싶었지만 '물 좀 달라'는 말이 나오지 않았다. 다른 사람들처럼 먼저 익은 야채를 골라 입에 넣고 싶은데, 젓가락을 들 힘도 없어서 멍하니 먼발치에 있는 물병만 쳐다보고 있었다. 그러자 산행 중에 친해진 한 살 어린 곰므파탈이 그녀에게 신경을 써 주었다.

"누나, 안 먹어요?"

맞은편에 앉은 곰므파탈의 말에 윤우가 작게 중얼거렸다.

"먹어야죠."

"힘들어서 그래요?"

"네."

윤우가 살짝 고개를 끄덕이자, 곰므파탈이 놀리듯 말했다.

"오늘 북한산 갈까도 했었는데, 그랬으면 누나 내려오지도 못했겠네요."

"북한산이었으면 모임엘 안 나왔겠죠."

윤우가 힘없이 젓가락을 집어 드는데, 대각선에 앉아 있던 지혜로운 늑대가 물병을 가져오더니 앉은 사람 수만큼 컵에 물을 따랐다. 그리곤 윤우 옆에 조용히 놔주었다. 목이 말랐던 참이라 윤우가 고맙다는 말을 작게 중얼거리곤 물을 마셨다. 목을 축이고 나니 그나마 기운이 돌고 입에 침이 고였다. 좋아하는 떡볶이 떡을 입안에 넣고는 그녀의 앞쪽에 앉은 사람들이 건배하자며 치켜든 술잔에 맥주잔을 들어 보였다. 소주를 먹고 싶었지만, 지금 상태에서 소주를 마셨다가는 제 발로 집에 못 갈 게 뻔했다.

다들 배가 고파서 건배를 한 후에는 먹느라 바빴다. 닭을 별로 좋아하지 않는 윤우는 떡과 고구마를 집어 먹으며 벽에 걸려 있는 메뉴판을 구경했다. 체인점이 아니고 개인이 하는 가게인지, 메뉴판은 작은 나무판자에 직접 손글씨를 적어 넣은 형태였다. 글자의 획이 댓잎처럼 가운데는 통통하고 양끝은 날렵하게 모아지는 형태였는데, 윤우는 메뉴판 글씨를 보다가, 맨 위에 붙어 있는 가게 이름을 유심히 보았다. 가게 이름이 '닭치고 갈비'였는데, 상호명도 위트 있었지만 '닭'이란 글자의 형태도 재밌었다.

'ㄷ' 위에 붉은 볏을 그려 넣고, 'ㅏ'를 부리로 표현해 '다'가 닭머리처럼 보이게 만든 것이다. 받침인 'ㄹㄱ'의 모양은 더 기발했는데, 닭이 한 발은 세우고 한 발은 구부리고 있는 것처럼 보이게 하기 위해 'ㄹ'은 짧게 쓰고 'ㄱ'은 길게 늘려 쓴 후 맨 끝에 닭발인 듯 세 갈래의 획을 짧게 추가한 형태였다.

윤우가 메뉴판을 빤히 쳐다보고 있자, 맞은편에 있던 곰므파탈이 말을 걸었다.

"사리 넣고 싶은 거 있어요?"

사리를 추가하려고 메뉴판을 보는 줄 알았나 보다. 윤우가 손사래를 치며 시선을 거두었다.
"아, 아니에요. 그냥 메뉴판 서체가 좀 특이해서요."
곰므파탈이 메뉴판을 한 번 뒤돌아보더니 넘겨짚었다.
"혹시 편집 일 해요?"
"에, 비슷한 거 해요."
"무슨 일인데요?"
'캘리그래퍼'라고 하면 사람들이 잘 모르는 경우가 많아서, 윤우가 풀어서 말했다.
"글씨 쓰는 일이에요, 포스터나 책 표지에."
곰므파탈이 그런가 보다 고개를 끄덕여 보이는데, 옆에 있던 박쥐가 끼어들어 아는 척을 했다.
"어, 나 그거 알아. 캘리 뭐라고 하던데······."
"캘리그래피. 사람은 캘리그래퍼."
윤우가 박쥐에게 정확한 이름을 말해주자, 곰므파탈이 눈을 휘둥그레 뜨며 새삼스러운 눈으로 윤우를 쳐다보았다.
"멋지다."
그 말을 시작으로, 곰므파탈이 윤우가 그동안 다른 사람에게 받아왔던 질문을 해댔다. 글씨 한 번 쓰면 얼마 받느냐, 상품이 대박나면 인센티브가 있느냐, 서예 전시회도 여느냐, 출퇴근 안 하니 좋겠다 등등. 대개는 자신보다 잘 버는지 혹은 얼마나 벌고 얼마나 자유로운지를 궁금해했고, 그 일의 재미라든가 추구하는 가치는 궁금해하지 않았는데, 곰므파탈도 그랬다. 윤우가 간략하게 설명을 하다가 어느 순간 말하기 귀찮아 담배 한 개비를 꺼내 입에 물었다. 대강 식사는 다 끝나고, 이제 남은 닭갈비를 안주 삼아 술을 먹고 있어서인지 여기저기에서도 담배를 피우기 시작했다. 담배 한 모금을 피우곤 그녀가 질문을 되돌렸다.

"박쥐는 무슨 일 해요?"

"우리 아까 말 트기로 했잖아."

산행 중에 동갑내기란 걸 알게 된 두 사람이 앞으로 말을 트기로 약속했지만, 첫날부터 말을 놓는 게 어색했다. 하지만 박쥐가 꾸밈없이 솔직한 사람이란 생각이 들어 윤우가 깜빡 잊었다는 양 다시 질문했다.

"아, 맞다. 그럼…… 박쥐는 무슨 일 해?"

"맞춰봐."

"글쎄. 파마를 한 것도 그렇고 귀고리를 한 것도 그렇고, 자유로운 일 할 것 같아. 광고기획자나 게임프로그래머 같은 기?"

"그래? 나한테서 그런 느낌이 난단 말이야?"

박쥐가 너무 흡족해하는 얼굴을 하자 윤우가 좀 더 깊이 그를 뜯어보았다. 반응을 보면 그녀의 추측과는 완전히 다른 일을 하고 있다는 건데, 자유로워 보이는 외양 뒤에 다른 기질을 갖고 있는 걸까. 윤우는 유난히 총기가 어려 있는 눈동자와 산행할 때 보였던 꼼꼼함을 떠올리며 완전히 반대의 직업을 말해보았다.

"혹시 공직이나 법조계에서 일하는 거 아냐? 원래 그런 쪽에 있는 사람들이 자유롭게 보이고 싶어 하잖아."

박쥐가 씨익 웃으며 손으로 곰므파탈과 지혜로운 늑대를 차례대로 가리켰다.

"법조계는 이쪽이고, 공직은 이쪽이야. 나는 의료계고."

윤우가 법조계에 있다는 곰므파탈을 빤히 쳐다보았다.

"의외예요?"

"어…… 예. 생각도 못했네요."

윤우가 답을 얼버무리며 재떨이를 찾았다. 인터넷으로 검색해서 얼굴을 보러 왔다는 게 알려지면 이상한 사람 취급받을 것 같았다. 한데 누가 재떨이를 갖다 놓은 건지, 담뱃불 바로 아래 재떨이가 놓여 있었다. 두리번거리던 그녀가 재를 털고는 지혜로운 늑대를 쳐다보았다. 그는 별다른 표정 변화 없이 앉아 있었다. 말없이 물을 챙겨준 것도 그렇고, 아무래도 그가 한 것 같은데 표정만 봐서는 알 수 없었다.

담배를 다 피운 후 철판에 남아 있는 밥을 먹었다. 아깐 너무 힘들어서 밥이 들어가지 않았는데 좀 쉬고 나니 이제야 입맛이 돌았다. 볶음밥이 좀 매워서 물김치에 있는 무를 먹으려 했지만, 건더기는 없고 국물만 남아 있었다. 윤우가 물김치에 가져가던 수저를 되돌려 다시 철판에 흩어져 있는 밥을 긁어모았다. 한데 지혜로운 늑대가 점원을 부르더니 물김치를 더 달라고 부탁했다. 재떨이도 그가 갖다 놓은 듯했다.

윤우가 지혜로운 늑대에게 고맙다고 하니, 그가 별일 아니라는 듯 고개를 젓고는 주걱으로 흩어져 있던 밥을 한군데로 모았다. 그리곤 윤우 쪽으로 밀어주었다.

"저 먹으라고 모아준 거예요?"

"예, 수저로 긁어 먹으려면 힘들잖아요."

"고마워요."

지혜로운 늑대를 가만히 쳐다보았다. 물도 그렇고 재떨이도 그렇고 이번엔 밥까지 그는 보이지 않게 그녀가 원하는 것을 갖다 주고 있었다. 생각해 보면 스포츠 매장 간판대를 쳐다보는 것도 그가 알아채고 먼저 물어보았다.

이 남자는 원래부터 착해서 남들한테 잘해주는 걸까, 아니면 그녀에게 관심이 있어서 이러는 걸까. 사실 산행 때도 그렇고 뒤풀이하는 내내 그의 시선이 느껴졌는데, 중간중간 그를 쳐다보면 그는 눈길을 피하거나 딴 사람을 쳐다보았다. 이번에도 역시 그는 밥을 다 밀어주고는 다른 사람에게로 고개를 돌렸다. 그 모습이 새침 떠는 아가씨 같았다.

"캘리그래퍼면 나중에 필요할지도 모르는데, 명함 있으면 줘봐라."
 지갑에서 제 명함을 한 장 꺼낸 박쥐가 윤우에게 내밀었다.
 "의료계 쪽에선 내 명함 필요할 일이 없을 텐데……."
 윤우가 명함을 받아 들며 회의적인 반응을 보이자 박쥐가 모르는 소리라는 듯 대꾸했다.
 "야, 어떻게 아냐. 우리 병원 간판 새로 달 때 너한테 부탁할지."
 명함을 보니 그는 정신과 의사였고, 이름은 박경휘였다.
 "설마 나한테 작업 걸려고 명함 달라는 건 아니지?"
 "이건 또 뭔 자신감이야?"
 "난 네가 괜한 헛고생할까 봐. 넌 내 스타일 아니거든."
 동갑내기 박쥐가 발끈했다.
 "너도 내 스타일 아니거든. 나 애인 있으니까 괜히 나한테 꼬리 치지나 마."
 "애인이 있다면야 다행이고. 용하긴 하다, 그 얼굴에."
 윤우가 지갑에서 명함을 꺼내 내밀자, 박경휘가 명함을 보고는 입술을 비죽였다.
 "명함이 멋있긴 하네. 직접 쓴 거야?"
 윤우의 명함은 직접 쓴 글씨를 넣은 것이었고, 뒷면에 있는 연락처와 이메일 주소도 다른 글씨체로 직접 쓴 것이어서 전체적으로 손맛이 묻어났다.
 "응, 내 일은 명함이 곧 광고니까."
 윤우는 명함을 한 장 더 꺼내 곰므파탈에게도 내밀었다. 굳이 이런 자리에 와서 명함을 돌릴 생각은 없었지만 곰므파탈과 명함을 교환할 수 있는 기회였다. 법조계에서 일한다고 했으니, 이름이 문재혁인지 확인하고 싶었다.

"곰므파탈님도 혹시 필요하면 연락해요. 싸게는 해주지 않겠지만."

곰므파탈이 명함을 받아 들더니, 제 명함을 꺼내 내밀었다. 윤우가 받아 든 명함을 물끄러미 내려다보았다. 명함엔 '박성길&문재혁 법률사무소'라는 글자가 선명하게 프린트되어 있었다.

"이름이…… 문재혁이군요."

"왜요?"

윤우가 고개를 들어 곰므파탈을 쳐다보았다. 명함을 오랫동안 쳐다보니 왜 그러는지 궁금해하는 얼굴이었다. 얇고 길쭉한 두 눈이 동그랗게 커져 있었다. 꼭 엄마의 두 눈처럼.

"아, 성이 문씨여서요. 내가 문씨 성을 좋아하거든요."

"그래요?"

"네, 사회생활하면서 문씨 성과 몇 번 만나 일을 했었는데, 다들 좋은 사람이었어요. 지적이고 품위 있고."

곰므파탈이 섣불리 일반화해서는 안 된다는 듯 쓴웃음을 지으며 검지를 한들한들 흔들어 보였다.

"문선명이 있어요. 문도리코도 있고요."

"아, 그러네요."

윤우가 아뿔싸 하는 표정을 짓다가 이내 어깨를 으쓱이며 마음을 바꾸지는 않겠다는 뜻을 보였다.

"하지만 문익환도 있고 문재인도 있으니까. 문씨는 좋은 성씨로 생각할래요."

옆에 있던 박쥐가 의기양양 웃으며 끼어들었다.

"우린 같은 밀양박씨."

윤우가 눈을 좁혔다.

"난 밀양박씨, 별루야."

"왜?"

"단명해."

박쥐의 눈이 커졌다.

"진짜?"

처음 보는 자리에 부모님 이야기를 하는 게 좀 저어되어서, 윤우가 대충 얼버무렸다.

"그냥 하는 말이야. 안 그럼 사람도 있지만, 내가 본 밀양박씨는 오래 못 살더라고."

박쥐는 자신이 아는 밀양박씨를 떠올리는지 두 눈을 데구루루 굴리며 생각에 잠겼다. 옆에서 듣고 있던 곰므파탈이 끼어들었다.

"그럼, 싫어하는 성씨도 있어요?"

윤우가 허공을 응시하며 기억을 떠올려보았다. 맞은편에 있는 지혜로운 늑대가 관심 있게 쳐다보고 있는 게 느껴졌지만 모른 척했다.

"뭐, 딱히 싫어하는 정도는 아니고. 옛날 남자친구 성씨는 껄끄러워하는 편이죠. 유전학적으로 전해지는 기질도 무시할 수 없는 거니까요."

"누나, 진짜 비과학적으로 사네요."

곰므파탈이 비꼬았지만, 윤우는 심드렁한 얼굴로 어깨를 으쓱였다.

"늙는다는 건 각자의 경험이 축적되는 과정이잖아요. 내가 늙어가면서 앞으로 싫어하는 성씨 중에 좋은 사람을 만나면, 이런 생각도 자연스럽게 수정이 되겠죠."

"가장 싫었던 남자의 성씨는 뭐였는데요?"

윤우가 망설이지 않고 바로 대답했다.

"안씨요."

"왜요?"

"좀 찌질한 놈이었거든요. 얼굴은 잘생겼는데 술 마시면 주사 부리고, 다른 사람한테 시비 걸고."

듣고 있던 박쥐가 주위 사람들을 둘러보며 곰므파탈에게 물었다.

"우리 카페에 안씨 있나?"

"글쎄요."

곰므파탈이 가물가물한 얼굴로 먼발치에 앉아 있는 사람들을 살펴보는데, 내낸 조용히 이야기를 듣고만 있던 지혜로운 늑대가 입을 열었다.

"제가 안씨예요."

윤우가 흠칫 그를 쳐다보자, 그가 진지한 얼굴로 말했다.

"그 사람은 안씨여서 그런 게 아니라, 그 사람이 이상한 겁니다. 전 술 마시고 주사 부린 적 없거든요."

"그거야 모르죠. 아직 늑대님을 경험해 보지 않았으니까. 여하튼 내 인생의 안씨는 찌질했어요."

내내 시선을 피하며 안 보는 척했던 그가 처음으로 윤우를 뚫어지게 쳐다보았다. 윤우는 안씨 성을 가진 그 남자의 눈동자가 지금 재미있어서 반짝이는 건지, 화가 나서 반짝이는 건지 헷갈렸다.

오랜만에 사람들과 시시껄렁한 이야기를 주고받는 사이 시간은 흘러 1차 뒤풀이가 끝났다. 내일이 일요일이라 2차에 간다는 사람들이 많았지만, 윤우는 밤 열 시가 넘어가자 졸음이 몰려와 더 이상 앉아 있기가 힘들 정도였다. 새벽 네 시쯤 일어나 작업실에서 필사를 하다 산행을 갔던 것이기에 몸은 피곤함을 넘어 졸도하기 직전이었다.

2차로 어디 갈까, 사람들이 '닭치고 갈비' 집 앞에서 옹기종기 모여 이야기를 나누고 있을 때, 윤우가 이만 가보겠다는 인사를 했다. 많이 친해진 박쥐와 곰므파탈과도 인사를 나누며 다음 산행 때 꼭

보자는 약속을 하는데, 지혜로운 늑대가 다른 사람들에게 인사를 했다.

먼저 가는 사람들 서너 명이 시장 골목길까지는 같이 나왔지만, 대로변으로 나오자 제 각기 가고자 하는 방향이 달랐다. 누구는 차를 주차시켜 놓은 주차장으로 가야 했고, 다른 사람은 그 차를 얻어 타고 가겠다고 했으며, 누구는 버스를 타고 간다고 했다. 윤우가 한참 걸어가야 있는 지하철역으로 간다고 하니, 지혜로운 늑대가 같은 방향이라며 그녀 곁에 서서 사람들에게 인사를 했다.

두 사람이 전철역을 향해 걸어가면서 이런저런 이야기를 나눴다.

"집이 어디예요?"

"종로요. 수리님은요?"

"전 집은 구리예요. 지금은 작업실로 가는 거예요."

"작업실에서 숙식하는 거예요?"

"그런 건 아니고요. 그 옆에 고시원 잡아놓고 왔다 갔다 하고 있어요."

"일 때문에요?"

"예, 뭐. 일 때문이기도 하고, 집에 가는 게 귀찮기도 하고 그래서요."

길바닥에서 오늘 처음 만난 사람에게 부모님 돌아가신 이야기를 하는 게 좀 뭣해서 윤우가 대충 얼버무리는데, 쭈욱 이어졌던 대로변에 횡단보도가 나타났다. 윤우가 걸음을 멈추고 그를 쳐다보았다.

"늑대님도 혼자 사세요?"

"네."

"부모님은요?"

"막내랑 같이 사세요."

"두 분 모두 살아 계시나 보네요."

그가 당연하다는 양 고개를 끄덕였다.

윤우가 물끄러미 그를 쳐다보자, 그의 눈이 동그래졌다.

"왜요?"

"……그냥, 복이 많은 사람이구나 해서요."

그는 궁금해하는 눈빛으로 쳐다보았지만, 윤우는 그 이상은 말하지 않았다.

그사이 횡단보도 신호등이 파란불로 바뀌었다. 윤우가 걷자, 그도 옆에서 걸었다. 그는 보폭이 커서 먼저 건너편에 도착했다. 다리가 아픈 윤우가 슬렁슬렁 천천히 걸어가자 그가 건너편에서 기다려 주었다. 그녀가 횡단보도를 다 건너자, 그는 조금은 보폭을 줄여 그녀의 속도에 맞춰 걸었다.

"혼자 자취하면 밥은 다 사 먹겠네요?"

"약속 있는 날 아니면 거의 집에서 먹어요. 어머니가 반찬을 해주시거든요."

"집이 가까워요? 부모님이 지방에 계신 거 아니었어요?"

"삼십 분 거리예요. 직장도 그렇고, 나이도 그렇고 겸사겸사 독립한 거예요."

"그렇군요."

윤우는 기러기아빠였던 큰오빠가 생각났다. 조기에 영어를 익히게 하겠다고 올케가 아이들을 데리고 유학을 떠났는데, 그사이 혼자 살던 큰오빠는 아무렇게나 먹고 생활하다 위암에 걸렸었다. 물론 하던 사업이 부도나기 직전이어서 스트레스와 술이 더 큰 이유였겠지만, 윤우는 혼자 생활하는 사람이 대충 인스턴트나 외식으로 끼니를 때우는 게 얼마나 큰 병을 키우는지 경험적으로 알고 있었다. 그녀도 자취를 하면서 직장 다닐 때 장에 혹이 생겨서 수술을 받았었다. 그때 올케가 유학을 중단하고 아이들을 데리고 돌아왔지만, 큰오빠는 결국 4년여를 투병하다 세상을 떠났고, 회사는 산산조각 났다. 그나마 오빠 앞으로 보험을 들어놓은 게 있어 올케가 그 돈으로 작은 카페를 하며 아이들을 키우고 있었다. 큰오빠의 나이는 마흔한 살이었다. 살아 있다면 올해 마흔 셋이 되었을 것이다.

윤우는 자신이 지금 지혜로운 늑대에게 큰오빠를 투사하고 있다는 걸 알면서도 잔소리를 했다.

"야채 많이 먹어요. 혼자 살면 아무래도 야채 섭취가 부족할 거예요. 귀찮다고 참치캔이니 햄이니 이런 것만 먹지 말고요."

그는 알겠다거나 싫다거나 하는 대답 없이 윤우를 쳐다만 보았다. 무슨 생각을 하는지 알 수 없는 얼굴이었다. 윤우는 자신이 좀 오지랖이 넓은 사람으로 보이고 있다는 생각에 한마디 덧붙였다.

"우리 오빠가 혼자 살다가 암에 걸렸었거든요. 아무렇게나 대충 먹고 술 마시고 그러다가."

그녀의 오빠가 지금은 어떻게 되었는지 그는 묻지 않았다.

멀리 지하철역이 보이기 시작했다. 토요일 밤이라 거리에 사람들이 넘쳐 났다. 다들 가을 저녁 바람을 쐬려는 건지, 이대로 토요일 밤과 헤어질 수 없다는 절박감 때문인지 늦은 시각인데도 사람들이 거리를 서성였다. 누군가 윤우의 어깨를 칠 듯 가까이 지나쳐 가자 그가 등 뒤에서 한쪽 팔을 벌려 공간을 확보했다. 팔로 어깨를 감싸진 않았기에 윤우는 미처 알지 못했다.

"근데 늑대님은 무슨 일 해요?"

"공무원이에요."

"으아, 재미없어. 공무원이라니."

그는 수긍도 부정도 하지 않고, 조용히 미소만 지었다.

"공무원이면 어느 부처에서 근무하는 거예요? 공무원도 분야가 다양하잖아요."

"시청 공무원이에요."

"민원 상담 같은 거 하는 거예요?"

"대충 비슷해요."

"스트레스 많겠네요."

"일이 다 그렇죠, 뭐."

"잘 때 쉽게 잠들지 못하고 그래요?"

"예, 조금."

"몸이 차갑고 긴장되어 있으면 잠드는 게 어려워요. 스트레스받으면 몸이 긴장되고 체온이 내려가거든요. 잘 때 배 찜질이랑 족욕을 해봐요. 금방 잠들 거예요."

그는 가타부타 따지지 않고 그냥 고개만 끄덕였다. 윤우는 교감신경과 부교감신경에 대해 이야기하려다가, 그가 질려 할 것 같아 그만두었다.

"하기야 좋아하던 것도 일로 하면 스트레스받는 법이니까."

"수리 씨도 스트레스받아요?"

"당연하죠. 마감 때는 위경련이 올 정도로 스트레스받아요."

"보기엔 전혀 안 받을 것처럼 보여요."

"일을 즐기면서 하는 법을 터득하는 게 진짜 일이더라고요."

그는 이번에도 수긍도 부정도 하지 않고 그냥 빙긋이 웃기만 했다.

"참, 나한테도 명함 한 장 줘요."

"왜요?"

"캘리그래피 그거 필요할지도 몰라서요."
"됐어요. 내가 무슨 일 따려고 온 것도 아니고."
"줘봐요, 알 수 없는 거니까."
지하철역이 거의 코앞이었다. 윤우가 걸음을 멈추고 그를 올려다보았다.
"제 번호 따려고 하는 거면, 주고요."
"됐어요. 그럼."
그가 다소 굳은 얼굴로 대답을 하더니 계단을 내려갔다. 윤우가 그 뒤를 따라 내려가며 훈계를 했다.
"그런 건 진짜 자존심이 아니에요. 진짜 자존심은 관심 있으면 관심 있다고 표현하는 거예요. 댁이 그러니까 아직도 솔로인 거예요."
등산할 때 스틱도 빌려주고, 뒤풀이 내내 신경 써주고, 급기야는 같은 방향이라며 따라와서 그에게 관심을 보인 건데, 끝까지 자기는 그런 적 없다는 식으로 행동하니 윤우는 그쯤에서 관심을 거둬들이기로 했다. 스스로 구할 줄도 모르는 사람에게 관심을 떠먹여 주며 관계를 이어나가는 것만큼 피곤한 것도 없었다.
사실 그녀가 좋아하는 스타일도 아니었다. 외양은 키도 크고 꽤 준수하게 생긴 사람이었지만, 성격이 박쥐나 곰므파탈처럼 장난스럽거나 유쾌하지 않고 조용해서 엉뚱한 매력이 느껴지지 않았고, 무엇보다 재미가 없었다. 키가 작건, 뚱뚱하건, 못생겼건, 윤우는 유쾌하고 엉뚱한 사람에게 매력을 느꼈다.
"내 번호는 스스로 구해봐요."
윤우가 그 말을 남겨놓고 계단을 내려갔다.
"진짜 안 줄 거예요?"
"네."

그녀가 단호하게 대답을 하고는 곧장 개찰구 쪽으로 걸어갔다. 그러자 지혜로운 늑대가 제 지갑을 꺼내더니 명함 한 장을 꺼내 내밀었다.
"그럼 일단 내 거 줄게요. 생각나면 연락해요."
윤우가 명함을 받아 들자, 그가 잘 가라는 듯 손을 들어 보였다.
"안 타요?"
"2차 다시 가려고요."
"저 바래다준 거예요?"
"아뇨. 이대로 들어가는 게 갑자기 아쉽게 느껴져서요."
윤우가 더 이상 캐묻지 않고, 그냥 모른 척 손을 흔들었다.
"다음에 봐요."
그는 한 번 더 손을 들어 보이고는 왔던 길을 되돌아갔다. 윤우는 지하철을 기다리며 벤치에 앉아 명함을 들여다보았다. 시청 공무원, 지혜로운 늑대의 이름이 찍혀 있었다.

―안준연

사람들로 바글거리는 지하철역에서 윤우가 순간 빵 하고 웃음을 터뜨렸다.
"안 준 년?"
도대체 뭘 안 줬기에 아들 이름을 안준연이라고 지었을까. 윤우는 어딘가에서 들었던 이야기가 떠올라 자꾸만 웃음이 비집고 나왔다. 개그맨 정준하의 별명인 '정준연'도 떠올랐지만 어느 팟캐스트 방송도 동시에 떠올랐다.
지금껏 살면서 내 인생의 쌍년은 누구냐는 진행자의 질문에 공동진

행자인 남자의 대답이 이랬었다. 같은 과에서 잘 주게 생긴 여자애가 있었는데, 그 여자애가 다른 남자에겐 다 주면서 자기한테만 안 줬다며, 그 여자가 자기 인생의 최고 쌍년이었다고 말이다. 윤우는 그때 방송을 들으면서 배가 찢어지도록 웃었다.

　윤우가 안준연의 명함을 허공에 들어 올리고는 빙긋이 웃으며 쳐다보았다. 재미없는 남자라고 생각했는데, 생각지도 못한 곳에 반전이 숨어 있었다. 하루 종일 과묵하고 점잖고 반듯해서 옛날로 치면 체통 따지는 선비라고 할 수 있는 남자였는데, 이름이 '안준년' 이라니 생각할수록 엉뚱했다.

　"이름이 이러니까 여자가 없지. 안준년이 뭐야, 안준년이."

　추석을 하루 앞둔 날, 그녀가 전화를 건 사람은 문재혁도 아니고 안준년도 아닌 박쥐 박경휘였다. 그사이 명함 일을 의뢰한 박쥐와 몇 번 통화를 하고 저녁을 먹으면서, 박쥐와 친한 사이가 된 것이다. 이날은 일 때문이 아니라, 혼자 밥 먹기 싫어서 전화를 걸었는데 일이 아직 끝나지 않았는지 박쥐가 전화를 받지 않았다. 박쥐에게 애인이 있다지만 유학 중이어서 장거리 연애 중이었고, 서울에 혼자 살고 있는 박쥐 또한 퇴근 후에 혼자 밥 먹는 날이 많았다. 두 사람은 서로 혼자 밥 먹기 싫을 때 같이 먹어주자고 약속을 했다. 그 약속을 한 후, 처음으로 전화를 한 것인데 박쥐가 전화를 받지 않으니 핸드폰에 귀를 기울이고 있는 윤우의 얼굴이 시무룩해졌다.

　벌써 일주일째 저녁마다 혼자 밥을 먹고 있었다. 그러니까 며칠 전

박쥐와 점심을 먹은 이후로 윤우는 낮이고 밤이고 계속 혼자 먹었다. 며칠 동안은 그럭저럭 괜찮았는데, 이날 저녁만큼은 견딜 수 없이 싫었다. 그녀가 이러는 게 명절 때문인지 아니면 등산 모임에서 사람들과 저녁을 먹으며 함께 먹는 즐거움을 새삼 느껴서인지는 알 수는 없었다. 확실한 건 혼자 먹기 싫다는 지금의 감정을 무시하고 싶지 않다는 것이다.

윤우가 인상을 잔뜩 찌푸린 채 백반집을 향해 걸어갔다. 작업실에서 가깝기도 하고 대학가 근처라 가격이 저렴한 백반집이었는데, 먹을수록 조미료 맛이 강하게 느껴지고 먹고 나면 속이 불편한 곳이었다. 조미료를 안 쓰는 집을 하나 알고는 있지만 그 집은 칼국수집이었다.

조미료 들어간 백반이냐, 조미료 안 들어간 밀가루냐. 그것이 문제였다. 때때로 인생에 찾아오는 절실한 질문은 너무 사소하고 꾀죄죄한 모습을 하고 있어서, 질문에 답하기 싫을 때가 많았다.

"아, 젠장."

투덜대는 사이 백반집 앞에 도착했지만, 윤우는 들어가지 않고 가게 앞에 내걸린 '오늘의 메뉴'를 노려보고 서 있었다. 오늘의 메뉴는 김치찌개였다. 이놈의 백반집은 만날 김치찌개면서 왜 '오늘의 메뉴'라고 쓰는지 모르겠다. 그냥 '그날이 그날인 메뉴'라거나 '어제와 같은 메뉴'라고 하지 말이다. 사흘째 연속으로 김치찌개가 적혀 있는 걸 확인하고 나니 더더욱 발이 움직이지 않았다. 메뉴를 확인한 것만으로도 속에서 싸구려 식당용 참치와 중국산 묵은 김치 맛이 입안에서 느껴졌다. 콩나물은 또 얼마나 다리가 통통한지 아작아작 씹을 때마다 농약도 같이 씹어 넘기는 것 같아 무서웠고, 계란은 항생제와 성장촉진제를 잔뜩 맞은 닭이 비좁은 곳에서 낳았는지 계란프라이에서는 비린내와 함께 정체를 알 수 없는 꺼림칙한 맛이 났다. 짜기는 또 어찌나 짠지 소금이 울고 갈 정도였다. 백반집의 반찬 맛이 하나하나 그려지자, 오늘의 메뉴를 바라보는 윤우의 얼굴이 점점 더 찡그려졌다.

아주 솔직히 말하면 집밥이 먹고 싶었다. 집에서 한 것 같은 밥이나 집에서 하는 식으로 똑같이 한 밥 그런 거 말고, 정말 집에서 한 밥.

소금, 기름, 마늘, 고춧가루, 된장, 간장 등이 좋은 거라서 설혹 반찬이 매운 거라고 해도 칼칼할 뿐 화끈거리게 자극하지 않는 그런 음식 말이다. 굳이 엄마가 하지 않아도 괜찮았다. 윤우가 직접 한다 해도, 좋은 양념으로 만든 빈찬 두어 개와 된장씨개를 놓고 먹는다고 해도, 갓 지은 밥이든 식은 밥이든 식구들과 둘러앉아 먹을 수 있다면 좋겠다. 언니와 단둘이 밥상을 두고 엄마, 아빠에 대한 추억을 이야기하며 슬픈데 짐짓 아닌 척 그때 좀 웃겼어, 괜히 낄낄거리며 먹는 그런 밥 말고, 이 반찬은 맛있네 별로네 어쩌구저쩌구 떠들며 간간이 그날 있었던 이야기나 누군가에게 들었던 이야기를 양념장 삼아 먹는 그런 밥을 먹고 싶었다. 그런 밥을 너무나 먹고 싶었다.

'그런 밥을 먹는 건 이제 영영 불가능한 걸까?'

윤우가 백반집을 멀거니 쳐다보며 스스로를 딱해하는데, 주머니에 있던 핸드폰이 울렸다. 윤우가 핸드폰을 꺼내 귀에 대자, 박쥐의 활발한 목소리가 들려왔다.

〈전화했네?〉

"응. 혼자 밥 먹기 싫어서."

〈그래? 그럼 병원 앞으로 올래? 나도 저녁 먹어야 하는데.〉

"약속 있는 건 아니야?"

〈없어. 그런데 일 때문에 밥 먹고 나면 다시 병원으로 들어가 봐야 하는데, 그래도 괜찮겠어?〉

윤우가 조금 갈등하는 눈치를 보이며, 한 가지를 물었다.

"근처에 혹시 짬뽕 잘하는 집 있어? 먹고 싶은데, 여기는 조미료가 너무 많이 들어가서."

〈흐흐흐. 짬뽕만 전문으로 하는 데 있어. 네 입엔 어떨지 모르겠는데, 내 입엔 맛있는 곳이야.〉

"오케이. 그럼 나 그쪽으로 간다."

전화를 끊자마자 윤우가 전철역으로 달려갔다. 전철을 타자 박쥐가 짬뽕집 이름과 약도를 문자로 보내주었다. 병원 근처에 있는 먹자골목이었다. 윤우가 전철역에서 내리자마자 약도를 보며 길을 따라갔다. 가게는 찾기 쉬웠고, 맛있는 집인지 손님들이 밖에서 줄을 서서 기다리고 있었다.

가게에 들어간 두 사람이 짬뽕을 기다리며, 추석 동안 뭘 할 것인지 계획을 이야기했다. 윤우는 새로 맡은 일이 있어서 서체 조사를 위해 시장과 골목길을 다닌다고 했고, 박쥐는 정신분석학과 관련된 책을 써야 한다는 말을 했다. 두 사람 모두 일정이 빠듯하다며 이를 갈았지만, 이야기를 하는 내내 눈을 반짝였다. 박쥐가 새 원고에 대한 구상을 윤우에게 설명하는 사이 짬뽕이 나왔다.

짬뽕은 기대 이상으로 맛있었고, 조미료 맛이 거의 느껴지지 않았다. 일 년 넘게 세상을 돌아다니지 않은 탓에 요즘 이런 짬뽕전문집이 유행이라는 것도 모르고 있었던 윤우는 맵고 칼칼하면서도 고소하기까지 한 국물 맛에 완전히 반해 버려서 짬뽕을 먹는 내내 감탄을 했다.

"와아, 이거 진짜 괜찮다."

"흐흐, 내가 입이 까다로워서 아무거나 맛있다고 하지 않거든."
박쥐가 의기양양한 얼굴을 하자 윤우가 상을 내려주듯 말했다.
"내 스타일은 아니지만, 날 행복하게 해줬으니까 너랑 한 달 동안 사귀어줄게."
"됐다. 나 애인 있거든."
"누가 헤어지래? 나랑 한 달만 맛있는 거 먹으러 다니자는 거지. 그러다 날 더 좋아하게 되면 그건 네 사정이고."
박쥐가 짧은 순간 관찰하는 듯한 눈빛을 하더니, 부드러운 어조로 말을 건넸다.
"너 요즘 슬픈 일이 많았니?"
곁들여 나온 피자를 우물거리고 있던 윤우가 박쥐를 빤히 쳐다보았다.
"심리분석 시간이야?"
"아니, 뭐 그런 건 아니고. 조금 과하게 명랑해서."
"부담스럽나?"
"아니, 전혀. 그냥 좀 신경 쓰여서 그래."
"그렇다 해도 상관없어. 내가 즐겁고 싶어서 웃는 거니까."
"슬플 때 울기는 하니?"
윤우가 빙긋이 웃으며 고개를 끄덕였다.
"응. 슬플 땐 울고, 웃고 싶을 땐 웃고 그러고 있어. 좀 조울증같이 하루에도 기분이 엎치락뒤치락하지만. 뭐, 어때. 이럴 때도 있는 거지."
"강하네."
"그래?"
"응, 대부분 자기가 우울증이나 조울증인 거 인정 못하거든. 아니면 스스로 모르거나."

윤우가 손에 들고 있던 나머지 피자 조각을 입안에 넣고는 손에 묻은 가루를 털었다.

"가족 중 세 명이 지난 삼 년 동안 연달아 세상을 떠났어. 한 명은 암으로, 다른 한 명은 교통사고로, 그리고 또 다른 한 명은 심장마비인지 경동맥 파열인지 사인을 알 수 없지만 어쨌든 지병으로."

박쥐의 얼굴이 진지하게 굳어졌다.

"뭐, 언젠가는 다 죽는 거니까. 다만 좀 한꺼번에 죽어서 상실감이 큰 거지. 그리고 다음은 내 차례인가 싶어서 바짝 긴장한 것도 있고."

윤우가 땅굴에서 두더지가 머리만 내밀고 밖을 살피는 것처럼 두 손을 움켜쥐고 경계 어린 눈으로 주위를 두리번거리는 시늉을 했다. 그녀의 연극적인 표현에 박쥐가 피식 웃더니, 조금은 진지한 얼굴로 말했다.

"혹시…… 자살 충동 느끼니? 너 자신을 벌하고 싶어 한다거나 그런 거."

윤우가 잠시 먹다 남은 짬뽕을 내려다보다가 이내 빙긋이 웃으며 박쥐를 바라보았다.

"아주 가끔."

박쥐가 말없이 윤우를 쳐다보았다. 걱정하거나 안타까워하는 눈빛은 아니었다. 그런 충동이 있다는 것을 있는 그대로 지켜보는 눈빛이었다.

윤우가 어깨를 으쓱이며 말을 이었다.

"괜찮을 거야. 충동이 있긴 하지만, 내가 왜 그런 충동을 느끼는지 스스로 분석하고 있으니까. 그 충동에 쉽게 휘둘리거나 끌려가진 않을 거야."

그가 잘하고 있다는 양 고개를 끄덕이더니 잠시 뜸을 들이다 한마디 건넸다.

"넌 앞으로 잘될 것 같아."

"그래?"

윤우가 가벼이 흘려듣는 얼굴로 피자 한 조각을 더 떼어 입에 가져가는데, 박쥐가 쓴웃음을 지으며 말을 이었다.

"그냥 하는 말 아니야. 이런 거 믿을지는 모르겠지만, 내가 가끔 귀신을 보거나 기운을 느끼거든. 근데 누군가 너를 지켜주고 있는 것 같아. 그게 누군지는 모르겠지만."

윤우가 짧은 순간 놀란 토끼눈을 하다가 이내 눈을 가늘게 좁히고 박쥐를 노려보았다.

"야, 정신과는 심리 분석과 뇌과학을 기초로 한 분야잖아. 정신과 의사가 귀신이 보이면 그건 정신분열 아니야?"

박쥐가 하긴 그렇다는 얼굴로 입을 빼끔거렸다.

"그렇긴 하지. 그렇잖아도 의사 짓 못해먹을까 봐 이런 이야기 남들한테는 안 해."

"그럼 진짜 귀신이 보인단 말이야?"

"아니, 보이는 것까진 아니고 그냥 느끼는 정도. 어떤 기운 같은 거."

"본 적은 없고?"

"두어 번 있긴 있었는데, 그건 아주 가끔이야. 십 년에 한 번 정도. 사실 정신과 쪽으로 간 것도 그 현상이 뭐였을까 궁금해서 찾다가 그런 거야. 물론 환시를 본 걸 수도 있어. 그때 상태가 그다지 좋았던 건 아니니까."

윤우가 퍼뜩 고개를 획 돌리더니 자신의 어깨 뒤를 보았다. 물론 아무엇도 없었다. 하얀 회벽과 인테리어용으로 놓은 작은 소품들이 있을 뿐이었다. 윤우는 회벽과 자신의 등 사이에 있는 빈 공간을 쳐다보고는 고개를 돌려 박쥐를 쳐다보았다.

"엄마가 지켜주고 있나?"

"모르지 그거야, 아버지일지 어머니일지."

"만약 정말이라면 엄마일 거야. 엄마가 내 걱정을 많이 하면서 떠났거든."

윤우가 고개를 젖혀 허공을 쳐다보았다. 허공엔 허공이 있었다.

4부
(● (● (● (○ (●
늑대와 산책을

"지혜로운 늑대님은 어때? 그 사람한테 연락해 볼까 하는데."

짬뽕 가게에서 나온 후 헤어지기가 아쉽기도 하고, 심심하기도 해서 윤우가 슬쩍 운을 뗘 보았다. 안준연을 박쥐는 어떻게 생각하는지 궁금하기도 했다.

박쥐는 다소 껄끄러워하는 얼굴로 뜸을 들였다.

"그 사람은……."

"왜?"

"그 사람은 좀 목적을 갖고 모임에 나오는 사람이라."

"목적?"

"지금은 그렇다고 할 수 없는데, 어쨌든 처음 모임에 들어왔을 땐 목적이 있었던 거니까."

"무슨 목적인데?"

"처음 들어왔을 때 선거운동하려고 들어온 거였거든. 그때 선거 앞두고 들어와서는 사람들하고 좀 친해지니까 자기 후보 찍어달라고 부탁하고 그랬었어."

윤우가 의아한 얼굴을 했다.

"자기 말로는 공무원이라고 했는데, 시청 공무원. 그럼, 공무원이 선거운동을 했단 말이야?"

"공무원이래? 그때 보니까 국회의원 보좌관인 것 같았는데."

"그 국회의원은 그래서 어떻게 됐는데?"

"떨어졌어, 백 몇 표 차이로. 야당 후보였는데, 여권 성향이 강한 지역구에 나와서 그 정도면 선방했던 거지."

"그랬구나."

"그 사람한테 관심 있어?"

"응. 나한테 잘해줘서 좀 신경이 쓰여서……. 어떤 사람인지 궁금하기도 하고."

"그럼, 연락해 보든가. 사람 자체가 나쁜 사람은 아닌 것 같으니까."

윤우가 할까 말까 갈등하는 얼굴로 알아서 하겠다는 대답을 하자, 그가 이만 들어가겠다며 인사를 하고는 병원으로 들어갔다. 윤우도 돌아서서 지하철역을 향해 걸어가다가, 작은 카페가 보이자 그곳에서 커피를 주문하고 잠시 쉬었다. 커피를 마시며 용기를 내어 곰므파탈에게 뭐 하냐는 문자를 보냈지만, 곰므파탈은 추석이라 시골에 내려가는 중이라는 답 문자를 보내왔다. 그때 뒤풀이 때 들어보니 곰므파탈의 고향은 해남 땅끝이었다.

〈먼 길, 잘 다녀와요. 그냥 심심해서 술 마시자고 문자 보낸 거예요.〉
〈네, 수리님도 추석 잘 보내시고요. 추석 끝나면 저랑 데이트 한번 해요^^〉

〈데이트, 콜!〉

윤우가 헤실거리며 핸드폰을 꼭 쥔 채 몸을 살랑살랑 옆으로 흔들었다.

"히힛, 데이트래."

그러다 금방 심드렁한 얼굴로 걸어가는 사람들을 쳐다보았다. 혼자 걷는 사람도 있었지만 연휴 전날이라 짝을 지어 데이트하는 사람들도 많았다. 운 좋게 데이트가 예약되긴 했지만, 지금은 그녀가 혼자라는 게 사무치게 느껴졌다. 명절에 찾아간 집이 더 이상 없다는 사실이 떠오르자, 기분이 다시 컴컴한 심연으로 곤두박질쳤다.

'고아가 됐구나.'

뜨거운 커피를 한 모금 마셨지만 자꾸만 한기가 느껴졌다. 윤우가 커피를 한 모금 더 마시고, 핸드폰을 열어 지혜로운 늑대에게 문자를 보냈다.

〈뭐 해요?〉

커피를 다 마시고 화장실을 다녀온 후 손에 핸드크림도 바르고 입술에 립글로스를 발랐지만 답 문자가 오지 않았다. 곰므파탈처럼 차례 지내러 시골에 내려가고 있는 걸까, 박쥐처럼 야근을 하고 있는 걸까. 알 수 없지만, 알 수 없는 대로 놔두기로 했다. 아쉽지만 어쩔 수 없다는 듯 윤우가 카디건을 챙겨 입고 카페를 나왔다.

어떻게 하면 추석 명절이 눈 깜짝 할 사이에 지나갈 수 있을까. 추석 내내 자버릴까, 아니면 미국드라마를 볼까. 고민스러운 얼굴로 전철역을 향해 터벅터벅 걸어가는데 주머니에서 내내 침묵하고 있던 핸드폰이 개찰구를 통과하고 전철을 기다리고 있을 즈음에야 소리를 냈다. 윤우가 문자를 확인하는 순간 전철이 들어오고 있다는 알림 소리가 역사 전체에 울려 퍼졌다.

〈그냥 집에 있어요. 왜요?〉
〈술 한잔하자고요. 심심하거든요.〉

그가 뜸을 들였다. 그사이 도착한 전철은 사람들을 태우고 있었다. 윤우가 전철과 핸드폰을 번갈아 쳐다보는데, 띠링 문자가 도착했다.

〈그래요. 어디서 볼까요?〉

종로와 잠실 가운데가 어디일까, 윤우가 검지로 지하철 노선을 쭈욱 따라가 보다가 왕십리에서 멈췄다. 얼추 가운데이기도 하고, 무엇보다 왕십리 곱창이 생각났다. 곱창은 엄마 오정혜가 좋아하는 음식 중 하나였다.

〈왕십리 곱창 어때요?〉
〈좋아요.〉

왕십리역에서 내린 윤우가 그를 기다리며 상점 유리창에 자신을 비추어 보았다. 그녀의 차림새가 가관이었다. 그를 만날 줄은 미처 생각을 못했기에 작업실에서 나온 차림 그대로였다. 긴 머리는 감은 지 얼마 안 돼서 미친년 산발한 것처럼 어깨 위에서 나풀거렸고, 바지는 추리닝이라 무릎이 툭 튀어나와 있었다. 무엇보다 얼굴에 바른 게 없어서 주근깨와 기미가 그대로 드러나 있었다. 박경휘를 만날 땐 상관없었는데, 안준연을 만나려니 신경이 쓰였다.

'완전 노숙자 몰골이군.'

윤우가 립글로스라도 덧바르려고 주섬주섬 가방 속을 뒤지는데 지혜로운 늑대의 말소리가 들려왔다.

"많이 기다렸어요?"

"아, 아뇨."

"다른 사람들은요? 가게로 먼저 갔어요?"

"아뇨. 저랑 지혜로운 늑대님뿐인데요."

그의 얼굴에 잠시 당황하는 기색이 스쳐 지나갔다.

"아, 난 술 번개 친 줄 알고, 다른 사람들도 있는 줄 알았어요."

"저랑 단둘이 술 마시는 거 부담스러워요?"

"아…… 아뇨, 그런 건 아니고요."

"갑자기 연락할 사람이 없어서 그냥 늑대님한테 한 거예요."

"네, 잘하셨어요."

혹시나 뭔가를 기대할까 봐 윤우가 걱정스러운 얼굴로 선을 그었다.

"작업 걸려고 불러낸 거 아니니까 겁먹지 말아요. 정말 심심해서 연락한 거예요. 명절 앞두고 마음이 좀 싱숭생숭해서요."

그가 이해한다는 얼굴로 살며시 미소를 지었다.

"네."

진짜 그렇게 생각해서 답하는 건지, 아니면 그렇게 알고 넘어가겠다는 건지 그의 속을 알 수 없었다. 윤우는 좀 더 자세히 자신이 왜 명절을 앞두고 싱숭생숭한지 설명하려다가 왠지 구차하게 느껴져서 말을 돌렸다.

"여기 아는 가게 있어요? 전 여기 와본 지 오래돼서 어디가 잘하는지 모르거든요."

"맛은 다 엇비슷해요. 전 그냥 조용한 데로 가는 편이에요. 시끄러운 거 안 좋아하거든요."

"그럼 늑대님이 가던 곳으로 가죠."

그기 알겠다며 길잡이 하듯 한발 앞서 걸었고, 윤우가 그 뒤를 따라갔다. 그가 서너 번 갔었다는 가게는 골목 맨 끝에 있어서 다른 가게에 비해 손님이 덜 찾을 만한 위치였지만, 명절 연휴를 앞둬서인지 손님들로 가득 차 있었다.

"다른 곳으로 갈까요?"

그가 북적이는 가게를 보며 꺼리는 얼굴로 물었지만 윤우는 그냥 여기서 먹자며 안으로 들어갔다. 조용한 곳에 있으면 어색할 수 있는데, 차라리 잘 되었다는 생각이 들었다. 주문을 하니 곱창과 술이 금방 상에 차려졌다.

"집에서 혼자 뭐 하고 있었어요?"

"밥 먹고 있었어요."

"혼자서요?"

"네, 혼자서도 잘 해먹어요. 오늘은 소고기 사다 굽고, 와인도 곁들여서 먹었는데요."

"그럼 배불러서 이거 못 먹겠네요."

"아뇨. 먹다가 중간에 나온 거예요."

"혼자 먹으면 외롭지 않아요?"

"뭐, 습관이 돼서 그런지 괜찮은데요. 조용히 축구 경기나 개그 프로 보면서 먹는 거 좋아해요."

윤우가 걱정스럽다는 듯 한숨을 내쉬었다.

"어휴. 그러니까 아직까지 결혼을 못한 거예요. 혼자 밥 먹는 걸 못 견뎌야 한다고요. 그러다 마흔 살 넘으면 어쩌려고 그래요?"

그는 멋쩍은 표정을 지었지만 크게 개의치 않는다는 듯 말했다.

"넘으면 넘는 거죠. 꼭 결혼을 해야 하는 것도 아니고, 늦게 해도 괜찮다고 봐요. 나이에 쫓겨서 결혼할 생각 없어요."

"부모님이 뭐라고 안 하세요?"

"한동안 결혼하라고 성화셨는데, 요즘엔 아무 말 안 하세요. 반은 포기하고, 반은 알아서 하겠지 그러신 것 같아요."

윤우가 고개를 끄덕이며 곱창 한 점을 입에 넣고 씹는데 그가 질문을 되돌렸다.

"수리님은요? 부모님이 닦달 안 하세요?"

어디까지 말해야 할까, 윤우가 곱창을 질겅이며 지금 이 상황을 헤아리다가 이내 마음 가는 대로 말하기로 했다.

"우리 부모님은 다 돌아가셔서 닦달하고 싶어도 못해요. 그리고 살아 계셨다고 해도 닦달은 하지 않으셨을 거예요. 굳이 여자가 결혼해서 아이 낳고 길러야 한다고 생각지 않으셨거든요. 자기 일만 있다면 그냥 자유롭게 살다가 느지막이 해도 좋다고 하셨죠."

"언제 돌아가셨어요?"

"아버지는 작년에, 어머니는 올해 초에요."

"얼마 안 됐군요."

"네, 그래서 얼굴 한 번 본 늑대님한테 술 마시자고 한 거예요. 부모님 떠난 후 처음 맞는 명절이라 마음이 좀 요동쳐서요."

"잘했어요. 저도 사실 누구랑 술 한잔하고 싶었는데, 갑자기 번개 치기 그래서 그냥 혼자 먹고 있었거든요."

"호호호, 밤늦게 연락하는 여자 있으니까 떨리죠?"
"네."
그가 마지못해 대답한다는 양 찌그러진 미소를 지어 보이고는 곱창을 입에 넣었다.
"근데 왜 거짓말했어요?"
윤우가 소주를 한 모금 마시고는 대뜸 질문을 던지자 그가 눈을 동그랗게 뜨고 그녀를 쳐다보았다.
"네?"
"국회의원 보좌관이라면서요?"
"어디서 들었어요?"
"박쥐한테요. 아까 박쥐랑 저녁 먹었거든요."
"아."
"보좌관은 옛날에 하던 거였어요? 박쥐는 그렇게 알고 있던데요."
그는 별일 아닌 듯 무심한 얼굴로 답했지만, 조심스러워하는 기색이 엿보였다.
"작년까지는 보좌관으로 일하다가 올해 별정직으로 시청에 들어간 거예요. 사람들에게 굳이 말할 필요가 없어서 말 안 하고 있었던 거예요."
"별정직이면 임시직이겠네요."
"네."
"그럼, 다음 국회의원 선거 생각해서 산그람에 나오는 거예요?"
"아뇨, 그런 건 아니고요. 제가 개인적으로 등산을 좋아해서 계속 나가는 거예요. 그리고 산그람에 처음 나간 것도 등산 때문에 나간 거고요. 다음 선거에 제가 뛸지 안 뛸지는 아직 알 수 없어요. 제가 모시던 분이 다음 선거에 나간다는 보장도 없고요."

"아쉽네요. 난 또 선거 때문에 모임에 나오는 거면 그거 약점 삼아서 술이랑 밥이랑 얻어먹을까 했는데."

그가 피식 웃음소리를 내더니 이내 인자한 웃음을 입가에 물었다.

"그거 아니라고 해도 심심하면 연락해요. 밥이랑 술은 언제든 살 수 있으니까."

호감을 표시하는 건지, 부모님이 안 계시다는 사실을 알고 가엽게 여겨 하는 말인지 알 수 없었다. 윤우는 살짝 비틀어 받아쳐 보았다.

"저한테 투자해 봐야 나중에 소용없어요. 저 인간관계 안 좋거든요."

"네, 그럴 것 같아요."

그는 너무 진지한 얼굴로 응수를 해서, 농담인지 진담인지 헷갈렸다. 윤우가 입술을 삐죽이며 그의 빈 잔에 소주를 따라주었다.

"내일 명절인데, 시골에 안 내려가요?"

"우리 집은 작은집이라 제사 안 지내요. 큰집에서 지내요."

"큰집으로 내려가지 않아요?"

"아버지는 장사 때문에 못 내려가고, 저도 장사 도와야 하고 이래저래 명절 때에는 못 가요. 명절 끝나고 나서 가던가 하죠."

"무슨 장사 하시는데요? 웬만한 가게들은 명절 당일 날 쉬지 않아요?"

"과일 가게 하세요. 아무래도 과일은 명절 당일에도 사러 오는 사람이 많으니까요."

윤우가 과일 가게라는 말에 눈을 휘둥그레 뜨더니 잔뜩 기대하는 얼굴로 말했다.

"어, 그럼 늑대님이랑 친해지면 과일 많이 먹을 수 있겠네요."

"글쎄요."

"에이, 저 만날 때 과일 들고 오면 되잖아요."

그는 시큼한 레몬을 입에 문 사람처럼 윤우를 쳐다보았다. 싫다고 하면 될 걸 그 말을 하지 못하고 침묵을 선택하는 그를 보니 윤우는 더 약 올리고 싶어졌다.

"나 포도랑 체리랑 딸기 좋아해요. 아, 그리고 곶감, 그거 진짜 좋아해요."

그는 별말 없이 웃기만 하더니 소주를 한 모금 마시고는 윤우를 빤히 쳐다보았다.

"작업 거는 거 아니라면서 왜 이렇게 나에 대해 궁금한 게 많아요?"

무표정한 얼굴이었는데 그의 눈이 웃고 있었다. 윤우가 발끈했다.

"이봐요. 진짜 관심 있었으면 이런 건 다 뒷조사로 알아내죠. 그럼 서로 잘 모르는데 무슨 일하는지, 명절에 뭐 하는지 그런 거 안 묻고 뭐 물어봐요? 좋아하는 색깔 물어볼까요?"

"그런가."

그가 갸웃하며 허공을 쳐다보더니, 들어보니 그 말도 맞다는 식으로 고개를 끄덕였다. 그리곤 곱창을 상추에 싸서 입을 넣는데, 윤우야말로 자신이 지금 작업 거는 건가 고개를 갸우뚱했다. 자꾸 쳐다보고 잘해줘서 신경이 쓰였고, 뭐 하는 사람인지 어떻게 살고 있는 사람인지 궁금해서 물은 건데 이것도 결국 관심이 있어서 그런 것인가?

윤우가 풋고추를 된장에 찍어 한입 베어 물고는 그를 빤히 쳐다보았다.

"정말 내가 지금 댁한테 작업 걸고 있는 거예요?"

"글쎄요."

"사실 연애를 안 한 지 꽤 오래돼서 감이 떨어진 상태거든요. 난 그냥 마음 내키는 대로 하는 것뿐이에요. 심심했고, 혼자 있는 게 싫어서 그냥 연락한 건데."

그가 어깨를 으쓱였다.

"뭐, 친구 사이면 자연스러운 일이죠. 하지만 왜 저에게 연락했냐는 거겠죠, 하고많은 사람 중에."

"에이, 그거야 댁이 날 쳐다봤잖아요. 재떨이 갖다 주고 밥도 긁어서 모아주고. 사람은 원래 자기한테 잘해주는 사람과 친해지는 거예요."

"난 다른 사람한테도 그렇게 해줘요. 생긴 것도 그렇고 성격도 별로인 남자가 그랬으면, 수리님이 연락했겠어요?"

윤우가 더 헷갈린다는 얼굴로 허공을 이리저리 응시했다.

"그런가. 진짜 내가 지금 작업 거는 건가."

그가 빙긋이 웃으며 윤우를 가만히 쳐다보았다. 어디서 이런 뚱딴지같은 여자가 나타났나, 재미있어하는 얼굴이었다. 고개를 이리저리 갸웃거리며 자신이 지금 하는 행동이 뭔 의미인지 헤아려 보던 윤우가 어느 순간 귀찮다는 양 고개를 세차게 흔들었다.

"아우, 따지기 귀찮아. 그냥 내가 작업 거는 걸로 해요."

"그래요."

왠지 약이 올라 윤우가 입술을 찌그러트리며 그를 노려보자, 그의 웃음이 더 짙어졌다.

곱창집을 나온 후 산책을 했다. 시간은 열두 시를 향해 달려가고 있었지만, 내일부턴 연휴인데다 술도 한잔 걸친 터라 마음은 한껏 느긋

해져 있었다. 게다가 몸집이 듬직한 안준연이 옆에 있으니 윤우는 오랜만에 편안한 마음으로 밤거리를 구경할 수 있었다.

왕십리 골목길을 나오니 대로변이 나왔고, 횡단보도를 두어 번 건너자 불을 끈 상점들이 줄지어 이어졌다. 그러다 사거리를 지나는데 건너편 길가에서 화려한 조명이 반짝였다. 윤우가 강 건너 불구경하듯 건너편 거리에 있는 나이트를 바라보았다. 나이트는 이제야 진짜 시작을 하는 건지 입구 앞은 사람들로 북적였고, 그 옆엔 온몸에 바람이 든 노란 인형이 팔다리를 허우적거리며 춤을 추고 있었다. 어찌나 크게 써 붙여놨는지 인형의 배 한가운데에 있는 '부킹 100%'라는 글씨가 길 건너에서도 보였다.

"저런 데 가봤어요?"

"한두 번이요, 사무실에서 회식할 때."

"입장이 돼요? 저런 데는 나이 제한 있지 않아요?"

"저긴 우리 나이대가 가는 곳이에요."

"아……."

윤우가 자신의 나이가 벌써 그렇게 됐나 새삼 깨달았다는 듯 고개를 주억거리다 퍼뜩 그를 올려다보았다.

"우리가 아니고 늑대님이 가는 곳이겠죠. 전 아직 삼십대 중반이거요."

"나도 삼십대 중반에 속해요."

윤우가 약 올리듯 실실 웃으며 고개를 저었다.

"에이, 그건 아니죠. 서른여덟이면 마흔 줄에 속하는 거죠."

"아이고, 서른다섯이나 서른여덟이나."

"달라요. 서른다섯과 서른여덟 사이에는 건널 수 없는 강이 흐르고 있다고요."

"말도 안 돼."

"왜 말이 안 돼요. 서른다섯은 서른여덟이 될 수 있지만, 서른여덟은 서른다섯이 될 수 없잖아요. 그건 엄청난 차이라고요."

그는 반박할 말을 찾으려고 애를 썼지만, 생각할수록 너무 그럴듯한 말이라서 반박할 말이 딱히 떠오르지 않았다. 윤우가 그의 얼굴을 들여다보며 놀려댔다.

"흐흐흐. 아니라고 하고 싶은데 아무리 생각해도 할 말이 안 떠오르죠?"

그가 약이 오른 사람처럼 입을 꾹 묻고 쓴웃음을 지으며 고개를 끄덕였다.

그렇게 시답잖은 이야기로 옥신각신 떠들며 걷는 사이 길은 좁은 이차선 도로로 이어졌다. 주택가가 멀지 않은지 도로를 지나가는 차들의 불빛 말고는 길 자체가 어두컴컴했다. 윤우는 먼발치에서 새어 나오는 붉은 빛에 저건 무슨 가게인가 자세히 쳐다보았다. 좀 더 걸어 가니 줄지어 새어 나오고 있던 붉은 빛의 정체를 알 수 있었다. 작은 술집들이었는데 여자를 끼고 먹는 술집이었다. 여남은 개의 술집들을 지나치면서 윤우는 슬쩍슬쩍 간판을 쳐다보았다. '밤장미', '은하수', '칵테일' 등등의 촌스러운 이름이 붙어 있어서, 그중 나은 이름이 뭘까 따져 보았다.

그는 아무 말 없이 그녀 곁에서 걸을 뿐이었다. 가게 중 간혹 문을 열어놓고 미니스커트를 입은 여자가 앉아 있었지만, 여자는 윤우가 있어서인지 그에게 들어오라는 손짓이나 말을 건네지 않았다. 윤우는 그 여자와 혹시라도 눈이 마주칠까 봐 일부러 앞만 보고 걸었다. 그 여자를 구경하고 싶지 않았고, 구경하는 게 미안했다.

윤우가 다시 입을 연 건 그 가게들을 지나치고도 한참 후였다. 길은 다시 가로등과 편의점 불빛에 의지하고 있었고, 도로는 밀리는 시간대를 피해 귀향길에 나선 차들에게 길을 내주고 있었다. 싫던 좋던 모두들 제 혈연을 찾아가고 있었다.

"늑대님에게 이런 말을 해도 되는 건지 모르겠지만…… 그냥 할게요. 내 이야기를 듣고 늑대님이 안 좋게 생각하더라도, 그건 늑대님 생각이니까."

무슨 이야기를 하려는 것일까, 준연이 조금은 긴장된 얼굴로 윤우를 쳐다보았다. 하지만 윤우는 가로등 불빛이 쏟아지는 길을 바라보고 있었다.

"예전에 우리 엄마도 몸을 팔려고 한 적이 있었대요."

그는 예상과는 다른 말에 오히려 긴장을 풀고 그녀의 이야기를 들었다.

"아빠가 탄광에서 일할 때 크게 다친 적이 있었는데, 거동을 못하고 자리보전을 했대요. 그렇게 몇 달 지나고 나니까 엄마 말로는 온 식구가 굶는 상황이 되더래요. 그래서 더 이상은 안 되겠다 싶어 몸을 팔려고 여관에 찾아갔대요."

"여관에요?"

그가 잘 이해되지 않는다는 듯 반문하자, 윤우가 그때 상황을 좀 더 자세히 설명해 주었다.

"옛날 시골에선 여관에 가면 여관 주인이 포주에게 연락을 한대요. 여기 여자가 있으니까 면접 보라고요."

"아……."

"며칠 지나서 엄마한테 연락이 왔대요. 그쪽에서 내일 사람이 오니까 면접 보러 오라고요. 그날 밤, 엄마가 잠 한숨 못 자고 고민을 했대요. 갈까 말까, 갈까 말까. 뜬눈으로 밤을 새면서 고민을 하다 눈을 질끈 감고 갔대요. 아빠가 언제 나아질지 모든 게 불투명한데 더 이상 쌀을 꾸러 갈 곳도 없고, 저는 막 두 살이 되었을 때라 맡겨놓고 일 나가기도 쉽지 않고."

윤우가 하던 말을 멈추고 갑자기 그를 올려다보았다.

"그래서 어떻게 됐게요?"

그는 말없이 고개를 저었다. 윤우가 심드렁한 웃음을 입가에 그리며 결말을 이야기해 주었다.

"엄마가 여관방에서 인사를 하고는 앉았는데, 포주가 한마디도 묻지 않고 그냥 쳐다만 보더래요. 위아래로 쓰윽 훑고 엄마 얼굴을 한참 동안 쳐다보더니……"

윤우가 뜸을 들이자, 그가 궁금하다는 양 눈을 크게 뜨고 물었다.

"뭐랬대요?"

"그냥 갔대요."

그가 언뜻 이해가 안 된다는 얼굴을 하자 윤우가 피식 웃으며 한 번 더 말했다.

"그냥 가버렸대요, 엄마 얼굴을 보더니."

그는 예상치 못한 결말에 허탈한 건지, 아니면 웃긴 건지 복잡 미묘한 표정을 지었다. 윤우가 키득거리며 엄마의 생김새를 이야기해 주었다.

"그 나이쯤에 찍은 우리 엄마 사진이 있는데요, 진짜 누가 봐도 장군님이에요. 머리를 하나로 질끈 묶고 입을 꾹 다물고 찍었는데, 눈에서 레이저 나올 것 같은 기세였어요. 근데 더 웃긴 게 뭔지 알아요?"

그걸 어찌 알겠냐는 듯 그가 눈을 동그랗게 뜨고 고개를 젓자, 윤우가 입술을 찌그러트리며 말해주었다.

"내가 우리 엄마랑 비슷한 나이라는 거예요. 게다가 그때 사진 보면 엄마가 지금의 저보다 더 예쁘다는 거예요."

그는 차마 크게 웃지는 못하겠는지 입술을 꾹 다물고 작게 콧바람 소리만 냈다.

"크게 웃어도 돼요, 웃긴 이야기니까. 물론 조금 가슴 아픈 이야기이긴 하지만, 솔직히 웃기잖아요."

그가 피식 웃자, 윤우가 조금은 진지한 얼굴로 덧붙였다.

"이 이야기를 우리 엄마가 돌아가시기 반년 전쯤에 하시더라고요. 왜 진즉에 말 안 했느냐고 물으니까 부끄러운 일이라서 그동안은 말을 안 했대요."

"그러실 만하죠. 어느 어머니가 그런 이야기를 자식에게 하고 싶겠어요."

그가 이해 어린 말을 하는데, 윤우가 섣불리 단정 짓지 말라는 듯 검지를 흔들어 보였다.

"이건 내 생각인데요, 우리 엄마가 부끄러워한 건 몸을 팔려고 한 적이 있었다는 사실이 아니라 포주한테 까였다는 사실이 아닌가 싶어요. 안 그렇겠어요? 언제든 마음만 먹으면 몸을 팔 수 있을 거라고 생각했는데 그게 아니었던 거죠."

"글쎄요."

그는 답하기 어려운지 애매모호한 얼굴을 했다. 윤우는 농담 반 진담 반을 섞어 이죽거렸다.

"내가 그 이야기를 듣고 얼마나 무서웠는데요. 앞으로 최악의 상황이 되었을 때 몸을 팔 수 없다는 뜻이잖아요."

그가 위로랍시고 말을 건넸다.

"텐프로나 고급 바는 힘들겠지만, 저기 섬이나 시골에 있는 선술집은 가능할 거예요."

"탁주 따라주고 젓가락으로 박자 맞추는 그런 데요?"

윤우가 되받으면서 잔뜩 눈을 흘겼지만, 그는 말없이 싱글거릴 뿐이었다.

그렇게 가슴 아픈 이야기를 헛소리와 시시껄렁한 농담을 한데 섞어 길바닥에 풀어내는 사이 먼발치에 편의점이 나타났다. 윤우는 다리가 슬슬 아파와서 잠시 쉬었다가 헤어지자는 말을 꺼냈다. 그는 다리는 괜찮은데 슬슬 졸리기는 하다며 그러자고 동의했다.

새벽 두 시가 넘어가자 초가을 밤바람이 꽤 쌀쌀하게 느껴지기도 했다. 윤우가 카디건을 여미고 밖에 있는 야외의자에 앉자, 그가 따뜻한 음료수를 사러 편의점 안으로 들어갔다. 그 모습을 윤우가 물끄러미 지켜보다가 문득 엄마의 장례식 때 편의점 앞에서 보았던 중년 사내를 떠올렸다. 오정혜 씨가 마음에 걸려 한 사람이 누구였느냐고 물었던 그 사람을 그 이후에는 한 번도 볼 수 없었다. 물론 윤우가 작업실에서 두문불출한 것도 이유겠지만, 그 남자가 한 번쯤은 또 나타날 거라고 여겼는데 남자는 그날 이후 찾아오거나 연락을 시도하지 않았다.

'도대체 그 남자는 누구였을까. 그리고 왜 그런 질문을 했던 걸까. 정말 나처럼 아무 이유 없이 엄마의 마음을 그냥 알고 싶었던 걸까.'

윤우가 그 남자를 떠올리다 안준연과 함께 지나쳐 온 골목길 쪽을 바라보았다.

그때 엄마가 마음에 걸려 한 사람은 언니나 그녀일 거라고 답했는데, 이제 와 생각해 보니 아닐 수도 있겠다는 생각이 들었다. 어쩌면 엄마가 마음에 걸려 한 사람은 한 동네에서 살던 여자일지도 모른다는 생각이 들자, 왠지 기분이 찜찜했다. 뭔가 중요한 질문에 잘못 대답한 것 같은 이상한 느낌. 그건 뭐라고 설명할 수도 없고, 단서나 근거 하나 없는 막연한 느낌일 뿐이었다.

윤우는 어둠에 잠긴 맞은편 건물들을 멍하니 바라보면서, 엄마가 돌아가시기 일 년 전쯤 고해성사를 하듯 들려주었던 젊을 적 이야기를 떠올렸다. 그러니까 그녀의 엄마, 오정혜가 결혼한 지 8년이 막 되어갈 때쯤이었다. 윤우는 그때 태어나지 않은 때였고, 강원도에서 아버지가 탄광 일을 하며 일곱 살 먹은 큰오빠 현우와 다섯 살 먹은 언니 지우를 키우고 있을 때였다.

"하루는 네 아버지가 여자를 데려왔어. 근데 여자 몰골이 완전 거지꼴인 거야. 얼굴에 피멍이 들고 머리는 누구한테 쥐어뜯겼는지 산발을 하고 여름 쓰레빠를 질질 끌고 있었는데 두 발이 추위에 다 터져갖고는 시꺼멓게 흙투성이였지."

"동네 거지를 데려왔던 거야?"

"아니, 한동네 사는 여자였어. 애도 있고 남편도 있는 여자였는데, 남편이 술주정뱅이에 노름꾼이라 여자를 복날 개 패듯이 패곤 했지."

"아버지가 불쌍해서 데려왔었나 보네."

"네 아버지가 좀 그런 구석이 있잖냐. 오지랖 넓고, 남 퍼주기 좋아하고."

"그래서 그 여자는 어떻게 됐어."

"그 여자가 집에 들어와서 한 반년 살았지. 씻겨놓고 뜨신 밥 먹이니까 살이 뽀얗게 오르는 게 예쁜 여자더라고. 나한테 형님 형님 하면서 붙임성도 좋고."

"그럼, 아빠가 첩을 들인 거야?"

평생 바람이라고는 펴본 적이 없다고 생각한 아버지가 오래전 바람을 폈을지도 모른다는 생각에 윤우가 놀란 얼굴로 물었었다. 그땐 이미 아버지가 돌아가신 후여서 윤우는 옛날이야기 듣듯이 흥미로워했는데, 오정혜는 윤우의 말에 꽤나 신산한 표정을 지으며 떨떠름한 어조로 말을 이어갔다.

"그렇다고 할 수 있지. 나도 그 여자를 작은댁이라고 불렀으니까."

"아버지가 진짜 작은방에 여자를 두고 바람을 폈단 말이야?"

"모르지, 내 앞에선 작은방에 가거나 하지 않았으니까. 그냥 말이나 좀 섞고 그랬어. 내가 밖에 나갔을 때 뭔 짓을 했는지는 모르겠지만 그거야 뭐 내 소관이 아니고."

"질투 안 났어? 아빠가 버젓이 집에 여자를 두고 있는데?"

"질투는 무슨. 그때는 사는 게 너무 힘들어서 질투 그런 것도 없어. 그냥 그런가 보다 한 거지. 다만 살림이 빠듯한데 군식구가 느니까 그게 불만이었지."

"내보내라고 하지 그랬어. 그 여자도 어느 정도 괜찮아졌으면 알아서 나가야 하는 거 아닌가?"

"그 여자가 좀 그런 여자였어. 사람이 나쁜 사람은 아닌데 남편 하나 있는 게 돈 떨어지면 돈 가져오라고 개 패듯이 패니까. 여자가 어쩔 수 없이 동네 남자들한테 몸도 팔고 술 대작도 좀 해주고 어떨 때에는 잠깐씩 빌붙어 살면서 그렇게 근근이 살았거든."

"애가 있었다면서? 애가 있는데 몸을 팔았단 말이야?"

"그때엔 그런 여자 동네마다 있었어. 살기가 어려우니까."

"아니, 남자가 그러면 도망을 가든가, 이혼을 하고 애를 데리고 떠나든가 해야지. 그게 뭐야?"

윤우가 당최 이해가 안 된다는 얼굴을 하자, 오정혜는 딸을 물끄러미 보았다.

"그게 말이 쉽지. 나중에 너도 결혼해서 자식 낳아봐. 그리고 그 여자도 남편한테 뭔가 빚진 게 있거나, 잘못한 게 있으니까 꼼짝 못하는 거고."

"아우, 엄마. 그건 맞을 만하니까 때린다는 말이랑 뭐가 달라? 여자가 어리석은 거지. 뭔 잘못을 했건 간에, 여자한테 몸 팔아서 돈 가져오라고 하는 남자가 그게 인간이야? 말종이지. 그리고 그 애는 뭐가 돼? 엄마가 동네에서 몸 팔고 다니며 사는 길 알면 그 애가 제대로 크겠어?"

"네 말이 틀린 말은 아닌데, 여하튼 그러고 사는 사람도 있는 거야."

"그래서 그 여자는 어떻게 됐어? 내보냈어?"

"겨울에 들어왔다 봄 좀 지나서 날 따뜻할 때, 그때 내보냈지."

"엄마가 내보내자고 한 거야?"

"내보내자고 한 건 아니고, 애들 보기 창피하다 뭐 그런 소릴 두어 번 했지."

윤우가 답답하다는 양 엄마를 흘겼다.

"아우, 엄마도. 내보내자고 난리를 쳐도 아빤 뭐라고 할 수 없는 거지. 불쌍해서 데려온 거야 이해하지만, 작은방에 살면서 바람피우는 걸 어떤 여자가 용납을 해? 아닌 말로 엄마가 아들을 못 낳은 것도 아니고, 박색인 것도 아니고."

"박색이지, 뭐. 애교도 없고 살가운 맛도 없고. 그 여잔 네 아버지 오면 다녀오셨느냐고 옆에 붙어가지고는 짐이며 옷이며 받아주고 그랬으니까."

"그 여자도 참……."

"여자 딴에는 고마운 거지. 매 맞고 한겨울에 길바닥에서 떨고 있었는데, 그걸 네 아버지가 거둬준 거니까."

"그래서 나가라고 하니까 순순히 나가긴 했어?"

"그게 참…… 그때 내가 한 짓을 지금도 생각하면 참…… 나도 못된 년이지. 그렇게까지 할 게 뭐 있다고."

"왜 어떻게 했는데? 그 여자 머리 다 잡아 뜯었어?"

"아니, 그 여자한테 그럴 일은 없지. 그냥 나가나 보다 그러고 있었는데, 네 아버지가 그 여자한테 쌀이랑 돈이랑 좀 줘서 내보내라고 한 거야."

윤우가 잠깐 생각에 잠겨 있다가 넌지시 물었다.

"화대를 주라는 거였나?"

"꼭 그런 건 아니고. 여자가 빈손으로 가면 남편한테 또 쥐어 터지니까. 그리고 어쨌든 같이 살다 내보내는 건데, 빈손으로 내보내는 건 아니다 싶은 거고."

"그래서 쌀이랑 돈이랑 줬어?"

오정혜의 얼굴이 그 지점에서 찌푸려졌다.

"못 준다고 지랄을 떨었어. 마당에 대자로 누워가지고는 막 구르면서 난 죽어도 못 준다고 고래고래 소리를 질렀지."

윤우는 상상만 해도 그 모습이 너무 웃겨서, 배꼽을 잡고 웃어댔는데 오정혜는 여전히 쓰디쓴 물을 입에 머금고 있는 사람처럼 회한 어린 목소리로 중얼거렸다.

"내가 그때 왜 그랬나 몰라. 악에 받쳐 가지고는 있는 대로 생지랄을 쳐대니까 네 아버지가 말없이 한참 동안 쳐다보더니 한마디 하더라고."

"뭐라고?"

"사람 참 못쓰겠다고."

"아빠도 참, 그럴 수도 있는 거지. 어떤 여자가 첩한테 돈이랑 쌀이랑 바리바리 쥐어주고 싶어 하겠어."

"바리바리도 아니야. 그냥 쌀 두 말이랑 돈 몇 푼 주라는 거였어. 그걸 내가 못 준다고 그 지랄을 떤 거지."

"그 여자는 줄 때까지 버티고 서 있었어?"

"몸 둘 바를 모르고 고개를 숙이고 있더라고. 자기도 가져가야 하긴 하겠는데 내가 그 난리를 쳐대니까 차마 달라고는 말 못하고 그냥 장승처럼 가만히 서 있더라고. 고개를 푹 숙이고 두 손을 꼭 모으고 있는데 내가 죄인이오, 그러고 있더라."

윤우는 갑자기 그 여자의 입장이 느껴져 마음이 짠했다. 오정혜도 그 여자의 모습이 선명하게 떠올랐는지 아픈 얼굴을 했다.

"그 여자를 결국 빈손으로 내보냈어, 그 불쌍한 여자를."

"엄마가 못된 건 아니야. 그 여자도 불쌍하지만 엄마도 오빠랑 언니 먹이고 키우느라 그때 남의 집 식모하고 농사도 대신 지어주고 그랬잖아."

오정혜가 윤우를 가만히 바라보았다.

"그때는 사느라 정신이 없어서 몰랐는데, 이제 와 생각해 보니 내가 그때 정말 못되게 군 거더라. 사람 입장이라는 게 언제든 뒤바뀌는 건데, 내가 한 치 앞도 못 보고 그 여자를 업신여긴 거지."

오정혜는 이때 윤우에게 몸을 팔려고 한 적이 있었다는 말을 하지 않았었다. 그 여자를 빈손으로 내보낸 후, 3년 후에 입장이 바뀌고 나서야 그 여자의 심정을 이해할 수 있게 되었다는 말을, 오정혜는 입 밖으로 꺼내지 않고 당부만 했다.

"남한테 못되게 굴지 마. 될 수 있으면 지금은 손해다 싶더라도 그렇게 사는 게 나아. 나중에 다 돌아온다. 내가 누구를 괄시하고 무시하면 그다음엔 네가 어김없이 그 입장이 돼. 내가 살아보니까 그래."

그때 서른세 해를 살았던 윤우는 어느 정도 그런 일을 겪어봤기에 다 안다는 듯 고개를 끄덕였었다.
"커피 마셔요."
그가 김이 모락모락 나는 원두커피를 테이블에 놔주었다.
"고마워요."
윤우가 빙긋이 웃어 보이고는 커피 한 모금을 마셨다. 밤공기가 쌀쌀한지 잘 몰랐는데, 뜨거운 커피를 미시사 봄이 한기에 움츠러들어 있었다는 설 알 수 있었다. 그래도 오랜만에 실컷 걸어서인지 다리는 좀 아파도 몸은 사뿐했다. 그는 차가운 커피를 사왔는지 목이 말랐다는 양 커피를 벌컥벌컥 마시고는 주머니에서 담배를 꺼내 한 대 피웠다. 윤우도 한 대 달라고 하자 그가 한 개비를 건네주고 불을 붙여주었다.
윤우가 담배 한 모금을 피우고는 자비로운 표정을 지어 보이며 말했다.
"이제 집에 보내줄게요."
그가 피식 웃더니 장난스럽게 답했다.
"허락해 주셔서 고맙습니다."
"오늘 미친년 만나 고생 많았어요."
그는 못 말린다는 양 고개를 설레설레 젓더니 담배를 마저 피웠다. 함께 도로 위의 차량들을 구경하며 담배를 피우던 윤우가 그를 가만히 쳐다보는가 싶더니 담담한 얼굴로 말을 건넸다.
"고마워요, 오늘 같이 놀아줘서."
의자에 등을 기대고 편하게 담배를 피우던 그가 윤우의 예의 바른 말에 자세를 고쳐 앉았다. 그는 입가에 미소를 띠운 채 대답했다.

"나도 고마워요, 오늘 불러줘서."

윤우가 빙긋이 웃으며 지혜로운 늑대를 쳐다보았다. 어쩌면 그가 좋은 사람일지도 모르겠다는 생각이 들었다.

5부
(●(((((○ ((●
누에고치

　추석 내내 윤우는 골목길을 돌아다녔다. 아기자기한 손글씨 간판이나 메뉴판을 그나마 볼 수 있는 홍대 거리와 서래마을 카페거리, 삼청동과 북촌으로 이어지는 골목길, 인사동에서 안국동으로 이어지는 거리를 돌아다니며 눈에 띄는 글씨를 사진으로 찍고 나니, 추석 연휴 사흘이 금방 지나가 버렸다.
　추석 연휴 마지막 날, 윤우가 대학로 뒷골목까지 구석구석 다녀온 후 찍어온 사진을 점검했다. 사진을 하나하나 확인하던 그녀의 얼굴이 점점 찌푸려졌다. 찍을 때에는 미처 몰랐는데, 찍고 나니 빛이 반사되어 유리나 아크릴판에 있던 글씨 사진이 조금씩 가려져 있는 경우가 있었다. 빛 반사를 피해 비스듬히 찍은 건, 글씨의 형태가 왜곡되어 원래의 모양을 어림짐작해야 했다. 윤우가 책상 위에 있는 디지털 카메라를 못마땅하게 노려보았다. 처음부터 자료 수집용으로 사진의 화질을 생각하지 않고 저렴한 걸 샀더니, 찍을 때마다 마음에 들지 않았다. 게다가 초점을 맞추는 기능이 망가졌는지 찍어온 글씨들이 대부분 초점이 흐리고 조금씩 흔들려 있었다.

'비싼 걸로 하나 사야 하나.'

이번에 사면 좋은 걸로 사고 싶은데, 지금 그나마 갖고 있는 여윳돈을 써버려도 괜찮을까. 만약 집 주인이 세입자가 생길 때까지 전세금을 내줄 수 없다고 하면, 윤우는 그야말로 여윳돈 없이 버텨야 하는 상황이었다.

'적당한 가격으로 좋은 걸 살 수 있으면 좋을 텐데.'

카메라에 무지하니 가격대와 화질을 비교하는 게 힘들었다. 풍경보다는 접사에 가까운 사진을 찍을 때 일반 카메라로도 괜찮은 건지, 아니면 접사용 렌즈를 장착해야 할지 말이다.

일단은 좀 알아볼까 하는 생각에 사진 동호회에 들어가 카메라에 대한 이런저런 평을 검색해 보던 윤우는 문득 안준연이 떠올랐다. 술을 마시던 그날, 혼자 집에서 지내지 말고 밖에 나가 돌아다녀야 여자를 만날 수 있다고 어쭙잖은 훈계를 하는 윤우에게 그가 콧방귀를 뀌며 이렇게 대답했었다.

"그래서 사진 동호회에도 들어가 보고, 음향 동호회에도 들어가 봤는데 죄다 남자뿐이던데요."

"죄다 덕후질 하는 남자들만 들어가는 곳이니까 그렇죠. 살사댄스 동호회라던가, 와인 동호회 이런 데를 들어가야죠. 거긴 여자들 천지라고요."

"그래서 수리님은 등산 동호회 들어온 거예요? 남자가 많아서?"

"그럼요. 운동도 하고, 건강한 남자랑 연애도 하고 얼마나 좋아요."

윤우가 대놓고 그렇다고 하니 그가 어이없어했다.

"근데 사진 동호회에 들어갔으면 카메라 좋은 거 있겠네요?"
그가 경계하는 얼굴로 방어적으로 답했다.
"엄청 좋은 건 아니고, 그냥 취미로 찍을 정도는 되는 거예요. 왜요?"
"지금은 사진 찍으러 안 다닐 거 아니에요?"
"여행 가면 찍을 거예요. 요 몇 년은 너무 바빠서 못 갔지만."
"여행 간다는 건 기약 없는 바람인 거잖아요. 나중에 좋은 걸로 하나 사고, 지금 그건 버려요."
"멀쩡한 건데 왜 버려요? 중고로 팔 수도 있는 건데."
윤우가 테이블 너머로 쑥 고개를 내밀고는 최대한 귀엽고 섹시한 표정을 지으며 말했다.
"집 앞에 버려요, 내가 주워가게."

그때 지혜로운 늑대, 안준연은 단호하게 고개를 저었다. 윤우가 제발 버리라고 생떼도 써보았지만, 그는 들리지 않는다는 양 딴 곳을 쳐다보았다.
윤우가 그때를 떠올리며 핸드폰을 내려다보았다. 사진기를 빌려달라고 해볼까 하는 생각에 핸드폰을 집어 들긴 했는데 이래도 될까 망설여졌다. 카메라는 자동차나 자전거와 비슷하게 개인적인 물건이었다.
'통화 가능해요?' 라고 문자를 보내자 그리 바쁜 건 아니었는지 안준연이 바로 전화를 해왔다.
〈네, 수리님.〉
"집이에요?"
〈아뇨, 아버지 가게요.〉
"아, 맞다. 연휴에 가게 일 돕는다고 했죠."

〈네. 그런데 웬일이에요?〉

"저기, 부탁할 게 좀 있어서요."

〈무슨…….〉

"카메라 하나 살까 하는데, 조언 좀 해줄 수 있어요?"

윤우가 갖고 있는 디카의 문제점을 설명하고, 원하는 카메라를 대략적으로 설명하자 그가 생각에 잠긴 듯 잠시 말이 없더니 별일 아닌 듯 자기 걸 빌려주겠다는 말을 했다.

"빌려줘도 괜찮겠어요? 카메라는 자가용처럼 남에게 안 빌려주는 거라고 들었거든요."

〈빌려주려고 하는 건 좋은 건 아니고요, 대학 때 동아리 활동하면서 썼던 카메라가 있어요. 전문가용은 아니지만, 편광 필터도 장착되어 있고 지금 수리님 디카보다는 나을 거예요. 이걸 우선 써보고 어떤지 테스트해 보세요. 더 좋은 걸 사야 할지 아니면 이 정도 급으로 사야 할지.〉

"그거 쓰다가 괜찮으면 나한테 중고로 팔래요?"

〈이거 요즘에 가격 많이 내려갔어요. 그래서 새 걸로 사는 게 나을지도 몰라요. 미리 결정하지 말고, 일단은 써보고 결정해요.〉

"네, 고마워요."

지금은 잘 안 쓰지만 어찌 됐든 그에게는 추억의 물건이라 팔고 싶지 않은 것 같았다. 윤우가 알겠다는 답을 하고는 카메라 받으러 내일 어디로 가야 하느냐고 물으니, 그가 내일은 출근한다며 시청 앞에서 보자고 답했다. 시청 건물 1층 로비에서 열두 시에 보기로 하고 전화를 끊었다.

추석 동안 찍은 사진을 정리한 윤우가 새벽 한 시쯤 작업실을 나서려고 일어섰다. 평소대로 지갑과 핸드폰만 가방에 넣고 나가려는데,

핸드폰 배터리가 다 되었는지 꺼져 있었다. 윤우가 잠깐 망설이다 작업실에 꽂아둔 잭에 연결해 놓고 지갑만 챙기고 나갔다. 고시원이 백 미터 거리에 있는데다 내일 약속 시간이 오후라 작업실에 들렀다 갈 생각이었다.

다음날 늦어도 열 시쯤엔 일어나려니 하고 알람도 없이 푹 잠에 빠졌던 윤우는 눈을 뜨자마자 시각을 확인하고 화들짝 놀랐다. 몸이 미쳤는지 열 시간을 내리 잔 것이다. 최대한 빨리 이를 닦고, 세수를 한 후 전날 입은 옷을 그대로 걸쳐 입고 시청으로 향했다. 지하철이 빨리만 온다면 아슬아슬하게 약속 시간에 맞출 수 있을 것 같았다. 작업실에 들러 핸드폰을 가져올 새도 없이 지하철역으로 뛰어간 윤우가 시청역에 도착한 것은 열두 시 십칠 분이었다. 그녀가 시청 건물로 미친 듯이 달려가는데 시청 건물 밖으로 그가 걸어 나오고 있었다.

"미안해요, 정말. 늦잠을 자버려서 늦었어요."
"전화도 안 받고, 무슨 일이 생겼나 해서 그냥 밥 먹으러 가고 있었어요."
"다행이다. 조금만 더 늦었으면 못 만날 뻔했네요."
"근데 전화는 왜 안 받았어요?"
"작업실에 두고 왔거든요. 배터리가 다 돼서 놓고 왔는데, 들렀다 올 시간이 안 됐어요."

그는 윤우에게 숨 돌릴 여유를 주려는 듯 잠시 옆에 서서 기다리더니, 점심으로 뭘 먹고 싶은지 물어봤다. 윤우가 숨을 몰아쉬며 일단은 그와 함께 식당이 있는 골목 쪽으로 걸어갔다.

"아무거나요. 아, 기름진 거 빼고요. 국물 있는 걸로요. 밀가루는 싫고요, 이왕이면 칼칼한 걸로."

'아무거나' 라면서 끝없이 나오는 조건에 그가 어처구니없는 얼굴을 하는데, 한결 숨을 고른 윤우가 침착하게 다시 말을 꺼냈다.

"아, 그리고 점심은 내가 살게요. 카메라 빌려주는 값이에요."

"주는 것도 아닌데요, 뭘. 내가 살 테니까 먹고 싶은 거나 말해요."

"내가 사요."

윤우가 호기롭게 말해놓고는 순간 아차 싶은 얼굴로 가방에 들어 있는 지갑을 꺼냈다. 지갑 속에 현금이 8천원밖에 들어 있지 않았다. 그녀가 곤혹스러운 얼굴로 그를 쳐다보았다.

"어, 저기…… 오늘 돈을 찾는다는 게 늦어서 바로 왔더니, 돈이 없네요."

그의 눈이 가늘어지자, 윤우가 일부러 그런 게 아니라는 양 펄쩍 뛰며 말했다.

"진짜 내가 사려고 했어요."

"괜찮아요. 어차피 내가 사려고 했으니까 마음 쓰지 말아요."

윤우가 주절주절 이유를 설명하기 시작했다.

"제가 카드 하나 있는 걸 몇 년 전에 없앴거든요. 카드가 있으니까 충동구매가 많더라고요. 체크카드도 만들면 일단은 써버릴 것 같아서 무조건 현금만 쓰려고 한 건데……. 미안해요. 이렇게 뜯어먹을 생각은 아니었어요, 진짜."

그가 피식 웃더니 눈을 가늘게 뜨고 말했다.

"못 믿겠어요, 그 말."

윤우가 가볍게 성을 냈다.

"아우, 참. 사람을 그렇게 못 믿어서 어떡해요. 다음엔 제가 꼭 살게요. 어차피 카메라 돌려줄 때 또 만나야 하니까."

그가 왠지 낚였다는 표정으로 쳐다보자, 윤우가 오히려 엄포를 놓앉다.
"안 그럼, 나 이 카메라 안 돌려주고 잠적해 버릴 거예요. 연락처도 싹 바꾸고."
"나 시청 공무원이에요. 설마하니 수리님을 못 찾아낼 거라고 생각하는 거예요?"
"아…… 맞다."
윤우가 어리바리한 얼굴로 고개를 끄덕이며 바로 수긍하자, 그가 빙긋이 웃으며 윤우의 얼굴을 잠시 쳐다보더니 밥이나 얼른 먹으러 가자며 앞서 걸었다.
두 사람은 결국 생선구이집으로 갔다. 칼칼한 국물에 밥과 나물반찬이 먹고 싶다는 윤우의 말에 그가 생각해 낸 메뉴였다. 한정식과 비슷한 가게여서 윤우는 여러 개의 나물반찬과 된장찌개가 나오자 안준연을 다시 봤다는 듯 쳐다보았다.
"늑대님, 보기보다 센스 있다. 내가 먹고 싶은 게 다 있는 곳으로 왔네요."
그가 뿌듯해하는 얼굴로 웃어 보이더니 출근할 때 집에서 챙겨온 카메라를 건넸다.
"오랫동안 쓴 거니까 조심조심 안 다뤄도 돼요. 마음껏 편하게 써요."
"그러다 망가지면요?"
새 걸로 사내라고 할 줄 알았는데, 그가 의외로 가뿐하게 고개를 끄덕였다.
"괜찮아요. 고치면 되죠. 어차피 제가 쓰는 건 따로 있으니까 망가져도 큰일 날 건 없어요."
"고마워요."

그가 별말 없이 미소만 짓더니 점원이 구운 생선을 내오자, 수저를 들고 밥을 떴다. 윤우가 그런 안준연을 물끄러미 바라보다가 진심을 담아 말을 건넸다.

"늑대님, 좋은 사람 같아요."

그가 예의 바르게 겸손한 대답을 할 줄 알았는데, 눈을 가늘게 좁히고 윤우를 쳐다보았다.

"맞아요, 나 좋은 사람이에요. 그러니까 나한테 잘해요."

"칫!"

윤우가 살짝 새침하게 입술을 비죽이자, 그의 웃음이 짙어졌다.

말은 그 정도 하고 밥을 먹기 시작했다. 급하게 뛰어와서 그런지 허기졌다. 해서 나물에 젓갈에 찌개를 연신 번갈아 가며 입에 넣는데, 그가 생선 한 토막을 그녀 쪽으로 밀어주었다.

"생선도 먹어요, 식기 전에."

윤우가 젓가락을 가져가다가 문득 시무룩한 얼굴로 생선을 내려다보았다.

"왜요? 생선 싫어해요?"

"아뇨. 좋아해요."

윤우가 조금 뻔뻔한 표정을 지으며 이유를 말했다.

"엄마가 생선을 항상 발라서 줬거든요. 그래서 혼자 발라 먹는 게 익숙지가 않아요."

그가 말없이 윤우를 빤히 쳐다보았다. 그래서 어쩌라는 거냐, 어처구니가 없다, 뭐 이런 말을 할 것 같은 얼굴이었지만 그는 끝내 아무 말도 하지 않고 입안에 밥과 나물을 넣고 우적거릴 뿐이었다. 윤우가 입술을 삐죽이고는 찌개를 떠 입에 넣자, 그는 무심한 얼굴로 젓가락으로 생선가시를 바르고 도톰한 살점을 집기 쉽게 만들었다.

"먹어요."

윤우가 헤실거리며 생선살을 집어 입에 넣었다. 포근하면서 삼삼한 삼치 살이 참 맛있었다. 역시 가장 맛있는 생선은 제철 생선도 아니요, 비싼 생선도 아니요, 남이 가시를 발라준 생선이리라.

밥을 다 먹은 후 근처 테이크아웃 커피집에서 커피 두 잔을 사들고, 시청 광장에 앉았다. 윤우가 늦게 온 터라 점심시간이 십여 분밖에 남지 않았지만, 가을날 야외에 앉아 마시는 커피는 그래서 더 금쪽같았다. 그는 카메라 작동법을 알려주고 몇 가지 설명을 해주더니, 한숨 돌리고 머리를 비우는 듯 멍하니 하늘을 올려다보았다. 윤우는 말 시키지 않고 그 옆에서 카메라를 만지작거리다 시험 삼아 그를 찍었다. 하늘을 보고 있던 그가 사진 찍는 소리에 찍지 말라는 양 손바닥을 들어 얼굴을 가리고 고개를 돌렸다.

"찍지 마요."

"왜요?"

"사진 찍히는 거 별로 안 좋아해요."

"테스트 삼아 찍는 거예요. 그리고 콤플렉스 있어요? 왜 사진을 안 찍으려고 해요?"

윤우가 얄궂은 표정을 지으며 사진기를 또 들이대자, 그가 손목시계를 확인하고는 벌떡 일어났다. 한 시가 약간 넘어 있었다.

"저 이만 들어갈게요."

"그래요. 난 여기서 커피 다 마시고 갈게요."

"그럼, 다음에 봐요."

그는 인사말을 하자마자 휙 하니 돌아서서는 거의 뛰다시피 시청 건물로 갔다. 윤우가 그가 건물 안으로 사라질 때까지 뒷모습을 지켜보았다.

그녀의 얼굴이 살짝 찌푸려졌다. 왜 그를 만나면 애처럼 어리광을 부리는지 모르겠다. 며칠 전 술을 마셨을 때에도 얼굴 한 번 본 그에게 엄마가 몸 팔려고 했었다는, 어찌 보면 내밀한 가족 이야기를 하질 않았던가. 충동적으로 말하고 싶어서 했지만 다음날 일어나서 괜한 말을 한 것 같아 후회를 했었는데, 방금 전에도 생선살을 발라달라며 또 떼를 썼으니 자신이 왜 이러나 싶었다.

상실감 때문에 부모 역할을 해줄 수 있는 대체 존재를 찾고 있는 걸까? 아니면 그가 잘해줘서 그런 걸까? 문재혁과 데이트 약속까지 해놓은 데다가 안준연보다 문재혁이 더 매력적이라고 생각하면서도 자꾸만 안준연에게 연락을 하는 건 또 뭔지, 윤우는 자신의 마음을 모르겠어서 혼란스러웠다.

'에이, 몰라. 마음이 흐르는 대로 내버려 둬. 가다 보면 알 수 있겠지.'

작업실이 있는 동네에 도착한 건 밤 열한 시가 되어서였다. 마음 같아선 작업실에 들러 사진도 정리하고 핸드폰으로 부재중 전화가 와 있는지 확인하고 싶었지만, 몸이 너무 고단했다.

다음날, 작업실에 도착하자마자 핸드폰을 켰다. 부재중 전화와 문자메시지가 가득 들어와 있었다. 대개는 그녀가 가입한 쇼핑몰이나 카페, 단체에서 보낸 문자였고, 부재중 전화 목록은 보험이나 대출 광고로 짐작되는 뒷자리 숫자가 반복되는 전화번호였다.

윤우가 버튼을 누르며 부재중 전화를 확인해 가다, 올케언니의 번호가 찍힌 것을 보고 멈칫했다. 명절 때 전화를 주고받긴 했지만, 전화를 잘 받지 않는 그녀의 성격을 알기에 한 번 전화해서 안 받으면 다시 전화하지 않았었다. 그런데 부재중 전화로 찍힌 올케의 번호에는 열두 번도 더 했다는 표시가 숫자로 남겨져 있었다.
 '무슨 일이지?'
 윤우가 갸웃하며 일단은 핸드폰을 내려놓고, 커피 한 잔을 드립했다.
 오랫동안 잔 탓에 머리에 뿌연 안개가 낀 것 같았는데, 진한 커피를 마시고 나니 한결 나아졌다. 윤우가 핸드폰을 다시 집어 들고 올케에게 전화를 걸었다.
 〈아유, 아가씨.〉
 별일 아닐 거라고 애써 불안을 잠재우며 전화를 걸었던 윤우는 올케의 놀란 듯하면서도 어딘가 책망하는 듯한 목소리에 긴장했다.
 "언니, 전화했었죠?"
 〈수십 번 했죠. 아니, 왜 전화를 안 받아요?〉
 "어쩌다 보니 그렇게 됐어요. 핸드폰을 작업실에 두고 밖에 좀 돌아다니다가 이제 봤어요. 왜요?"
 핸드폰 속에서 올케의 한숨 소리가 들려왔다.
 "무슨 일인데요?"
 〈놀라지 말고 들어요.〉
 "네."
 〈그저께 둘째 아가씨, 뇌수술 받았어요.〉
 "뇌수술이요?"
 윤우가 언뜻 이해가 되지 않아 어리둥절해서 반문하자, 올케가 숨을 좀 고르더니 그저께의 일을 설명했다.
 〈뇌출혈이었어요. 퇴근하고 나서 아래층 아주머니 집에 들렀다는데, 어지럽다며 거실에서 잠깐 눕더래요. 아주머니가 잠깐 놔두다가 아무래도 이상해서 흔들어 깨웠는데, 안 일어나고 축 늘어져서는⋯⋯. 여하튼 이상해서 119를 불렀는데 병원에 가니까 뇌출혈이었대요. 그래서 바로 수술 들어갔대요. 병원에서 아가씨한테 연락을 했는데 전화를 안 받아서 저한테 했다고 하더라고요.〉

"⋯⋯."

윤우는 말을 잃었다. 작업실 창문 밖으로 보이는 건너편 건물 옥상만 눈에 들어올 뿐이었다. 건너편 옥상엔 얼마 전까지 황구 한 마리가 개집에 묶여 지내고 있었다. 창밖으로 얼굴을 내밀면 내내 엎드려 있던 그 녀석이 꼬리를 흔들며 컹컹 짖어댔는데, 얼마 전 갑자기 사라져버렸다. 집주인이 그 녀석이 살 만한 곳을 찾은 건지, 아니면 실내로 데리고 들어간 것인지, 그도 아니면 그 녀석을 여름 보양식으로 먹어버린 것인지 알 수 없었다. 여름 내내 뙤약볕 아래 있는 걸 보면 마음이 짠했는데, 여름 지나고 살 만한 가을이 오니까 황구는 어딘가로 가버렸다. 몇 번이나 그 옥상에 올라가서 황구를 몰래 데려올까, 아니면 가서 놀아줄까 했지만 황구를 데리고 갈 상황도 아니고 놀아주다간 그 이후를 감당할 수 없을 것 같아, 아주 가끔 창밖으로 인사만 하고 모른 척하고 있었다.

〈윤우 아가씨, 제 말 듣고 있어요?〉

올케는 병원에서 말해준 예후를 이야기하고 있었지만, 윤우에게서 아무 소리도 들려오지 않자 하던 말을 멈추고 괜찮은지 확인했다.

〈아가씨, 괜찮아요?〉

"네, 듣고 있어요. 그래서 병원에서는 뭐래요? 괜찮아진대요?"

설마하니 심각한 상황이라고는 생각되지 않았다. 언니의 나이는 이제 겨우 마흔한 살이었다. 요즘 세태라면 아직 시집도 안 간 아가씨 축에도 낄 수 있는 젊은 나이였다. 비명횡사를 하면 했지 병으로 죽을 나이는 아니라고 여기며 윤우가 묻는데, 핸드폰 너머에서 올케의 심각한 목소리가 들려왔다.

〈아직 못 깨어났어요. 뇌압이 높아서 지금도 머리를 연 상태로 중환자실에 있어요. 병원에서는 이번 주가 지나야 알 수 있다는데, 깨어난다 해도 정상으로 돌아오는 건 불가능하다고 하더라고요〉

"왜요?"

〈수술할 때 머리를 열어보니까, 이미 뇌가 반쯤 죽어 있었대요. 조금만 늦었으면 그냥 잠든 채로…….〉

죽었을 거라는 말을 올케는 하지 못했고, 윤우도 그다음 말이 뭔지 묻지 않았다. 윤우가 눈을 감았다가 다시 뜨고는 자꾸만 저릿저릿한 손을 풀기 위해 쥐었다 폈다는 반복했다.

"병원 어디예요?"

〈지금 가려고요?〉

"예."

〈지금은 어차피 면회 안 돼요. 중환자실이라 정해진 시간에 가야 볼 수 있어요.〉

"몇 시에 가야 해요?"

〈아침 열 시랑 저녁 일곱 시에 삼십 분 동안 면회 시간이에요. 이따가 저녁에 가든가 해요.〉

"그럴게요."

〈이따 나도 갈게요.〉

"아니에요. 언니가 저 없이 혼자 처리하느라 정신없었을 텐데 그냥 저 혼자 다녀올게요. 어차피 같이 간다고 해서 달라지는 거 아니잖아요."

그렇잖아도 혼자 병원을 쫓아다니느라 그녀도 녹초가 되어 있었다. 평일 낮엔 카페를 봐야 하는데, 갑자기 누군가에게 부탁을 하기도 힘들어서 그제, 어제 가게 문을 닫고 오늘에야 카페를 연 참이었다.

전화를 끊고, 윤우가 의자에 몸을 기대고 눈을 감았다. 한동안 들리지 않았던 이명 소리가 다시 귀에서 들려왔다. 찌이이잉, 쇠줄을 가는 듯도 하고 형광등 소리 같기도 한 이명 소리에 윤우가 고개를 세차게 젓고 눈을 떴다. 커피도 한입 마시고 언제나 해왔듯이 노트북을 켜고 음악을 틀었다. 쇼팽의 피아노곡을 들으며 어제 사온 책을 펼쳤지만 눈에 들어오지 않았다. 대신 자꾸만 코에서 피식피식 콧바람이 나오고, 입에서 웃음이 새어 나왔다.

"뇌출혈?"

윤우가 어이없고 기가 막힌다는 듯 콧방귀를 뀌며 실실거렸다. 죽음의 행진은 이제 끝났을 거라는 그녀의 예상을 보기 좋게 후려친 운명이란 놈이 대단하게도 느껴졌고, 어떻게 이렇게까지 할 수 있나 놀랍기도 했다.

'결국 언니가 더 엄마를 마음에 걸려 했나?'

윤우가 조소를 입가에 그리며 핸드폰을 쳐다보았다. 언니 지우가 그녀와 달리 술도 잘 마시고, 이혼한 후에는 좀 과하다 싶게 술을 마시는 경향이 있긴 했지만 마흔한 살인 언니에게 일어난 뇌출혈은 아무리 생각해 봐도 엄마의 죽음 때문이었다. 아니면 그녀가 집을 나와 고시원에서 지낸 것과 달리 언니는 그 집에서 계속 지낸 탓일까. 그녀는 지독한 무기력감을 느끼며 일을 중단하고 어찌 됐든 미드를 보며 생각을 정지하고 휴식을 취했지만, 언니 지우는 오히려 자신을 달달 볶는 스타일이라 일에 더 매달리고 없던 일도 만들었다. 그래서 뇌출혈이 일어난 걸까.

죽음의 행진이 끝났다는 생각이 혼자만의 어림짐작이나 막연한 기대는 아니었다. 상 치르는 것도 삼세번이라는 옛말이 있다고, 엄마 장례식에 왔던 나이 지긋한 조문객들마다 그 이야기를 꺼낸데다, 연달아 일어나긴 했지만 아버지와 어머니의 연배가 어느 정도 있어서 큰오빠의 죽음을 견디기엔 힘들었을 거라고 내심 그렇게 생각했다. 게다가 아버지는 말이 교통사고지, 밤늦게 담배를 사러 간다며 나갔다가 횡단보도도 없는 도로를 무단으로 건너다 차에 치였었다.

언니 지우와 윤우, 올케 모두 아버지의 죽음이 자의적으로 이뤄진 것일지도 모른다는 말을 입 밖으로 꺼내지 않았지만, 허리디스크로 고생하고 있던 참에 큰오빠가 죽으니 우울증이 심해졌을 거라고, 그래서 어쩌면 무의식적으로 누군가 자기 인생을 끝내주기를 바라며 무단횡단을 한 건지도 모른다고, 마음속으로만 헤아리고 있었다. 그녀의 엄마는 젊을 때부터 심장이 좋지 않았고, 큰오빠가 암에 걸리기 전에도 심장비대증과 고혈압, 고지혈증 등을 달고 살고 있었으니 아버지를 따라간 게 그리 놀라운 일은 아니었다. 엄마에게 있어 큰오빠와 아버지는 살면서 가장 크게 의지하던 사람이었으니 말이다.

윤우가 담배 한 개비를 집어 들고 옥상으로 올라갔다. 가슴이 답답해서 탁 트인 곳에 있고 싶었다. 옥상에서 담배를 피우며 건물 위로 펼쳐진 하늘을 응시했다. 가을 하늘이 너무나 눈부시고 청명해서 눈물이 날 정도였다.

"지겨워."

엄마의 백일제 때 무덤 앞에서 담배를 끊겠다고 약속을 해놓고 여전히 피우고 있는 그녀 자신도 지겹고, 엄마마저 갔다고 삶의 욕망이나 기대를 모두 놓아버린 언니의 자책 어린 자기 방치도 지겨웠다. 무엇보다 가장 지겨운 건 이토록 뿌리 깊게 그 끝이 어디인지 보이지 않을 정도로 넓디넓게 자신의 존재를 각인시키고 남아 있는 사람에게 끝없는 죄책감을 불러일으키도록 자기연민이 강했던 엄마의 그림자였다.

윤우가 담배 필터를 어금니로 질겅질겅 씹었다. 눈물은 안 나고 자꾸만 화가 치밀었다. 도대체 언제까지 가족의 죽음에 죄책감을 느끼며 괴로워해야 하는 건지, 도대체 언제까지 다음은 그녀 차례인가 불안해하며 마음을 졸여야 하는 건지, 이제는 그만 정확한 날짜를 알려달라고, 고래고래 운명인지 팔자인지 하는 그 개새끼에게 소리치고 싶은데, 아무리 찾아봐도 운명이, 팔자가, 숙명이 보이지 않았다. 아무리 찾아봐도 두 눈 비비고 귀 후벼 파고 찾아봐도 그녀의 질문에 답해줄 존재가 없었다.

그날 저녁, 올케가 알려준 병원 중환자실에 가보니 대기실에 사람들이 올망졸망 앉아 있었다. 미리 손을 씻어야 하는 절차가 있다고 해서 조금 이르게 도착했는데, 다른 방문객들 틈에 끼어 손 씻을 차례를 기다리는 사이 면회 시간이 다가왔다. 중환자실 코앞에 서 있음에도 현실로 느껴지지 않았다. 뇌출혈이니 뇌사니 하는 건 뉴스에서나 접해온 거였지, 그녀의 가족에게 일어나리라고는 한 번도 생각해 본 적이 없었다.

두 겹의 문 너머에 언니는 정말 두개골이 열린 채 누워 있는 걸까. 일주일여 전 엄마 생신 때 같이 제사 준비하며 살아 있을 때의 엄마 이야기를 하며 웃고 떠들었던 언니가 두개골이 열린 채 누워 있다니, 도저히 믿을 수가 없었다. 들어가면 언니가 '서프라이즈'를 외치며 박장대소할 것만 같았다.

손을 씻고 다른 방문객들 사이에 서서 괜히 천장에 달린 모니터를 쳐다보았다. 환자들의 이름과 나이, 소속 병동이 화면에 띄어져 있었다.

『박지우/여/41세/신경외과』

그 목록 속에 언니의 이름도 있었다. 윤우는 다른 신경외과 소속 환자들의 나이를 확인해 보았다. 한두 명이 육십이 넘었고, 나머지는 칠팔십 먹은 노인들이었다. 목록에는 젊은 나이의 환자도 있었지만 그들의 소속은 흉부외과와 외과였다.

최소한 칠십까지는 건강하게 살아주는 게 남아 있는 가족에 대한 예의 아닐까? 아니, 그런 책임감은 그냥 걷어치우고, 정말 엄마의 죽음이 슬프고 안타까웠다면 엄마가 반평생을 넘게 애지중지 관심을 기울이며 키워온 언니의 몸을 돌보는 게 먼저 간 엄마에 대한 최소한의 감사 표시 아닌가. 아무리 뇌출혈이 갑자기 일어난다고 해도 그전에 전조 증상이 한 가지라도 있었을 텐데 그걸 그냥 방치했다는 것 아닌가.

혼자 남겨질지도 모른다는 두려움이 자꾸만 그녀를 화나게 만들고 언니에게 분노의 화살을 쏘고 싶게 만들었다. 윤우가 깊이 숨을 내쉬며 요동치는 마음을 가라앉히려고 애쓰는데, 문 바로 위에 걸려 있는 벽시계가 정확히 일곱 시를 가리키자 중환자실 문이 열리고 간호사가 나타났다.

"들어오세요."

서너 발자국 걸었을까, 다른 방문객의 뒤를 따라 안으로 들어서니 완전히 다른 세상이 펼쳐졌다. 윤우는 일반 병실처럼 침상마다 칸칸이 구획되어 커튼이 쳐져 있을 거라고 생각했는데, 중환자실은 한층 전체가 트여 있었다. 그 넓디넓은 공간에 하얀 시트를 덮은 환자들이 침상에 누워 양쪽으로 줄지어 있었다. 벽도, 침상을 두른 시트도, 환자들이 덮은 시트도, 간호사복도 모두 흰색이었다. 그나마 한쪽 벽에 커다랗게 있는 통유리창이 까맣게 실내를 비추고 있어서, 이곳이 현실 공간이라는 것을 일깨워 주고 있었다. 윤우는 환자들을 살펴보며 앞으로 걸어 나갔다. 환자복을 입지 않고, 벗은 몸에 모두 흰 시트를 덮고 있어서 가까이 가서 보지 않으면 구분이 되지 않았다.

언니는 어디에 있는 걸까, 윤우가 어리둥절한 얼굴로 주위를 둘러보자 간호사가 다가와 말을 걸었다.

"어느 환자분 찾아오셨어요?"

"아, 박지우요."

"가족 되세요?"

"네, 동생이에요."

간호사가 팔을 뻗어 가리킨 곳은 윤우 근처에 있는 환자였다. 그러니까 언니를 몰라본 것이다. 윤우는 자신이 기억하고 있는 언니의 얼굴을 찾으려고 눈을 가늘게 좁히고 간호사가 알려준 침상으로 다가갔다. 그곳에 얼핏 보면 여자인지 남자인지 알 수 없는 한 젊은 사람이 얼굴이 퉁퉁 부은 채 머리에 하얀 배 포장지를 두르고, 하얀 시트를 덮은 채 누워 있었다. 평소에 봤던 언니의 모습과는 달랐다. 윤우가 금방이라도 터질 것처럼 퉁퉁 부어 있는 언니의 팔과 두 발을 내려다보았다. 발등에 걸려 있는 시트를 살짝 들춰보니 종아리도 퉁퉁 부어 있었다.

"왜 이렇게 부어 있는 거죠?"

한 발자국 떨어져 지켜보고 있던 간호사가 가벼운 어조로 답했다.

"뇌압이 내려가지 않아서 그래요. 그래서 두개골을 열어놓고 가라앉기를 기다리고 있는 중이에요."

"……그렇군요."

뇌압이 높을 때 왜 몸이 붓는지 인체작용의 원리가 궁금했지만, 묻지 않기로 했다. 면회 시간이 삼십 분밖에 되지 않는데 간호사에게 뇌수술 예후에 대한 질문을 던지다 시간을 보낼 수는 없었다. 어차피 인터넷으로 검색하면 웬만한 건 다 나올 것이다.

윤우가 길게 숨을 토해내고, 언니의 얼굴을 바라보았다. 언니 지우는 호흡기를 꼈음에도 마치 아기처럼 너무나 평온한 얼굴을 하고 있었다. 두개골을 열어둔 상태라기에 고통스럽게 찡그린 얼굴을 하고 있을 줄 알았는데 전혀 아니었다. 그녀의 예상은 모두 빗겨가고 낯선 모습이 자꾸만 그녀 앞에 펼쳐졌다. 두 다리를 살짝 구부린 채 고개를 비스듬히 옆으로 돌리고 있는 언니는 얼핏 보면 누에고치 같기도 했다. 자기 안의 실을 다 뽑아내고 잠에 빠져 버린 누에고치.

윤우가 조심스레 허리를 숙이고 언니의 숨결에 귀를 갖다 댔다. 기가 막히게도 언니의 숨소리가 아이처럼 새근새근 평화로웠다. 그 숨소리를 듣자 왈칵 눈물이 솟구쳤다.

어떻게 이럴 수 있을까. 어떻게 이렇게 평온한 숨을 내쉴 수 있는 걸까. 이 세상에 동생을 홀로 남겨두고 엄마를 따라가려고 했으면서, 어떻게 이렇게 아이처럼 천진한 숨소리를 낼 수 있을까.

'너무한다, 정말. 정말이지, 다들…… 너무들한다.'

매일 저녁 면회를 갔던 윤우는 열흘이 지나도 지우가 매일 똑같은 모습이자 매일 가던 걸 그만두었다. 언니 지우는 매일 똑같은 모습으로 자고 있을 뿐, 깨어날 기미가 없었다. 때때로 윤우가 손을 잡고 말을 걸면 지우의 손에 힘이 들어간 적도 있었다. 그때마다 언니가 언젠가는 깨어날지도 모른다는 기대를 하며 의사에게 말했지만, 의사는 반사적인 반응일 뿐이라고 확대 해석을 경계했다.

어느 날은 뇌압이 솟구쳐서 뇌 일부가 녹아 나오고 있다는 말을 들었고, 어느 날은 이날 밤이 고비라는 말에 윤우가 마지막 인사를 건네기도 했다. 걱정하지 말고 편히 가라고, 가서 그토록 보고 싶어 했던 엄마 만나라고, 만나거든 막내가 많이 미안해하고 있다는 걸 전해달라고 눈물, 콧물 쏟으며 작별 인사를 했다. 하지만 언니는 보기 좋게 의료진의 예상을 뒤엎고 숨을 거두지 않았다. 오히려 자발호흡이 돌아와 인공호흡기를 떼는 바람에 눈물, 콧물 쏟으며 인사한 그녀만 바보가 된 느낌이었다.

지우가 제 힘으로 숨을 쉬기 시작한 지 사나흘이 지나서였다. 의사가 뇌압을 낮추는 수술을 한 번 더 했으면 하는데 어떠냐는 말을 하며 윤우의 의견을 물었다. 윤우는 차마 안 하겠다는 대답을 할 수 없었다. 계속 인공호흡기를 달고 있다면 모를까, 자발호흡이 돌아왔다는 건 아직 언니에게 삶의 의지가 남아 있다는 증거인 것 같아서 말이다. 만약 저렇게 누워 자는 게 언니가 선택한 휴식이라면, 최소한 그 휴식의 시간을 지켜주어야 할 것 같았다. 혹시라도 깨어날 수 있는 사람을 죽이는 건 아닐까 하는 생각과 뇌의 반이 이미 죽었는데 가려는 사람을 억지로 붙잡는 바람에 언니만 더 고생시키는 건 아닐까 하는 생각 사이에서 갈팡질팡하다 결국 수술에 동의했다. 전세금이 빠지면 그 돈으로 수술비를 감당하면 되었다. 전세금을 남기려고 2차 수술에 동의하지 않는다면, 남은 평생 죄책감에 시달릴 것이라고 윤우는 생각했다.

열두 시간에 걸친 수술 후 지우의 얼굴과 팔다리에서 붓기가 한결 가라앉기 시작했다. 자발호흡이 돌아와 인공호흡기를 떼어버리니 머리에 두른 배 포장지 같은 붕대만 아니라면, 지우는 그야말로 곤하게 잠들어 있는 사람 같았다. 그런 지우의 얼굴이 너무나 평온하고 기분 좋아 보여서 어느 날 윤우는 뇌의 반이 죽었다는 말을 들었음에도 의사에게 물었다.

"깨어날 가능성이 조금이라도 있는 건가요?"

"그건 딱히 이렇다, 저렇다 단정할 수 없습니다."

"불가능한 거라면 말해주세요. 헛된 기대를 하면서 언니를 붙잡아 놓고 싶지는 않거든요."

담당 의사는 잠시 망설이다 솔직한 의견을 말해주었다.

"사실 박시우 씨 상태는 뇌사와 다를 바가 없는 상태입니다. 뇌압이 계속 높아서 뇌가 녹아 나오기까지 했으니 깨어나는 건 힘들 거예요. 이 상태로는 장기 기능이 서서히 떨어지면서······."

결국 죽게 된다는 말을 하는 건 꺼려지는지 의사는 하던 말을 멈추고 환자를 쳐다보았다.

"뇌사 판정은 언제 나는 거죠?"

윤우가 최대한 감정을 배제하고 묻자, 의사도 덤덤한 얼굴로 설명을 해주었다.

"자발호흡도 돌아왔고, 아직 뇌파 일부분이 살아 있어서 현재로서는 뇌사 판정이 나기 힘듭니다. 좀 더 지켜봐야 해요. 짧게는 수 개월이 걸릴 테고, 길게는 몇 년이 걸릴 수도 있습니다."

윤우가 가장 생각하기 싫은 경우의 수를 물어보았다.

"뇌사 판정이 안 나고, 이 상태로 십 년 넘게 누워 있는 경우도 있나요?"

"예, 간혹."

윤우가 굳은 얼굴로 알겠다는 대답을 하고, 더 이상 묻지 않았다.

면회 시간이 거의 다 끝나가자, 방문객들이 제각기 자신들이 찾아온 환자들에게 인사말을 건넸다. 지우의 옆 환자는 며칠 전 새로 들어온 사람이었는데 칠십대로 보이는 할머니였다. 뇌수술을 받았는지 지우처럼 머리에 구멍이 숭숭 뚫린 배 포장지 같은 붕대를 쓰고 있었다. 중환자실에 있는 여느 환자가 다 그랬듯 그 환자의 면회객들도 초반이라 그런지 떼로 몰려와 환자를 두 겹으로 두르고 서 있었다. 등 뒤에서 그들의 말들이 들려왔다.

"어머니, 사랑합니다. 힘내십쇼."

"할머니, 사랑해요."

평소에 사랑한다는 말을 하지 않다가 갑자기 하려니 어색했나 보다. 중년 남자가 어머니에게 하는 사랑 고백과 여드름이 가득한 고등학생 남자애가 제 할머니에게 속삭이는 말들이 너무 어색해서 윤우는 듣고 있기가 불편했다. 정말 사랑해서 사랑한다고 말하는 게 아니라 사랑한다고 말해야 할 것 같은 의무감에 하는 것 같은 느낌. 특히나 이런 상황에서 사랑한다는 말은 작별 인사처럼 느껴졌다.

윤우는 눈앞의 언니를 바라보았다. 사랑한다는 말을 그녀도 해볼까 하고 입을 열었지만, 그 말이 나오지 않았다. 사랑한다고 하는 말이 마치 사랑해 달라고 요구하는 말처럼 느껴졌다. 혼자 남는 게 두려워서 언니를 붙잡기 위해 하는 말처럼 느껴졌다. 여기 언니를 사랑하는 동생이 있으니, 동생을 위해 살아남으라고 말이다.

솔직히 언니를 사랑하는지도 잘 모르겠다. 만약 깨어났는데 식물인간이면 언니를 돌보려고 할까. 아마도 요양원에 맡겨놓고, 그녀는 그녀의 인생을 살 것이고 계속 나가는 병원비에 언니가 그만 가줬으면 하고 바라게 될 것이다. 어쩌면 병원비를 감당할 수 없는 상황이 되거나 언니의 몸이 온통 욕창으로 썩어가게 되면 그녀의 손으로 언니의 목을 조를지도 모를 일이었다. 장담할 수 있는 건 아무것도 없었다. 언니의 목숨도, 언니에 대한 사랑도, 언니를 보러 오는 이 짧은 면회조차도.

윤우가 바닥에 내려놓은 가방을 챙겨 들고 언니의 손을 잡았다.

"갈게."

언니의 손에 미세하게 힘이 들어갔다. 꼭 동생의 말을 듣고 있기라도 한 것처럼 언니의 몸은 얄궂었다. 윤우가 언니의 손을 물끄러미 내려다보다가 잡은 손에 더 힘을 주어보았다. 이번엔 아무 반응도 하지 않았다.

"다음 주에 올게. 일도 해야 하고, 데이트도 해야 하고 바쁘거든."

이번엔 지우의 손에 다시 힘이 들어갔다. 윤우가 입꼬리를 슬쩍 올리며 약 올리듯 말을 건넸다.

"내일 데이트하는데 그 남자랑 언니가 좋아하는 간장게장 먹을 거야. 요즘 꽃게가 제철이잖아."

간장게장을 먹기로 약속하지 않았지만 윤우는 언니를 가장 약 올릴 수 있는 것으로 일부러 말을 지어냈다.

"요즘 꽃게는 다 가짜라고? 중국산이라고?"

윤우는 언니가 했을 말을 예상해 물어보고는 다른 걸 골랐다.

"그럼 대하 먹지, 뭐. 소금구이로 먹든가 수제비로 먹든가. 여하튼 먹고 싶으면 그리로 나오든가 전화해. 장소 알려줄 테니."

말을 할수록 슬퍼져서 그쯤에서 그만두었다. 간호사들이 안타까운 눈으로 바라보는 게 느껴지기도 했다. 윤우가 언니의 손을 놓고 중환자실을 나갔다.

병원 문을 나온 윤우가 크게 숨을 들이켜고 내쉬었다. 자기도 모르게 숨을 참았나 보다. 원래부터 병원 냄새를 싫어하긴 했지만, 이젠 너무 싫어서 병원에 들어서는 것만으로도 스트레스였다. 숨이 막혔고, 답답했다. 시간이 갈수록 삼십 분의 면회 시간이 길게 느껴졌다. 아까도 중간에 나올까 하다가 다른 사람들의 시선이 신경 쓰여 꾹 참았더니, 더더욱 답답하게 느껴졌다. 다음부턴 나오고 싶으면 그냥 나오기로 마음을 먹고 윤우가 발걸음을 옮겼다.

작업실로 가기 위해 전철을 탄 윤우가 괜히 핸드폰을 꺼내보았다. 내일 문재혁과 데이트여서 혹시라도 문자를 보낸 게 있나 확인을 하는데, 새 문자메시지가 와 있었다. 문재혁이 아니라 안준연의 문자였다.

〈카메라 어때요? 쓸 만해요?〉
〈아직 써보질 못했어요. 집에 일이 좀 생겨서 요즘 정신이 없었거든요.〉
〈그랬군요. 토요일 날 등반 번개 올라왔던데 올 거예요?〉

윤우는 내일모레 이틀 동안 골목길 담벼락에 있는 낙서나 경고 글씨들을 수집할 생각이었다. 새로 들어온 일을 언니 때문에 잠깐 미뤄두고 있었는데, 더 이상 미룰 수 없는 상황이었다.

〈아뇨. 주말에 저 혼자 골목길 사진 찍으러 다닐 거예요.〉
〈어디로 갈 건데요?〉

흥미가 있는지 그가 구체적으로 물어왔다.

〈사람 글씨가 남아 있는 동네여야 하니까 오래된 주택가로 다닐 생각이

에요. 한남동이랑 아현동 이런 데로요. 왜요?〉

〈길고양이를 찍는 거 좋아하거든요. 괜찮으면 같이 다닐까 해서요.〉

〈저야 좋죠. 혼자 다니면 심심한데.〉

윤우가 토요일 날 한남동 근처에 있는 한강진역 앞에서 아침 열 시에 보자는 문자를 보내자, 그가 알겠다는 답문을 보내왔다.

'이거 데이트하는 건가?'

잠시 혼란스러운 얼굴로 핸드폰을 내려다보던 윤우가 시큼털털한 표정을 지으며 핸드폰을 주머니에 넣었다.

'냈어. 내가 뭘 어쨌다고. 그리고 한 번 사는 인생 죽기 전에 양다리 한 번 걸치면 좀 어때.'

6부
(●((((((○ ((●
양다리

  다음날, 언니에게 말한 대로 윤우가 데이트를 하러 삼성역으로 향했다. 문재혁이 한 번 하자던 데이트가 서로 정신이 없어서 미뤄지고 미뤄지다 드디어 하게 된 데이트였다. 추석이 끝난 후 그는 일 때문에 바빠서 연락이 없었는데, 윤우가 언니 일로 정신이 없어 등반 모임에 나가지 않자 그가 안부전화를 걸어왔었다.
  오후 나절 삼성역에 도착한 윤우가 곧장 코엑스몰 영화관으로 향했다. 오랜만에 입은 꽃무늬 치마와 빨간 딸기 귀고리를 해서인지 윤우의 발걸음이 경쾌했다. 그는 퇴근하고 오는 거라 당연히 윤우보다 늦을 거라 생각했는데, 영화관에 도착해 보니 문재혁이 광고 포스터를 훑어보고 있었다.
  "일찍 왔네요? 내가 더 빠를 줄 알았는데."
  "조금 일찍 나왔어요. 헐레벌떡 뛰어와서 급하게 영화 보는 거 싫거든요."

"나도요."

윤우가 약속 시간보다 십 분 먼저 도착한 문재혁에게 씨익 웃어 보였다.

"근데 말 놔요. 내가 어린데요, 뭘. 그래야 내가 누나라고 편하게 부를 수 있고요."

"아, 난 말 놓으면 할 말 안 할 말 가리지 않고 하다가 실수하거든요. 경어를 써야 스스로 좀 제어가 되니까 천천히 할게요."

"그래요, 그럼."

"근데 나 누나라고 부르지 말고 그냥 수리님이라고 불러요."

"왜요? 더 친근하지 않아요?"

윤우가 짐짓 마뜩찮은 표정을 지어 보이며 답했다.

"누나는 뭐랄까, 내가 재혁 씨한테 뭔가를 해주어야 할 것 같은 압박감을 줘요. 챙겨주고, 끌어주고, 밀어주고 그런 거죠."

"히힛, 그걸 노리고 하는 건데요. 난 누나 있는 친구가 부러웠거든요."

"부러울 것도 많다."

밤 아홉 시로 영화표를 예매해 놓고, 두 사람이 밖으로 나갔다. 한 블록 건너면 먹자골목이 있었다. 잘 모르는 곳이라 두 사람이 골목길을 걷다가 손님으로 북적이는 횟집으로 들어갔다. 아쉽게도 간장게장이나 대하구이가 없었지만 전어회가 있었다.

썩둑썩둑 비스듬히 잘린 전어가 탱탱했다. 윤우가 전어회를 한 점 고추장에 찍어 입에 넣으려는데, 문재혁이 그녀의 손을 잡더니 전어를 제 입으로 가져갔다. 윤우가 어이없어하며 쳐다보자, 그가 싱글싱글 웃으며 상추를 집어 들고 전어 한 점을 올렸다. 당연히 그녀의 것이라 생각하고 윤우가 입을 벌리자 그가 자기 입에 넣고는 우적거렸다. 그녀가 씩씩거리며 그를 노려보고는 곁들여 나온 멍게 다섯 점을 수저로 한 번에 퍼 올렸다. 그리곤 입을 가득 벌리고 멍게를 다 넣어버리자, 그가 휘둥그레 눈을 뜨고 멍하니 쳐다보더니 기가 막힌다는 양 웃어댔다.

그렇게 서로 약 올리며 밥을 먹는데, 벽에 걸려 있는 대형 TV에서 8시 뉴스가 시작되었다. 세상 돌아가는 일에 별 관심 없던 윤우는 밥이랑 먹을 매운탕이 빨리 끓기를 기다리며 수북하게 얹어져 있는 쑥갓과 미나리가 국물에 잠길 수 있도록 수저로 폭폭 눌러주고 있었다. 한데 무슨 대단한 사건이 났다는 양 아나운서가 흥분된 어조로 헤드라인을 진행했다.

"첫 번째 소식입니다. 서울시 박명숙 시장이 재개발지역인 아현동 지구 공사와 관련하여 한 건설업체로부터 리베이트 명목으로 뇌물수수를 했다는 의혹을 받고 있습니다. 검찰청에 나가 있는 최창식 기자를 불러 자세히 들어보겠습니다."

화면엔 검찰청 건물을 배경으로 바람에 머리가 휘날려 훤히 이마가 보이는 기자가 나타나더니, 검찰의 입장을 이미 밝혀진 사실인 양 떠들어댔다.

"검찰 관계자에 따르면 얼마 전 건설업체 김모 씨의 제보가 있어 그동안 비밀수사를 해왔다고 합니다. 검찰수사에 따르면 박명숙 서울시장이 재개발지역 건설사 입찰을 앞두고, 한 건설사의 간부와 만났는데, 이 자리에서 D건설사는 이번 재개발지역 공사에 참여할 수 있도록 리베이트 명목으로 5천만 원을 건넸다고 주장하고 있습니다. 검찰에서는 앞으로 보강수사를 좀 더 진행한 다음, 기소할 방침이라고 합니다."

"박명숙 서울시장 측의 입장은 무엇입니까?"

"재개발 입찰과 관련하여 협의할 게 있어 단순한 회의 자리를 가진 것일 뿐, 금품을 수수한 적은 없다는 입장입니다. 이러한 협의는 입찰 전에 건설사들과 하는 게 관례인데다 회의 자리에는 정무비서관 안모 씨와 수행비서관 이모 씨, 기록비서관 송모 씨가 함께 동석하고 있어서, 금품을 수수하는 건 원천적으로 불가능하다고 밝히고 있습니다."

"김모 씨의 주장은 이와 다르다고 하면서요?"

"김모 씨는 서울시장에게 직접 건넨 것이 아니라, 회의가 끝나고 돌아갈 때 안모 비서관에게 돈을 전달했다고 합니다. 건설사 간부인 김모 씨는 그 때문에 이번 입찰에서 선정이 될 것이라고 여기고 사업을 준비해 왔다가, 얼마 전 최종 업체 선정에서 떨어지면서 검찰에 제보한 것으로 알려졌습니다."

'안모 씨?'

윤우가 수저질을 멈추고 TV 화면을 뚫어지게 응시했다. 화면에는 세 비서관의 사진이 떴는데, 보호를 해줄 의도인지 아니면 피의자로 보이게 만들려는 의도인지 뉴스는 세 사람의 얼굴을 눈만 까만색 띠로 가리고 그대로 보여주고 있었다. 그런데 안 모 비서관으로 나온 인물이 아무리 봐도 낯이 익었다.

윤우가 눈을 가늘게 좁히고 점점 고개를 앞으로 쑥 내민 채 화면을 뚫어지게 쳐다보자 문재혁이 진담 반 농담 반 가볍게 말을 걸었다.

"왜요? 아는 사람 나왔어요?"

내내 TV 화면만 쳐다보던 윤우가 그제야 문재혁을 쳐다보았다.

"아…… 예. 그런 것 같아서요. 내가 아는 그 사람이 맞나 보고 있었어요."

"누구요?"

문재혁은 지혜로운 늑대의 실명이 안준연이라는 것은 모르고 있었다.

"그 등산 모임 때 본 지혜로운 늑대님이요. 그 사람 성이 안 씨잖아요. 서울시청에서 일한다고 했는데, 저기 나온 얼굴 사진이 좀 비슷해서요."

문재혁이 고개를 획 돌려 TV 화면을 쳐다보았다. 뉴스는 이미 다음 소식으로 넘어가 버려서 사진을 볼 수 없었다.

"설마요."

문재혁이 믿을 수 없다는 얼굴을 하자, 윤우는 자신도 확신할 수 없다는 듯 어깨를 으쓱여 보였다. 그가 매운탕에 있는 생선뼈를 골라내 살을 발라먹더니 문득 고개를 들어 물었다.

"근데 지혜로운 늑대님이랑 친해요?"

"뭐, 친한 것까진 아니고요. 한두 번 연락해서 만났어요."

"그래요?"

문재혁의 얼굴이 살짝 굳어진 것을 본 윤우가 별일 아니라는 듯 손사래를 쳤다.

"저번에 심심해서 재혁 씨한테 연락했었잖아요. 그때 결국 놀 사람이 없어서 늑대님한테 연락했었거든요. 그러다 일 때문에 카메라가 필요해서 카메라 빌리느라 한 번 보고요."

내일 그와 같이 골목길 사진 찍으러 다니기로 약속했다는 말은 나오지 않았다. 양다리가 아니라 그냥 두루두루 친하게 지내는 거라고 생각했는데, 아무래도 양다리였나 보다. 말이 안 나오는 것을 보니 말이다. 윤우가 속으로 찔려 하며 매운탕을 한입 떠먹는데, 그가 이야기를 돌리지 않고 계속 물었다.

"카메라요?"

"늑대님이 취미로 사진을 찍어서 카메라가 몇 개 있더라고요. 제 카메라는 망가져서 새로 사야 할 상황이었고요. 그래서 일단은 써보고 정하려고 빌려달라고 했어요."

길게 설명을 하다가 윤우는 떠보는 사람처럼 말을 건넸다.

"왜요? 신경 쓰여요?"

"아뇨."

"에이, 신경 쓰는 것 같은데."

"그냥 궁금해서 그런 거예요. 수리님이랑 저랑 무슨 사이도 아닌데, 제가 신경 쓸 게 뭐 있겠어요."

이번엔 윤우의 얼굴이 살짝 굳어졌다. 방어적으로 나온 말인 건 알겠는데 그래도 기분이 좋지 않았다. 똑같이 방어적으로 할까 하다가 이내 마음을 돌려먹고 솔직한 기분을 말했다.

"난 재혁 씨가 신경을 썼으면 좋겠는데요. 재혁 씨가 동호회에서 다른 여자랑 이렇게 따로 영화 보고 밥 먹고 하면 신경 쓰일 것 같아요."

문재혁이 윤우를 빤히 쳐다보는가 싶더니, 이내 씨익 웃었다.

"앞으로 봐서요."

밥을 먹고 나니 영화 상영까지 삼십여 분이 남아 있었다. 가을바람이 선선하고 배도 불러서 두 사람이 코엑스까지 천천히 걷다가 길가에 있는 커피집에 들어가 차를 마셨다. 윤우가 담배 한 대를 꺼내 입에 물자, 그도 담배를 꺼내 불을 붙였다.

"누나, 결혼하면 담배 끊을 거예요?"

"글쎄. 상황에 따라 달라질 것 같은데요."

그가 무슨 상황을 말하는 것이냐 묻는 눈빛으로 윤우를 쳐다보았다. 윤우가 앞일은 알 수 없다는 뜻을 담아 어깨를 으쓱였다.

"아이가 생기면 끊고 싶지 않아도 끊어야 할 거고, 안 생기면 좀 더 피우다가 건강 때문에 끊으려 할 거고, 아이도 안 낳고 건강도 괜찮으면 계속 피울 거고. 그때그때 상황에 따라 달라지는 거잖아요."

"아이 안 낳을 거예요?"

그는 마음을 준 상대에게 자신을 맞추는 게 아니라, 맞출 수 있는 상대에게 마음을 주려는 사람인 것 같았다. 윤우는 속으로 뭔가를 재보고 있는 듯한 문재혁을 물끄러미 쳐다보았다. 문재혁이 바라는 대로 대답을 할까, 솔직하게 대답을 할까 갈등이 됐지만, 상대의 기준에 맞춰서 짝이 되는 게 내키지 않았다. 그런 관계는 설혹 맺어진다고 해도 그녀가 외로워진다는 걸 경험상 잘 알고 있었다.

"음, 피임을 했는데도 생기면 지우지는 않을 거예요. 나에게 주어진 아이라 생각하고 키우긴 하겠지만, 솔직히 아이를 키우는 게 내 꿈은 아니에요. 내 유전자를 세상에 남기는 데에 내 삶의 일부를 바치는 것도 그리 달갑지 않고요. 차라리 좋은 글씨를 남기면 남겼지."

"결혼할 생각은 있는 거예요?"

다 태운 담배를 원두가루가 들어 있는 종이컵에 끄고 있던 윤우가 그를 쳐다보았다. 그는 계속 그녀 자신도 결정을 못 내리고 고민 중인 걸 물어왔다.

"아직 잘 모르겠어요. 결혼을 하는 게 좋을지, 안 하는 게 좋을지."

그는 의외라는 듯 눈을 동그랗게 떴다.

"안 할 생각도 있는 거예요?"

"예."

윤우가 눈을 내리깔고 원두커피를 응시했다. 푸른 커피 열매가 어째서 이렇게 짙은 빛깔이 될 수 있는 건지 매번 신기했다.

"감정적으로 너무 얽히고설키는, 그래서 서로 살리기도 하고 죽이기도 하는 가족을 다시 만드는 게 괜찮은 선택일까 고민하고 있어요."

"그래도 가족이 있어야 살아갈 힘이 생기잖아요. 혼자는 너무 외롭기도 하고."

윤우가 동의한다는 의미로 고개를 끄덕이고는 잠시 생각에 잠긴 듯한 얼굴로 허공을 응시했다.

"가족은 연탄 같아요. 추울 땐 사람을 따뜻하게 해주지만, 자칫하면 가스중독으로 죽게도 만드는……."

"도시가스 있는 집에서 살면 되죠."

윤우가 말의 의도를 정말 몰라서 하는 말이냐는 듯 재혁을 노려보는데, 재혁이 아차 싶은 얼굴로 말을 거둬들였다.

"아니다. 도시가스는 폭발하면 떼죽음이네."

윤우가 피식 웃고는 결혼을 주저하는 다른 이유를 한 가지 더 말했다.

"그런 걸 다 떠나서, 지금 결혼을 결정하는 게 조심스럽기도 해요."

그의 눈썹이 치켜 올라갔다.

"부모님이 돌아가신 지 얼마 안 됐거든요. 상실에 관련된 심리학책을 보면 이렇게 나와 있어요. 부모나 남편 등 가족을 잃은 경우에는 최소한 일 년 동안은 큰 결정을 하지 말라고요. 상실감 때문에 충동적으로 결정을 하기 쉬울 때래요. 그리고 상실감을 채우려는 욕구가 강할 때라서 안 좋은 사람을 선택할 수 있대요. 그래서 그때 이직을 하거나 결혼을 하거나 그러면 결과가 안 좋을 수 있다고 하더라고요."

"부모님이 언제 돌아가셨는데요?"

"아버지는 작년에, 어머니는 올해 초예요."

큰오빠의 죽음과 언니의 뇌사 판정 안 난 뇌사 상태도 말할까 하다가 그만두었다. 그 말까지 하면 문재혁이 그녀를 '불행을 짊어진 여자'로 볼 것 같았다. 아무리 친한 사이라도 불행이 반복되면 그 사람 곁에 가까이 가고 싶지 않은 게 인지상정 아닌가. 그녀도 한 친구에게 그랬었다. 그 친구를 좋아하지만 그 친구가 만날 때마다 집안일이든 회사일이든 힘든 일을 이야기하자 거리를 두고 멀리하고 싶어졌다. 재작년까지는 그 친구에게 힘을 북돋아주고, 공감해 주고, 위로해 주는 게 가능했는데, 엄마까지 세상을 떠나자 누군가를 감정적으로 살펴줄 여력이 남아 있지 않았다.

윤우가 커피를 마시며 언니의 뇌사 이야기를 목구멍으로 꿀꺽 삼키는데, 그가 생각지도 못한 이야기를 꺼냈다.

"우리 아버진 지금 폐섬유화증 진단을 받고 투병 중이세요."

윤우는 폐섬유화증의 심각성을 어느 정도 알고 있었다. 아버지가 교통사고로 돌아가셨지만, 사실 아버지는 허리와 폐가 좋지 않았다. 아마도 탄광 생활과 오랜 흡연 때문인 듯했다. 윤우를 비롯해 주위 사람 모두 박재상이 폐암으로 죽을 거라 생각했지만, 박재상은 보기 좋게 교통사고로 모두의 예상을 뒤엎어주고 가버렸다.

"폐섬유화증이라면 폐가 딱딱하게 굳어가는 병이잖아요. 그거 치료법이 딱히 없는 걸로 알고 있는데……."

문재혁이 고개를 끄덕였다.

"맞아요. 그냥 담배 끊고 등산 열심히 하는 것 말고는. 한방 치료가 있긴 하지만 얼마나 효과가 있을지는 모르겠어요."

양다리 125

"그래서 담배 끊으라고 한 거예요?"

"네, 물론 저도 아직 피우고 있지만."

윤우가 너무나 이해한다는 얼굴로 고개를 끄덕였다.

"전 엄마 무덤 앞에서 약속까지 해놓고 피우고 있어요. 자식이란 원래 그런가 봐요."

문재혁이 잠시 말을 멈추고 커피잔을 손끝으로 만지작거리더니, 조금은 진지한 얼굴로 말했다.

"전 누나가 저랑 만나는 거 진지했으면 좋겠어요. 제 나이도 그렇고, 아버지가 빨리 결혼하라고 성화거든요. 저도 내년엔 결혼하고 싶고요."

윤우는 좋은 게 좋은 거라고 그냥 고개를 끄덕일까 하다가 자신을 붙잡고 정신 차리게 했다. 혼자가 된다는 두려움에 짓눌려 결혼하고 싶지는 않았다.

"난 일 년 안에 결혼할 생각 없어요. 최소한 삼 년 동안은 자유롭게 이 사람 저 사람 만나면서 놀 거예요. 몇 년 동안 집안 사정 때문에 여행도 못 가고 연애도 못하고 그랬거든요."

"그 생각이 변할 가능성은 없는 거예요?"

윤우가 허공을 쳐다보며 눈을 끔벅였다.

"글쎄요. 확고부동한 것까진 아니고 지금 생각이 그렇다는 거죠. 모르죠, 내일이라도 어떤 남자가 너무 좋으면 결혼한다고 할지. 난 말만 그렇지 사랑에 빠지면 아무것도 안 재고 그냥 돌진하는 스타일이거든요. 그래서 스스로 제어를 좀 걸어놓으려는 것도 있어요."

문재혁이 말없이 윤우를 쳐다보았.

어느새 시간이 다 되어서 두 사람이 커피잔을 카운터에 반납하고, 코엑스로 향했다. 상영관에 들어가기 전에 콜라와 팝콘도 샀다. 배가 불렀지만 백만 년 만에 보는 영화였고, 데이트였기에 윤우는 설혹 안 먹더라도 그 분위기를 한껏 느끼고 싶었다. 하지만 영화에 몰입되지 않았다. 윤우는 007스카이폴의 긴박한 추격 장면에서 긴장감을 느끼지 못했다. 그래 봐야 죽거나 살거나 둘 중 하나일 테니 말이다. 게다가 007이 M을 피신시키기 위해 데려간 그의 옛집은 그녀의 가족을 생각나게 했다. M을 죽이기 위해 몰려온 사람들이 그 집을 향해 온갖 폭탄과 총을 쏘아대는 장면은 그녀의 가족들에게 차례로 던져진 죽음의 폭탄들로 겹쳐 보였다.

그래, 그렇더라도 상관없다. 어차피 사람은 다 죽는 거니까 가족들이 차례차례 죽어 나가고 결국에는 그녀까지 죽게 된다고 해도 받아들일 수 있을 것 같다. 어쩔 수 없는 것 아닌가. 나에게 왜 이런 일이 일어났냐며 억울해하는 건 바보 같은 짓이리라. 하지만 아무리 애를 써도 참을 수 없고 받아들여지지 않는 게 있었다. 현실은 007처럼 악당이 눈에 보이지 않는다는 것, 현실은 007처럼 돌아갈 본부가 없다는 것, 현실은 반드시 수행해야 할 임무가 없다는 것, 현실은 죽음을 피해 도망칠 비밀통로가 없다는 것, 현실은 폐허가 된 집이 눈에 보이지 않는다는 것.

남은 건 비루한 살림살이와 촌스러운 옛날 옷들과 살기 위해 발버둥 치다 늙고 병든 몸뚱이뿐이었다. 부모와 살던 골목길은 재개발로 다 사라지고 지금은 대형 병원과 상가가 들어섰다. 그 근처를 지나가다 높이 지어진 새 건물들을 보고, 윤우는 형용할 수 없는 슬픔과 공허를 느꼈다. 그때 이후로 윤우는 그 근처에 가지 않았다. 부모의 몸뚱이가 한 줌 가루가 되어 흙에 묻혀 있다는 것, 그것 말고는 한 가족의 흔적이 아무 데에도 남아 있지 않았다. 그나마 엄마와 언니가 함께 2년여 동안 살았던 전셋집도 얼마 있으면 빼야 한다.

영화가 말미에 이르고 있을 때, 윤우가 훌쩍이며 눈물을 닦아냈다. 그러자 옆에서 팝콘을 우물거리며 영화를 보던 문재혁이 놀란 얼굴로 윤우를 쳐다보았다. 그가 윤우의 귓가에 대고 낮게 속삭였다.

"지금 우는 거예요?"

"네."

"이게 슬퍼요?"

"네."

문재혁이 이해가 안 된다는 얼굴로 눈을 끔벅이자 윤우가 이죽거렸다.

"슬프잖아요, 다 뒤지고 007만 살아남았다는 게."

그가 안쓰러워하는 얼굴로 쳐다보더니, 윤우의 입에 팝콘 하나를 넣어주었다.

"슬플 땐 먹는 거예요."

윤우가 피식 웃음을 터뜨리며 팝콘을 먹었다.

영화가 끝난 후 핸드폰을 켜자 안준연의 문자메시지가 와 있었다. 화장실에 간 문재혁을 기다리는 동안 윤우가 문자를 확인했다.

〈내일 만나는 거 힘들 것 같아요. 일이 좀 생겨서요. 미안해요.〉

윤우가 전화를 걸까 하다가 상황이 여의치 않은 것 같아 일단은 답문을 보냈다.

〈알겠어요. 근데 아까 뉴스에 나온 안모 씨가 늑대님인 거예요?〉

답문을 기다릴 새도 없이 문재혁이 돌아왔다. 윤우가 핸드폰을 가방에 넣고 그와 함께 영화관을 나왔다.

"내일 수락산으로 누가 번개 쳤던데, 갈 거예요?"

"아뇨. 주말엔 일 때문에 자료 수집하러 다녀야 해요."

"난 내일 갈까 하는데. 추석 끝나고 일이 바빠서 계속 못 갔더니 몸이 찌뿌듯해서요."

"잘 갔다 와요. 난 다음 주에 갈게요."

문재혁이 어쩔 수 없다는 듯 고개를 끄덕여 보이고는 차로 바래다 준다며 집이 어디냐고 물어왔다.

"괜찮아요. 전철 타고 가면 금방인데요, 뭘. 그리고 내일 일찍 등산 가야 하니 일찍 들어가서 자요."

"그래도 괜찮겠어요?"

피곤하긴 피곤했는지 문재혁이 솔깃한 얼굴로 되물었다. 윤우가 빙긋이 웃으며 고개를 끄덕였다.

"괜찮아요."

미안해하지 말고 얼른 가라는 뜻으로 윤우가 손을 들어 보이며 인사를 건넸다. 그가 손을 흔들더니 그럼 잘 들어가라는 말을 하고는 주차장이 있는 쪽으로 갔다.

전철 쪽 방향으로 걸어가던 윤우가 걸음을 멈추고, 가방에서 핸드폰을 꺼냈다. 혹시 문자가 와 있나 확인해 보니, 안준연의 새 메시지가 와 있었다.

〈맞아요. 그 일 때문에 주말 내내 대책회의해야 해요.〉

시계를 확인해 보니 열한 시 삼십이 분이었다. 시각이 좀 늦어서 망설여졌지만, 걱정이 되어서 일단은 전화를 걸어보았다. 대책회의하느라 분주해서 전화를 안 받을 줄 알았는데 안준연이 금방 전화를 받았다.

〈네.〉

"어디예요?"

〈술집이요.〉

"술집이요? 대책회의하는 거 아니었어요?"

〈회의는 끝났고, 지금은 사람들이랑 술 한잔하고 있어요.〉

윤우가 무슨 말을 건네야 할지 몰라 잠시 뜸을 들이다 일단은 생각나는 것부터 물었다.

"괜찮아요?"

그도 잠시 뜸을 들이더니 차분한 목소리로 답했다.

〈괜찮지 않아요. 검찰에서 우리 쪽에게 언질도 안 주고 언론에 먼저 터뜨린 거라 발칵 뒤집혔어요.〉

"판결 나기 전엔 수사 내용을 언론에 알리는 건 불법 아니에요?"

〈판결은 무죄가 날 거예요. 어차피 망신 주고 국민들이 불신하게끔 만드는 게 목적이니까 그렇게 한 거죠.〉

"그런 거라는 생각은 들었어요. 내년 지방선거 앞두고 야권 후보 흠집 내려고 하는 것 같다는 느낌이긴 했거든요."

〈시장님이 워낙 철저해서 꼬투리 잡히는 게 없으니까, 주변을 건드린 것 같아요. 임종석 의원이 비서관이 불법자금 수수한 일로 도의적으로 사퇴하고 공천도 받지 못했으니까, 이번에도 그런 식으로 여론을 몰아가려는 것 같아요.〉

"임종석 의원, 얼마 전에 무죄 나지 않았나요?"

〈무죄 났죠. 하지만 공천 못 받고 지금은 결국 야인이 됐죠. 그리고 아는 사람이야 무죄라는 걸 알지, 대부분은 임종석 의원이 돈 받았다고 생각하고 있을 거예요. 언론에서 대대적으로 때렸으니까.〉

"그렇군요."

윤우가 씁쓸해서 별다른 말을 못하고 그냥 대답만 하는데, 안준연이 대뜸 어디냐고 물어왔다.

"여기 코엑스요. 영화 봤거든요."

〈지금 술 한잔하자고 하면, 좀 그럴까요?〉

"아뇨. 그건 괜찮은데 늑대님이 술 마시고 진상 부릴까 봐 겁나요. 난 술 마시고 진상 떠는 거 못 견뎌 하거든요."

그 일 때문에 조금은 심정적으로 요동이 있었는지 안준연이 평소에는 전혀 하지 않던 흥분된 목소리로 어깃장을 부렸다.

〈진상 부릴 거예요. 어차피 전 국민들한테 뇌물 받아먹은 놈이 됐는데, 못할 거 없죠.〉

항상 정중하고 예의 바르던 사람이 뿔이 나서 씩씩거리니, 윤우는 의외의 모습에 웃음이 터졌다. 그녀가 전철역이 다 울리도록 박장대소를 하자, 그가 이내 차분해진 목소리로 말을 걸었다.

〈술 한잔해요, 술주정 떨지 않을 테니.〉

"오늘은 떨어도 봐줄게요. 그리고 어찌 알아요, 시장 비서관이 술주정 떨어서 대서특필되면 뇌물 수수 사건이 덮어질지."

전화 통화임에도 그가 뾰족한 눈빛으로 그녀를 노려보는 게 머릿속에 그려졌다.

〈아이고, 충고 고맙습니다. 아예 사회적으로 매장을 시키죠.〉

윤우가 킥킥거리며 어디로 가야 하느냐고 묻자, 그가 저번에 만난 왕십리에서 보자는 말을 건넸다. 통화를 끝내자마자 윤우가 택시를 타고 왕십리로 향했다.

 소곱창이 불판 위에 얹어졌다. 그러자 지글지글 소리를 내며 곱창이 작아지기 시작했다. 준연이 곱창을 잘라 가장자리로 밀어놓고 가운데에 양파와 버섯을 곁들여 올렸다. 윤우가 막걸리 한 모금을 마시고 곱창 한 점을 입에 넣었다.
 "아무리 생각해도 나는 정신적으로 늑대님한테 도움을 주고 있는 것 같아요. 이렇게 힘든 일 생겼을 때 달려와 주고, 인생에 중요한 게 뭔지 내 속까지 다 드러내면서 이야기해 주고. 그죠?"
 준연이 재롱떠는 아이 구경하듯 빙긋이 웃으며 고개를 끄덕이자, 윤우가 더더욱 호기로운 얼굴로 말을 건넸다.
 "그러니까 이 소곱창은 늑대님이 사요. 난 정신적으로 주니까 늑대님은 물질적으로라도 줘야죠. 안 그래요?"
 "정신적으로 별로 받은 기억이 없는데요."
 "와아아, 없대. 내가 그렇게 많은 말을 해줬는데."
 윤우가 슬쩍 농담을 던졌다.
 "1억이나 공돈이 생겼으면서, 나눠 먹읍시다, 거."
 그가 피식 웃는가 싶더니, 이내 굳어진 얼굴로 진지하게 물었다.
 "내가 받은 것 같아요?"
 "아니에요. 그냥 해본 말이에요. 받을 사람처럼 보였으면 내가 오늘 이렇게 나왔겠어요?"
 그의 얼굴에 씁쓸함이 언뜻 감돌았다.
 "……받았어요."
 이번에 윤우의 얼굴이 굳어졌다. 그가 실망스러워하는 윤우의 눈빛을 가만히 바라보더니 고백하듯 말했다.

"이번엔 아니지만, 예전에 보좌관할 때 기업에서 받은 정치자금을 의원님께 전해준 적이 있어요. 대형마트 규제하는 법안 발의안 명단에 의원님도 포함되어 있었거든요."

윤우가 아무 말도 하지 않고 고개만 끄덕였다. 그가 괴로워하는 부분이 무엇인지 알 것 같았다.

"어쨌든 이번엔 아니잖아요. 그리고 검찰에서 노리는 건 당신이 아니라 시장님이고요."

그도 잘 알고 있다는 듯 고개를 끄덕여 보였다. 윤우가 한마디 더 했다.

"이제부터 잘하면 된다는 말은 아니에요. 보좌관일 때 한 잘못은 잘못대로 검찰에서 기소하면 그때 가서 처벌받으면 된다는 뜻이죠."

"그 일은 처벌받고 싶어도 처벌받기 힘들어요. 검찰에서 그 일을 설혹 안다 해도 기소하지는 못할 거예요. 워낙 많이들 받았고, 검찰 조직조차도 관리되고 있을 테니까."

"이제 와서 밝히기도 그렇겠네요. 그 의원은 의원직에서 떨어졌으니 말이에요."

그가 별말 없이 고개만 끄덕였다. 두 사람의 대화는 가게 아주머니가 막국수를 가져오면서 잠시 중단됐다. 윤우가 그의 빈 잔을 채워주려고 막걸리 병을 집어 드는데, 그가 노릇하게 구워진 곱창 한 점을 집어 그녀의 입에 대주었다. 윤우가 젓가락 끝에 매달려 있는 곱창 한 점을 쳐다보고는 그를 쳐다보았다. 그는 뭔가를 지켜보는 사람처럼 그녀를 빤히 쳐다보고 있었다. 두 사람이 말없이 서로를 응시했.

곱창 한 점에 여러 개의 질문이 담겨 있었다. 이런 상황임에도 그와의 관계는 유효한 건지, 앞으로 어찌 돌아가던 그를 이해해 줄 수 있는지, 지금부터 그가 그녀를 여자로 대해도 좋은지, 밤늦게 달려온 건

심심해서가 아니라 그를 걱정해서인지, 그는 곱창 한 점으로 모두 묻고 있었다.

이걸 받아먹으면 그 모든 질문에 예스라고 답하는 게 된다는 걸 알면서도, 동시에 문재혁과 안준연 사이에서 확실히 양다리를 걸게 되는 꼴이 된다는 걸 알면서도 차마 거부할 수가 없었다. 해서 쓴 약을 눈앞에 둔 사람처럼 윤우가 마지못해 입을 벌리는데, 그가 윤우의 입에 곱창을 넣어주곤 씨익 웃었다. 윤우가 무표정한 얼굴로 타이어를 씹는 사람처럼 질겅이더니 목구멍으로 꿀꺽 넘기고는 말했다.

"음…… 늑대님한테 말해둘 게 있어요. 나중에 상처받지 않게 미리 말해둬야 할 것 같아요."

"뭔데요?"

윤우가 할까 말까 망설이다 될 대로 되라는 심정으로 솔직히 말했다.

"나 지금 세 다리 걸고 있어요."

그의 얼굴이 짧은 순간 굳어졌다. 윤우도 말해놓고는 스스로에게 놀랐다. 양다리를 걸고 있는 건데, 왜 갑자기 세 다리가 튀어나왔는지 모르겠다. 순간적으로 양다리는 그의 자존심을 상하게 할 것 같다는 생각이 들어서 차라리 세 다리라고 말해 버린 것이다.

"혼자 세 다리 걸고 있다고 착각하는 건 아니고요?"

그가 슬쩍 놀려대자 윤우가 발끈했다.

"진짜예요. 한 사람은 나랑 동갑이고, 한 사람은 연하예요. 그리고 나머지 한 사람은 늑대님이고요."

윤우는 세 다리에 남자로 느껴지지 않았던 박쥐도 끼워 넣었다.

그는 횟집 수족관에 있는 곰치를 쳐다보는 듯한 얼굴로 윤우를 빤히 쳐다보았다. 뭐, 그리 예쁘지도 않은 여자가 세 다리를 걸고 있다고 하니 일단 믿기지도 않았고, 사실이라고 해도 그걸 또 대놓고 말을 하니 어이가 없었다. 검찰 기소 문제로 머리가 복잡했는데 머릿속이 싹 비워지는 느낌이랄까.

윤우도 좀 곤혹스럽다는 양 얼굴을 찌푸리며 어깨를 으쓱였다.

"어쩌다 보니 그렇게 됐어요. 한 번에 다들 나타난 걸 어쩌겠어요. 셋 다 괜찮아서 일단은 친구로 다 만나보기로 한 건데, 아무리 봐도 세 다리인 것 같아서요."

"아까 영화 본 건 그중 누구랑 본 거예요?"

"연하남이요."

"오늘 하루 바빴네요. 연하남 만나랴, 나 만나랴."

그가 빈정댔지만, 윤우는 능청스럽게 대꾸했다.

"아우, 세 다리 거는 게 정말이지 체력 싸움이더라고요. 시간이랑 돈은 둘째 치고, 체력이 정말 달려요. 다른 애들은 어떻게 세 다리를 거는 건지 모르겠어요."

그의 눈빛이 못마땅하다는 듯 가늘어지자 당당했던 윤우의 목소리가 조금 기어들어 갔다.

"셋 다 괜찮은 걸 어떡해요. 진짜 셋 중에 한 사람이 아직 선택이 안 되는걸요. 솔직히 결혼하기 전엔 여러 남자 만나보는 건 괜찮지 않나요?"

"예, 뭐, 스킨십만 안 한다면."

"키스까지는 괜찮지 않을까요? 키스를 해봐야 그 남자 살 냄새가 좋은지 싫은지 알 수 있잖아요."

그의 눈이 다시 가늘어졌다. 윤우가 눈길을 피하며 젓가락으로 지글지글 익어가는 곱창을 하나 집어 입에 넣었다.

"여하튼 난 세 다리 걸고 있으니까 너무 빨리 나한테 마음 주지 말아요."

"그중 누가 퍼스트예요?"

그는 조금은 흥미롭다는 눈길로 물었다. 윤우가 허공을 응시하며 세 남자를 생각해 보다가 퍼뜩 그를 쳐다보며 씨익 웃었다.

"몇 번째이고 싶어요? 사실 아직 퍼스트를 정하진 않았거든요. 일단은 셋 다 그냥 다 세컨드예요, 나한테는."

그는 답하지 않았다. 대신 막걸리를 한 잔 쭈욱 들이켜더니 다른 말을 했다.

"정해지면 알려줘요."

윤우가 눈을 찌푸리고 그를 못마땅한 시선으로 노려보았다.

"이럴 땐 퍼스트가 되고 싶다, 그래야 하는 거예요. 내가 정해주면 정해준 대로 만날 거예요?"

"수리님이 정하면, 내가 또 정하려고 했죠. 수리님을 내 퍼스트로 할지, 세컨드로 할지."

"치잇. 늑대님은 양다리, 세 다리 걸 남자가 아니에요. 그런 남자는 공작새 수컷 같거든요. 화려한 꼬리를 펼치고 나 좀 봐달라고 하는 느낌. 타인한테 자기 매력을 끊임없이 확인받고 싶어 하거나, 너무 외로워서 관심 가져 달라고 자꾸 꼬리를 흔드는 뭐 그런 사람인 거죠."

"윤우 씨도 그래서 세 다리 걸고 있는 거예요?"

"예, 조금은요. 한꺼번에 나타나서 그런 것도 있지만, 요즘 내 상태가 좀 불안해서 그런 것 같아요. 내가 사랑받는 존재라는 걸 계속 확인하고 싶어 하거든요."

그가 이해 어린 눈길로 바라보는가 싶더니 어느 순간 한숨을 내쉬고는 막걸리를 들이켰다. 이해는 하되 마음에 드는 상황은 아니라는 기색이었다. 윤우가 그런 안준연을 바라보다가 호쾌하게 소리쳤다.

"에이, 그래요. 나중에 내 따귀 한 번 때려요."

풋고추를 집어 들던 그가 그녀의 말에 휙 하니 손을 펼치고 위로 뻗었다.

"이렇게요?"

윤우가 깜짝 놀라 뒤로 몸을 뺐다.

"에이, 그렇게 풀스윙으로 때리면 안 되죠. 그래도 난 가녀린 여자고, 늑대님은 몸집이 떡대인 남잔데."

그가 피식 웃으며 주먹을 쥐더니 윤우의 볼에 살짝 갖다 댔다.

"으이그, 입만 살아가지고."

윤우가 문득 좋은 생각이 났다는 양 눈을 휘둥그레 뜨고 손뼉을 쳤다.

"맞다. 늑대님 곧 구속될 거잖아요. 구속 수사할 때 다른 애를 선택하면 때리고 싶어도 못 때리겠네."

"구속 안 될 거예요. 중범죄도 아닌데, 무슨."

"에이, 검찰에서 어차피 여론전 하는 건데 구속영장 신청하겠죠. 그래야 진짜 증거가 확실한 것처럼 보일 거 아니에요."

"그러니까 영장 청구가 기각될 거예요. 증거라고 해봐야 증언밖에 없고, 물적 증거가 없어요. 법원에서 받아들일 리가 없죠. 이쪽도 변호인단이 있는데."

"그런가."

"변호인단 통해서 재판이 진행되는 것뿐이에요. 물론 재판에 불려 다니느라 고생하겠지만."

"그렇다면 다행이고요. 저쪽에서 하도 제멋대로 하니까, 구속될까 봐 걱정됐거든요. 그래서 오늘도 늦었는데 나온 거예요. 월요일 날 구속되어 버리면 한동안 못 볼 것 같아서요."

그가 의외라는 양 윤우를 쳐다보는데, 윤우가 안타까운 얼굴로 물었다.

"1심에서 무죄 판결이 나도 검찰에서 항소하겠죠?"

"아마도요. 어차피 이번 보궐선거 끝날 때까지 물고 늘어질 거예요, 영향을 주려고."

"오지게 고생하게 생겼네요."

두 사람이 곱창 가게를 나온 후 밤거리를 걸었다. 가을바람이 좀 쌀쌀했지만, 윤우는 영화 때문에 코엑스라는 밀폐된 공간에 있다 왔기에 시원함을 느꼈다. 둘 다 새벽 공기를 시원해하며 크게 숨을 내쉬었다. 얼마 전 이곳에서 술 마시고 걸어가다 요상한 술집 골목을 깃었기에, 이번엔 반대 길로 걸었다.

데이트에 야밤 술자리까지 가진 탓에 체력이 달려 입을 다물고 걷기만 했던 윤우가 옆에서 걷는 그를 슬쩍 쳐다보았다. 그는 방금 전까지 변호인단과 나누고 온 이야기들을 생각하는 건지, 아니면 그녀가 모르는 내막이 있는 건지 어두운 얼굴을 하고 있었다.

"무슨 생각해요?"

"그냥 이런저런 생각이요."

"왜 나한테 이런 일이 생겼을까, 생각하고 있어요?"

"뭐, 그런 것도 있고 내가 그렇게 신뢰를 못 줬나 싶기도 하고."

"검찰에게요?"

"아뇨. 시장님께요."

윤우가 쳐다보자, 그가 정말 속상하고 서운한 얼굴로 답했다.

"뉴스 터지자마자 시장님과 이야기를 하는데 날 의심하는 눈빛이었어요. 잠깐이었지만요."

"사람이잖아요, 그분도. 얼마나 당황했겠어요."

그도 박 시장의 입장을 이해한다는 얼굴로 고개를 끄덕였지만 낯빛은 여전히 어두웠다. 억울한 걸 떠나 그동안 박 시장이 자신을 신뢰하지 않았다는 것이 더 상처인 듯했다. 그가 힘든 상황에 처했다는 걸 알지만, 너무나 낙담한 얼굴을 하니 윤우가 좀 답답하다는 듯 얼굴을 찡그렸다.

"사람이 죽지는 않잖아요."

준연이 어이없다는 듯 반박했다.

"그런 거랑 비교하면 힘들 일이 하나도 없죠."

"그렇긴 하죠. 그래도 좀 의연해질 수 있잖아요. 최악은 아니다, 괜찮다 그러면서 힘을 낼 수 있고."

"그럴 수도 있겠네요."

그가 윤우의 말을 받아들여 보려고 애쓰는 게 보이자, 윤우가 예전의 일을 하나 이야기해 주었다.

"엄마 사십구재 때였어요. 엄마가 천주교여서 사십구재 지내기는 좀 그렇고, 그냥 넘기기엔 마음에 걸리고. 그래서 혼자 동학사라는 절을 찾아가 삼천배를 드렸었는데, 그때까지도 엄마의 죽음을 받아들이지 못하고 있었어요. 그렇게 고생하며 살았는데 그토록 초라하게 떠나다니. 엄마의 마지막 순간을 혼자 계속 떠올리면서 고통스러워했었죠. 모든 것이 분노스럽기도 했고요."

걷고 있던 윤우가 어느 순간 걸음을 멈추고, 그를 바라보았다.

"그런데 이천구백 배를 할 때쯤, 엄마가 먼저 간 걸 다행으로 여기게 됐어요. 왜 그랬게요?"

그가 눈만 동그랗게 뜬 채 고개를 저었다. 윤우가 빙긋이 입가에 곡선을 그리며 그를 올려다보았다. 왜 그에게는 이렇게 편하게 그녀의 이야기가 나오는 건지 모르겠다. 나이가 많아서 알게 모르게 그에게 의지하는 건지, 그가 함부로 단정 짓지 않고 잘 들어주는 사람이라 그런 걸까? 윤우는 말을 하면서도 이 상황이 참 신기했다.

"오백 배가 남아 있던 마지막 날이었는데, 법당에 어느 유가족이 백일제를 하더라고요. 스님이 불경을 외는 동안, 전 구석에서 계속 절을 했고요. 절하면서 힐끗 보니까, 중년 남자가 고인이더라고요. 부인도 있고 자식도 있고. 그리고 고인의 어머니로 보이는 할머니가 있었어요. 작고 등이 꼬부라진 백발의 할머니."

윤우가 잠시 말을 멈추었다. 그 할머니를 다시 떠올리니 가슴 한구석이 지근거리며 아파왔다.

"백일제가 끝난 후에 그 할머니가…… 아들의 영정을 가슴에 끌어안고 법당을 빙빙 돌더라고요. 아들 이름을 부르면서 절뚝절뚝 기듯이 걸으면서 하염없이 통곡을 하는 거예요, 넋 나간 사람처럼."

그는 무슨 생각을 하는 걸까. 말없이 그녀를 쳐다만 보고 있었다. 윤우가 포근한 미소를 지어 보였지만 그는 웃지 않았다.

"그날 처음으로 엄마가 죽은 걸 감사하게 여겼어요. 참 다행이라고요. 언니나 내가 잘못돼서 엄마가 그 고통을 받느니, 엄마가 먼저 가서 내가 이 고통을 겪는 게 차라리 낫다. 정말 잘된 일이다, 이렇게요."

"대견하네요."

윤우가 그를 흘기며 장난스럽게 말했다.

"칭찬받으려고 한 말이 아니에요. 당신한테 도움이 되라고 하는 말이지."

"알아요."

그가 웃음을 입가에 물고 답하자, 윤우가 어깨를 으쓱여 보였다.

"물론 좀 경우가 다르지만. 그래도 핵심은 다 비슷비슷한 거잖아요. 솔직히 이번 일은 어찌 보면 늑대님이 그만큼 어수룩하게 굴었다는 거잖아요. 저쪽에서 어떻게든 지금 서울시장을 끌어내리려고 혈안이 되어 있는데, 그걸 알고 있으면서 이해관계에 있는 사람들을 만날 때 녹취도 하지 않고 그랬다는 거 아니에요?"

"사실 가장 화나는 부분이 그거예요. 내가 철저하지 못했다는 거."

"늑대님 잘못이라는 건 아니고요. 워낙 엮어서 걸고넘어지려는 사람이 많으니까 더 철저해지자는 거죠. 이번일이 그런 계기가 되지 않을까요? 어떤 사람이 나를 끝까지 믿는지 아니면 버리는지 알 수도 있고요."

"흐음. 인생의 쓴맛이 좀 되겠네요."

윤우가 검지를 흔들어 보이며 씨익 웃었다.

"쓴맛은 무슨요. 이건 다 인생의 백반이라고요. 우린 그냥 흔하디흔한 인간사를 겪고 있을 뿐이에요."

"웃지 말아요."

"왜요? 나한테 정들까 봐요?"

윤우가 싱글거리며 고개를 갸웃하고 묻는데 그는 웃지 않았다.

"수리님이 웃으면 왠지 가슴 아파요. 눈물을 참고 있는 게 느껴져서요."

그의 말에 웃고 있던 윤우의 얼굴이 무표정해졌다.

"난 내가 천진난만하게 보이는 줄 알았는데."

"전혀요."

윤우가 부루퉁하니 양 볼을 부풀리며 하나로 묶은 머리를 긁적거렸다.

"사실 울고 싶은 상황이긴 한데, 이상하게 눈물이 안 나요. 왜 그러는지 모르겠어요. 슬프다기보단 그냥 어이가 없달까, 너무 웃긴다고 해야 할까, 그래요."
 그는 눈을 가늘게 뜨고 윤우를 바라보더니 조심스레 물었다.
 "무슨 일 있었어요?"
 윤우는 말을 할까 말까 망설이다 그가 말하지 않아도 많은 걸 감지하는 섬세한 사람이란 생각이 들자 그냥 말해 버렸다.
 "언니가 뇌사예요."
 그의 눈이 커지자, 윤우가 얼른 덧붙였다.
 "판정이 나려면 좀 더 기다려야 하는데 상태는 거의 뇌사나 다름없어요. 뇌가 반쯤 죽었으니까."
 "왜요? 뭣 때문에요'?"
 "뇌출혈이었대요. 추석 때 쓰러져서 뇌수술 했는데, 못 깨어나고 있어요."
 "정신없었겠네요."
 "내가 전화를 안 받아서 올케언니가 다 처리를 했더라고요. 나야 상황 다 종료된 후에 병문안만 다녀온 거고요."
 "괜찮아요?"
 "모르겠어요. 뇌사 판정이 나오는 게 좋은 건지, 깨어나는 게 좋은 건지. 깨어나면 식물인간이 될 텐데, 그래도 언니가 살아 있는 게 좋은 건지. 아무것도 모르겠어요."
 "언니분 말고요. 수리님이 괜찮냐고요."
 윤우가 어깨를 으쓱이며 괜찮다는 시늉을 해 보였지만 얼굴은 시무룩했다.
 "그냥 웃겨요. 눈물은 안 나고, 단지 조금 외롭다는 거. 이젠 말할 데가 없거든요. 식구들이 연달아 죽어서 주위 친구들이 저 위로해 주느라 다 지쳐 있는 상태거든요. 나조차 우는 게 지겨워졌는데 보는 사람들은 오죽들 하겠어요."

그가 걱정스럽게 쳐다보자 윤우가 괜찮다는 손사래를 쳤다.

"괜찮아요. 난 멀쩡해요. 날 불행한 여자로 보지 않았으면 좋겠어요. 사람들이 그렇게 볼까 봐 언니가 뇌사라는 말을 더더욱 못하겠더라고요."

"불행한 여자까지는 아니고, 좀 불쌍한 여자?"

이걸 농담이라고 하는 건지, 위로라고 하는 건지. 윤우가 입술을 찌그러트리며 그를 노려보자 그가 웃었다. 그러다 문득 손을 내밀고 그가 진지하게 말했다.

"힘내요."

윤우가 내민 손을 물끄러미 쳐다보다가 그 손을 잡았다. 크고 따뜻한 손이 그녀의 손을 폭 감싸 쥐었다.

"늑대님도 힘내요."

그가 대답하지 않고, 윤우의 입술을 응시하다 두 눈을 마주 보았다. 윤우가 하나로 묶은 머리를 풀어헤치더니, 약 올리듯 머리카락을 손가락으로 배배 꼬며 덧붙였다.

"혹시 구속되면, 나 보고 싶다고 울지 말고요."

그가 웃었다.

7부
(●(((●(●(○ ((●
양주댁

하늘이 참 맑고 푸른 날이었다. 전셋집 계약이 보름 정도 남은 날이기도 했다. 집은 새 계약자가 나타나지 않았지만, 다행히도 주인이 전세금을 빼주기로 했다. 윤우는 작업실에서 몇 정거장 떨어진 곳에 원룸 서너 개를 봐놓고, 새로 들어온 캘리그래피 일을 끝내자마자 집으로 향했다. 일이 완전히 끝난 것은 아니지만 더 이상 미뤄둘 시간이 없었다.
 늦은 아침을 먹고 슬렁슬렁 버스를 탄 윤우는 원래 내려야 할 정거장보다 두 정거장 앞서서 내렸다. 주민센터에서 대형폐기물 스티커 열 개를 산 윤우가 집으로 향했다. 마음 한구석 버리기엔 아깝다는 생각이 스멀스멀 올라왔지만, 이번에 과감히 버려야 한다고 마음을 다졌다. 이번에 버리지 않으면 과거의 그림자를 끌어안은 채 영영 앞으로 나아갈 수 없다고 말이다.
 먼발치에 집이 보이기 시작했다. 지은 지 오래된 연립이어서 낡고 허름했지만 주차장으로 쓰는 앞마당에 키 큰 은행나무와 느티나무가

긴 가지를 늘어트리고 있어서 나름 운치가 있는 집이었다. 언덕을 반쯤 깎고 지은 연립이어서, 출구가 건물 앞뒤로 나 있는 복잡한 구조였기에 집배원과 택배원들이 층수를 헷갈려 하기 일쑤였다.

은행나무는 제 자식들을 흙이 아닌 시멘트 바닥에 가득 흩뿌려 놓고 있었다. 그런 은행나무가 애처롭게 느껴졌지만, 윤우는 고린내 나는 은행들을 피해 얼른 앞마당을 가로질러 입구로 들어섰다. 1층 복도에 널어놓은 이불 때문에 좁은 계단이 어둠침침했지만 2층으로 올라가자 가을 햇살이 화사하게 쏟아지고 있었다. 2층 복도에 있는 화초들이 아직은 따뜻한 햇살을 꾸역꾸역 몸 안에 쟁여 넣으며 곧 다가올 겨울을 준비하고 있었다.

2층 복도로 들어서던 윤우는 옆집 현관문이 활짝 열려 있는 걸 보곤 슬쩍 쳐다보았다. 오랫동안 중풍으로 집 안에서만 지내고 있는 옆집 할머니가 해바라기를 하고 있었는지, 현관 바로 앞에 앉아 있었다. 허리를 세우기 힘든 할머니는 현관 신발장에 등을 기대고, 현관 바닥에 돗자리를 깔고 앉아 있었다. 아마도 며느리가 해바라기할 수 있도록 자리를 마련해 준 듯했다. 두어 달 전 엄마 생신제 때 집에 왔다 언니에게 듣기로는 할머니의 상태가 좋지 않아 응급실을 오간다고 했는데, 이날 보니 할머니의 상태가 많이 좋아진 듯싶었다. 해바라기를 할 수 있을 정도이니 말이다. 윤우가 할머니의 회복이 반가워, 얼굴을 잘 모르지만 인사를 건넸다. 항상 방에 누워 있는 분이라 옆집 사람들의 얼굴을 할머니는 잘 몰랐다.

"안녕하세요."

할머니는 옆집 사람이려니 하고, 고개를 까닥이며 화답했다. 말을 할 기력은 없는 건지 아니면 가을 햇살에 졸음이 몰려오는지 할머니는 눈을 반쯤 감고 '으응' 하고 작게 속삭였다. 윤우가 할머니의 해바라기에 방해되지 않도록 조용히 그녀의 집 현관문을 열었다.

환기가 되도록 현관문을 열어놓고, 거실 유리창문도 활짝 열었다. 두 달여 동안 꼭 닫혀 있던 집은 눅눅하고 공기가 정체되어 있었다. 안방 창문까지 열어젖힌 그녀가 일단은 쓰레기로 버릴 수 있는 건 모아 버리려고, 안방 한가운데에 100ℓ 쓰레기봉투와 재활용쓰레기를 버릴 김장봉투를 벌려놓았다.

두어 시간쯤 지나자 각종 물건들로 가득 찬 쓰레기봉투와 김장봉투가 안방과 거실을 차지하고 있었다. 생각보다 버릴 게 많이 나오자 봉투가 모자랐다. 윤우가 봉투를 더 사올 겸 김장봉투 하나를 묶어 밖으로 끌고 나갔다. 무게가 만만치 않아 가슴에 안고 낑낑거리며 2층 복도를 지나가려는데, 낯선 남자가 옆집 할머니에게 말을 걸고 있었다. 옷더미가 커서 눈앞의 시야가 가려지기도 했고, 남자가 등을 보이고 앉아서 누구인지 알 수 없었다. 윤우는 옆집에 찾아온 손님이거나 이 건물 어딘가를 찾아온 사람이 층수를 묻는 거라 여기고 옆을 지나갔다. 층수가 헛갈리는 건물이어서 간혹 찾아온 사람들이 여기가 몇 층이냐고 묻곤 했었다.

"성함이 양순덕 씨 되시죠?"

할머니는 귀가 잘 들리지 않는지 눈을 찌푸렸다.

"으음?"

"양순덕 씨 되시냐고요."

"그렇소만."

"물어볼 게 있어서 이렇게 먼저 찾아왔습니다."

옆을 지나가던 윤우는 어디서 많이 들어본 목소리라 생각하며, 언덕 위로 연결된 계단을 올라갔다. 주차장 공터를 지나가면 쓰레기를 버리는 곳이 있었고, 그 아래로 내려가면 마트가 있었다. 옷더미를 내려놓고 마트에 들러 봉투를 사온 윤우가 2층 복도를 다시 지나가는데, 검은 코트를 입은 남자는 여전히 할머니와 이야기를 나누고 있었다.

"그러니까 이십여 년 전 집을 나간 남편분이 마음에 걸리신다는 거죠?"

"그래요."

"남편분 성함이 어떻게 되시는데요?"

"용석철이우."

남자는 수첩에 그 이름을 적었다. 그 옆을 지나가던 윤우는 언뜻 본 수첩 내지가 붉은색인 걸 보곤 고개를 돌려 자세히 쳐다보았지만, 남자는 수첩을 이미 넣은 후였다.

집에 들어가 새로 사온 김장봉투의 입구를 벌리던 윤우는 하던 걸 멈추고, 현관 쪽으로 걸어갔다. 문을 열어둔 터라 문 옆에서 귀를 기울이면 남자와 할머니의 말소리를 들을 수 있을 것 같았다.

검은 코트에 검은 바지, 검은 구두, 남자는 온통 검은색을 걸치고 있었고, 무엇보다 붉은 수첩을 가지고 있었다. 얼굴을 확인하지 않았지만 불현듯 엄마 장례식 때 편의점 앞에서 보았던 그 중년의 사내가 떠올랐다. 만약 그 사람이라면 어째서 옆집 할머니에게도 마음에 걸리는 사람을 묻는 걸까.

현관문 옆에 조용히 서서 옆집에 귀를 기울이던 윤우는 간간이 들려오는 말소리에 숨을 죽였다.

"그럼, 이제 나를 데려가는 거요?"

"아닙니다. 양순덕 씨를 데리러 조만간 다른 이가 올 겁니다."

'데리러 온다고?'

그가 사회복지사일 수도 있고, 요양원에서 온 사람일 수도 있고, 보협회사 직원일 수도 있었다. 윤우는 그 모든 경우의 수를 떠올렸지만, 마음 저 밑바닥에서 떠오른 또 다른 가능성에 몸이 떨렸다.

어쩌면…… 그는 사자(死者)가 아닐까.

망자를 데리러 오는 사자가 아니라 명부를 작성하는 사자일지도 모른다는 생각에 이르자, 윤우는 병원에 있는 언니와 편의점 앞에서 그에게 했던 말이 동시에 스쳐 지나갔다.

"언니는 엄마가 돌아가시면서 제 걱정을 많이 했다고 하는데, 전 엄마가 언니를 더 마음에 걸려 한 것 같거든요."

만약 그가 오정혜 다음으로 데려갈 사람을 성히려고 물어본 것이라면, 윤우는 언니를 데려가라고 답한 꼴이었다.

'그래서 언니가 갑자기 뇌출혈로 쓰러졌던 걸까. 그래서 나만 멀쩡하게 살아 있는 걸까.'

그 남자가 언니에게도 찾아갔을까, 언니에게도 마음에 걸리는 사람이 있느냐며 물었는지 궁금했지만 언니는 아무것도 답해줄 수 없게 되었다.

'저 남자에게 물어볼까? 명부를 작성하는 사자냐고, 그녀의 대답 때문에 엄마 다음으로 언니가 쓰러진 것이냐고, 저 남자에게 물어볼까.'

현관 밖으로 나가려던 윤우가 멈칫했다.

'만약 정말이라면, 그가 있는 그대로 대답할까?'

그때에도 누구냐는 그녀의 질문을 피해가지 않았던가. 계속 엄마의 마음을 알아야 할 필요가 있다는 말을 반복했을 뿐, 왜 그런 질문을 하는지 끝까지 답해주지 않았다.

'어떻게 하지? 어떻게 해야 하지?'

모른 척하기엔 앞으로 다가올 일들이 너무나 무서웠다. 모른 척하기엔 그녀 때문에 언니가 잘못됐다는 생각에 자책감이 몰려왔다. 무엇보다 저자가 언니를 만나 마음에 걸리는 사람이 누구냐고 물었다면, 언니가 그 물음에 동생이라고 답했다면 다음 차례는 그녀였다.

현관문 옆에 몸을 숨기고 망설이던 윤우가 기든 아니든 일단은 행동을 취했다. 하지만 현관 밖으로 나가보니 검은 코트의 사내가 보이지 않았다. 윤우가 주위를 두리번거리다 현관 앞에 있는 할머니에게 물어보았다.

"할머니, 방금 있던 아저씨 갔어요?"

"으음?"

할머니가 잘 들리지 않는다는 양 얼굴을 찌푸렸다. 윤우가 물어보는 건 그만두고 급히 검은 코트의 사내를 찾았다. 일단 2층 복도에서 아래층 주차장을 내려다보니 그의 모습이 보이지 않았다. 윤우가 3층으로 이어지는 계단 쪽으로 급히 뛰어 올라갔다. 방금 전까지 할머니와 이야기를 나누었는데, 금세 어디로 가버린 걸까.

윤우가 쓰레기를 버리러 갔던 위쪽 주차장으로 뛰어가 보았다. 그곳으로 가면 양 갈래의 골목길이 나타나는데, 혹시 몰라 대로변으로 이어지는 아래쪽 길로 내려가 보니 멀리 검은 코트를 입은 남자의 뒷모습이 보였다.

사자가 아닌 걸까? 남자는 너무나 평범한 아저씨의 모습을 하고 있었고, 버스정류장이 있는 대로변으로 걸어가고 있었다. 사자(死者)가 이런 한낮에 그것도 혼자 골목길을 걷는다는 게 어울리지 않았다. 원래 저승사자는 세 명이 붙어 다닌다고 하지 않던가. 밤에만 다니고, 사람들 눈에는 보이지 않아야 하는 거 아닌가?

양주댁

윤우가 바보 같은 생각을 했다며 고개를 설레설레 젓고 뒤돌아서다가, 문득 한 가지가 눈에 걸려서 다시 그 남자를 쳐다보았다. 남자는 대로변 끝에 거의 다 다다르고 있어서 작게 보였는데, 아무리 눈을 가늘게 좁히고 살펴봐도 그림자가 보이지 않았다. 윤우가 하늘을 쳐다보다가 다시 남자의 발아래를 쳐다보았다. 정오라면 모를까 이런 오후에 그림자가 드리워지지 않았다는 게 너무나 이상했다. 그 뒤를 따라 가까이 걸어가 보았지만 가까이에서도 남자의 그림자는 보이지 않았다. 고개를 숙여 자신의 발밑을 보니 자신의 발아래에 그림자가 길게 드리워져 있었다.

분명했다. 그는 서승에서 온 시지다.

다리가 떨려서 발이 떼어지지 않았다. 윤우가 가만히 멈춰 선 채 그림자 한 점 없이 햇살을 받고 있는 남자의 발밑을 뚫어지게 응시했다.

저승사자가 아닐 수도 있다. 그녀가 모르는 이계(異界)에서 온 존재일 수도 있고, 죽음을 관장하는 세계에서 보낸 사신일 수도 있다. 상관없었다. 그의 정체가 무엇이건 간에 중요한 건 그가 언니의 목숨에 영향을 끼친 존재라는 것이다.

긴장이 되어 목소리가 나오지 않았다. 윤우가 발소리를 죽이고 그의 뒤를 따라갔다. 그는 버스정류장에서 걸음을 멈췄다. 버스 노선을 확인해 보던 검은 코트의 사내가 윤우의 시선을 느꼈는지 문득 고개를 돌려 윤우를 쳐다보았다. 윤우가 긴장된 미소를 입가에 그리며 그에게 다가갔다.

"안녕하세요."

그는 말이 없었다.

"예전에 편의점 앞에서 이야기를 나눈 적이 있었는데, 기억하세요?"

윤우는 남자의 발밑을 보지 않으려고 애썼다. 그녀가 그의 정체를 알고 있다는 걸 들키게 되면 그가 무섭게 돌변해 버릴 것 같았다. 한편으론 그녀가 하는 말을 그가 곧이곧대로 듣지 않을 것 같았다. 해서 우연히 재회한 듯 최대한 자연스럽게 행동했다.

"3월에 엄마 장례식 때 오셔서, 저에게 한 가지 물어볼 게 있다고 편의점에서 말을 거셨었는데……."

그제야 기억이 난다는 듯 중년 사내가 고개를 살짝 끄덕여 보였다.

"아까는 몰라보고 뒤늦게 기억이 났어요. 한데 드릴 말씀이 있어서 급하게 따라왔네요."

그는 별 궁금하지 않은 눈치였지만 윤우는 일말의 가능성이 있다는 생각에 얼른 용건을 꺼냈다.

"그때 저한테 엄마가 살아 계실 때 누구를 마음에 걸려 했는지 물어보셨잖아요."

"그렇소만……."

"그땐 그냥 언니나 저일 거라고 대답을 했었는데 나중에 생각이 났거든요. 그래서 혹시라도 다시 만나게 되면 이야기를 하고 싶었어요. 엄마가 마음에 걸려 했던 사람은 따로 있었다고요."

사내의 눈썹이 살짝 꿈틀거렸다. 그녀의 말을 곧이곧대로 들어도 좋을까 의심하는 기색이 사내의 눈에 어른거렸다. 윤우는 발밑을 보는 것도 두렵고, 사내의 눈을 계속 마주 보는 것도 불편해 그의 콧등을 쳐다보았다. 사내의 눈은 여느 사람처럼 평범했지만 어딘가 모르게 서늘하고 고요한 빛을 띠고 있었다. 그날은 어두운 새벽이라 미처 느끼지 못했던 것이리라. 무엇보다 그녀의 눈동자에서 거짓을 읽을까 봐 윤우가 기억을 떠올리는 듯 눈을 끔벅이며 허공을 응시했다.

"그러니까 엄마가 강원도 삼척에 살 때 한동네에 살던 여자가 있었는데, 돌아가시기 전에 엄마가 그 여자분이 마음에 걸린다고 하셨거든요. 그게 뒤늦게 기억났어요."

사내의 눈에 약간의 낭패 어린 빛이 스쳐 지나갔다. 엄마의 빈소에서 영정 사진을 바라보던 눈빛과 비슷했다. 뭔가 곤혹스럽고 골치 아프다는 듯 상대방을 책망하는 눈빛.

"혹시 그 여자분의 이름을 알고 있습니까?"

"그건 모르겠어요. 엄마는 그 여자를 작은댁이나 민호 엄마라고 불렀대요. 동네에서는 원주댁인가 양주댁인가로 불렀다는데, 정확히는 저도 잘은 몰라요."

그가 말없이 난감한 표정을 짓자 윤우가 한 가지를 얼른 덧붙여 말했다.

"삼척에 있는 그 동네에 가서 물어보면 알 수 있지 않을까요?"

"지금도 그 여자분이 삼척에 살고 있습니까?"

"글쎄요. 제가 일곱 살 때 부모님이 떠나왔기 때문에 그것까지는 모르겠어요. 하지만 동네 분들이 알지 않을까요? 다른 데로 갔다면 어디로 갔는지 정도는 기억하고 있을 것 같은데……."

먼발치에서 버스가 오고 있었다. 검은 코트를 입은 사내는 버스를 보더니, 윤우에게 알겠다는 말을 하고 몸을 돌렸다. 윤우는 사내 앞에 정차하는 버스를 쳐다보았다. 사람이 타지 않은 텅 빈 버스였는데, 번호가 0번이었다.

'이 동네에 0번 버스가 다녔었나?'

한 번도 본 적이 없는 번호여서 윤우가 버스 번호판을 가만히 들여다보는데, 버스 문이 열리고 검은 코트의 사내가 입구 계단에 올라섰다. 그 모습에 윤우가 정신을 차리고 사내의 등 뒤에 대고 소리쳤다.

"제가 말씀드린 사람, 꼭 찾아봐 주세요! 엄마가 가장 마음에 걸린다고 했어요."

버스 문이 닫혔다. 그는 도로 쪽 좌석에 앉았는지 창문으로 모습이 보이지 않았다. 윤우는 여느 버스처럼 도로를 달려 저 멀리 사라지는 0번 버스를 지켜보고 서 있었다.

미친 짓을 한 걸까? 그녀가 어쩌면 착각을 한 건지도 모른다. 요즘 일 때문에 날밤을 꼬박꼬박 새웠으니 눈이 피로해서 잘못 본 것인지도 모른다. 그림자가 없는 존재가 말을 하고, 걷고, 버스를 탄다는 게 말이 되지 않았다. 그냥 이 동네에 영업하러 찾아왔다가 엄마와 옆집 할머니를 모두 알게 된 것일지도 모른다.

윤우가 혹시 하며 버스정류장에 붙어 있는 버스 노선을 살펴보았다. 맨 위부터 맨 아래까지 살펴보았지만 0번 버스는 없었다. 버스정류장 벽이 모자라, 옆에 있는 버스표지판에 부착했나 보았지만 그곳에는 마을버스 노선이 붙어 있었다. 검은 코트의 사내가 타고 간 버스는 마을버스도 아니었거니와 붙어 있는 마을버스 노선도 0번은 아니었다.

윤우가 귀신에 홀린 사람처럼 자신의 발밑을 내려다보았다. 그녀의 그림자가 길게 드리워져 있었다.

이튿날, 발이 움직이지 않았다. 출발할 땐 그 여자를 찾아야 한다는 생각뿐이었는데 막상 상봉동 주민센터가 눈에 들어오자 거대한 껌에 두 발이 들러붙은 양 저절로 멈춰졌다.

그저께만 해도 언니와 그녀에게 다가올 죽음을 피할 수 있을지도 모른다는 생각에, 검은 코트의 사내에게 말한 걸 잘했다고 생각했다. 거짓말을 한 것도 아니고, 뒤늦게 기억난 걸 솔직히 말해준 것뿐이라고 말이다. 게다가 그녀의 죽음까지 예상되는 상황이라면 무슨 짓이

든 해보는 게 당연한 게 아니냐고 그렇게 자신이 한 행동을 정당화했다. 하지만 하루가 지나자 마음속 깊은 곳에서 들려오는 속삭임을 외면할 수 없었다. 그 소리는 아이의 옹알이처럼 처음에는 불분명하고 작게 들렸지만 시간이 갈수록 점점 커지고 강경해졌다.

'결국 네가 살려고 그 여자를 죽이려는 거잖아.'

그 소리에 윤우 나름대로 항변하며 어제 하루를 버텼다. 엄마가 작은댁이라고 불렀던 그 여자는 작은방에서 살았기 때문에 작은댁이라고 불렸을 뿐, 그 당시 열 살 정도의 아들이 있었다고 하니 엄마와 동년배이거나 나이가 더 많았을 것이라고, 그렇다면 이미 죽었거나 살아 있다고 해도 이런저런 지병 때문에 괴로워하고 있을 것이라고 말이다. 설혹 그 여자가 칠십대의 나이에도 불구하고 건강하고 사는 게 즐겁다 해도, 칠십 년 넘게 살았으면 언니와 윤우 대신 가도 괜찮은 거 아니냐고 말이다.

새벽녘 잠이 깬 윤우가 더 이상 잠들지 못하고, 동이 틀 때까지 이불 속에서 뒤척이다 아침 일찍 작업실로 향했다. 작업실에 도착하자마자 집에서 챙겨온 엄마의 수첩을 펼쳐 들었다. 혹시 몰라 챙겨왔는데, 수첩을 한 장씩 넘겨보니 중간 즈음 강원도에 사는 지인의 연락처가 적혀 있었다. 눈이 침침했던 엄마는 번호와 이름을 크게 써놓았는데, 강원도에서 엄마와 언니, 동생 하며 지냈던 옆집 아주머니와 아버지와 호형호제하며 지냈던 지인들의 연락처가 쓰여 있었다.

윤우는 그중 '바우댁'이라고 쓰여 있는 사람에게 전화를 걸었다. 어머니 장례 때 오셨던 분이었고, 엄마와 가장 친했던 분이었다. 집 전화번호였기에 안 받을 수도 있다 생각했는데, 아침에 전화를 걸어서인지 바우댁이 전화를 받았다. 바우댁은 윤우의 전화에 어리둥절해했지만, 엄마가 한 동네에 살았던 '민호 엄마'라는 분께 남기고 간 말이 있어서 그분을 찾는다고 설명을 하니 바우댁이 기억을 떠올려 보려고 애썼다.

〈민호 엄마라면…… 양주댁 말하는 것 같은데.〉

"예, 맞아요. 양주댁인가 원주댁인가로 불렸다고 했어요. 어디에 사시는지 혹시 아세요?"

〈오래전에 서울로 간다며 떠난 걸로 알고 있는데. 현우 엄마네 집에서 나온 지 얼마 안 되어서, 양주댁이 서울로 돈 벌러 간다고 들었거든. 그때 남편이랑 애를 다 두고 혼자 가서 사람들이 뒷말을 좀 많이 했지. 새 서방 만나러 갔다 그러면서.〉

"서울 어디에 있다는 건 못 들으셨구요?"

〈소문만 무성할 뿐이지. 양주댁이 그때 소리 소문 없이 떠났거든. 그 남편이란 작자도 여자 잡으러 간다고 애랑 서울로 갔지만 그 후 어찌 됐는지는 아무도 모르고.〉

"그렇군요."

그렇게 양주댁이 어디에 있는지 오리무중인 채로 통화가 끝났다. 그녀가 어찌할 수 있는 상황도 아니고 찾을 수도 없으니 어쩔 수 없다 여기고 말았다.

한데 저녁나절, 바우댁 아주머니가 윤우에게 전화를 걸어왔다. 전화를 받고 자신도 하루 종일 신경이 쓰였는지, 마을회관에 나가 사람들에게 양주댁 소식을 수소문했나 보다.

〈동네 사람들한테 물어보니까, 재작년쯤에 양주댁 아들이 마을에 찾아왔었다네. 제 아버지 묏자리 알아본다고.〉

"아들분은 어디 사신대요?"

〈그것까진 모르던데. 그때 묏자리 알아본다고 오긴 왔었는데 결국

은 소득 없이 그냥 가버렸나 봐. 그리고 나선 온 적이 없다네.〉

"그럼, 양주댁 아주머니는 그때 아드님이랑 같이 왔었대요?"

〈그건 아니라는데. 아들 부부 내외만 왔고, 양주댁은 안 보였대. 서울에서 못 만난 것 같다고 여기 사람들이 그러네.〉

"네."

윤우가 실망 섞인 목소리로 대답을 하는데, 바우댁이 실망하긴 이르다는 듯 양주댁에 관한 소식을 전했다.

〈근데 여기 동네 사람 중 하나가 몇 년 전에 서울에서 우연히 양주댁을 봤었대.〉

"서울 어디서요?"

〈상봉터미널에서 봤다는데 모르지. 그 양반이 워낙 깜박깜박하는 양반이라. 여하간 그 양반이 서울에 사는 딸이 애를 낳아서 올라갔다가 상봉터미널에서 양주댁을 봤었대. 그 동네에 사는 건지 아님 잠깐 들렀다 가는 건지는 모르겠는데, 여튼 그 동네에서 봤다고 하더라구. 재작년에 찾아온 아들도 그 이야기를 듣고 갔다나 봐.〉

"그분한테서 들은 말은 없었대요?"

〈알은척을 하려고 했는데, 마침 버스가 와서 말 한마디 못 섞고 그냥 탔다나 봐.〉

"그랬군요."

윤우가 아쉬움을 섞인 대답을 하자 바우댁도 속상해했다.

〈나도 거기까지밖에 알 수 있는 게 없더라고. 현우 엄마가 남긴 말이 있다고 해서 양주댁 사는 곳을 알아내려고 애를 써봤는데, 영 안 되네.〉

"아니에요. 이 정도도 너무 감사한걸요. 아주머니 번거롭게 해드려서 너무 죄송해요."

〈아니야. 무슨 그런 소릴 해. 한데 네 엄마가 양주댁한테 남긴 말이

뭔데?〉

따로 남긴 말이란 게 없기에 윤우가 잠시 뜸을 들이며 말을 만들어 냈다.

"뭐…… 그때 미안하다는 그런 말이에요. 저는 무슨 일인지 모르겠는데, 엄마가 그분께 잘못한 게 있었나 봐요. 그때 일 미안하다고 꼭 전해달랬거든요."

바우댁도 그 일을 알고 있는지 혀를 차며 대꾸했다.

〈현우 엄마도 참, 사람이 착해가지고는. 현우 엄마가 미안할 게 뭐 있다고 그걸 죽을 때까지 품고 있었대. 미안하면 양주댁이 미안하지. 현우 엄마가 잘못한 게 뭐가 있다고.〉

자세한 이야기를 그녀에게 하기는 좀 남우세스러운지 바우댁은 연신 혀만 찼다. 윤우는 그 이야기를 알고 있다고 하면 바우 아주머니의 오지랖이 발동될 것 같아, 그쯤에서 통화를 마무리 지었다.

"사람이 떠날 때 되면 오만 가지가 마음에 걸린다잖아요. 여하튼 바우 아주머니, 고마워요. 나중에 부모님 산소에 가게 되면 한번 찾아뵙고 인사드릴게요."

〈그려, 여기는 걱정 마. 네 아부지랑 네 어머니 산소는 나도 그렇고 동네 사람들이 오며 가며 돌보고 있으니까 걱정할 거 하나도 없어. 네 어미 산소는 떼도 잘 입어서 아주 풀이 보송보송하니 보기가 좋더라.〉

"고마워요, 아주머니."

그렇게 통화를 끝낸 후 무작정 상봉터미널을 찾아온 윤우였다. 지금은 지하철이 개통되어서 상봉역이 더 북적였지만, 예전만 해도 상봉터미널에 강원도와 양평 쪽 직행버스가 있어서 그쪽 사람들이 많이 오고 갔다. 그 여자가 상봉동에 살고 있다는 보장도 없고, 산다고 해도 마주친다는 보장도 없는데, 윤우는 무언가에 쫓기는 사람처럼 상봉동으로 달려갔다. 검은 코트의 사내가 그 여자를 찾기 전에 그녀가 먼저 찾아내 알아야 할 게 있었다.

'양주댁'이라는 그 여자가 간절히 살고 싶어 하는지, 간절히 누군가를 보고 싶어 하는지, 간절히 곁에 있어주고 싶은 사람이 있는지, 윤우는 알고 싶었다. 칠십이 넘은 나이라 해도 언니 지우와 윤우보다 더 간절히 살고 싶어 하는지, 떠나면 안 되는 이유가 있는지 알고 싶었다. 만약 그 여자에게, 아니, 그 할머니에게 그런 간절함이 있다면 검은 코트의 사내를 어떻게든 찾아내 그녀가 잘못 기억하고 있었다고 했던 말을 거둬들일 생각이었다.

물론 마음 깊은 곳에서 또 다른 속삭임이 들려왔다. 설혹 그 할머니가 지금 간절히 죽고 싶어 한다고 해도 네가 그 할머니를 죽게 할 권리가 있느냐고. 네가 언니의 목숨과 그 할머니의 목숨을 두고 어느 쪽이 더 살 가치가 있는지 정할 자격이 있느냐고, 언니 지우와 네가 그 할머니보다 젊은 게 더 살아야 할 이유가 되느냐고 말이다.

장승처럼 주민센터 앞에 그녀가 오래도록 서 있자 오가는 사람들이 힐끔거리며 쳐다보았다. 결국 결정을 내리지 못한 채 윤우가 뒤돌아 나왔다. 한 번도 가본 적 없었던 길 쪽으로 방향을 잡고 무작정 걸었다. 도로 표지판에 면목역과 사가정역이 표시되었고, 조금만 더 가면 아차산역이 있다고 알려주고 있었다.

길을 걷던 윤우가 지하철역과 시장 골목이 인접한 교차로에서 멈춰 선 채 눈에 들어오는 노인들을 관심 있게 살펴보았다. 시장과 인접한 번화가여서 그런지, 길가에 좌판을 벌인 노인들이 많았다. 나물을 파는 할머니, 양말을 파는 할아버지, 폐지를 줍는 노부부, 역 앞에서 구걸을 하는 할아버지가 눈에 들어왔지만, 그들 중 한 사람이 양주댁일 가능성은 거의 없었다. 이럴 줄 알았으면 엄마 살아 있을 때 양주댁에 대해 좀 더 자세히 물어볼 걸 그랬다. 얼굴에 점이 있었다거나 흉터가 있었다거나, 코가 주먹만 했다거나 눈이 사팔뜨기였다거나 한 가지라도 특징을 알고 있다면 좀 더 쉽게 찾을 수 있었을 텐데 말이다.

윤우가 중곡역 근처에 있는 벤치에 앉아 젊은 사람들 속에 섞여 지나가는 노인들과 땅바닥에 앉아 좌판을 벌인 노인들을 유심히 쳐다보는데 배에서 꼬르륵 소리를 냈다. 생각해 보니 하루 종일 아무것도 먹지 않았다.

횡단보도를 건너 시장 골목으로 들어간 윤우가 손님들이 북적이는 떡볶이 가게로 향했다. 가게 안이 좁은데다가 그나마도 손님들로 가득 들어차서, 날도 화창하고 좋으니 밖에서 먹을 생각에 떡볶이 일인분을 시켰다. 그렇게 가게 앞에 서서 떡볶이를 먹는데 먼발치에 있는 전봇대가 들어왔다. 어찌나 크고 선명한 글씨로 프린트해서 붙여놓았는지 서너 걸음 떨어진 곳이었는데도 눈에 들어왔다.

―원룸/1000―20/주방 화장실/공동세탁실/중곡역에서 3분 거리

'1000―20?'
저 원룸을 계약하면, 만약 언니의 병원비가 이천만 원이 넘게 된다 해도, 그녀에게 여윳돈이 있으니 감당할 수 있을 것이다. 그녀가 가진 돈마저 다 병원비로 들어가게 될 때의 상황은 그때 가서 생각하기로 했다. 그전에 언니가 죽을 수도 있으니 미리부터 걱정하지 말자고. 엄마의 수발을 십 년, 이십 년 들게 될까 봐 갑갑해하며 엄마를 짐스러워했던 그때처럼 굴지는 말자고.

두어 시간 후, 윤우는 지하철 안에서 원룸 임대계약서를 꼼꼼히 들여다보고 있었다.

'앞일은 아무도 모른다더니, 그 말이 정말인가 보다. 이 동네로 이사를 하게 되다니, 누가 알았겠는가. 혹시 검은 코트의 사내는 저승사자가 아니라 이 원룸을 지키고 있는 가택신이 아닐까?'

그런 얼토당토않은 추측을 해보며, 어딘가에 살아 있는 양주댁이 그녀 때문에 곧 죽게 될 거라는 생각을 하지 않으려고 애썼다.

주말을 코앞에 둔 금요일 날 윤우는 이사를 했다. 차에 짐을 싣기 시작하자 흰 구름으로 잔뜩 뒤덮여 있던 하늘에서 추적추적 가는 빗방울을 흩뿌리기 시작했다. 겨울을 재촉하는 가을비였다. 거의 네 시가 다 되어서야 인부에게 이사 비용을 건네고 윤우 혼자 원룸에 있게 되었다. 미처 솎아내지 못하고 그대로 가져온 책들이 한쪽 벽면에 가득 쌓여 있었고, 김치냉장고와 대형 TV를 가져다 놓으니 방이 너무 좁았다.

'책을 버리고 나면 방이 좀 넓어지려나.'

수건으로 젖은 머리를 닦아내던 윤우가 방 전체를 둘러보고는 어떤 것부터 정리할지 계획을 세웠다. 몸이 으슬으슬했지만 지금 씻고 욕조에 몸을 담그면 그대로 퍼져 버릴 것 같아서 윤우가 욕조로 가고 싶어 하는 마음을 꽉 붙들었다. 하지만 새로 산 욕조가 반짝반짝 빛을 내며 자꾸만 유혹을 해왔다. 이삿날 이틀 전에 도착한 욕조는 세면대 바로 옆에서 자태를 뽐내고 있었지만 아직 개시를 하지 못하고 있었다.

윤우는 방 정리를 모두 끝낸 후에 여유롭게 반신욕을 하리라 마음먹고, 점심 때 먹고 남은 김밥에 라면을 끓여먹고 정리를 시작했다.

옷 정리를 끝낼 쯤 핸드폰이 소리를 냈다. 문재혁의 문자였다.

〈누나, 내일 등산 번개 올라왔는데 갈래요?〉
〈내일 비 오지 않을까요?〉
〈보슬비 정도는 오히려 시원해서 좋아요. 큰비면 그냥 폭파하고, 모여서 술 먹으면 되죠.^^〉
〈음, 오늘 이사해서 내일 갈 수 있을지 모르겠어요. 몸이 영 좋지 않거든요.〉
〈수리 누나, 보고 싶은데 뒤풀이라도 나와봐요.〉

검은 코트의 사내와 양주댁 일로 마음이 뒤숭숭해서 며칠 전 저녁 먹자는 그의 제안을 거절한 참이었다. 윤우는 보고 싶다는 말에 차마 거절할 수가 없어서 내일 뒤풀이에는 가겠다고 문자를 보냈다. 핸드폰을 테이블에 내려놓고 책 정리를 시작했다. 그러다 책 무더기 속에 자리 잡고 있었던 언니의 짐이 나오자 손길을 멈췄다. 혹시 알 수 없다는 생각에 언니의 옷과 물건 중 괜찮은 것들은 박스에 담아 챙겨온 참이었다.

'저 물건을 언니가 다시 사용하는 날이 올까.'

그때 검은 코트의 사내에게 말을 한 후, 언니는 깨어나지 않았지만 그날로부터 사흘 후 옆집 할머니가 숨을 거두었다. 해바라기를 할 정도로 상태가 호전되어서 시어머니가 나아지는 줄 알았다던 옆집 아주머니는 이제 보니 호전이 아니라 죽기 전에 잠깐 상태가 좋아진다는 그런 거였나 보다고, 장례식장에서 윤우에게 넋두리하듯 말했었다.

아버지, 어머니의 장례 때마다 옆집 부부가 조문을 왔었기에 할머니의 장례 때 안 가볼 수 없기도 했지만, 혹시나 검은 코트의 사내를 만날 수 있을까 싶어 장례식장에 갔던 윤우였다. 첫날에 가고, 발인 날에도 갔지만 검은 코트의 사내를 볼 수는 없었다.

어느덧 해가 지고, 밖이 어두컴컴했다. 시계를 보니 밤 아홉 시가 다 되어가고 있었다. 윤우가 창문 밖으로 손바닥을 내밀어보았다. 컴컴해서 비가 오는지 안 오는지 알 수 없었는데, 손바닥에 작은 빗방울들이 떨어졌다. 비는 밤새도록 내릴 모양이었다.

윤우가 책을 어찌할까 망설이다 내놓기로 했다. 내놓지 않으면 자다가 발에 걸릴 것 같았다. 어차피 폐지로 수거되어 재생지 만드는 데에 사용될 것이니 젖어도 상관없을 것이고, 오히려 폐지를 줍는 사람들에게는 젖는 게 더 도움이 된다는 걸 알고 있었다. 아버지가 더 이상 도배 일을 할 수 없게 되자 동네를 돌아다니며 폐지를 모았었는데, 신문지나 박스가 젖으면 무게가 많이 나가서 돈을 더 받을 수 있다고 좋아하던 게 생각났다.

한꺼번에 들고 나갈 수가 없어서 대략 스무 권 정도의 책더미를 품에 안고 아래층으로 내려갔다. 5층 건물임에도 엘리베이터가 없었다. 윤우가 계약한 원룸은 그나마 2층이어서 다행이었다. 아마도 엘리베이터가 없어서 방세가 쌌던 게 아닌가 싶다.

윤우가 만화책과 소설책 한 더미를 두 번 밖에 내어놓고, 세 번째로 책더미를 들고 나왔다. 한데 그사이 누가 주워갔는지 금방 가져다 놓은 책들이 흔적도 없이 사라져 있었다.

'어떻게 이렇게 빨리 알았지?'

어디서 지켜보고 있는 걸까? 내놓을 때만 해도 근처에 폐지 줍는 사람을 못 보았는데, 눈 깜짝할 새에 없어져 버렸다. 윤우가 세 번째 책더미를 내려놓고는 다시 네 번째로 2층에 올라갔다 내려왔다. 이번에도 세 번째 더미가 없었다.

'오잉?'

윤우가 아무도 없는 골목길을 보며 씨익 웃었다. 원룸 건물이 네 방향으로 길이 나 있는 사거리 골목에 자리 잡고 있어서 폐지 줍는 사람이 어느 방향으로 갔는지는 가늠이 되지 않았다. 하지만 누군가가 그녀가 버린 책을 수레에 싣고 신나게 집으로 돌아가고 있을 걸 생각하니 절로 기분이 좋아졌다.

'누군지 몰라도 오늘 횡재하겠군.'

윤우가 네 번째 무더기를 내려놓고 다시 2층으로 올라갔다. 아직 반도 버리지 못한 상태였다. 누구인지는 모르겠지만 오늘 그 사람은 풀 방구리에 쥐 드나들듯 이곳을 다녀가야 할 것이다. 한꺼번에 가져다 놓고 싶지만 책이 워낙 무거워서 어쩔 수 없었다.

이번엔 편집디자인을 배울 때 샀던 디자인 관련 책들로 한 무더기를 들고 나왔다. 한 번에 많이 갖다 놓으려고 욕심을 부렸더니 너무 무거워서 계단을 내려올 때 낑낑거려야 했다. 윤우가 책을 떨어뜨리지 않으려고 조심조심 내려놓으려는데, 어디선가 끼릭끼릭 바퀴 굴러가는 소리가 들려오더니 할머니 한 분이 말을 걸어왔다.

"아가씨."

이 할머니였나 보다. 벌써 집에 갖다 놓았는지 할머니가 끌고 오는 장바구니 수레가 가볍게 따라왔다. 리어카나 수레가 아니라 크기가 작은 장바구니 수레라 할머니도 한꺼번에 가져갈 수 없었던 듯싶다. 하기야 할머니가 폐지를 가득 실은 리어카를 끌고 가는 것도 무리였을 것이다.

백발의 머리를 꼭뒤에 곱게 쪽진 할머니는 이 일을 오래 해왔는지 손에 낀 목장갑엔 때가 묻어 있었고, 일명 '질질이'로 불리는 장바구니 수레의 바퀴는 하얗게 흙먼지가 끼어 있었다. 손잡이에 덧댄 누빔 천도 어찌나 많이 잡고 끌고 다녔는지 할머니의 손아귀 모양대로 움푹 패여 있었다.

"예, 말씀하세요."

윤우가 편하게 말씀하시라는 뜻으로 빙긋 웃어 보이자, 주저주저하던 할머니가 입을 열었다.

"버릴 책, 혹시 더 있으면 내일 아침에 버려줄 수 있을까 해서 그래요."

"왜요?"

윤우가 의아한 얼굴로 이유를 묻자, 할머니가 목장갑을 낀 손으로 솜바지를 만지작거렸다. 누가 올까 불안해하는 기색이었다.

"집에 자러 들어가야 하는데, 아가씨가 더 버리면 다른 사람이 가져갈 것 같아서 말이우."

"아……."

할머니는 이미 잘 때가 지났는지 두 눈에 졸음이 가득해 보였다. 눈을 끔벅이며 나오는 하품을 참던 할머니가 윤우가 방금 전 내려놓은 책을 바구니에 차곡차곡 쟁여 넣었다.

윤우가 앞에 쪼그려 앉아 책을 집어주자, 할머니가 고맙다는 말을 중얼거리며 바구니에 채워 넣었다.

"할머니, 그러면 이렇게 해요. 버릴 책이 아직 많기는 한데 제가 오늘 빗속에 이사를 해서 내일 아침 일찍 일어날 수 있을지 자신이 없거든요."

"그럼 내일 낮에 버려주면……."

"낮에는 약속이 있어서 나가봐야 하거든요. 그러니까 열두 시 전에 아무 때나 오셔서 할머니가 가져가시는 게 어때요?"

"그래 주면 나야 고맙지."

"아니에요. 저도 지금 피곤해서 나머진 내일 버릴까 했거든요."

피곤하긴 했다. 2층이라고 하지만 책더미를 들고 계단을 연신 오르내리니 허리가 아파왔다. 윤우가 건물 2층에 있는 201호라고 집을 알려주자, 할머니가 허리까지 숙여가며 고맙다는 말을 하고는 왔던 길을 되돌아갔다. 물론 다섯 번째 책더미를 가득 실은 장바구니를 끌고 가느라 걸음이 느렸지만, 이제 마음 편히 자도 된다는 생각 때문인지 할머니의 걸음이 무겁지 않았다.

2층으로 올라간 윤우가 현관 밖에 미리 내놓았던 다른 책들을 안으로 들고 들어갔다. 어차피 내일 아침에 다시 내놔야 할 책들이라 신발이 있는 현관 앞에 그냥 내려놓았다. 바닥에 먼지가 묻었기에 방 안에 올리는 게 꺼려지기도 했다. 문이 저절로 닫히도록 되어 있는 구조라 신경 쓰지 않고, 바로 위에 있는 다른 책도 문 앞에 갖다 쌓아놓았다. 마지막 책더미를 쌓아놓고 문이 꼭 닫혔나 확인하려는데, 테이블 위에 둔 핸드폰에서 소리가 났다. 누가 이 시각에 전화를 건 걸까. 윤우가 책더미를 뛰어넘어 방으로 들어갔다. 핸드폰을 집어 드니 안준연의 번호였다.

"네."

〈뭐 해요?〉

"이삿짐 정리하고 있었어요."

〈이사했어요?〉

"네, 부모님 집 정리하고 원룸으로 들어왔어요."

〈그랬군요.〉

"근데 밤늦게 웬 전화예요? 술 마시자고요?"

〈네, 그냥 들어가기 아쉬워서요.〉

윤우도 마음이 쓸쓸해서 같이 마시고 싶었지만, 몸 상태가 영 안 좋아서 그냥 거절했다.
"아무래도 감기 기운이 있는 것 같아요. 오늘은 푹 자려고요."
〈그래요, 그럼. 이사하느라 힘들었을 텐데.〉
"내일 뒤풀이에 가려고 하는데, 올래요?"
〈아마 힘들 거예요. 내일도 출근해야 하거든요.〉
"그렇군요."
〈정리는 다 끝났어요?〉
"조금만 더 하면 돼요."
〈난방 세게 틀어놓고 푹 자요.〉
"네, 고마워요. 늑대님도 잘 들어가고요."
윤우가 통화를 끝낸 후에도 핸드폰을 내려다보았다. 몸이 피곤해서 거절하기도 했지만, 사실 못 나갈 이유는 없었다. 이렇게 피곤할 땐 차라리 파전에 막걸리 한잔하는 게 푹 잘 수 있는 좋은 방법이기도 했다. 하지만 문재혁에 대한 감정이 정리되지 않고 여전히 그에게 설레고 있는 지금, 안준연과는 거리를 두어야 한다는 생각이었다.
윤우가 찜찜한 얼굴로 핸드폰을 만지작거렸다. 그녀의 거절을 다르게 해석하는 게 아닐까. 그가 뇌물을 받았다고 생각해서라거나, 그가 정치 쪽에 있는 사람이라서 멀리하는 것으로 오해하는 게 아닐까.
'아, 몰라. 어떻게 생각하든 그것까지 내가 어떻게 할 수 있는 건 아니잖아. 이대로 가다가는 둘 다 잃게 생겼는걸.'
아직 문재혁에게는 양다리를 걸고 있다는 말을 꺼내지 않았다. 앞으로 3년 정도는 자유롭게 남자를 만날 생각이라고 말은 했지만, 지금 현재 다른 남자를 동시에 만난다는 말은 나오지 않았다. 결혼을 전제로 만나고 싶다고 했던 문재혁을 봤을 때, 그 사실을 알게 되면 여지없이 관계를 끊어버릴 것 같았다. 이제는 그만 선택을 해야 한다.

헌 수건 하나를 걸레로 삼아 방을 닦았다. 방을 세 번 닦아내고 나니 더 이상 걸레에 먼지가 묻어 나오지 않았다. 시커멓게 흙먼지와 때가 묻은 걸레를 양은대야에 담아놓고, 벽에 등을 기대고 창가를 바라보았다. 빗발이 좀 더 거세졌는지 유리창에 빗방울이 튀어 여기저기 물방울들이 송송 매달려 있었다. 작은 북소리 같기도 하고, 기름 튀기는 소리 같기도 한 빗소리가 들려왔다. 시계를 보니 밤 열한 시였다. 정리를 다 끝낸 방은 두어 명이 누우면 딱 맞는 좁은 공간이었지만, 아늑하고 정갈해 보였다. 그래서 더 슬픔이 몰려왔지만, 그 감정에 잠식되지 않으려고 애썼다.

집에서 가져온 화분과 새로 사온 화분을 3단 서랍장 위에 배치하는 걸로 정리를 끝낸 윤우가 욕실로 들어가 욕조에 물을 틀었다. 오랫동안 몸을 담그고 있을 생각으로 노트북과 무선마우스도 챙겼다. 혹시라도 노트북에 물이 튀지 않도록 욕조에 적정한 양의 물이 찰 때까지 기다린 다음 수도꼭지를 잠갔다. 욕조 덮개 위에 수건 한 장을 깐 다음 노트북을 내려놓았다. 그녀가 훌훌 옷을 벗어버리고는 물이 튀지 않도록 조심조심 욕조 안으로 들어갔다. 뜨거운 물이 발과 종아리를 차례로 어루만지며 엉덩이와 아랫배를 감싸자 저절로 감탄스러운 신음이 흘러나왔다.

"아아…… 살 것 같아."

손에 물이 묻지 않도록 두 손으로 욕조의 양옆을 잡고 천천히 뒤로 등을 기댔다. 뜨거운 물이 가슴 부근에서 찰랑이며 간질이자 절로 입꼬리가 올라갔다. 빗속에 축축하게 젖은 신발을 신고 하루 종일 짐을 옮긴 터라 발끝이 차갑게 얼어붙어 있었는데, 발가락에서 욱신거리면서도 기분 좋은 통증이 느껴지더니 종아리로 타고 올라오며 따뜻해졌다.

윤우가 그 느낌을 만끽하며 노트북을 켰다. 전날 집에 가서 짐 정리를 하고 잔 터라 거의 이틀간 인터넷을 하지 못했다. 노트북이 켜지자 곧장 인터넷 창을 열어 메일을 확인했다. 캘리그래피 수정안에 대한 피드백이 아직 오지 않은 걸 확인한 후, 인터넷 메인 창에 올라오는 기사 제목을 훑어보았다. 별로 알고 싶지도 않은 연예인 기사와 성범죄로 가득한 기사를 휙휙 지나치다 문득 눈에 들어오는 기사 제목이 있어 클릭했다.

『속보―서울시장 안 모 비서관 뇌물수수혐의 구속영장 청구』

기사는 서울시장의 면책특권상 서울시장의 혐의에 대해서는 불구속기소가 이루어진 반면 돈을 수수해 전달한 것으로 추정되는 안 모 비서관에 대해서는 구속영장이 청구되었다는 내용이었다.
윤우가 기사를 읽어 내려가며 입술을 깨물었다.
'그래서 아까 전화를 했었나.'
증거가 미비해서 구속영장이 청구된다고 해도 기각될 가능성이 크다고 했지만, 워낙 요즘 법원이 정권의 입맛에 맞게 사건을 정치적으로 이용하고 있으니 구속될 가능성도 있었다.
어쩌면 구속될지도 모른다는 생각에 구속되기 전에 그녀를 보고 싶어 했던 건 아닌가 싶어 윤우의 마음이 짠하게 아파왔다. 남에게 어리광 부리지 못하는 성격 탓에 구속영장이 청구됐다는 말은 꺼내지 못하고, 그냥 전화를 끊고 쓸쓸히 집으로 들어간 것이리라.
'어휴, 말을 해야 알지, 말을.'
그녀가 이미 알고 있다고 생각한 걸까? 알면서도 거절했다고 생각한 걸까. 손가락으로 욕조덮개를 톡톡거리며 고민하던 윤우가 노트북 화면 하단에서 배터리 양을 확인하더니 마우스를 최대한 멀리 발끝 쪽으로 밀어놓고 조심스레 일어섰다. 핸드폰을 가져오는 게 귀찮았는데, 노트북 배터리도 20%밖에 남지 않아 어차피 AC어댑터를 가져와야 했다.

윤우기 목욕가운을 대충 걸치고 핸드폰과 어댑터를 가져왔다. 물이 닿으면 위험하다는 생각에 노트북과의 연결 부위를 수건으로 덮고 플러그를 욕실에 있는 전기탭에 꽂았다. 전기탭이 문 쪽에 있어서 멀었지만 다행히 선이 길어서 꽂을 수 있었다.

다시 욕조 안으로 들어간 윤우가 노트북과 마우스를 가까이 끌어당겨 놓고, 핸드폰을 집어 들었다. 안준연에게 전화를 걸자 자고 있는 건지 전화를 받지 않았다. 윤우가 핸드폰을 내려놓고, 미국드라마를 검색하는데 옆에 있는 핸드폰이 소리를 냈다. 안준연이었다.

"잤어요?"

〈아뇨. 화장실에 있느라 전화를 못 받았어요.〉

"똥 쌌어요?"

윤우가 킥킥거리며 단도직입적으로 묻자, 그가 대답 없이 한숨 쉬는 듯한 숨소리만 들려주었다.

〈…….〉

"대답해요. 똥 쌌어요, 오줌 쌌어요?"

〈안 가르쳐 줘요.〉

"바보, 묵비권 연습했을 거 아니에요. 묵비권 행사하면 되지 촌스럽게 안 가르쳐 줘요, 가 뭐예요."

그가 피식 콧방귀 섞인 웃음소리를 들려주었다. 윤우가 웃음기를 거두고 진지하게 말했다.

"구속영장 청구된 거 이제 봤어요. 그래서 아까 술 마시자고 한 거예요?"

〈아니 꼭 그런 건 아니고요. 그냥 비도 오고, 기분도 그렇고 해서요.〉

"내일 볼래요?"

〈내일 산그람 뒤풀이에 간다면서요?〉

"뭐, 있다가 중간에 나오면 되죠."

〈내일 상황 보고요. 소명서 준비 때문에 늦게 끝날 수 있거든요.〉

"그래요, 그럼. 괜히 정신없는데 무리해서 볼 것까진 없어요. 난 혹시라도 월요일에 구속되면 한동안 얼굴 못 보니까 그랬던 거예요. 늑대님이 날 못 보고 가면 슬퍼할 것 같아서요."

〈…….〉

그는 긍정의 말도 부정의 말도 하지 않았다. 아주 작게 피식거리는 웃음만 들려주었지만, 윤우는 그가 지금 외로워하는 게 느껴졌다.

"일요일에 볼래요? 카메라도 돌려줄 겸, 제가 맛있는 거 사줄게요. 구속되고 나면 한동안은 맛있는 거 못 먹잖아요."

〈구속 안 돼요. 기각될 가능성이 커요.〉

"알아요. 그래도 사람 일은 혹시나 모르잖아요. 그리고 그런 거 아니래도 카메라 때문에 밥 사주려고 했어요."

〈일요일에 전화할게요. 저녁엔 시간 날 거예요.〉

"그래요."

그가 잠시 침묵하더니 속삭이듯 말했다.

〈고마워요.〉

"칫. 나만 한 년이 없죠?"

〈네.〉

콧방귀를 뀌며 아니라고 할 줄 알았는데, 네라고 답하니 당황스러웠다.

'아…… 정말 이 상황을 어찌해야 하나.'

그가 그녀에게 끌리고 있는 게 느껴져서 윤우의 마음이 점점 무거웠다. 둘 다 너무 괜찮은데 선택은 안 되고, 사람 미치고 팔짝 뛸 판이었다.

윤우가 스스로에게 되뇌어왔던 말을 그에게 들려주었다.

"다 괜찮아질 거예요. 이건 모두 과정일 뿐이에요, 우리가 더 행복해지기 위한."

〈행복지지 않으면요?〉

"그럼 뭐, 헛고생하는 거죠."

그렇다고 해도 개의치 않는다는 태도를 보이자 그가 피식 웃으며 일요일에 보자는 말을 해왔다.

핸드폰을 내려놓고, 정면에 있는 욕실 벽을 물끄러미 바라보았다. 흰 타일로 빼곡하게 채워진 벽은 온통 하얗게 빛나고 있었지만 알 수 없는 일이다. 얼마나 많은 먼지와 때가 그 위에 묻어 있을지.

그녀를 위로하고, 그를 위로하기 위해 그런 말을 했지만 정말 행복해지기 위해 겪는 일인 것인지 의문이 들었다. 그저 벽에 붙어 있는 타일 한 조각에 지나지 않는 존재들인데, 먼지가 묻고 때가 묻으며 잠시 저 자리에 있다가 언젠가는 누군가에게 산산이 조각나고 새로운 타일로 대체되는 존재들인데, 이 모든 시간이 행복해지기 위한 것이라고 스스로에게 거짓말을 하고 있는 게 아닐까. 그렇게라도 하지 않으면 견딜 수 없으니까 끊임없이 스스로를 기만하고 있는 게 아닐까.

윤우가 흰 벽에서 시선을 떼고 눈을 감았다. 몸을 좀 더 깊숙이 욕조 안으로 넣고 뒷덜미까지 욕조에 기댔다. 손에 물을 묻히지 않으려고 욕조 양쪽에 팔을 걸치니, 따뜻한 물이 몸 전체를 감쌌다.

기분이 좋다. 그래서 슬프다. 먼저 간 그들은 더 이상 이 좋은 기분을 느낄 수 없으니까.

기분이 안 좋다. 그래서 웃는다. 울면 그녀도 그들을 따라가고 싶어지니까.

이 세상에, 이 악다구니 세상에, 다른 사람 돌아볼 여력 따위 허락지 않는 이 힘든 세상에 그녀 홀로 남았다는 사실을 떠올릴 때마다 너무나 무서워서 자꾸만 웃음이 났다.

개똥밭에 굴러도 저승보다 좋다는 이승에 혼자 살아남은 게 너무 기뻐서 윤우가 눈을 감은 채 피식피식 웃었다. 이렇게 반신욕을 하고, 맛있는 걸 먹고, 남자를 만나고, 예쁜 옷을 입으려고, 병원비를 도와달라는 큰오빠의 부탁을 외면하고, 요양원에 있는 아버지가 오래 살까 봐 걱정하고, 수발을 들어야 하는 엄마가 팔십까지 살까 봐 겁을 먹지 않았던가. 언니에게 엄마를 맡겨놓고 일 때문에 어쩔 수 없다며 작업실에 콕 박혀 있지 않았던가. 그랬으면, 그렇게 했으면 골치 아픈 식구들이 다 없어지고 드디어 혼자가 된 걸 축하해야 마땅했다. 이제 마음껏 내 마음대로 살 수 있게 됐다며 건배를 들어야 했다. 사업한다며 아버지가 그 고생하며 번 돈을 있는 대로 가져가고 빚까지 떠안겼던 큰오빠나, 큰오빠만 아들이라며 밀어주고 언니와 그녀는 찬밥 취급했던 아버지나, 그런 아버지와 돈 문제와 술 문제로 지독하게 싸우고 자기 몸을 돌보지 않았던 엄마가 다 없어졌으니 얼마나 홀가분한지 모르겠다. 바람둥이 형부 때문에 식구들 속을 썩이고 자기연민에 휩싸여 술을 푸던 귀머거리 언니마저 곧 없어질 예정이니 경사도 이런 경사가 없었다.

눈을 감고 있던 윤우가 어느 순간 두 손으로 얼굴을 감싸 쥐었다.

뜨거운 눈물이 비처럼 흘러내렸다. 원룸 건물이라 옆방에 울음소리가 들릴까 봐 소리 내지 않았다.
 머리가 띵하도록 눈물을 쏟아내고 나니, 손발이 탁 풀리고 기운이 쭉 빠졌다. 윤우가 졸음에 겨운 듯 눈을 감으면서도 이제 그만하고 나가는 게 좋을 것 같다고 생각했다. 물은 식어서 뜨뜻미지근했고, 어댑터를 연결한 노트북이 욕조 위에 있는 것도 불안했다. 조금만 더 있다가 일어나자, 윤우가 속으로 되뇌며 스르르 잠에 빠져들었다.
 째깍째깍, 시계바늘이 자정을 향해 움직이는 소리만 원룸에 감돌았다.

8부

이사

딱!

어디선가 큰 소리가 났다. 물건이 부딪치는 소리 같기도 했고, 땅바닥에 물건이 떨어진 소리 같기도 했다. 아니면 옆집에서 부럼을 깨먹고 있는 걸까.

눈을 뜨고 뭔 일인가 보고 싶은데 눈이 떠지지 않았다. 온몸이 땅에 묻힌 사람처럼 꼼짝할 수 없었다. 손가락과 발가락 끝까지 힘이 들어가지 않았다. 물속에 몸이 녹아버린 걸까. 이상하게 몸이 움직이지 않았다. 윤우가 있는 힘을 다해 눈을 떠보았다. 눈이 떠졌는지는 모르겠지만, 떠지긴 했는지 욕실이 눈에 들어왔다. 주위를 둘러보니 노트북에 연결했었던 어댑터 플러그가 바닥에 떨어져 있었다. 아무래도 뭔가 부딪치며 나던 큰 소리는 플러그가 바닥에 떨어지며 났던 소리였나 보다. 그건 그렇고, 노트북이 욕조 덮개 위에 제대로 있는지부터 확인해야 했다. 욕조 바닥에 떨어졌으면 노트북이 망가졌을 테니 말이다. 윤우가 얼른 바로 앞을 내려다보았다.

'헉!'

노트북이 욕조 안에 빠져 있었다. 무선마우스와 핸드폰은 욕실 바닥에 뒹굴고 있었고, 덮개는 한쪽 모서리가 욕조에 빠져 있었다. 아무래도 그녀가 자면서 팔을 휘저었나 보다. 한기를 느끼고 자신도 모르게 손을 욕소 안으로 넣으려다가 전선을 건드린 것 같다. 그 바람에 노트북이 딸려오면서 덮개가 무너진 듯싶다.

천만다행이었다. 어댑터가 연결된 상태에서 노트북이 빠졌으면 감전당할 뻔했는데 말이다. 윤우가 지금이라도 욕조에서 나가려고 몸을 일으켰다. 너무 오랫동안 움직이지 않고 물속에 있어서 그런지 욕조에서 일어나 밖으로 나갔음에도 감각이 느껴지지 않았다. 몸 전체가 공중에 붕 뜬 비눗방울처럼 가볍게 느껴졌다.

온몸에 쥐라도 난 걸까. 곧 있으면 온몸이 저릿저릿 저려오나. 윤우가 곧 다가올 감각을 두려워하며 수건걸이 쪽으로 손을 뻗었다. 식은 물에 오랫동안 있어서인지 으슬으슬하니 한기가 느껴졌다. 어차피 노트북은 물속에 빠졌고, 일단은 물기부터 닦아내야겠다. 한데 수건이 잡히지 않았다. 윤우가 손을 뻗은 수건걸이 쪽으로 시선을 가져가 보았더니, 수건을 잡고 있어야 할 손이 보이지 않았다.

'응?'

손이 마비되었나. 얼른 아래쪽을 쳐다보았다. 그런데 몸 양옆에 있어야 할 손이 보이지 않았다. 아니, 자신의 몸도 보이지 않았다. 보이는 건 플러그와 마우스와 핸드폰이 뒹구는 욕조 바닥이었다.

'뭐지?'

이상한 느낌이 스쳐 지나갔지만 애써 무시하며 뒤를 돌아보았다. 그러다 욕조를 확인하고 숨을 들이켰다. 아니, 시간이 멈춘 듯 그대로 정지됐다.

 욕조에 그녀가 앉아 있었다. 잠이 든 것처럼 욕조에 뒷덜미를 기대고 눈을 감고 있었지만, 자세히 뜯어보니 양팔이 욕조 밖으로 축 늘어져 있었다. 찬물에 오랫동안 있었던 탓인지 몸 전체가 창백했다. 이제 보니 물속에 빠진 노트북에서 하얀 김이 올라오고 있었다. 마치 뜨거운 물체가 찬물에 닿았을 때 김이 나는 것처럼 노트북은 뽀글뽀글 방울과 함께 연기를 피워 올리며 물속 깊이 빠져 있었다.

 오랫동안 그대로 멈춘 채 그 모습을 지켜보고 있었다. 그녀가 욕조에 죽어 있다는 사실이 실감 날 때까지, 바닥에 떨어진 물건들과 함께 가만히 있었다.

 그러다 도대체 왜 이렇게 되었는지 상황을 처음부터 다시 그려가며 추리해 보았다. 자다가 팔을 움직여 어댑터 선을 건드린 것인지, 추워서 다리를 오므리다 덮개가 들려서 이렇게 된 것인지 죽어 있는 그녀의 자세를 보며 궁리해 보았다. 이런 궁리 저런 궁리를 수십 가지 해보다 마침내 그 모든 경우 중 어떤 것이 죽음의 이유인지를 알아낸다 해도 그녀가 다시 살아나지는 않는다는 걸 깨닫자 저절로 궁리가 멈춰졌다.

 '죽었구나.'

 한숨 소리가 나진 않았지만 윤우가 한숨을 토해내고 자신의 육신을 바라보았다. 그녀의 인생이 이렇게 끝났다는 생각, 서른다섯 나이에 이런 식으로 끝났다는 사실. 결국 엄마의 다음 차례는 언니가 아니라 그녀였다는 생각이 들자 팽팽하게 당겨졌던 어떤 끈이 툭 끊어진 느낌이 들었다. 놓지 않으려 했고, 스스로 놓아버릴까 봐 불안해했으며, 누가 끊고 갈까 봐 두려워하던 어떤 끈이, 손에 쥐고 있었던 어떤 끈이 끊어져 버린 것이다.

'이제 어떻게 되는 거지?'

윤우가 욕실을 둘러보았다. 자신이 지금 혼백인지 영혼인지는 모르겠지만, 욕실 풍경을 보려 하자 욕조에서 멀어지며 욕실 전체가 보였다. 욕조에 죽어 있는 그녀의 모습이 한눈에 들어왔다. 사실 눈이 없으니 한눈에 들어온 게 아니라 그냥 영화 장면처럼 전체 모습이 인식되었다고 하는 세 좀 더 정확할 것이다.

어쨌든 욕조에 축 늘어져 숨을 쉬지 않고 있는 자신이 보이자, 다인이 그녀를 발견했을 때의 모습이 절로 상상됐다. 이사를 했다는 걸 작업실 동료가 알고 있으니 연락을 해볼 것이지만 집을 모르니 찾아올 가능성은 거의 없었다. 아마도 방세가 입금되지 않으면 건물주가 찾아와 문을 두드리다가 이상한 냄새에 문을 열어볼 가능성이 제일 컸다. 비밀번호를 누르는 잠금장치가 설치되어 있었지만, 이사 온 첫날이라 아직 비밀번호를 바꾸지 않았으니 주인아주머니는 마음만 먹으면 열 수 있었다.

발견이 된 후를 떠올려 보던 윤우가 어느 순간 괴로워했다. 경찰이나 119에 연락을 하고 주위에 알려질 것이다. 가족 중엔 올케언니가 연락을 받을 것이고, 올케언니가 핸드폰에 있는 그녀의 지인들에게 연락을 할 것이다. 작업실 동료, 예전 회사 동료들, 대학 동기들, 기획사 관계자들, 서예를 가르쳐 준 스승, 캘리그래피 일을 하는 동료, 산그람 회원들, 그리고 문재혁과 안준연이 알게 될 것이다.

두 남자 중 누가 더 슬퍼할까. 문재혁은 한동안 좀 울기는 하겠지만 금방 잊고 새로운 여자를 만날 것 같았다. 반면에 안준연은 꽤 오랫동안 방황할 것 같은 느낌이 들었다. 물론 그녀만의 추측일 뿐이었다. 그녀가 안준연에게 더 마음이 있었던 것인지, 아니면 문재혁보다 안준연이 그녀를 더 좋아한다고 생각해서인지 정확히는 알 수 없었다.

마침내 병원에 누워 있는 언니에게 생각이 다다르자 침착해졌던 마음이 다시 요동쳤다. 만약, 정말 만약에 언니가 깨어났는데 동생이 죽은 것을 알면 언니는 어떤 심정일까? 그녀가 병원에서 언니를 봤을 때처럼 언니도 눈물은 안 나고 어이없는 웃음만 터져 나오려나.

윤우가 언니에 대한 생각을 멈추고, 앞에 있는 자신의 육신을 물끄러미 바라보았다. 감전사를 당한 건지, 저절로 숨이 멈춘 것인지는 모르겠지만 고통스럽지는 않았나 보다. 눈을 감고 있는 자신의 얼굴은 평온해 보였다. 언뜻 보면 잠을 자고 있는 사람으로 느껴질 정도로 고개를 비스듬히 욕조에 기대고 팔을 늘어뜨린 모습이 편안하다 못해 태평해 보이기까지 했다.

'엄마가 마음에 걸려 한 사람은 양주댁이라고 해서, 내가 벌을 받은 걸까. 아니면 처음부터 다음 차례가 나였던 걸까. 엄마가 마음에 걸려 한 사람은 막내인 나였던 걸까. 언니는 현재 그 상태로 오래 살 운명이었나.'

그 어느 것 하나 답을 내릴 수 없는 의문만 가득한 가운데, 한 가지 확실한 건 살아 있을 때 하지 않은 것에 대한 후회였다. 왜 자신에게 이런 일이 일어났는지, 왜 자신이 이렇게 젊은 나이에 죽어야 하는 건지 그런 분노는 별로 느껴지지 않았다. 아마도 마음 한구석 어딘가에서는 다음 차례가 자신일 거라고 생각하고 있었나 보다. 낯선 중년 사내를 저승사자라고 착각할 만큼, 양주댁이라는 여자를 먼저 등 떠밀려고 했던 것만큼, 결국 자신도 곧 죽게 될 거라고 생각해 왔던 게 아닐까. 그래서 더 그렇게 다 정리해 버리려고 했는지도 모른다. 많은 남자를 만나보겠다고, 삼 년간은 실컷 놀겠다고 했지만 사실은 자신에게 미래가 없다고 여기고 누군가와 함께하는 미래를 꿈꾸지 않았던 것일지도 모른다.

남는 건 결국 후회뿐이었다.

이럴 줄 알았으면 섹스를 좀 더 많이 할걸. 정말 사랑하는 사람이 생기면 하겠다며 5년 넘게 하지 않은 게 정말 후회됐다.

이럴 줄 알았으면 좀 더 맛있는 걸 많이 먹을걸. 바쁘다고, 비싸다고, 살찐다고 대충대충 먹었던 게 후회됐다. 좀 더 다양한 음식을 먹어봤으면 좋았을 텐데, 못 먹어본 음식이 너무 많았다.

이럴 줄 알았으면 입고 싶은 옷, 하고 싶었던 액세서리 마음대로 할걸. 어울리지 않을까 봐, 이상하게 볼까 봐, 남들이 놀릴까 봐 하늘하늘한 프릴이나 레이스 옷이며 미니스커트를 입지 않은 게 후회됐다.

이럴 줄 알았으면 좀 더 많이 놀러 다니고, 좀 더 즐겁게 살고, 좀 더 행복하게 살걸. 의미를 따져 가며 봄여름가을겨울이 어찌 지나가는지도 모른 채 일에만 빠져 있었던 게 후회됐다.

가장 후회되는 건 한 사람을 깊이 사랑하지 못했다는 것. 계산하지 않고, 상대방을 있는 그대로 아끼고 예뻐하는 그런 원 없는 사랑을 하지 않았다는 게 너무나 후회됐다. 이렇게 죽어버렸음에도 마음에 걸리는 사람 하나 없다는 게, 가슴에 품고 갈 사람 하나 없다는 게 그녀를 마음에 걸려 할 사람이 없다는 것보다 더 아프게 다가왔다.

이럴 줄 알았으면 어제 그가 술 마시자고 했을 때 나갈 걸 그랬다. 그녀에게 당연히 내일이 올 거라고 생각했는데, 내일은 없었다.

후회를 하든, 아쉬워하든 이제는 아무 소용 없다고, 이미 다 끝난 일이라는 데 생각이 이르자 더 이상 아무것도 떠오르지 않았다. 욕조에 죽어 있는 자신의 몸에 들어가 보려고 수십, 수백 번 시도했지만, 그때마다 보이지 않는 어떤 벽에 부딪쳐 튕겨져 나오는 듯 아찔하고 얼얼한 기분만 들었다. 들어간다는 생각 자체가 육신과 자신을 분리하는 관념이니, 들어가지 말고 합일해 보자 스스로에게 레드썬을 외쳐 보았다. 너는 나다, 너는 나다, 너와 나는 하나다, 중얼중얼 반복하며 정신을 집중해 보았지만 그 방법도 통하지 않았다.

욕실 문 쪽으로 다가갔다. 마치 공기 속의 먼지처럼 떠다니는 느낌이었다.

욕실 문이 살짝 열려 있었다. 사방이 닫혀 있는 공간에서는 답답하고 가슴이 짓눌리는 것 같은 기분이 들었기에, 이번에도 역시 그녀는 욕실 문을 꽉 닫아놓지 않았던 것이다.

윤우가 문 틈 사이로 빠져나가 보았다. 혹시나 창문이 열려 있나 방을 가로질러 창문 쪽으로 가보았지만, 창문은 꼭 닫혀 있었다. 몸을 씻은 후 바로 잘 생각이었기에 이사 때문에 하루 종일 열어두었던 창문을 닫았다. 윤우가 실망하며 창문 앞에 있는 화분에 머물렀다. 꽃향기를 맡을 수는 없었지만 뭔가 움직이는 기운이 느껴졌다. 자꾸만 생각이 사라지고, 어둠 속에 있는 것처럼 모든 게 정지한 걸로 느껴져, 이대로 사라지게 되는 것은 아닌가 하고 두려웠는데 화분 위에 있자 정신이 좀 맑아지고 깨어나는 듯했다.

화분 위에서 윤우가 현관문을 바라보았다. 자동으로 닫히는 동시에 잠기는 문이라 틈이 있을 가능성은 없었다. 혹시 문 아래쪽에 우유 투입구가 있나 싶었지만, 역시나 그녀의 기억대로 현관문은 철제를 통짜로 만든 문이었다.

'시신이 발견될 때까지 이렇게 있게 되는 건가.'

발견이 언제 될지 알 수 없는 지금, 기약 없이 이렇게 아무것도 하지 못하고 있어야 한다는 게 끔찍하게 느껴졌다. 더구나 발견이 된다고 해도, 나체로 죽어 있는 자신을 사람들이 와서 보고 수습하는 걸 지켜봐야 한다는 것 아닌가.

차라리 아까처럼 생각이 사라지고, 시간도 공간도 인식되지 않는 상태가 더 낫겠다는 생각이 들었다. 그렇게 혼백인지 영혼인지 몸에서 빠져나온 어떤 정신이 사라지는 과정이었던 건데, 그걸 못 참고 욕실을 나와 이렇게 제정신이 들었으니 그녀는 죽은 후에도 후회될 짓을 하고 말았다고 한탄했다.

윤우가 다시 욕실로 들어가려고 도톰한 산세베리아 잎 위에서 허공으로 유영해 나갔다. 한데 그 순간 누군가 문을 두드렸다.

똑똑!

'누구지?'

윤우가 방 한가운데에서 멈춘 채 문을 바라보는데, 문 밖에서 조심스러운 목소리가 들려왔다.

"아가씨, 안에 있어요?"

그 목소리를 듣고서야 어젯밤 폐지 줍는 할머니에게 했던 말이 떠올랐다. 맞다. 아침이 되면 점심 전에 찾아오라고 했었다. 벽에 걸린 시계를 보니, 아침 9시가 되어가고 있었다. 할머니는 혹시나 그녀가 다른 사람에게 줘버릴까 봐, 아니면 마음이 바뀔까 봐 이른 아침에 찾아온 듯싶었다.

"아가씨, 책 버릴 게 있다고 해서 왔는데 안에 있어요?"

할머니는 좀 더 크게 말을 하더니, 안에서 아무 소리도 나지 않자 문을 좀 더 세게 두드렸다. 윤우가 잔뜩 긴장하고 듣고 있었다.

책이 현관문 바로 앞에 가득 쌓여 있었지만 문이 자동으로 잠기는 문이니 할머니는 빈손으로 돌아가야 했다. 설마하니 그녀가 안에서 죽어 있을 거라고는 생각지 못할 것이다.

아무리 두드려도 소용없다는 생각에 윤우가 맥 빠진 채 문을 쳐다보는데, 이럴 수가 문이 삐걱 쇳소리를 내며 열렸다.

'어찌 된 거지?'

윤우가 문 아래 쌓여 있는 책을 쳐다보았다. 이제 보니 문이 꽉 닫혀 있지 않았던 것이다. 당연히 문이 자동으로 닫힌 줄 알았는데, 쌓아놓은 책더미에 걸려서 문이 살짝 열려 있었나 보다.

'맞다. 그때 전화를 받느라 문을 확인 못했었다.'

윤우가 전날 밤의 일을 반추해 보는데, 살짝 열린 문 틈 사이로 할머니가 얼굴을 들이밀더니 방 안을 살펴보았다. 윤우는 할머니를 봤지만 할머니는 윤우가 전혀 보이지 않는지 의아한 얼굴로 방을 쳐다보았다.

"아가씨, 혹시 아직도 자는 중이요?"

할머니는 넌지시 말을 하면서도 방 안에 이불만 펼쳐져 있고, 사람이 보이지 않자 바로 옆에 있는 화장실 문을 쳐다보았다. 그러다 발아래 가득 쌓여 있는 책들을 보고는 화장실 쪽에 대고 말했다.

"아가씨, 화장실에 있는가? 문이 열려 있어서 들어왔는데 이 책 가져가도 되겠어요?"

화장실에서도 대답이 없고 주위가 잠잠하기만 하자, 할머니가 망설이는 얼굴로 책들을 내려다보았다.

"아이구, 이 아가씨가 어디로 갔나, 그래."

할머니는 이미 이야기가 됐는데 그냥 가져가도 되지 않을까 하는 고민스러운 얼굴로 책을 집어 들다가, 아무래도 마음에 걸리는지 집어 든 책을 내려놓았다. 그러다 문득 자신의 소리가 작아서 화장실에 있는 그녀가 듣지 못한 것은 아닌가 싶어 화장실에 대고 더 크게 소리쳤다.

"아가씨, 그 안에 있어요?"

할머니는 쌓여 있는 책 위에 살짝 몸을 기대고, 화장실 쪽에 귀를 기울였다. 머리를 감고 있으면 들리지 않으니까, 물소리가 나나 귀 기울여 듣는데 아무런 소리도 들리지 않았다.

　방 한가운데에서 이 광경을 지켜보며 소리 없이 한숨을 내쉬던 윤우는 할머니가 살짝 열려 있는 화장실 문을 조금 더 여는 것을 보고 깜짝 놀랐다. 할머니는 조심스레 화장실 문을 열고 안을 들여다보는가 싶더니, 놀란 숨을 들이켰다.

　윤우기 불안해하며 할머니 곁으로 다가갔다. 그러자 할머니가 더 크게 숨을 들이켜며 부르르 몸을 떨었다. 한기가 느껴진 사람처럼 할머니는 바들바들 떨며 욕조에 죽어 있는 그녀에게서 눈을 떼고 원룸을 쳐다보았다. 눈에 보이지는 않지만 뭔가 이상한 기운이 느껴졌나 보다.

　"으으으……."

　할머니가 뒷걸음질치는가 싶더니 갑자기 책더미 위로 푹 쓰러졌다. 윤우가 깜짝 놀라 할머니 얼굴에 바싹 다가갔다. 숨이 멈췄나 싶어 콧구멍 가까이 다가갔는데, 할머니의 코에서 아주 미세한 바람이 흘러나왔다. 아무래도 너무 놀라 혼절한 듯싶었다.

　'쓰러질 정도로 끔찍한 광경인가?'

　도대체 어떻게 보이기에 이러는 건지, 윤우가 타인의 눈으로 욕실 안을 쳐다보았다. 욕조에 축 늘어져 있는 그녀는 새벽녘 그녀가 봤던 것보다 훨씬 하얗게 변해 있었다. 젖은 머리카락이 길게 얼굴과 어깨 위를 덮고 있었는데, 할머니의 눈으로 본다 생각하니 좀 끔찍해 보이긴 했다.

　어묵처럼 하얗게 퉁퉁 불어 있는 육신을 바라보던 윤우가 어느 순간 벼랑에서 떨어지는 듯한 아찔한 느낌이 찾아오자 화들짝 놀랐다. 갑자기 어둠이 훅 끼쳐 오더니 아무것도 보이지 않고 기분이 좋지 않았다.

"아으으으……."

갑자기 삭신이 쑤시고 머리가 지근거리자 윤우가 자기도 모르게 아픈 신음을 흘렸다. 그러다 문득 할머니의 목소리가 들려오는 게 이상해서 다시 말소리를 내보았다.

"뭐야. 왜 이러지."

분명 그녀가 말했는데, 귀로 들려오는 소리는 할머니의 목소리였다. 윤우가 마른침을 꿀꺽 삼키고 시선을 내려 자신을 내려다보았다.

맙소사! 자신이 책 위에 쓰러져 있었다. 눈앞에 할머니의 손과 팔이 있었다.

설마 그럴 리가 없다고, 정말 이런 게 가능한 거냐고, 윤우가 스스로에게 따져 물으며 할머니의 손을 움직여 얼굴을 만져 보았다. 손끝에 주름지고 푸석한 얼굴이 만져졌다. 몸을 일으켜 화장실 쪽을 바라보니 그녀는 여전히 욕조에 앉아 있었다.

'그럼 지금 일어난 건 누구지?'

윤우가 책더미 위를 넘어 화장실로 들어갔다. 세면대 앞에 서서 거울을 쳐다보니, 방금 전의 그 할머니가 그녀를 쳐다보고 있었다. 거울 속의 할머니가 놀란 얼굴로 입을 뻐금거리며 두 손으로 얼굴을 감싸더니 마구 더듬고 있었다.

정신을 차리고 지금이 언제인가 시계를 봤다. 정오 무렵이었다. 욕조에 있는 그녀의 육신 옆에 주저앉은 채 도대체 어떻게 된 일인지, 왜 이 할머니가 된 것인지, 이 상황을 어떻게 받아들여야 하는 것인지, 앞으로 뭘 어떻게 해야 하는 건지 생각해 보았지만 모든 것이 뒤죽박죽이었다.

시각을 확인한 윤우는 소변이 마렵다는 걸 느끼고는 여느 때처럼 벌떡 일어나다가 무릎에서 저릿한 통증이 느껴지자 자신이 할머니가 되었다는 걸 더더욱 실감했다. 무릎이 다시 아플까 봐 변기에 천천히 앉은 윤우는 시원하게 소변이 나오지 않고 찔끔찔끔 아랫배가 에이듯이 나오자, 정말 할머니가 되었다는 걸 인정할 수밖에 없었다. 소변을 보는 내내 내려다본 허벅지는 그야말로 탄력 하나 없이 축 처지고 앙상하게 말라 있는 할머니의 허벅지였다.

더 놀라운 것은 자글자글 축 처진 뱃살 아래로 보이는 털이었다. 만날 자신의 검은 털만 봐왔기에 당연히 음모는 검은색인 줄 알았는데, 할머니의 음모는 희끗희끗했다. 꼭 할머니의 흰머리처럼 하얀 털이 부숭부숭 나 있었다. 누군가 '얼음'이라도 외친 것처럼 윤우는 이제 자신의 음모가 된 할머니의 음모를 내려다보며 돌처럼 굳어 있었다.

엄마를 씻기거나 속옷을 갈아입힐 때 엄마의 음모를 두어 번 얼핏 본 적은 있지만 엄마는 그때 머리가 하얗게 새지 않아서 음모도 검었다. 간혹 흰 털이 한 오라기 나 있었지만 그건 그냥 새치와 같은 거라고 생각했다. 음모가 이렇게 하얗게, 눈처럼 하얗게, 할아버지 수염처럼 된다는 것을 미처 몰랐다.

넋 나간 얼굴로 소변을 보던 윤우가 어느 순간 고개를 세차게 흔들더니, 변기에 앉아 욕조 안의 그녀를 바라보았다. 언제 다시 그녀의 몸으로 돌아가게 될지 알 수 없지만, 이대로 그녀의 몸을 욕조에 내버려 두어서는 안 될 것 같았다. 밤새도록 물에 불은 그녀의 몸은 그야말로 몸 전체가 하얗게 질려 있었고, 물에 잠겨 있는 부분이 퉁퉁 불어 있었다. 정확한 말인지는 모르겠지만 어디에선가 들은 말로는 물에 빠진 시신은 항문이 다 열려서 안에 있는 내장이 다 빠져나온다고 했는데, 그게 사실이라면 그녀의 몸이 곧 있으면 내장을 다 토해내고 빈껍데기만 남게 될 판이었다.

열린 똥구멍 사이로 내장이 빠져나오기 전에 그녀의 몸을 밖으로 꺼내기로 했다. 윤우가 변기에서 일어나서 할머니가 입고 있던 넙대대한 면팬티와 솜바지를 추어올리고는, 점퍼를 벗고 소매를 걷어 올렸다. 일단 욕조에 있는 물부터 빼고 어찌할지 계획을 세워야겠다. 자칫 그녀의 몸을 억지로 잡아 빼다가는 온몸에 상처를 입힐 수 있었고, 할머니의 무릎 상태로 보아 그녀의 몸을 안아 올리려 하다가는 욕실 바닥에 그대로 매다 꽂을 수도 있었다.

　욕조 안에 있는 배수구 뚜껑을 열자 물이 빠져나갔다. 마른 수건으로 그녀의 몸에 남아 있는 물기를 닦아내자, 한껏 불어 있던 때가 벅벅 밀려 나왔다.

　'아으, 더러워.'

　때가 아니고 각질이란 걸 알면서도, 국수 다발 나오듯이 밀려 나오는 때 뭉치에 윤우가 눈살을 찌푸렸다.

　'이걸 밀어야 돼, 말아야 돼?'

　윤우가 수건을 손에 쥔 채 자신의 몸을 가만히 내려다보며 고민했다.

　'다시는 이렇게까지 완벽하게 때를 불릴 수 없을 것 같은데, 이 기회에 때를 싹 미는 게 좋을까? 근데 다시 그녀의 몸으로 돌아갈 날이 오기는 올까?'

　이러지도 저러지도 못하던 윤우가 결국 눈에 보이는 때만이라도 살짝 걷어내자는 결정을 내리고, 때수건을 손에 꼈다. 그냥 몸 전체를 한 번 쓰다듬는다 생각하고 가볍게 미는데, 어찌나 많이 불었는지 그야말로 때가 후두둑 떨어졌다. 짧게 끊어진 국수였다. 통밀로 만들어서 약간 누리끼리하고 색이 어두운 그런 국수. 자신의 때를 미는 건데도 비위가 너무 상해서 헛구역질이 나왔다. 당분간 통밀로 만든 국수는 못 먹을 성싶다.

마음 같아서는 박박 밀어버리고 싶었지만 그러기엔 기운이 너무 달렸다. 할머니가 왜 장바구니 수레를 끌고 그렇게 천천히 걸었는지 이제야 알 것 같다. 기운이 달리고 몸 여기저기가 쑤시니까 저절로 할머니처럼 움직일 수밖에 없었다. 밖에 나가면 빙의되었다는 걸 숨기기 위해 할머니인 척 연기하거나 흉내 내야 할 거라고 생각했는데 이제 보니 그럴 필요가 없었다. 할머니의 몸은 머리끝부터 발끝까지 늙은 몸이라고 말하고 있었다. 눈은 침침했고, 턱엔 힘이 들어가지 않아 넋 놓고 있으면 입이 헤벌어져서 침이 흘렀다. 무릎은 움직일 때마다 시큰거렸으며, 손가락은 가만히 있어도 전기 자극이 오는 것처럼 저릿저릿했고, 발은 모래주머니를 매단 것처럼 무겁고 힘이 들어가지 않았다. 한마디로 몸뚱이 전체가 기력이 없었다. 요실금도 있는지 몸에 힘을 주거나 크게 움직이면 뭔가가 몸 밖으로 흘러나오면서 팬티가 젖었다.

'젠장. 이왕 빙의될 거면 좀 젊은 사람한테 되지.'

처음에는 움직일 수 있다는 사실에 할머니의 몸도 감지덕지다 생각했는데, 움직이면 움직일수록 아쉬웠다. 이럴 줄 알았으면 이삿날에 맞춰서 밥솥을 주문해 놓고, 가스 연결도 신청해 놓고, TV 유선방송도 신청해 놓을걸. 그러면 젊은 남자한테 빙의될 수 있었을 텐데 말이다.

"아니야. 그랬으면 택배 직원으로 할아버지가 왔을 거야. 할아버지보단 차라리 할머니가 낫잖아."

"그런가?"

"그럼, 할아버지 고추 보고 싶냐? 오줌 쌀 때마다 그거 손으로 잡고 털어줘야 하는데, 그러고 싶냐?"

"흠……"

시신의 때를 밀면서 윤우가 혼잣말을 중얼거리며 이 상황을 좋게 받아들이려고 애썼다.

어찌어찌 대강 때를 밀어놓고 물로 한 번 씻긴 다음, 꼬부랑 할머니가 꼬부랑고개 넘듯 윤우가 자신의 몸을 방으로 옮겼다. 번쩍 들어 올려서 한 번에 옮기고 싶은 마음이야 굴뚝같았지만, 한 번 시도했다가 할머니 허리에 끊어질 것 같은 통증이 와서 내려놓을 수밖에 없었다. 그렇다고 질질 끌자니 자기 몸이 바닥에 쓸려서 까질 것 같고, 궁리 끝에 여름 이불을 욕실에 깔고 몸을 옮겨 누였다. 화장실 턱이 고비였지만 이불 양쪽을 잡고 살짝 들어 올리니 그럭저럭 턱을 넘을 수 있었다. 이부자리가 있는 곳까지 질질 끌어서 옮긴 다음 그녀의 몸을 네굴데굴 굴렸다. 너무 힘주어 굴렸는지 딱딱하게 굳은 그녀의 몸이 두 번 구르더니 바닥에 얼굴을 묻고 엎드려 있었다.

윤우가 그녀의 어깨를 잡고 뒤집어놓고 나니, 그야말로 딱 죽을 것 같이 숨이 차올랐다. 젠장 맞을, 시신 옮기다 또 죽게 생겼다. 윤우가 할머니마저 숨이 멈출까 봐 연방 숨을 몰아쉬며 호흡을 가다듬었다. 그러다 문득 자신의 몸을 쳐다보았는데 바닥에 엎드려 있을 때 눈꺼풀이 닿아 위로 올라갔는지 두 눈을 뜨고 있었다. 게다가 머리카락이 사방으로 흩어져서 귀신 꼴을 하고 있었다. 윤우가 흠칫 놀라며 가슴을 쓸어내리다가 이내 화딱지가 난다는 양 자신의 이마에 꿀밤을 먹였다.

"아우, 놀라라. 너 때문에 할머니도 죽겠다."

윤우가 자신의 육신에게 눈을 흘기고는 주름이 자글자글한 할머니 손으로 그녀의 눈꺼풀을 쓸어내려 주었다. 드라이기를 가져와 젖어 있는 머리를 말려주고, 빗으로 싹싹 빗겨 한쪽 어깨에 모아 내려트리니 그제야 좀 귀신 꼴을 면할 수 있었다.

그런 다음 옷을 입혀야 하나 말아야 하나 잠시 고민했다. 옷을 입히려면 만만치 않은 작업이기 때문이었다. 온몸이 굳어가는 상태여서, 목욕가운을 입힌다고 해도 소매에 팔을 넣는 게 쉽지 않았다. 괜히 팔을 억지로 구겨 넣다가 부러뜨리기라도 하면…… 생각만 해도 너무 끔찍했다. 괜히 낑낑거리며 힘쓰다 할머니까지 쓰러지면 그땐 골치 아파질 것 같았다. 해서 이불만 곱게 덮어주고 베개를 대주었다. 그러고 나니 정말 자고 있는 사람처럼 보였다.

윤우가 그녀의 머리맡에 있는 벽에 등을 기대고 앉아 잠시 쉬었다. 정면에 나 있는 창문으로 늦가을 햇살이 가득 들어오고 있었고, 그 아래 화분들이 제각기 잎들을 펼치고 햇살을 핥아먹고 있었다.

'이제 뭘 하지?'

시계를 보니 낮 두 시가 조금 넘은 시각이었다. 원래대로라면 지금쯤 외출 준비를 하고, 산행 뒤풀이를 하는 곳으로 향해야 할 때였다. 북한산이라고 했으니 아마도 지금쯤이면 하산하고 있을 것이다.

'그래서 이 모습으로 가겠다고?'

윤우가 허공에 손을 들어 가만히 쳐다보다가 이내 고개를 절레절레 흔들었다. 오십대 아주머니에게만 빙의됐어도 그냥 처음 온 회원인 척하고 갈 텐데, 팔십에 가까운 할머니가 뒤풀이에 나타나는 건 아무리 생각해도 이상했다.

'이대로 할머니로 살아가게 되는 걸까? 아니면 내 시신이 발견되면, 할머니에게 빙의된 이 혼백인지 영혼인지 모를 정신도 사라지는 걸까.'

허리가 아파서 윤우가 그녀의 육신 옆에 비스듬히 누워 이리저리 궁리를 했다. 하지만 아무리 궁리를 해도, 알 수 있는 건 아무것도 없었다.

꼬르르륵.

할머니의 뱃속에서 배고프다고 소리를 냈다. 위장도 놀라서 눈치를 보며 숨죽이고 있다가, 조금 한숨 돌리는 순간이 오자 밥 달라고 신호를 보내고 있었다. 윤우가 할머니의 몸을 일으켜 앉고는 싱크대 쪽을 쳐다보았다. 어제 이사를 온 터라 집에 먹을 것이 하나도 없었다. 그렇다고 배달을 시켜 먹자니, 마지막이 될지도 모를 식사를 조미료로 뒤범벅된 음식으로 하고 싶지는 않았다.

윤우가 무릎을 짚고 일어서서는 지갑이 든 가방이 어디에 있나 방을 둘러보았다. 그러다 문득 할머니가 걸치고 있는 옷을 뒤적여 보았다. 너무 황당하고 정신이 없어서 할미니에게 지갑이 있을 거라는 생각을 하지 못했다. 방 한구석에 벗어둔 할머니의 점퍼를 가져와 주머니를 뒤져 보았다. 양쪽 주머니는 비어 있었는데, 안주머니를 뒤지자 작은 지갑이 나왔다. 직접 만들었는지 천을 손바느질한 지갑이었다. 천 원짜리 일곱 장과 주민등록증이 들어 있었다.

"……김달자?"

할머니의 이름은 평범하고 흔한 이름이었다. 일제강점기 때의 영향을 받아 이름에 '자' 가 들어갔다는 것 말고는 성씨의 지역적 연고를 찾을 수 없었다. 윤우가 할머니의 주민등록번호를 확인하고는 나이를 계산해 보았다. 만으로 73세였다. 조금만 더 있으면 '기쁜 목숨' 이라는 뜻을 가진 희수(喜壽)였다.

할머니의 주소는 중곡동으로 되어 있었다. 이사한 적이 있다면 뒷면에 새 주소가 적혀 있을 텐데, 뒷면은 추가 기록이 없이 깨끗했다. 아무래도 새 주민등록증으로 갱신한 이후 이사를 한 적이 없었나 보다.

'가족이 있을까?'

주민등록증만으로는 알 수 없었다. 윤우는 주민등록증에 있는 주소지를 한 번 찾아가 볼까 하다가, 만약 할머니의 가족이 있다면 일이 복잡해질 것 같아 일단은 좀 더 두고 보기로 했다. 괜히 남편이나 자식들이 있으면 할머니인 척 굴며 낯선 할아버지와 동침을 해야 하니 말이다. 그래도 일단은 할머니가 보살피고 있는 가족이 있는지는 확인을 해야 할 성싶었다. 만약 할머니의 남편분이 자리보전하고 누워있는 사람이라면 할머니가 없는 동안 굶어 죽을 수도 있으니 말이다.

주소지를 확인해 보려던 윤우가 노트북이 욕조에 빠졌던 걸 떠올리곤 이따 하기로 했다. 어차피 낮에 찾아갔다가는 가족들이나 주변 사람들이 알아보고 말을 걸 수도 있으니, 밤에 조용히 갔다 올 생각이었다.

윤우가 할머니의 점퍼를 입고 가방에 그녀의 지갑과 핸드폰을 챙겨 넣고 밖으로 나갔다. 밖에 나가보니 건물 앞에 할머니가 끌던 장바구니 수레가 놓여 있었다. 이곳에 장바구니를 놓고, 2층에 올라왔었나 보다. 용케 아무도 가져가질 않고 그대로 있었다. 그녀의 집에 오기 전에 다른 폐지를 주웠던 것인지, 아니면 그 자리에 있는 동안 사람들이 지나가며 갖다 놓은 것인지 장바구니 옆에 빈 박스니 신문이 쌓여 있었다. 누군가 장바구니 안에 담뱃갑을 버리기도 했고, 음료수 컵을 버리기도 했다.

"이런 쳐 죽일 것들."

윤우가 성질 더러운 할머니인 척 욕을 뱉어냈다. 장바구니 수레를 그냥 두고 가면 지나가는 사람들이나 골목에 있는 가게 주인들이 이상하게 볼 것 같아, 평소의 할머니인 척 바닥에 쌓인 폐지와 박스를 장바구니에 챙겨 넣었다. 그리곤 건물 안 복도에 넣어놓고, 골목길 밖에 있는 대로변으로 향했다. 근처에 전자제품 매장이나 대형마트가 있는지 둘러볼 생각이었다. 가장 급한 건 노트북이었다. 할머니의 몸으로 얼마나 살게 될지는 알 수 없었지만, 노트북이 망가지니 당장 주소 검색도 할 수 없었고 인터넷으로 물건을 주문할 수도 없었다. 출퇴근을 하는 직업도 아니고 많이 돌아다니지도 않아서 그동안 스마트폰으로 바꾸지 않았는데, 이제야 아쉬웠다.

가전매장에 들어서니 직원이 할머니의 얼굴을 아는지 경계를 하는 낯으로 다가왔다. 오늘은 빈 박스가 없다며 돌아가시라는 말을 하는 걸 보니 아무래도 할머니가 평소에 박스 좀 달라고 떼를 쓴 모양이다. 윤우가 노트북 사러 왔다는 말을 하자 직원은 믿을 수 없다는 얼굴로 노트북을 어디에 쓸 거냐며 되물었다.

"그걸 알아서 뭐 하게요?"

"아니, 할머니가 노트북을 쓰시는 건지, 아니면 선물하시려는 건지 궁금해서요."

"내가 쓸 거예요."

"예?"

"내가 쓴다고요. 설마하니 노트북을 라면받침으로 쓸까 봐 그래요?"

젊은 남자직원의 눈이 토끼눈처럼 동그래졌다. 할머니가 괜히 어깃장을 부린다고 생각하는 건지 아니면 이 할머니가 노망이 들었나 혼란스러워하는 얼굴을 하고 있었다. 그러든 말든 윤우는 신경 쓰지 않고 노트북을 골랐다. 돈 아낀다고, 디자인 상관없이 가격대비 기능이 괜찮은 걸 그동안 써왔는데, 이번만큼은 평소에 갖고 싶었던 노트북을 사고 싶었다. 바로 한입 깨물어 먹은 사과 로고가 박힌 노트북이었다. 무엇보다 자판의 키감이 너무 좋았고, 완만한 곡선을 그리며 가장

자리에서 얇게 닫히는 최신형은 너무나 마음에 들어서 예전부터 갖고 싶어 했었다.

노트북을 산 후, 시장에서 평소에 먹고 싶었지만 비싸서 잘 사 먹지 않았던 과일도 사서 골목길을 걸어가는데 가방에 든 핸드폰이 울렸다. 과일 봉지를 내려놓고 윤우가 핸드폰을 꺼내보니 문재혁이었다. 무심고 전화를 받았던 윤우는 문재혁의 대답을 듣고서야 자신이 지금 할머니라는 걸 새삼 인식했다.

"네."

〈어? 목소리가 왜 그래요?〉

윤우가 감기에 걸린 것처럼 기침을 하고 다시 입을 열었다.

"감기 걸려서 그래요."

〈그래서 못 나온 거예요?〉

"네."

〈많이 아파요?〉

"네, 넋이 나갈 정도로요."

〈약은 먹었어요?〉

아니라고 할까 하다가, 괜히 또 감기약 사다 주겠다고 할까 봐 윤우가 먹었다고 답했다. 그러자 문재혁이 더 이상 할 말이 없는지 알겠다는 말만 하더니 문득 이런다.

〈근데 누나 감기 걸리니까, 진짜 할머니 목소리 같아요.〉

윤우가 선웃음을 지으며 아무렇지 않은 척했다.

"하하하. 그래요?"

〈보고 싶었는데, 어쩔 수 없네요. 몸조리 잘하고요. 나중에 봐요.〉

"네, 들어가요."

전화를 끊고 나서도 뭔가 아쉽고 쓸쓸해서 윤우는 핸드폰을 쥔 채

우두커니 서 있었다.

그가 온다고 해도 반갑지 않았겠지만, 막상 나중에 보자는 말만 하고 전화를 끊자 서운한 감정이 들었다.

"그 사람이 잘해주면 어쩔 건데?"

윤우가 핸드폰을 쥐고 있는 할머니의 손을 가만히 쳐다보았다. '할머니의 손'이라고 생각하지만, 현실은 그녀의 손이 된 쭈글쭈글하게 주름지고 손가락 마디마디가 굽은 늙은 손을.

9부

낡은 서랍

늙으면 새벽잠이 없다더니 정말이었나 보다. 다음날 새벽 두 시에 윤우의 눈이, 아니, 할머니의 눈이 번쩍 떠졌다. 낮밤을 바꾸어 일할 때 새벽에 일어나는 일이 흔했지만, 일 없는 일요일에 이렇게 눈 떠보기는 생전 처음인 듯했다.

혹시나 몸이 바뀌었나 살펴보았지만 할머니의 몸 그대로였다. 바로 옆에 누워 있던 자신의 시신도 전날 밤 마지막으로 봤던 모습 그대로였다. 더 자보려고 다시 누웠지만 잠은 오지 않았다. 아무래도 할머니는 일찍 자고 일찍 일어나는 게 습관이었나 보다. 혼백인지 영혼인지는 바뀌었는데, 몸은 원래의 생체리듬을 기억하고 있었다.

잠도 안 오고 뭐 딱히 할 것도 없고 해서 할머니의 집을 찾아가 보기로 했다. 노트북에서 할머니의 주소를 검색한 후 메모장에 약도를 그려 넣고는 뜨거운 물에 샤워를 했다. 할머니의 피부는 건조해서 하얗게 각질이 일어나 있었고 여기저기가 가려웠다. 윤우가 샤워를 한 후 기분을 상쾌하게 해주는 레몬 향 오일을 몸 구석구석에 발랐다. 사타구니 부근과 쪼글쪼글한 젖가슴에서 잠시 멈칫했지만 엄마를 떠올리며 정성스레 마사지하듯 발랐다. 엄마가 살아 있을 때 왜 오일을 발라줄 생각은 못했을까. 화장품 냄새가 싫다며 손사래를 쳤지만 엄마는 등이 가렵다고 만날 효자손을 끼고 살았었다. 향이 없는 오일도 많았는데 발라줄 생각을 안 했던 게 새삼 미안했다.

할머니의 은비녀가 익숙지 않아, 그녀가 쓰던 꽃무늬 머리끈으로 머리를 동그랗게 묶었다. 거울 속에 똥머리를 귀엽게 하고 있는 할머니가 뚱한 얼굴로 그녀를 쳐다보고 있었다. 에잇, 기분이다. 윤우가 벗어둔 할머니의 속옷을 내버려 두고, 자신의 호피 무늬 속옷을 꺼내 입었다.

'할아버지들이 보면 환장하겠군.'
윤우가 이죽이며 벗어둔 할머니의 겉옷을 걸쳤다.

원룸 건물을 나서면서 복도에 둔 장바구니도 끌고 나갔다. 할머니의 집은 그녀의 원룸에서 두어 정거장 떨어진 곳에 있었다. 이제 보니 폐지 주우러 멀리도 다녔다. 근처에 도착하자 예전엔 구릉이었는지, 약도에 나타난 골목길이 자꾸만 가팔라져서 언덕배기를 올라가야 했다.

"눈 내리면 썰매 타도 되겠는데."
윤우가 구시렁거리며 걷다가, 골목길이 세 갈래 갈라지는 지점에서 약도를 확인했다. 여기서 조금 더 가면 할머니 주소지였는데 약도에는 두 갈래로 나와 있었다. 이럴 줄 알았으면 노트북을 가져올 걸 그랬다. 확대해서 보면 좀 더 자세히 길이 나와 있었을 텐데 말이다.

세 갈래 골목길 모퉁이에 구멍가게가 있었지만, 문이 닫혀 있었다. 어디로 가야 할지 물어볼 수도 없고, 새벽 네 시 반이라 행인도 없었다. 그렇다고 언덕 아래 골목길 입구에 있는 편의점까지 내려가려니 다시 올라올 엄두가 안 났다. 잠깐 쉬었다가 세 갈래 길을 다 가보고, 정 안 되면 그냥 돌아가기로 결정했다. 윤우가 시큰거리는 무릎을 매만지며 구멍가게 앞에 있는 의자에 앉았다. 사람들 쉬었다 가라며 가게주인이 내놓은 의자 같았다.

의자에 앉아 어느 실부터 가볼까 세 골목길을 살펴보았다. 오른쪽은 평탄했지만 나머지 두 골목은 경사가 있어서 올라가야 했다. 그나마 왼쪽 골목의 경사가 완만해서 윤우가 평탄한 오른쪽부터 먼저 가야겠다고 마음을 정하는데 문득 왼쪽 골목 쪽에서 인기척 소리가 들려왔다. 새벽일을 나가는 일용직 노동자일 수도 있었고, 청소 일을 하는 아주머니일 수도 있었다.

설마 어느 집을 털고 나온 도둑은 아니겠지? 윤우가 살짝 긴장을 하며 골목길에서 걸어 나오는 사람을 살펴보는데, 등이 구부정한 할아버지 한 분이 걸어오다 윤우를 보고는 발길을 멈칫했다.

"아니, 이 양반. 어디 갔나 했더니……."

할아버지가 걱정했다는 듯 살짝 타박을 하며 가까이 다가와 섰다.

'뭐야, 할머니 남편인가?'

윤우가 말없이 눈만 끔벅이며 쳐다보자, 할아버지가 바로 옆에 솜이 튀어나온 일인용 소파에 털썩 앉고는 연이어 떠들어댔다.

"아이고, 난 또 뭔 사고라도 난 줄 알았네. 자고 일어났는데도 들어온 기색이 없어서 찾으러 나왔지 뭔가."

윤우가 뭐라고 답을 해야 하나 머리를 마구 굴리며 할아버지를 쳐다보고만 있자, 할아버지가 눈을 동그랗게 뜨고 빤히 쳐다보았다.

"이보게, 왜 그러나? 돌아다니다 뭔 일 있었나?"

"아뇨, 일은 무슨요."

"어찌 된 거여? 어젯밤에 보니까 집에 안 들어온 것 같던데, 어디에 갔다 온 건가?"

"예. 그냥 길에서 아는 사람을 만나서 하룻밤 자고 왔어요."

'남편이냐고 물어볼까? 남편이냐고 물으면 치매 걸린 줄 알고 병원에 집어넣으려나?'

윤우가 입을 꾹 다문 채 속으로 생각을 하는데, 할아버지가 주머니에서 담배 한 개비를 꺼내 들며 헛웃음을 지었다.

"난 또…… 폐지 줍다 사고라도 났나, 아니면 저번처럼 쓰러져서 응급실에 실려 갔나 걱정을 했네. 사람 참."

아무래도 할머니가 쓰러졌던 일이 있었나 보다. 그리고 이 할아버지는 남편인 듯싶었다. 윤우가 무슨 말을 건네야 할아버지의 정체를 알 수 있을까 궁리하다가, 가장 흔하고 일상적인 걸 물어보았다.

"아침은 드셨어요?"

"나야 먹고 나왔지. 그저께 자네가 준 김치찌개가 남아 있어서, 방금 전에 싹싹 긁어 먹고 나왔어."

'자네가 줘?'

"자네는? 그 집에서 먹고 나오는 길인가?"

"예."

"피곤해 보이는데 집에 들어가서 쉬었다 나가게. 남의 집에서 잤으면 선잠 자고 왔을 텐데."

도대체 무슨 사이일까? 남편인 것 같기도 하고, 아닌 것 같기도 하고 도통 알 수가 없었다. 그냥 한동네 아는 사이라고 하기엔 굉장히 챙겨준 것 같은데, 그렇다면 애인인가?

할아버지가 일어나서는 다시 골목길로 가려 할 줄 알았는데, 닫혀 있던 구멍가게 문 쪽으로 걸어가더니 주머니에서 열쇠를 꺼냈다. 이제 보니 구멍가게 주인이 이 할아버지였다. 어서 들어가 보라며 손짓을 하는 할아버지에게 윤우가 조심스레 말을 걸었다. 찌개를 주는 사이라면 할머니 집을 알고 있을 가능성이 컸다.

"저기…… 제가 살짝 넘어져서 다리가 좀 아픈데, 이것 좀 우리 집 앞까지 끌고 가주면 안 될까요?"

"넘어졌는가?"

할아버지가 쯧쯧 혀를 차면서 다가오더니 허리를 숙이고는 그녀의 무릎 부근에 손을 갖다 댔다.

"많이 다친 건 아니고? 늙으면 뼈도 잘 안 붙는데 조심하지 그랬나."

"그냥 살짝 넘어졌어요. 가서 조금 쉬면 괜찮을 것 같아요."

할아버지가 장바구니 수레 손잡이를 잡더니 앞장을 섰다.

"가세. 내 집에 파스 사놓은 거 있으니까 일단 그거 붙이고 있게. 넘어진 거 그냥 두면 큰일 난다구."

"고마워요."

"고맙긴, 무슨."

윤우가 넘어져서 아픈 것처럼 다리를 살짝 절뚝이며 그 뒤를 따라갔다. 두 번째 골목에 할머니의 집이 있었는지, 할아버지가 완만한 오르막 쪽으로 길을 잡고 갔다. 오십 미터쯤 걸었을까. 좁은 골목길을 따라 쭈욱 걸어가던 할아버지가 어느 집 대문 앞에서 멈춰 섰다. 윤우가 고맙다는 말을 중얼거리며 장바구니 수레 손잡이 쪽으로 손을 뻗는데, 할아버지가 손을 저으며 들어가라고 턱짓을 했다.

"들어가기나 하소, 집 안에 들여놔 줄 테니."

윤우가 모른 척 대문 안으로 들어가자 할아버지가 계단 세 개 아래 있는 현관문 쪽으로 장바구니를 들고 내려갔다. 현관문이 두 개 있었지만 그중 어느 집인지를 알 수 없어 윤우가 점퍼 주머니에서 열쇠를 꺼내 들고 가만히 서 있었다. 할아버지가 가고 나면 두 개의 현관문에 모두 열쇠를 끼워볼 생각이었다. 그런데 장바구니를 세워놓은 할아버지가 안쪽에 있는 현관문으로 다가가더니 문을 열었다.

"잠깐 기다리게, 내 파스 가져올 테니."

할아버지는 옆집 사는 이웃이었나 보다. 윤우는 할머니의 집에 다른 가족이 있을까 봐 안에서 인기척이 있나 귀를 기울였다. 하지만 집 안은 잠잠했다. 아니면 누가 자고 있는 걸까?

윤우가 문 열고 들어가는 걸 망설이며 서 있는데, 제집에서 파스를 가지고 나온 할아버지가 의아한 얼굴로 윤우를 쳐다보았다.

"뭐 하고 있나? 안 들어가고?"

"예, 나오시면 들어가려고요."

"다리도 아픈 사람이……."

윤우가 손에 들고 있던 열쇠로 현관문 열쇠구멍에 천천히 넣었다. 열리지 않으면 어쩌나 조마조마했는데, 문은 딸깍 소리를 내며 열렸다. 집 안에 혹시나 식구들이 자고 있는 건 아닌가 하는 생각에 바싹 긴장하고 안으로 들어서는데, 문밖에 있던 할아버지가 가지고 나온 파스와 씻은 냄비를 건네주고는 장바구니 수레를 현관 안으로 넣어주었다.

"그럼 쉬게나. 나는 가게로 가보겠네."

"예."

"나갈 때 들렀다 가게, 두유 하나 데워놓을 테니."

"아니요, 안 그러셔도 돼요."

할머니가 원래 두유를 먹고 갔는지는 모르겠지만, 윤우는 두유를 먹으면 속이 거북해서 좋아하지 않았다.

"마시고 가게. 하루 종일 그렇게 나다니는 게 얼마나 진 빠지는 일인데."

윤우가 대답을 안 하고 희미하게 웃어 보이자, 할아버지가 대답을 들었다는 듯 이따 보자는 말을 하고 몸을 돌려 밖으로 나갔다. 할아버지의 뒷모습을 지켜보던 윤우가 대문 밖으로 더 이상 할아버지가 보이지 않자 안도의 숨을 크게 토해냈다. 그러다 할아버지가 살고 있는 집 현관문을 쳐다보았다.

아무래도 저 할아버지가 할머니를 좋아하는 것 같은데, 할머니가 다시 제정신으로 돌아올 걸 대비해 할아버지의 작업을 계속 받아줘야 하는 것인지 고민스러웠다. 무심하게 대했다가 할아버지가 서운함을 느끼고 할머니에 대한 관심을 접어버리면, 나중에 할머니가 돌아와 힘들어지는 건 아닌가 하고 말이다.

윤우가 골머리를 앓는 얼굴로 새벽하늘을 올려다보며 한숨을 내쉬었다. 세 다리를 걸고 있다고 안준연에게 뻥을 쳤는데, 말이 씨가 된다고 정말 세 다리를 걸게 생겼다.

이런저런 상념을 다 밀어두고 일단은 집 안으로 들어가 보았다. 현관 앞에 싱크대가 있었고, 맞은편에 화장실이 있었다. 혹시나 방 안에 다른 식구들이 있을까 봐 조심스레 소리 내지 않고 들어갔는데 인기척 없이 집 안은 고요했다. 방문이 열려 있는 작은방엔 책과 박스들이 가득 쌓여 있었다. 폐지는 그날그날 팔아도, 상태가 좋은 책이나 박스는 모아놓고 아꼈던 모양이다.

바로 옆에 붙어 있는 안방 문도 살짝 열려져 있어서, 빼꼼히 목만 내밀고 안을 엿보았다. 다행히도 방 안에 자고 있는 식구는 없었다. 혼자 사는 집인지 방은 깨끗하게 치워져 있었고, 스타일이 다른 서랍장 몇 개가 옹기종기 놓여 있었다. 원목서랍장, 옛날 방식으로 만든 전통장, 테두리 칠이 벗겨진 적갈색의 교자상이 있었는데 교자상 위에는 화분이 가득했다. 교자상 양옆으로 큰 화분도 있어서, 방 한쪽이 온통 초록빛 잎으로 드리워져 있었다. 그 때문인지 반지하임에도 방 공기가 상쾌했다. 오래되고 허름한 살림살이였지만, 자주 닦아주었는지 모두 반질반질 윤이 나고 깨끗했다.

이부자리 옆에 있는 밥상으로 가보았다. 원목으로 된 작은 밥상이었는데, 밥상 위에 공책이 펼쳐져 있었다. 들여다보니 한글 단어들을 따라 쓴 흔적들이 남아 있었다. 삐뚤빼뚤한 선들로 이루어진 글자들이 반복되어 있었는데, 아무래도 할머니가 뒤늦게 한글 공부를 하고 있었던 모양이다.

윤우가 공책을 앞뒤로 넘겨보았다. 바둑판처럼 옅은 선이 인쇄된 네모 칸 안에 할머니가 쓴 글자들이 빼곡하게 채워져 있었는데, 중간 부분부터는 아직 쓰지 않아서 칸이 비어 있었다. 한데 한 가지 독특한 건, 뒷부분 있는 글자 몇 개가 미리 쓰여 있다는 점이었다. 할머니가 좋아하는 단어라 먼저 쓴 것인지, 그 단어를 쓸 데가 있어서 미리 익힌 것인지 이유는 알 수 없었다. 뒷부분에서 먼저 쓴 글자는 '민족'과 '호랑이', '최신'이었다. 공책 맨 윗줄에 쓰여 있는 본보기 단어들도 누군가가 써준 것인지 파란 볼펜으로 직접 쓴 글씨였다. 누군가가 한글공부를 위해 연습할 글자를 써준 듯했다.

할머니가 좋아하는 단어였을까? 윤우가 뒷부분에서 미리 연습해놓은 글자들을 바라보며 추측을 해보다가 별 의미 없는 짓을 하는 것 같아 그만두었다. 밥상을 옆으로 치워두고 서랍장을 뒤져 보았다. 자잘한 생활용품과 비상약들이 정리되어 있었다. 그중 서류가 정리된 서랍이 있어 하나씩 꺼내보았는데 영수증, 공과금 지로용지 등이 있었다. 작은 손가방을 열어보았더니 집 계약서와 통장과 도장이 들어 있었다.

윤우는 안에 든 걸 살펴보다가 통장 사이에 끼어져 있는 사진을 꺼내보았다. 사진 속엔 젊은 엄마와 두어 살로 보이는 어린 아들이 찍혀져 있었다. 봄나들이를 갔던 모양인지 모자를 쓴 젊은 엄마가 손으로 햇살을 가리며 눈을 찌푸리고 있었고, 아이는 카메라를 응시하지 않고 엄마의 모자를 쳐다보고 있었다. 모자에 붙어 있는 리본 끈이 신기했는지 아이는 손을 뻗어서 끝을 붙잡고 있었다.

사진 속 여자의 옷차림새가 촌스럽기도 하고 사진이 누렇게 빛바래어 있는 걸 보면 할머니의 젊을 적 모습인 듯했다. 남편이 사진을 찍었던 것 같은데, 남편과 아들이 먼저 세상을 떠나고 할머니만 남은 걸까? 아니면 남편은 죽고 아들과는 따로 살고 있는 걸까. 만약 따로 살고 있다면 방 안에 손녀, 손자의 사진이 걸려 있을 법한데 아무리 둘러봐도 그런 사진은 없었다.

손가방에 다시 사진을 집어넣던 윤우가 집 계약서 말고 접은 종이가 한 장 더 있는 걸 보고는 꺼내어 펼쳐 보았다. 노란색 편지지였는데, 누군가에게 편지를 쓰려다 말았는지 세 줄 정도의 글만 쓰여 있었다.

―벌써 삼십여 년이 흘렀구나. 지금쯤이면 네 나이가 사십이 훌쩍 넘었겠지. 엄마는 이제 일흔을 압두고 있단다. 한 세월이 이렇게 무상하게 흘러버렸구나. 내 아들, 민호야. 너는 어떠케 지내고 있니?

'민호?'
편지글을 읽어 내려가던 윤우가 아들의 이름 부분에서 눈길이 멈췄다. 어디서 많이 들어본 이름이었다.

'어디서 들은 이름이었지?'

기억을 뒤지다가 그 이름이 양주댁 아들의 이름이라는 걸 깨달은 윤우는 감전당한 듯 흠칫 몸을 떨었다. 더 명확하게 알고 싶어서 다른 서랍장도 마구 뒤져 보았지만, 그 이상은 단서가 나오지 않았다.

윤우가 이부자리에 대자로 누워버렸다. 젠장, 언니를 살려내려고 저승사자한테 양주댁을 잡아가라 한 건데, 빙의된 할머니가 양주댁이라니, 뭐 이런 거지 같은 경우가 다 있나 싶다. 올해 삼재가 낀 건지, 아니면 전생에 뭔 죄를 지었는지 어떻게 그녀의 인생이 이렇게 꼬일 수 있단 말인가.

"와아…… 진짜 주옥같다."

기가 막히다 못해 너무 어이가 없으니까 웃음이 터져 나왔다. 조만간 그 검은 코트의 사내가 찾아올 거라고 생각하니 웃으면서도 머리가 지끈거렸다. 오정혜를 안다고 대답하면, 이 할머니가 죽을 때 그녀도 사라지게 되는 건지, 아니면 할머니가 죽고 그녀가 살아나게 되는 건지 머릿속이 엉키다 못해 불길에 활활 타서 하나로 떡이 된 듯 머릿속이 엉망진창이었다.

그러다 문득 민호라는 이름이 우연히 같을 뿐 다른 사람일 수도 있다는 생각이 들자 벌떡 일어나 앉았다. 흔한 이름이고, 그 당시 유행하던 이름이니 우연의 일치일 뿐이라고 말이다. 아직 속단하기엔 일렀다. 아닐 수도 있는데, 괜히 지레짐작한 것일 수도 있다.

윤우가 밥상에 펼쳐져 있던 공책을 다시 들여다보았다. 할머니가 뒷장에 있는 '민족', '호랑이', '최신'을 먼저 연습한 건 아무래도 아들 이름을 편지에 쓰기 위해 미리 익혀두었던 것 같다.

'아들 이름이 최민호인가?'

만약 정말로 할머니가 양주댁이라면 앞으로 어떻게 하는 게 좋을까? 윤우가 다시 대자로 누워 생각을 해보는데, 뭘 어떻게 해야 좋을지 아무것도 떠오르지 않았다.

어느덧 안방 창문으로 푸른빛이 스며들어 오고 있었다. 동이 완전히 트고 아침이 되었나 보다. 윤우가 멍하니 창문을 쳐다보다가 일어나 앉았다. 창밖에서 사람들이 출근하는 걸음 소리와 오토바이가 지나가는 소리, 고양이 울음소리가 들려왔지만, 저 먼 외계에서 일어나는 일처럼 느껴졌다.

사진을 다시 꺼내 들여다보았더니 엄마가 말했던 그 여자랑 닮긴 닮은 것도 같았다. 예쁘장하니 고운 사람이었다고 했었는데, 두어 살 정도 되는 아들을 품에 안은 할머니의 젊을 적 모습도 미인 소리를 들을 수 있을 만큼 고운 얼굴을 하고 있었다. 햇살에 미간을 찌푸리고 있음에도 말이다.

정말 이 할머니가 양주댁이라면, 뭘 어찌해야 할지 생각해 본다. 할머니 아들을 찾아서 만나야 하나, 너를 잊은 적 없고 오랫동안 보고 싶어 했다고, 멀리서 네가 잘되기를 기도해 왔다고, 아들이 듣고 싶은 말을 대신 전해주어야 하나.

윤우가 한참 동안 눈을 감고 앉아 있다가, 아무런 결론을 내리지 못한 채 일어섰다. 도대체 어디서부터 잘못된 건지, 그녀가 뭔 잘못을 해서 이런 상황에 처하게 된 것인지 아무것도 모르겠다.

'외출'로 되어 있는 난방을 끄고, 집 열쇠를 챙긴 윤우가 장바구니 수레를 싱크대 앞에 둔 채 밖으로 나왔다. 일단은 구멍가게에 가서 옆집 할아버지에게 물어볼 생각이었다. 할머니와 오랫동안 알고 지낸 것 같으니, 묻다 보면 할머니가 양주댁인지 확실하게 알 수 있을 것이다.

어떻게 말을 꺼내야 이상하게 보이지 않으면서 할머니의 정체를 알 수 있을까 할 말을 생각하며 현관문을 잠그는데, 어딘가에서 고양이 울음소리가 들려왔다. 뒤를 돌아보니 고양이 세 마리가 옹기종기 모여 서서 그녀를 쳐다보고 있었다. 그중 한 마리는 발밑에 다가와 몸을 비비며 주위를 맴돌았다. 아무래도 할머니에게 밥 달라고 온 듯했다.

"할머니가 평소에 너희들 밥 챙겨줬니?"

윤우가 쪼그려 앉아 손을 내밀자 눈가에 검은 얼룩이 있는 고양이가 살랑살랑 다가와 손에 얼굴을 비벼댔다. 발밑에서 주위를 맴돌던 노란빛의 고양이는 바로 앞에서 벌렁 드러눕더니 고르르고르르 목울음 소리를 내며 몸을 꼬았다. 다른 한 마리는 아직 할머니와 친하지 않은 것인지 한 발사국 떨어진 곳에서 꼬리만 살랑살랑 흔들며 울기만 했다.

"니네들이 개냐? 왜 이렇게 애교를 떨어?"

윤우가 퉁명스럽게 한마디 했지만, 고양이들은 아랑곳하지 않고 주위를 빙빙 돌며 몸을 문질러 댔다.

할머니가 아침마다 고양이들에게 밥을 준 게 분명했다. 그렇지 않고서야 이렇게 떼거지로 찾아와 온갖 아양을 떨며 몸을 비벼댈 리가 없었다. 그토록 경계심 강한 길고양이들이 말이다.

윤우가 현관문을 다시 열고, 안에 들어가 고양이들에게 줄 게 있나 뒤져 보았다. 냉장고와 싱크대를 열어보았지만 마땅한 게 보이지 않았다. 혹시나 해서 신발장 위에 있는 상자를 열어보니, 그곳에 고양이 사료와 간식들이 가득 들어 있었다. 윤우가 그릇 하나엔 사료를 담고, 다른 그릇엔 캔에 든 고기를 쏟아 담고는 밖으로 가져가니 고양이들이 부리던 애교를 대번 멈추고 그릇에 달려들어 먹기 시작했다.

자신도 저승사자한테 애교를 부려볼까? 윤우가 먹느라 여념이 없는 고양이들을 내려다보며 저승사자에게 애교부리는 상상을 해보다가 이내 고개를 저었다. 저승사자를 화나게 만들 수도 있었다. 괜한 짓 하다가 그녀뿐만 아니라 올케와 조카들까지 싹 다 명부에 올라갈 수도 있으니 그건 언감생심 꿈도 꾸지 말아야 한다.

"좋겠다, 너네들은. 애교부리면 밥 챙겨주는 사람도 있고."

윤우가 경계심 많은 검은 고양이를 쓰다듬어 주려고 손을 뻗다가, 검은 고양이가 경계를 하고 뒤로 물러나자 손을 거둬들였다. 조금 서운하기는 했지만 차라리 그게 낫다는 생각이 들었다. 집 안에서 키울 게 아닌데, 고양이의 경계심을 풀어놓는 게 좋을 게 없다. 사람들이 다들 할머니같이 고양이를 챙겨주지는 않을 텐데, 경계심을 풀어버리고 모든 사람에게 친밀하게 굴면, 자칫 못된 사람에게 붙잡혀 곤욕을 치를 수도 있으니 말이다.

윤우가 고양이들이 마음 편히 먹을 수 있도록 조용히 일어서서 밖으로 나갔다. 발밑에서 맴돌며 몸을 비벼댔던 노란빛 고양이가 뒤따라 나오더니 졸졸 골목길을 따라왔다. 할머니를 많이 좋아하나 보다. 다른 두 고양이는 먹느라 여념이 없어서 할머니가 가든 말든 신경을 쓰지 않았는데, 노란색과 베이지색 털이 가득한 그 고양이는 앞서거니 뒤서거니 따라오며 곁을 맴돌았다. 등에는 흰털이 섞여 있어서 얼핏 보면 금빛 실뭉당이처럼 햇살 아래 반짝이는 아름다운 고양이였다. 윤우가 옆에 따라오는 고양이에게 말을 걸었다.

"따라오지 말고 어서 가서 밥 먹어. 내일 아침에 또 올게."

말을 알아들었는지 고양이가 멈춰 섰다. 윤우가 뒤돌아보니 고양이가 지켜보고 서 있었다. 더 이상 뒤돌아보지 않고 골목길을 걸어 나가자 고양이가 따라오지 않았다.

구멍가게 앞에 도착한 윤우가 가게 앞에 있는 의자에 앉아 할 말을 정리했다. 윤우가 길게 숨을 토해내며 마음의 준비를 하는데, 안에서 문이 드르륵 열리더니 할아버지가 얼굴을 내밀고 말을 걸었다.

"거기서 뭐 하는가, 안 들어오고."

"아, 예."

윤우가 주춤거리며 일어나서는 안으로 들어가자, 할아버지가 온장고에 있는 두유를 꺼내더니 건네주었다.

"왜 이렇게 일찍 나왔나. 한숨 자고 나갈 줄 알았는데."

"그냥 잠이 안 와서요."

"근데 아까부터 말은 왜 갑자기 높이는 거여?"

윤우가 멋쩍게 웃어 보였다.

"말 높이는 게 좋아 보여서요. 서로 존중하는 것 같고, 싸워도 힘한 말 안 하게 되고요."

"그럼 나도 말을 높여야 하나?"

"편한 대로 해요, 난 상관없으니까."

"같이 늙어가는데, 나만 말을 놓는다는 게 좀 그렇지 않은가."

윤우가 상관없다는 양 웃어 보이자, 할아버지는 두유 뚜껑을 따서 앞에 놔주었다.

"얼른 마셔요. 또 하루 종일 돌아다녀야 할 텐데."

"예."

윤우가 두유를 홀짝홀짝 마셨다. 생각해 보니 지금 몸이 그녀가 아니고 할머니의 몸이니, 두유를 잘 소화시킬지도 모를 일이었다. 평소에도 이 할아버지에게 두유를 자주 얻어먹었다는 건, 소화가 잘 된다는 뜻 아닌가.

두유를 몇 모금 마시고는 윤우가 들고 있던 공책을 내밀었다.

"저기 부탁이 좀 있는데요."

"뭔데?"

"저 글자 좀 써줄 수 있을까요?"

"으잉? 다시 시작하게?"

할머니가 한동안 게으름을 피웠나 보다. 글자를 써주었던 사람이 슈퍼마켓 할아버지였는지, 할아버지가 파란 볼펜을 집어 들고 공책을 내려다보았다.

"……이빈엔 어떤 걸 써주어야 하나."

할아버지가 새 글자를 고민하며 중얼거리는데, 윤우가 조심스레 말을 건넸다.

"저기 제 고향 좀 써줄래요?"

"고향?"

"예. 고향 정도는 쓸 줄 알아야 할 것 같아서요."

할아버지가 고개를 끄덕이더니 공책 맨 위에 '개성'이라는 단어를 썼다.

"개성."

윤우가 혼란스러운 얼굴로 단어를 읊조리자 할아버지가 고개를 들어 빤히 쳐다보았다.

"이게 맞네. 개 자의 개가 아, 이야. 게성이 아니고 개성이네."

"예."

할아버지는 내친김에 그 옆에 '이북'과 '평양'이라는 단어도 썼다. 윤우가 또 뭘 써달라고 할까 고민을 하다 번뜩 생각나는 게 있어 다시 입을 열었다.

"내가 전에 살던 곳도 적어줄래요."

"흠, 자네가 살던 곳이라……. 강원도 삼척이라고 했던 것 같은데, 맞는가?"

윤우가 고개를 끄덕이자 할아버지가 '강원도 삼척'이란 글자를 써

넣었다.

정말 할머니가 양주댁인 걸까. 아들 이름과 전에 살던 곳이 똑같았다. 아니면 우연의 일치일까.

"혹시 내가 삼척에 있을 때 뭐라고 불렀는지 말했던가요?"

할아버지가 잘 생각나지 않는다는 양 고개를 갸웃거렸다.

"글쎄. 자네가 그때 이야기를 한 적이 거의 없어놔서. 그냥 결혼 생활을 삼척에서 했다는 말만 하지 않았나."

"예, 그랬군요."

"왜? 뭐라고 불렀는데 그러나?"

"그냥 뭐, 민호 엄마라고 불렸어요."

윤우가 대충 말을 얼버무리곤 이만 가보겠다는 말을 하고는 일어섰다.

"근데 질질이는 어쨌나?"

"아, 바퀴가 성치 않아서 하나 새로 사려고요."

윤우가 가지고 나오지 않은 이유를 대강 만들어 말하는데, 할아버지가 순간 서운해하는 기색을 보였다.

"그런가? 나한테 진즉 말을 하지, 내 새로 다시 사주었을 텐데."

아무래도 그 장바구니 수레를 이 할아버지가 사주었나 보다.

"아…… 아니에요. 괜찮아요. 그것도 너무 잘 썼는걸요."

"그러지 말고 오늘만 그거 끌고 나가게나. 내 오늘 안에 새로 사놓을 테니."

거절하면 삐칠 것 같았다. 윤우가 고맙다는 말을 하고는 가게를 나왔다.

김달자 할머니가 확실히 양주댁인지는 확인하지 못한 채 윤우는 언덕배기를 내려왔다. 아침을 먹지 않고 갔다 왔더니 그녀의 집 근처에 도착했을 땐 배가 너무 고파왔다. 시장 근처에 있는 해장국집에서 콩나물국밥을 사 먹고 원룸에 들어갔다. 그녀의 시신은 나왔을 때 봤던 그 모습 그대로 누워 있었다. 추울까 봐 난방을 틀어놓고 나갔는데, 현관문을 열자 살짝 시큼한 냄새가 코끝에 느껴졌다. 그녀가 새벽녘에 레몬오일을 발라서 오일 냄새가 남아 있는 건지, 아니면 그녀의 시신에서 나는 냄새인지 알 수 없었다. 하지만 그 냄새를 맡고 나니, 가슴이 철렁 내려앉았다. 이대로 시신을 방에 눕혀두면 곧 부패하게 될 거라는 자각이 들었다. 저승사자가 언제 찾아올지, 이 할머니의 몸으로 얼마나 살지 알 수는 없지만, 자신의 몸이 썩어가는 걸 눈앞에서 볼 자신은 없었다.

어떻게 할까. 윤우가 두 다리를 뻗고 앉아 콩나물국밥을 먹고 잔뜩 배가 부른 할머니의 배를 뚜덕이며, 자신의 시신을 쳐다보았다. 한참 동안 생각에 잠겨 있던 그녀가 김치냉장고 플러그를 찾아 전원에 연결했다. 김치냉장고를 쓸 일이 없을 거라고 생각했는데, 이렇게 쓰게 되다니. 이사할 때 버리고 왔으면 큰일 날 뻔했다.

윤우가 자신의 관절이 아직은 구부러지나 조심스레 다리를 접어보았다. 뜨끈뜨끈한 방바닥에 눕혀놔서 그런가, 의외로 사후강직이 아직 덜 되어서 다리가 구부려졌다. 맨 몸을 그대로 넣다가는 다리나 팔이 걸릴 것 같아, 무엇으로 감쌀까 고민을 하다 여름 이불을 방바닥에 펼쳤다. 그리곤 자신의 몸을 일으켜 이불에 앉혔다. 뱃속에 있는 아이처럼 두 무릎을 세우고, 팔로 무릎을 감싸게 해놓으니 얼추 김치냉장고 속에 들어갈 크기가 되었다.

과연 김치냉장고 속에 넣을 수 있을까? 할머니가 과연 그녀의 시신을 들어 올릴 수 있을까 불안해하며 이불로 꼭 묶은 자신의 몸을 그러안고 힘을 줘보았다. 잘만 하면 할 수 있을 것 같다. 할머니 허리가 삐

끗할 수도 있었지만, 어쩔 수 없었다. 그렇다고 문재혁이나 안준연을 불러 시신을 넣어달라고 부탁할 수도 없는 일 아닌가.

이를 악물고 자신의 몸을 들어 올렸다. 순간 할머니 똥구멍이 빠지는 듯했지만 죽을힘을 다해 버티면서 냉장고 입구 가장자리에 자신의 몸 아랫부분을 걸쳐 놓았다.

"젠장맞을, 이러다 또 죽겠네."

윤우가 참았던 숨을 토해내고는 욱신거리는 허리를 뚜덕였다. 정말이지, 똥 쌀 뻔했다. 한참 동안 숨을 고른 후에 잡고 있던 그녀의 몸을 안으로 밀었더니, 쿵 하고 냉장고 바닥으로 떨어졌다. 어디 부러진 건 아닌가 놀라서 손을 집어넣어 여기저기 만져 보았는데, 겉으로는 괜찮은 듯했다. 뚜껑을 닫자, 앉은키가 높았는지 뚜껑이 완전히 닫히지 않았다. 윤우가 묶은 걸 풀어내고는 자신의 머리를 앞으로 숙여지게끔 천천히 눌렀다. 우드득, 어디선가 뼈 소리가 들려왔다. 황급히 목 부위를 매만져 보던 윤우가 이내 손을 거둬들이고, 아래쪽에 떨어져 있는 이불 네 귀퉁이를 잡아 올려 다시 묶었다. 어차피 죽었는데, 목뼈가 부러지든 결리든 뭔 상관인가. 젠장.

뚜껑을 닫은 후, 윤우가 이마에 맺힌 땀을 닦아내며 비어 있는 이부자리에 드러누웠다. 너무 힘을 줬는지 허리가 뻐근하게 아파왔다. 한숨 돌리고 작업실을 정리하러 가야겠다고 생각했지만 잠이 몰려왔다. 국밥을 먹어서 그런 건지, 아니면 할머니가 원래 이 시간쯤 잠을 잤던 것인지 알 수 없었다. 잠드는 줄도 모르고 잠든 윤우가 드르렁드르렁 코를 골아댔다.

그녀를 깨운 건 어디선가에서 들려오는 여자 말소리였다. 자꾸만 부재중 전화가 왔다며 말을 걸었다.

'알았어, 알았다고.'

눈을 비비고 시계를 보니, 한 시가 되어 있었다. 맙소사, 잠시 눈 감았다 뜬 것 같은데 세 시간이 지나 있었다. 가방에 든 핸드폰을 꺼내 확인해 보니 역시나 그녀의 예상대로 안준연이 했던 전화였다. 무심히 발신 버튼을 누르던 그녀가 이내 핸드폰을 닫았다. 할머니가 되었다는 걸 깜빡한 것이다. 감기에 걸렸다고 하고, 못 나간다고 말하자니 돌려주지 못한 카메라가 마음에 걸렸다. 다시 또 만날 수 있을지 알 수 없는데, 내일 구속영장이 발부되어 구속되면 영영 민나기 힘들 것이다. 그가 풀려났을 땐 어쩌면 그녀의 장례가 이미 처러진 후일지도 모른다.

윤우가 어떻게 하면 할머니의 모습으로 그를 만나는 게 자연스러울까 궁리를 하는데, 손에 들고 있던 핸드폰이 울렸다. 안준연이었다. 망설이며 벨소리를 들고만 있던 그녀가 마음의 결정을 내리고 전화를 받았다.

"네, 수리예요."

〈어, 목소리가 왜 그래요?〉

"감기가 심하게 걸렸어요."

〈이사하느라 힘들었나 보네요.〉

"비 맞아서 그런가 봐요. 아까 자느라고 전화를 못 받았어요."

〈네, 그런가 보다 했어요. 이따 저녁에 보자고 전화한 거예요. 어차피 다른 사람들도 밥 먹고 다시 사무실에 모이기로 했거든요.〉

"어디에서 볼까요?"

〈나올 수 있겠어요? 목소리로 봐서는 감기가 심하게 걸린 것 같은데.〉

"괜찮아요. 목만 좀 심하고 자고 나니까 괜찮아요."

〈제가 멀리 갈 수 있는 시간은 안 돼서 시청 앞에서 만났으면 하거

든요. 근데 여기까지 오라고 하기가 미안해서요.〉

"괜찮아요. 나중에 준연 씨가 제가 있는 곳으로 오면 되죠."

장례식을 염두하고 한 말이지만, 그는 당연히 알아듣지 못했다. 저녁 여섯 시에 시청 앞에서 보기로 약속하고 전화를 끊었다. 잘한 짓일까, 잠시 회의가 들었지만 이내 그런 생각을 털어버렸다.

10부

외 탁

 어색한 침묵이 흘렀다. 왜 아니겠는가. 만나기로 한 여자는 나오지 않고, 외할머니가 대신 나왔으니 준연으로서는 당황스러울 뿐이었다. 그가 극구 사양했지만 윤우가 꼭 맛있는 걸 먹고 오라고 했다며, 그 덕에 당신도 오랜만에 호강 좀 하고 싶다고 해서 어쩔 수 없이 시청 근처에 있는 일식집에 들어온 참이었다. 그는 윤우 외할머니와 마주 앉아 곁요리로 나온 계란찜을 작은 수저로 조금씩 떠서 입에 넣고 있었다. 조난이라도 당한 얼굴로 말이다.
 윤우가 그런 준연을 물끄러미 바라보다, 어색한 침묵을 깨트리려고 가방 속에 담아온 카메라를 꺼냈다.
 "이거, 윤우가 전해달라고 했어요."
 "아, 예. 이렇게 급하게 안 돌려줘도 괜찮았는데……."
 그는 뭔가 아쉬운 사람처럼 카메라를 쳐다만 볼 뿐 챙기려 들지 않았다. 이걸 돌려받고 나면 윤우와 이어진 끈이 사라진다고 생각하는

외탁 215

눈치였다. 윤우가 테이블 가운데 있는 카메라를 그가 있는 쪽으로 살짝 밀었다.

"어디 망가진 데 없나 확인해 봐요."

그가 카메라를 확인해 볼 생각은 않고, 편하게 말씀 놓으라며 그녀를 쳐다보고만 있었다.

"알았으니 어서 확인해 봐요."

"네."

그가 카메라를 요리조리 눌러보며 기능을 확인하는가 싶더니, 문득 카메라 화면을 가만히 응시했다.

"윤우 씨가 찍어놓은 사진이 그대로 있는데요."

"아…… 필요한 건 옮겨놓고, 나머진 그대로 뒀다고 하더군요. 늑대님이 알아서 지우라고."

나머지를 자료로 옮겨놓아야 했지만, 다시 윤우로 돌아갈 날이 없을 거라는 생각에 옮겨놓지 않은 참이었다. 그는 골목길 사진이 그대로 있다는 것보다 외할머니가 늑대라고 호칭한 게 더 불편한지 겸연쩍은 얼굴을 했다.

"안준연이라고 합니다. 준연 군이라고 부르세요. 늑대는 동호회에서 부르는 별명입니다."

혹시나 외할머니가 가벼운 사람으로 볼까 봐 그가 조심스러워했다. 윤우가 그의 얼굴을 빤히 쳐다보며 슬쩍 농을 섞어 대꾸했다.

"남자는 다 늑대라고 했으니, 늑대로 불러도 상관은 없을 것 같은데요."

그는 대꾸할 말이 떠오르지 않는지, 괜히 손가락으로 코를 긁적이며 선웃음을 지었다.

점원이 굴튀김이 담긴 접시를 들고 와 잠시 말이 끊어졌다. 그는 지

뢰밭을 걷다가 잠시 멈춰서 쉬는 사람처럼 긴장을 풀지 않은 채 안도하는 얼굴을 했다. 그 모습에 윤우가 슬쩍 웃음을 짓다가, 굴튀김을 하나 집어 그의 접시에 놔주었다.

"어서 먹어요. 굴튀김은 바삭바삭할 때 먹어야 맛있어요."

"아닙니다. 먼저 드십시오."

그가 젓가락을 들지 않고 정자세로 앉아 있었다. 윤우는 자신이 지금 윗사람이라는 걸 새삼 깨닫고, 굴튀김을 집어 들었다. 그러자 안준연이 간장소스가 담긴 종지를 그녀 가까이에 놔주었다. 윤우가 간장에 굴튀김을 살짝 찍어 입에 넣는데, 점원이 초밥과 누룽지탕도 가져왔다. 그는 먹을 생각은 않고, 초밥을 찍어먹을 수 있도록 와사비와 간장 소스를 만들어 윤우 앞에 놔주고는 누룽지탕을 작은 그릇에 덜었다. 임금님 밥상 옆에서 시중드는 기미상궁 같았다. 윤우가 빤히 그를 쳐다보자 안준연이 누룽지탕이 담긴 작은 그릇을 내려놓으며 왜 그러냐는 듯 쳐다보았다.

"우리 윤우 많이 좋아해요?"

"네?"

윤우가 바로 앞에 놓인 간장 종지와 누룽지탕을 내려다보고는 그를 다시 쳐다보았다. 눈을 동그랗게 뜨고 말없이 바라보고 있는 그의 눈동자가 참 맑고 깊어서 윤우는 가슴이 아팠다.

"처음 보는 나한테도 이렇게 잘해주는 걸 보면, 우리 윤우를 많이 좋아하는 것 같아서요."

그가 어색한 웃음을 입가에 물고는 잠시 침묵하더니 이내 짧게 답했다.

"예, 좋아합니다."

그는 어색한 침묵을 풀려는 듯 어서 드시라는 말을 건네고는 자신도 굴튀김을 입에 넣고 우물거렸다.
"다시 생각해 봐요. 그리 좋은 선택이 아닐 수도 있으니까."
예상치 못한 말이었는지 그의 눈이 다시 커졌다. 윤우가 어쩔 수 없다는 듯 한숨을 내보이며 말을 이었다.
"어휴, 준연 씨가…… 아니, 준연 군이 몰라서 그러는데 우리 윤우는 문제가 많은 아이예요."
"문제요?"
"봐서 알겠지만, 하고 다니는 게 그 정도이니 집은 어떻겠어요. 아주 쓰레기장이 따로 없어요. 속옷도 빨기 귀찮다고 입었던 걸 뒤집어 입고 나가고, 음식도 할 줄 모르고, 쓰레기 버리기 싫다고 냉동실에다 가득 쌓아놓고, 아주 말이 아니에요."
"그런가요?"
그가 미처 몰랐다는 얼굴로 반문하자, 윤우가 한술 더 떴다.
"게다가 성질이 지랄 같아서, 제 마음에 안 들면 있는 대로 성질을 부린다오. 결정적으로 부모한테 잘 못했어요. 막내라서 그런지 부모님이 병석에 있을 때, 귀찮다고 모른 척하고 그랬어요."
"얼핏 듣기로는 어머니 병수발을 들었던 것 같던데요."
"에이, 그거야 한두 번 한 거지. 병수발은 그 언니가 다 들었어요. 윤우는 그냥 시늉만 한 거지. 지 어미 똥오줌 한두 번 치우고 걔가 얼마나 유세를 떨었다고."
그는 왜 외할머니가 손녀 흉을 심하게 보는 건지 이해할 수 없다는 얼굴로 입을 열었다.
"대부분은 시늉조차도 안 하려고 드는데, 그래도 윤우 씨는 시늉은 했잖습니까. 그리고 저랑 뭘 먹을 때면 어머니가 좋아했던 거라며 아직도 가슴 아파했습니다."

그녀는 무심코 했던 말을 그는 기억하고 있었나 보다. 윤우가 별거 아니라는 양 '그거야 지가 미안해서 그런 거지'라고 작게 중얼거리자, 그가 좀 더 단호하게 말했다.

"죄책감을 느끼는 것도 윤우 씨가 착해서 그런 거라고 생각합니다. 저는 아버지가 암으로 병원에 있을 때 어머니께 병수발 다 맡겨놓고 제 일만 하러 다녔습니다. 병원비 보냈으니까 됐다 그러면서요."

"그거야…… 일하느라 바빠서 그런 거잖아요."

"꼭 그런 건 아니었습니다."

"눈으로 보고 있으면 괴로우니까 그랬던 거겠죠. 아버지가 떠나면 준연 씨가 앞으로 식구들을 책임져야 한다는 생각이 들었으니."

그가 침묵했지만 윤우의 말에 동감하듯 고개를 끄덕였다. 윤우가 그의 자책감을 덜어주려고 한마디 건넸다.

"책임을 느끼는 만큼 그 책임에서 벗어나고 싶은 마음이 드는 거예요. 막내들이 도망치지 않는 건, 아무도 막내에게 책임질 걸 기대하지 않기 때문이지. 준연 씨는…… 아니, 준연 군은 그만큼 그 상황에 대해 책임감을 느끼고 있었던 거예요. 그러니 도망가고 싶어 했던 자신을 탓하지 말고 이해해 줘요."

그는 긍정도 부정도 하지 않고, 할머니를 빤히 응시했다. 윤우가 뭔가를 눈치챘나 싶어 긴장한 얼굴로 왜 그렇게 쳐다보느냐 묻자, 그가 빙긋이 웃으며 말했다.

"윤우 씨가 외할머니를 정말 많이 닮은 것 같아서요."

"그…… 그런가?"

"네, 윤우 씨도 할머님처럼 이해심이 크고 따뜻한 심성을 가졌거든요."

"그거야 비슷한 상황에 처해봤으니까 아는 것이지, 닮기는 무슨……."

닮았다면 양주댁 할머니와 그녀가 닮았다는 게 아닌가. 윤우가 가당찮다는 듯 손사래를 치자, 그가 웃으며 말했다.

"생긴 것도 꼭 닮았는걸요. 입매도 그렇고, 눈빛도 그렇고, 웃을 때의 얼굴도 할머니를 많이 닮았습니다."

윤우가 양주댁 할머니의 얼굴을 손으로 만지작거렸다. 아무래도 양주댁 할머니가 되어 그녀의 생각대로 말하고, 웃고, 쳐다보니 닮게 느껴지나 보다. 오랜 산 부부가 닮게 느껴지는 건 얼굴이 닮아서가 아니라, 표정과 몸짓이 닮기 때문이라고 하지 않던가.

식사가 끝나기도 했고, 그가 들어가 봐야 할 시간이 되었다고 해서 여덟 시쯤 식당에서 나왔다. 또 언제 볼 수 있을지 모른다는 생각에 그가 가진 시간이 바특하다는 걸 알면서도 윤우가 커피를 마시고 싶다고 했다. 준연이 차마 외할머니의 청을 거절할 수 없겠는지 시청 앞에 있는 커피점으로 길잡이를 했다. 커피 두 잔을 시켜놓고 자리를 잡고 앉았다. 곧 첫눈이 온다는 일기 예보가 있었지만, 하늘은 구름만 잔뜩 끼어 있었다.

"구속되면 재판 끝날 때까지 있게 되는 거예요?"

"윤우 씨에게 들으셨나요?"

"그래요. 내일 구속영장 집행될지도 모른다고, 오늘 꼭 만나고 와 달라고 했어요."

"구속적부심을 신청했으니까 구속 안 될 거예요. 구속영장 처음 나왔을 때에도 기각됐거든요."

"검찰에서 다시 청구한 이유가 뭔가요?"

그녀의 외할머니에게 어디까지 이야기를 해야 하나 안준연이 잠시 헤아리는 얼굴로 침묵했다. 윤우가 자세히 알아와 달라고 부탁했다는 말을 하자, 준연이 좀 더 구체적으로 상황을 설명했다.

"새로운 증거를 찾았다는 게 이유예요. 제 계좌로 목돈이 입금되었는데, 그걸 건설사에서 받은 뇌물의 일부라고 주장하고 있습니다. 시장님한테 전해주는 대가로 저한테도 줬다는 거죠. 시장님이랑 제가 이 사건을 무마하려고 말을 맞출 가능성이 크다는 게 또 다른 이유고요."

"목돈이 입금되있다고 해도, 출처가 분명하면 되는 거 아닌가요?"

그가 맞는 말이라는 듯 고개를 끄덕여 보였다. 한편으로는 연세가 지긋한 분이 재판 과정에 대해 핵심을 집어내는 말을 하니 놀랍기도 했다.

"예, 그렇긴 합니다. 근데 제 주장을 검찰에서 안 믿으면 그만인 거죠."

그가 이 한겨울에 구속되어 냉방에서 지낼 수도 있다는 생각에 윤우가 속상해하며 꼬치꼬치 따져 물었다.

"아니, 검찰에서 그렇게 믿고 싶지 않아도 출처가 분명하면 그렇게 주장할 수는 없는 거잖아요. 누가 입금했는지 입금한 사람한테 한마디 확인만 하면 되는 일인데, 그걸 확인하고도 그런단 말인가요?"

그가 다소 난감한 얼굴로 말을 주저했다. 윤우의 외할머니에게 이런 것까지 자세히 말하는 게 좋은 건지 모르겠다는 얼굴이었고, 과연 그의 말을 곧이곧대로 믿어줄지도 확신할 수 없다는 얼굴이었다.

"제가 전세금을 갑자기 올려주어야 해서, 얼마 전에 아는 분께 돈을 좀 빌렸습니다. 그런데 빌려준 분이 누군지 밝히는 게 그분을 난처하게 만들 수도 있는 일이라, 밝히지 않았습니다. 그래서 검찰에서는 이 돈의 출처가 불분명하다고 다시 구속영장을 청구한 겁니다."

"그 사람이 나서서 밝힐 가능성은 없고요?"

그가 떨떠름한 미소를 입가에 그리며 고개를 끄덕였다.

"아직은요. 부탁을 드리기는 했는데, 그렇게 해줄지는 모르겠습니다."

"그럼, 준연 군뿐만 아니라 시장님까지 난처해지는 거잖아요."

"시장님이 받았다는 증거는 없으니까 무죄가 나올 겁니다. 처벌받는다면 아마도 저 혼자 받게 되겠죠."

"아이고, 우선은 준연 군이 살고 봐야죠. 지금 다른 사람 보호하려고 혼자 감옥 가겠다는 거예요? 그 사람이 대체 누군데 그래요? 누구한테 도둑질한 돈을 빌려준 거래요?"

그가 생각에 잠긴 얼굴로 고개를 끄덕였다.

"어떻게 보면 할머님 말이 맞습니다. 남에게 훔친 거나 진배없는 돈인 걸 알면서도 제가 빌린 거예요."

"자세히는 사정을 모르겠지만, 준연 군이 그 돈을 훔친 것도 아니잖아요. 그걸 왜 다 뒤집어쓰려고 해요."

"훔친 건 아니지만 모른 척을 했습니다."

"모른 척한 거랑 훔친 거랑은 완전히 다른 이야기예요. 알잖아요. 그리고 준연 군이 억울하게 감옥에 들어가게 되면 윤우가 얼마나 속상해하겠어요. 부모님도 하늘이 무너질 일이고요. 안 그래요?"

그는 잘 알고 있다는 듯 고개를 끄덕여 보였지만, 어떻게 하겠다는 말 같은 건 하지 않았다.

윤우는 시무룩한 얼굴로 앞에 있는 커피를 한입 마시고는 혼잣말처럼 중얼거렸다.

"에휴, 난 상황이 이렇게 심각한 줄도 모르고 내 부탁이나 하려고 했네."

"무슨 부탁이신데요?"

"아니에요. 별거 아니니까 신경 쓰지 말아요."

"말씀하세요. 제가 들어드릴 수 있는 거면 들어드릴게요. 제 일은 대비책이 있으니까 걱정 안 하셔도 돼요."

안심시키려고 하는 말인지 빈말로 하는 말인지 판단이 되지 않았다. 윤우가 안준연을 빤히 쳐다보자 그가 어서 말해보라는 듯 미소를 지었다.

윤우가 조심스레 말을 꺼냈다.

"시청에서 일하니까, 혹시 사람을 찾는 게 좀 더 쉬울까 해서……."

"누굴 찾으시는데요?"

"그냥 좀 아는 사람이이에요. 누가 좀 찾고 있어서."

그는 좀 더 자세히 묻고 싶지만, 윤우가 자세한 내막을 말하길 꺼려 하는 기색을 보이자 꼬치꼬치 어떤 관계인지 캐묻지 않았다.

"성함이 어떻게 되시는데요?"

그가 안주머니에서 수첩과 펜을 꺼내 들었다.

"최민호예요. 나이는 지금 오십쯤 됐을 거고."

이름과 나이만으로는 너무 광범위한 조건인지 그가 난감한 표정을 지었다. 비슷한 이름이 많을 텐데, 나이가 정확치 않으니 말이다.

"좀 더 자세히 말씀해 주시겠어요. 이 정도로는 찾기가 어려울 것 같습니다."

"음…… 어릴 때 강원도 삼척에서 살았다는데 지금은 어디에 사는지는 몰라요. 재작년쯤엔가 삼척에 왔다 갔는데, 아버지 때문에 묏자리를 알아보러 왔었다 하더군요."

"그럼 아버님은 돌아가신 건가요?"

"아무래도 그런 것 같아요."

"이분 어머니는 살아 계신가요?"

"그건 왜요?"

"인적사항을 제가 마음대로 조회해 볼 권한은 없어서요. 아는 사회복지사에게 부탁을 해보려고요. 어머니가 혹시 따로 살고 계시면, 부양자를 찾는다는 조건으로 조회해 볼 수 있거든요."

그런 방법이 있다는 것에 윤우가 양주댁 할머니에 대한 걸 좀 더 말했다.

"아…… 따로 살고 있어요. 지금 중곡동에 혼자 살고 있다우."

"그럼 그분이랑 친구분이신가 보네요."

"뭐, 그렇다고 할 수 있죠."

그는 혹시나 윤우의 외할머니가 젊을 적 아이를 낳아 입양시킨 건가 추측했다가, 그 할머니와 친구라는 말에 살짝 안도하는 웃음을 지었다. 괜히 남의 집 일에 끼어들었다가, 박윤우에게 원망을 사는 건 아닌가 조심스러웠던 것이다.

"최민호 씨 어머니 성함은 어떻게 되시는데요?"

"김달자예요. 나이는 일흔넷이고."

그가 고개를 끄덕이며 수첩에 적어 넣고는 웃으며 덧붙였다.

"만약에라도 제가 구속되게 되면, 다른 분께 찾아달라고 부탁해 놓을게요. 그리 오래 걸리지는 않을 거예요. 워낙 부모를 나 몰라라 하는 자식들이 많아서 부양자 찾는 데에는 다들 도사거든요."

"최민호란 사람이 그런 건 아니에요. 오해하지는 말아요. 김달자 할머니가 어릴 때 아들이랑 헤어진 후에 서로 못 만난 것뿐이니."

그는 말없이 고개를 끄덕이니 수첩과 펜을 안주머니에 넣었다. 그리곤 초조한 기색으로 손목에 찬 시계를 쳐다보았다.

"죄송한데 제가 이만 일어나 봐야 할 것 같습니다."

"그래요. 얼른 들어가요. 나 때문에 늦었나 보네."

"지금 들어가면 괜찮습니다."

윤우가 서둘러 일어나는데, 그가 옆 의자에 벗어둔 그녀의 외투를 집어 들더니 입혀주려는 듯 어깨 부분을 잡고 대주었다.
"고마워요."
"아닙니다."
윤우가 외투를 걸치자 그가 자신의 코트를 챙겨 들고는 밖으로 나갔다.
"먼저 가요, 난 천천히 갈 테니."
"예, 그럼. 조심히 들어가십쇼."
"그래요."
윤우가 카페 문 앞에 서서 그에게 손을 흔들어 보이자, 그가 허리 숙여 인사를 하더니 돌아서서 걸어갔다. 시청을 향해 걸어가는 그의 뒷모습을 윤우가 우두커니 서서 바라보는데, 문득 그가 고개를 돌리더니 크게 외쳤다.
"여기서 잠깐만 기다려 주시겠어요. 빨리 다녀올게요."
윤우가 의아해하며 눈을 휘둥그레 떴지만, 그는 왜 그러느냐 물어볼 틈도 주지 않고 훌쩍 어디론가 뛰어가 버렸다.
'뭣 때문에 그러는 걸까.'
윤우가 시청 광장을 가만히 바라보고 서 있었다. 한겨울을 앞두고 시청 광장은 스케이트장을 만드느라 인부들이 분주하게 오고 갔다.
'겨울이구나.'
스케이트를 탈 줄 모른다는 게 아쉽게 느껴졌다. 중학교 때쯤 친구들 따라 한 번 갔다가 넘어지는 게 너무 싫어서 다시는 배우려고 하질 않았다. 그렇게 넘어지며 뭔가를 새롭게 배우는 것도 한때인데, 그런 기회를 스스로에게 주지 않다니 지금 생각하면 참 바보 같다.
'지금이라도 배워볼까?'

윤우가 주름이 자글자글한 손을 들어 보이며 진지하게 생각해 보는데, 사라졌던 안준연이 멀리서 뛰어왔다. 그의 양손에 무언가가 들려 있었지만, 침침한 할머니의 눈으로는 흐릿하게 보여서 정확히 무엇인지 알 수 없었다. 그가 조금 더 가까워 오자, 양손에 들고 있는 게 뭔지 보였다. 한 손엔 꽃다발이, 다른 한 손엔 불룩하게 무언가가 담긴 검은 봉지가 들려 있었다.

"이게 뭐예요?"

그가 꽃다발과 검은 봉지를 건네주며 쑥스럽게 웃어 보였다. 이런 걸 하는 게 자신도 좀 어색하다는 얼굴을 하고 있었다.

"윤우 씨 아픈데, 제가 가볼 수가 없어서요. 할머님이 저 대신 이것 좀 전해주세요."

건네받은 봉지를 벌리고 안을 들여다보니, 곶감이 가득 들어 있었다. 그의 아버지가 과일가게를 한다는 말에 장난으로 좋아하는 과일을 말했었는데 그걸 기억하고 있었다.

"윤우가 많이 좋아하겠네요."

"윤우 씨가 좋아하는 것만 사서 죄송해요. 시간이 없어서 일단은 윤우 씨한테 줄 것만 급하게 샀거든요. 할머님껜 다음에 더 좋은 걸로 대접할게요."

"괜찮아요. 윤우가 먹는 게 내가 먹는 거니까. 그리고 나도 곶감 좋아한다우."

"다행이네요. 할머님이 더 많이 드세요."

그가 허리를 숙이고 인사를 하더니 몸을 돌려 시청을 향해 뛰어갔다. 아무래도 많이 늦었나 보다.

한 할머니가 꽃다발과 곶감 봉지를 든 채 한참을 우두커니 서 있었다. 꽃다발을 들고 있어서 그런 것인가. 꽃가루가 날리고 있는지 겨울임에도 자꾸만 눈이랑 코가 간지러웠다.

❖ ❖ ❖

사회복지사에게서 전화가 온 건 사흘 후였다. 안준연에 대한 구속 영장 청구가 법원에서 받아 들여져 그가 구속된 날이기도 했다. 안 비서관의 부탁을 받아 전화했다는 마포구청 사회복지사는 최민호의 집 주소를 알려주었다. 핸드폰번호는 알아내지 못한 것인지, 아니면 알려줄 수 없는 것인지 번호까지는 알려주지 않았다. 윤우도 핸드폰으로 전화를 걸 마음은 없었기에 알려달라고 청하지 않았다.

이번엔 길을 헛갈리지 않으려고 노트북을 들고 주소를 찾아갔다. 근처 골목길에서 다시 한 번 인터넷에 나오는 지도를 확인한 윤우가 주택 대문 앞에 붙어 있는 주소를 확인했다. 그러다 한 단독주택 앞에서 멈춰 섰다. 복지사가 알려준 주소와 같은 주소였다. 3층짜리 단독주택이었는데 집 주소엔 2층으로 되어 있었다. 윤우가 안주머니에 챙겨온 할머니의 편지를 꺼내 들었다. 김달자 할머니가 아들에게 쓰다 만 편지였지만, 더 늦기 전에 전해주고 싶어 챙겨온 참이었다. 할머니가 만약 이대로 세상을 떠나게 되어 아들과 재회하지 못한다면, 그녀의 마음이 너무나 무거울 것 같았다.

편지를 그대로 전할까, 할머니 대신 마저 완성할까 고민하다 이것이 처음이자 마지막 편지가 될 수도 있다는 생각에 두어 문장만 덧붙여 놓았다. 캘리그래피를 하면서 여러 서체를 훈련해 온 탓에, 할머니의 서체는 몇 번의 필사 끝에 금방 따라 쓸 수 있었다. 할머니의 글씨는 삐뚤빼뚤 꾹꾹 눌러쓴 글씨였지만, 한 글자 한 글자 정성이 느껴지는 글씨였다. 윤우가 봉투에서 편지지를 꺼내어 다시금 읽어보았다.

여러 번 읽고 또 읽고 왔지만, 막상 아들 최민호에게 전한다 생각하니 과연 잘하는 짓인지 모르겠다.

―벌써 삼십여 년이 흘렀구나. 지금쯤이면 네 나이가 사십이 훌쩍 넘었겠지. 엄마는 이제 일흔을 앞두고 있단다. 한 세월이 이렇게 무상하게 흘러버렸구나. 내 아들, 민호야. 너는 어떠케 지내고 있니?
보고 싶구나. 하지만 네가 보고 싶어 하지 않아도 나는 괜찮다. 네가 언제 어디에서나 잘 지내기를 멀리서 기도하마.

그녀가 편지를 접고 봉투에 다시 집어넣는데, 2층 문이 열리면서 누군가가 나왔다. 최민호를 대면할 마음의 준비는 하고 오지 않았기에 윤우가 허둥지둥 그 자리를 피해 다른 집 담벼락에 기대어 몸을 숨겼다.
대문으로 나온 사람은 오십대로 보이는 중년 남자였다. 최민호가 아니라 같은 집에 살고 있는 다른 사람일 수도 있고, 집에 찾아온 손님일 수도 있었다. 하지만 그 남자를 보는 순간 윤우는 직감적으로 그가 최민호라는 것을 알았다. 할머니와 어딘가 닮게 느껴졌다.
윤우가 소리 내지 않고 걸음을 옮기며 어디로 가는지 살펴보았다. 남자는 골목길을 지나 걸어가더니 세워둔 차에 올랐다. 외출을 하는 건지 늦은 출근을 하는 건지 알 수 없었다. 그가 어떤 사람인지 궁금했다.
차가 골목길을 빠져나가고 대로변으로 향하는 사이 윤우가 얼른 대로변으로 뛰어가 택시를 잡아탔다. 앞에 가는 승용차를 뒤따라가 달라고 부탁을 하니, 택시기사가 일단은 따라가면서 연유를 물어왔다.
"돈 떼어먹고 도망친 사기꾼이에요. 꼭 잡아야 하니까 부탁해요, 기사양반."

"세상에, 어디 사기 칠 데가 없어 나이 든 분한테 사기를 쳤단 말이에요?"

"그래요. 이 늙은이가 평생 모은 쌈짓돈을 저놈 때문에 홀랑 날렸다우."

"저런 쳐 죽일 놈이 있나. 할머니, 걱정 마십쇼."

그러더니 택시기사가 최민호의 차를 바짝 따라붙었다. 그도 살면서 사기를 한 번 당한 것인지, 운전하는 내내 택시기사의 얼굴이 붉으락푸르락해서 뒷좌석에 앉아 있던 윤우가 오히려 사고가 날까 봐 조마조마했다.

차는 시내를 이십여 분 정도 달리더니, 충무로 근처에 있는 건물 주차장으로 들어갔다. 윤우가 택시에서 내린 후 건물 근처를 둘러보았다. 최민호의 차가 들어간 건물은 한 건설사의 본사였다.

'대영건설?'

어디선가 들어본 이름이었다. 노트북을 꺼내 들고 검색해 보니, 이번 시장 뇌물수수 의혹과 연관이 있는 건설사였다. 시장에게 리베이트 명목으로 뇌물을 건넸다고 제보한 건설사 간부가 바로 대영건설의 임원이었다. 처음엔 중견 건설사라고만 보도되었지만, 사건이 커지고 언론들이 너도나도 기사를 써대면서 건설사의 이름까지 알려진 상태였다.

윤우가 노트북을 가방에 넣고 지하주차장으로 내려가 보았다. 주차된 최민호의 차를 발견했지만 주차 공간이 직원용과 방문용으로 나누어 있지는 않았다. 최민호가 여기 직원인지 물어보기 위해 윤우가 밖에 있는 주차관리실로 향하는데, 먼발치에 있는 엘리베이터에서 '땡' 하고 기계 소리가 났다. 최민호일 수도 있단 생각에 그녀가 다른 차들 뒤로 가서 몸을 숨기고, 엘리베이터에서 내리는 사람을 살펴보았다.

최민호와 또 다른 중년 사내가 엘리베이터에서 나오더니 최민호의 차가 주차된 곳으로 걸어갔다. 두 사람은 뭔가 심각한 일이 있는지 얼굴이 굳어 있었다.

"그렇다고 여길 찾아오면 어떡하나. 알려지기라도 하면 그땐 어쩌려고."

"전화를 안 받으니까 그런 거 아니요. 벌써 검찰에서 내사 들어갔다는 소문이 파다한데, 이쪽에서 아무 대책도 없는 것 같으니 찾아올 수밖에."

"아, 글쎄, 걱정 말래도 그러네. 이쪽에서 다 손을 써놨어."

"어떻게 말이요?"

건설사 직원으로 보이는 중년 사내가 주차장에 아무도 없나 주위를 둘러보더니, 주위가 조용하자 다시 입을 열었다.

"이번 서울시장 뇌물 사건 터진 거, 그게 뭣 때문이라고 생각하는 거야? 우리가 괜히 아무 득도 없이 검찰에 협조했겠어?"

어딘가 불안해 보였던 최민호의 얼굴에 안도하는 기색이 역력하게 나타났다. 차 두어 대를 사이에 두고 숨어 있던 윤우는 건설사 직원이 목소리를 낮추자 몸을 앞쪽으로 더 숙이고 귀를 기울였다.

"그럼 그 대가로 우리 일은 검찰에서 눈감아주기로 한 거요?"

"그렇다니까. 그러니까 이렇게 찾아오지 말고 당분간 몸을 숨기고 있으라는 걸세. 검찰에서 눈감아주고 싶어도, 경찰 측에 꼬리가 밟히면 검찰에서도 어쩔 수 없게 된다고."

최민호가 상황을 파악한 듯 고개를 끄덕이고는 운전석 문을 열었다. 그러다 마음에 걸리는 게 아직 남아 있는지 돌아서려는 사내를 잡았다.

"한데 서울시장을 건드려서 괜찮겠소? 서울시 관련 사업은 앞으로 하기 힘들 텐데."

사내가 피식 콧방귀를 뀌었다.

"시장은 4년짜리고 검찰은 40년짜리야. 설혹 나라장터 일이 걸린다고 해도 그래 봐야 벌금형이야. 이번 일을 봐주고 있는 게 검찰뿐인 줄 아나."

"여의도 쪽에서도 봐주고 있단 말이오?"

"지금 시장이 낙마하기를 누가 제일 바랄 것 같은가? 검찰에시 괜히 없는 사건까지 만들어서 서울시장을 기소했겠어? 무죄 나올 걸 뻔히 알면서도."

"그렇다면야……."

최민호가 알겠다는 양 고개를 주억거리더니 운전석에 올랐다. 건설사 직원이 창문을 두드리자, 최민호가 창문을 내렸다. 직원은 안주머니에서 흰 봉투를 꺼내더니, 열린 창으로 건넸다.

"이거 받게. 애들 밥 사주라고 사장님께서 따로 챙겨주신 거네."

"고맙소."

창이 닫히고, 차가 주차장을 빠져나갔다. 건설사 직원이 엘리베이터를 탈 때까지 숨죽이고 쪼그려 앉아 있던 윤우가 직원이 탄 엘리베이터가 위로 올라가는 걸 확인한 후에야 참았던 숨을 토해냈다. 너무 오랫동안 쪼그려 앉아 있었더니 다리가 저릿저릿했다. 윤우가 비틀비틀 일어서서는 두 다리를 주무르고 뚜덕였다.

다리는 시간이 좀 흐르자 다 풀려서 괜찮았지만, 머릿속은 풀리지 않았다. 최민호가 검찰에 제보한 건설사와 연관이 있는 자라는 것도 놀라운 사실이지만, 검찰에서 눈감아주기로 한 일이 실제로 있다는 것도 놀라웠다. 나라장터라면 입찰에 관련된 일일 텐데 최민호가 건설사 측과 입찰에 관련해서 무슨 짓을 한 걸까.

나라장터가 조달청에서 국가기관이나 지자체에서 하는 각종 사업에 대해 입찰을 주관할 때 사용되는 컴퓨터시스템이라는 것 정도는 윤우도 알고 있었다. 정부기관에서 홍보 사업이나 책자발간 사업을 입찰에 붙일 때, 윤우가 편집디자이너로 일했던 홍보대행사에서도 나라장터를 통해 입찰에 참여한 적이 있었다.

자세하게 최민호와 건설사가 한 짓이 무엇인지는 모르겠지만, 분명한 건 그 일을 덮어주는 조건으로 서울시장에게 뇌물수수혐의를 뒤집어씌우려는 검찰에게 협조했다는 것이다.

우연치고는 너무 딱 들어맞게, 누군가 그녀를 위해 준비한 것처럼 알게 된 사실에 윤우는 얼떨떨했다. 박경휘 말처럼 정말 귀신이 그녀를 도와주고 있는 건가 싶다.

지하주차장을 나온 윤우가 근처에 있는 카페에 들어갔다. 커피를 한 잔 시켜놓고, 가방에 도로 넣어둔 김달자 할머니의 편지를 꺼내보았다. 이 편지를 전해주는 게 잘하는 일일까. 직접 만나서 그 일에 대해 검찰에 밝히라고 할까. 지금 구속되어 있는 정무비서관 안준연은 40여 년 동안 헤어져 있던 네 엄마가 재혼해서 낳은 아들이라고, 그러니까 네 이복동생이라고 거짓말을 해볼까. 아니면 안준연이 그동안 엄마를 보살펴 준 은인이니, 그가 풀려날 수 있도록 도와달라고 부탁을 해볼까.

카페에 앉아 해가 저물 때까지 생각해 보았지만 아무리 생각을 해보아도 최민호가 40년 만에 만난 엄마의 부탁을 들어줄 것 같지는 않았다. 오히려 어릴 적 버리고 갔던 엄마를 원망하며, 더 못되게 나올 수도 있었다.

'하아, 자식새끼가 애물단지라더니……'

윤우가 아파오는 머리에 이마와 관자놀이를 손끝으로 꾹꾹 눌렀다.

머리를 식히고 어떻게 할지 다시 생각해 보기로 했다. 담배 한 대를 피우려고 카페 밖에 있는 편의점에서 담배와 라이터를 사왔다. 흡연실로 들어가 담배에 불을 붙이는데, 한 모금 들이마시니 목구멍으로 역겨운 맛과 냄새가 가득 올라왔다. 할머니가 담배를 전혀 피우지 않았던 것인지, 원래부터 할머니 몸에 담배가 안 맞았던 것인지 그녀가 살아 있을 때는 거의 느끼지 못했던 화학물질의 맛과 향이 그대로 느껴졌다. 윤우가 한 모금을 더 빨자 눈앞이 핑 돌면서 어지럽기까지 했다. 결국 담배를 재떨이에 비벼 끄고, 담배 연기를 피해 흡연실을 나왔다.

리필한 커피 한 모금으로 입안에 남아 있는 담배 맛을 지워 버린 윤우가 테이블 위에 올려둔 편지를 다시 펼쳤다. 김달자 흉내를 내어 써 넣은 문구를 보다가 이내 연필 꼭지에 붙어 있는 지우개로 쓱쓱 지워 버렸다.

'그래, 김달자의 몸으로 산다고 해서 내가 김달자일 수는 없다.'

김달자로서가 아니라 김달자의 몸으로 살고 있는 박윤우로서 연필을 잡았다. 지워진 여백에 딱 한 문장을 써넣고, 편지지를 접어 다시 봉투에 집어넣었다. 그리곤 최민호의 주소를 적은 종이를 꺼내 펼쳤다. A4용지여서 편지글을 쓰기에 충분한 크기였다. 윤우가 종이 뒷면에 최민호와 건설사 직원이 나누었던 이야기를 적어 내려갔다.

카페를 나온 그녀가 근처에 있는 우체국을 찾아갔다. 서울시장 변호인단과 최민호에게 직접 건네질 수 있도록 등기우편으로 두 통의 편지를 부쳤다. 익명의 제보가 과연 얼마나 도움이 될지, 설혹 도움이 된다고 해도 안준연의 재판에 유리하게 작용할지는 알 수 없는 일이지만, 그녀의 제보가 조금이라도 도움이 되기를 바랄 뿐이었다. 그녀가 김달자가 되고, 김달자의 아들이 최민호인 건 다 우연을 가장한 필연일지도 모른다는 생각이 들었다. 그 우연의 끝에 어떤 필연이 있는

외탁

것인지 앞으로 어떤 모습의 우연이 그녀 앞에 펼쳐질지 아무것도 모르겠지만 말이다.

김달자 할머니의 집 근처에 도착한 건 어둑하게 땅거미가 질 무렵이었다. 12월로 넘어가자 해가 눈에 띄게 일찍 저물었다. 하루 종일 바깥을 돌아다닌데다 이런저런 일로 머리를 싸맸더니 몸이 천근만근이었다. 그녀의 원룸으로 돌아갈까 했지만, 할머니에게 밥을 얻어먹어 온 고양이들이 마음에 걸렸다. 날이 따뜻한 것도 아니고 이렇게 추운 날 고양이들이 밥까지 못 먹으면 죽을 수도 있었다. 고양이들 밥을 대야에 한가득 부어놓고 갈 생각으로 윤우가 할머니 집이 있는 비탈진 골목길을 꾸역꾸역 올라갔다.

윤우가 시근거리는 무릎 부위의 통증을 꾹 참고 삼거리로 갈라지는 곳을 지나쳐 가는데, 슈퍼마켓 문이 드르륵 열리면서 할아버지가 밖을 내다보았다. 할아버지는 김달자 할머니인 걸 확인하고는 얼굴 가득 반가운 웃음을 그리더니 자기한테 오라는 듯 휘휘 손짓을 했다. 윤우가 갈까 말까 망설이다가, 너무나 반가워하는 할아버지를 차마 모른 척할 수가 없어서 슈퍼마켓 쪽으로 걸어갔다. 할아버지는 새 질질이를 끌고 나왔다.

"튼튼한 걸로 샀으니까 많이 담아도 끄떡없을 걸세."

"아이고, 참. 이러지 않으셔도 되는데……."

빈말이 아니라 진심으로 윤우가 왜 샀느냐며 타박을 섞어 말하자, 할아버지가 살짝 서운한 얼굴을 했다.

"사주고 싶어서 그러는데 왜 그러는가. 자네가 나 먹으라고 그렇게 많이 해다 줬는데, 내가 이거 하나 사주는 걸 아까워할 것 같았어?"

아무래도 할아버지만 해바라기했던 관계는 아니었나 보다. 옆집 사는 사이지만 두 사람 다 홀로 사는 외로운 신세이니, 서로 살뜰하게 살피며 위해주었나 보다. 윤우가 서운해하는 할아버지에게 웃어 보이며, 새 질질이를 챙겼다.

"미안해서 그러죠. 이거 사려면 한두 푼이 아닐 텐데. 할아버지가…… 아니, 오라버니가 하루 종일 고생해서 버는 돈을 나 때문에 쓴다는 게 좀 그래서요."

'오라버니'라는 호칭에 할아버지 얼굴이 환해졌다.

"으이구, 미안하기는. 돈이야 있을 때도 있고 없을 때도 있는 것이지."

윤우가 무슨 말을 해야 좋을지 몰라 그냥 빙긋이 미소만 짓자, 할아버지가 어여쁜 사람을 보는 듯 윤우를 빤히 쳐다보았다. 감사의 표시로 뽀뽀를 기대하고 있는 건가 싶어, 그녀가 허둥지둥 질질이를 끌고 몸을 돌렸다.

"그럼, 들어가세요. 전 가볼게요."

"응? 그냥 들어가게? 저녁 안 먹었으면 짜장면 시켜서 같이 먹을까 했는데……."

"너무 피곤해서요. 가서 좀 자려고요."

할아버지가 아쉬운 얼굴로 김달자 할머니의 뒷모습을 쳐다보고 있다가 퍼뜩 무슨 생각이 났는지 아차 싶은 얼굴로 손뼉을 쳤다.

"참, 내 정신 좀 봐. 해야 할 말은 안 하고 여태껏 딴소리만 내리 했네."

걸어 올라가고 있던 윤우가 멈춰 선 채 할아버지를 돌아보자, 할아버지가 손바닥을 오므려 모으더니 잘 들으라는 듯 입에 대고 외쳤다.

"아까 누가 찾아왔었어. 자네를 찾는다고 해서 내가 집을 알려줬네."

심장이 철렁 내려앉았지만 윤우가 내색하지 않고 물었다.

"누가요?"

외탁 235

"글쎄, 이름은 모르겠고 오십쯤 되는 남자였는데 내가 자네 있는 곳을 알 수가 있나. 그래서 집을 알려줬지, 저녁에는 들어오니까 기다려 보라고."

"어떻게 생겼어요?"

"그냥 평범하게 생겼던데. 근데 집 앞에 있을지는 모르겠어. 아까 한참 전에 왔다 갔거든. 날이 추워서 기다리기는 힘들었을 거야."

"예, 그렇겠네요."

윤우가 혼잣말처럼 대꾸를 하고는 몸을 돌렸다. 아들 최민호가 사회복지사에게 연락을 받고 찾아온 걸까, 아니면 할머니의 지인이나 친척이 찾아온 걸까. 그도 아니면 검은 코트의 남자가 찾아온 걸까. 왠지 불안하고 가슴이 조마조마했다.

혹시나 집 앞에 있을지도 모른다는 생각에 발소리를 죽였다. 골목 중간에 질질이를 세워놓고 숨죽여 걸어가며 할머니 집 근처를 살펴보았다. 그러다 대문 옆 담벼락 아래 서 있는 사람을 보고는 흠칫 얼어붙었다. 어둑하게 땅거미가 진 골목길이어서 언뜻 봐서는 확실치 않았는데, 머리끝부터 발끝까지 온통 검은 옷을 걸친 남자가 서 있었다. 아무리 눈을 가늘게 좁히고 살펴봐도 발아래에 있어야 할 그림자가 보이지 않았다.

11부
(●(● (● (● ○ (● ●

고양이

  지금은 대답할 수 없었다. 마음에 걸리는 사람이 누구냐는 질문에 헤어진 아들이라고 차마 답할 수는 없었다. 최민호가 죽으면 대영건설사와의 일이 이대로 묻힐 것이고, 그럼 안준연이 감옥살이를 하게 될 수도 있었다. 아니, 그런 걸 다 떠나 삼십여 년이나 헤어져 있던 김달자 할머니와 아들 최민호를 죽음으로 영원히 작별하게 만들 수는 없었다.

  땅 위에 있는 돌멩이처럼 꼼짝 않고 서서 검은 코트의 남자를 바라보던 윤우가 어느 순간 뒷걸음질을 쳤다. 이대로 세상을 떠날 수는 없었다. 개똥밭 같은 이승이라 해도 아직은 더 굴러다니고 싶었다. 할머니마저 죽게 내버려 두면 그녀는 원룸에 있는 자신의 시신 옆에서 꼼짝없이 사자(死者)를 기다리는 것밖에 할 수 있는 게 없다는 생각이 들자, 발길이 저절로 돌려졌다. 멀리서 그 남자의 목소리가 들려왔다.

"김달자 씨 되십니까?"

말소리에 이어 귓가로 그 남자의 발소리가 들려오자, 윤우가 뛰기 시작했다. 무릎이 시큰거리고 아팠지만 그걸 신경 쓸 때가 아니었다. 일단은 도망쳐야 했다. 저 남자를 피해 어디로든 가야 한다. 윤우가 있는 힘을 다해 내리막을 뛰어 내려갔다. 가파른 언덕길이라 속도가 점점 빨라졌는데 무릎에서 느껴지는 통증이 점점 거세졌다. 속도를 줄이고 싶었지만 뒤에서 따라잡을 것만 같았다. 그 남자가 그녀의 어깨를 잡아채 버릴 것 같아 속도를 줄일 수가 없었다. 심장이 터질 것처럼 두방망이질 쳤다.

슈퍼마켓 유리문을 통해 힐아버지가 후다닥 뛰어가는 그녀를 보곤 어리둥절한 얼굴로 문을 열고 나왔다.

"이보게! 왜 그러는가?"

돌아보지 않고 뛰어 내려갔다.

언덕 아래로 대로변이 보이자 그녀가 멈춰 섰다. 더 멀리 도망쳐야 한다는 생각이 들었지만 더 이상 뛸 수가 없었다. 숨 쉬기가 어려울 정도로 가슴 부근이 뻐근하게 아파왔고, 숨이 찼다. 다리가 후들거리고 두 손이 바들바들 떨려왔다. 김달자 할머니의 몸은 더 이상 뛰면 죽을 것 같았다. 멈추라고, 제발 멈추라고 할머니의 몸이 비명을 질러댔다. 윤우가 후들후들 떨리는 다리를 억지로 움직여 주위에 숨어 있을 만한 곳이 없나 둘러보았다. 그러다 주택 사이에 난 작은 골목이 있는 것을 보고 그 안으로 들어갔다.

그녀가 숨을 헐떡이며 좁은 골목길 안의 어느 집 담벼락 아래에 주저앉았다. 바닥에 앉아 숨을 내쉬자 눈앞이 어지럽고 한기가 느껴졌다. 뛰어 내려오는 동안 땀이 흘렀는지 차가운 밤바람에 땀이 식으면서 등골이 써늘했다. 윤우가 담벼락에 등을 기대고 두 눈을 감앉다. 가슴 부근에서 칼로 에는 듯한 통증이 느껴졌는데, 거칠었던 숨이 한결 잦아들었는데도 통증이 가라앉지 않았다.

"으으…… 죽겠네."

윤우가 작게 중얼거리며 손바닥으로 가슴 부근을 쓰다듬었다. 한데 땅바닥에 늘어뜨리고 있던 다른 손에 무언가가 스치는 듯한 감촉이 느껴졌다. 설마 섬은 코트의 남자인가 싶어 윤우가 화들짝 놀라며 눈을 뜨고 쳐다보다가 고양이인 걸 확인하고는 안도의 숨을 뱉어냈다.

"야, 깜짝 놀랐잖아."

윤우가 타박하는 소리를 했음에도 노란빛의 고양이는 윤우의 주위를 맴돌며 슬쩍슬쩍 몸을 비벼댔다. 아무래도 할머니가 밥을 챙겨줬던 그 고양이인 듯했다. 자세히 살펴보니 처음 할머니 집에 왔을 때 그녀를 반가워하며 대문 밖까지 따라왔던 그 고양이였다. 골목길을 배회하다 그녀를 보고는 따라왔나 보다. 고양이는 기운 없이 늘어뜨린 윤우의 손바닥에 쓰다듬어 달라는 듯 머리를 부비더니 좁은 품 안으로 쏘옥 들어왔다.

"아이고……."

무릎을 세우고 앉아 있어서 품이 좁았는데, 그 좁은 품을 파고드니 기가 막혔다. 날이 추워서 따뜻한 곳을 찾고 있었던 걸까. 아니면 오랜만에 보는 할머니가 반가워 이러는 걸까. 윤우가 기운이 없어 고양이를 더 끌어안아 주지는 못하고, 가슴 부근을 어루만지고 있던 손으로 고양이의 등을 쓰다듬어 주었다. 고양이 등이 따뜻하고 부드러워서 그런 건지, 이상하게 땅이 꺼지는 것처럼 몸이 축 처졌다. 빙빙 돌던 눈앞이 어느 순간 아득해지면서 시커먼 어둠이 찾아왔다. 고양이를 쓰다듬던 윤우의 손길이 멈춰지고, 두 눈이 스르르 감겼다.

짧은 순간이었다. 아주 짧은 순간 눈을 감았다 떴을 뿐이었다. 귓가로 슈퍼마켓 할아버지의 목소리가 들려왔다.
"이보게, 정신 차리게."
할아버지가 어깨 부위를 잡고 흔드는지, 몸이 흔들거렸다. 윤우가 나른함을 떨치려고 몸을 쭈욱 펴고는 괜찮다는 말을 건넸다.
"이야옹."
'응?'
윤우가 어리둥절해하며 고개를 갸웃하는데, 갑자기 할아버지가 그녀의 엉덩이를 탁 때렸다.
"비켜, 인석아."
윤우가 눈을 끔벅거리며 할아버지를 올려다보았다. 할아버지는 그녀를 쳐다보지 않고, 다른 곳을 쳐다보고 있었다. 할아버지의 눈이 향하는 곳으로 고개를 돌려보니, 김달자 할머니가 벽에 등을 기대어 앉은 채 두 눈을 감고 있었다.
'어?'
윤우가 고개를 숙이고 자신의 몸을 확인하려는데, 할아버지의 큰 손이 자신을 밀어냈다. 땅바닥으로 내려간 그녀가 벌떡 일어서서는 할머니와 할아버지를 쳐다보았다. 할아버지가 앉아 있는 할머니의 뺨을 때리며 정신 차리라고 소리를 쳐댔다.
"이보게, 왜 이러는가. 정신 좀 차려보게."
윤우가 그 모습을 멍하니 쳐다보고 있다가 문득 자신이 두 사람을 올려다보고 있다는 걸 깨닫고는 고개를 숙여 자신의 몸을 쳐다보았다.
'헉!'
눈앞에 땅을 딛고 서 있는 앞발이 보였다. 한쪽 발을 들어 올려 자세히 쳐다보자, 보송보송한 노란색 털로 감싸인 동그랗게 오므린 고양이 발이 눈에 들어왔다. 발을 쫙 펴보자, 발 속에 숨어 있던 날카롭고 길쭉한 발톱이 드러났다. 호떡 뒤집듯 발을 뒤집자, 콩떡 같은 발바닥이 눈에 들어왔다.

'맙소사, 이젠 고양이가 된 거야?'

윤우가 자신의 몸을 보려고 고개를 돌리자, 등허리와 꼬리가 보였다. 진짜 고양이가 되어버렸나 보다. 정말 자신의 꼬리인지 확인해 보려고 엉덩이에 힘을 주고 흔들자, 꼬리가 살랑살랑 흔들렸다. 이게 어찌 된 일인지, 어떻게 이럴 수가 있는 건지 운명이란 놈과 무릎을 맞대고 이치를 따져 보고 싶었지만, 운명이란 놈을 찾을 수도 없었고 지금은 따질 때도 아니었다. 김달자 할머니의 의식이 돌아오지 않고 있었다. 할아버지가 부들부들 손을 떨며 주머니에서 핸드폰을 꺼내 119에 전화를 걸었다.

"여기 사람 죽게 생겼소. 빨리 좀 와줘요."

갑자기 너무 빨리 뛰어서 심근경색이 온 걸까? 아니면 이런저런 일로 머리를 너무 많이 써서 뇌혈관이 터진 걸까?

윤우가 안절부절 어쩔 줄 몰라 하며 할머니를 쳐다보다가, 엄마가 쓰러졌을 때의 일이 생각나 옆으로 늘어져 있는 할머니의 손으로 다가가 손가락 하나를 꽉 깨물었다. 그녀의 엄마도 처음 쓰러졌을 때 사혈을 했더니 의식을 되찾았었다. 뭉친 피가 갑작스러운 뜀박질로 심장이나 뇌혈관 어딘가에 흘러들어 가 꽉 막고 있는 것일 수도 있었다. 윤우가 반대쪽 손도 깨물려고 하는데, 마침 통화를 끝낸 할아버지가 윤우의 머리를 때렸다.

"그만하지 못해. 이 사람이 그렇게 애지중지 챙겨줬는데, 은혜는 갚지 못할망정 쓰러진 사람을 깨물어?"

할아버지의 손이 너무 매섭고 아파서 머리가 한동안 띵했다. 윤우가 비틀거리며 옆으로 비켜서자, 할아버지가 할머니의 팔다리를 주무르며 울먹였다.

"도대체 뭣 때문에 그렇게 뜀박질을 한 거야? 심장도 안 좋은 사람이 죽으려고 작정을 했나?"

할머니는 여전히 두 눈을 감고 있었다.

"여보게, 제발 정신 차리게. 이렇게 가면 안 되네."

할아버지가 눈물을 줄줄 흘리며 팔다리를 연신 주무르더니 설마하며 할머니의 코에 귀를 가져갔다. 그래도 다행히 숨결이 약하게 있는지 할아버지가 안도의 숨을 내쉬었다.

멀리서 응급차 사이렌 소리가 들려왔다. 구조대가 오자, 할머니의 심장박동을 확인하고는 바로 들것에 실어 차에 태웠다. 할아버지가 보호자를 자처해 응급차를 함께 타고 가버리자 골목길에 윤우만 남게 되었다. 아무 일도 없었던 것처럼 골목길은 다시 고요해졌고, 어둠만 짙게 깔려 있었다.

윤우가 자신의 손을 다시 들어 올리고 살펴보았다. 아무리 들여다봐도 고양이 앞발이었다. 사실 들여다보지 않아도 고양이가 되었다는 걸 온몸으로 느낄 수 있었다. 골목길에 있는 집들이 엄청나게 높아 보였고, 집 앞에 놓인 화분들이 그녀의 키를 훌쩍 넘어 작은 공원처럼 느껴졌다. 무엇보다 코 아래 수염으로 느껴지는 바람결과 그전에는 맡지 못했던 온갖 냄새가 놀라울 정도로 미묘하게 구분이 되어서 윤우는 이리저리 살펴보고 있던 앞발을 내렸다.

어느 순간 쫑긋한 두 귀로 누군가의 발자국 소리가 들려왔다. 사람이었을 때에는 듣지 못했을 먼 곳에서 나는 소리였다. 윤우가 살금살금 걸어가 발자국 소리가 나는 곳을 따라가 보니 검은 코트의 남자가 언덕 아래를 내려가고 있었다.
'어디로 가고 있는 걸까?'
윤우는 검은 코트의 남자가 버스정류장으로 가는지, 아니면 김달자 할머니가 있는 응급실로 가는 것인지 확인하려고 그 뒤를 따라갔다. 고양이가 된 게 좋긴 좋았다. 발소리가 나지 않으니 그는 눈치채지 못했다. 하지만 몇 걸음 더 길었을까. 언덕을 거의 다 내려간 그가 문득 몸을 돌려 어두운 골목길을 둘러보더니, 윤우를 쳐다보았다. 윤우는 지나가던 길고양이인 양 그를 힐끗 보고는 쓰레기봉투가 버려져 있는 곳을 찾았다.
"인도자께 전해주시겠습니까?"
'인도자?'
윤우가 발길을 멈추고 쳐다보자, 검은 코트의 사내가 가까이 다가와 무릎을 쪼그리고 앉더니 두 눈을 마주 보았다.
"김달자 씨에게 아직 대답을 듣지 못했으니, 조금만 더 기다려 달라고 전해주십시오."
윤우는 숨을 죽이고 그의 얼굴만 빤히 쳐다보았다. 그는 몸을 일으키더니 허리를 숙여 인사하고는 가던 길을 다시 내려갔다.
'이 고양이가 인도자를 알고 있는 건가? 근데 고양이가 인도자한테 어떻게 전할 수 있다는 거지? 그자는 고양이 말을 알아듣는 건가?'
인도자가 누구인지, 어디에 있는지 아무것도 모르지만 고양이 말을 알아들을 수도 있겠다는 생각이 들었다. 검은 코트의 사내도 너무나 당연하다는 듯이 고양이인 그녀에게 말을 건네니 말이다.
일단은 그를 다시 뒤따라갔다. 그는 버스를 타지 않고 어두운 밤길을 계속 걸었다. 어디로 가는 걸까. 그가 횡단보도를 건너더니 방향을 틀었다. 도로 맞은편 길을 따라가면서 건너편에 있는 그를 지켜보았다.

삼십여 분 정도 걸었을까. 꽤 먼 거리를 온 듯했다. 그는 어느 지점에서 발길을 멈추더니 건물을 올려다보았다. 병원이었다. 그는 건물 안으로 들어가 버렸다. 그가 김달자 할머니를 찾아갔다는 것은 확인하지 않아도 알 것 같았다.

윤우가 근처에 있는 횡단보도로 달려갔다. 김달자 할머니의 의식이 돌아온다면 분명 마음에 걸리는 사람이 누구인지 그에게 대답할 것이다. 그 이후를 알고 싶었다. 할머니의 죽음이 누구에게 닿게 되는지 알아야 했다.

마구 달리던 그녀가 횡단보도 앞에 멈춰 서자, 서 있던 행인들이 윤우를 신기하게 쳐다보았다. 그중 젊은 아가씨가 몸을 숙이고 말을 걸었다.

"어머, 너 지금 파란불 기다리는 거니?"

윤우가 무슨 말인지 모른다는 양 고개를 갸웃거렸더니, 젊은 아가씨가 깔깔거리며 옆에 있는 젊은 남자를 돌아보았다. 애인 사이인 듯했다.

"얘 좀 봐. 완전 사람같이 굴어."

젊은 남자도 신기해하는 눈치였지만, 짐짓 별일 아니라는 듯 시큰둥하게 대꾸했다.

"고양이들이 얼마나 똑똑한데. 지들도 도시에서 사는데 그냥 건너면 차에 치여 죽는다는 것쯤 알고 있는 거겠지."

"그래도 너무 똑똑하잖아. 얘는 나중에 표 끊고 지하철도 탈 것 같은데."

여자가 허리를 숙이더니 윤우를 귀엽다는 듯 쳐다보며 손을 내밀었다. 쓰다듬어 주고 싶으니 가까이 와달라는 것 같았다.

막상 고양이가 되어보니 사람의 손이 굉장히 거대하게 느껴졌다. 돌우산을 드리우는 느낌이었는데, 왠지 짓눌릴 것 같아 자신도 모르게 경계하며 뒷걸음질쳤다.

고양이보단 그 여자를 더 귀엽다는 듯이 보고 있던 젊은 남자가 옆에서 한마디 했다.

"길고양이들이 얼마나 경계를 심하게 하는데, 만지게 해주겠어?"

"치잇, 예뻐서 쓰다듬어 주려고 한 건데."

"야, 파란불이다. 가자."

사람들이 횡단보도를 건너기 시작하자, 윤우도 쏜살같이 달려 길을 건넜다. 그녀의 뒤쪽에서 걷고 있던 사람들이 신기하고 귀엽다는 양 웃기도 하고, 감탄하기도 하는 소리가 들려왔다.

병원 정문으로 들어가면 사람들이 내쫓을 것 같아, 윤우가 건물 주위를 빙 돌며 들어가는 길을 찾았다. 역시 그녀의 예상대로 뒤편으로 가보니, 응급차가 진입할 수 있는 입구가 따로 있었다. 사람들이 나와 쉴 수 있도록 벤치와 휴지통이 설치된 곳이었는데, 응급실 바로 옆에 장례식장 입구도 있었다.

날이 어둑한데도 주변의 인기척이 잘 느껴졌다. 인간이었을 때보단 세상이 선명하게 보이지 않았지만, 수염으로 느껴지는 감촉과 귓가로 들려오는 소리로 주위에 누가 있는지 알 수 있었다. 윤우는 응급실 앞에서 서성이고 있는 슈퍼마켓 할아버지를 보고는 조심스럽게 다가갔다.

"야옹."

소리를 내자, 할아버지가 고개를 들어 그녀를 쳐다보더니 신기해하며 걸어왔다. 윤우가 할머니의 상태를 묻는 듯 응급실 문과 할아버지를 번갈아 쳐다보자, 할아버지가 몸을 쪼그리고 앉아 말을 건넸다.

"할머니가 걱정돼서 찾아온 거냐?"

"야옹."

할아버지가 가까이 오라는 듯 투박하고 주름진 손을 내밀었지만, 아까 머리를 때렸던 일이 기억나 윤우가 두어 걸음 떨어진 상태로 가만히 쳐다보기만 했다. 그러자 할아버지가 미안한 얼굴로 손을 거둬 들였다.

"아까 때려서 미안하다. 나는 네가 상황 모르고 그 사람한테 뭔 짓을 하는 줄 알고 그랬지 뭐니. 응급실 의사가 그러는데, 바로 사혈을 해서 그나마 목숨을 건진 거라고 하더라. 급성심근경색이라면서 그대로 세상 떠날 뻔했다고 그러시 잖겠니."

"야옹."

윤우가 안도하는 소리를 내고는 할아버지에게 가까이 걸어가자, 할아버지가 손을 내밀어 그녀의 등을 쓰다듬어 주었다.

"그 사람을 살리려고 그랬던 거였지? 나는 그것도 모르고. 정말 미안하다."

"야옹."

"미물도 은혜를 갚는다고 하더니, 네가 그렇구나."

"이야옹, 야옹, 이야야야옹."

"그래, 그래. 아까는 정말 미안했다."

검은 코트의 남자가 응급실로 들어갔느냐 물었던 것이지만 할아버지는 알아듣지 못했다. 윤우가 답답해서 하늘을 한 번 올려다보고는 할아버지를 내버려 둔 채 응급실 문 쪽으로 걸어갔다. 한데 자동문이 스르르 열리면서 안에서 간호사가 나왔다.

"김달자 씨 보호자님, 들어오시겠어요? 의사선생님이 찾으세요."

"예. 예."

윤우가 그사이에 안으로 들어가 보려 했지만, 고양이를 발견한 간호사가 문을 가로막고 서서는 혼내듯 소리쳤다. 자동문이 닫히고 있었다.

"야, 들어오면 안 돼. 여기가 어디라고 들어오려고 하니."

"아이구, 미안해요. 이 녀석이 그 사람을 많이 따라서 그래요."

"할아버지도 참, 응급실에 고양이를 데려오시면 어떻게 해요. 털 날리면 큰일 난다고요."

"데려온 게 아니고, 지가 여기까지 찾아왔다우."

"그래요?"

간호사가 조금 신기하다는 듯 윤우를 쳐다보더니, 그래도 안 된다는 듯 엄한 표정을 지어 보이고는 안으로 들어갔다. 할아버지도 따라 들어가자 자동문이 다시 닫혔다. 문 앞에서 지켜보고 있던 윤우는 안에서 들려오는 소리에 귀를 기울였지만, 두 사람의 말소리만 들려왔을 뿐 다른 소리는 들려오지 않았다.

"할아버지, 혹시 고양이 만지셨으면 손 닦고 오세요."

"아, 맞다. 알겠수."

문 안에 대기실이 있었고, 치료실은 대기실을 지나 안쪽에 있었다. 검은 코트의 사내가 대기실에 있는지 살펴보았지만, 그는 보이지 않았다. 대기실엔 맨발로 뛰어온 듯한 젊은 엄마가 울고 있었고, 그 남편으로 보이는 사람이 서류가방을 든 채 의사와 이야기를 나누고 있었다. 아마도 아이가 다쳤다는 소식을 듣고 급하게 온 듯했다.

윤우가 응급실에 실려 갔었던 엄마를 떠올리며 고개를 숙였다. 그녀의 엄마가 응급실 안에서 심폐소생술을 받고 있을 때 그녀는 언니와 함께 대기실에서 울며 기다렸다. 지금 생각해 보면 엄마의 숨은 이미 멈췄는데, 대기실에 있는 딸들이 차분해질 때까지 의료진이 기다렸다가 알린 것 같다. 한 시간을 넘게 기다렸었으니 말이다.

"야옹."

엄마 생각이 나서 엄마를 불러보았지만 고양이 소리만 흘러나왔다. 정신을 차리고 다시 응급실 안을 쳐다보았다. 그러다 아이 아버지가 들고 있는 서류가방이 눈에 들어오자, 그녀가 들고 있던 노트북가방이 생각났다. 아까 급하게 할머니를 응급차에 싣고 가느라 가방을 골목길에 그대로 두고 갔었다.

무엇보다 마음에 걸리는 건 핸드폰이었다. 그녀의 핸드폰을 잃어버리면 언니 지우가 입원해 있는 병원에서 연락할 때 받을 수 없게 된다. 그녀의 이름으로 새 핸드폰을 개통하고 싶어도 고양이인 그녀가 개통하는 건 어려운 일이리라. 그럼 언니가 숨을 거둔다고 해도 연락받을 수 없게 된다. 설혹 소식을 듣는다고 해도 고양이인 그녀는 주위를 맴돌며 지켜보는 수밖에 없지만, 언니의 죽음을 모르고 있는 건 상상하고 싶지 않았다.

윤우가 몸을 돌려 응급실 마당을 뛰어나갔다. 다른 사람이 가져가기 전에 가방을 챙겨야 한다는 생각뿐이었다. 왔던 길을 되돌아 미친 듯이 뛰었다. 할머니에서 고양이로 된 게 참 좋은 점은 더 이상 무릎이 쑤시지 않는다는 점이었다. 몸이 너무 가볍고 날렵하게 느껴져서 아무리 빨리 뛰어도 힘들지가 않았다. 런닝화와는 비교가 안 될 정도로 네 발에서 탄력이 느껴졌다. 마치 용수철을 달고 있는 것처럼 앞발이 땅을 딛기도 전에 뒷발이 땅을 박차고 몸을 붕 뜨게 해주었다. 사람일 때 달렸던 느낌과는 너무나 달랐다. 사람의 몸으로 달릴 때에는 발바닥이 딱딱한 땅과 부딪치는 거라면 고양이로 달리는 건 마치 발끝이 땅을 스치듯 애무하는 것 같았다.

다행히 가방은 그 자리에 있었다. 밤중이라 눈에 띄지 않는 곳이기도 했고, 오고 가는 사람들도 거의 없는 좁은 골목길이어서 봤다고 해도 누군가 몰래 버리고 간 가방이라고 생각했던 것 같다. 그 안에 신상 모델의 사과 노트북이 있을 거라고는 상상도 못했으리라.

윤우가 가방으로 가서는 안을 뒤적이니 모든 물건이 그대로 들어 있었다. 문제는 그다음이었다. 이걸 끌고 할머니 집 어딘가에 숨겨놓는다고 해도 저 오르막길을 이 조그만 몸으로 과연 끌고 갈 수 있을지 난감했다. 손잡이를 입으로 꽉 물고 잡아끌자 가방이 질질질 끌려오기는 했지만 이빨이 뽑힐 것처럼 아파왔다.

'아놔, 이왕이면 큰 개로 빙의되면 좋았잖아. 리트리버나 진돗개였으면 입으로 거뜬히 가져갈 수 있었을 텐데.'

사람 마음이 참 간사한 게 그나마 고양이가 된 걸 다행스럽게 여기지 않고, 그보다 나은 걸 바랐다. 만약 큰 개로 빙의됐으면, 좀 더 자유롭게 움직일 수 있는 원숭이나 침팬지로 빙의되었으면 좋았을 거라고 구시렁거릴지도 모른다는 생각이 들자, 윤우는 하고 있던 신세한탄을 그만두었다.

고양이 이빨을 왕창 뽑히게 할 수는 없었다. 그녀가 다른 존재에게 또다시 빙의되거나, 빙의되지 않고 그냥 사라지게 된다면, 이 고양이가 원래의 삶으로 돌아갈 수 있도록 최대한 그 몸을 지켜주어야 한다.

윤우가 가방 지퍼를 입으로 물어 잡아당겨 열었다. 일단은 핸드폰만 숨겨놓을 생각이었다. 그사이 노트북이 든 가방을 누군가 가져갈지도 모르지만 그건 운에 맡겨야지 싶다. 일단 핸드폰을 꺼내어놓고, 가방을 질질 끌어 근처 집 앞에 있는 화단 속에 숨겨두었다. 그리곤 핸드폰을 입에 물고 오르막길을 달려갔다.

할머니 집 앞에 다다르자 주위에 사람이 있는지 살펴보았다. 한겨울로 치닫는 추위에 한밤중이어서 그런지 골목에 사람이 없었다. 설마 검은 코트의 사내가 말했던 '인도자'인지 뭔지 하는 자가 집에 찾아온 건 아닐까 경계했지만, 낯선 자는 보이지 않았다.

윤우가 대문턱을 풀쩍 뛰어 넘고는 할머니 집으로 이어진 계단을 내려갔다. 현관문 옆에 작은 철제수납장이 있었는데, 일 다닐 때 사용하는 잡다한 물건들을 보관하는 곳이었다. 철제선반에는 폐지를 묶을 때 사용하는 나일론 끈과 가위, 철사, 펜치, 드라이버 등이 잡다하게 들어 있었다. 아무래도 폐지에서 먼지가 날리고 이물질이 묻어 있으니 현관 앞에서 정리를 하고 묶었던 듯싶다. 철제수납장은 신발과 시랍이 함께 있었다.

그중 맨 아래쪽에 있는 서랍 고리를 입에 물고 열어보았더니 못과 망치가 들어 있었다. 윤우가 핸드폰을 그 안에 넣어두고 이마로 서랍을 밀어 닫았다. 철제서랍이라 끼익끼익 쇳소리가 나며 잘 닫히지 않아 애를 먹었다. 꼭 닫히지 않고 서랍이 살짝 튀어나와 있어서 그녀가 서랍 고리를 입으로 물고 이리저리 잡아당기며 서랍 안쪽의 양쪽 귀가 들어맞게끔 하고 있는데, 뒤쪽에서 누군가 말을 걸었다.

[거기서 뭐 하냐옹.]

'응?'

사람 말은 아니었는데 신기하게도 소리의 뜻을 알아들을 수 있었다. 윤우가 설마 하며 입에 물고 있던 서랍 고리를 내려놓고 뒤를 돌아보니 얼룩고양이가 서 있었다. 검은 얼룩무늬가 눈에 있는 고양이었는데, 저번에 봤던 세 고양이 중 한 마리였다.

얼룩고양이가 고개를 갸웃거리며 다시 야옹거렸다.

[요즘 이 할머니 안 보이던데, 혹시 봤냐옹?]

윤우가 머릿속에 말을 떠올리며 야옹 소리를 내보았다.

[할머니 아까 쓰러져서 응급실로 실려갔다옹. 난 여기 먹을 게 있나 찾고 있었다옹.]

얼룩고양이가 이해할 수 없다는 눈빛으로 야옹거렸다.

[응급실이 뭐냐옹? 쓰러지면 가는 곳이냐옹? 그리고 거기에선 먹을 거 냄새가 안 나는데, 왜 찾고 있냐옹?]

'헉, 내가 하는 말을 다 알아듣네.'

윤우가 놀라워하며 눈을 끔벅이자, 얼룩고양이가 눈을 가늘게 좁히고 이상하다는 듯 노려보았다.

[왜 갑자기 나한테 애교부리냐옹. 응급실이 뭔지나 말하라옹.]

[나도 모른다옹. 그냥 슈퍼마켓 할아버지가 응급실에 간다는 말만 하고 갔다옹. 그리고 먹을 거 냄새는 안 나지만, 캔에 든 건 냄새가 안 나니 있는지 찾아본 거라옹.]

[캔은 또 뭐냐옹?]

할머니가 캔에 든 음식을 그릇에 담아주었나 보다. 얼룩고양이도 여러 번 먹었을 텐데 통조림 캔을 몰랐다.

[쇠로 된 동그란 통이다옹. 그게 꽉 닫혀 있으면 냄새가 안 난다옹.]

얼룩고양이가 갑자기 겁먹은 듯한 눈빛으로 불안한 소리를 냈다.

[그거 혹시 쓰레기더미에 들어 있는 거 말하는 거냐옹? 내 친구 하나가 거기에서 맛있는 냄새 난다고 주둥이 들이밀다가 머리에 꽉 박혀서 결국 굶어서 죽었다옹.]

가끔 고양이나 강아지가 빈 캔에 머리가 끼어 고생하는 걸 구조대원들이 벗겨내 주는 TV 프로그램을 봤는데, 고양이들 세계에서도 그건 무서운 일인가 보다. 얼룩고양이는 그 친구를 떠올리기만 해도 소름이 끼친다는 듯 털을 바짝 세우고 몸서리를 쳤다.

윤우가 무슨 대답을 해야 할지 몰라 우물쭈물하는데, 이내 여유로움을 되찾은 얼룩고양이가 할머니집 현관문을 쳐다보며 아쉬운 듯 야옹거렸다.

[그래서 그분이 찾아왔었나 보네웅. 그것도 모르고 나는 그분한테 할머니가 괜찮아졌다고 했네웅.]

'그분? 인도자를 말하는 걸까?'

윤우가 속으로만 추측해 보는데, 얼룩고양이가 야옹거리며 돌아섰다.

[치잇, 이 할머니가 먹을 거 제일 잘 줬는데…….]

[그분이 누구냐옹? 혹시 인도자시냐옹?]

얼룩고양이가 몸을 다시 돌리더니 의아한 눈빛으로 윤우를 쳐다보았다.

[저번에 같이 있어놓고 웬 딴소리냐옹. 넌 그럼 그분이 누군 줄 알았냐옹.]

[잠시 헛갈렸다옹.]

[아, 기록자랑 헛갈렸구나옹. 그분은 아까 왔다 갔다옹.]

윤우는 기록자가 혹시 검은 코트의 사내냐고 묻고 싶었지만 얼룩고양이가 의심할 것 같아 꾹 참았다. 괜히 고양이들 세계에서 의심을 사면 다른 이야기를 들을 수 없을 것 같았다.

윤우가 어떻게 물어봐야 인도자에 대해 알 수 있을지 질문을 궁리하는데, 얼룩고양이가 몸을 돌려 대문을 넘더니 휙 사라져 버렸다.

골목길 화단에 숨겨둔 가방을 얼른 다른 곳으로 옮겨야 했다. 배고파 죽을 지경이었지만 그 안엔 그녀의 지갑이 들어 있었다. 돈이야 몇만 원 안 되니 잃어버려도 괜찮지만, 체크카드와 신분증은 숨겨놔야 했다. 괜히 다른 사람이 주워가서 도용이라도 하는 날엔 큰

일이었다. 무엇보다 가방에 넣어둔 할머니의 손지갑도 슈퍼마켓 할아버지에게 갖다 줘야 했다. 법적인 보호자가 아니니 할머니의 신분증을 확인해야 가족들에게 연락을 취할 수 있을 것이다.

깜깜한 골목길 오르막을 수차례 오르락내리락하고 난 후에 가방에 든 걸 다 옮겨놓을 수 있었다. 노트북은 도저히 입에 물고 들어올린 수가 없어서, 가방에 넣은 채 질질 끌어 가져가야 했다. 그녀의 지갑은 핸드폰을 넣어둔 서랍에 빈 공간이 없어 바로 옆 서랍에 넣어두고, 노트북은 주위를 살펴보다가 할아버지의 신발장 뒤에 숨겼다.

시간이 갈수록 지독한 허기가 느껴졌다. 윤우가 남아 있는 힘을 모두 끌어 모아 할머니의 지갑을 물고 슈퍼마켓으로 향했다. 할아버지가 돌아오면 바로 찾을 수 있게 문 앞에 갖다 놓으려는데, 할아버지가 와 있었다. 할아버지는 방금 막 도착했는지 잠겨 있는 현금수납통을 열고 있었다. 그러더니 돈을 모두 꺼내 지갑에 챙겨 넣었다. 아무래도 필요한 걸 챙기려고 돌아온 듯싶었다.

윤우가 문 앞에서 지갑을 내려놓고 야옹거리자, 할아버지가 밖으로 나와 보았다. 할아버지는 앞에 놓인 손지갑을 보더니, 얼른 집어 들었다. 안을 열어보지 않아도 할머니의 손지갑이라는 걸 알고 있는 눈치였다.

"아이구, 세상에. 그 사람 지갑을 찾아온 거니?"

"야옹."

윤우가 그렇다는 의미로 야옹 대답을 하자, 할아버지가 쪼그려 앉더니 윤우의 머리를 쓰다듬어 주었다.

"이제 보니 네가 영물이구나, 영물. 그렇잖아도 오는 길에 거길 가 보았는데, 가방이 없어져서 속을 태우고 있었지 뭐니……."

고양이

할아버지가 손지갑을 점퍼 안주머니에 챙겨 넣더니 다시금 머리를 쓰다듬었다.

"고맙다. 입원 등록을 해야 하는데, 내가 그 사람 주민번호를 알아야 말이지. 다른 건 몰라도 지갑만큼은 찾고 싶었는데, 네가 이렇게 그 사람한테 은혜를 갚는구나."

윤우가 찔리는 게 있어서 고개를 들지 못하는데, 그 순간 뱃속에서 꼬르륵 소리가 났다.

"어이구, 이제 보니 밥도 못 먹고 이걸 가져다줬구나. 잠깐만 기다려라."

할아버지가 가게 안으로 들이기더니, 참치캔이랑 맛살을 들고 나왔다. 참치캔을 따자 고소한 향이 코를 자극했다. 윤우가 빨리 달라는 양 꼬리를 흔들자 할아버지가 흐뭇해하는가 싶더니, 아무래도 캔을 그대로 주는 건 좀 꺼려지는지 다시 안으로 들어가 일회용 접시를 하나 꺼내왔다.

"그 사람이 고양이들한테도 아무렇게나 밥 주는 거 아니라고 했거든. 말 못하는 짐승이지만 자기를 어떻게 대하는지 다 안다고."

할아버지가 하얀 플라스틱 접시에 캔에 든 참치를 쏟더니 앞에 놔주었다. 윤우가 입을 갖다 대자, 할아버지가 그 앞에 앉아 맛살 포장지를 벗겨 하나씩 참치 옆에 놔주면서 혼잣말처럼 중얼거렸다.

"하나 있는 아들이 세상 떠난 후부턴 통 기운 없어 하더니…… 이렇게 허망하게 가버리려는 건지…….'

할아버지가 길게 한숨을 내쉬었다. 참치를 먹고 있던 윤우는 깜짝 놀라 고개를 들었다.

'아들이 죽었다고?'

윤우가 혼란스러운 눈빛으로 할아버지를 쳐다보았지만, 할아버지는 많이 먹으라는 말을 남기고는 일어섰다. 다시 병원으로 가려는 건지 종이가방에 칫솔, 치약 등 생활용품 등을 챙겨 넣는가 싶더니 자물쇠로 가게 문을 잠갔다.

도대체 이게 어떻게 된 일인지, 윤우가 완전 '황당' 하다는 고양이 얼굴로 언덕 아래로 내려가는 할아버지의 뒷모습을 쳐다보았다.

'그럼 최민호는 뭐지?'

윤우가 뒤죽박죽 헝클어진 기억을 하나씩 떠올리며 정리해 보았다. 가장 먼저 떠오른 건 할머니가 미리 연습했던 글자 '최신' 이었다. 그제야 '최신' 의 글자에서 아들의 성을 가리킨 건 '최' 가 아니라 '신' 일 수도 있겠다는 생각이 들었다.

'그럼 신민호였던 거야?'

좋다. 그건 그렇다 치고, 최민호의 주소를 알려준 그 사회복지사는 뭐냔 말이다. 가족관계부에서 김달자라는 이름을 확인한 게 아니란 말인가. 그냥 쉰 살 먹은 최민호만 찾아서 알려줬던 건가?

좀 더 생각해 보니 두 가지 경우의 수가 있었다. 업무량이 많기로 유명한 사회복지사가 시간이 없어 이름과 나이만 찾아보고 주소를 알려준 경우가 하나이고, 또 다른 경우는 가족관계부 전의 기록인 호적을 확인해 보지 않을 걸 수도 있다. 최민호의 나이가 중년이니 따로 가족관계부가 있었을 것이고, 김달자 할머니와의 관계를 확인하려면 옛 기록인 호적을 확인해야 했을 것이다. 그걸 바빠서 그냥 건너뛴 것일 수도 있다. 그 두 가지가 아니라면 김달자 할머니를 호적에 올리지 않은 혼외의 여자로 본 것일 수 있다. 옛날 사람들이 혼외 자식만 호적에 올리는 경우가 허다했으니, 그런 경우라고 생각했을지도 모른다.

최민호를 김달자 할머니의 아들이라고 굳게 믿고 있었던 이유가 뭐였는지 하나하나 따져 보던 윤우는 할머니의 편지가 떠오르자 또다시 혼란에 빠졌다.

'그럼, 할머니 편지는 뭐야? 죽은 아들한테 썼다는 거야?'

문득 엄마에게 문자를 보냈던 일이 떠올랐다. 맞다. 엄마의 백일제를 지내고 난 후였던가. 엄마에게 편지를 썼었다. 하지 못했던 말, 그동안 어찌 살았는지 소식을 전하고, 엄마는 어떻게 지내는지 묻는 그런 내용의 편지를. 결국은 울다가 끝맺지 못하고 그 편지를 고이 접어 책 사이에 껴놓았었다.

12부

(●(((●(●(○ ((●

눈 내린 골목

　세상은 온통 흰 이불을 덮고 있었다. 전날 밤 내린 눈 때문에 차갑지만 따뜻해 보이는 순백의 이불을 덮고 있었는데, 눈은 이불을 덮어줄 수 없는 곳엔 흰 무릎담요를 덮어주었고, 그마저도 힘들면 흰 모자를 씌워주거나 솜사탕이라도 얹어주었다. 윤우는 사람일 때에는 맡지 못했던 눈 냄새를 맡으며 병원 주변을 돌아다녔다. 병원 밖은 물비린내와 젖은 흙냄새가 뒤섞인 냄새가 났는데 알싸하고 어딘가 살짝 새콤했다.
　날이 푹했지만 눈이 내려서인지, 병원 앞에 사람이 거의 없었다. 그녀가 찾아간 곳은 잠실 쪽에 있는 큰 병원이었다. 심장병과 장기이식 수술로 유명한 큰 병원이었는데, 엊그제 김달자 할머니가 심장수술을 받기 위해 옮겨온 곳이기도 했다.
　김달자 할머니가 뭐라고 답했는지, 그녀는 이렇게 고양이로 살게 되는 것인지 아니면 곧 죽게 되는 것인지 검은 코트의 남자에게 묻고 싶었지만, 엊그제부터 병원 앞을 서성여도 그는 보이지 않았다.

낮이 되자 잠이 오기 시작했다. 고양이가 된 후로 낮에는 자꾸 잠이 오고, 저녁에는 눈이 번쩍 떠졌다. 윤우가 바람이 들지 않는 곳이 어디일까 둘러보다가 화단 아래로 기어들어 갔다. 햇볕이 내리쬐는 벤치 아래에 누워볼까도 했지만 바람이 숭숭 들어왔고, 괜히 사람들 눈에 띄어 쫓겨날 수도 있었다. 사람들은 다른 곳에서는 잘해주다가도 병원 앞에서 마주치면 꽤나 떨떠름한 표정을 지었다. 병원에서 만나면 흉사를 가져다줄 것 같은지, 병원 앞에서는 눈이 마주쳐도 알은척하지 않고 그냥 지나쳐 버리거나 나가라고 위협을 했다.

화단 아래 숨어 꾸빅꾸벅 졸며 혹시나 검은 코트의 사내기 오는지 지켜보고 있던 윤우가 어느 순간 코끝으로 낯익은 냄새가 맡아지자 눈을 번쩍 뜨고, 병원 앞마당을 내다보았다. 분명 아는 냄새였다. 한 남자가 주차장에 차를 세우고 내리더니 병원 정문 쪽으로 걸어갔다.

'문재혁?'

먼발치서 윤우가 화단 밖으로 뛰어나가 그 사람 가까이로 다가가 보았더니, 그녀의 추측대로 문재혁이었다. 그는 누군가를 방문했는지 정장 차림으로 병원 건물을 향해 걸어가고 있었다.

"야옹!"

그녀가 지금 고양이라는 것도 잊고 반가움에 인사를 건넸다. 그러자 문재혁이 걸음을 멈추고 그녀를 바라보았다.

"어! 병원에 고양이가 다 있네."

"야옹."

문재혁이 몇 걸음 다가오다가 아무래도 손에 닿는 건 꺼려지는지 멈춰 섰다.

"주인이 입원해 있니?"

"야옹."

"그렇구나. 나는 아버지가 입원해 있단다."

아니라고 답했지만, 문재혁은 달리 해석했다. 그는 말없이 그녀를 바라보더니 혼잣말처럼 한마디를 내뱉었다.

"그래, 너도 낳아준 엄마보다 키워준 사람이 더 중요한 거겠지."

윤우가 뭔 소리냐는 듯 고개를 갸웃해 보였지만, 그는 고양이에게 말을 하고 있는 자신이 좀 우습게 느껴졌는지 고개를 설레설레 저으며 병원 안으로 들어가 버렸다.

'아버지가 위중해지셨나.'

첫 데이트이자 마지막 데이트였던 그때, 아버지가 폐섬유화증으로 투병 중이라고 했던 말이 떠올랐다. 아마도 증세가 악화되어 병원에 입원했나 보다고 생각만 할 뿐, 뭘 어떻게 할 수 있는 것이 없기에 윤우가 다시 화단 안으로 들어갔다.

그날 늦게까지 화단 안에 숨어 병원 앞마당을 지켜보았지만 검은 코트의 사내를 볼 수는 없었다.

날이 어두워지자 바람이 더 매서워졌다. 화단 아래 덤불 속에 있는 것도 너무 춥게 느껴져서 윤우가 병원 밖으로 나갔다. 추위를 떨치기 위해 할머니 집이 있는 중곡동으로 뛰어갔다. 언덕길 아래에 도착했을 땐 몸에 열이 나서 더 이상 춥지는 않았지만, 대신 허기가 찾아왔다. 윤우가 언덕 아래에 있는 작은 일본식 선술집 앞에서 야옹야옹 울어대자, 선술집 주인이 유리창 문 너머로 쳐다보았다.

역시 고양이들의 귀띔대로 선술집 주인은 밥을 잘 챙겨줬다. 윤우가 간절하게 울어대자 주인이 문을 살짝 열어 안으로 들어오게 하더니 꽁치 한 마리를 구워 내주었다.

배가 고파 꽁치를 통째로 먹어치우고 싶었지만 따뜻한 가게 안에 조금이라도 더 오랫동안 있고 싶어 최대한 천천히 발라 먹었다. 관심 있게 구경하던 손님들도 어느새 눈길을 거두고, 자신들의 술자리를 즐겼다.

가게에 걸려 있는 TV에서 뉴스가 흘러나왔다. 먹는 거에 정신이 팔려 미처 듣지 못했던 윤우는 TV에서 낯익은 소리가 나오자 퍼뜩 고개를 치켜들고 쳐다보았다.

"다음 소식입니다. 인터넷망을 이용한 조달청 국가종합전자조달시스템인 '나라장터'가 2006년부터 해킹 프로그램에 뚫려 전국적으로 불법 낙찰 비리가 벌어진 것이 경찰 수사로 드러났습니다. 나라장터는 관급 공사업체 선정 과정에서 벌어지는 건설업체와 담당 공무원의 유착, 업체 담합을 막기 위해 조달청이 2002년 도입한 전자 입찰 시스템입니다. 도입 당시 건설업자들이 '이전엔 로비로 가능했던 일이 로또 당첨만큼 어려워졌다'고 평가했었는데요. 하지만 건설업자들은 몇 년도 지나지 않아 해킹 프로그램을 제작해 국가기관 시스템을 무력화시킨 것입니다. 경찰 조사에 따르면 건설사 20여 곳이 해커와 브로커를 통해 입찰 조작을 시도하여, 로또 당첨만큼 어렵다는 입찰 계약을 연이어 따냄으로써 수백억 원 상당의 부당이득을 취했다고 합니다."

아나운서는 현장에 나가 있는 기자를 불렀다. 화면에는 중년 남성으로 보이는 사람이 점퍼를 머리에 뒤집어쓰고 손에 수갑을 찬 채 구속되는 장면을 보여주고 있었다. 점퍼를 뒤집어쓴 사람이 왠지 낯이 익어 윤우가 뚫어지게 쳐다보는데, 화면이 검찰청으로 바뀌더니 기자가 현장 소식을 전해주었다.

"오늘 이 사건의 주요 관련자인 브로커 최모 씨가 검거되어 구속되었습니다. 브로커 최모 씨는 그동안 잠적해 있다가, 담당 경찰에게 익명의 제보가 들어와 붙잡혔는데요. 검거 당시 죽은 어머니가 편지를 보내왔다는 등의 말을 하여 정신착란 증세를 보였다고 합니다."
"죽은 어머니가 편지를 보내요?"

아나운서는 이번 사건의 핵심이 아니지만, 너무 황당하다는 듯 브로커 최모 씨가 한 말을 확인했다. 기자는 최대한 사실만을 전달하려는 듯 담담하게 대답했다.

"네. 브로커 최모 씨는 오래전 돌아가신 어머니가 편지를 보내왔다며, 편지에는 네가 나라장터에서 한 일을 알고 있다는 말까지 쓰여 있었다고 횡설수설하고 있습니다. 최모 씨의 정신 감정이 이루어질 것으로 보이지만, 이번 사건을 덮기 위해 정신착란을 가장하는 것일 수도 있어서 검찰에서는 일단 구속수사를 하겠다는 입장입니다."

가게 손님들은 저런 쳐 죽일 놈의 새끼들을 봤냐며 욕을 해대거나, 힘 있는 건설사는 빠져나가고 피라미들만 처벌할 게 분명하다고 회의적인 반응을 보였다.
윤우는 손님들 말소리에 TV소리가 묻히자, 가게 안으로 좀 더 걸어

눈 내린 골목 261

가 TV 소리에 귀를 기울였다. 뉴스는 이번 입찰 조작이 구체적으로 어떻게 이루어졌는지 도표와 그림을 통해 설명을 해주더니, 현재까지 최소 20여 곳의 건설사가 연루된 것으로 보인다는 말을 끝으로 소식을 마무리 지었다.

윤우가 먹다 말고 TV 화면을 뚫어지게 쳐다보고 있자, 손님 몇몇이 신기하다는 양 쳐다보았다.

"너 지금 뉴스 보고 있는 거냐?"

그냥 화면 불빛에 이끌렸을 뿐이라는 듯 윤우가 고개를 갸웃거리며 가게 안의 조명도 번갈아 쳐다보다가 유리문 쪽으로 돌아갔다. 배가 적당하게 찬 상태였지만 먹어둘 수 있을 때 잔뜩 먹어놔야 했기에 윤우가 남아 있는 꽁치를 마저 먹어치우는데, 또다시 TV에서 익숙한 단어가 흘러나왔다.

"오늘 서울시장 정무비서관 안모 씨가 보석으로 풀려났다는 소식입니다. 당초 법원에서는 이번 서울시장 뇌물수수 혐의에 대한 새로운 증거가 있어 구속기소를 결정했는데요. 구속된 지 열흘도 되지 않아 주요 피의자인 안모 씨가 보석으로 풀려나고, 사건을 제보한 증인인 대영건설사 간부 김모 씨도 이전의 진술 내용과 다른 말을 하고 있어 검찰이 이번 사건을 무리하게 기소한 것이 아니냐는 비판이 나오고 있습니다."

'준연 씨가 풀려났다고?'

윤우의 귀가 번쩍 뜨였다. 기자는 건설사 간부 김모 씨가 있는 대영건설사가 이번 나라장터 입찰 조작 사건에 연루되었다는 의혹을 사고 있어서 더욱 검찰의 기소가 불신을 받고 있다는 말을 덧붙었다. 곧이어 뉴스 화면에 서울시장 변호인단 대표의 인터뷰가 전해졌다.

"이번 일은 입찰 조작을 했다는 혐의를 받고 있는 대영건설에서 그 일을 무마해 주는 조건으로 거짓 증언을 하고, 검찰에서는 정치적 목적을 갖고 서울시장에게 뇌물수수 혐의를 뒤집어씌운 것입니다. 앞으로 대영건설에 대한 수사를 더 해봐야 하겠지만, 이것이 사실로 밝혀졌을 때 검찰은 거대한 민심의 분노와 저항에 맞닥뜨리게 될 것입니다. 검찰은 그동안 서울 시민을 위해 불철주야 헌신해 온 박명숙 시장과 그 비서관에 대한 기소를 당장 철회하십시오."

변호인단 대표의 인터뷰가 끝나자, 아나운서는 검찰이 기소 철회의 뜻이 없다는 입장임을 추가로 전해주고는 다음 뉴스로 넘어갔다.
윤우가 저도 모르게 TV 앞으로 다가가자, 가게 주인이 그녀를 바깥쪽으로 몰았다.
"야, 가게에 털 날리게 안으로 계속 들어오면 어떡하냐."
더는 안 되겠는지 가게 주인이 은박지에 조금 남아 있는 꽁치구이를 문 바깥쪽에 놓아주고는 나오라고 유인했다. 윤우가 모른 척 냄새에 이끌려 간다는 양 가게 문턱을 넘어서자, 가게 주인이 살짝 미안하다는 얼굴로 쳐다보고는 안으로 들어가 문을 닫았다.
윤우가 꽁치구이는 다른 고양이가 먹겠거니 하고, 내버려 둔 채 언덕길을 뛰어 올라갔다. 배부르게 먹어서 살짝 졸음이 왔지만 잘 때가 아니었다. 안준연이 풀려났다는 소식에 마음이 한껏 들뜨기 시작했다. 재판이 끝날 때까지 그를 볼 수 없을 거라고 생각했고, 최악의 경우엔 그가 감옥살이를 하는 사이에 그녀의 혼백이 세상에서 사라져 다시는 못 볼 수도 있다고 생각했다.

김달자 할머니네로 곧장 달려간 윤우가 철제서랍 고리를 잡아당겨 열었다. 핸드폰을 입에 물고 밖으로 끌어낸 다음, 그에게 문자를 보내려고 최대한 발톱을 세우고 버튼을 눌렀다. 하지만 핸드폰 배터리는 이미 다 소진되었는지 전원을 눌러도 잠깐 켜지다가 이내 다시 꺼져버렸다.

어떻게 해야 핸드폰을 충전할 수 있을까, 궁리하던 윤우가 핸드폰을 입에 물고 슈퍼마켓으로 향했다. 슈퍼마켓에 기운 없이 앉아 있던 할아버지가 문밖에서 그녀가 울어대자, 문을 열고 밖으로 나왔다. 입에 핸드폰을 물고 있으니 뭔가 싶었나 보다.

"응? 그게 뭐냐?"

할아버지는 혹시 김달자 할머니의 물건을 또 찾아왔나 싶어 관심 있게 들여다보다가, 핸드폰인 걸 확인하고는 이제야 내막을 알겠다는 말했다.

"이제 보니 네가 길에 떨어져 있는 걸 주워오는 거였구나."

"야옹."

"난 또 네가 그때 그 사람 지갑인 걸 알고 가져온 줄 알았지 뭐니."

큰 병원으로 옮긴 후 할머니의 상태가 좀 괜찮아졌는지 할아버지의 얼굴이 며칠 전보단 밝은 기색이었다. 병원을 오가느라 힘들어서 기운이 좀 없어 보이긴 했지만 말이다.

할아버지는 윤우가 땅바닥에 내려놓은 핸드폰을 집어 들고는 전원을 켜보더니, 이내 다시 꺼지자 윤우를 쳐다보며 말했다.

"밥 챙겨줘서 고맙다고 이거 물고 온 거냐?"

"야옹."

할아버지가 자신의 핸드폰을 꺼내 보이며 웃었다.

"나는 이거 있는걸. 그러니 이건 주인 찾아주자. 응?"

"야옹."

윤우가 좋다는 뜻으로 꼬리를 살랑살랑 흔들어 보이자 할아버지가 핸드폰을 안으로 가지고 들어가더니, 계산대 한쪽에 있는 잭에 꽂았다. 충전부터 하고 안에 저장된 번호를 확인할 생각인 듯했다.

"거 참, 요즘 고양이들은 도시에 살아서 그런가, 쥐를 물어오지 않고 지갑이랑 핸드폰을 물어오네그려."

할아버지가 신기한 듯 혼잣말을 중얼거리는데, 주머니에서 할아버지의 핸드폰이 울렸다. 무심히 핸드폰을 꺼내던 할아버지는 번호를 보고는 놀란 얼굴로 전화를 받았다.

"예."

핸드폰 너머에서 아주 작은 말소리가 윤우에게도 들려왔다.

〈김달자 씨의 상태가 안 좋아지셔서요. 오늘 낮에만 해도 괜찮았는데, 저녁에 갑자기 심실세동이 왔습니다. 지금은 안정을 찾으셨는데, 다시 심실세동이 오면 그땐 고비가 될 것 같아서요. 보호자분께서 와주셨으면 합니다.〉

"예, 알겠소. 내 당장 가리다."

할아버지가 핸드폰을 주머니에 넣고는 정신없이 점퍼를 걸치고, 지갑을 챙겼다.

"좋아진다 싶더니 이 무슨 일인가 그래. 떠나기 전에 반짝 좋아진다고 하더니만, 그런 거였나."

할아버지가 넋 나간 사람처럼 중얼거리며, 가게 문을 닫는 둥 마는 둥 하고는 언덕을 내려갔다. 깜빡한 것인지 아니면 상관없다는 것인지 열쇠로 문을 잠그지도 않은 채였다. 윤우가 할아버지를 따라갈까 말까 망설이다 그만두었다. 병원 앞에서 며칠 동안 지켜보고 있었지만 검은 코트의 사내는 나타나지 않았었고, 고양이인 그녀가 병원 안으로 들어갈 수도 없으니 따라간다고 해도 할머니와 이야기를 나눌 수는 없었다.

처음엔 그녀 때문에 할머니가 쓰러졌다고 생각했지만, 어쩌면 먼저 떠난 아들이 할머니를 마음에 걸려 해서일 수도 있겠다는 생각이 들었다. 그래, 검은 코트의 사내에게 오정혜가 마음에 걸려 하는 사람이 김달자 할머니라고 말을 한 이후에도 계속 의문이 있었다. 아무리 엄마가 그분을 마음에 걸려 했다 하더라도, 그분이 오정혜를 기억하지 못하거나 신경도 쓰지 않는다면 엄마의 뒤를 따라가는 게 이상한 일 아닌가. 게다가 언니 지우가 저렇게 뇌사 아닌 뇌사로 누워 있는 상태에서 엄마의 뒤를 따라가려고 하는데, 할머니가 엄마의 뒤를 따라갈 사람으로 명부에 올라가는 건 이해되지 않는 일이었다.

아들의 뒤를 따라가는 거라고 윤우는 생각하고 싶었다. 모든 게 그녀의 죄책감과 착각이 만들어낸 한바탕 소란이었다고 말이다. 엄마 오정혜가 마음에 걸려 한 건 막내인 그녀였던 거라고, 그래서 그녀가 욕조에서 죽고 이렇게 세상을 떠돌고 있는 것이라고.

언덕을 내려가는 할아버지를 바라보던 윤우가 열린 문 틈 사이를 비집고 슈퍼마켓 안으로 들어갔다. 늦기 전에 안준연을 한 번 더 보고 싶을 뿐이었다. 다른 사람에게 또다시 빙의될 수도 있지만, 검은 코트의 사내가 말한 '인도자'가 그녀를 찾아온다면 꼼짝없이 이 세상을 떠나야 할 것이다.

윤우가 의자를 디딤대 삼아 계산대 탁자로 올라갔다. 그녀의 핸드폰이 충전 중인지, 연결된 잭에 아직 빨간 불이 들어와 있었다. 윤우가 잭에 꽂혀 있는 상태로 핸드폰 슬라이드를 밀고는 발톱을 세워 전원 버튼을 눌렀다. 전원이 들어왔고, 그동안 왔던 전화와 문자메시지들이 한꺼번에 쏟아져 표시되기 시작했다. 가만히 지켜보니 문재혁의 문자가 와 있었고, 올케의 전화도 와 있었다. 광고와 스팸 전화까지 차례로 수신 표시가 될 때까지 기다리던 윤우가 핸드폰이 잠잠해지자 버튼을 꾹꾹 조심스레 눌러 문자메시지를 입력했다.

〈안녕, 늑대님. 두부는 먹었어요?〉

문자를 보내자 전화벨이 울렸다. 그가 전화를 걸어온 것이지만 받을 수 없는 처지이니, 윤우가 전화벨이 멈출 때까지 핸드폰을 애처롭게 내려다보았다. 전화벨은 한참 후에 멈추더니 새 문자메시지가 떴다.

〈전화 받을 수 없는 곳인가요?〉
〈네. 저도 목소리 듣고 싶은데, 그럴 수가 없네요.〉
〈어디예요? 보고 싶은데, 내일 볼 수 있어요?〉

윤우가 앞발을 얼굴에 문대며 욱신거리는 발톱 끝을 풀어주었다. 발톱을 세우고 오타가 날까 봐 조심조심 작은 버튼을 눌러대니 발끝이 욱신거렸다. 발톱이 자꾸만 버튼 위에서 미끄러져서 오타가 나는 바람에 한 문장을 쓰는 데에도 애를 먹어야 했다.

뭐라고 답해야 할지 잠시 고민했다. 또다시 만나자고 해놓고 저번처럼 바람을 맞힐 수는 없는 일이었고, 게다가 외할머니라고 속이고 대신 만날 수 있는 상태도 아니었다. 윤우가 키우는 고양이라고 소개하며 약속 장소에 나가는 건 너무 웃기는 일 아닌가.

〈난 지금 유럽여행 중이에요. 그러니 집 주소를 말해줘요. 편지라도 보내게.〉

일본 정도라고 하면 비행기 타고 온다고 할까 봐 먼 거리의 유럽을 써넣었다. 윤우가 문자를 보내자, 안준연이 서운함을 최대한 드러내지 않는 문자를 보내왔다.

〈그렇군요. 어쩔 수 없죠. 두부는 윤우 씨 만나면 먹을 테니, 한국에 오면 연락 줘요.〉

집 주소를 적은 문자가 바로 이어져 도착했다.
윤우가 안준연의 집 주소를 완전히 외울 때까지 여러 차례 반복하며 읽어보고는, 계산대에서 내려갔다. 그러다 할아버지가 돌아와서 핸드폰을 보고 그녀의 올케에게 연락을 할 수도 있다는 생각이 들자, 다시 계산대 위로 올라갔다. 그녀의 몸으로 돌아가는 방법을 찾을 수도 있는데, 그전에 시신이 발견되어 장례가 치러지면 큰일 날 일이었다. 윤우가 잭을 빼내고, 핸드폰을 입에 물고 내려왔다. 스마트폰이 아니라 가벼운 구형 핸드폰이어서 그나마 입에 물고 다니기가 수월했다.
윤우가 핸드폰을 할머니 집에 있는 철제서랍 안에 다시 넣어두고는, 곧장 종로 안국동을 향해 뛰어갔다. 겨울밤이어서 사람들이 오가지 않아 길을 다니기가 한결 좋았다. 잡으려고 쫓아오는 사람도 없었고, 갑작스러운 고양이 출현에 깜짝 놀라 소리 지를 사람도 없었다. 물론 오금이 저리도록 겨울바람이 매서웠지만, 그를 다시 볼 수 있다는 생각에 추운 줄도 몰랐다.

안국동 주택가를 돌며 준연의 집 주소가 적힌 대문을 찾아다녔다. 안국동 사거리를 지나 정독도서관으로 가기 전에 나오는 골목길로 들어서면 그가 살고 있는 가회동 주택가가 나왔다. 윤우가 그 근처를 살피며 돌아다니다, 준연의 집 주소가 있는 대문을 발견하고는 그 앞에서 야옹야옹 울어댔다. 하지만 한참이 지나도 그는 밖을 내다보거나 나오지 않았다. 길고양이 사진 찍는 걸 좋아한다고 했으니, 고양이 울음소리에 반응할 줄 알았는데 아니었다.

밤 열두 시가 다 되어가는 시각이었다. 구치소에서 일찍 잠드는 습관이 들어 벌써 잠이 든 걸까. 아니면 아침에 출소한 후에 곧장 부모님 집으로 간 걸까. 그도 아니면 시청으로 가서 밀린 업무를 하고 있는 걸까. 그곳에서 기다려야 하는 건지 아니면 이 밤은 다른 데 가서 자고 다시 와야 하는 것인지 판단이 서질 않았다.

윤우가 조금만 더 기다려 보자며 어느 대문 처마 밑에 서 있는데, 문득 하늘에서 작고 하얀 꽃잎이 흩날리며 내려왔다. 처마 밖으로 나가 밤하늘을 올려다보니, 눈이 내리고 있었다. 꽃잎인지 솜뭉치인지 모를 작은 눈송이들이 바람에 이리저리 너울거리며 세상에 내려오고 있었다. 그녀의 콧잔등에 눈송이 하나가 내려앉더니 알싸한 차가움을 전해주고 순식간에 사라졌다. 왜 갑자기 그런 생각이 들었는지 모르겠다. 콧잔등에 닿은 눈이 녹아 사라지면서 병원에 있는 김달자 할머니가 떠올랐다. 눈처럼 하얗게 샜던 할머니의 머리카락 때문이었을까. 아니면 처음 보았던 할머니의 하얀 음모 때문이었을까. 보송보송 포근하게 내리는 눈을 보고 있노라니 할머니 생각이 났다.

윤우는 앞발을 들어 땅에 떨어지는 눈 몇 송이를 받았다. 푹했던 날씨 탓에 눈이 땅에 닿자마자 녹고 있었다. 세상에 오자마자 사라지는 눈송이들이 안타까워, 윤우가 앞발을 휘저어 눈을 받았지만 그 눈마저 그녀에게 닿자마자 녹아 사라졌다. 사라지는 것이 무엇이 되었든, 사라짐을 지켜보는 건 언제나 슬펐다. 이렇게 사라지고 말 것을, 쌓인다 하더라도 결국은 온갖 때가 묻어 진흙탕이 되어버릴 것을, 하늘은 왜 자꾸 눈을 내려주는 건지 모르겠다. 눈이 흙을 덮어 나무뿌리를 따뜻하게 해주고, 겨울잠을 자는 동물들의 안식처를 눈에 띄지 않게 보호해 준다는 걸 알고는 있지만 그래도 슬픈 감정이 드는 건 어쩔 수 없었다.

윤우가 눈을 깜박여 눈가에 고인 눈물을 뚝 떨어뜨리고 다시 대문 처마 밑으로 들어가려는데, 먼발치에서 사람 발소리가 들려왔다. 이 밤에 누굴까, 걸음 소리가 나는 곳을 쳐다보았더니 준연이 터벅터벅 눈길 사이를 걸어오고 있었다.

"야옹."

윤우가 반가움에 야옹 울며 그에게 다가가 주위를 맴돌자, 그가 걸음을 멈추고 내려다보았다. 그녀가 멈춰 선 그의 다리에 몸을 부비며 야옹야옹 더 크게 울어댔다. 준연이 어리둥절한 얼굴로 쪼그려 앉더니 그녀를 빤히 쳐다보았다.

"너, 어디서 나를 봤었니?"

"야옹."

그렇다고 대답했지만 그는 알아듣지 못하고 고개를 갸우뚱 기울이며 눈을 가늘게 좁혔다.

"아니면 춥고 배고파서, 아무한테나 들러붙는 거야?"

"이야야옹. 야옹, 야아아아옹(아니에요. 당신이니까 달라붙는 거예요)."

그의 눈이 더 가늘어졌다.

"맞구나."

윤우가 작게 한숨을 내쉬자, 준연이 귀엽다는 듯 쳐다보며 피식 웃었다.

"알면서 뭘 자꾸 물어보냐, 이거냐."

윤우가 보고 싶어 했던 마음을 표현하려고 앞발을 그의 손등에 탁 올리고는 눈을 마주 보며 깜박여 댔다. 그러자 준연이 입술을 찌그러트리며 쓴웃음을 지었다.

"따뜻한 데서 자려고 지금 나한테 애교부리는 거야?"

그래도 윤우의 앞발을 치우지 않았다. 대신 그가 손가락으로 살짝 앞발을 잡고 흔들었다. 윤우가 그의 손에 얼굴을 부비며 고르르르 목울음소리를 내자 그가 낯선 고양이의 애교에 어이없어하면서도 갈등하는 얼굴을 했다. 그러다 윤우의 앞배를 보고는 손으로 살짝 만져 보더니, 고개를 갸웃하며 물었다.

"임신했니?"

선술집에서 저녁을 배불리 먹은 탓에 배가 통통했는데, 그걸 임신한 걸로 착각했다. 윤우가 살짝 잡혀 있던 앞발을 빼내어 그의 손등을 탁 때렸다.

'먹어서 그런 거야, 이 바보야. 어따 대고 임신이래?'

준연은 금빛의 암컷 고양이가 손을 친 게 임신한 배를 보호하려고 저도 모르게 방어적으로 행동한 것으로 생각했다.

"그랬구나. 임신해서 이렇게 낯선 사람한테 달라붙는 거였구나."

"이야야아옹(아니라니까)!"

윤우가 흥분해서 앙칼지게 외쳤는데, 준연은 알겠다는 양 고개를 끄덕였다.

"그럼 아기 낳을 때까지만 있는 거다. 내가 집에는 잠만 자러 오기 때문에 널 계속 보살펴 주기는 힘들거든."

그의 집에서 지낼 수 있다는 생각에 윤우가 더 이상 임신이 아니라고 울어대지 않았다. 어차피 배가 안 불러오면 자기가 착각했다는 걸 깨달을 테고, 그때 가서 쫓아내려고 해봤자 흠뻑 정이 들어서 힘들 것이다. 물론 그때까지 고양이로 살게 될지도 알 수 없지만 말이다.

그가 따라오라는 듯 힐끔 쳐다보더니 대문 안으로 들어갔다. 윤우가 그의 마음이 바뀔까 봐 얼른 그 뒤를 따라 들어갔다.

5층짜리 빌라 건물이었는데, 주위가 온통 주택가여서 조용하고 깨끗한 곳이었다. 나무로 된 계단을 몇 개 올라가자 공동현관문이 있었다. 그가 비밀번호를 누르고 현관문을 열더니, 그녀가 들어올 수 있도록 문을 잡은 채 기다려 주었다. 윤우가 안으로 들어서자 그가 문이 잠겼는지 확인하고는 계단을 올라갔다.

그는 2층에 살고 있었다. 준연이 잠금장치 덮개를 밀어올리고 비밀번호를 눌렀다. 번호는 '8253'이었다. 그의 생년월일은 아닌 것 같았고, 그의 핸드폰 뒷번호였나? 윤우가 비밀번호를 어디서 따왔을까 가만히 헤아려 보다가 문득 '빨리오삼'이라는 말이 떠올랐다. 혼자 사는 독신남의 비밀번호가 '빨리오삼'이라니, 한숨이 절로 나왔다.

현관 안으로 발을 들이니, 따뜻한 공기와 은은하고 온화한 향기가 그녀를 감쌌다. 문 위에 설치해 둔 방향제가 칙 소리를 내며 향을 내뿜은 덕에 집 안에서 나는 다른 냄새가 순간적으로 지워졌다.

선술집에서 꽁치를 먹었을 때를 제외하고는 며칠째 한뎃잠을 자며 바깥에서 지내야 했던 윤우는 따뜻한 온기가 느껴지자 온몸이 흐느적거리며 녹는 느낌이었다. 고양이라서 괜찮다고 생각했는데 그게 아니었나 보다. 추위와 고양이로서 접하는 낯선 세상에 잔뜩 긴장하고 있었다는 걸 그제야 깨달았다.

어서 따뜻한 이불 속에 들어가 모든 불안을 내려놓고 잠자고 싶을 뿐이었다. 한뎃잠을 자다 보니 자면서도 혹여나 누가 건드리거나 위해를 가할까 봐 잔뜩 긴장한 채 반쯤은 깨어 있어야 했다. 한 번은 지나가던 어린아이가 장난감 총을 그녀에게 발사를 해서 기겁한 적이 있었고, 한 번은 수컷 고양이가 다가와 몸을 문질러 대며 치근대서 화들짝 놀란 적도 있었다. 그 후로는 자면서도 긴장을 풀지 않은 터라 깊이 잠들지 못했다.

윤우가 방으로 들어가려고 현관 앞을 가로질러 걸어갔다. 집은 작은 거실 겸 주방이 있었고, 두 개의 방이 있었다. 그가 코트를 벗더니 문이 열려 있는 작은방으로 들어갔다. 작은방을 옷방으로 쓰고 있으니 그 옆방이 자는 방인가 보다. 윤우가 안방 쪽으로 걸어가는데, 그의 손이 그녀를 번쩍 들어 올리고는 열려 있는 안방 문을 닫았다.

"어딜 그냥 들어가려고. 발에 흙이 잔뜩 묻었으면서……."

윤우가 자신이 걸어온 현관 앞을 보니 그녀의 발자국이 고스란히 찍혀 있었다. 눈이 녹아 온통 땅바닥이 진창이 된 터라, 그녀의 발이 흙과 눈으로 범벅이었던 것이다.

그는 욕실로 데려가더니 온수를 틀고 세면대 안에 그녀를 내려놓았다. 오랜만에 뜨거운 샤워를 할 수 있다는 생각에 윤우가 세면대 가장자리를 딛고 등허리를 쭈욱 펴는데, 갑자기 얼음장처럼 찬물이 등에 쏟아졌다.

"이야야옹!"

오싹한 냉기에 윤우가 깜짝 놀라 앙칼지게 울며 물을 피하려고 허우적거렸다. 그러다 목덜미를 살며시 잡고 있는 그의 손을 할퀴었다. 그가 순간 얼굴을 찡그리며 아픈 신음을 뱉어내자, 윤우가 미안해서 얼른 손등에 난 상처를 핥아주었다.

준연이 입술을 찡그리며 웃는 얼굴로 윤우를 내려다보더니, 물 온

도를 체크하고 다시 샤워기를 그녀의 몸에 댔다. 이번엔 적당하게 따뜻한 물이 쏟아지며 몸을 적셨다.

"고양이 샴푸는 내일 사올 테니까 오늘은 그냥 비누로 씻자. 미안해."

그가 비누로 그녀의 몸을 구석구석 문지르더니 손가락으로 거품을 냈다. 남자 손이라 억세고 거칠 줄 알았는데, 너무나 부드럽게 마사지하듯이 거품을 내주었다. 길고 쭉 뻗은 손가락이 뭉쳐 있는 근육을 너무나 잘 찾아냈다. 아무래도 예전에 고양이나 강아지를 키워본 적이 있는 것 같았다. 그렇지 않고서야 이렇게 능숙하게 목욕을 시키고 마사지를 해줄 수는 없다고, 윤우가 그의 손길에 몸을 맡긴 채 두 눈을 스르르 감으며 생각했다.

"야, 자면 안 돼. 털 말리고 자야지."

"야옹."

알았다고 답하자 그는 새삼 신기하다는 눈으로 그녀의 눈을 마주 보며 물었다.

"너, 내 말 알아듣고 대답하는 거니?"

윤우가 시치미를 떼고 못 알아듣겠다는 듯 고개를 갸우뚱하자, 그가 자조하는 웃음을 짓고는 다시 물을 틀어 거품을 씻겼다. 드라이기로 따뜻하게 털까지 말려주니, 진짜로 잠이 쏟아졌다. 윤우가 자꾸만 꾸벅거리자 그가 윤우를 안은 채 일어서더니 작은방에 들어가 여름 이불을 꺼내가지고 나왔다. 접혀 있는 여름 이불을 작은방 바로 밖에 내려놓더니 윤우를 내려놓았다. 잠에 빠져들던 윤우는 안방이려니 생각하고 이불 속을 파고들다가, 그의 발소리가 멀어지자 눈을 뜨고 발소리가 나는 쪽을 쳐다보았다. 그는 안방으로 들어가더니 이내 욕실로 들어갔다. 샤워를 하는지 욕실에서 물소리가 났다.

그녀가 있는 곳은 싱크대 맞은편이었다. 작은방 방문이 바로 옆에 있고, 한쪽엔 폐지랑 포장지 등이 쌓인 박스가 있었다. 첫날부터 그와 한 이불 속에서 자고 싶어서 그런 건 아니었다. 안방이 뜨끈뜨끈해서 몸을 지지기에 좋을 것 같아서였다.

윤우가 졸음에 겨워하면서도 비척거리며 열려 있는 안방 문틈으로 들어갔다. 안방은 한쪽 벽에 좌식 책상과 오디오스피커가 놓여 있을 뿐 다른 가구는 없었다. 큰 방 한가운데 이불만 깔려 있을 뿐이어서 깔끔하다 못해 휑해 보이기까지 했다. 그야말로 군더더기가 없는 방이었는데, 한 가지 그녀의 시선을 사로잡은 건 커튼이었다. 안방 한쪽 벽에 옆으로 긴 창문이 있었는데, 검붉은 암막커튼이 드리워져 있었다. 그녀가 본 안준연은 무늬 없는 갈색이나 파란색 커튼을 사용할 것처럼 보였는데, 검붉은 커튼 위로 붉은 장미가 가득 수놓아져 있었다.

'이건 또 뭐지?'

윤우가 슬쩍 불안한 눈빛으로 커튼의 붉은 장미를 뚫어지게 쳐다보았다. 겉으로는 멀쩡하고 신사적인 남자인데, 속으로는 변태에 가까운 성도착자나 색을 과도하게 밝히는 색정광인가 싶었다.

'변태였나?'

그의 집에 따라 들어온 게 과연 잘한 짓일까. 설마 이 집에서 못 볼 꼴을 보게 되는 건 아닐까. 그녀에게 보고 싶다는 말을 하고 만나기도 했지만, 사실 정식으로 사귀는 관계도 아니었으니 그가 이 집에 다른 여자를 데려와도 이상한 일은 아니었다. 그럼 두 눈 뜨고 딴 여자랑 섹스하는 걸 지켜봐야 할 텐데, 차라리 고문당하는 게 나을 성싶다.

윤우가 이부자리에 베개가 몇 개인지 확인했다. 다행히 하나만 있었다. 그런데 요가 싱글이 아니라 더블 크기였고, 덮는 이불도 큰 이불이었다. 몸집이 커서 더블 크기를 사용하는 걸까, 아니면 자러 오는 여자가 있는 걸까. 의심스러운 눈길로 이부자리를 쳐다보던 윤우가 앞으로 지켜보기로 하고, 이불 위에 드러누웠다. 겨울 이불이라 싱크대 앞에 놔준 여름 이불보다 훨씬 따뜻하고 푹신푹신했다. 구름 위에 있는 듯 기분 좋아하며 다시 잠을 청하려는데, 방문 앞에서 그의 목소리가 났다.

"야, 당장 안 나가?"

"야옹."

콧소리를 섞어 울며 윤우가 눈을 뜨고 그를 쳐다보았다. 귀엽고 사랑스러운 고양이인 척 눈을 깜박이려던 윤우는 문 앞에 서 있는 그를 보고는 그대로 얼어붙어서 눈을 깜빡이지 못했다. 그가 실오라기 하나 걸치지 않은 채 홀딱 벗고 서 있었던 것이다.

너무나 근사하고 멋진 몸이었다. 배가 살짝 볼록했지만 오히려 왕자가 새겨진 근육질 몸보다 자연스럽고 부드러워 보였다. 어깨는 떡 벌어졌고 가슴팍은 두툼하고 넓었다. 게다가 길게 쭉 뻗은 다리는 근육이 도드라진 허벅지와 종아리 때문에 강건하면서도 날렵해 보였다. 무엇보다 윤우의 눈길을 사로잡은 건 그의 중심이었다. 무성한 검은 털과 가지처럼 떡하니 매달려 있는 성기가 꽤 '응응' 했다.

윤우가 눈 한 번 깜박이지 않은 채 그를 쳐다보고만 있자, 그는 이내 한숨을 내쉬며 말했다.

"그래, 내가 졌다. 임신해서 따뜻하게 자겠다는데, 내가 죽일 놈이지."

그녀가 눈싸움을 하며 버티고 있는 줄 알았나 보다. 그는 어차피 겨울 한철만 이러는 거라며 혼자 중얼거리고는 뒤돌아서서는 좌식 책상 위에 있는 스킨을 집어 들었다. 그 바람에 그의 널찍한 등과 군살 없이 쭉 뻗은 허리와 엉덩이를 볼 수 있었다.

맙소사! 그의 엉덩이는 윤우가 그토록 좋아했지만 어떠한 남자에게서도 찾아볼 수 없었던 엉덩이였다. 펑퍼짐하지 않고, 탄력 있게 위로 올라간 엉덩이였는데 그렇다고 납작하거나 부실해 보이는 게 아니라 적당히 살도 붙어 있는 탄탄하고 봉긋한 엉덩이였다. 안준연의 엉덩이를 입을 헤벌린 채 넋 놓고 쳐다보고 있던 윤우가 어느 순간 이부자리에 얼굴을 묻고 네 다리를 버둥거렸다.

원통해도 이리 원통할 수가 없었다. 그녀가 죽은 후 지금이 가장 원통했다. 저렇게 섹시하고 멋진 몸인 줄 모르고 만나면 밥이나 먹고 술이나 마시고 헤어졌다니, 박윤우 그년이 살아 있다면 쳐 죽이고 싶을 정도였다.

'도대체 넌 뭐 했던 거니. 저런 남자를 앞에 두고 돌아가신 엄마, 아빠 이야기나 해대고, 이 멍청아!'

차라리 몰랐으면 이렇게 원통하지도 않았겠다. 양복 차림이나 코트를 걸친 것만 봐서 키가 좀 클 뿐 다른 남자와 그냥 비슷하려니, 그렇게만 여겼다. 그녀가 통통한 아랫배와 굵은 다리를 가리려고 옷을 헐겁게 입는 것처럼, 그도 그렇고 그런 몸을 양복과 코트로 숨기고 있는 줄 알았다. 양복 속에 저렇게 멋진 몸을 숨기고 있을 줄이야 상상이나 했겠는가.

이건 줘도 못 먹는 상황보다 더 비참했다. 못 먹는 게 아니라 아예 그녀에게 몸을 주지도 않을 테니 말이다. 그래도 할머니보단 고양이가 된 덕분에 가까이에서라도 벗은 몸을 볼 수 있는 걸 다행으로 여겨야 하는 걸까. 그렇게 자기 위안을 하기엔 이대로 가다간 엄한 년이 차지하게 될 거란 생각을 하니 속이 더 뒤집어졌다.

윤우가 원통함과 흐뭇함 사이에서 혼자 널뛰기를 하며 이부자락에 얼굴을 파묻고 고개를 젓는데, 스킨과 로션을 바른 그가 작은방에 가서 새 팬티를 걸치고 오더니 이부자리로 들어왔다.

"안방에서 자니까 그렇게 좋냐? 아주 좋아죽네."

그가 빙긋이 웃으며 윤우를 쳐다보는가 싶더니, 이부자리 위에 있는 조명을 켜고 방의 불을 껐다. 은은한 노란 불빛이 방을 감싸자, 그의 살결이 더 섹시한 느낌을 자아냈다. 나방이 불에 이끌려 타 죽는지도 모르고 가까이 가는 것처럼, 윤우도 그의 옆으로 슬금슬금 다가가 그의 팔에 얼굴을 댔다. 은은하고 온화한 살 냄새가 났다. 그가 윤우의 머리와 목덜미를 쓰다듬듯 어루만지며 속삭였다.

"집에 오니까 참 좋다. 그치?"

"야옹."

그는 한쪽 팔을 윤우에게 내주고, 다른 쪽 팔로 머리를 괴고 천장을 물끄러미 쳐다보았다. 무슨 생각을 하는지는 모르겠지만, 구속되어 있는 동안 겪었던 일들을 떠올리는 듯했다. 괴로운 듯 미간을 찌푸리기도 했고, 미안한 듯 아픈 눈빛을 하기도 했으며, 다행이라는 듯 안도하는 얼굴을 하기도 했다. 그러다 문득 무슨 생각이 났는지 몸을 반쯤 일으켜 책상 옆에 있는 책장 서랍에서 무언가를 꺼냈다. 카메라였다. 그녀에게 빌려주었다가 김달자 할머니를 통해 돌려받은 카메라.

그가 카메라 버튼을 이리저리 누르더니 저장되어 있는 사진을 들여다보았다. 그녀가 찍은 수많은 사진 중에 유리문에 붙어 있는 메뉴판 글씨 사진이었다. 막걸리집 주인이 직접 조그만 나무판에 안주메뉴를 써넣은 글씨였는데 투박하면서도 정감 가는 글씨였다. 반듯하게 쓰려고 공을 들인 글씨가 서툴지만 정성이 느껴져서, 왠지 안주도 그렇게 정성들여 만들 것 같아 괜스레 탁주 한잔하고 싶게 만들었던 글씨였다.

왜 그 글씨를 보고 있는 걸까. 윤우가 카메라 액정과 그의 얼굴을 번갈아 쳐다보다, 문득 사진 속 유리문에 살짝 비춘 그녀의 모습을 보고 있다는 걸 깨달았다. 편광 필터가 장착된 카메라이긴 하지만, 메뉴판을 찍는 그녀의 모습이 유리문에 살짝 비추어 찍혀 있었던 것이다.

"보고 싶었는데……."

그는 혼잣말처럼 작게 그 말을 중얼거리며 사진을 들여다보았다.

'나 여기 있어요, 늑대님.'

"야옹."

옆에 앉아 있던 윤우가 그의 품으로 들어갔다. 사진을 들여다보고 있던 그가 무릎 안으로 들어온 그녀를 내려다보더니, 카메라를 내려놓고는 그녀를 옆으로 밀어냈다.

"안 돼. 자는 건 저리 가서 자."

그가 조명을 끄고 다시 눕는가 싶더니 등을 돌렸다.

윤우가 아쉬움을 참고 그의 등 뒤에 누워 잠을 청했다. 고요하고 아늑한 밤이었다.

13부
(●(● (●●(●○(●●
핸드폰

 모든 게 끝났다고 생각했다. 김달자 할머니가 죽은 아들의 뒤를 따라가는 거라면, 곧 그녀에게 검은 코트의 사내가 찾아올 것이라고 생각했다. 할머니가 마음에 걸려 했던 사람이 있었는지 없었는지, 있었다면 그게 누구인지 알 수 없었지만, 굳이 알고 싶지도 않았다. 할머니의 전남편일지, 아니면 죽은 아들이 두고 간 부인이나 손자, 손녀일지, 그도 아니면 슈퍼마켓 할아버지일지는 모르겠지만 그중 누군가가 할머니의 다음 차례라 하더라도 더 이상은 신경 쓰고 싶지 않았다. 언제 이 세상을 떠나야 할지 모르는 지금, 윤우는 그의 곁에서 잠시라도 함께 있고 싶을 뿐이었다. 비록 고양이지만, 비록 그는 아침 일찍 나갔다가 밤늦게야 들어오지만, 그와 함께 잠들 수 있고 그의 얼굴을 들여다볼 수 있다는 것만으로 좋았다.
 그는 퇴근하고 돌아오면 그녀의 밥을 챙겨주었고, 지그시 바라보며 목덜미와 등을 쓰다듬어 주었다. 샤워를 하고 나오면 늦은 저녁을 먹고 난 후 그녀와 잠시 놀아주기도 했고, 밤늦게 서류를 들춰볼 때 그녀가 무릎에 앉아도 쫓아내지 않았다. 공판이 있는 날엔 술을 마시고 들어와 바로 잠들어서 서운하기도 했지만, 새벽녘에 깨어나 물을 한 잔 마시고는 그녀에게 그날 재판정에서 있던 일을 이야기해 주었다.

최민호의 자백이 있은 후 대영건설까지 입찰 조작에 연루되었다는 사실이 명백해지자 검찰에서노 발을 빼는 분위기라며, 일이 이렇게 풀릴지는 그도 예상치 못했다는 말을 했다. 그는 돈을 빌려준 사람이 전에 모셨던 국회의원이라는 말도 했다. 재판이 이렇게 풀릴 줄 알았으면 그분에게 돈을 빌렸다는 걸 밝히지 않았을 거라고, 그 때문에 지금 그분의 법률사무소가 세무조사에 시달리고 있다는 말을 하며 착잡한 얼굴을 했다.

그러다 어느 날 밤엔 그가 스마트폰을 한참 들여다보더니, 박윤우에게 전화를 걸기도 했다. 전화를 받지도 않고, 답 전화를 하지도 않자 그는 '아직도 유럽여행 중?' 이라는 짧게 문자를 보내고는 옆에 있는 윤우를 쓰다듬으며 뚱한 표정을 지었다.

"유럽에 볼 게 뭐가 있다고……."

"야옹."

금요일 밤이라 더더욱 박윤우가 생각나는 듯했다. 그는 TV를 켜더니 동물농장을 재방송하는 채널로 고정해 놓고는 주방으로 나가 소고기를 구워왔다. 레드와인 한 병과 글라스도 가져오더니 한 잔 따라 마시며 TV를 봤다. 이부자리에서 뒹굴뒹굴하던 윤우는 소고기 냄새가 너무 고소하게 느껴져서 그의 무릎에 가서는 야옹야옹 울어댔다. 그는 소고기 두어 점을 빈 접시에 내주는가 싶더니 소주잔을 가져와서는 와인을 반쯤 따라주었다.

윤우가 혀로 와인을 할짝거리자 그가 장난기 어린 얼굴로 웃었다.

한 숟가락 정도 마셨을 뿐이었는데, 와인을 홀짝이고 나니 불콰하게 열이 오르고 괜히 웃음이 났다. 윤우가 비틀거리며 안준연의 품 안으로 들어가서는 술기운을 못 이기고 비밀을 떠벌렸다.

"니야오옹, 야앙, 니양양(나 사실은 박윤우다)."

물론 그는 알아듣지 못하고 술 취한 고양이의 해롱대는 소리로 들을 뿐이었다.

다음날 숙취에 시달리며 윤우가 머리통을 두 발로 잡고 있는데, 심상치 않은 말이 들려왔다.

"박윤우 씨 핸드폰을 가지고 있으시다고요?"

'헉! 슈퍼마켓 할아버지가 전화를 건 거야?'

윤우가 발딱 일어나 작은방으로 가보았다. 그는 심각한 얼굴로 누군가와 통화 중이었다.

"지갑도 거기에 있다고요? 거기 사는 분이 주운 것인가요?"

그는 곧장 책상으로 다가가더니 메모지에 뭔가를 적었다. 윤우가 그냥 고양이의 호기심이라는 양 책상 앞으로 다가가 메모지를 쳐다보니 김달자 할머니의 주소가 적혀 있었다. 아무래도 찾아갈 모양인가 보다.

그는 지금 가겠다는 말로 통화를 끝내더니, 혼란스러운 얼굴로 잠시 서 있었다. 혼란스러울 수밖에 없을 것이다. 박윤우의 지갑과 핸드폰이 서랍에 들어 있었는데, 그 집에 살던 할머니의 이름이 김달자라는 걸 알게 됐으니, 이게 도대체 어찌 된 일인지 가늠조차 되지 않을 것이다. 분명 유럽여행 중이라고 했는데 말이다.

그가 나갈 채비를 했다. 책상에 있는 메모지를 스마트폰으로 찍어 저장한 준연이 고양이 사료를 그릇에 한가득 부어주고는 밖으로 나갔다. 같이 가자고 그를 따라 현관 밖으로 나갔지만 그는 그녀를 안아 올리더니 현관 안으로 밀어 넣고는 문을 닫아버렸다.
"이야아아아옹(같이 가)."
윤우가 허둥지둥 나가는 길을 찾았다. 작은방이 베란다와 연결되어 있었지만 창문이 닫혀 있어 큰방으로 들어가 보니 환기한다고 창문을 살짝 열어둔 상태였다. 윤우가 좌식 책상을 딛고 열린 창문턱으로 뛰어 올라갔다. 젠장, 딛고 내려갈 곳이 없었다. 2층에서 뛰어내리다 잘못되면 뼈가 부러질 것 같은데 말이다. 고양이가 된 후에 이렇게 높은 곳에서 뛰어내려 본 적이 없었다. 고양이었지만 마음은 사람이니 뛰어내릴 엄두가 나지 않았다. 창문 밖으로 고개를 내밀고, 디딜 곳이 없을까 살펴보았다. 좀 멀었지만 아랫집 베란다가 보였다. 윤우가 베란다를 뚫어지게 쳐다보며 주문을 외웠다.
'나는 고양이다. 나는 고양이다. 나는 고양이다.'
그래 죽기 아니면 고양이다. 눈을 질끈 감고 윤우가 아랫집 베란다를 향해 뛰었다. 착지하는 순간 심장이 터질 것 같이 떨려왔지만, 고양이에게는 그리 높은 곳이 아니었는지 생각보다 쉽게 그녀가 원하는 자리에 착지가 되었다. 윤우가 잠시 숨을 고르고, 베란다에서 땅바닥으로 뛰어내리고는 곧장 중곡동을 향해 뛰었다. 그는 차를 타고 가지만 주말이라 길이 막힐 테니, 서둘러 뛰어가면 얼추 비슷하게 도착할 수 있을 것이다.
속이 울렁거릴 정도로 뛰어갔다. 고양이라면 웬만해서는 뜀박질에 토하지 않을 텐데, 어찌나 미친 듯이 내달렸는지 중곡동 언덕 아래에 도착할 즈음엔 헛구역질이 날 정도였다. 어제 먹은 와인 때문에 속이 더 뒤집어진 듯했다. 골목길 한구석에서 구토를 하고, 비척거리며 언덕을 올라갔다. 슈퍼마켓 앞에 세워진 자가용이 보였다. 조심스레 슈퍼마켓 안을 들여다봤지만 비워져 있었다.

골목길을 따라 할아버지 집으로 가보았다. 대문 옆 담벼락 위로 뛰어 올라가니, 김달자 할머니의 집 앞에 서 있는 두 사람이 보였다. 할아버지와 안준연이 이야기를 나누고 있었다. 담장 위에서 몸을 납작 엎드리고, 윤우가 무슨 이야기를 하나 들었다.

"이 핸드폰이 여기 서랍 속에 들어 있었다는 겁니까?"

"그래요. 나도 무슨 조홧속인지 모르겠는데, 짐 정리하려고 열어보니까 여기 떡하니 있는 게 아니우. 분명히 고양이가 물어왔을 때 슈퍼마켓에 두고 나갔는데, 와보니 사라져 있어서 누가 훔쳐간 줄 알았는데 말이요."

"고양이가요?"

"그래요. 이 동네 길고양이인데 길에 떨어진 걸 가끔 주워왔다오. 내가 아무래도 밥을 챙겨주니까 고마워서 그런 것 같아요."

"이 핸드폰이 왜 여기에 있었을까요. 핸드폰 주인은 지금 유럽여행 중이라고 했거든요."

"나도 내막은 모르지. 고양이가 가져왔다가 어떻게 여기에 들어간 건지. 여기 살던 사람은 내내 병원에 있었거든. 동네 아이가 가져가서 여기에 숨겨놓은 것 같기도 하고, 여하튼 나도 잘 모르겠소."

분명히 전원을 끄고 넣어두었다. 윤우는 할머니의 짐을 정리한다는 할아버지의 말에 할머니가 돌아가신 건가 추측을 하는데, 핸드폰을 받아 든 안준연이 문이 열려 있는 할머니의 집 안을 들여다보며 물었다.

"여기 사시는 분은 아직도 병원에 계신가요?"

안준연이 혹시 핸드폰에 대해 아는 게 있나 물어보려고 집주인의 행방을 묻는데, 할아버지가 쓸쓸한 얼굴로 고개를 저었다.

"며칠 전에 이 세상 떠났다오. 그저께 발인하고 내가 여기 짐 정리 하려고 서랍을 열었던 거라오."

"그러셨군요."

'결국 죽었구나.'

검은 코트의 사내에게 할머니를 말했기 때문일까, 아니면 그녀가 한겨울에 뜀박질을 했기 때문일까. 먼저 간 아들을 뒤따라간 것이라고 생각하고 싶었지만, 그녀가 할머니를 더 빨리 떠나게 한 게 아닐까 하는 생각이 들어 마음이 한없이 무거워졌다.

"아, 지갑도 살펴봐요. 핸드폰이랑 같은 주인이 맞는지."

할아버지가 챙겨둔 지갑을 집에서 가지고 나오더니 준연에게 건넸다. 그녀가 옆 서랍에 숨겨두었던 지갑이었다. 준연이 지갑을 열어보더니 그녀의 신분증을 확인했다.

"예, 같은 사람 겁니다. 도대체 왜 이게 여기에 있는지 모르겠군요."

준연은 김달자 할머니가 지갑도 주워서 보관한 걸까 추측을 하다가, 할머니에 대해 다시 물었다.

"혹시 할머니 친구분이 최근에 놀러 오셨나요?"

"그런 적은 없었는데, 나야 알 수 없죠. 병원에 있을 때 왔다 간 걸 수도 있으니 말이오."

할아버지와 안준연 모두 알쏭달쏭한 얼굴을 하고 있었다.

"이 친구의 외할머니가 김달자 할머니랑 아는 사이였거든요. 참, 김달자 할머니께서 아드님을 찾으셨나요?"

"아들?"

"예, 이 친구 외할머니께서 저에게 부탁을 했었거든요. 김달자 할머니가 아들을 찾고 있다고요."

"그게 언제 일인가?"

"얼마 안 됐습니다. 한 달 전쯤 부탁을 받았거든요."

할아버지가 이해할 수 없다는 듯 중얼거렸다.

"거 참, 이상하네. 찾긴 찾았지만 벌써 이삼 년 된 일인데……. 그 사람한테 치매가 왔던가."

치매로 아들이 죽었다는 사실을 잊어버리고 아들을 찾아달라고 했던가 싶어 할아버지가 가슴 아픈 얼굴을 했다. 이제야 생각해 보니 최근 들어 상태가 좀 이상하긴 이상했다. 어딘가 딴생각에 빠져 있는 얼굴이기도 했고, 당신을 처음 보는 사람인 양 낯을 가리고 어색해하지 않았던가. 아들한테 편지 쓴다며 공부했던 한글도 아들이 떠난 걸 안 이후엔 손에서 놔버렸었는데, 갑자기 다시 글자 연습을 하지 않았던가. 폐지도 안 줍고 어딜 그렇게 다니나 했는데, 혼자 병원을 다녀왔던 건가. 그래서 그렇게 피곤해하고 어디에 다녀왔는지 말을 안 했던 건가.

할아버지가 뒤늦게 기억을 맞추어보며 울컥 샘솟는 눈물에 굽은 손으로 눈가를 닦아냈다.

이제야 알겠는 게 너무 많았다. 한 달 전쯤인가, 아는 집에서 자고 왔다고 했는데 그게 아니었던 것이다. 치매로 자신이 어디에 있는지 몰라 길을 헤매고 다니다 다시 기억이 돌아온 후에야 집을 찾아온 것이 분명했다. 혹시라도 자신에게 말하면 걱정할까 봐 말을 안 했던 것이리라.

할아버지가 불쑥 흘러나오는 눈물을 황급히 닦아내며 준연을 쳐다보았다.

"이해하세나. 내 요즘 주책없게도 불쑥불쑥 눈물이 나지 뭔가, 이 사람만 생각하면……."

"괜찮습니다. 가까운 분이 떠나셨는데 당연하죠."

준연이 이해한다는 얼굴로 할아버지의 눈물이 잦아들기를 기다리는데, 할아버지가 애써 눈물을 가라앉히고 말을 이어나갔다.

"여하튼 그 아들은 작년 겨울에 세상을 떠났다오. 아마도 이 사람이 치매가 와서 아들이랑 만난 걸 잊었던 모양이오."

"그렇군요. 그럼, 최민호 씨 가족에게는 어머니 소식이 전해진 건가요?"

"최민호?"

"예, 할머니 아드님 성함이 최민호라고 알고 있습니다만."

할아버지가 고개를 갸우뚱하더니 이상하다는 얼굴로 되물었다.

"아들 이름이 최민호라고? 나는 신민호라고 알고 있는데."

"신민호요?"

이번엔 그가 병한 얼굴로 쳐다보자, 할아버지가 더는 안 되겠다는 얼굴로 잠시만 기다리라 하고는 집 안으로 들어갔다. 담장 위에서 몸을 납작 엎드리고 두 사람의 대화를 엿듣고 있던 윤우는 도대체 이 대화가 어디까지 갈 지 궁금해하며 마음을 졸였다. 외할머니라고 해서 만났던 할머니가 사실은 김달자 할머니란 걸 알면, 그는 정말이지 혼란의 도가니탕에 빠질 텐데 말이다.

집 안에서 할아버지가 액자 하나를 가지고 나왔다. 김달자 할머니의 영정 사진이었다.

"정말, 자네가 말하는 김달자가 이 사람 맞나?"

준연은 사진 속의 할머니 얼굴을 보더니, 그야말로 수학 난제를 접한 사람처럼 멍한 얼굴이 되었다.

"이분이 김달자 할머니라고요?"

"그렇네만. 자네가 아는 김달자 할머니가 아닌가?"

"……예. 제가 뭘 잘못 알고 있었나 봅니다. 이분을 이 친구의 외할머니로 알고 있었거든요."

"외할머니?"

할아버지가 기억을 더듬으며 눈을 가늘게 좁히고 영정 속 김달자를 바라보았다.

"이 사람에게 딸이 있었나?"

"없습니까?"

"없는 걸로 알고 있는데. 사실 정확히는 나도 잘은 모르겠네. 이 사람이 옛날 일은 거의 말을 안 했거든. 그래도 딸이 있었으면 만나러 왔을 텐데, 아들내미 찾았을 때에도 그렇고 그 이후에도 딸 얘기는 없었거든."

두 사람의 대화는 점점 미궁 속으로 빠져 들어갔다.

담장 위에서 듣고 있던 윤우는 준연의 손에 들려 있는 지갑과 핸드폰만 뚫어지게 쳐다보고 있었다. 지갑은 그렇다 치고, 저 핸드폰을 어떻게든 가로채어 메모장에 있는 집 주소와 현관문 비밀번호를 지워야 했는데, 그가 쉽사리 핸드폰을 고양이인 그녀에게 빼앗길 것 같지 않았다.

할아버지가 영정을 다시 집 안에 갖다 놓으려고 자리를 비운 사이, 준연이 핸드폰 버튼을 누르며 이리저리 들여다보기 시작했다. 윤우가 황급히 담장에서 풀쩍 뛰어내렸다.

"어! 너 어떻게 여기 있는 거야?"

준연이 깜짝 놀란 얼굴로 윤우를 내려다보았다. 그의 손에 핸드폰이 여전히 쥐어져 있었다. 사람이 깜짝 놀라면 핸드폰을 놓치기도 할 법한데, 그는 반대로 핸드폰을 더 꽉 쥐고 있었다. 그래도 핸드폰에서 시선을 떼고, 그녀를 쳐다보니 일단 고비는 넘긴 셈이었다.

"너 여기까지 따라온 거니? 근데 어떻게 알고 따라온 거야?"
"야옹."
그가 들고 있던 핸드폰을 닫고는 점퍼 주머니에 넣더니, 그녀를 안아 올렸다.
"내 차 냄새 따라온 거야? 아니면 원래 이 근처에 살았던 거니?"
집 안에 있던 할아버지가 나오더니, 준연이 안고 있는 고양이를 보고는 어리둥절한 얼굴로 들여다보았다.
"그 고양이, 자네가 키우는 고양인가?"
"예, 어떻게 알았는지 여기까지 따라왔네요. 집에 두고 나왔는데."
"그 핸드폰을 주워왔던 고양이 같은데……."
"예?"
"비슷하게 생겨서 말이야. 그 고양이도 이 녀석처럼 노란 털이었거든."
그가 반신반의하며 답했다.
"이 고양이는 제가 사는 동네에서 만났습니다. 여기 중곡동이랑 거리가 너무 먼데……."
"내가 잘못 봤나. 이리 줘보게. 자세히 좀 보게. 그 고양이가 밥 달라고 나한테 왔었는데, 장례 치르고 와보니까 통 나타나질 않았거든."
준연이 고양이를 할아버지에게 건네자, 할아버지가 안아 올리고는 윤우를 이리저리 살펴보았다. 윤우가 할아버지를 전혀 모르는 사람이라는 양 버둥거리며 발톱을 세우고 할아버지를 할퀴려고 하자 할아버지는 자신이 착각했나 보다며 다시 준연에게 넘겨주었다.
"그럼, 전 가보겠습니다."
준연이 인사를 건네고는 대문을 넘어 집 밖으로 나갔다. 그의 품에 안겨 있던 윤우는 혼자 집 앞에 서 있는 할아버지를 쳐다보았다. 할머니가 곁을 떠나서일까, 슈퍼마켓 할아버지가 너무나 쓸쓸하고 외로워 보였다.

삼십여 분 후 그의 집에 도착했다. 숙취가 있는 몸으로 중곡동까지 내달려서인지 잠이 든지도 모르고 잠에 빠졌던 윤우는 그가 안아 올린 후에야 자신이 오는 내내 잤다는 걸 알았다. 그녀가 잠든 사이 그가 핸드폰 안에 있는 메모장을 본 건가 싶어 화들짝 놀라며 그의 얼굴을 살펴보았는데, 그는 별다른 표정 변화가 없었다. 집 안에 들어서자 그가 윤우를 내려놓고는 작은방에 점퍼를 벗어 옷걸이에 걸었다.

그가 욕실로 들어가자, 기회는 이때다 싶어 윤우가 방방 뛰며 핸드폰이 들어 있는 점퍼를 향해 앞발을 뻗었다. 한데 욕실에서 나온 L가 그 모습을 보더니 혼내는 듯한 말투로 한마디 하고는 점퍼를 좀 더 위쪽으로 올려 걸어놓았다.

"안 돼. 옷 망가트리지 마."

그가 고양이가 가지고 노는 공 하나를 던져 주더니, 담배를 한 개비를 꺼내어서는 베란다로 나갔다.

윤우가 자기랑 같이 놀자고 유혹하는 공을 애써 무시하고, 옷걸이에 걸려 있는 점퍼 주머니로 앞발을 뻗었다. 젠장, 너무 높았지만 잘만 하면 앞발에 닿을 것도 같았다. 주머니만 툭 치면 핸드폰이 튀어나올 것 같은데, 왜 자꾸 옆에 있는 공이 신경 쓰이는지 모르겠다. 고양이의 무의식이 공을 갖고 놀고 싶어 하는 것 같았다. 윤우가 속으로 주문을 외며 주머니 부분을 앞발로 쳐댔다.

'나는 고양이가 아니다. 나는 고양이가 아니다. 나는 사람이다. 나는 저따위 공에 반응하지 않는 사람이다.'

핸드폰을 꺼내려고 방방 뛰며 앞발을 휘젓던 윤우가 어느 순간 뜀박질을 멈추더니 옆에 있는 공을 앞발로 툭 쳤다. 공 안에 든 작은 방울이 안에서 구르며 재밌는 소리를 냈다.

'이런 니미, 이건 또 왜 이렇게 재미있냐.'

윤우가 욕을 하며 공을 이리저리 치며 굴려댔다. 머리로는 핸드폰을 꺼내는 게 급하다는 걸 알겠는데, 몸이 자꾸만 공을 굴리고 싶어 했다. 베란다에서 담배를 태우던 그가 작은방에서 공을 굴리고 있는 고양이를 귀엽다는 듯이 쳐다보았다.

공놀이에 정신이 팔려 있던 윤우가 준연이 베란다에서 나와 옷걸이에 걸어둔 점퍼에서 핸드폰을 꺼내자 공놀이를 멈췄다. 그는 핸드폰을 쥔 채 작은방에 있는 의자에 앉았다. 그를 정신없게 만들려고 윤우가 무릎 위로 뛰어 올라가 방방 뛰었지만, 그는 한 손으로 그녀를 살며시 눌러 앉히더니, 다른 손으로 핸드폰 버튼을 눌러 문자메시지를 하나씩 훑어보기 시작했다. 그중엔 올케가 보낸 문자도 있었다.

〈일단은 제가 병원비 처리하고, 요양원으로 옮기려고요. 다음 주 월요일 아침에 옮기기로 했으니까, 올 수 있으면 와요.〉

날짜를 보니 어제 온 문자였다. 시동생 윤우가 계속 전화를 받지 않고 답도 없자 올케가 일을 처리한 듯했다. 부모의 장례를 연이어 치른 후 시동생이 한동안 모든 연락을 받지 않고 지냈던 적이 있어서인지 올케는 윤우의 연락 부재를 이상하게 생각하거나 화내지 않았다. 올케도 남편이 떠난 후 일 년여 동안 아무와도 연락을 하지 않은 적이 있기에 시동생도 그런가 보다 여기는 듯했다.

몇 개의 스팸문자와 일에 관련된 기획사 담당자의 문자를 건너뛰자 다시 올케의 문자가 보였다. 일주일 전 문자였다.

〈아가씨, 왜 이렇게 통화가 안 돼요? 일 때문에 많이 바빠요? 병원에서 지우 아가씨를 다른 곳으로 옮겨달라고 연락이 왔어요. 그곳에서 할 수 있는 게 이제는 없다네요.〉

그다음 문자는 문재혁이 보낸 문자였다.

〈누나, 요즘 뭐 해요? 산행도 안 나오고, 연락도 안 받고. 바쁜 거예요? 누나랑 한잔하고 싶은데 연락 줘요. 우리 아버지, 병원에 입원했거든요.〉

문자메시지를 금방 금방 넘기던 안준연이 문재혁의 문자에서 어리둥절한 표정을 지었다. 누나라고 하는 것도 그렇고 산행 이야기를 꺼내는 것도 그렇고, '산그람' 회원 중 한 사람이 보낸 것 같은데, 메시지를 보낸 사람의 이름이 '엄마'라고 되어 있으니 이상하게 여길 만도 했다.
"별명인가?"
별명이라고 해도 그녀에게 누나라고 부르는 남동생뻘 회원에게 엄마라고 붙였다는 게 꽤나 독특했다. 그가 다음 문자를 열어보았다. 이번엔 그도 알고 있는 산그람 회원인 '박쥐'였다.

〈새 일 맡았다는 거 아직 안 끝났나? 나 이번에 책 내는데 표지에 들어갈 캘리그래피 좀 부탁하려고. 여하튼 연락다오.〉

'어쩌라고?'
윤우가 박경휘의 문자를 보며 작게 한숨을 내쉬는데, 준연도 작게 한숨을 내쉬며 중얼거렸다.

"세 다리 걸고 있다고 하더니 진짜였나 보네."

그쯤 되자 준연이 핸드폰을 닫았다. 그녀의 문자메시지를 뒤적여 보는 게 마음에 걸리기도 했고, 또 다른 남자의 문자메시지를 더 이상 발견하고 싶지도 않았다.

여차하면 핸드폰을 입에 물고 베란다로 튀려고 그의 무릎 위에서 잔뜩 긴장하고 있던 윤우는 그가 핸드폰을 닫자 안도의 숨을 내쉬었다. 어떻게든 핸드폰을 내려놓게 하려고 윤우가 같이 놀자며 앞발을 휘젓는데, 그가 핸드폰을 쥔 손을 멀리 뻗었다.

"안 돼. 이건 장난감이 아니야."

그가 바닥에 있는 공을 집어 들더니, 윤우에게 안겨주었다.

"꺄오오옹, 니야아아옹(필요 없어. 누굴 진짜 고양인 줄 알아)."

윤우가 앞발로 공을 쳐내자 공이 바닥으로 굴러 떨어졌다. 그는 공 놀이에 흥미를 잃었다고 생각됐는지 테이블 위에 둔 고양이 낚시대를 집어 들고는 눈앞에서 흔들었다.

"니야아아앙(아, 진짜 필요 없다니까)."

윤우가 앞발로 눈앞에서 흔들리는 깃털을 쳐내자 그가 귀엽다는 듯 미소를 보이며 더 세게 흔들어댔다. 도대체 왜 이러는 걸까. 깃털이 눈앞에서 흔들리며 어른거리자, 자꾸만 잡아채고 싶은 충동이 일어났다.

그가 낚시대의 방향을 틀어 방바닥으로 가져가자 무릎 위에서 깃털만 노려보고 있던 윤우가 충동을 이기지 못하고 무릎에서 뛰어내렸다. 그리곤 자기도 모르게 방방 뛰며 깃털을 잡아채려고 앞발을 뻗었다. 그러다 발톱으로 깃털을 낚아채서는 두 발로 탁 잡고는 의기양양 그를 올려다보는데 이럴 수가, 그가 누군가에게 전화를 거는지 그녀의 핸드폰을 귓가에 대고 있었다. 윤우가 그대로 얼음이 되어 그를 쳐다보고 있다가 이대로는 안 되겠다 싶어 작은방에 있는 사료 그릇과 물그릇을 뒤엎었다.

"야!"

그가 짧게 소리를 쳤지만 핸드폰을 귀에서 떼지는 않았다. 오히려 상대방이 전화를 받았는지 방바닥에 쏟아진 물도 신경 쓰지 않았다.

"박윤우 씨 올케언니분 되십니까?"

올케에게 전화를 걸었던 것이다. 윤우가 무슨 말을 주고받나 귀를 기울였지만 올케의 목소리는 들려오지 않았다.

"윤우 씨 핸드폰을 주운 분이 저한테 연락을 하셔서, 제가 핸드폰과 지갑을 갖고 있습니다. 저는 윤우 씨 친구 안준연이라고 하고요. 근데 윤우 씨가 유럽여행을 갔다고 해서요."

올케의 대답을 들은 준연의 얼굴이 차츰 굳어졌다. 올케의 대답을 윤우는 들을 수 없었지만, 무슨 말을 했는지는 알 것 같았다. 유럽여행 갔다는 말을 전혀 듣지 못했다고 했을 것이고, 그렇잖아도 연락이 안 돼서 답답해하고 있다는 말을 했을 것이다.

한참 동안 올케의 대답을 듣고 있던 준연이 물었다.

"그럼, 윤우 씨 집 주소 좀 알려주실 수 있을까요. 유럽여행을 갔다고 열흘 전쯤 문자가 왔었는데 아무래도 이상해서요. 마지막으로 봤을 때 윤우 씨 외할머니께서 나오셨는데, 윤우 씨가 많이 아프다고 했거든요. 그래서 한 번 찾아가 보려고 합니다."

〈외할머니요? 외할머니는 아주 오래전에 돌아가셔서 안 계신데요.〉

준연의 얼굴이 굳어지다 못해 멍해졌다. 그럼 도대체 김달자 할머니는 누구란 말인가. 누군데 윤우의 외할머니라며 그날 나왔던 걸까.

그 할머니가 윤우에 대해 너무 잘 알고 있어서 그는 일말의 의심도 하지 않았었다.

"그렇군요."

〈그리고 집 주소는 저도 몰라요. 알았으면 저도 벌써 찾아가 봤을 거예요. 연락이 통 안 돼서 그렇잖아도 걱정하고 있었거든요. 중곡동으로 이사한다는 말은 들었는데, 이삿날 제가 카페 일 때문에 가보질 않아서 아직 집이 어디인지 모르고 있어요.〉

"혹시 작업실로 연락해 보셨나요? 일할 땐 작업실에서 먹고 자는 것 같던데요."

〈그럴지도 모르겠네요. 아가씨가 일할 땐 작업실에서 안 나오거든요. 그래서 이번에도 그러려니 하고 있었어요.〉

"알겠습니다. 그러면 제가 작업실로 연락해 보겠습니다. 핸드폰에 작업실에서 보낸 문자가 있었거든요."

한 달에 한 번씩 공과금과 작업실 세를 내기 때문에 공과금 고지 문자가 와 있었다. 작업실 세를 일 년 치 미리 선납해 두었기에, 공과금을 입금하지 않아도 관리자가 독촉하지는 않고 있었다. 작업실에서는 박윤우가 가끔 글씨 수집 때문에 지방으로 취재 겸 여행을 떠난다는 걸 알기에 요즘 그것 때문에 안 나오나 보다 그렇게 생각했을 것이다.

두 사람의 통화를 가만히 듣고 있던 윤우가 속으로 안도의 숨을 내쉬었다. 이사를 하자마자 할머니에게 빙의되었기에 작업실에서는 아직 주소를 모르고 있었다. 사실 작업실에서 집 주소를 알아야 할 일도 없었거니와, 모든 우편물 수령 주소도 작업실로 되어 있어서 다른 사람이 대신 수령해 주고 있었다.

그녀가 지금 어디로 이사했는지 집 주소를 알고 있는 사람은 사실 아무도 없었다. 이사한 다음날 죽었기에 전입신고를 하지 못한 터라 주민센터에 가도 전 주소만 남아 있을 뿐이었다. 물론 욕조를 주문하느라 쇼핑사이트에 새 주소를 입력해 놓았지만, 그녀의 아이디와 비밀번호를 모르니 그가 주소를 알아내는 건 힘든 일이었다. 핸드폰 메모장만 열어보지 않는다면 말이다.

〈혹시 아가씨랑 연락되면 저한테 전화 좀 해달라고 말해주시겠어요?〉

"네, 알겠습니다. 그럼 다시 연락드리겠습니다."

통화를 끝내고 난 후 그가 핸드폰을 테이블에 내려놓고 방을 나갔다. 그녀에게 외할머니가 없다는 사실에 그는 혼란에 빠진 얼굴이 되어 있었다. 게다가 유럽여행을 갔다는 걸 유일한 가족이라고 할 수 있는 올케가 모르고 있으니, 박윤우에게 혹시 사고가 난 건가 싶어서 걱정이 되기 시작했다. 지갑과 핸드폰이 없는 상태에서 사고가 나면 병원에 실려 갔다 해도 신분 확인을 못하니 깨어날 때까지 연락을 못할 수도 있지 않은가. 납치한 사람이 문자를 보내놓고 길에 버린 건 아닐까 하는 무서운 생각이 들다가, 그에게 두부를 먹었냐고 물어본 걸 보면 윤우가 보낸 거라는 생각이 들어 그 상상은 바로 털어버렸다.

준연이 작은방을 나가더니 밥을 안쳤다. 밥이 되면 라면 하나 끓여서 말아 먹을 생각으로 라면 한 봉지와 계란을 꺼내놓고는 작은방으로 다시 들어갔다. 그러다 고양이가 테이블 위에 올라가 핸드폰을 발톱으로 누르며 갖고 노는 걸 보곤 깜짝 놀라 소리쳤다.

"뭐 하는 거야!"

윤우가 들은 척도 않고 버튼을 마저 눌렀다. 메모장에 있던 주소와 비밀번호를 지우고, 방금 막 작업실 관리자가 보낸 공과금 고지 메시지와 관리자의 번호를 찾아 지우고 있던 참이었다. 준연이 뛰어 들어와서는 핸드폰을 바로 낚아채 가는 바람에 다른 메시지를 더 찾아 지우지는 못했지만, 급한 불은 끈 셈이었다. 윤우가 아무것도 모른다는 얼굴로 장난감 달라는 양 앞발을 휘젓자, 그가 혼내는 듯한 얼굴로 윤우를 쳐다보았다.

"야옹."

윤우가 천연덕스럽게 야옹거리자, 준연이 고양이한테 말해서 무엇하겠느냐는 시으로 소용없다는 듯 고개를 젓더니 핸드폰을 살펴보았다. 그러다 작업실 관리자의 메시지가 지워진 걸 보고는 낙심한 얼굴로 한숨을 푹 내쉬었다.

"미치겠네, 진짜."

윤우가 바닥에 흩어진 사료에 엎드려 마구 뒹굴었다. 어차피 먹기 싫은 거였다.

"너, 계속 이러면 쫓아낸다."

윤우가 순진무구한 척 눈망울을 깜빡거리며 그를 쳐다보았다.

"야아오옹, 야옹(정말 나 쫓아낼 거야)?"

그의 눈이 가늘어졌다.

"귀여운 척하지 마, 안 먹히니까."

"얏!"

윤우가 앞발을 내밀어 그의 턱을 살살 쓰다듬자 잔뜩 굳어 있던 그의 얼굴이 서서히 풀리기 시작했다. 윤우가 고르르고르르 목울음소리를 내며 그의 얼굴에 그녀의 주둥이를 대고 부비자, 그가 옆으로 얼굴을 피하면서도 피식 웃음소리를 냈다.

"간지러워. 하지 마."

어느새 화가 풀렸는지 준연이 윤우를 방바닥에 내려놓고는 테이블에 둔 그녀의 핸드폰을 다시 집어 들었다. 윤우는 이제 괜찮겠거니 안심하고는 안방으로 갔다. 그가 오기 전에 지워야 한다는 생각에 가슴을 졸이며 버튼을 눌러댔더니, 온몸에서 힘이 쭉 빠졌다. 안방에 있는 이불에 누워 한숨 자야겠다. 그녀가 늘쩡늘쩡 걸어가서는 펴놓은 이부자리에 한껏 늘어져 엎드리는데 작은방에서 그의 말소리가 들려왔다.

"혹시 박윤우 씨 동료분 되십니까?"

윤우가 벌떡 일어나 앉아 작은방 쪽으로 귀를 기울였다. 맙소사. 다 됐다고 생각했는데 미처 지우지 못한 예전 문자 중에 작업실 동료가 보낸 문자가 있었나 보다. 이름만 보고는 작업실 동료인지 파악이 안 되겠지만, 문자를 보고 추측한 듯했다. 그녀가 오랫동안 안 나오면 같은 방을 사용하는 일러스트레이터가 문자를 보내곤 했었다. 이번엔 어디 취재 간다는 말도 없이 안 나오니 더욱 이상했나 보다.

"네, 저는 박윤우 씨 친구인데요. 윤우 씨가 핸드폰을 잃어버렸는데, 저에게 연락이 와서 챙겨둔 상황입니다. 혹시 박윤우 씨 집 주소를 알 수 있을까 해서 전화 드렸는데, 알고 계십니까?"

일순 긴장했던 윤우가 이부자리에 다시 엎드렸다. 친한 사이의 동료였지만 그녀의 주소는 모르고 있었다. 새로 이사한 주소를 그 친구가 어찌 알겠는가. 작은방에서 그의 실망한 목소리가 들려왔다.

"그렇군요. 아시는 분이 한 분도 없군요."

윤우가 눈을 감고 잠을 청했다. 월요일엔 언니를 보러 병원이나 찾아가야겠다. 그녀가 노곤한 낮잠에 빠져들고 있을 때였다. 귓가로 준연의 안도감 섞인 말소리가 들려왔다.

"아, 그러면 알 수 있겠네요. 이삿짐센터 연락처 좀 알려주시겠습니까? 제가 그쪽으로 전화해 보겠습니다."

'뭐?'

윤우가 기겁을 하며 펄떡 일어나 앉았다. 이삿짐센터를 미처 생각지 못했다. 이사할 때 작업실 관리자가 소개한 이삿짐센터에서 이삿짐을 옮겨주었는데, 그 생각을 못했다. 모르는 곳에서 하면 바가지를 씌우고, 웃돈을 요구하는 경우가 많아 조금이라도 아는 곳에서 하려고 작업실 관리자에게 아는 곳이 있느냐며 물어보았었다. 그녀와 동갑인 관리자가 얼마 전에 이사를 했는데 괜찮은 곳이라며 소개해 준 곳이었다.

눈앞이 아찔했다. 비밀번호를 지우기는 했지만 그가 일단 집에 찾아가면 집주인에게 문을 열어달라고 부탁할 수도 있었고, 비밀번호를 바꾸지 않은 터라 집주인이 문을 열려고 마음만 먹으면 열 수 있었다. 원룸에 혼자 사는 여성이 연락이 되지 않아 찾아왔다고 하면, 집주인도 무조건 거절할 수는 없을 것이다.

윤우가 똥구멍에 불붙은 양 작은방으로 뛰어 들어갔다. 그가 핸드폰을 귀에 댄 채 메모지에 뭔가를 받아 적고 있었다. 이삿짐센터 번호인 듯했다. 윤우가 앞뒤 재지 않고, 그의 무릎으로 뛰어 올라 핸드폰을 쥐고 있는 그의 손을 마구 할퀴었다.

"악!"

그가 아픈 비명을 내지르며 핸드폰을 손에서 놓쳤다. 윤우가 방바닥으로 굴러 떨어진 핸드폰을 입에 물고는 안방으로 뛰어갔다. 뒤에서 그가 소리치며 따라왔지만, 신경 쓸 때가 아니었다.

"이리 내놔!"

윤우가 핸드폰을 꽉 문 채 안방 창문턱으로 뛰어 올라갔다. 환기를 한다고 열어둔 창문이 아직 열려 있었다. 머릿속이 복잡해 그도 창문을 열어둔 걸 잊고 있었나 보다. 윤우가 창밖으로 고개를 쑥 내밀고는 있는 힘껏 고개를 돌려 핸드폰을 멀리 던져 버렸다.

"뭐 하는 짓이야?"

그가 다가와 창밖을 내려다보더니, 땅에 떨어져 산산조각 난 핸드폰을 보고는 경악스러워했다. 윤우가 맞을 걸 각오하고 눈을 꼭 감고 떨었다. 그가 아무리 고양이를 예뻐하고 화를 안 내는 성격이라고 해도, 이런 상황이라면 한 대 때린다 해도 이상할 게 없었다. 하지만 너무 황당하면 때릴 생각도 안 나는지, 그가 기가 막힌다는 얼굴로 윤우를 쳐다보는가 싶더니 황급히 집 밖으로 나갔다. 핸드폰 잔해를 챙기러 가는 듯했다.

윤우가 서둘러 작은방으로 갔다. 메모지에 이삿짐센터의 이름과 연락처가 적혀 있었다. 메모지가 잘 뜯어지지 않자, 입으로 물어 뜯어냈다. 잘게 찢고 자시고 할 때가 아니었다. 벌써 핸드폰 조각들을 다 주웠는지 계단으로 그가 올라오고 있었다. 윤우가 눈을 질끈 감고 메모지를 입안에 물고 잘근잘근 씹어댔다.

집 안으로 들어오던 준연이 그 모습을 보더니 깜짝 놀란 얼굴로 뛰어와서는 그녀의 주둥이를 잡고 손가락으로 입안을 훑어냈다.

"야, 이걸 먹으면 어떻게 해. 이거 먹으면 죽어."

윤우가 메모지를 뱉어내지 않으려고 입을 꽉 오므리자, 그가 아파하며 손가락을 빼냈다.

'난 이미 죽었어. 바보야.'

메모지는 정말 맛이 없었다. 침에 잔뜩 젖어서 메모지가 개떡처럼 뭉쳤는데, 과연 목구멍으로 넘어갈지 모르겠다. 윤우가 질끈 눈을 감고 메모지를 꿀꺽 삼켜 버리자 준연이 정말 어이없다는 얼굴로 쳐다보았다.

"얘, 왜 이래."

그러더니 부서진 핸드폰 조각을 테이블에 내려놓고는 펜을 집어 다시 메모지에 뭔가를 적어 내려갔다. 잊어버리기 전에 다시 적어놓을 생각인 듯했다. 그가 종이 덩어리를 꾸역꾸역 삼킨 윤우를 보며 놀려대듯 말했다.
"너 이따 똥 쌀 때 똥구멍 진짜 아플 거다. 같이 안 놀아준다고 심술부렸나 본데, 되로 주고 말로 받을걸. 나야 그 사람한테 핸드폰 새로 하나 사주면 되는 거고, 이삿짐센터도 이름이랑 전화번호가 워낙 특이해서 안 잊어버렸거든."
그가 메모지에 다시 적고는 메모지를 뜯어 ㄱ양이 눈앞에 흔들어댔다.
"요건 몰랐지?"

―꽃미남 이삿짐센터 8224―8224

윤우가 메모 내용을 빤히 쳐다보다가 환장하겠다는 양 방바닥을 뒹굴었다.
안쳐 놓은 밥이 다 되어가는지 주방에서 칙칙 끓는 소리가 났다. 그가 메모지를 내려놓고 주방으로 가더니 꺼내놓은 라면은 내버려 둔 채 갑자기 냉동고에서 굴비를 꺼냈다. 프라이팬에 기름을 두르고 굴비를 올리자, 쏴아아아 기름 끓는 소리가 빗소리처럼 집 안에 퍼지며 생선 냄새가 진동했다. 윤우가 맛있는 냄새에 이끌려 저도 모르게 주방으로 갔다. 그가 생선을 뒤집으려고 뒤집개를 꺼내 들다가 옆에 와서 코를 높이 치켜든 윤우를 보고는 씨익 웃으며 말했다.
"넌 아까 메모지 먹어서 배부르지? 굴비는 나 혼자 먹을 거니까, 가서 자."
그녀를 약 올리려고 굴비를 굽는 게 분명했다. 사람으로 만났을 땐 미처 몰랐던 안준연의 못된 구석이었다. 윤우가 눈을 깜빡이며 한 점

달라고 밥 먹는 내내 야옹거렸지만, 그는 싱글싱글 웃기만 할 뿐 한 점도 내어주지 않았다.
 만약 다시 박윤우로 돌아가게 된다면, 똥구멍이 찢어지도록 굴비를 먹으리라 결심하며 윤우가 안준연을 있는 대로 노려보았다.

14부

텰모자와 양말

　병원 앞 너른 마당을 지켜보고 있었다. 벤치 아래로 코끝이 얼얼할 정도로 매서운 바람이 불어왔지만 그의 집에서부터 물고 온 핫팩을 바닥에 깔고 앉았더니 그럭저럭 견딜 만했다. 응급차를 따라가는 건 힘들겠지만, 언니가 응급차에 실려 요양원으로 가는 모습만이라도 보고 갈 생각이었다. 어쩌면 이것이 언니와의 마지막일 수도 있다는 생각을 하니 자꾸만 눈가에 눈물이 고였다. 한때 영원할 것 같았던, 아니, 영원은 아니더라도 항상 그녀의 곁에 있을 것 같았던 가족이 눈 녹듯 사라지고 있었다. 언니는 마당 가장자리에 남아 있던 마지막 빙판과도 같았다. 윤우는 눈물이 겨울바람에 식어 눈 주위가 차가워지자, 앞발로 연신 눈가를 문질러 댔다.
　그래도 이렇게 마음의 여유를 갖고 언니를 배웅할 수 있다는 게 다행스러운 일이었다. 준연이 만약 이삿짐센터에서 그녀의 집 주소를 알아냈다면, 지금쯤 그녀는 원룸으로 달려가 문을 열 수 없도록 분주하게 움직여야 했을 것이다. 언니와의 작별을 하고 오라고 하늘이 허락을 해준 것인지 다행스럽게도 준연이 일요일에 꽃미남 이삿짐센터에 전화를 걸었을 때 접수서류를 관리하는 담당자가 출근하지 않아 내일 전화달라는 대답만 들은 상태였다.

정 안 되면 막대기를 입에 물고 비밀번호를 누르고서라도 원룸으로 들어가 직접 비밀번호를 바꿔놓을 생각이었다.

만약 그게 안 된다면 창문으로 들어갈 생각이었는데, 창문을 잠그고 나왔는지 그냥 나왔는지 기억이 가물가물했다.

윤우가 원룸에서 마지막으로 나왔을 때의 일을 기억해 내려고 애쓰는데, 저 멀리 병원 정문 앞으로 응급차가 기는 게 보였다. 윤우가 벤치에서 빠져나가 응급차가 있는 곳으로 갔다. 차에서 나오던 구급요원이 윤우를 보고는 발로 땅을 탁탁 치며 나가라고 소리쳤다.

"저리 안 가!"

윤우가 병원을 나가는 것처럼 뒤돌아서서 걷다가 구급요원이 딴 곳을 볼 때 얼른 정문 바로 앞에 있는 화단으로 뛰어갔다. 겨울이라 잎사귀가 다 떨어졌지만 빽빽한 나뭇가지 아래에 바짝 엎드리니 눈에 띄지 않았다. 노란빛 고양이어서 다행이었다. 황토빛의 낙엽과 풀 때문에 잘 구분되지 않아서 사람들이 알아차리지 못했다.

숨죽이고 병원 정문 쪽을 지켜보며 기다리고 있으니, 얼마 지나지 않아 정문에서 의료진이 이동침대에 실린 환자를 데리고 나왔다. 그 뒤를 따르던 그녀의 올케가 담당 의사에게 허리 숙여 인사를 하고, 구급대원들이 환자를 응급차 들것에 옮겨 싣는 걸 지켜보았다. 만약의 상황을 대비해 인공호흡기가 장착된 응급차로 이동하는 것 같았다.

언니의 두개골을 봉합하는 3차 수술을 한다고 김달자 할머니였을 때 올케에게 문자를 받았지만, 가지 않았다. 들것에 실리는 그녀의 언니는 다시 구멍이 숭숭 난 붕대를 머리에 쓰고 있었다. 호흡은 안정적인지 인공호흡기를 다시 끼고 있지는 않았다. 남들이 보면 그냥 잠을 자고 있는 것처럼 보일 것이다.

'언니, 잘 가.'

화단에 숨어 언니에게 작별 인사를 하던 윤우가 어느 순간 화단을 뛰어나갔다. 이것이 마지막일 수도 있다는 생각에 참을 수가 없었다. 언니가 먼저 떠나든, 그녀가 먼저 떠나든 다시 만나기는 어려울 것이다. 살아 있는 언니를 보는 건 이게 마지막이리라. 비록 언니가 듣지 못한다 하더라도, 비록 그녀가 고양이 울음소리밖에 내지 못한다 하더라도, 마지막으로 언니에게 하고 싶은 말이 있었다.

'언니, 있잖아. 사실은 나 언니를 무시했었어. 언니가 장애인인 거, 많이 못 배운 거, 형부가 바람피우는 것도 모르고 있다가 이혼당한 거 다 무시했었어. 남자 만날 때 언니 때문에 내가 장애아 낳을지도 모른다고 생각할까 봐 언니가 장애인인 거 말을 안 했었어. 언니는 나한테 그렇게 잘해줬는데, 그렇게 예뻐했는데 나는 언니, 창피해했어. 근데 있잖아, 언니. 나 언니 많이 좋아했다. 언니가 참 좋은 사람이라는 거, 알고 있었다. 착한 사람이어서, 너무 착한 사람이어서 동생이 무시하는 거 알면서도 그냥 모른 척하고 있었던 거 나도 알고 있었다.'

윤우가 들것에 실려 응급차로 옮겨지는 지우에게 달려갔다.

"야오옹, 야오오옹."

'언니, 미안해.'

"야오오오옹. 야아옹."

'언니, 정말 미안해.'

윤우가 응급차 뒤에서 목을 빼고 하염없이 우는데, 뒤따라오던 올케가 윤우를 발견하고는 불길하다는 얼굴로 성마르게 외쳤다.

"아니, 웬 고양이가 와서 울고 난리야, 재수 없게."

고양이가 시누이의 죽음을 재촉한다는 생각이 들었는지, 올케가 구둣발로 윤우를 밀어냈다.

"저리 가. 저리 안 가?"

구둣발로 밀어내도 고양이가 가지 않고 계속 울어대자, 올케가 들고 있던 가방으로 윤우를 쳤다. 윤우가 복부에 강한 통증을 느끼며 순간 숨을 쉬지 못하고 옆으로 쓰러졌다. 그러자 올케가 깜짝 놀란 얼굴로 몸을 숙이고 고양이를 살펴보았다. 쫓아내려고 진 건데, 고양이가 의식을 잃은 듯 쓰러져 있자 너무 세게 친 건가 싶어 덜컥하는 얼굴이었다. 올케가 윤우의 머리를 살짝 건드리며 미안한 듯 말을 걸었다.

"괜찮니? 그러게 가라니까 왜 안 가고 그래."

고양이가 꾸물꾸물 움직이며 다시 일어서자 올케가 안도하는 얼굴을 하는데, 환자를 응급차에 실은 구급대원이 밖을 내다보며 물었다.

"보호자분, 같이 타고 가실 건가요?"

"아, 네."

윤우의 올케는 고양이가 일어나서는 머리를 세차게 젓고 기지개를 켜듯 몸을 쭉 펴는 걸 확인하고는 서둘러 응급차에 올랐다.

고양이는 여기가 어디인지, 자신이 왜 그곳에 있는지 모르겠다는 양 고개를 갸웃거리며 주위를 둘러보더니 어디론가 뛰어가 버렸다.

윤우가 눈을 떴을 때 처음 본 것은 온통 흰 벽이었다. 기계음만 들려오지 않았다면 순간 저세상에 온 줄 착각했을 것이다. 힘겹게 눈을 뜨고 위를 쳐다보니 링거액이 고리에 걸려 있었다. 동물병원에 온 걸까? 올케에게 맞았던 것까진 기억나는데, 그 이후는 아무것도 기억나지 않았다. 꽤 오랫동안 눈을 감고 누워 있었는지 허리에서 뻐근한 통증이 느껴졌고, 몸이 둔하고 부겁게 느껴졌다. 왠지 몸 전체로 느껴지는 감각이 완전히 달라진 느낌이었다.

올케가 실수로 고양이의 명치라도 친 걸까. 그래서 동물병원에 실려와 치료를 받은 걸까? 윤우가 뻣뻣한 목을 천천히 움직여 자신의 왼쪽을 쳐다보았다. 왼쪽 앞발로 미세한 통증이 느껴져서 링거가 연결된 건가 살펴보는데, 믿기지 않게도 눈에 들어오는 건 앞발이 아니라 누군가의 왼손이었다.

'응?'

윤우가 얼른 오른쪽으로도 고개를 돌려보았다. 오른쪽 앞발이 아니라, 오른손이 눈에 들어왔다.

'뭐지? 또 누구한테 빙의된 건가?'

윤우가 두 손을 움직여 자신의 얼굴을 매만져 보았다. 시각장애인으로 살아본 적이 없으니, 만진다고 해서 생김새가 파악되지는 않았다. 다만 좀 푸석하면서도 부드러운 살결이 느껴졌다. 손끝을 좀 더 위로 가져가 매만져 보았다. 머리에 무언가가 덧씌워져 있었는데, 손끝으로 구멍 난 망과 붕대가 만져졌다.

'설마……'

윤우가 눈을 끔벅이며 정신을 차리려고 애썼다. 주위를 둘러보자 방금 전엔 미처 보지 못했던 다른 침상이 보였다. 침상에 있는 환자가 누워 있어서 누운 상태에서는 잘 보이지 않았던 것이다. 윤우가 상체를 위로 일으켜 비스듬히 앉자, 침상에 누워 있는 다른 환자들이 눈에 들어왔다. 세 명 모두 연세가 지긋한 할머니들이었다. 잠이 든 것인지 원래부터 의식 없이 누워 있는 것인지 알 수 없었다. 방은 고요했고, 그녀의 손끝에 연결된 기계에서 삐삐삐 기계음만 작게 울리고 있었다.

있는 힘을 모두 짜내어 침상에서 일어나 앉았다. 그녀가 있는 방은 병원 4인실과 비슷했는데 그와는 조금 다른 구석이 있었다. 일상의 흔적이 군데군데 묻어 있다고나 할까. 병실과 기숙사 풍경을 한데 섞어놓은 듯했다. 각 침상 옆 서랍 단 위에 틀니며 안경이며 성경책 등의 개인 물건들이 올려져 있었고, 옷걸이에는 조끼와 카디건이 걸려 있었다. 병실이라면 없었을 거실용 슬리퍼가 침상 아래마다 놓여 있었는데, 모두 오래 신은 듯 때가 꼬질꼬질 묻어 있거나 해져 있었다. 윤우는 할머니들이 덮고 있는 이불이 병원용 무늬가 있는 면 이불이 아니라 집에서 가져온 듯 화려한 꽃무늬나 패치워크로 누빈 이불인 것을 보고는 이곳이 어디인지 알 것 같았다.

자신의 두 손을 내려다보았다. 방금 전 내려다볼 때 왠지 낯이 익었는데, 이제 보니 언니의 손이었다. 그래서 깨어났을 때 그렇게 허리가 아프고 몸에 기운이 없었던 것이리라. 오랫동안 누워 있었던 언니에게 빙의되었으니 말이다.

"하아……."

저도 모르게 깊은 숨을 내쉬었다. 이게 잘된 일인지는 모르겠지만, 그리고 얼마 동안이나 지속될지도 모르겠지만, 내내 누워 있었고 죽을 때까지 누워 있어야 할 언니가 움직일 수 있게 되었다는 것이 기쁘면서도 무서웠다. 언니도 김달자 할머니처럼 그녀가 다른 존재에게 빙의되고 나면 세상을 떠나게 되는 건 아닐까 하는 생각에 기쁨과 슬픔이 함께 찾아왔다.

그러다 문득 고양이가 생각났다. 그 고양이를 다시 볼 수 있을까. 고맙기도 하고 미안하기도 했다. 윤우가 고양이었을 때의 감각과 느낌을 떠올리며 비식 미소를 짓다가, 이내 슬픈 얼굴로 무릎을 끌어안고 얼굴을 묻었다.

'이제 그의 옆에 있을 수 없구나.'

고양이였을 때에는 그래도 그의 곁에서 잠들고 그의 품에 안길 수 있었는데, 이젠 그럴 수 없게 되었다. 그의 무릎에 앉아 잠이 들 때면 외롭지도 슬프지도 않았는데 그 시간이 꿈결처럼 끝나 버렸다.

지금 그는 무얼 하고 있을까. 퇴근했을까? 아니면 아직 시청에서 일하고 있을까. 집에 돌아와 고양이가 없다는 걸 알면 찾으러 다니려나. 아니면 알아서 들어오려니 하고 개의치 않으려나.

안준연을 떠올리며 가만히 생각에 잠겨 있는데 밖에서 인기척이 들려왔다. 깜짝 놀라 그녀가 바로 침상에 누워 눈을 감았다. 뭘 어떻게 하겠다는 생각은 아니었다. 순간적으로 그렇게 행동했을 뿐이었다. 요양원 직원으로 보이는 아주머니가 침상에 누워 있는 할머니와 그녀에게 가까이 다가와 이것저것 살펴보더니 방의 불을 끄고 나갔다. 소등을 할 겸 무슨 일이 없는지 확인하러 들어온 모양이었다.

발소리가 멀어진 후에도 한참이 지난 후에야 윤우가 살며시 눈을 떴다. 방은 어둠 속에 잠겨 있었지만, 기계 불빛이 별빛처럼 반짝이며 침상 윤곽을 드러내 주었다. 옆에 있는 서랍 단을 살펴보니 작은 조명이 놓여 있었다. 조명을 켜고, 벽에 걸린 시계를 확인했다. 밤 열 시가 되어가고 있었다.

어떻게 하는 게 좋을지 갈팡질팡하고 있던 윤우는 생각이 원룸에 있는 김치냉장고에 다다르자, 결정을 내렸다. 안준연이 오늘 이삿짐 센터에 연락해 원룸 주소를 알아냈다면 지금쯤 집주인의 연락처를 알아보고 있을 것이다. 그가 원룸에 들어가기 전에 막아야 한다.

윤우가 소리 나지 않게 조용히 침상에서 빠져나왔다. 언니의 몸은 쉽게 움직여지지 않았다. 무거운 돌덩이를 옮기는 듯 팔다리의 감각이 없었다. 이를 악물고 두 발로 땅을 디디니 오랫동안 누워 있던 탓에 다리가 후들거리고 눈앞이 빙빙 돌기 시작했다. 까마득한 벼랑으로 떨어지는 것처럼 까무룩 눈앞이 검어지자, 윤우가 천천히 바닥에 주저앉았다. 오랫동안 웅크린 채 숨을 고르고, 아이처럼 두 손을 쥠쥠했다. 그러자 어지러움이 가라앉고 꺼질듯 흔들렸던 바닥이 서서히 평평하게 느껴졌다. 몸 안 구석구석에서 삐거덕거리는 결림과 통증이 그제야 찾아왔다. 허리는 끊어질 듯 아팠고, 팔다리가 저릿저릿했다. 몸을 풀어주기 위해 예전에 배웠던 스트레칭을 시도하자 격렬한 통증이 찾아왔다. 윤우가 입 밖으로 터져 나오는 비명을 참으려고 이를 악물었다.

한참 후, 윤우가 깨금발로 다른 할머니의 침상으로 다가가서는 옷걸이에 걸려 있는 카디건을 내렸다. 서랍을 살며시 열어보자 그 안에 고쟁이와 솜으로 누빈 월남치마가 개켜져 있었다. 산책을 하거나 어디 놀러 갈 때 갈아입는 옷인 듯했다. 그녀의 스타일은 정말 아니었지만 스타일 따지고 있을 때가 아니었다.

윤우가 고쟁이와 월남치마를 품에 챙기고는 방 안에 있는 화장실로 들어갔다. 소리 나지 않도록 조심스레 문을 닫은 후 몸을 돌려 거울을 쳐다보니 그녀의 예상대로 거울 속에 언니가 서 있었다. 윤우가 손을 뻗어 거울 속의 언니를 만져 보려 했지만, 차갑고 반질한 거울만 손끝에 느껴졌다.

"언니, 오랜만이다. 그치?"

윤우가 거울 속의 언니에게 인사를 건네자, 거울 속의 언니가 빙긋이 미소를 지으며 그녀를 쳐다보았다. 윤우가 언니의 머리에 씌어져 있는 보호대와 붕대를 풀어내자, 보송보송 솜털같이 난 머리카락이 드러났다. 머리카락 사이로 꿰맨 자국이 동그랗게 나 있었다. 손끝으로 만져 보니 아프지는 않았다. 한 달 전쯤 봉합수술을 했으니, 어느 정도는 아문 모양이다. 그래도 수술 자국이 너무 선명해서 그대로 밖을 돌아다니기엔 께름칙했다. 사람들이 보고 놀라기도 하겠거니와 어딘가에 부딪치거나 나뭇가지에라도 걸리면 봉합 부분이 벌어질 것 무서웠다. 나가기 전에 할머니 모자도 하나 훔쳐야지 싶다.

고쟁이만큼은 입고 싶지 않았지만, 밖은 한겨울 밤이었다. 솜으로 누빈 치마라고 해도 밤바람이 안으로 들어오면 언니가 졸도해 버릴지도 모를 일이다. 오랫동안 누워 있어서 체력이 바닥나 있는 언니를 최대한 따뜻하게 해주어야 할 것 같았다. 만약 감기라도 걸리면 큰일이었다.

고쟁이를 입고 누빔치마를 덧입은 후, 요양원에서 입힌 가운 형태의 옷을 벗었다. 욕창이 생길까 봐 몸을 자주 뒤집어주어야 하니, 가운 형태의 옷을 입혀놓은 듯했다. 카디건까지 챙겨 입은 윤우가 다시 방으로 나갔다.

"……같이 가자니까."

살금살금 다른 할머니의 침상으로 다가가던 윤우가 그대로 멈췄다. 할머니 한 분이 깨어나서 그녀를 본 것인가 싶어 윤우가 멈춰 선 채 그 할머니를 쳐다보는데, 할머니는 눈을 감은 채 팔을 뻗고 있었다.

"같이 가요, 여보. 나만 두고 가지 마."

잠꼬대를 하는 모양이었다. 윤우가 할머니의 잠꼬대가 잠잠해지기를 기다렸다가 다시 다른 할머니의 침상으로 다가갔다. 서랍장을 열어보니 역시나 그녀의 예상대로 겨울용 털모자가 들어 있었다. 노인들이 추위를 많이 타기 때문에 외출할 때면 모자를 쓴다는 걸 부모님 때문에 잘 알고 있었다. 모자를 꺼내어 쓰고, 슬리퍼도 챙겼다. 신발은 밖에 있는지 아무리 찾아봐도 신발은 보이지 않았다.

어쩔 수 없이 앞이 뚫린 슬리퍼라도 신고 나가자 결정을 하고, 양말을 찾기 위해 아래 칸 서랍을 열어보았다. 양말과 속옷이 동그랗게 개어져 정리되어 있었다. 윤우가 두꺼운 양말을 고르려고 어둠 속에서 손으로 더듬어 만져 보다가, 문득 양말 안에 무언가 뻣뻣한 게 느껴져서 꺼내어 안을 뒤져 보았다. 할머니가 비상금을 넣어두었는지 십만 원이 들어 있었다. 자녀들이 왔다가 맛있는 거 사 먹으라고 용돈을 주었던 걸까.

윤우가 양말 안에서 이만 원만 꺼냈다. 대중교통을 이용할 생각이었지만 만약에라도 가다가 언니의 몸이 좋지 않으면 택시를 타야 했다. 미안했지만 나중에 어떤 방식으로 돌려주겠다는 생각을 하고, 이만 원을 주머니에 챙겨 넣고 양말을 제자리에 다시 집어넣었다. 다른 양말 한 켤레를 꺼낸 윤우가 양말을 신고, 모자를 머리에 썼다.

살며시 문을 열고 밖을 내다보았다. 복도가 길게 나 있었고, 소등을 했는지 주위가 어두컴컴했다. 다행스러운 건 양탄자가 복도에 깔려 있어서 그녀의 걸음 소리가 나지 않는다는 것이었다. 혹시라도 노인네들이 다니다 넘어질까 봐 양탄자를 깔아둔 듯했다.

복도는 정적이 감돌았다. 최대한 쫑긋 귀를 세우고 복도를 걸어가던 윤우는 인기척이 들리자, 숨을 죽이고 복도 벽 어둠 속에 몸을 숨겼다. 다른 방의 불을 끄고 나온 직원이 지나가고 있었다. 아무래도 오늘 당직인 직원인 듯했다. 다시 인기척이 사라지고, 복도가 조용해지자 윤우가 몸을 잔뜩 수그리고 로비를 지나 정문 쪽으로 나갔다. 직원은 로비와 가까운 곳에 있는 직원실로 들어갔는지 직원실에서 물소리가 났다.

윤우가 정문으로 가서는 낸 위에 잠겨 있는 걸쇠를 돌리고, 자동잠금장치의 열림 버튼을 눌렀다. 띠리링 음악 소리를 내며 잠금장치가 해제되었지만 밖에 사람이 있나 싶어 문을 열고 잠시 망설였다. 한데 직원실에서 물소리가 멈추더니, 직원의 발소리가 들려왔다. 정문 쪽에서 소리가 나니 이상해서 나와 보는 듯했다.

윤우가 얼른 밖으로 나가서는 곧장 복도 끝으로 달렸다. 밖은 또 다른 복도가 길게 나 있었고, 화장실과 엘리베이터가 있었다. 윤우가 화장실로 들어가 숨어서는 정문 쪽을 살펴보니, 직원이 정문으로 나와 보고는 다시 안으로 들어갔다.

엘리베이터에 타고 나서야, 요양원이 5층짜리 건물에서 5층과 4층에 걸쳐 있었다는 걸 알았다. 건물은 여러 작은 병원과 한의원이 함께 입주해 있었고, 아래층엔 약국과 편의점이 있었다. 윤우가 모자를 푹 눌러쓰고, 엘리베이터에서 내리자마자 건물 밖으로 나갔다. 요양원이어서 으레 어느 한적한 시골 풍경이 눈앞에 펼쳐질 줄 알았는데, 건물 밖으로 나와 보니 도심이었다. 물론 건물들이 낮고 불빛도 화려하지 않은 서울 외곽의 시내였지만, 어딘가 지하철역이 있을 것만 같아서 절로 안도의 숨이 터져 나왔다. 경기도 외곽이었으면 나왔다고 해도 택시를 잡기 쉽지 않았을 텐데 말이다.

윤우가 도로 표지판을 보며 백여 미터쯤 걸으니, 먼발치에 지하철역이 있었다. 그녀가 있는 곳은 상계동이었다. 그제야 올케언니의 카페가 있는 동네라는 걸 깨달았다. 올케언니가 오가기 수월하게 카페 근처에 있는 요양원으로 옮겼나 보다.

전철을 타고 그녀의 원룸이 있는 중곡역에서 내렸다. 가는 내내 현란한 꽃무늬의 월남치마 차림에 슬리퍼를 신고 있는 게 신경 쓰였지만, 늦은 시각이라 그런지 사람들은 피곤에 찌든 얼굴일 뿐 호기심을 보이지는 않았다. 아주 조금 정신 나간 여자라고 보는 것도 같았지만, 자신에게 말을 걸까 봐 시선을 피하는 눈치였다. 윤우는 왠지 해방감을 느꼈다. 그동안 자신이 세련되고 지적인 이미지로 보이고 싶어 했다는 걸 새삼 깨닫는 순간이었다.

지하철에서 원룸이 있는 골목까지 걸으니 발이 시렸다. 두꺼운 양말을 신었다고 해도 한겨울 밤이니 슬리퍼로는 감당이 안 되나 보다. 발가락이 떨어져 나갈 것처럼 시리다 못해 얼얼했다. 집에 거의 다 왔다는 안도감에 윤우가 땅바닥에 쪼그려 앉아 발끝을 손으로 주물렀다. 집에 들어가면 난방을 켜고 몸부터 녹여야지 싶다.

점퍼나 코트도 없이 카디건만 걸치고 나온 탓에 겨울바람이 뜨개실 사이로 숭숭 들어와 온몸이 떨렸다. 이럴 줄 알았으면 다른 할머니 패딩점퍼도 훔치는 건데……. 돈까지 훔친 마당에 패딩점퍼 안 훔치면 누가 칭찬이라도 해줄까 봐 그런 건지, 윤우는 자신의 소심함에 이를 갈았다.

"븅신, 어차피 욕먹는 건 똑같은데 욕은 욕대로 먹고 고생은 고생대로 하냐."

윤우가 투덜거리며 몸을 일으키고는 다시 걷는데, 먼발치에 사람 그림자가 어른거렸다. 순간 검은 코트의 남자가 찾아온 건가 싶어 발길을 멈추고 집 앞에서 있는 남자를 뚫어지게 쳐다보았다. 남자는 마치 집을 찾는 사람처럼 손에 든 무언가와 건물을 번갈아 쳐다보았다. 손에 든 건 붉은 수첩인가? 명부에 있는 그녀의 이름을 확인하고 있는 걸까?

 골목길이 어두워서 남자의 얼굴이 보이지 않았다. 한데 차 한 대가 헤드라이트를 켠 채 골목길을 지나갔다. 그 덕에 남자의 얼굴을 짧은 순간 볼 수 있었던 윤우는 얼굴을 보고는 안도의 한숨을 내쉬다가, 이내 다시 굳어졌다. 안준연이었다. 그가 이삿짐센터에서 집 주소를 알아낸 집을 찾아온 모양이었다.

 그냥 가게 둘까. 아직 집주인의 연락처를 알아내지는 못한 것 같은데 말이다. 그도 늦은 시각이라 그녀의 집이 있는 2층으로 올라가는 걸 망설이고 있는 듯했다.

 차 뒤에서 지켜보고 있던 윤우는 안준연이 어느 순간 건물 안으로 들어가는 게 보이자, 냅다 건물 안으로 뛰어 들어갔다. 그가 계단으로 올라가고 있었다. 윤우가 두 계단씩 뛰어 올라가자, 원룸 문 앞에 서서 호수를 확인하던 그가 고개를 돌렸다. 그의 손에 스마트폰이 들려져 있었다.

 윤우가 거친 숨을 내쉬며 그에게 다가가자, 준연이 어리둥절한 얼굴로 빤히 쳐다보았다.

 "헉, 헉…… 안준연 씨…… 헉헉…… 되시죠?"

 "예, 그렇습니다만……."

 윤우가 땀으로 가려운 이마 부위를 손으로 살살 긁적이고는 그에게 악수를 청하듯 손을 내밀었다. 털모자를 벗고 싶은데 봉합 자국을 보이는 게 아무래도 이상할 것 같아 가려운 걸 꾹 참았다.

 "윤우 언니예요. 윤우가 안준연 씨 사진을 보여준 적이 있거든요."

 "아, 예, 안녕하세요."

 그가 조금은 얼빠진 얼굴로 인사를 건네더니 이내 이상하다는 듯 눈을 좁혔다.

"근데 언니분은 뇌출혈로 병원에 있다고 들었는데……."
윤우가 별거 아니라는 양손을 절레절레 저으며 말했다.
"얼마 전에 깨어났어요."
그는 눈으로 보면서도 믿을 수 없다는 양 멍한 표정을 짓다, 이내 혼란스러운 얼굴을 했다.
"깨어나기 힘들다고 했는데, 깨어나신 겁니까? 깨어난다고 해도 식물인간이 될 가능성이 크다고 했었는데……."
윤우가 입술을 찌그러트리며 웃어 보였다.
"기적이죠, 뭐. 살다 보면 이런 일 저런 일 다 있는 거 아니겠어요?"
"그렇긴 합니다만……."
뇌가 반쯤 죽어버렸다는 사람이 이렇게 멀쩡하게 깨어날 수 있는 것인지 그는 믿기지 않았다. 아니면 박윤우가 비련의 여주인공 행세를 하고 싶어 과장되게 말을 한 걸까. 그의 눈엔 오히려 비련의 여주인공 흉내를 내지 않으려고 애써 의연하게 행동하는 걸로 보였는데 말이다.
"근데 여기는 웬일이죠?"
윤우가 다 알면서도 모른 척 묻자, 그가 이마를 긁적이며 답했다.
"그게 그러니까…… 윤우 씨랑 연락이 되지 않아서요. 윤우 씨는 유럽여행을 갔다고 하는데 다른 분이 윤우 씨 핸드폰이랑 지갑을 가지고 있고……. 아무래도 이상해서요. 잘 있는 건지 확인만 하고 가려고 찾아온 겁니다."
"그렇군요. 윤우 핸드폰이랑 지갑을 준연 씨가 갖고 있었군요."
윤우가 애써 웃음을 지으며 이제야 알았다는 표정을 지어 보였다.
"그렇잖아도 윤우가 잃어버린 지갑이랑 핸드폰을 제가 받았는데……. 제가 뇌수술을 받아서인지 요즘 깜빡깜빡 잘 잊어먹어서 또 잃어버린 거 있죠. 도대체 어디에 떨어뜨렸나 그렇잖아도 찾고 있던 중이었어요."

윤우가 말을 하면서도 스스로의 거짓말에 혀를 내둘렀다. 자신이 이렇게 거짓말을 그럴듯하게 잘하는지 이제야 알았다.

"아…… 여행하면서 잃어버렸군요. 그래도 어떻게 그곳에서 지갑이랑 핸드폰을 보내줬네요. 대부분은 그냥 돈만 챙기고 버리거나 핸드폰을 팔아버릴 텐데."

"그러게요. 마음씨 좋은 분이 주웠나 봐요. 대사관 쪽으로 연락이 와서 이곳으로 보내줬어요."

"그렇군요. 정말 다행이네요. 전 윤우 씨에게 무슨 일이 생겼나 하고 걱정했었거든요."

윤우가 아무 걱정 말라는 듯 씨익 웃어 보이자, 그도 한결 안도하는 얼굴이 되었다.

"그림, 윤우 씨는 지금 계속 여행 중인가요? 지갑에 카드랑 신분증이 다 들어 있던데, 여행하려면 막막할 텐데요."

"걱정 안 해도 돼요. 여권도 있고, 일단 급한 돈은 제가 좀 보내줬어요. 곧 들어온다고도 했고요."

"윤우 씨랑 연락할 수 있는 번호 가지고 계시면 알려주시겠습니까. 괜찮은 건지 저도 연락을 해봤으면 해서요."

윤우가 짧은 순간 곤혹스러운 표정을 짓자, 예의 바른 미소를 입가에 머금고 있던 그의 얼굴이 무표정해졌다. 속을 드러내지 않는 무표정한 얼굴이었지만 고양이로 같이 지냈던 시간이 있기에 그가 무슨 생각을 하는지 알 수 있었다.

"아뇨. 윤우가 알려주지 말라고 한 게 아니고요, 그러니까 그게……."

윤우가 어떻게 말해야 하나 머리를 마구 굴려대다 나오는 대로 말했다.

"그러니까 윤우가 한국으로 돌아오면 곧장 제주도에 가서 한동안 지내겠다고 했거든요. 그러니까 걱정 말라고, 거기 아는 친구 집에서 푹 쉬다 올 거니까 신경 쓰지 말라고 그랬거든요. 저도 아는 친구고요. 그래서 윤우가 집을 비우는 동안 제가 여기서 지내기로 한 거예요. 이사를 하는 바람에 제가 갑자기 갈 데가 없었거든요. 제가 깨어날 줄은 윤우도 몰랐고, 저도 몰랐으니까요."

"아…… 네, 그랬군요."

그는 생각에 잠긴 얼굴로 고개를 주억기리더니, 서류가방에서 윤우의 지갑을 꺼냈다. 윤우가 지갑을 받아 들자 그가 미안해하는 얼굴로 말했다.

"핸드폰도 저한테 연락 주신 분이 함께 줬는데, 그게…… 제가 키우는 고양이가 핸드폰을 창문밖으로 떨어뜨리는 바람에 부서졌습니다. 죄송합니다. 핸드폰은 제가 새로 사주겠다고, 윤우 씨에게 전해주시겠습니까?"

윤우가 손사래를 쳤다.

"괜찮아요. 그거 쓴 지도 오래됐고, 구형이라 언제 망가지나 기다렸던 거예요. 아마 스마트폰으로 바꿀 핑곗거리 생겼다고 좋아할 거예요."

"아닙니다. 어쨌든 제가 망가뜨렸으니까 제가 사주려고요. 혹시 윤우 씨 이메일 주소 아시면 알려주시겠어요? 제가 직접 말하고 싶은데……."

윤우가 이메일을 모른다고 대답하려다가 알겠다는 양 고개를 끄덕였다. 그가 스마트폰을 꺼내더니 메모장을 누른 후 건넸다. 내일 일어나면 노트북을 찾으러 슈퍼마켓 할아버지 집부터 가야겠다. 윤우가 이메일 주소를 써주자, 그가 저장을 눌렀다.

"그래도 이메일 주소는 잊어버리지 않으셔서 다행이네요."

핸드폰에 저장된 걸 찾거나 인터넷 메일을 열어보지 않고 바로 적어주자 좀 의외였나 보다. 윤우가 어색하게 웃었다.

"하히, 동생 이메일 주소는 쉽거든요……."

박윤우의 이메일 주소를 내려다보던 준연은 그렇게 쉬운 주소는 아니라는 듯 고개를 갸웃했다. 윤우가 얼른 화제를 돌렸다.

"근데 저녁 먹었어요?"

"네?"

"아, 제가 저녁을 못 먹어서 배가 고프거든요. 그래서 먹으러 나갈 건데 안 먹었으면 같이 먹자고요."

혼자 먹는 것도 싫었고, 그와 조금이라도 함께 있고 싶은 마음에 꺼낸 말이었다. 하지만 준연의 얼굴을 보니 처음 보는 박윤우의 언니와 이 늦은 시각에 밥을 먹는 게 부담스러운 눈치였다. 그렇다고 그를 설득하고 자시고 할 상황은 아니었다. 배가 너무 고파서 뱃가죽이랑 등가죽이 달라붙을 판이었다. 왜 안 그렇겠는가. 그녀의 언니는 지난 석달여 동안 아무것도 못 먹고, 링거로 영양 공급을 받아왔으니 이건 거의 실신할 지경이었다. 윤우가 빨리 결정하라는 양손을 내저으며 말했다.

"먹었으면 됐고요. 전 그럼 먹으러 갈 거니까, 안녕히 가세요."

"아닙니다. 사실은 저도 저녁을 거른 참이라 배가 고팠습니다."

"그럼 잘됐네요. 제가 사드릴 테니까 맛있는 거 먹어요."

"아뇨, 제가 사드릴게요. 기적처럼 깨어나셨으니 축하드릴 겸 해서요."

"아이고, 제가 사요. 준연 씨한테 얻어먹으면 동생한테 혼나요. 동생이 준연 씨가 매번 사줬다고 그랬거든요."

"별로 사준 것도 없는데요."

"여하튼 내가 사요. 먹고 싶은 거나 생각해 보세요."

윤우가 잠깐 기다리라는 말을 덧붙이고는 원룸 안으로 들어갔다. 원룸은 나왔을 때의 모습 그대로였다. 패딩코트를 꺼내 입고 겨울부츠를 꺼내 신었다. 언니의 몸집이 윤우보다 작은 탓에 부츠는 헐거웠고, 옷도 낙낙했다. 월남치마를 갈아입고 싶었지만, 배가 너무 고프기도 했고 언니의 몸으로 그에게 예쁘게 보여서 뭐 하냐는 생각도 들어 그만두었다.

윤우가 밖으로 나오자, 그가 생각에 잠긴 얼굴로 서 있다가 이내 예의 바른 미소를 지으며 쳐다보았다.

"언니분께서 드시고 싶은 건 뭐예요?"

"음……."

윤우가 현관문이 닫혔는지 벨소리를 주의 깊게 듣고는, 먹고 싶은 게 뭔지 생각해 보았다. 아무리 봐도 그는 자신이 먹고 싶은 걸 주장할 성격은 아니었다. 윤우가 지금 이 시각에 먹을 수 있는 건지는 나중에 생각하기로 하고, 일단은 머릿속에 떠오르는 걸 말했다.

"굴비요."

"굴비요?"

"네, 굴비요. 그렇게 좋아하는 건 아니었는데 그저께 누가 먹는 걸 구경만 했더니 굴비가 너무 먹고 싶네요."

누가 먹는 걸 왜 구경만 하고 있었을까, 그는 선뜻 이해되지 않는다는 얼굴을 하고 있었다.

다음날 눈을 뜨자마자, 윤우가 올케에게 문자를 보냈다.

〈올케언니, 저 윤우예요. 제 핸드폰을 잃어버려서 언니 핸드폰으로 연락하는 거예요. 그동안 연락 안 해서 미안해요. 이리저리 여행 좀 다녔거든요.〉

골목길에서 대로변으로 이어지는 길을 걷고 있을 때쯤 핸드폰이 울렸다. 올케였다. 받을까 말까 망설이던 윤우는 다른 손으로 콧방울을 쥐고 전화를 받았다.

이 전화마저 받지 않으면 올케가 정말 화를 낼 것 같았고, 무엇보다 요양원에서 연락이 왔는지도 궁금했다. 그나마 다행인 것은 이번엔 언니에게 빙의가 되어 목소리가 비슷하다는 것이었다. 그래도 혹시나 알아차릴까 봐 윤우가 감기가 걸린 것처럼 콜록거리며 코맹맹이 소리를 냈다.

"네, 언니."

〈아유, 참. 그동안 어디에 있었던 거예요. 계속 전화했는데.〉

"미안해요, 언니. 여기저기 여행하다가 그렇게 됐어요."

〈감기 걸렸어요? 목소리가 꽉 막혔네.〉

"예. 그냥 코감기예요. 걱정 안 해도 돼요."

〈근데 핸드폰은 못 찾은 거예요? 토요일에 아가씨 친구분이라는 남자가 전화했었거든요. 핸드폰 주운 사람이 연락을 했다면서요.〉

"네, 연락은 받았어요. 근데 핸드폰이 망가져서 새로 개통해야 할 것 같아요."

〈지우 아가씨, 어제 요양원으로 옮겼는데 그 문자 봤어요?〉

"그래요? 핸드폰 잃어버려서 모르고 있었어요."

〈그랬구나. 나는 걱정하고 있었네. 여하튼 지우 아가씨는 요양원으로 잘 옮겼어요. 카페 근처에 있는 곳으로 옮겼으니까 걱정은 말고요.〉

"고마워요, 언니."

〈몰라요. 아가씨가 연락 안 받아서 나만 진탕 고생했잖아요. 가게 때문에 자리 비우기 힘든 거 뻔히 알면서…….〉

"미안해요, 진짜. 나중에 언니한테 선물 하나 할게요."

〈됐어요. 아가씨도 속이 말이 아니라서 그런 건데. 괜찮아요. 그러니까 전화하면 전화만 좀 받아요.〉

"알았어요. 당분간은 이 번호로 전화 줘요."

윤우가 병원비 보내게 계좌번호를 알려달라고 하자, 올케는 나중에 얼굴 보면 달라며 잘 지내라는 답을 해왔다. 알겠다는 말을 하던 윤우가 궁금증을 참지 못하고 슬쩍 요양원에 대해 물었다.

"요양원에서 연락 온 건 없고요?"

〈그렇잖아도 아침에 전화해 봤어요. 지우 아가씨한테 뭔 탈은 없는지.〉

"뭐래요?"

〈그냥 아무 이상 없다고 그랬어요. 사실 이상 있을 게 뭐가 있겠어요. 만날 자고 있는데요.〉

"그렇긴 하죠. 여하튼 알았어요. 전화 끊을게요."

〈그래요. 그리고 지우 아가씨는 내가 가까운 데 있으니까 자주 들러볼게요.〉

윤우가 눈을 동그랗게 뜨고 저도 모르게 말렸다.

"언니, 그러지 말아요."

〈왜요?〉

"아니, 언니도 바쁠 텐데 자주 갈 거 뭐 있냐고요. 애들도 건사해야 하고, 카페 일도 있고…… 그리고 언니도 언니 인생 살아야죠. 언제까지 시댁식구 뒤치다꺼리를 하려고요."

〈아가씨도 참.〉

"아닌 말로 언니가 찾아간다고 지우 언니가 아는 것도 아닌데, 뭘 찾아가요. 그냥 자게 둬요. 지우 언니 성격엔 올케언니가 거기 찾아가느라 힘들어하는 거 알면 너무 미안해할 거예요."

〈그래도 식구들이 너무 안 가면, 요양원 직원들이 막 대할 것 같아서요.〉

"분하면 깨어나겠죠."

윤우의 농에 올케가 피식 웃었다.

〈아가씨는 진짜 천하태평이에요, 예전이나 지금이나. 누가 말려, 아가씨를.〉

"당분간은 가지 말고 그냥 둬요. 차라리 그 시간을 언니를 위해 써요. 운동을 하거나, 친구들 만나거나, 연애를 하거나."

〈이 나이에 무슨 연애예요. 나이가 오십이 다 되어가는데. 여하튼 알았어요. 시간 될 때 한번 놀러 와요. 애들이랑 같이 밥 먹게요. 애들이 막내 고모 보고 싶다고 했거든요.〉

"네, 언니. 잘 지내고요."

요양원에서 환자가 사라진 걸 보호자에게 알리지 않았다는 걸 다행스럽게 여겨야 하는 건지 어처구니없어 해야 하는 건지 판단이 안 됐다. 아마 지금쯤 요양원에서는 뇌사에 빠진 환자가 땅으로 꺼졌나 하늘로 솟았나 하며 얼이 쏙 빠진 얼굴로 요양원 전체를 뒤지고 있을 것이다. 혹시나 치매 환자가 박지우를 질질 끌고 어딘가에 숨겨놨나 싶어 연락을 미루고 몰래 찾고 있는 걸지도 모를 일이다.

찾다 찾다 못 찾으면 올케에게 연락을 할 것이고, 그러면 부리나케 올케가 그녀에게 연락을 해올 것이다. 윤우는 그때 일은 그때 닥치는 대로 대응하기로 하고, 우선은 노트북을 챙기러 중곡동으로 향했다.

15부
슈퍼마켓 할아버지

 슈퍼마켓 문이 닫혀 있었다. 점심 때문에 잠시 출타한 것인지 보려고 유리문 너머로 가게 안을 살펴보았지만, 할아버지가 앉는 의자엔 점퍼가 걸려 있지도 않았고 메모장과 펜이 계산대 위에 꺼내어져 있지도 않았다. 출타가 아니라 가게 문을 아예 열지 않은 듯했다. 김달자 할머니가 떠난 후 삶의 의욕을 잃은 것일까. 윤우가 걱정과 불안이 뒤섞인 얼굴로 가게 안을 들여다보다가 할머니의 집으로 향했다.
 그사이 할아버지가 발견한 건 아닐까, 반신반의하며 신발장 뒤를 들여다본 윤우는 노트북가방이 그대로 있는 것을 보고는 반색했다. 이제 이런저런 공과금과 세를 인터넷뱅킹으로 보낼 수 있게 되었고, 준연이 보내올 메일도 확인해 볼 수 있었다.
 윤우가 할머니의 집은 어찌 되었는지 보려고 문손잡이를 잡고 당겨보았지만 잠겨 있었다. 그사이 집이 정리되었는지 철제서랍장은 텅 비어져 있었다. 자책감이 밀려왔지만 어쩔 수 없는 일이었다. 그렇게 애써 되뇌며 돌아서는데 고양이가 야옹거리며 대문 안으로 들어왔다. 베이지색 고양이였다. 한때는 그녀였던 그 고양이라는 생각에 윤우가 반가워하며 가까이 다가가는데, 고양이는 낯선 사람을 대하듯 잔뜩 경계를 하며 털을 세웠다.

"칫, 그래도 한때는 너랑 나랑 한 몸이었는데 어떻게 날 몰라보냐?"

고양이는 가까이 오지 말라는 듯 꼬리를 빳빳하게 세우고 노려보더니, 그녀를 지나쳐 할아버지가 사는 집 현관문 앞에 가서 야옹거리며 울었다. 배고파서 밥 달라고 하는 듯한 것이 할머니가 떠난 후 할아버지가 고양이들 밥을 챙겨준 듯했다. 베이지색 고양이는 준연과 지냈던 일은 모두 잊어버리고, 예전처럼 할머니와 할아버시에게 밥을 달라고 하고 있었다. 할아버지가 안에서 나오면 잘 지내는지 얼굴만 보고 가려고 고양이 뒤에서 기다리고 있던 윤우는 현관문 너머로 미세하게 신음 소리가 들려오자 머뭇머뭇 문 쪽으로 다가갔다. 윗부분이 유리로 되어 있는 현관문이라, 윤우가 유리쪽에 귀를 가까이 대고 안에서 무슨 소리가 나는지 귀를 기울였다. 고요하던 집 안에서 다시 아픈 신음 소리가 들려왔다. 아무래도 할아버지가 혼자 쓰러져 있는 것 같았다.

윤우가 현관문을 흔들어보았지만 문은 열리지 않았다. 해서 문을 두드리며 안에 있는 할아버지에게 들리도록 크게 소리쳤다.

"할아버지, 안에 계세요?"

"......으음."

할아버지의 대답은 가느다랗고 작았다.

"할아버지, 이 문 좀 열어주실 수 있으세요?"

더 크게 소리쳤지만, 문은 열리지 않고 안에서 할아버지의 신음 섞인 대답만 들려올 뿐이었다.

"……어어…… 어어."

편찮으신 걸까. 아니면 집 안에서 무슨 일이 생긴 걸까. 할아버지는 대답하려고 애쓰는 것 같았지만, 목소리가 너무 힘이 없고 불분명했다. 윤우의 심장이, 아니, 지우의 심장이 쿵쿵 뛰기 시작했다. 할아버지마저 김달자 할머니를 따라가게 되는 것은 아닌가 싶어 윤우가 앞뒤 재보지 않고, 일단은 문을 열기로 했다.

"할아버지, 나오지 마세요. 유리문 부수고 들어갈게요."

"……어어."

윤우가 들고 있던 노트북가방으로 유리문을 쳤다. 노트북이 망가지는 걸 따지고 있을 때가 아니었다. 강화유리는 아니었던지 두어 번 치자 유리가 쨍강 소리를 내며 금이 갔다. 유리를 조심스레 빼내고, 구멍 사이로 손을 넣어 잠금장치를 돌렸다.

문을 열고 안으로 들어가자, 할아버지가 안방에서 나오려고 했는지 문턱에 엎드린 채 그녀를 쳐다보고 있었다. 할아버지의 얼굴이 고통으로 잔뜩 찡그려져 있었고, 식은땀으로 얼마 남지 않은 흰 머리카락이 흠뻑 젖어 있었다.

윤우가 유리 파편 때문에 신을 신은 채 안으로 들어가 할아버지의 상태를 살폈다.

"할아버지, 괜찮으세요? 어디가 아프신 거예요?"

할아버지가 쥐어짜듯 천천히 말했다.

"그저께 빙판에서 넘어졌는데…… 괜찮은 줄 알고 그냥 파스만 붙였어. ……근데 자고 일어났더니 못 움직이겠어."

"일단은 움직이지 마세요. 뼈가 부러진 거면 움직일 때 또 다칠 수 있거든요. 제가 119 부를 테니 가만히 계세요."

윤우가 언니의 핸드폰을 꺼내 119에 전화하자 상담원이 집 주소를 물어왔다. 윤우가 할아버지 귓가에 핸드폰을 대주자, 할아버지가 띄엄띄엄 간신히 주소를 답하고는 통증을 참는 듯 이를 악물고 머리를 숙였다. 윤우가 안절부절못하며 할아버지를 지켜보는데, 어느 순간 통증이 다시 가라앉았는지 할아버지가 팔에 머리를 기대고 긴 숨을 내쉬었다.

"근데 누구신가? 복지사 선생이신가?"

사회복지사들이 독거노인들의 생활 실태를 조사하기 위해 종종 가정방문을 하니, 윤우도 그런 사람이라고 생각하고 있었다. 윤우가 대충 할아버지의 추측에 장단을 맞추어주었다.

"……예, 새로 온 복지사인데, 옆집에 들렀다가 아무래도 이상해서 들어왔어요."

"옆집 사람은 얼마 전에 세상 떠났네."

"그런가요? 제가 새로 와서 모르고 있었네요."

할아버지가 다시 얼굴을 찌푸리다가, 풀죽은 얼굴로 혼잣말을 하듯 중얼거렸다.

"죽을 때가 되었나. 넘어졌다고 이 꼴이 되다니……."

"무슨 말씀이세요. 원래 빙판에서 넘어지는 건 위험한 거예요."

"……그냥 가볍게 넘어진 건데, 내 참."

할아버지가 아직도 인정할 수 없다는 양 꿍얼거렸지만, 윤우가 달래주지 않고 다른 걸 물었다.

"혹시 연락하실 곳 있으세요? 병원 가서 치료받으시면 아무래도 보호자가 있어야 할 텐데요."

"보호자는 무슨, 이 나이에."

윤우가 들은 척도 안 하고, 옷걸이에 걸려 있는 점퍼 주머니에서 핸드폰을 꺼내왔다.

"누구한테 연락해야 해요?"

"성남에 동생이 있긴 있는데, 걔도 살기 바빠서 올 수 있을지 모르겠네."

"일단은 제가 연락해 볼게요."

"잠깐 치료받고 오는 건데, 무슨……."

윤우가 핸드폰으로 전화를 거는데, 구급차가 왔는지 밖에 사이렌 소리가 들려왔다. 할아버지 핸드폰을 일단은 주머니에 챙겨 넣고, 밖으로 나가 구급차를 향해 손을 흔들었다. 구급대원이 골목길 끝에서 내려서는 들것을 들고 뛰어왔고, 차가 그 뒤를 따라 집 앞으로 들어왔다.

윤우가 구급차를 타고 함께 병원으로 갔다. 엑스레이 검사를 해보니, 할아버지의 고관절 뼈에 금이 간 상태였다. 젊은 사람들이야 저절로 붙기도 하지만, 나이 든 사람들의 뼈는 쉽게 붙지 않았다. 뼈를 붙이고 살짝 부서져 있는 뼛조각을 연결하는 수술을 해야 한다고 해서 윤우가 수술동의서에 사인했다. 할아버지가 수술하는 동안 동생이란 분에게 전화를 거니 아주머니 한 분이 전화를 받았다.

수술을 받는 동안, 윤우가 대기석에서 할아버지의 여동생이 오기를 기다렸다. 대기석에 앉아 이런저런 생각에 빠져 있던 그녀가 지갑에서 박경휘의 명함을 꺼냈다. 병원에 오니 그가 떠올랐다. 어쩌면 할아버지가 받는 수술처럼, 그녀도 정신적 수술을 받을 수 있지 않을까, 그에게 상담을 받으면 빙의를 멈출 수 있지 않을까 하는 생각이 떠올랐다.

지푸라기라도 잡는 심정이었다. 빙의를 끝내고 그녀의 몸으로 돌아갈 수 있는 방법을 박경휘가 알고 있을지는 모르겠지만, 가끔 귀신을 보거나 그 기운을 느낀다고 했으니까 도움을 받을 수 있을 것이다.

김달자 할머니가 마음에 걸려 한 사람이 슈퍼마켓 할아버지일 가능성이 커 보였다. 노인들이 고관절을 다치면, 일 년 안에 둘 중 한 명은 죽는다는 걸 그녀는 알고 있었다. 그녀의 아버지 또한 교통사고로 고관절이 부서졌는데, 뼈가 붙지 않아 두어 번의 수술을 했지만 결국 자리보전을 하다 숨을 거두었다. 거동을 못하게 되면 급격히 신체 기능이 떨어지고, 그 결과 먹지 못하고 싸지 못해서 죽는 거였다. 아버지가 죽음에 이르렀던 과정이 인간이 흔히 거치는 자연사의 과정임을 아버지가 죽은 후에야 윤우는 깨달았다. 뼈가 부서진 것뿐이니 당연히 회복하고 예전으로 돌아갈 수 있을 줄 알았다.

김달자 할머니가 죽은 게 그녀의 엄마 오정혜가 마음에 걸려 해서인지, 죽은 아들이 마음에 걸려 해서인지 알 수 없었고, 알고 싶지도 않았으며, 알아도 부질없다는 생각이 들었다. 뇌사인 언니가 뇌사인 상태로 쭉 사는 게 운명이라면, 이미 죽어버려 시체가 된 그녀가 이 세상을 떠나는 게 섭리이지 싶다. 엄마가 마음에 걸려 한 사람이 막내딸임을 분명히 하고 나면, 김달자 할머니에게서 시작된 죽음의 행진이 멈춰지지 않을까.

그녀의 몸으로 돌아가고 나면 검은 코트의 사내가 찾아올 것이다. 그럼 그때 말할 것이다. 언니를 살리려고 거짓말을 했다고, 김달자 할머니는 죽을 사람이 아니었다고. 그러니 김달자 할머니에게서 시작된 죽음의 그림자를 거두어달라고.

윤우가 박경휘의 명함을 만지작거렸다. 만약 빙의가 끝나면, 더 이상 안준연을 볼 수 없다는 생각이 자꾸만 미련으로 남아 그녀를 주저하게 만들었다. 그와 함께 있긴 했지만, 박윤우로서 그와 함께 있지 못했던 게 너무 애석하고 비통했다.

마지막으로 한 번만 더 그를 만나고 싶었다. 물론 언니 박지우로 그를 만나야 하겠지만, 그렇게라도 그의 얼굴을 보고 싶었다.

박경휘의 명함을 지갑에 다시 넣었다. 수술이 거의 끝나갈 즈음 성남에 살고 있다는 여동생분이 도착했고, 윤우에게 고맙다는 인사를 해왔다. 윤우가 인사를 건네고 병원을 나서니 밖은 어스름 땅거미가 깔려 있었다.

그는 지금 뭘 하고 있을까. 퇴근하고 집에 왔을까. 아니면 야근을 하고 있을까. 그도 아니면 재판 때문에 법원에 있을까.

윤우가 지갑에서 안준연의 명함을 꺼내 전화를 걸었다. 언니의 핸드폰이라 그는 모르는 번호일 텐데 전화를 받을지 모르겠다. 전화벨이 한참 동안 울린 후에 그가 전화를 받았다.

〈네.〉

그가 광고 전화인가 싶어 약간 경계하는 목소리로 대답했다.

"윤우 언니예요."

〈아, 네. 안녕하세요.〉

"윤우한테 메일은 보냈어요?"

〈아뇨, 아직. 무슨 일 있나요?〉

"그런 건 아니고요. 할 말 있어서요."

〈네, 말씀하세요.〉

"전화 통화 괜찮은 거예요? 혹시 일하고 있는데 방해한 건 아니에요?"

〈아닙니다. 골목길 좀 다니고 있었습니다.〉

"산책하고 있었나요?"

〈아뇨, 그게 아니고…… 키우던 고양이가 집을 나가서요. 어디에 있나 찾고 있었습니다.〉

윤우가 모른 척 안타까워하는 말을 건네자 그가 너무 걱정하지 않아도 된다는 듯 말했다.

〈원래 길고양이였는데, 잠깐 데리고 있었던 겁니다. 날이 추워서 봄 되면 내보내려고 했는데, 이 녀석이 알아서 안 들어오네요.〉

"……어딘가에서 잘 지내고 있을 거예요. 생각보다 고양이들 보살펴 주는 사람들이 많더라고요."

〈네. 그러면 괜찮은데 혹시라도 사고가 나서 어디 쓰러져 있나 싶어서 집 주위를 돌아보는 겁니다. 안 보이면 어쩔 수 없는 거고요.〉

"괜찮을 거예요. 너무 걱정하지 말아요."

〈네. 근데 하실 말씀이 뭔지…….〉

"아, 예. 저기…… 동생한테서 연락이 와서 제가 주말에 제주도에 가거든요. 저도 바람 쐴 겸 해서 가려고 하는데, 혹시 준연 씨도 같이 갈 생각이 있는지 해서요."

그를 속이는 것이지만, 약속 장소에서 결국 윤우를 만날 수 없겠지만, 그곳까지 가는 동안 그와 함께 있을 수 있다. 만나기로 약속해 놓고 나오지 않는 윤우에게 실망하고 화나게 되겠지만, 그렇게라도 그를 마지막으로 보고 싶다는 마음에 윤우가 눈을 질끈 감고 거짓말을 했다.

"윤우랑 토요일 날 한라산 갔다가 일요일 낮에 비행기 타고 함께 오려고요. 준연 씨는 어때요?"

〈윤우 씨가 저한텐 연락을 안 했는데 제가 가는 게 좀…….〉

일정 때문에 망설이는 건가 했는데 그게 아니었다. 그는 윤우가 그를 직접 초대하지 않은 걸 마음에 걸려 하고 있었다. 윤우가 얼른 거짓말 아닌 거짓말을 했다.

"아, 윤우가 직접 저한테 말한 거예요. 준연 씨한테 연락해서 전해 달라고요. 핸드폰 잃어버려서 준연 씨 번호를 모른다고요. 지갑에 준연 씨 명함이 있다고 알려줘서 저도 연락할 수 있었던 거고요."

〈그래요?〉

"네. 그리고 준연 씨가 가면 윤우가 좋아할 거예요. 저보다 준연 씨를 더 보고 싶어 하는 것 같았어요."

〈최대한 가는 쪽으로 할게요. 확답은 내일 상황 보고, 드릴게요.〉

"그래요. 윤우한테도 그렇게 말해둘게요."

〈윤우 씨랑 통화하시는 건가요? 그렇다면 윤우 씨한테 제 핸드폰 번호 알려주면 될 것 같은데.〉

"아…… 이메일로 연락받은 거예요. 통화하기가 쉽지 않은가 봐요. 올레길 걷고 있는데, 무선인터넷 되는 카페에서 잠깐잠깐 인터넷만 하는 것 같아요."

핸드폰 없이 올레길을 걷는다는 말에 준연이 걱정스러워하는 말을 해오자, 윤우가 너털웃음을 지었다.

"하하, 걔가 좀 겁이 없어요."

통화를 끝낸 윤우가 곧장 동네 근처에 있는 대형마트에 가서 등산화를 샀다. 몇 번이나 신을 수 있을지 알 수 없었지만, 어쩌면 처음이자 마지막으로 한 번 신고 말 수도 있지만 좋은 등산화를 신고 한라산을 오르고 싶었다. 언니 지우는 신혼여행 때 제주도를 가보았지만, 윤우는 전국을 다 다녀봤으면서 제주도는 한 번도 가보질 못했었다. 눈 내린 한라산이 그토록 아름답다고 하는데, 이번이 마지막 기회였다. 이 세상을 떠날 수밖에 없는 거라면 그와 함께 오르는 한라산의 설경을 눈에 가득 담고 떠나고 싶었.

그날 윤우가 노란 등산화와 아이젠을 샀다. 그리고 그에게 줄 선물이자 유품이 될 겨울 모자와 등산 스틱을 샀다. 윤우가 등산용품이 든 가방을 들고 집으로 가면서 피식 웃었다. 준연이 한라산 앞에서 이 선물을 받았을 때 어떤 표정을 지을까. 당사자인 윤우는 약속 장소에 나오지 않고, 그녀의 언니를 통해 선물을 보냈다고 하면 아마도 꽤나 해괴한 표정을 지으리라.

'진짜 이상한 여자라고 기억하겠군.'

그래도 상관은 없다는 양 윤우가 어깨를 으쓱이고는 원룸이 있는 골목길을 걸어갔다. 검은 코트의 사내가 혹시나 와 있을까 주위를 둘러보았지만, 사방을 둘러봐도 보이지 않았다.

다음날 윤우가 다시 병원에 있는 슈퍼마켓 할아버지를 보러 갔다. 할아버지의 상태도 궁금했고 검은 코트의 사내를 만날 수 있을까 싶어서 찾아갔지만, 그 사내는 보이지 않았다.

할아버지는 수술을 받은 후 몸을 움직이는 게 힘들어졌지만 진통주사 덕분인지 한결 편안한 얼굴을 하고 있었다. 진통제 때문에 졸음에 겨워하던 할아버지가 윤우를 보더니 반가워했다.

"아이구, 복지사 선생 오셨네."

"몸은 좀 괜찮으세요?"

"으음. 어젠 꼭 죽을 것 같더니 지금은 살 것 같네그려."

"다행이네요."

"복지사 선생 아니었으면 그대로 황천 갈 뻔했지, 뭐. 어떻게 운 때가 맞아서 그때 딱 오셨는지."

"그러게요. 할아버지가 오래 사실 팔자신가 봐요."

"아이구, 무서운 소리 하네. 여기서 더 오래 살아서 뭐 하게. 몸만 고단하지."

"동생분은 어디 가셨어요?"

"어어. 집에 가서 이것저것 좀 챙겨온다고 잠깐 나갔어."

윤우가 뭐 필요한 게 있느냐 물으니 할아버지가 미안해하며 손사래를 쳤다.

"이렇게 신경 써준 것만으로도 충분하이. 바쁠 텐데 어서 가봐요. 나 말고도 챙길 사람이 차고 넘칠 텐데."

"아니에요. 저는 그냥 수습이라 그리 바쁘지 않아요."

"그런가?"

거동도 못하고 가만히 누워 있으려니 심심하긴 했나 보다. 그리 바쁘지 않다는 말에 할아버지가 반가움을 감추지 못했다. 그런 할아버지에게 윤우가 슬쩍 검은 코트의 남자에 대해 물어보았다.

"할아버지, 혹시…… 나이가 오십쯤 되는 남자가 찾아온 적 있나요?"

"남자?"

"네. 검은 코트에 검은 구두에 온통 검은색만 걸친 남자예요."

"글쎄. 가게에 이런저런 사람이 워낙 많이 와서……."

"그 남자가 찾아왔다면 뭔가를 물어봤을 거예요. 마음에 걸리는 사람이 있느냐라거나 뭐 그런 거요."

할아버지는 기억을 떠올리는 듯 잠시 허공을 응시하다가, 아무리 생각해 보아도 그런 사람은 없었다는 듯 고개를 저었다.

"없었나요?"

"음. 내가 깜빡깜빡 잘 잊어먹곤 해서 기억 못하는 걸 수도 있지만, 내 기억엔 그런 사람이 찾아온 적은 없었는데……."

빙판길에 넘어진 건 예고가 아니고 단순한 사고인 걸까. 검은 코트의 남자가 아직 찾아오지 않은 것뿐일까. 윤우가 생각에 잠긴 얼굴로 알겠다고 답하는데, 할아버지가 궁금해하는 얼굴로 물었다.

"그 사람이 누군데 그러나?"

"음, 그러니까……."

뭐라고 답해야 할아버지가 검은 코트의 사내를 보면 피하려고 할까. 고민하던 윤우가 짐짓 심각한 표정을 지어 보이며 답했다.

"상조회사 직원인데요, 상조에 가입하라고 영업하고 다니는 거예요."

"난 또 무슨 위험한 사람인가 했네그려."

"위험한 사람 맞아요. 상조 권유하면서 노인분들이랑 친해진 다음 사기를 치거든요. 좋은 투자 건이 있다 그러면서요."

"아이고, 벼룩의 간을 내어 먹지. 얼마 전엔 노인들 도시락 갖다 준다면서 사기 치던 놈들도 있었는데, 가지가지구만."

"여하튼 그 사람 보면 조심하세요."

할아버지가 알겠다는 양 고개를 끄덕여 보였다.

"퇴원하면 다른 친구들에게도 알려줘야겠구먼. 다들 상조 하나씩은 들려고 할 텐데."

윤우가 그건 알아서 하시라는 의미로 빙긋이 웃어 보이는데, 점심때가 되었는지 병원 직원이 점심을 수레에 싣고 들어왔다. 조용했던 병실이 식사 때가 되자 활기를 띠었다. 역시 산다는 건 먹는 건가 보다. 윤우가 할아버지가 식사할 수 있도록 일어나 앉는 걸 도와주고는 침대 테이블을 올렸다. 직원이 음식 쟁반을 놓고 갔지만 할아버지는 물끄러미 바라만 볼 뿐 수저를 들지 않았다.

"배 안 고프세요?"

"입맛이 없네. 별로 당기지가 않아."

"뭐, 드시고 싶은 게 있으세요? 입맛 없을 땐 맛있는 거 먹으면 입맛이 돌아오잖아요."

"딱히……."

윤우가 수저를 건네자, 할아버지가 내키지 않아 하면서도 수저를 쥐고는 소고기무국에 밥을 말았다. 병원에 있을 때의 아버지가 생각나 윤우가 반찬을 집어 밥 위에 올려주자, 할아버지가 고마워하며 입에 넣었다. 그러다 문득 추억에 잠긴 얼굴로 윤우를 쳐다보았다.

"복지사 선생, 올챙이국수라고 아나?"

그녀의 부모가 젊은 시절 강원도에서 살았기에 가끔 고향 생각날 때면 올챙이국수를 만들어 먹곤 했었다. 그녀의 엄마는 감자랑 옥수수는 지긋지긋하다며 잘 먹지 않았는데, 올챙이국수와 메밀전만큼은 질리지 않았었는지 간혹 만들었다. 노란빛을 띠는 새끼손가락만 한 국수 가락이 올챙이를 닮아서 올챙이국수였다.

윤우가 너무도 잘 안다는 의미로 빙긋이 웃으며 고개를 끄덕이자, 할아버지가 놀라워했다.

"젊은 사람이 올챙이국수를 안다고?"

"부모님이 강원도 분이어서, 엄마가 가끔 만들어주셨어요."

"그랬구먼. 나는 옆집 살던 이를 만나고서야 알았거든. 그 사람이 강원도로 시집을 가서 배웠다고 하더라고. 그래서 가끔 만들어줬는데 참 맛있었어."

"예, 맛있어요. 고소하니 입에 넣으면 살살 녹는 게, 지도 침 좋아했어요. 어머니 돌아가신 후에 먹고 싶어서 찾아봤는데 올챙이국수 파는 곳이 없더라고요."

"그래, 없더라고. 아무리 찾아봐도 그거 파는 데는 없었어. 이럴 줄 알았으면 그 사람 살아 있을 때 자주 해달라고 할 걸 그랬어."

할아버지가 이젠 아쉬워해도 소용없다는 듯 고개를 설레설레 젓고는 다시 밥을 먹었다. 윤우가 할아버지를 물끄러미 바라보고 있다가 내내 묻고 싶어 했던 이야기를 꺼냈다.

"할아버지, 할아버지는 살면서 마음에 걸리는 분이 있나요?"

"그건 왜?"

"그냥 궁금해서요."

할아버지가 잠시 침묵하더니 얼버무리듯 답했다.

"한평생 살면서 그런 사람이 어떻게 없을 수 있나. 누구나 다 있겠지."

"할아버지는 누가 마음에 걸리시는데요?"

"그걸 알아서 뭐 하게?"

"그냥요, 괜히 궁금해서요."

윤우가 피식 웃어 보이고는 조금은 진지한 얼굴로 말을 건넸다.

"할아버지, 혹시 그런 분이 있으시다면 늦기 전에 만나서 푸세요."

"이미 엎질러진 물인데 풀긴 어떻게 풀어."

"뭐, 마음속에만 품고 하지 못했던 말을 하거나, 지금이라도 미안하다 하거나 그런 걸 하는 거죠."

무슨 생각을 하는지 윤우의 말을 듣는 할아버지의 얼굴이 쓸쓸했다.

"그런 걸로 풀어지는 거면 벌써 풀어졌겠지. 내가 다른 사람한테 잘못한 건 그 사람이 설혹 용서를 한다고 해도 되돌려지는 게 아니니까."

"누구한테 잘못한 적이 있으신 거예요?"

할아버지가 침묵한 채 고개를 끄덕이더니, 회한 어린 얼굴로 답했다.

"예전에 젊을 때…… 나 살겠다고 남의 식구를 길바닥에 나앉게 한 적이 있었지. 그 사람도 날 생각하면 아마 지금도 이가 갈릴 거야."

"무슨 일 때문에 그랬던 건데요? 살다 보면 어쩔 수 없는 경우도 많잖아요."

"그래, 그때는 나도 어쩔 수 없다고 생각했어. 근데 죽을 때가 되니까 그 일이 참 마음에 걸리네."

"그 사람힌테 사기를 치셨던 거예요?"

윤우가 떠오른 대로 물어보자, 할아버지가 얼른 손사래를 쳤다.

"아니야. 그런 건 아니고."

"그러면 무슨 일로 다른 사람을 나앉게 한 거예요?"

이제 와 생각해 보면 인간사가 다 그런 거 아니겠느냐는 얼굴로 할아버지가 담담하게 말을 이었다.

"젊을 때 사업을 크게 했거든. 무역을 했는데, 장사가 잘돼서 은행에서 자금을 끌어다가 사업을 크게 벌였지. 건물도 사고 좋은 차도 사고 흥청망청 쓰다가 쫄딱 망했어. 그래서 갖고 있던 건물이 경매로 넘어갔는데, 전세 살고 있던 세입자가 그 일로 알거지가 된 거지."

윤우가 선뜻 이해가 안 된다는 얼굴로 물었다.

"경매로 집이 팔리면, 세입자들은 보증금 받을 수 있지 않나요?"

"건물이 3층짜리라서 아랫집 윗집 해서 세입자가 넷이었거든. 다른 사람들은 다 보증금 받고 나갈 수 있었는데, 2층에 살던 사람만 제일 늦게 들어온 터라 순위가 밀려서 빈손으로 나갔어. 그 사람이 그때 애가 셋이었는데, 부부가 십 년 동안 모은 전세금을 그 일로 다 날리고 애들이랑 뿔뿔이 헤어졌었지."

"그랬군요."

윤우가 무어라 말을 덧붙이기가 참 아픈 이야기라 그 말밖에는 하지 못했는데, 할아버지가 문득 심술 난 표정을 지으며 윤우를 쳐다보았다.

"근데 웃기는 게 뭔 줄 아나?"

윤우가 고개를 젓자, 할아버지가 그 이후의 일을 이야기해 주었다.

"그때 내 식구 살 건 남겨두려고 사놓은 땅을 집사람 앞으로 돌려놨는데 말이야, 집사람이 병에 걸려서 그 땅을 다 해먹고 가더라고."

할아버지는 다시 생각해도 마음 한구석이 지근하게 아파오는지 미간을 찌푸린 채 말을 멈췄다. 윤우가 마저 식사하라는 뜻으로 반찬을 집어 밥 위에 올려주자, 할아버지가 남은 밥을 떴다.

"할아버지, 그 세입자분 찾아는 보셨어요?"

"건너건너 풍문으로 과일 장사한다고 예전에 듣기는 들었는데, 찾아가 볼 엄두가 안 나더라고. 내가 무슨 염치로 이제 와서 그 사람을 찾아갈 수 있겠나. 지금이라도 전세금을 돌려줄 수 있다면 모를까."

"세월이 이만큼 지났으니 전세금 돌려받는 걸 기대하고 있진 않을 거예요. 그냥 옛날 일 참 미안하게 생각한다, 그 말만 해도 어느 정도 마음에 걸리는 게 풀리지 않을까요?"

"그거야 모르지. 내가 집사람 앞으로 땅문서 돌려놓은 걸 그 사람도 알고 있었거든. 지금 다시 만난다고 해도 날 용서하기는 힘들 거야."

"어디로 이사 갔는지도 모르시고요?"

"왕십리 어디로 갔다는 건 아는데, 그 후론 몰라. 학교 선생 그만두고, 과일 장사한다는 것까진 들었는데 살다 보니 연이 끊겼지. 그 쪽도 처음 얼마간은 돈 내놓으라고 찾아왔는데, 내가 아내 죽고 빈털터리된 걸 알고는 안 찾아왔거든. 돈을 돌려받긴 글렀다 싶었던 거겠지."

윤우의 얼굴이 굳어졌다.

"할아버지, 혹시 그 사람 이름이 뭐예요?"

"왜? 찾아주려고?"

할아버지는 윤우가 복지사이니 혹시 찾을 수 있나 싶어 묻고 있었다. 윤우가 비운 그릇을 정리하며 말을 얼버무렸다.

"예. 뭐, 혹시 가능하다면요."

"되었어. 그럴 거 없네. 내 속 편해지자고 이제 와서 미안하다고 하는 것도 웃기는 일이지. 안 그런가."

할아버지는 그냥 흘려들고 말라는 듯 손을 내젓고는 다시 침대에 누웠다. 밥을 먹고 나니 잠이 쏟아지는지, 윤우가 그릇과 쟁반을 식수대에 갖다 놓고 왔을 땐 할아버지가 졸음에 겨운 듯 누워 있었다. 이만 가보겠다는 인사를 하고 윤우가 병원을 나섰다.

그녀가 쏘았던 화살이 되돌아오는 것만 같아서, 그녀가 자꾸만 뒤를 돌아보았다.

16부

(●((((●((○ ((●

목도리

　박쥐 박경휘는 그녀를 알아보지 못했다. 귀신을 간혹 본다고 해서 어쩌면 언니 지우에게 빙의되어 있는 그녀를 알아보지 않을까 기대했던 윤우는 실망감을 감추고 카우치에 앉았다. 편하게 내적인 이야기를 털어놓을 수 있도록 카우치를 배치한 듯했지만, 의도가 너무 보여서 오히려 관찰당하는 기분이 들었다. 하지만 실망하기엔 아직 일렀다. 빙의되기 전, 박경휘와 대화를 나누면서 그가 꽤나 상대를 잘 간파하고 통찰력 있는 명민한 사람이라는 걸 느꼈으니 말이다. 물론 그런 생각조차 빙의를 끝낼 뾰족한 방법이 떠오르지 않는 그녀가 만들어낸 착각일 수도 있지만, 일단 부딪쳐 보자는 심정이었다.

　윤우가 카우치에 앉아 머리를 기대고 편한 얼굴을 하자, 카우치 옆에 비스듬히 놓인 의자에 앉아 있던 그가 입을 열었다.

　"박지우 씨, 지금 가장 힘든 게 뭐죠?"

빙의라는 걸 말하면 설득하는 데 너무 오래 걸릴 것 같아, 윤우는 비슷한 의미의 다른 어휘를 사용했다.

"음…… 자꾸만 다른 사람이 된 것처럼 굴어요. 꼭 빙의된 것처럼요."

"구체적으로 말씀해 주시겠어요? 새로운 내가 된다는 것인지, 아니면 주변의 아는 인물이 되는 것인지 말이에요."

해리성장애나 정신분열로 인한 자아분열을 고려하며 그가 묻는데, 윤우가 지금까지 있었던 일들을 말하자 그의 얼굴이 조금은 놀랍다는 듯 어리벙벙해졌다.

"그럼, 지금은 누구에게 빙의되어 있는 거죠?"

"제 언니요. 전 원래 박지우의 동생이거든요."

그는 오랫동안 말이 없었다. 상황을 파악하고 해석하고 있는지 두 눈이 잔뜩 가늘어져 있었다. 귀신을 본 적 있다는 박경휘도 빙의엔 속수무책인가 싶어 윤우가 시무룩한 얼굴로 앉아 있는데, 그가 입을 열어 질문하기 시작했다.

"그럼 원래의 당신 몸은 지금 어디에 있는 거죠?"

그는 일단 환자의 말을 사실로 믿고 이야기를 진행할 생각인 듯했다. 그렇다고 박경휘에게 원룸에 그녀의 시체가 있다는 걸 알리는 건 일이 일파만파 커질 것 같아, 윤우가 에둘러 얼버무렸다.

"집에서 자고 있겠죠. 할머니에게 빙의된 후로 집에 가질 않았으니까요."

박경휘의 눈이 더 좁아졌다. 머뭇거리며 얼버무리는 그녀의 말을 들으니, 뭔가 신빙성이 떨어진다는 반응이었다. 윤우가 그의 안색을 살피며 침묵하는데 그가 또다시 물었다.

"혹시 빙의되기 전에 다른 사람인 것처럼 행동하지는 않았나요?"

"다른 사람인 것처럼요?"

"그러니까 다른 사람의 옷을 입거나, 그 사람이 쓰던 물건을 사용하거나, 그 사람의 말투나 행동을 따라 한다거나 그런 거요."

윤우가 시간을 거슬러 엄마 장례식 후에 자신이 어떻게 행동했는지 반추했다. 그러다 하나씩 기억이 떠오르면서 뭔가를 깨달은 듯 눈을 크게 뜨고 그를 쳐다보았다.

"맞아요. 그랬어요. 엄마가 좋아하는 음식 먹으러 다니고, 엄마가 입던 옷을 입고 그랬어요. 그리고 지금 생각해 보니까 장례 후에 반년 정도 밖으로 나가지 않았는데, 엄마가 돌아가시기 전에 몇 년 동안 다리를 쓰지 못해서 집 밖으로 못 나간 걸 따라 한 섯 수도 있겠네요. 그땐 그냥 혼자 있고 싶어서 그런 건 줄 알았는데……."

찬찬히 과거의 행동을 헤아리던 윤우가 퍼뜩 그를 쳐다보며 물었다.

"빙의는 그 때문인가요? 엄마처럼 행동해서 제가 다른 사람에게 빙의가 되기 시작한 건가요?"

"사실 누구나 사랑하는 사람을 잃으면 그런 행동을 합니다. 정도가 좀 다르지만요. 상실감 때문에 지우 씨가 어머니를 내면에 간직하려고 한 것일 수도 있어요. 위압적인 부모였으면, 부모가 싫어하는 걸 하지 않는다던가 그렇고요. 그런데 대개의 사람들은 시간이 지나면 다시 원래의 자신으로 돌아오죠."

"그럼 전 왜 이런 거죠? 왜 거기서 멈추지 못하고, 다른 사람이 된 거죠?"

그는 조급해하는 그녀를 다독이려는 듯 바로 답을 하지 않고, 의자에서 일어나더니 테이블에 있는 커피를 따라 그녀에게 건넸다. 윤우가 한 모금을 마시자 그가 차분한 목소리로 천천히 말했다.

"부모나 배우자를 잃으면 상실감이 크긴 큽니다. 하지만 상실감이 크다는 건, 그 사람의 내면에서 그 사람이 차지하는 부분이 그만큼 컸다는 뜻이죠. 우리가 전혀 모르는 사람의 죽음에 대해 그렇게 슬퍼하지 않는 것처럼요."

"상실감이 커서 제가 다른 사람으로 채우려고 빙의가 되었다는 건가요?"

"그런 면도 있을 거라고 봅니다. 특히나 부모에게 인정받고 싶어 하고, 사랑받고 싶어 하는 사람은 부모가 사라지면 그 역할을 해줄 대체자를 찾게 되죠. 그게 신이 될 수도 있고, 연인이 될 수 있고, 형제가 될 수도 있고요."

"그런 면이 있긴 있었어요. 앞으로 나를 무조건적으로 사랑해 줄 사람이 이제는 이 세상에 없다는 게, 너무나 슬프고 무서웠거든요. 한편으론 부모님에게 잘하지 않은 걸 후회하기도 했고요. 그래서 여느 때와 달리 남자를 적극적으로 만나고, 표현하고 그랬죠."

"대부분의 사람이 겪는 과정이니까 그걸 잘못이라고 생각하지는 말아요. 원래 사랑이란 게 이상적인 부모를 찾는 거라고도 볼 수 있으니까요. 물론 기대했던 것과 달라서 나중에 난리가 나는 거지만요. 문제는 상실감보다 죄의식이죠."

"죄의식이요?"

"네. 상실의 이유가 자신 때문이라는 죄책감, 그게 가장 큰 이유일 거예요."

"엄마가 죽은 게 저 때문이라고 생각하지 않았는데요. 엄마는 돌아가시기 전에 몇 번이나 쓰러져서 응급실에 실려 갈 정도로 몸 상태가 좋지 않았거든요. 온갖 병을 달고 있었고요. 병원에서도 돌아가시기 일 년 전에 뇌혈관이 좁아서 언제 터질지 모른다고 경고를 했었고요."

박경휘의 얼굴 위로 안쓰러워하는 빛이 살짝 어른거렸다.

"그럼 왜 그토록 어머니를 계속 살게 했던 거죠? 자기 자신을 없애면서까지, 어머니가 되어서라도."

윤우가 굳은 얼굴로 박경휘를 응시하자, 그가 냉철한 얼굴로 한 가지를 더 지적했다.

"다른 사람이 되려는 건 그 사람을 잃고 싶지 않아서이기도 하지만, 한편으론 자기 자신을 없애고 싶어 하는 겁니다. 죽은 어머니를 떠올리면서 자기 자신을 죽이고 싶어 한 적이 한 번도 없었나요?"

윤우가 시선을 돌려 짙은 고동색의 커피를 내려다보았다. 쓴맛, 신맛, 단맛의 강도에 따라 설명되지만 결코 언어로 다 설명될 수 없는 커피맛처럼 상실감, 죄책감, 결핍감 그런 걸로 다 설명될 수 없는 그녀 안의 감정을 들여다본다.

박경휘가 그녀의 침묵을 지켜보고만 있자 그녀에게서 담담함을 가장한 비통한 말들이 흘러나왔다.

"전화를 받지 않았어요, 엄마의 마지막 전화를."

"마지막 전화요?"

"네, 마지막 전화요. 엄마가 숨을 거두기 직전에 도와달라고 걸었던 전화를, 내가 받지 않았어요. ⋯⋯귀찮아서."

단단한 벽처럼 굳어 있던 그녀의 얼굴 위로 눈물 한줄기가 흘러내렸다.

박경휘가 휴지 한 장을 뽑아 건네자, 윤우가 그 휴지를 손에 쥔 채 말을 이었다.

"내가 전화를 받지 않았던 그 마지막 순간에 엄마가 숨을 거두면서 무슨 생각을 했을까, 어떤 심정이었을까, 얼마나 무섭고 외로웠을까……. 그 생각만 하면 목을 매고 싶었어요. 한동안은 내 스스로 내 목을 조르기도 했어요. 문득문득 그 생각이 나면 견딜 수가 없고, 내 자신을 죽이고……."

윤우가 마지막을 차마 입 밖으로 꺼내지 못하고 자꾸만 흘러나오는 눈물을 닦자 박경휘가 다시 말을 건넸다.

"임종을 지키면 좋기야 하겠지만 그럴 수 없을 때에도 있는 거잖아요. 귀찮았다고 하지만 그런 전화인 줄 알았으면 받았을 거 아니에요? 살면서 어쩔 수 없을 때가 있는 법인데, 왜 그렇게 자신에게 가혹해요? 만약 박지우 씨 아이가 그랬다면 그 아이 때문에 박지우 씨가 죽는 건가요?"

윤우가 고개를 젓다 어느 순간 너무나 당연한 말이라는 양 피식 웃었다. 그러다 쓰디쓴 얼굴로 박경휘를 바라보며 다른 사실을 이야기했다.

"임종을 지키지 못한 게 엄마뿐이 아니었어요. 큰오빠가 죽을 땐, 큰오빠가 가지 말라고 잡는 걸 제 일을 하고 싶은 욕심에 내일 오겠다고 해서 임종을 못 봤거든요. 아버지는 수술 후에 요양원에 보냈는데, 그때에도 임종을 못 봤고요. 그러니까 그건 어쩔 수 없는 게 아니라 그냥 제가 글러먹은 인간이란 뜻이에요."

"아버지와 큰오빠의 죽음에도 죄책감을 가지고 있나요?"

윤우가 그런 것 같다는 의미로 고개를 끄덕여 보이자 그가 질문을 바꿔서 했다.

"그럼 지우 씨가 다르게 했다면, 세 사람이 더 살 수도 있을 거라고 생각하는 거예요?"

"조금은요. 큰오빠는 마지막에 병원비가 없다고 나한테 부탁을 했었거든요, 도와달라고. 그때 적금 든 게 있었는데 모른 척했어요. 그 돈을 준다고 해서 나을 것도 아니고, 그냥 병원 좋은 일만 시키는 건데 난 그때 전세 보증금도 없었거든요. 그걸 주고 나면 내가 하고 싶은 일은 더더욱 멀어질 판이어서, 못 들은 척했어요."

"글쎄요, 제 귀엔 큰오빠분은 동생이 앞으로 어찌 되든 자기만 살겠다고 한 것처럼 들리는데요."

윤우가 고개를 끄덕였다.

"저도 그런 생각 했었어요. 그래서 큰오빠에게 화가 나기도 했고요. 그래도 집안에서 지원을 받은 건 큰오빠고, 난 빈털터리로 나왔는데 어떻게 나한테 도와달라고 할 수 있느냐고 말이에요. 근데 큰오빠가 그런 것과는 별개로, 내가 가족한테 하는 게 거기까지라는 거예요. 사람보다 내 돈이 더 중요한 거죠. 나는 가족을 위해 모든 걸 다 바칠 수 있는 인간이 아닌 거죠."

"왜 바쳐야 하죠?"

그때의 감정에 잠겨 있던 윤우가 박경휘의 질문에 고개를 들었다. 그는 이해할 수 없다는 얼굴로 다시 물었다.

"왜 큰오빠를 위해 다 바쳐야 하죠? 그러는 큰오빠분은 지우 씨를 위해 뭔가를 해줬나요?"

"……가끔 맛있는 걸 사주고 용돈을 줬어요."

"잘해준 건 그게 다였죠? 사실은 그보다 더 많은 폭력을 당신에게 가했을 거라고 보는데 아닌가요? 사람은 상대방에게 뭔가를 기대해서 잘해주기도 하지만, 뭔가를 보상하려고 잘해줄 때도 있거든요."

"……어릴 때 절 많이 때렸어요. 부모님한테는 맞은 적이 없는데 큰오빠가 대신 절 때렸죠. 고맙게도 고등학교 들어가니까 안 때리더군요. 다 커서 이제는 말로 한대나 뭐라나 그러면서요."

"아버지가 무능력하거나 유약하면 아들이 그러는 경우가 많아요. 그런 배경에는 부모님이 아들을 제일 중요시 여기고, 딸들을 업신여기는 태도가 깔려 있어서 그런 거고요."

"네, 그런 것 같아요. 아니, 그랬어요. 아들, 아들 했죠."

이야기를 하다 보니 조금은 마음이 정리되는 것 같았다. 윤우가 미지근한 커피를 한입 마시곤 감상에 젖은 얼굴을 거두었다.

"그럼, 죄책감 때문에 제가 자꾸 다른 사람에게 빙의되는 건가요?"

"박지우 씨."

그가 이름을 불러 그녀의 조급함에 제동을 걸었다. 윤우가 그를 쳐다보자 그가 진지한 얼굴로 말했다.

"빙의가 되는 게 아니라 박지우 씨 스스로 선택해서 다른 존재가 되는 거예요."

"제가 선택을 한 적은 없는데요. 눈 떠보면 다른 존재가 되는 거예요."

"현상은 그렇지만 속내는 아닐 거예요. 사과가 저절로 떨어진 것 같지만 사실은 누군가 나무를 흔든 거죠."

"다 익으면 떨어지기도 하잖아요."

"다 익어서 떨어지는 건 일종의 죽음인데…… 지우 씨가 지금 저절로 죽은 게 아니잖아요. 자꾸만 자신을 죽이고 다른 사람이 되는 거잖아요."

"그럼 내가 어떻게 해야 하죠?"

"빙의를 끝내겠다는 생각에만 몰두하지 마시고, 왜 자신을 없애고 싶어 하는지 찬찬히 생각해 보세요. 그러면 빙의는 자연스럽게 멈춰지고 자기 자신으로 돌아갈 거예요."

"죄책감을 느끼지 말라는 거죠? 죄책감 때문에 내가 자꾸 나를 없애고 싶어 하니까요."

"아뇨. 죄책감 뒤에 숨어 있는 거대한 분노를 보라는 뜻이에요."

"분노요?"

"사람들은 자기 분노를 직면할 수 없을 때 죄책감이라는 감정으로 꾸밀 때가 많거든요."

"왜요?"

"분노하면 상대와 싸우거나 상대와 결별해야 하는데, 그 상황이 두려운 거죠."

"전 이미 결별했는데요. 가족 모두가 죽었어요. 하나 남은 인니미저 오늘내일하고 있고요."

"지우 씨가 죄책감을 갖고 있다면 그들은 죽은 게 아니에요. 계속 지우 씨한테 영향을 끼치고 있다면 그들은 아직도 지우 씨와 살고 있는 거예요."

윤우가 옛 기억을 떠올리는 듯 침묵한 채 허공을 응시했다. 무관심했던 아버지와 폭력을 행사했던 큰오빠는 시간이 지나니 심정적으로 큰 타격이 없었지만, 어머니는 그렇지 않았다. 엄마를 죽게 만들었다는 죄책감과 미안함에 반년이 지나도 계속 질질 끌려 다니고 있었다.

"엄만, 좋은 사람이었어요. 날 키우기 위해 정말 많은 걸 희생한 분이에요."

"지우 씨, 부모에게 과도한 죄책감을 갖거나 과도한 동정을 보이는 사람의 공통점이 뭔지 알아요?"

"글쎄요. 부모가 헌신적이어서 그런 거 아닌가요?"

박경휘가 고개를 젓더니 단호한 얼굴로 답했다.

"어린 시절, 학대받은 아이들이 그래요."

윤우의 눈이, 아니, 지우의 눈이 커다래졌다.

"왜요? 왜 학대받은 아이가 부모에게 죄책감을 가져요?"

"살기 위해서요. 자신의 힘으로 벗어날 수 없으니 아이는 부모가 때리거나 성추행을 하거나 무관심하면, 자기에게 잘못이 있다고 여겨요. 아버지가 밖에서 힘들어서 날 때리는 거라고, 술만 안 마시면 나에게 잘해주는 좋은 사람이라고 그렇게 생각해요. 안 그럼 견딜 수 없으니까요. 자신의 생사여탈을 쥐고 있는 사람이 나쁜 사람이라고 생각하면 너무 끔찍하니까."

윤우가 혼란스러운 얼굴로 기억을 떠올렸다.

"아버진 저에게 철저히 무관심했어요. 하지만 절 때리거나 욕을 하거나 그러진 않았어요. 그리고 아버진, 사고로 허리를 다쳐서 힘든데도 일을 다녔어요. 자식들을 부양하려고요."

"무관심도 학대예요."

"저도 그런 상황이면, 내 아이에게 무관심할 것 같은데요. 예전에 강아지를 키웠는데 내가 너무 힘드니까 강아지에게 무관심했어요. 어쩔 땐 너무 집 안을 어지럽혀 놔서 때리기도 했고요. 그래도 아버진 절 안 때렸어요."

"대신 큰오빠가 당신을 때리는 걸 지켜보고만 있었겠죠. 안 그런가요?"

"……"

윤우가 고통스러운 진실을 대면하듯 얼굴을 찡그리며 침묵했다. 그러다 반기라도 드는 양 고개를 들어 박경휘를 똑바로 쳐다보았다.

"엄마는 아니에요. 날 학대하지 않았어요. 자식들을 키우려고 몸까지 팔려고 했던 분이거든요. 날 공부시키기 위해 온갖 고생을 다 했어요. 날 늦게 낳아서 나이 들어서도 아픈 몸으로 제 도시락을 싸주셨던 분이에요."

윤우가 지금 생각해도 가슴 아프다는 얼굴로 털어놓지 않은 이야기도 꺼냈다.

"엄만 나한테 항상 미안해했어요. 다른 부모처럼 해주지 못해서 미안하다고, 부모 잘못 만나 고생한다고. 저를 두 살 때 다른 집에 입양 보낸 적이 있었거든요. 일주일 후에 다시 데려왔지만 엄만 그게 항상 마음에 걸렸던 것 같아요. 그래서 오빠와 언니에게는 매를 들어도 저에겐 안 그랬어요. 항상 칭찬만 해줬죠."

"어릴 때 그런 엄마를 지켜야 한다고 생각하진 않았나요? 나중에 크면 엄마를 그곳에서 구해내야 한다고 생각하는."

"했어요, 매일매일. 그래서 공부를 했고, 어른스럽다는 말도 많이 들었죠."

"어머니가 지우 씨에게 하소연을 하고, 아버지 욕을 하고, 너 때문에 내가 아버지와 못 헤어진다, 그런 말은 안 했나요?"

윤우가 어찌 그리 잘 아느냐는 듯 놀랍다는 얼굴로 쳐다보자 그가 작은 한숨을 내쉬었다.

"엄마들은 원래 그 정도는 당연히 하는 거 아닌가요?"

그가 고개를 저었다.

"안 그런 엄마도 있어요."

"하지만 너무나 힘든 상황이었는데요. 남편은 돈 못 벌어오고, 자식은 셋이고, 가진 건 없고, 그 정도는 자식한테 할 수 있지 않나요? 물론 엄마가 떠나지 못하는 이유를 자식 때문이라고 하는 건 비겁해 보였지만 어떤 면에선 맞잖아요. 엄마가 떠났으면 난 그곳에서 살기 어려웠을 거예요. 엄마가 있었으니까 그나마 산 거죠."

"지우 씨."

자꾸만 엄마를 변호하는 윤우를 그가 멈추게 했다.

"네."

"지우 씨 어머니는 나르시스트였어요."

잘 이해되지 않는나는 얼굴을 하자, 그가 덧붙였다.

"자기만 사랑하고, 남에게 의존적인 사람이요. 그런 어머니들이 사실 많은데 그런 경우엔 자식들에게 약한 척을 하고, 피해자인 양 하소연을 해요. 그런 어머니를 둔 자식들은 엄마를 지켜야 한다고 생각해서, 엄마에게 어리광을 피우거나 반항을 하거나 그러지 않아요. 엄마를 오히려 보살피죠."

박경휘가 한 말 그대로, 어린 시절 엄마를 보살피고 걱정했던 윤우였기에 다른 반론을 펴지 못했다.

"지우 씨, 왜 힘들었던 엄마는 가슴 아파하면서 엄마에게조차 떼쓸 수 없었던 그 아이는 가슴 아파하지 않는 거죠?"

"……."

윤우가 긴 잠에서 깨어난 사람처럼 멍한 얼굴로 커피를 내려다보았다. 카페인에 중독되어서 쓰디쓴 커피조차 맛있다고 여기는 것처럼, 어쩌면 사랑받고 싶은 욕구에 중독되어 가족을 미화하고 있었던 걸까.

생각에 잠긴 얼굴로 커피를 내려다보던 그녀의 얼굴 위로 공허함과 막막함 같은 감정들이 깃들었다.

"하지만 그렇게 결론 내리고 나면 뭐가 남죠? 그들이 날 학대했다는 걸 받아들이고 나면 나에게 뭐가 남는데요?"

윤우가 그렁그렁 눈물이 맺힌 두 눈으로 박경휘를 응시했다. 눈앞에 있는 게 박경휘가 아니라 이 세상인 것처럼 눈을 부릅뜨고 있었다.

"내게 남는 게 뭐죠? 버림받은 적도 있고, 맞았고, 귀찮아했던 존재. 그것 말고 나에게 남는 게 뭔데요? 앞으로 살아가면서 나를 버티게 할 수 있는 게 뭔데요? 죽고 싶을 때 죽을 수 없었던 건 엄마가 그토록 고생하며 키운 나를 해칠 수 없다는 생각 때문이었는데요."

윤우의 공격적인 말에도 그는 물러나지 않았다.

"사람들은 그래서 과거를 미화하고 가족을 미화하죠. 특히나 학대받은 아이들은 왜곡을 더 심하게 하죠. 안 그러면 살 수 없을 것 같아서, 안 그러면 자신이 쓰레기가 되는 것 같아서."

윤우가 비웃음을 입가에 그리며 대꾸했다.

"결국 나 자신을 사랑하라는 말을 하고 싶은 건가요? 세상 모두가 날 쓰레기라고 해도, 난 나 자신을 사랑해야 한다? 지폐를 보여주며 지폐를 구기고 쓰레기통에 버려도 지폐다, 뭐 그런 말을 하고 싶은 건가요?"

"아뇨."

"그럼 뭔가요? 가족들이 모두 개 같았다. 힘 있는 자에겐 강하고, 약한 자는 짓밟는 그런 비열하고 구차한 존재들이었다, 그렇게 결론 내리고 나면 나한테 남는 게 뭔가요?"

"죄책감이 사라지죠. 그들의 인정과 사랑을 받기 위해서 자신을 죽여서라도 그들을 미화하고자 하는 지우 씨 당신을 구할 수 있죠."

윤우가 입을 벙긋거릴 뿐 아무런 대꾸도 하지 못했다. 그러자 박경휘가 단도직입적으로 물었다.

"당신은 지금 아이가 아니라 어른이에요. 그들의 인정이 없어도 충분히 아름답고 충분히 멋진 사람이에요. 뭐가 불안해서 그렇게 가족을 감싸고 죄책감을 가지는 거죠? 그럼 그들이 당신을 학대했다고 당신도 당신을 학대할 건가요? 당신도 당신보다 약한 사람이 있으면 짓밟고 이용하고 마음대로 할 건가요? 강한 자에겐 한없이 비굴하고, 눈치 보고, 그들 뜻에 따르며 그렇게요?"

윤우가 천천히 고개를 지었다. 단호하고 강하게 말했던 박경휘가 부드러운 어조로 바꾸어 말을 건넸다.

"식구들을 미화해서라도 인정받으려 하면 똑같은 사람이 되는 거예요. 지우 씨 안에 그 진실을 알고 있는 아이가 분노에 차 있다고요. 지우 씨 당신은 착하고 현명해서 식구들에게 복수하지 않았지만, 당신이 계속 죄책감을 위장해 그 분노를 억누르려고 하면 언젠가는 터져 버리게 돼요."

"……복수할 대상도 사라졌어요."

윤우가 쓴웃음을 지으며 대꾸했다.

"내가 따져 묻기 전에, 병들고 사고당하고 쓰러지더니 내 앞에서 온갖 약한 척 다 하고…… 죽어버렸어요. 세상에 둘도 없는 피해자인 양 도와달라며 애원하면서."

왈칵 눈물이 쏟아졌다. 윤우가 두 눈을 감아버렸다.

이번엔 박경휘가 휴지를 건네지 않고 울게 내버려 두었다.

그렇게 상담이 끝났다. 그는 다음 상담 때까지 부모와 큰오빠에게 화가 났던 일을 적어 오라고 숙제를 내주더니, 죄책감이 들 때마다 기록한 공책을 읽으라고 당부했다. 일주일 뒤 같은 시각으로 상담 예약을 한 후, 윤우가 상담실을 나서려는데 박경휘가 문득 한 가지를 물었다.

"아, 박지우 씨. 지금 당신은 박지우 씨 동생이라고 했는데, 그럼 당신 이름은 뭐죠?"

진료를 예약할 때 박지우라고 해서 내내 박지우라고 불렀지만, 그녀가 동일시하는 자아의 이름을 알아야 할 것 같아 그가 확인했다. 한데 그녀가 머뭇거리며 대답을 망설이더니, 알듯 모를 듯 의미심장한 미소만 지어 보였다.

"나중에 말해줄게요, 박쥐님."

박경휘가 놀란 듯 눈을 휘둥그레 떴지만, 윤우는 이미 상담실을 나간 뒤였다. 그녀를 따라가 어떻게 자신의 별명을 아는지 묻고 싶었지만 다음 환자가 대기하고 있었다.

그의 블로그를 찾아본 걸까? 그의 블로그 이름이 '박쥐'로 되어 있어서 상담하기 전에 찾아본 게 아닐까, 그렇게 추측하며 박경휘는 다음 환자를 받았다.

분노 어린 기억을 떠올리며 기록해 나가면서, 죄책감은 조금씩 덜어지는 듯했다. 하지만 기록을 할 때마다 박재상, 오정혜, 박현우 이 세 사람이 처했던 당시의 상황이 떠오르면서, 연민의 감정도 증폭되었다.

그럴 때면 윤우는 김치냉장고 문을 열어젖히고 시신이 된 박윤우를 바라보았다. 모든 탓을 그녀에게 돌려서라도 가족이란 울타리를 잃고 싶어 하지 않았던 박윤우를, 살아남기 위해 고군분투하며 끊임없이 누군가에게 그녀의 존재를 인정받고 싶어 했던 박윤우를, 모두 죽고 사라졌음에도 가족이란 울타리를 붙잡고 한 발자국도 나가지 못한 채 그 자리에 박제가 되어버리려고 하는 박윤우를 바라보고 바라보았다.

"겁쟁이!"

냉장고 문을 닫고 윤우는 밖으로 나갔다. 골목길과 시장과 상점이 즐비한 대로변을 무작정 걸어 다녔다. 걷고 있는 자신이 박지우인지 박윤우인지 상관하지 않았다. 갈래길이 나올 때마다 가고 싶은 쪽으로 걸어갔다. 커피집이 눈에 띄면 커피 한 잔 마시고, 분식집이 눈에 띄면 떡볶이도 먹고, 어묵 국물도 후루룩 마시며 겨울로 치닫는 세상 한구석을 걸어 다녔다.

그러다 어느 길가에서 수예점을 발견하곤 걸음을 멈췄다. 분노의 밑바닥엔 뭐가 있을까, 죄책감이 모두 사라지고 나면 빙의는 끝날까, 그런 의문조차 다 사라지고 멍하니 마냥 걷고 있던 윤우는 보송보송한 털실로 짜인 목도리를 보고는 수예점 유리창 앞으로 가까이 다가갔다. 연분홍색과 하늘색이 섞인 줄무늬 목도리였는데, 보기에도 너무 부드러워서 목에 두르면 기분이 좋아질 것 같았다.

니트 종류는 아무리 부드러운 촉감이라고 해도 목에 두르거나 입으면 가려운 윤우여서, 항상 가렵지 않은 목도리와 니트를 찾아다녔는데 이제 보니 새로운 털실이 나온 것이다. 수면양말과 비슷한 촉감의 털실이었다. 목도리를 살까, 털실을 살까 고민하던 윤우가 가게 안으로 들어가 털실을 한가득 사가지고 나왔다.

죄책감이고 분노고 다 재미없었다. 빙의가 끝나든 말든 상관하고 싶지도 않았다. 박윤우의 몸으로 살든 박지우의 몸으로 살든 지금 하고 싶은 걸 하면 그만이었다.

집으로 돌아온 윤우가 분노를 적어 내려가던 공책을 내버려 둔 채 뜨개질을 시작했다. 이십대 시절 잠깐 하고 한 번도 한 적이 없어서 애를 먹을 줄 알았는데, 코를 잡을 때 몇 번 헷갈리다 마침내 코를 잡아내자 뜨개질은 막힘없이 됐다. 복잡한 꽈배기 문양은 뜰 수 없었지만, 안뜨기와 겉뜨기는 할 줄 아니 어려울 게 없었다. 게다가 실이 복슬복슬한 실이어서 문양을 넣어도 문양이 보일 수 없는 실이었다.

윤우는 자신이 목에 두르고 싶은 연분홍색 목도리를 이틀 만에 뜨고는, 코바늘로 길게 연갈색 레이스를 떠서는 목도리 가장자리에 덧대었다. 세상 어디에도 없고, 그녀가 구하고 싶었지만 당최 보이지 않았던 목도리가 만들어졌다. 중간중간 실을 이은 부분이 툭 튀어나왔지만 상관없었다. 그것도 목도리의 일부분이라고 여기니 잘라내어 감추고 싶지 않았다.

직접 뜬 목도리를 목에 두르고 다시 수예점에 갔다. 이번엔 하늘색과 연두색과 연갈색의 실을 한 아름 사가지고 집으로 돌아왔다. 박윤우가 죽든 박지우가 죽든 될 대로 되라지. 콧노래를 흥얼거리며 윤우가 새 목도리를 또 뜨기 시작했다. 안준연과 문재혁에게 줄 목도리였다. 박윤우로 다시 만날 수 있을지 없을지 알 수 없지만, 이번 겨울 두 사람이 푹신푹신하고 부드러운 목도리를 목에 둘렀으면 좋겠다는 생각뿐이었다. 새롭게 시작하라는 의미에서 안준연의 목도리는 연두색 실로 뜨고, 더 늦기 전에 아버지와 진심 어린 대화를 나누라는 의미에서 문재혁의 목도리는 하늘색 실로 떴다. 연갈색의 실을 양쪽 하단에 넣어줌으로써 안정감이 느껴지도록 했다.

이제 생각해 보니 두 사람이 좋아하는 색깔을 모르고 있었다. 윤우는 그들을 만나게 되면 무슨 색깔을 좋아하는지, 무슨 음식을 좋아하는지, 무슨 음악을 좋아하는지 꼭 물어봐야겠다고 생각하며 목도리를 떠나갔다.

혼자 있는 그녀의 시간이 빙의와 상관없이 목도리처럼 길게 이어지다가 마무리되었다. 제주도로 가기로 한 토요일을 하루 앞두고, 윤우는 아직 마무리하지 못한 목도리를 내려놓고 선물 박스를 사러 나갔다. 내일 안준연을 만날 때 선물 박스에 목도리를 넣어 건네고 싶었다.

수예점으로 향하던 윤우가 횡단보도에 멈춰 서서, 문재혁에게 문자를 보냈다.

〈안녕하세요, 전 윤우 언니 박지우라고 합니다. 윤우가 여행 중인데, 핸드폰이 망가졌다고 저에게 메일로 부탁을 해서 이렇게 문자를 보냅니다. 동생이 재혁 씨에게 아버지가 건강해지기를 기도한다고 전해달랬어요. 그리고 주소를 보내달라고 하네요. 재혁 씨에게 보낼 선물이 있다면서요.〉

일하는 중인지 아니면 연락 없는 그녀에게 서운해서 관계를 끊기로 한 건지, 윤우가 저녁을 먹고 마트에서 선물 박스를 사가지고 나올 때까지도 답 문자가 없었다.

이왕 뜬 거 슈퍼마켓 할아버지와 올케언니 것도 하나씩 떠줄까 싶어 윤우가 수예점으로 향하는데, 그제야 주머니에 있던 핸드폰이 울렸다. 새 목도리는 좀 다르게 떠볼까 궁리하던 윤우는 무심코 핸드폰을 꺼내 발신자를 확인하다, '어머니'라는 글자가 떠 있는 걸 보곤 멈칫했다. 언니의 핸드폰이라 문재혁의 전화가 '어머니'로 뜬다는 걸 이내 깨달았지만, 짧은 순간 엄마가 전화를 걸어온 것 같은 착각에 빠져 깜짝 놀랐던 것이다. 윤우가 자조 어린 웃음을 지으며 마음을 진정시키고 전화를 받았다.

"네."

너는 지금 윤우의 언니다, 그 말을 되뇌며 문재혁의 목소리를 기다리는데, 한참을 기다려도 목소리가 들려오지 않았다.

"여보세요, 재혁 씨?"

두어 번 그의 이름을 더 불러보았지만, 핸드폰에서는 정적만 들려올 뿐이었다. 지하철이나 건물 지하에서 전화를 건 걸까? 윤우가 의아해하며 핸드폰을 닫았다. 그러다 횡단보도를 건너 집으로 이어지는 골목길로 들어서는데 핸드폰이 다시 울렸다. 또다시 '어머니'라는 글자가 화면에 떴지만, 문재혁이 장소를 바꿔 전화를 걸었다는 생각에 윤우가 이번엔 덤덤히 전화를 받았다.

"네, 박지우입니다."

⟨…….⟩

또다시 핸드폰 안에서 아무런 소리도 들려오지 않았다. 그녀가 더 귀를 기울이며 소리를 들으려고 애를 쓰자, 아득히 먼 곳에서 들려오는 소리처럼 아주 작고 부드러운 숨소리가 들려왔다. 마치 소라를 귀에 대고 있을 때 나는 소리 같기도 했고, 파도가 치지 않는 잔잔한 바다의 소리 같기도 했다.

전화를 걸었지만 할 말이 떠오르지 않아 머뭇대고 있는 걸까? 아니면 연결이 잘 되지 않는 엘리베이터나 지하주차장에 있어서 그런 걸까. 윤우가 한참 동안 핸드폰을 들고 있다가 끝내 아무 말도 들려오지 않는 핸드폰을 닫았다.

원룸 건물 앞에 도착한 후, 이번엔 윤우가 먼저 전화를 걸어보았다. 세 번쯤 벨이 울렸을까, 문재혁이 전화를 받았다.

⟨네, 문재혁입니다.⟩

생각 외로 그는 전화를 금방 받았고 목소리가 차분했다. 방금 전 있었던 두 번의 통화 실패에도 불구하고, 아무 일 없는 양 무덤덤한 어조였다.

"저 박윤우 언니 박지우라고 하는데요."

문재혁이 잠시 당황해하는 눈치더니 이내 예의 바르게 인사를 해왔다.

〈아, 안녕하세요. 문자를 받긴 받았는데 일하느라 답을 못하고 있었습니다.〉

"예, 괜찮아요. 방금 전화하셨을 때 자꾸 재혁 씨 말소리가 안 들려서 전화를 끊었어요. 근데 이번엔 제가 전화를 거니까 소리가 잘 들리네요."

〈네? 전 전화드린 적 없는데요.〉

윤우가 멈칫했다. 방금 전 전화를 두 번 하지 않았느냐 물어보자, 그는 그런 적 없다며 다른 사람이 전화를 걸때 번호를 잘못 누른 게 아니겠느냐고 답했다.

"정말 저에게 전화를 걸지 않았나요?"

〈네, 내일 재판 때문에 정신이 없는 상황이었거든요. 그래서 이따 일 끝나고 연락드리려고 했습니다.〉

그가 잡아떼거나 거짓말을 하는 것 같지는 않았다. 그렇게 할 이유도 없었다. 문재혁의 목소리가 너무나 차분하고 의아해하는 기색을 띠고 있어서, 윤우는 뭔가 알 수 없는 착오가 있었다고밖에 생각할 수 없었다.

"……알겠어요. 제가 착각을 했나 보네요."

〈저기, 수리님은…… 아니, 윤우 씨는 여행에서 언제 돌아옵니까? 혹시 알고 계신가요?〉

"모르겠어요. 제주도에서 지내다 조만간 올라오겠다고 했는데, 확실한 날짜는 말하지 않았어요."

〈제주도요?〉

"네, 왜요?"

〈아, 이번 주중에 제주도에서 학회가 있거든요. 간 김에 윤우 씨 만나고 싶은데, 혹시 윤우 씨가 어디에서 지내고 있는 아시나요?〉

"그건 말해주지 않았어요. 그냥 머리 좀 식히고 온다고 했거든요."

〈그랬군요. 알겠습니다. 제가 따로 메일로 연락해 보겠습니다.〉

그는 박윤우의 명함을 갖고 있었다. 그가 메일 보내는 걸 말릴 수는 없어서 그렇게 하는 게 좋겠다는 말을 하고는 전화를 끊었다.

통화를 끝낸 후에노 한참 동인 헨드폰을 내려다보며 서 있었다. 문재혁이 전화하지 않은 것이라면 두 번의 전화는 누가 한 것일까. 정말 문재혁의 추측대로 누군가가 핸드폰 번호를 잘못 눌러서 언니의 핸드폰으로 전화가 온 것일까.

아무리 생각해도 말이 되지 않았다. 전화를 걸 때 상대방의 번호를 잘못 누르지, 자신의 번호를 잘못 누를 수는 없지 않은가. 자신의 번호를 조작해서 입력하지 않는 한 문재혁의 번호, 아니, 엄마의 번호로 누군가가 전화를 걸었던 것이다. 문재혁이 일하는 동안 다른 사람이 몰래 핸드폰을 사용한 것일까?

윤우가 생각에 잠긴 얼굴로 건물 계단을 올라갔다. 그러다 원룸 앞에 다다라 현관문 잠금장치의 비밀번호를 누르는데, 불현듯 한 가지 생각이 스쳐 지나갔다.

그런 일이 정말 가능할까? 의문이 뒤따랐지만 언니에게 빙의되어 그녀의 시신이 누워 있는 원룸에 들어가는 지금, 불가능할 것도 없는 일이란 생각이 들었다. 어쩌면 처음이자 마지막으로 엄마의 전화를 받았던 것일지도 모른다는 생각에 이르자, 윤우의 가슴이 두방망이질

쳤다.

그래, 숨소리만 들려온 그 전화는 엄마의 마지막 전화였는지도 모른다. 엄마가 숨을 거두기 직전 걸었던 전화 말이다. 그 전화가 오랜 시간이 지난 후, 지금 수신이 된 걸까. 아니면 정말 죽은 엄마가 하늘에서 전화를 건 걸까.

윤우가 떨리는 손으로 현관문 비밀번호를 다시 눌렀다. 문을 열고 안으로 들어가니 방은 나왔을 때와 똑같았다. 두 개의 종이가방을 든 채 현관문 앞에 서서 김치냉장고를 바라보는데, 주머니에서 다시 핸드폰이 울렸다. 엄마가 건 전화일지도 모른다는 생각에 윤우가 들고 있던 가방을 내팽개치듯 방에 던져 놓고 황급히 핸드폰을 꺼냈다. '어머니'라는 글자가 선명하게 화면에 찍혀 있었다. 잔뜩 숨을 죽이고 전화를 받았다. 문재혁이 건 전화일 수도 있단 생각에 그녀가 애써 침착하게 대답했다.

"네…… 박지우입니다."

〈…….〉

아무런 말도 들려오지 않았다. 저 멀리 어디선가 환청인 양 너무나 작고 미세한 숨소리만 들려올 뿐이었다. 그것이 숨소리인지 바람 소리인지도 불분명했다. 그 소리를 가만히 듣고 있던 윤우가 말을 하려고 입을 벌렸지만, 말이 나오지 않았다. 벙긋거리며 떨리는 입술 위로 눈물만 자꾸 흘러내렸다. 윤우가 목을 쥐어짜 간신히 말을 했다.

"……엄마?"

〈…….〉

착각일까, 귓가로 들려오는 숨소리가 잦아들며 점점 작아지고 있었다. 그날 듣지 못했던 엄마의 숨소리일까 아니면 죽은 엄마가 하늘에서 내쉬는 숨소리일까. 윤우가 눈물을 훔치고 다시 말을 건넸다.
"엄마, 엄마 맞지?"
〈…….〉
잦아드는 숨소리에 윤우는 엄마가 분명하다고, 엄마가 전화를 걸었다고 확신했다. 엄마와 통화를 하게 되었다는 사실에 눈물이 북받쳐 올라왔지만, 윤우가 눈물을 참고 말을 하려고 애썼다. 숨소리가 잦아들기 전에 말해야 했다. 내내 하고 싶었지만 할 수 없었던 말을, 엄마에게 너무나 하고 싶었던 말을 지금 하지 않으면 다시는 할 수 없을 것이다.
"엄마, 미안해요. 그날 전화 안 받은 거, 정말 미안해."
마지막 전화를 받지 않았다. 엄마가 숨을 거두기 직전 걸었던 전화를 글씨를 쓰는 도중에 호흡이 흐트러질까 봐 받지 않고, 그냥 울리게 내버려 두었다. 사실은 귀찮기도 했다. 밥 먹었니, 별일 없니, 자는 데 춥지 않니, 만날 똑같은 걸 물어오는 엄마의 전화가 귀찮아서 그 전화도 그런 것이려니 여기고 받지 않았다. 마감 때문에 어쩔 수 없다는 핑계로 엄마를 언니에게 맡겨놓고 작업실에서 지내며 사나흘에 한 번 집에 갔던 윤우는 사실 아픈 엄마에게서 도망치고 싶었다. 엄마가 그 상태로 팔십을 넘게 살면 어쩌나 내심 두려웠는데, 오정혜는 막내딸의 마음을 눈치채고 서둘러 남편을 따라가 버렸다. 끝내 너를 사랑했다고, 비록 너를 귀찮아도 하고 미워하기도 했지만 그래도 너에 대한 사랑은 진심이었다고, 엄마는 숨을 거둠으로써 말하고 갔다. 그것마저 인간의 자연사라고, 일흔의 노인이 노쇠해 병에 걸려 죽은 거라고, 그렇게 받아들여야 한다는 걸 알면서도 마음은 생각을 따라가지 않고 자꾸만 엄마의 시신 앞을 서성거리게 했다.

눈물이 쏟아져 말이 나오지 않았다. 이것이 마지막 통화라는 걸 알고 있기에 윤우가 말을 하기 위해 메이는 목을 쥐어짰다. 다시는 하지 못할, 내내 하고 싶었지만 차마 하지 못했던 말을, 그 말을 하는 것조차 죄스러워서 혼잣말처럼 중얼거리다가도 스스로가 경멸스러워서 입안으로 삼켜야 했던 말을 했다.

"엄마, 보고 싶어요. 너무너무 보고 싶어요."

어쩌면 엄마의 숨소리를 다시 들을 수 있을까 싶어, 윤우가 그동안 있었던 일들을 이야기하기 시작했다.

"엄마, 있잖아. 나 문재혁이라는 아이를 만났는데, 엄마랑 똑같이 생겼다. 엄마한테 문자 보냈었는데 재혁이가 받더라고. 그래서 찾아가서 봤더니 엄마랑 정말 닮았더라고."

언젠가부터 마음속에 어렴풋이 품고 있던 의문이 있었다. 차마 확인할 수 없었던 사실을 윤우가 입 밖으로 냈다.

"엄마, 사실은 그때 몸을 팔았던 거죠? 포주가 그냥 간 게 아니었지? 그때 재혁이를 가져서 그 아이랑 나를 다른 집에 입양시켰던 거지?"

정적이 흐르던 핸드폰에서 어느 순간부터 뚜뚜뚜 기계음 소리가 나기 시작했다. 윤우는 매달리듯 핸드폰을 꼭 움켜쥔 채 귀에서 떼지 않았다. 눈앞이 온통 눈물로 범벅되어 마치 느개가 내리는 것처럼 축축하고 흐릿했다.

그녀의 말이, 그녀의 눈물이, 그녀의 마음이 나르시시즘 강한 엄마에 대한 아이의 과도한 의존이든, 그 집에서 유일하게 그녀를 걱정하고 그녀에게 미안해했던 엄마에 대한 죄책감이든 상관없었다. 엄마가 들을 수 있든 없든 하고 싶은 말을 하련다.

"엄마, 우리 나중에 꼭 만나요. 엄마랑 딸로 말고, 그땐 오정혜와 박윤우로, 우리 꼭 다시 만나요."

스르르 핸드폰을 쥐고 있던 손이 내려왔다. 윤우가 천천히 방으로 들어가 김치냉장고 옆에 앉았다.

그날 밤, 윤우는 김치냉장고 속에 있는 박윤우를 꺼내어 방에 눕힌 후, 물수건으로 자신의 몸을 닦아주었다.

17부

공항

    알람 소리에 윤우가 눈을 떴다. 옆을 돌아보니 그녀의 시신이 누워 있었다. 시신 너머에 있는 알람시계를 확인한 그녀가 벌떡 일어나 앉았다. 새벽녘까지 시신을 닦고, 안준연에게 줄 목도리를 마무리하느라 두어 시간밖에 못 잔 상태였다. 눈은 감겨오고 몸은 한없이 가라앉았지만 안준연을 볼 수 있다는 사실에 그나마 몸이 움직였다.
    서둘러 씻고 목도리와 등산용품을 챙겼다. 핸드폰을 주머니에 챙겨 넣고, 현관으로 걸어가던 윤우가 방에 누워 있는 그녀의 시신을 돌아보았다. 추워서 난방을 틀어놓은 터라 더 두었다가는 그녀의 시신이 부패할 것 같았다. 하지만 시신을 김치냉장고에 넣고 자시고 할 시간적 여유가 없었다. 바로 출발해도 약속 시각에 늦을 가능성이 컸다. 예약해 놓은 비행기 시각에 간신히 도착할 수 있는 아슬아슬한 시각이기에 윤우가 시신을 그대로 둔 채 등산화를 신었다. 그래 봐야 하루 있다 오는 것이고, 난방을 끄고 가니 괜찮을 거라고 불안감을 털어냈다.

공항에 도착했을 땐, 약속 시각에서 5분 지나 있었다. 공항 주위를 둘러보며 준연을 찾아보던 그녀가 그의 모습이 보이지 않자 전화를 걸었다. 그가 전화를 받더니, 미안해하며 거친 숨이 섞인 목소리로 답했다.

〈조금만 기다려 주세요. 지금 역에서 내려서 가고 있거든요.〉

뛰어오는 것 같아 윤우가 천천히 오라고 하니, 그가 '네'라는 대답을 하고는 전화를 끊었다. 비행기 탑승 시각이 아직 이십여 분 남아 있었다. 지난밤 울다 잠들어서인지 머리가 띵했다. 그가 오는 동안 커피 한 잔을 마시려고 카페로 향했다.

윤우가 진하게 주문한 커피를 들고 대기석으로 돌아와 앉았다. 뜨거운 커피를 조심스레 몇 모금 마시자, 묵직했던 머리가 서서히 맑아졌다. 탑승하기 전에 다 마시려고 쉬지 않고 커피를 마시는데, 누군가가 옆자리에 앉으려는지 가까이 걸어왔다. 그녀의 눈으로 남자의 검은 구두가 들어왔다. 안준연이 벌써 온 건가 싶어 윤우가 활짝 웃으며 고개를 들었다. 한데 다가온 사람은 안준연이 아니라 그 사내였다. 검은 코트의 사내가 그녀를 쳐다보며 서 있었다. 검은 코트의 사내를 만나고 싶었고, 곧 찾아올 거라고 생각도 했지만 지금 찾아올 줄은 생각지 못했다.

그를 다시 만나게 되면 그때 거짓말을 했다고, 언니를 살리기 위해 엄마가 김달자 할머니를 마음에 걸려 했다고 말한 거라고 고백할 생각이었는데, 막상 그를 다시 마주하니 아무 말도 나오지 않았다. 말을 하면 그가 화를 내며 그녀를 당장 데려갈 것만 같았다.

윤우가 떨리는 손으로 커피를 움켜잡고 모른 척 천천히 한 모금을 입에 넣는데, 검은 코트의 사내가 그녀의 옆자리에 앉더니 말을 걸었다.

"박지우 씨 되십니까?"

입안에 있는 커피를 넘기고 그를 쳐다보았다. 서늘하고 무심한 두 눈동자가 그녀를 응시하고 있었다. 그가 박윤우를 찾아오지 않고 박지우를 찾아왔다는 사실에 윤우가 어떻게 대답을 할까 망설이는데 그가 다시 물었다.

"박지우 씨, 맞습니까?"

박지우는 뇌사 아닌 뇌사 상태로 남은 생을 계속 누워서 지내야 한다. 아무것도 모른 채 산송장처럼 그렇게 지내다 가야 한다. 만약 기적처럼 깨어난다 해도, 식물인간이거나 온전한 상태가 아닐 것이다.

윤우가 잠시 눈을 감았다가 이내 그를 똑바로 응시하며 대답했다.

"네, 맞는데요."

그가 윤우를 가만히 응시하는가 싶더니, 말을 건넸다.

"전 오정혜 씨가 보내서 찾아왔습니다."

윤우가 고개를 살짝 끄덕이자, 그가 말을 이었다.

"오정혜 씨가 이 세상을 떠날 때 박지우 씨를 마음에 걸려 했는데, 혹시 오정혜 씨를 따라가고 싶습니까?"

마음에 걸려 하는 사람이 무조건 다음 차례가 되는 게 아니었던 걸까?

"따라가고 싶지 않다고 하면, 따라가지 않게 되는 건가요?"

검은 코트의 사내가 무표정한 얼굴로 고개를 끄덕여 보였다. 무슨 생각을 하는지 알고 싶었지만, 아무리 쳐다봐도 그의 속마음이 읽혀지지 않았다. 윤우가 대답을 망설이자 그가 질문을 되돌렸다.

"따라가고 싶지 않은가요?"

박지우는 평생 누워 있어야 한다. 욕창이 생기고, 신체 장기가 서서히 기능을 잃어가다가 마침내는 아무도 찾지 않는 사람이 될 것이다. 박지우는 그 요양원에서 언젠가 홀로 숨을 거두게 될 것이다. 지금이야 언니의 몫으로 남은 전세금이 있어서 괜찮지만, 일 년 정도가 지나면 올케언니도 요양원비를 감당할 수 없을 것이다. 지우 언니가 그런 상황이 될 때까지 그렇게 누워 있고 싶을까? 윤우가 스스로에게 질문을 던져 보았다. 답은 아니었다. 그녀가 아는 언니는 남아 있는 올케와 동생에게 짐이 된다는 걸 알면 한없이 고통스러워할 사람이었다. 설혹 언니가 그 상태로 더 있기를 원한다고 해도, 그 바람을 들어줄지 안 들어줄지를 선택하는 건 그녀의 몫이다.

한참을 침묵하던 윤우가 마침내 그에게 답을 했다.

"아뇨. 따라가고 싶어요. 엄마를 따라갈래요."

그가 주머니 안쪽에서 붉은 수첩을 꺼내더니 그녀의 이름을 적었다. 그러더니 고개를 들고 다시 질문을 했다.

"떠나기 전에 마음에 걸리는 분이 있습니까?"

검은 코트의 사내 어깨 너머로 준연이 보였다. 먼발치에 있는 회전문을 지나 그녀가 어디에 있나 공항 주위를 둘러보고 있었다. 마음에 걸리는 사람은 막냇동생 박윤우라고 답해야 한다는 걸 알면서도 준연을 보니 차마 그 말이 나오지 않았다. 그가 회전문 앞에서 몇 걸음 걸어오는가 싶더니, 핸드폰을 꺼내 어디론가 전화를 걸었다. 주머니 속에 있는 그녀의 핸드폰이 벨소리를 내기 시작했다. 윤우가 주머니에 손을 넣어 핸드폰을 꼭 쥐고는 검은 코트의 사내를 쳐다보았다.

"없어요, 마음에 걸리는 사람이……."

검은 코트의 사내가 짧은 순간 의외라는 듯한 눈빛으로 그녀를 쳐다보더니 다시금 물었다.

"정말 마음에 걸리는 사람이 없습니까?"

"네, 없어요. 다들 각자의 숙제를 안고 살아가는 건데, 내가 그들을 마음에 걸려 할 것도, 그들이 날 마음에 걸려 할 것도 없다고 봐요."

"……."

거짓말하고 있다고 생각하는 걸까? 아니면 그녀의 대답이 너무나 의외여서 선뜻 믿지 못하는 걸까. 윤우가 불안함을 애써 감추며 질문을 돌렸다.

"아닌가요? 제 말이 틀렸나요?"

그의 미간이 살짝 찌푸려지더니, 조금은 안타까운 눈빛으로 그녀를 쳐다보았다.

"아니요. 간혹 마음에 걸리는 사람이 없다고 대답하는 사람들이 있습니다."

윤우가 소리 없이 안도의 숨을 내쉬는데 그가 생각지 못한 말을 건넸다.

"그렇다면 박지우 씨, 나중에 누구를 만나기 위해 이곳에 오실 건가요?"

"네?"

이해가 되지 않아 윤우가 혼란스러운 얼굴로 그를 쳐다보았다. 잠잠해졌던 핸드폰이 주머니 속에서 다시 울렸지만 너무 혼란스러워서 그 소리조차 들리지 않았다. 시간이 멈춘 듯 모든 것이 고요하게 느껴졌다. 그 고요 속에서 검은 코트의 사내가 건네는 말이 또렷하게 귓가에 박혔다.

"다시는 이 세상에 돌아오지 못해도 상관없는 거군요."

검은 코트의 사내가 붉은 수첩을 코트 안주머니에 넣으며 일어섰다. 윤우가 황급히 따라 일어서서는 그에게 물었다.

"마음에 걸리는 사람이 없으면, 다시 태어나지 못한다는 뜻인가요?"

가려던 그가 발길을 멈추고 그녀를 뒤돌아보더니 고개를 짧게 한 번 끄덕였다.

"사람들이 다시 이 세상에 태어나는 건, 마음에 걸리는 사람을 만나기 위한 것이니까요."

윤우가 입을 벙긋거리며 아무 말도 하지 못했다. 그사이 검은 코트의 사내가 떠나갔다. 언니 박지우를 이 세상에 다시 돌아오지 못하게 만들었다는 생각에 윤우가 황급히 그를 뒤따라갔다.

"지우 씨!"

인파 사이로 준연이 그녀를 불렀다. 윤우가 소리가 나는 쪽을 쳐다보니, 준연이 반가운 얼굴로 그녀를 쳐다보고 서 있었다. 그녀가 다시 고개를 돌려 검은 코트의 사내를 찾았다. 하지만 사람들 사이로 걸어갔던 그 사내는 보이지 않았다. 사방을 둘러보았지만 검은 코트를 걸친 뒷모습이 눈에 띄지 않았다.

어느새 가까이 다가온 준연이 어리둥절한 얼굴로 같이 주위를 둘러보았다.

"누구 아는 사람 봤어요?"

"……예."

윤우가 검은 코트의 사내가 걸어갔던 쪽을 멍하니 쳐다보고 서 있자, 준연이 손목시계를 확인하더니 이럴 때가 아니라며 재촉했다.

"탑승 시각 다 됐어요. 지금 가야 합니다."

"……예."

윤우가 혼란에 빠진 얼굴로 준연을 따라 탑승하는 곳으로 향했다.

'뭐가 어떻게 된 걸까. 무얼 착각한 거지?'

엄마가 마음에 걸려 한 사람은 결국 언니였는데, 왜 그녀가 욕조에서 죽었던 걸까. 어쩌면 엄마가 마음에 걸려 한 사람이 문재혁일지도 모른다고 생각했다. 언니는 뇌사 상태로 계속 살고, 그녀도 결국 자신의 몸으로 돌아갈 수 있을지도 모른다고 생각했다.

'도대체 뭘 잘못 생각한 걸까.'

머릿속이 뒤죽박죽되다 못해 너무 혼란스러워 아무 생각도 할 수 없는 멍한 상태가 되었다. 탑승 수속을 밟고 비행기에 올랐다. 윤우는 생각은 나중에 하고 일단은 그와 함께 있는 그 시간에 집중하기로 했다. 뭐가 어떻게 된 건지 퍼즐은 나중에 맞추기로 했다. 맞춘다고 해도 그녀가 뭘 어떻게 할 수 있는 게 없다면, 주어진 시간에 충실한 게 그녀가 할 수 있는 최선이리라.

윤우가 옆 좌석에 앉은 준연을 쳐다보았다. 그는 입구에서 들고 온 신문을 보고 있었다. 원래부터 습관인지, 아니면 윤우의 언니와 함께 앉은 게 어색해서인지 그는 신문만 읽고 있었다. 그럼에도 윤우가 빤히 쳐다보자, 도저히 시선을 견딜 수 없었는지 그가 고개를 들어 쳐다보았다.

"무슨…… 필요한 거 있으세요?"

"아뇨. 그냥 쳐다보는 거예요."

그의 얼굴이 무표정했지만 슬쩍 긴장하는 눈치였다. 왜 안 그렇겠는가. 좋아하는 여자의 언니가 관심을 표명하면 좀 무섭지 않겠는가. 윤우가 눈을 동그랗게 뜨고 있는 그를 보며 빙긋이 웃었다.

"윤우가 왜 준연 씨를 좋아하는 걸까, 궁금해서 뜯어보고 있었어요."

그가 너털웃음을 살짝 뱉어내더니 이내 쓸쓸한 표정으로 말했다.

"글쎄요. 윤우 씨가 저를 정말 좋아하는 건지는 앞으로 봐야 알 것 같은데요."

"왜요? 윤우가 보고 싶어 하는데도요?"

"윤우 씨도 예전에 말했지만, 전 큰오빠를 생각나게 하는 사람이라서 신경이 쓰이는 걸 거예요. 큰오빠한테 못했던 게 생각나서 저한테 잘해주는 거죠. 그리고 전 그걸 알면서도 모른 척 윤우 씨를 계속 만나려고 하는 거고요."

그런 생각을 하고 있었구나. 윤우는 미처 모르고 있었던 준연의 속내에 미안함을 느꼈다. 구치소에 가 있는 동안 말없이 여행을 떠난 데다(?), 제주도까지 찾아갔는데 나타나지 않는다면 그는 무슨 생각을 하게 될까. 그렇게라도 보고 싶었던 여자에게 결국 외면당했다는 생각에 비참함을 느낄까, 아니면 비련의 여인처럼 불쌍한 척 다가와 제멋대로 굴었던 여자에게 놀아났다고 생각할까.

한라산에 도착하기 전에 조금이라도 마음을 전하고 싶었다.

"내가 윤우 마음을 다 알지는 못하지만, 하나 말해주고 싶은 건요. 큰오빠를 떠올리며 잘해주는 것도 결국엔 상대에게 마음이 가야 가능하다는 거예요."

그가 아무 말도 하지 않았지만, 그녀의 말을 귀담아듣고 있었다.

"오히려 바보 같은 게 뭔 줄 알아요?"

"뭔데요?"

"큰오빠가 생각나서 신경 쓰이는 것뿐이라고, 그러면서 자꾸만 자신의 마음을 의심하고 무시하는 거죠."

"윤우 씨가 그렇게 말했나요?"

윤우가 고개를 끄덕였지만, 그는 잘 믿어지지 않는다는 눈빛을 하고 있었다.

"누군가와 맛있는 걸 먹고 싶고, 힘들 때 옆에 있어주고 싶고, 자기도 모르게 속내를 털어놓고 그런 건, 결국 다 마음이 가기 때문이었다고 윤우가 그랬어요. 저한테."

"……그랬군요."

그는 말없이 고개를 끄덕이더니 신문으로 눈길을 돌렸다. 그의 표정을 살펴보니 그의 입가가 조금 위로 올라가 있었다. 윤우의 언니 앞에서 좋아하는 티를 내는 게 멋쩍었나 보다. 점잖은 척, 애써 태연한 척을 하고 있었다. 다른 때 같으면 그 모습을 놀려댔겠지만, 조금 후면 그에게 상처를 줘야 하기에 윤우가 내내 하지 않으려고 했던 말을 꺼냈다.

"만약에요. 오늘 윤우가 나타나지 않는다면, 준연 씨 마음이 많이 상하게 될까요?"

신문에 집중하는 척 짐짓 담담한 얼굴을 하고 있던 그가 눈을 동그랗게 뜨고 다시 윤우를 쳐다보았다.

"안 나온다던가요?"

"아뇨. 그런 건 아닌데 제가 봤을 땐 못 나올 수도 있을 것 같아서요."

그가 연유를 묻는 듯 쳐다보았다. 윤우가 곤혹스러운 미소를 입가에 그리며 말을 망설였다. 그냥 박윤우를 못된 사람으로 만들면 될 일인데, 그에게 못된 사람으로 기억되고 싶지 않다는 유치한 욕심이 자꾸만 샘솟았다.

"윤우가 사실은 많이 아프거든요. 그래서 준연 씨를 보고 싶어 하기는 한데, 나오지 못할 수도 있어요."

"어디가 아픈 거죠?"

그의 얼굴이 잔뜩 굳어져 있었다. 불안하게 흔들리는 그의 눈동자를 보면서도 윤우는 그에게 좋은 사람으로 기억되고 싶다는 욕심에 거짓말을 계속했다.

"말하지 말랬어요, 준연 씨가 자기 몰골 보는 거 싫다고."

"제주도 어느 병원에 있는 겁니까? 여행을 간 게 아니라 그럼 그동안 치료를 받았던 겁니까?"

"네. 혼수상태로 계속 누워 있었어요. 죽은 것처럼요. 간혹 깨어나서 기운을 차렸을 때 준연 씨에게 문자를 보냈던 거예요."

따지고 보면 거짓말도 아니었다. 죽은 것처럼 누워 있다 다른 사람 몸으로 깨어나면 연락을 했던 것이니 말이다. 이기적인 욕심에 아프다고 말했는데, 어차피 나중을 생각하면 잘한 일이란 생각도 들었다. 윤우가 떠날 수도 있다는 생각을 은연중에 하는 게 나중에 그녀가 죽은 걸 알았을 때 충격이 덜하지 않을까 싶었다.

"윤우 씨 있는 곳이 어디죠? 알려주세요. 윤우 씨기 정 싫다고 하면 멀리서 보고만 가겠습니다."

'아…… 이 사람을 제주도 어느 요양원으로 데려가야 하나.'

윤우의 머리가 살짝 지끈거렸다. 이래서 거짓말을 하지 말라는 거였구나. 거짓말을 하는 게 나빠서가 아니라, 거짓말을 사실로 만들기 위해서는 너무 많은 거짓말을 하며 공을 들여야 했다.

"일단은 한라산 입구로 가요. 그곳으로 온다고 했으니까."

준연이 곧장 윤우가 있는 곳으로 가겠다며 고집을 부리지는 않았다. 자신의 아픈 몰골을 보여주고 싶어 하지 않는다는 윤우의 뜻을 존중해 주려는 것 같았다.

잠시 후 비행기가 제주도 공항에 다다랐는지 기내에서 착륙을 앞두고 있으니 안전벨트를 매라는 안내방송이 흘러나왔다. 눈을 감고 휴식을 취하고 있던 윤우가 안전벨트를 매고 좌석에 다시 머리를 기댔다.

비행기가 착륙을 시작했는지 몸이 미세하게 흔들리며 귀에 이명이 들려왔다. 삐이이이, 쇠줄을 가는 듯한 소리에 이어 막힌 것처럼 귓속이 먹먹해지자 윤우가 손으로 귀를 덮고 눌렀다. 그러다 귀가 좀 뚫리는 듯해서 한결 편안한 얼굴을 하는데, 순간 기체가 크게 흔들리며 윤우의 몸이 의자에서 요동치듯 부딪쳤다. 윤우가 갑자기 시작되는 두통에 비니 쓴 머리를 손바닥으로 감싸는데, 준연의 목소리가 멀리서 들려왔다.

"지우 씨! 괜찮아요?"

"……네."

망치로 머리를 사정없이 내려치는 느낌이었다. 윤우가 아주 작게 간신히 대답을 하는데, 두통 때문인지 그의 목소리가 자꾸만 멀리서 들려오는 것처럼 작아졌다.

"지우 씨! 정신 차려요."

머리를 감싸고 있던 그녀의 손이 스르르 내려오더니, 어느 순간 축 늘어졌다. 준연이 윤우의 어깨를 흔들고 이름을 부르다가, 마침내는 뺨까지 때려보았지만 박지우의 의식은 돌아오지 않았다.

"하아, 하아, 하아……."

다시 눈을 떴을 때 윤우는 가쁘게 숨을 들이켜고 내쉴 뿐 움직일 엄두를 내지 못했다. 신기하게도 눈을 뜨자마자 두통이 감쪽같이 사라졌는데, 대신 온몸이 땅에 들러붙은 듯 무겁고 눅진했다. 숨을 들이켜고 내쉴 때마다 가슴 부근이 뻐근했다. 마치 너무 오랜만에 숨 쉬는 것처럼 호흡이 벅찼다. 윤우가 거칠게 숨을 들이쉬면서 베이지빛 벽지가 발라진 천장과 조명등, 그리고 창문을 응시했다. 병원에 이송된 걸까? 그런데 왜 어디서 많이 본 듯한 풍경일까? 병원이라고 하기엔 너무 낯이 익어서, 윤우가 눈을 돌려 주위를 살펴보았다.

'어?'

어떻게 된 일일까? 그녀의 원룸이 눈에 들어왔다. 한쪽 벽에 둔 책장엔 책이 가득 꽂혀 있었고, 맞은편 수납장엔 옷가지가 차곡차곡 정리되어 있었으며, 창문 앞에 있는 서랍장 위엔 화분들이 햇살 아래 잎사귀를 펼치고 있었다. 작은 냉장고와 싱크대와 좌식 탁자, 모두 그녀가 기억하는 모습 그대로 자리를 지키고 있었다.

윤우가 믿어지지 않는다는 얼굴로 몸을 일으켰다. 한데 뼈마디가 모두 굳어 있었는지 몸을 움직이자 여기저기가 뻐근하고 감각이 없었다. 꼭 오랫동안 움직이지 않아 감각이 둔탁한 것처럼 팔다리가 삐걱거렸다. 윤우가 얼굴을 잔뜩 찌푸리며 일어나 앉아서는 자신이 입고 있는 옷을 쳐다보았다. 방금 전까지 그녀가 입고 있었던 패딩코트가 아니라, 박윤우에게 입혀주었던 노란 원피스기 눈에 들어왔다. 며칠 전 떴던 분홍색 목도리도 그녀가 두르고 있었다.

'설마?'

윤우가 두 손을 내밀어 손바닥을 펼쳐 보았다. 엄마의 손을 닮아 오동통하면서도 끝이 여물게 좁아지는 언니의 손이 아니라, 아빠를 닮아 마디가 굵으면서도 길게 쭉 뻗은 그녀의 손이 눈앞에 있었다.

'되돌아온 건가?'

두 눈으로 보고 있으면서도 믿어지지 않았다. 왠지 남의 몸에 다시 빙의된 듯한 느낌이어서 윤우가 몸을 일으켜 욕실로 가보았다. 욕실 거울 앞에 서자 거울 속에 박윤우가 보였다. 꽤 오랫동안 그녀이면서 그녀가 아니었던 박윤우가 놀란 얼굴로 그녀를 쳐다보고 있었다. 그녀가 거울 속에 있는 박윤우에게 손을 뻗다가 차가운 유리가 손바닥에 느껴지자, 이내 손을 되가져가 자신의 얼굴을 감쌌다. 부드럽고 말랑한 그녀의 살결이 손바닥에 가득 느껴졌다. 기쁨과 안도의 감정이 마구 솟구치면서 눈물이 왈칵 쏟아졌다. 다시 그녀의 몸으로 돌아왔다는 것이 이렇게 기쁠 줄은 그녀도 미처 몰랐다.

기쁨도 잠시, 언니가 떠오르자 두근거리던 심장이 빠르게 침착해졌다. 그녀가 돌아왔다는 건 언니가 쓰러진 채 비행기에 있다는 뜻이 아닌가.

윤우가 황급히 욕실을 나가더니 밖으로 나갈 채비를 했다. 지갑도 핸드폰도 모두 언니에게 있었다. 당장 제주도로 내려가는 건 차치하고 준언에게 연락을 하려면 돈이 있어야 했다. 윤우가 탁자 위에 있던 준연의 명함을 주머니에 챙겨 넣고, 종이상자에 넣어둔 통장과 그녀의 신분증을 들고 밖으로 나갔다. 그녀의 신분증을 지갑에 같이 넣어두었다가 안준연이 보면 이상하게 생각할까 봐 제주도로 출발하기 전에 따로 빼놓은 참이었는데, 지금 생각하면 천만다행이었다.

동네 한 바퀴를 다 돌아보았지만 공중전화기를 찾을 수는 없었다. 윤우가 눈에 띄는 핸드폰 판매점으로 곧장 들어가서는 개통 신청을 해놓고, 전화를 쓰게 해달라고 부탁하자 가게 주인이 선선히 자신의 핸드폰을 내주었다.

그의 번호로 전화를 걸었지만 받지 않았다. 경황이 없어서 못 들은 건지, 모르는 번호라 그냥 내버려 두는 건지 알 수 없었다. 윤우가 끊지 않고 계속 기다리자, 마침내 준연의 목소리가 들려왔다.

〈네.〉

"준연 씨, 저 윤우예요."

〈어디예요? 한라산 입구에 있는 거예요?〉

"준연 씨는 어디예요?"

〈윤우 씨가 이리로 와야 할 것 같아요. 언니분이 비행기 안에서 갑자기 의식을 잃어서 지금 병원으로 이송 중이거든요.〉

"어느 병원으로 가는데요?"

준연이 응급차에 같이 타고 있는 구조대원에게 묻더니 병원을 알려주었다. 윤우가 곧장 가겠으니 기다려 달라고 하자, 준연이 걱정스러운 목소리로 물었다.

〈몸 괜찮아요? 여기 올 수 있겠어요?〉

"예, 괜찮아요."

〈천천히 와요. 급히 오다가 괜히 다치지 않게요.〉

"아무래도 천천히 가야 할 것 같아요. 그러니까 시간이 좀 걸리더라도 기다려 줘요."

〈그건 걱정 말고, 천천히 와요. 정 못 오겠으면 전화하고요. 제가 데리러 갈게요.〉

"네."

전화를 끊자마자, 윤우가 새로 구입한 핸드폰을 챙기고 곧장 공항으로 향했다.

뇌파검사실 앞에 그가 있었다. 무슨 생각을 하고 있는 걸까. 그는 의자에 앉아 머리를 벽에 기댄 채 두 눈을 감고 있었다. 그 옆에 그의 가방과 방금 전까지 그녀가 들고 있던 가방이 놓여 있었다. 차마 말을 걸지 못하고 윤우가 그를 바라보고 서 있는데 근처에서 나던 발자국 소리가 멈춘 게 이상했는지 그가 눈을 뜨고 고개를 돌렸다. 그러다 몇 발자국 앞에 그녀가 서 있는 걸 보고는 일어서서 그녀에게 다가왔다. 반가움과 안도감과 걱정이 혼재된 얼굴이었지만, 그녀를 보는 두 눈만큼은 깊은 빛으로 반짝였다.

"몸은 괜찮아요?"

"……네."

윤우가 머뭇거리며 한 대답을 그는 아픈 걸 티 내고 싶어 하지 않는 것으로 받아들였다.

"지우 씨에게 이야기 들었어요, 그동안 많이 아팠다고."

그녀가 걱정하지 않아도 된다는 뜻으로 미소를 지어 보였다.

"나 괜찮아요. 한동안 좀 힘들었지만, 지금은 다 나았어요."

"어디가 아팠던 거예요? 암에 걸렸던 거예요?"

큰오빠가 위암으로 죽었고, 대장에 생긴 혹 때문에 수술받은 적이 있다는 걸 알고 있는 준연은 윤우가 암에 걸린 것이 아닐까 추측하고 있었다. 윤우가 아니라고 말하려다가 그렇게 답하면 다른 거짓말을 만들어내야 한다는 생각이 들자 고개를 끄덕여 보였다.

"네, 위장에요. 가족력이 있으니까 검진 한 번 받아봤는데 위암 초기였어요. 지금은 수술하고 항암 치료받고 다 나았어요. 그러니까 걱정 안 해도 돼요."

그가 꾸짖는 눈빛으로 윤우를 바라보았다.

"진즉에 말을 하지 그랬어요. 알았으면 옆에 있어줬을 텐데. 옆에 아무도 없었을 거 아니에요."

"준연 씨 상황도 복잡한데, 저까지 그랬으면 더 힘들었을 거예요. 그리고 저도 준연 씨한테 아픈 모습 보여주고 싶지 않았고요. 내가 토하고 똥 싸는 거 준연 씨는 보고 싶어요?"

준연이 장난스럽게 고개를 젓더니, 급히 오느라 이마 위로 흐트러진 그녀의 머리카락을 옆으로 넘겨주었다.

"다음에 아프면 그땐 꼭 말해요. 혼자 동굴에 숨지 말고."

"네."

그가 윤우의 등을 살짝 감싸더니 의자에 앉게 했다. 오래 서 있으면 힘들어할까 봐 신경 쓰고 있었다. 사실 내내 누워 있다가 갑자기 움직여서 몸이 썩 가벼운 상태는 아니었다. 근력이 많이 떨어졌는지 조금만 뛰어도 숨이 찼고, 다리가 후들거렸다.

윤우가 의자에 앉아 한숨 돌리자, 그가 상황을 설명해 주었다. 의료진에게 박지우가 뇌출혈로 뇌사 비슷한 상태로 누워 있다가 깨어난 사람인데 다시 의식을 잃었다고 설명하니, 의료진이 뇌파와 뇌단층촬영 검사를 시작했다고 말이다. 언니 박지우는 응급실에 들어온 후 호흡마저 가빠져서 호흡기를 끼고 있다고, 아무래도 비행기가 착륙할 때 머리 부분을 의자 등받이에 부딪친 것 같다고 준연이 덧붙였다.

그것은 현상일 뿐, 그 시점에서 언니의 몸이 의식을 잃고 다시 예전 상태가 된 건 그녀가 검은 코트의 사내에게 대답을 했기 때문이라고, 윤우는 속으로 생각했지만 그에게 말하지 않았다.

"배고프죠?"

준연이 괜찮다는 말을 했지만, 그의 뱃속에서 꼬르륵 소리를 냈다. 서울에서 출발한 후 아무것도 먹지 않았으니 배고플 만도 했다. 사실은 윤우도 배가 고팠다. 아무것도 먹지 못하고 원룸에 죽어 있던 탓인지 깨어난 후부터 줄곧 강렬한 허기가 느껴졌다. 생각해 보면 김달자 할머니와 고양이와 언니에게 빙의될 때마다 배고픔을 느꼈다. 빙의되기 전, 그러니까 박윤우였을 때에는 배고픈 걸 잘 느끼지 못했고, 배고프다고 해도 먹고 싶은 게 없었는데, 다시 박윤우로 돌아온 지금 배가 고팠고 먹고 싶은 게 너무 많았다. 산다는 건 결국 배고파하는 것이고, 살고 싶어 한다는 건 결국 먹고 싶은 게 있다는 것 아닐까?

"뭐 먹을까요?"

준연은 윤우가 너무 차분한 게 이상해 보였다. 언니가 다시 쓰러져서 검사를 받는데도 먹고 싶은 걸 궁리하고 있으니 말이다. 너무 많은 일들을 겪어서 웬만한 일엔 놀라지도 않는 걸까, 아니면 슬픔이 깊어서 무감각한 상태일까. 사람이 너무 놀라거나 절망스러우면 오히려 무덤덤하다는 것을 알기에 준연이 걱정스러운 눈길로 윤우를 바라보는데, 윤우가 슬픈 미소를 지으며 말을 건넸다.

"언니는 이렇게 떠날 거예요. 숨을 거두기 직전에 잠깐 의식이 돌아온 거예요. 동생을 보려고요."

눈물이 고이기 시작하는 윤우의 눈동자를 그가 빤히 쳐다보는가 싶더니, 무릎에 모으고 있는 손을 잡아주었다. 의연하고 차분한 얼굴을 하고 있었지만, 깍지 낀 그녀의 두 손이 무릎 위에서 미세하게 떨리고 있었다. 산송장으로 누워 있으니 차라리 죽는 게 낫다고 여러 번 생각했지만, 막상 언니가 곧 떠난다고 생각하니 슬픔이 목 끝까지 차올랐다.

윤우가 그가 잡고 있는 손을 끌어당기며 일어섰다.

"밥 먹으러 가요. 밥 먹으면 힘이 날 거예요."

그가 고집 피우지 않고 따라 일어섰다. 택시를 타고 근처 식당가에 내려달라고 하자, 택시기사가 십여 분 거리에 있는 길가에 멈춰 섰다. 근처에 버스터미널이 있어서 식당이 즐비했다. 골목길로 걸어 들어가며 식당 메뉴를 살펴보던 그녀가 '몸국'이라고 쓰여 있는 메뉴판을 보더니 손가락으로 가리켰다.

"몸국 먹어봤어요? 난 안 먹어봤는데."

"나도 안 먹어봤어요. 예전에 한 번 왔을 땐 회만 진탕 먹고 갔거든요."

작고 허름한 식당이었지만 맛있는 곳인지 사람들로 북적였다. 두 사람이 하나 남아 있는 테이블에 자리를 잡고 몸국 두 그릇을 시켰다. 돼지고기를 푹 우린 국물에 모자반이라는 해초를 넣어 끓인 것인데, 보기에는 그냥 걸쭉한 매생이국과 비슷해 보였다. 모자반을 제주도에서는 몸이라고 불러서 몸국이었지만, 윤우는 몸국이 이름 그대로 몸에 있는 국물로 만든 것처럼 느껴졌다. 한입, 한입 떠먹을 때마다 고소하고 부드러운 국물이 몸속으로 스며들어서, 한 그릇을 다 비울 때쯤엔 몸 깊은 곳에서 따뜻한 열기가 피어오르며 송골송골 콧잔등에 땀이 맺혔다. 그는 양이 좀 모자라는지 공기밥 하나를 추가했다. 점원이 공기밥을 가져오는 사이, 배고픈 속을 어느 정도 달래놓은 준연이 말을 건넸다.

"그동안 어디에 있었던 거예요? 제주도에 내내 있었던 거예요?"

윤우가 콧잔등에 맺힌 땀을 휴지로 닦아내며 비밀스러운 미소를 지었다. 그러자 그가 나름 추측하며 말을 이었다.

"여기서 지갑이랑 핸드폰을 잃어버렸던 거예요?"

"설명하면 길어요. 그리고 믿지 않겠지만, 나 준연 씨랑 내내 같이 있었어요."

그가 이해되지 않는다는 얼굴로 윤우를 빤히 쳐다보았다.

"나랑 있었다고요?"

"네."

"언제요? 난 못 봤는데."

"김달자 할머니랑 우리 언니를 만났잖아요. 결국은 나랑 있었던 거예요. 내가 곧 그들이고, 그들이 나였으니까."

그가 허탈한 듯 콧바람 소리를 냈다.

"난 또…… 나 몰래 왔다 간 줄 알았네."

윤우가 의미심장하게 웃어 보이는데 그가 문득 한 가지를 물었다.

"한데 김달자 할머니는 누구였어요? 저한텐 윤우 씨 외할머니라고 했는데, 윤우 씨 올케분은 외할머니는 예전에 돌아가셨다고 하더라고요."

"거의 외할머니 같은 분이에요. 우리 식구랑 아는 사이여서, 제가 그냥 할머니라고 부르거든요. 그래서 그런 걸 거예요."

"그랬군요. 난 그것도 모르고 어찌나 혼란스럽던지. 혹시 윤우 씨가 납치된 건 아닌가, 어디서 사고를 당한 건 아닌가 별생각을 다 했지 뭐예요."

더 이야기를 하면 그가 아귀가 맞지 않는 점을 발견할 것 같아, 윤우가 화제를 돌렸다.

"재판은 어떻게 되고 있어요?"

"마지막 재판 결과, 기다리고 있는 중이에요. 그저께 마지막 공판이 끝났어요."

"무죄 나올 것 같아요? 뉴스 보니까 검찰에서 무리하게 기소한 게 명백하던데요."

"반반이에요. 내용만 보면 무죄인데, 저쪽에서 어떻게 할지는 아무도 알 수 없는 거죠."

"설마…… 유죄 나오는 건 아니겠죠?"

윤우가 불안한 얼굴로 묻는데, 그가 가벼운 얼굴로 딴소리를 했다.

"나 감옥 가면, 기다려 줄 거예요?"

윤우가 조금 고민스럽다는 얼굴로 고개를 갸웃거렸다.

"글쎄요. 그건 그때 가봐야 알 것 같은데요."

그의 눈이 가늘어졌다.

"기대도 안 했어요. 이사할 때에도 꽃미남을 찾는데, 오죽하겠어요."

윤우가 입술을 찌그러뜨리며 뒤늦게 항변했다.

"그거 완전 사기였어요. 노친네 둘이 오더니, 왕년에 당신들이 꽃미남이었다고 우기더라고요. 내가 진짜 어이가 없어서……."

"틀린 말은 아니네요."

그가 약 올리듯 응수하고는 남아 있는 몸국을 후루룩 마시는데, 윤우가 준연을 빤히 쳐다보며 말을 건넸다.

"일 년 정도는 기다려 줄게요."

그가 말없이 윤우를 응시하더니, 별다른 말을 더 하지 않고 입가에 미소를 그리며 고개를 끄덕였다.

식사를 끝내고 병원으로 돌아가니 검사가 다 끝난 박지우가 일반 병실로 옮겨져 있었다. 담당 의사가 찾았다는 간호사의 말에 윤우가 들어가 면담을 했다. 의사는 박지우의 상태가 뇌사 상태라며 서울로 이송해 다시 한 번 정밀검사를 해보는 게 좋겠다는 의견을 냈다. 윤우가 알겠다는 대답만 하고 진료실을 나왔다.

준연이 월차를 내고, 윤우와 함께 월요일에 서울로 박지우를 이송시켰다. 박지우가 수술을 받았던 병원에 도착한 후, 올케에게 전화를 하니 한달음에 달려왔다. 요양원에서 박지우가 사라졌다는 것을 알리지 않은 것에 대해 올케가 분통을 터뜨렸다.

병원에서는 박지우가 깨어나 돌아다녔다는 것에 놀라워했고, 2차 뇌출혈이 일어난 후 바로 뇌사 상태에 빠져든 것에도 놀라워했다. 이해되지 않는 현상이었고, 의학적으로 설명할 수 없는 일이었다. 그럼에도 뇌사 판정은 이틀 만에 났다. 뇌사 판정에 부합한 기준에서 박지우의 상태는 예외에 해당되는 게 없었다. 자발호흡은 돌아오지 않았고, 뇌파는 살아 있는 게 없었다. 오직 인공호흡기로 숨이 유지되고 있을 뿐이었다.

뇌사 판정이 났다는 의사의 말에 올케는 펑펑 울었고, 윤우는 담담히 고개를 끄덕였다. 의사가 조심스레 장기 기증에 대한 이야기를 꺼내자, 올케는 조금 더 지켜보고 결정하겠다는 말을 했다. 깨어나기 힘들다고 했을 때에도 결국은 깨어나지 않았느냐며, 이번에도 혹시 모른다고 말이다. 옆에 있던 윤우가 올케의 손을 잡으며 고개를 저었다.

보내주자고, 깨어났던 건 언니가 마지막 힘을 끌어 모았던 거라고, 이제는 갈 때가 되었다고 말이다. 올케가 입술을 깨물며 눈물을 흘리는데, 윤우가 의사에게 물었다.

"시간을 지체하게 되면 기증할 수 있는 장기가 줄어드는 거, 맞죠?"

의사가 입술을 꾹 다문 채 고개를 끄덕였다. 윤우가 한 가지를 더 물었다.

"결정을 빨리 하면, 폐까지 기증이 가능한 건가요?"

"그건 검사해 봐야 알 수 있습니다. 한동안 인공호흡기를 달고 지냈기 때문에 폐 기능이 많이 떨어졌을 겁니다."

"만약에 폐 기증이 가능하다고 하면요. 폐를 우리가 정한 사람에게 기증할 수 있나요?"

"가능합니다. 물론 대상자에게 적합한지 검사를 해봐야 하겠지만요."

"그쪽에게 기증자가 누구인지 알리지 않고 싶은데, 그것도 가능할까요?"

"그럼요. 알리는 게 문제지, 알리지 않는 건 문제될 게 없습니다."

18부
(●◐ (◐●(◐○ (◐●

검은 고양이

장기 기증을 하루 앞둔 밤, 윤우는 언니 박지우와 함께 있었다. 올케는 시누이에게 이런저런 젊을 적 이야기를 하며 간간이 눈물을 훔쳤고, 윤우는 옆에 앉아 언니에게 줄 목도리를 떴다. 비록 살아서는 두르지 못하겠지만, 관에라도 넣어주고 싶었다. 다시 태어나라는 뜻으로 하얀색 실을 고른 윤우가 하루 종일 뜨개질을 했다. 창밖으로 흰 눈이 내렸다. 가끔씩 고개를 들어 내리는 눈을 바라보다가 이내 뜨개질에 집중하기를 반복했다. 언니에게 전하고 싶었던 마음을 한 코, 한 코 뜰 때마다 담고 또 담았다.

밤 열두 시가 조금 넘을 즈음이었다. 윤우의 핸드폰이 울렸다. 올케가 침상에 딸려 있는 간이침대에 누워 있어서, 그녀가 핸드폰을 꺼내 병실 밖으로 나갔다. 병실 복도에서 전화 건 사람을 확인해 보니 문재혁이었다.

"네."

〈전화 받네요? 혹시나 해서 걸어본 건데.〉

"네, 새로 샀어요."

〈밤늦게 전화해서 미안해요. 하고 싶은 말이 있어서…….〉

"괜찮아요. 안 자고 있었어요."

〈여행에서 돌아온 거예요? 누나 언니분이 여행 갔다고 그랬거든요.〉

"얼마 전에 돌아왔어요. 돌아와서 정신없이 바빠서 연락을 못하고 있었어요."

〈그랬구나. 난 또 누나가 날 잊은 줄 알았죠.〉

"아니에요."

문재혁이 잠시 뜸을 들이며 침묵했다. 윤우가 그의 침묵을 가만히 듣고 있자, 재혁이 대뜸 말을 건넸다.

〈누나, 우리 아버지 살 수 있게 됐어요.〉

윤우가 짐짓 놀란 척 되물었다.

"정말요? 병원에 다시 들어갔다고 해서 위독하신 줄 알았는데."

〈기적 같은 일이 일어났어요. 아버지가 오늘내일하고 있었는데, 기증자가 나타났어요. 뇌사자인데, 폐도 괜찮아서 기증이 가능하대요.〉

"……다행이다."

〈거의 기적에 가까운 일이에요. 사실 뇌사자가 나타났다고 해도, 대부분은 바로 결정을 못하니까 폐는 기증되는 경우가 흔치 않거든요. 그래서 아예 기대도 안 하고 마음의 준비를 하고 있었는데……. 아직도 이게 꿈인지 생시인지 그래요.〉

"재혁 씨 아버지가 복을 많이 지어놓았나 보네요."

〈맞아요. 우리 아버지, 좋은 분이에요. 그래도 이렇게 기적 같은 일

이 일어날 줄은 몰랐어요.〉

"정말 잘됐다."

〈사실은 누나, 나 입양된 자식이에요.〉

"그래요?"

〈네. 전혀 모르고 있다가 재작년에 알았어요. 폐섬유화증이 유전적 요인이 있다고 해서, 폐 검사받다가 알게 됐어요.〉

"……많이 힘들었겠네요."

〈뭐, 조금 놀라긴 했지만 생각보단 그렇게 놀랍지 않았어요. 부모님이랑 별로 안 닮아서 어릴 때부터 의문이 좀 있었거든요. 오히려 힘든 건 다른 거였죠.〉

"뭐였는데요?"

문재혁이 다시 뜸을 들이며 답을 안 하더니, 어느 순간 울컥 떨리는 목소리로 말했다.

〈내가 우리 아버지 친아들이 아닌 게 슬프면서도, 한편으론 기뻤어요. 나는 폐에 문제가 없겠구나 싶어서.〉

"당연한 감정이라고 봐요. 그런 감정이 드는 걸 누구도 뭐라 할 수 없어요."

〈알아요. 나도 생각은 그렇게 했는데, 아버지한테 미안하더라고요. 아버지가 건재했을 땐 친아들이 아닌 걸 속상해하다가, 병이 드니까 친아들이 아닌 걸 다행스럽게 여긴다는 게…… 아버지를 배신하는 것 같았거든요.〉

"아버지도 다행이라고 여기지 않았을까요? 당신의 병을 물려받지 않을 테니까. 그리고 재혁 씨는 친부모가 가진 병에는 취약하니까 그렇게 죄책감 가질 필요 없을 것 같은데요."

〈아…… 그 생각은 못했네요.〉

윤우가 에둘러 부모님이 가졌던 병을 알려주었다.

"우리 아버지는 평생 건강했는데 나이가 들어서 허리가 안 좋아 고생하셨어요. 엄마는 심장이 안 좋았고 고혈압이 있었고. 그래서 난 그 부분을 앞으로 신경 쓰려고요."

〈저도 심장이랑 혈압, 신경 써야겠네요.〉

"그래, 그러면 되는 거예요. 누구나 각자 약한 부분이 있는 거니까, 자책하지 마요. 아버지를 사랑하니까 그런 자책도 하는 거겠지만."

〈맞아요. 그런 것 같아요.〉

"아버진 그럼 언제 이식받는 거예요?"

〈내일이요.〉

"수술 잘 되라고, 기도할게요."

〈칫, 누나는 종교도 없으면서 누구한테 기도하려고요?〉

"꼭 종교가 있어야만 기도하나요. 하늘에서 내리는 눈에도 기도하고, 나무에도 기도하고, 돌에게도 기도하고 그러면 되죠."

〈……고마워요, 누나.〉

"나도 고마워요. 내가 연락도 안 받고 그랬는데 전화해 줘서."

〈아버지 수술 끝나고 얼굴 봐요. 누나, 보고 싶어요.〉

"꼭 봐요. 대신 못 보는 동안 몸 상하지 않게 밥 잘 챙겨 먹고, 잠도 푹 자고 그러기."

핸드폰 너머에서 재혁의 웃음소리가 들려왔다. 이만 들어가겠다는 말로 통화를 끝낸 후, 윤우가 핸드폰을 주머니에 넣고 화장실로 갔다. 하루 종일 뜨개질을 했더니 몸이 뻐근하고 머리가 무거웠다. 내일까지 완성할 생각에 윤우가 몰려오는 잠을 쫓으려고 찬물에 세수를 했다. 세수를 하고, 휴지로 얼굴의 물기를 대강 닦아내던 윤우가 문득 거울을 뚫어지게 쳐다보았다.

"저도 심장이랑 혈압, 신경 써야겠네요."

재혁이 했던 말이 갑자기 마음에 탁 걸렸다. 설마 친모가 누구인지 알고 있는 걸까? 곰곰이 생각해 보던 윤우가 이내 고개를 저었다. 알고 있을 리가 없지 않은가. 알고 있다면 자신이 입양되었다느니 하는 말을 하지 않았을 것이다.

윤우가 바보 같은 생각이라며 고개를 설레설레 젓고는 병실로 향하고 있을 때, 통화를 끝낸 새혁은 병원 밖으로 나가 담배 한 대를 피우고 있었다. 그가 하늘에서 펑펑 내리는 함박눈을 바라보다 고개를 들어 하늘을 쳐다보았다. 흰 구름이 잔뜩 뒤덮고 있어서 한밤중인데도 하늘이 하얗게 보였다. 병원 안에만 있다 보니 눈이 내리는 것도 모르고 있었다. 윤우가 하늘에서 내리는 눈에도 기도한다고 하더니, 밖에 눈이 와서 그 말을 했던 거라는 걸 뒤늦게 깨달았다.

"눈 내리는 건 알면서, 내가 동생인 건 모르고 있네."

재혁이 얼마 전 통화했던 윤우의 언니 박지우와의 통화를 떠올렸다. 엄밀히 말하면 통화도 아니었다. 박윤우에게 이메일을 보내면 미처 못 볼 것 같아서 연락을 취할 다른 방법이 없는지 물어보려고 전화를 걸었다. 그런데 박지우가 전화를 받자마자 직원이 사무실로 들어와서 손짓으로 서류를 놓고 나가라고 하다가 바로 대답을 하지 못했었다. 그런데 박지우가 엄마냐고 묻더니, 미안하다는 말을 해서 재혁이 차마 말을 못하고 듣고만 있었다. 아무래도 박지우가 착각을 한 것 같아 전화를 끊으려던 찰나, 놀랍게도 그의 생모가 누구인지 알게 되었다.

재혁이 담배 연기를 길게 내뿜었다. 흰 연기와 입김이 한데 뒤섞여 눈발 사이로 사라져 갔다. 무엇이 입김이고 무엇이 담배 연기인지 구분되지 않았다. 그는 박윤우가 이 사실을 알고 있는 건지 모르고 있는 건지도 구분되지 않았다. 알고도 모른 척하고 있는 걸까? 아니면 언니 박지우가 동생에게는 말하지 않고 있는 걸까.

재혁이 다 피운 담배를 눈 내린 땅에 비벼 끄고는 휴지통에 던져 넣고 병원 건물 안으로 다시 들어갔다. 그의 생모가 올해 초에 돌아가셨다는 게 너무나 애석했지만, 두 누나에게 어떤 분이었는지 물어볼 생각이었다. 그의 생모가 어떤 분이었건 간에, 일단은 감사했다. 그에게 두 누나를 남겨주고 간 것에.

다음날, 박지우의 장례가 치러졌다. 장기와 각막을 적출하는 절차는 금방 끝났고, 의료진은 유가족을 위해 시신을 잘 꿰매고 핏자국을 말끔히 닦아낸 다음 돌려주었다. 장례에는 박지우가 일했던 식당 동료들과 교회 사람들이 찾아왔고, 이혼한 전남편이 홀로 찾아왔다. 건너건너 언니의 전남편이 다시 이혼 소송 중이라는 말을 들었지만, 윤우는 묻지 않고 인사만 했다.

이튿날 염할 때 언니의 관에 그녀가 뜬 흰 목도리를 넣어주었다. 윤우는 염하는 내내 울지 않고, 언니의 보송보송한 검은 머리카락을 쓰다듬기만 했다. 언니를 다시 이 세상에 태어날 수 없게 만들었다는 자책감에 윤우가 입술을 꽉 깨물고 눈물을 참았다. 내내 울지 않던 그녀가 관 뚜껑을 닫을 때에서야 언니의 육신을 끌어안고 울음을 터뜨렸다. 준연이 그런 윤우를 감싸 안고 관에서 떨어지게 했다. 장의사가 남은 자들이 너무 울면 고인이 편히 가지 못한다는 말로 유가족을 다독이고는 관 뚜껑을 닫고, 천을 씌워 묶었다.

드문드문 연이어 찾아오는 조문객들로 시간은 어김없이 흘러갔고, 문득 지금이 언제인가 정신을 차리고 시계를 보니 발인이 네다섯 시간밖에 남아 있지 않은 새벽 한 시였다. 장례 이틀 동안 퇴근 후에 찾아와 밤새 윤우 곁에 있어주었던 준연은 발인이 있는 다음날이 토요일이라 조금은 여유를 가질 수 있었다. 유가족들이 쉴 수 있도록 마련된 작은방에서 준연이 그사이 친해진 조카들과 함께 잠들어 있었다.

윤우가 그 옆에 가만히 누워 잠을 청하다가, 머릿속이 점점 팽팽히 당긴 줄처럼 조여오자 조용히 일어나 방을 나왔다. 결국 발인 몇 시간 전에 원두커피를 마시러 밖으로 나가는 게 이제는 의례가 되려나 보다. 장례 기간 동안 커피를 못 마셨더니 다시 커피 생각이 간절했다. 그나마 언니가 입원했던 병원은 번화가에 자리 잡고 있어서 조금만 나가면 커피전문점이 있을 것도 같았다. 커피점 중엔 새벽 두 시까지 하는 매장도 있으니, 잘만 하면 마실 수 있다는 생각에 윤우가 꿈지럭거리지 않고 패딩코트를 걸쳤다.

주방의 음식과 일회용 그릇들을 정리하고 있던 올케가 어디 가느냐고 묻듯이 쳐다보았다.

"커피 한잔 마시려고요. 언니도 마실래요?"

"지금 연 데가 있을까요?"

"나가보려고요. 새벽 두 시까지 하는 데도 있으니까, 열려 있을지도 모르거든요. 정 안 되면 편의점에서 사올게요."

"그래요, 그럼. 제 건 너무 진하지 않게 해줘요. 진하게 마시면 심장이 두근거리더라고요."

"네, 다녀올게요."

장례식장 밖으로 나가보니 한겨울 칼바람이 불고 있었다. 그저께 내렸던 눈이 얼음처럼 얼어붙어 응달진 곳곳에 쌓여 있었다. 윤우가 코트 목깃을 여미고 장례식장 뒤로 나 있는 골목길을 걸어갔다. 자정이 넘은데다 한겨울이라 길엔 그 생명력 강하다는 바퀴벌레 그림자도 보이지 않았다. 윤우가 닫혀 있는 상점 골목을 지나 대로변 쪽으로 방향을 틀었다. 대로변 쪽에서 카페를 얼핏 본 기억이 있었다.

제발 문이 열려 있기를 바라며 양옆으로 하얗게 눈이 쌓여 있는 인도를 걷는데, 멀리서 누군가가 걸어가고 있었다. 손가락 두 마디 정도의 크기로 보일 정도로 먼발치였다. 이 추운 겨울 새벽에 누가 길을 걷고 있는 걸까. 새벽녘 낯선 이와 부딪친다는 게 좀 불안해서 윤우가 천천히 걸어가며 앞서 걷고 있는 사람을 유심히 살펴보았다. 그러다 흰 목도리를 목에 두르고 있다는 걸 알아차리고는 황급히 앞으로 뛰어갔다.

언니가 분명했다. 물론 아닐 수도 있지만, 이 한겨울에 장례식장 앞에서 흰 목도리를 두르고 어디론가 가는 사람이 있다면, 그건 언니밖에 없을 거라고 생각하며 윤우가 뛰어갔다. 미처 치우지 않았던 눈이 빙판이 되었는지 순간 발이 미끄러졌다. 빙판 위에 제대로 넘어진 윤우가 짧은 순간 동안 통증에 움직이지 못하다가, 언니를 붙잡아야 한다는 생각에 일어나려고 애를 썼다. 고개를 들어보니 언니는 버스정류장 앞에 서 있었다. 이 새벽엔 버스가 오지 않을 텐데, 왜 그곳에서 버스를 기다리는 걸까.

"언니! 언니!"

윤우가 크게 소리치자 버스정류장에 서 있던 지우가 고개를 돌려 윤우를 쳐다보았다. 먼발치였지만 언니가 미소 짓고 있는 걸 볼 수 있었다. 언니에게 미안하다는 말을 하고 싶었다. 다시 태어나지 못하게 만들어 버렸다고, 언니가 마음에 걸려 하는 사람이 형부라는 걸 알고 있지만, 그러면 형부마저 언니를 따라갈까 봐 차마 말할 수 없었다고 언니에게 전하고 싶었다.

윤우가 비틀비틀 일어나 언니에게로 걸어가는데, 동생을 쳐다보며 미소 짓던 박지우가 고개를 숙이더니 발아래를 쳐다보았다. 발아래 검은 고양이 한 마리가 언니의 하얀 치맛자락을 물고 잡아당기고 있었다. 이제 갈 때가 되었다고, 어서 가야 한다고 알려주기라도 하듯 고양이가 치맛자락을 물고 도착한 버스 쪽으로 언니를 이끌었다. 지우가 검은고양이를 따라 버스에 올랐다.

윤우가 정류장 앞에 도착했을 땐, 버스는 이미 문을 닫고 출발하고 있었다. 윤우가 정류장에 우두커니 서서 0번 버스가 어둠 속으로 사라지는 것을 바라보고 있었다.

"인도자께 전해주시겠습니까?"

윤우가 고양이였을 때 검은 코트의 사내가 했던 말을 떠올렸다. 방금 언니를 버스에 타도록 이끌었던 검은 고양이가 인도자라는 것을 그제야 깨달았다. 김달자 할머니에게 빙의되어서 집을 찾아갔을 때, 집 앞에 있던 세 마리의 고양이 중 검은 고양이는 멀찍이 거리를 두고 지켜보고 있던 게 기억났다. 그때 벌써 김달자 할머니를 지켜보고 있었던 것이구나. 죽은 아들이 마음에 걸려 하는 사람이 어머니라는 것을 알고 김달자 할머니를 찾아왔던 거라는 걸 이제야 알겠다. 하지만 왜 인도자는 그녀에게는 찾아오지 않았을까. 욕조에서 죽었을 때, 인도자가 찾아왔다면 그대로 뒤따라가게 되었을 텐데 왜 찾아오지 않았을까. 김달자 할머니처럼 검은 코트의 사내가 대답을 듣지 못해서 미루고 있었던 걸까?

이제 와 그걸 따져 본들 무슨 소용이랴. 윤우가 정류장에서 발길을 돌려 대로변을 다시 걸었다. 멀리 불빛이 환한 가게 있어 가보니, 카페였다. 새벽 두 시까지 영업하는 곳이어서 점원이 바닥을 쓸고 있었다. 윤우가 안으로 들어가 커피를 살 수 있느냐 물으니, 점원이 주문을 받아줬다. 장례 네 번 만에 드디어 발인 날 새벽에 원두커피를 마실 수 있게 되었다는 사실에 윤우가 감격스러워했다. 왠지 이번 장례가 마지막이 될 것 같은 예감이 들었다. 물론 지인의 장례식에는 가겠지만, 그녀가 유가족이 되는 일은 당분간 없을 것 같았다.

뜨거운 커피 두 잔을 주문해 양손에 들고 장례식장으로 걸어갔다. 한 잔은 진하게, 한 잔은 엷게 추출한 커피를 든 채 넘어지지 않으려고 조심조심 걸었다. 올케에게 커피를 전해주니 아직도 문 연 곳이 있느냐며 기뻐했고, 한쪽 구석에서 술에 취해 잠이 들었던 언니의 전남편이 말소리 때문인지 일어나 앉았다. 윤우가 자신의 몫으로 사온 진한 커피를 형부에게 건네주자, 한때는 형부였던 언니의 전남편이 고맙다는 말을 웅얼거리며 커피를 받아 들었다.

윤우가 다시 한 잔 사가지고 오려는데, 방에서 선잠을 자고 있던 준연이 얼굴을 쓸어내리며 밖으로 나왔다. 올케와 형부가 커피를 마시는 걸 보더니, 준연이 윤우에게 다가와 커피 또 있느냐며 물었다.

"내 거 사러 갈 건데 같이 갈래요?"

"잠깐만 기다려요. 나 세수만 하고 올게요."

"상중에는 세수하는 거 아니에요."

"그런 거예요?"

"네. 상중에는 씻지도 않고, 먹지도 않고, 자지도 않는 거예요, 원래는."

그가 뚱한 얼굴로 언니의 영정 사진을 쳐다보더니 윤우의 귀에 대고 작게 속삭였다.
"우리 부모님 가실 때 그렇게 할게요. 봐줘요."
윤우가 상관없다는 얼굴로 고개를 끄덕여 보이고는 그의 귓가에 대고 속삭였다.
"그럼 아주 나중에 준연 씨 부모님 상 치를 때 난 씻어도 되는 거죠?"
준연이 눈을 가늘게 뜨고 윤우를 쳐다보더니 방에 있는 점퍼를 가지고 나왔다.
"갑시다, 그냥."
"왜요? 그건 또 싫어요?"
그가 고개를 끄덕이더니 점퍼를 걸쳤다. 두 사람이 눈길을 걸어 카페로 향했다. 방금 커피 추출 기계를 껐던 점원이 두 사람이 들어오는 것을 보고는 한숨을 내쉬며 다시 기계를 켰다.
"고마워요."
피곤한 얼굴을 하고 있던 점원이 코트 사이로 상복을 보더니, 짐짓 괜찮다는 얼굴로 주문을 받았다.

이른 아침 발인이 이루어졌다. 강원도에 있는 부모님 묘소 옆에 언니의 유골을 묻으려고 했지만, 자주 볼 수 있도록 큰오빠 옆에 두자는 올케의 의견에 윤우가 군말 않고 따랐다. 언니의 전남편도 그랬으면 하는 눈치였다. 벽제에서 화장을 하고, 큰오빠가 있는 일산 납골당에 언니를 안치하고 나니 해가 어스름한 저녁이 되었다. 상복을 갈아입고, 함께 저녁을 먹고 헤어졌다. 준연이 집까지 바래다준다며 윤우를 차에 태웠다. 차가 일산에서 서울로 진입할 즈음 설핏 잠이 들었던 윤우가 깨어났다. 그러자 준연이 라디오 소리를 줄이고 말을 걸었다.

"우리 집으로 가지 않을래요?"

윤우가 잠시 망설이는 얼굴을 하자, 그가 덧붙였다.

"집에 가면 혼자잖아요. 내일 주말이니까 나랑 같이 있다가 월요일에 가요."

"서야 좋죠. 준연 씨가 나 때문에 불편해할까 봐 그렇죠."

"불편할 게 뭐 있어요."

"그럼 갈래요. 사실은 집에 가서 혼자 자는 거 싫거든요."

윤우의 대답에 준연이 종로 쪽으로 방향을 잡고 달렸다.

골목길 근처에 차를 주차해 놓고는, 윤우가 얼른 가서 쉴 생각에 준연의 집 쪽으로 걸어가는데 준연이 뒤따라오며 말을 건넸다.

"어디인 줄 알고 그렇게 혼자 가요?"

"아…… 그냥 왠지 이쪽 방향일 것 같아서요."

윤우가 일부러 그의 집을 살짝 지나쳐 걸어가자, 그가 그만 가라며 손짓을 했다.

집에 들어가자마자 옷을 갈아입고 칫솔질을 한 준연이 안방에 들어가 보니 윤우가 방 한구석에 웅크린 채 잠들어 있었다. 그가 베개를 괴어주고는 코트와 양말을 벗겼다. 사흘 동안 난방을 틀지 않은 터라 방 공기가 좀 서늘했다. 한기가 느껴지는지 윤우가 몸을 웅크리고 무릎 사이로 손을 넣었다. 그가 이불을 덮어주고는 물끄러미 윤우의 얼굴을 바라보았다. 윤우의 코에서 낮은 콧소리가 새어 나오자, 그가 피식 웃고는 일어섰다.

난방을 켜고, 안방 문을 닫고 나온 준연이 재활용쓰레기를 정리했다. 제주도에 갔던 지난 주말부터 정신이 없어서 정리를 하지 않았더니 쓰레기가 가득 쌓여 있었다. 그녀가 집에 왔으니 피곤하더라도 버려놓고 자야겠다.

준연이 종이와 온갖 포장지, 비닐을 따로따로 정리하다가, 문득 그 옆에 자리 잡고 있는 고양이 밥그릇과 방석을 쳐다보았다. 혹시 그가 없을 때 들어오면 먹으라고 그릇에 사료를 가득 부어놓고 나갔는데, 사료는 그대로 수북하게 쌓여 있었다.

'도대체 어디로 간 걸까?'

나가더라도 봄에 나갈 것이지, 이런 한겨울에 나가서는 들어오질 않으니 걱정이 되었다. 혹시 사고가 난 건가 싶어서 집 주변 골목길을 샅샅이 살펴보았지만 그 고양이는 보이지 않았다. 그렇게 꼬리를 흔들며 품에 안겨놓고는 어느 날 갑자기 가버리다니, 조금 시운하기도 했다. 준연이 사료 그릇을 치우려고 손을 가져가다가, 봄이 올 때까지는 놔두기로 하고 손을 거둬들였다. 어쨌든 봄까지는 집에 있으라고 고양이에게 말을 해놨는데, 어느 날 돌아왔을 때 제 방석이랑 그릇이 없어진 걸 알면 속상해할 것 같았다.

몇 시인지 알 수 없었다. 잠에서 깬 윤우가 눈을 뜨고 시각을 확인하려고 했지만, 눈이 떠지지 않았다. 눈곱이 너무 많이 나와서 눈꺼풀이 들러붙은 것만 같았다. 윤우가 눈을 비비려고 손을 움직이려는데, 손도 까딱할 수 없었다. 꼭 돌이 된 것처럼 온몸이 옴짝달싹하지 못했다. 한참을 애써도 몸이 움직이지 않고 땅에 들러붙은 듯 느껴지자 윤우가 화들짝 놀랐다.

'뭐야, 돌멩이에 빙의된 거야? 끝난 게 아니었어?'

준연의 집에 와서 잠든 것까진 기억이 났다. 한데 아무리 기억을 떠올려 보아도 안방에 돌멩이는 없었다.

'그럼 화초에 빙의된 건가?'

산세베리아를 가득 심은 큰 화분이 TV 옆에 있었는데, 그 산세베리

아에 빙의되었다는 생각이 들자 저도 모르게 욕이 터져 나왔다.
"이런 니미, 씨팔, 좃또……."
윤우가 생각나는 욕을 모두 뱉어내다가 문득 자신의 말소리가 들린다는 걸 깨닫고는 욕하는 걸 멈췄다. 그리곤 눈에 힘을 주고 뜨려고 하자, 눈곱으로 들러붙어 있던 눈꺼풀이 천천히 떠졌다. 그녀의 코끝이 눈에 들어왔다. 그러니까 돌멩이나 화초에 빙의된 게 아니라, 너무 피곤이 쌓인 상태로 잠들어서 몸이 움직이지 않았던 것이다.

안도의 숨을 내쉬며 윤우가 손을 천천히 움직여 자신의 얼굴을 만지며 다시금 박윤우의 몸인 걸 확인했다. 몸을 움직이자 허리가 아파왔다. 자는 동안 자세를 바꾸지 못했는지 몸이 굳어 있었다. 윤우가 몸을 돌리며 시계가 어디에 있나 찾으며 돌아누우니, 준연의 잠든 얼굴이 눈에 들어왔다. 그가 옆에서 자고 있었던 것이다. 밤새 누구에게 떠밀리기라도 한 걸까. 벽에 딱 들러붙은 채 자고 있었다.

윤우가 슬금슬금 가까이 다가가서는 밤사이 자란 준연의 턱수염을 손끝으로 쓸어보았다. 금요일 밤부터 깎지 못한 터라 지금껏 본 모습 중 가장 수염이 무성했다. 낯설기도 하고 그런 준연의 모습이 조금 야성적으로 보여서 빤히 구경을 하는데, 손길이 느껴졌는지 그가 눈을 떴다.

"깼어요?"

윤우가 가만히 쳐다보고 있는데, 준연이 고개를 들더니 알람시계를 확인했다. 낮 한 시가 다 되어가고 있었다. 어젯밤 도착한 후부터 잠들었으니 열두 시간 넘게 잠을 잔 셈이었다. 그가 다시 베개를 괴고는 두 팔을 쭈욱 올려 기지개를 켰다.

"언제 잤어요?"
"열두 시쯤에요."

"왜 그렇게 늦게 잤어요?"

"그냥 이것저것 좀 하느라고요."

기지개를 켠 그가 누운 채 손을 뻗어 커튼을 살짝 젖혔다. 햇살이 커튼 사이로 쏟아져 들어왔다. 윤우가 그의 품으로 다가가자 준연이 그녀를 품에 끌어안았다. 그리곤 머리에 턱을 괴고 무얼 할까 물었다.

"커피 마시고 싶어요."

"난 배고픈데."

"눈 뜨자마자요?"

윤우가 이해 안 된다는 얼굴로 올려다보자 그의 눈이 어딘지 모르게 반짝이고 있었나. 윤우가 그제야 이해했다는 얼굴로 '아' 소리를 내며 쳐다보았다. 그가 빙긋이 웃으며 물었다.

"가슴 만져도 돼요?"

"치잇, 그런 걸 뭘 물어봐요."

윤우가 살짝 콧소리를 섞어 답하고는 그의 목덜미에 입을 맞추자, 그가 윤우의 니트 아래로 손을 가져가더니 젖가슴을 만졌다. 봉긋하고 말랑한 젖가슴이 그의 손안에 잘폭하게 들어왔다. 그가 손가락 끝으로 젖꼭지를 만지작거리자 윤우가 간지럽다며 몸을 피했다. 준연이 도망가지 못하게 윤우를 끌어당겨 안고는 고개를 숙여 그녀의 젖가슴에 입술을 댔다. 뜨겁고 축축한 혀가 젖꼭지를 핥는가 싶더니 입안에 가득 물고 빨아댔다. 그의 수염이 젖가슴을 찌르며 짜릿하면서도 따가운 느낌을 함께 전해주었다.

"앗, 따가워."

윤우가 움찔거리자 그가 수염이 난 턱 부위로 젖가슴을 쓸어대며 장난을 쳤다.

"하지 마요."

윤우가 웃음 섞인 비명을 지르며 또다시 몸을 피하려 하자, 그가 윤우를 한 팔로 끌어안고는 그녀의 바지를 벗겨내기 시작했다. 웃고 있던 윤우가 준연을 빤히 올려다보았다.

"우리 아직 키스도 안 했어요."

윤우가 타박하듯 한마디 하자, 그가 윤우의 귓불을 혀로 핥으며 속삭였다.

"키스는 양치질 하고."

"아냐, 키스부터 해야 해. 키스도 안 하고 바로 안는 건 좀 그래."

그렇게 구시렁거리면서도 준연을 밀어내지는 않았다. 예의 바르고 무뚝뚝한 사람이라 관계할 때 어색하고 서투를 줄 알았는데, 전혀 아니었다. 바지를 벗긴 후 그녀의 깊은 그곳을 애무하는 그의 손길이 너무 능숙했다.

"이거 누구한테 배웠어요?"

그가 무슨 말이냐는 듯 한 번 쳐다보고는 자신의 추리닝 바지를 벗었다. 윤우가 기대 어린 얼굴로 그의 몸을 쳐다보면서도 입술을 괜히 삐죽거렸다.

"뭐야, 완전 능숙해. 이제 보니까 바람둥이 저리 가라야."

준연은 말없이 웃기만 하더니, 그녀의 몸 위로 자신의 몸을 겹쳐 왔다. 윤우가 조금은 긴장한 눈빛으로 올려다보자, 그가 이마에 키스를 하며 천천히 들어왔다. 그래도 워낙 건장하고 큰 키라 윤우가 버거워했다. 그녀의 입술에서 아픈 신음 소리가 흘러나오자 그가 움직임을 멈추고 그녀의 상태를 살폈다.

"괜찮아?"

그녀가 두 팔로 그의 어깨를 감싸며 괜찮다고 하자, 그가 이번에는 깊이 몸을 밀어 넣어 완전히 결합되게 했다. 박윤우의 몸이 안준연의 몸으로 가득 채워졌다. 그와 사랑을 나누며 윤우는 자신의 몸으로 돌아온 걸 실감했다. 그녀의 몸 구석구석에 입맞춤하고 어루만지고 물고 빨고 핥고 쓰다듬는 그의 손길과 입술에 박윤우로 살 수 있게 된 걸 기뻐했다.

사랑을 나눈 후 두 사람이 밖으로 나갔다. 함께 음식을 만들어 먹고 싶었지만 연속으로 세 번이나 사랑을 나누었더니 손가락 까딱할 기운조차 남아 있지 않았다. 하지만 몸 깊은 곳에 불이 지펴진 듯한 두 사람의 얼굴이 어딘가 달떠 있었다.

윤우가 칼국수를 먹고 싶다고 하자 그가 인사동으로 데려갔다. 두 사람이 손을 잡고 칼국수집으로 들어갔다. 윤우는 들깨칼국수를 먹었고, 그는 수제비를 먹었다. 밥까지 말아 칼칼한 김치를 얹어 먹으니 두 사람 모두 배가 한껏 불렀다. 배도 꺼뜨릴 겸 근처 카페 거리를 걸었다. 그가 주말에 가끔 간다는 조그만 카페에 가서 커피를 마셨다. 추운 겨울이었지만 주말을 그냥 보내는 게 아까웠는지 인사동과 안국동 골목이 사람들로 북적였다.

윤우는 커피를 마시며 추위에도 꿋꿋하게 데이트를 하는 젊은 사람들을 구경했다. 추운 게 분명한데도 젊은 여성들이 스커트에 레깅스를 입고 뾰족 구두를 신은 채 또각또각 소리를 내며 남자의 팔짱을 끼고 걸어갔다.

"이 추운 날, 미쳤어. 아랫배 차가워지는 게 여자한테 얼마나 안 좋은 건데."

"여자들이 입는 스타킹이 의외로 안 춥다고 하던데요."

윤우가 눈을 가늘게 뜨고 준연을 노려보았다.

"어디서 그런 헛소리를 해요? 저게 얼마나 추운데요."

"그래도 예쁘잖아요, 저렇게 입으면."

"저런 스타일 좋아해요?"

"조금."

윤우가 퉁한 얼굴로 창밖의 사람들을 쳐다보더니 방금 했던 말을 뒤집었다.

"좋아요. 당신이 좋아한다면야 못 입을 거 없죠. 다음엔 저렇게 입고 나올게요."

"됐어요. 그러다 감기 걸리면 나만 고생하지."

준연이 너털웃음을 지으며 담배를 한 대 꺼내 입에 물었다. 윤우가 불을 붙여주며 슬쩍 담배는 언제부터 피웠느냐 물었다.

"음…… 군대 가서 배웠으니까 스물다섯 때부터요. 왜요?"

"폐가 한계에 다다르는 게 이십 년이래요. 하루에 한 갑 피운다고 쳤을 때요."

그가 손가락으로 피운 햇수를 계산했다.

"서른여덟이니까 이제 십삼 년 되었네요. 아직 칠 년이나 더 피울 수 있는 거네요."

윤우가 혀를 차며 걱정스럽게 말했다.

"그게 아니죠. 이십 년을 꽉 채우면 그땐 폐가 이미 망가진 거죠. 그러니까 그전에 끊어야 그나마 폐가 덜 망가지는 거예요."

"흐음…… 그런가."

"그러니까 일이 년만 더 피우고 끊도록 해요. 폐는 망가지면 치료법이 없거든요. 이식받기도 힘든 장기고."

그가 피우고 있던 담배를 재떨이에 비벼 끄더니 윤우에게 넌지시 말했다.

"새해 되면 나랑 같이 끊을래요?"

윤우가 경계하는 얼굴로 몸을 뒤로 뺐다.

"나는 가끔 한두 대 피우는 거예요. 그리고 피운 지 십 년도 안 됐고요."

"한 대던 한 갑이던 해로운 건 똑같대요. 그러니까 윤우 씨도 같이 끊어요."

윤우가 입을 비죽 내밀며 선뜻 동의하지 않자, 그가 한마디 덧붙였다.

"나중에 애 안 낳을 거예요? 끊어도 일 년이 지나야 몸이 정화된다고 하던데."

윤우가 대답을 않고 준연을 빤히 쳐다보았다.

"준연 씨는 아이 갖고 싶어요?"

그가 당연하다는 듯 고개를 끄덕였다. 윤우가 살짝 고민스러운 얼굴을 하자, 그가 의외라는 듯 쳐다보았다. 그는 윤우가 누구보다 가족을 만들고 싶어 할 거라고 생각했다.

"윤우 씨는 아이 낳고 싶지 않아요?"

"뭐, 반반이에요. 생기면 굳이 지우지는 않겠지만 가지려고 애쓸 생각도 없어요. 난 그냥 내가 하는 일 하면서 이리저리 여행 다니고, 하고 싶은 거 하다가 떠나고 싶거든요. 굳이 아이한테 시간을 쓰고 싶지 않아요."

"나도 반반이긴 한데, 그래도 아이 보면 예뻐서 하나쯤은 낳아서 키우고 싶고 그래요."

윤우가 이해한다는 얼굴로 고개를 끄덕여 보이자 그가 덧붙였다.

"그리고 부모님도 아이 안 낳는다고 하면 펄쩍 뛰실 테고."

"그거야…… 준연 씨가 장남이니까 당연히 기대하겠죠."

그가 조금은 진지한 얼굴로 물었다.

"생기면 낳긴 할 거죠?"

"네. 피임을 해도 생기면 그건 그냥 하늘의 뜻이라고 생각해요. 하늘이 나에게 내려준 숙제인데 어쩌겠어요, 해야지."

피임이라는 말에 그가 멈칫 마음에 걸린다는 표정을 짓자 윤우가 마음속에 품고 있던 말을 솔직히 말했다.

"사실 우리가 당장 결혼해서 아이를 낳아도 준연 씨는 마흔이에요. 평균 수명을 산다고 해도 아이가 마흔이 되기 전에 떠난다는 건데…… 난 그게 싫어요. 아이가 일찍 부모를 잃는다는 게. 그리고 나이 들어 아이 키우려면 고생이기도 하고요."

"어찌 알아요, 우리가 백 살까지 살지. 그리고 부모가 나이가 많으면 아이가 정서적으로 안정될 수도 있는 거고요."

"준연 씨는 몰라도 나는 힘들어요. 제가 하는 일이 기운을 많이 쏟는 일이거든요. 캘리그래피 평생 하면, 아마 육십이 될 즈음엔 맛이 갈 거라고 봐요."

"운동해요, 열심히. 담배도 끊고."

그가 간단한 말로 해결책을 제시했지만 윤우는 어물쩍 넘어가고 싶지 않았다. 언 발에 오줌 누는 식으로 아이 문제를 넘겼다가는 두 사람의 관계가 깊어졌을 때 큰 마찰이 생길 것 같았다.

"음…… 솔직히 내가 백 살까지 살 수 있다면, 전 그 시간을 글씨에다 쏟아붓고 싶어요. 제가 서예를 늦게 시작해서 아직도 글씨가 많이 불안정하거든요. 서체도 더 다양하게 익히고 싶고, 가능만 하다면 추사 김정희처럼 박윤우의 서체를 남기고 싶어요. 다른 사람들이 이 세상에 아이를 키워서 남기고 가니까 전 글씨를 남기는 것도 괜찮다고 봐요. 각자 서로 남기고 싶은 게 다를 수 있는 거고, 풀고 가야 할 숙제도 다르니까요."

진지한 얼굴로 윤우의 말을 듣던 준연이 조심스레 말을 건넸다.

"난 윤우 씨가 삶의 목표나 의미를 캘리그래피에서만 찾는 게 썩 좋아 보이지 않아요. 물론 글씨를 쓴다는 게 평생이 걸려도 이루지 못할 일인 건 알지만, 결국엔 글씨도 인간을 위해 만들어진 문자고 도구일 뿐이잖아요. 오히려 삶이 무의미하다고 느껴져서 글씨에만 매몰되는 게 아닌가 싶기도 하고, 한편으론 스스로를 부모가 될 자격이 없다고 생각해서 아이를 밀어내는 건 아닌가 싶기도 하고…… 그래요."

준연의 말에 커피를 마시던 윤우가 멈칫 고개를 들었다. 캘리그래피를 제대로 하려면 아이는 포기하는 게 낫다고만 생각했는데, 스스로에게 금을 그어놓고 넘어가지 말라고 했던 걸까? 저 선을 넘어가는 건 그녀의 몫이 아니라고 말이다.

윤우가 생각에 잠긴 얼굴로 말없이 커피를 내려다보았다. 짙은 고동색의 커피에서 나는 맛과 향은 여전히 그녀에게 미궁이었다.

"어때요? 그런 마음을 갖고 있는 건 아니에요?"

준연이 나지막이 그녀의 마음을 물었다. 윤우가 확신할 수는 없지만 그런 면이 자신 안에 있었다는 듯 고개를 끄덕였다.

"어느 정도는 그랬던 것 같아요. 내가 내 부모에게 한 걸 생각하면…… 내가 아이를 잘 키울 것 같지 않았어요. 한편으론 우리 부모님만큼 내 아이한테 할 자신도 없고요."

그는 옳다 그르다는 말 없이 귀 기울여 듣기만 했다. 그런 준연에게 윤우가 확고하게 생각이 바뀌지 않는 부분을 말했다.

"자격이 되는 걸로 생각이 바뀐다고 해도 낳을 생각은 없어요. 난요, 준연 씨. 아이를 위해 내 글씨를 돈 되는 걸로 써서 팔고 싶지 않아요. 아이를 키우려면 분명 그럴 때가 올 텐데, 돈이 되고 인기 있는 서체를 내가 하고 싶어서 하는 게 아니라 억지로 쓰는 게 되면, 그건 나한텐 몸 파는 것과 똑같을 거예요. 그렇게 되면 글씨 쓰는 걸 혐오하고 싫어하게 될 텐데, 나는 이걸 잃고 싶지 않아요."

"너무 최악의 상황을 가정하는 거 아닐까요? 윤우 씨가 나와 아이도 키우고, 좋은 글씨도 완성할 수도 있는 거잖아요. 그리고 윤우 씨 혼자만 있는 게 아니라 내가 있잖아요."

"물론 그렇지만, 우리 아빠도 탄광에서 다쳐서 몇 년을 누워 있었어요. 그래서 엄마가 몸을 팔아야 했고요. 그런 순간이 오지 않을 거라고 어떻게 장담해요? 그냥 운이 좋기를 막연히 바라는 거잖아요."

이번엔 준연이 생각에 잠긴 얼굴로 침묵했다. 자신이 너무 긍정적으로만 생각하고 있는 건가 싶어서 말이다. 그런 준연에게 윤우가 한 마디를 더 했다.

"난 지금도 우리 엄마가 나 때문에 몸을 팔았다는 게, 너무…… 아파요. 그건 감사하다는 말을 할 수 있는 성질이 아니에요. 난 엄마가 자식들을 다 버려서라도 몸을 파는 그런 상황까지 스스로를 내몰지 않았어야 한다고 봐요."

"많은 여자들이 자식을 위해 지금도 몸을 팔고 있긴 해요."

"그것 봐요. 결국은 자식을 낳아 키우는 게 한 여자의 존엄성을 바닥까지 짓밟는 상황을 가져올 수도 있다고요. 난 차라리 아이를 키우느니 글씨 써서 번 돈을 그런 분들을 위해 후원하는 게 낫다고 봐요."

준연이 그럼에도 다는 수긍할 수 없다는 얼굴로 윤우를 쳐다보았다.

"일단은 앞으로 더 생각해 봅시다. 난 아이도 낳고, 하고 싶은 일도 하고, 후원도 하고 싶거든요. 그리고 말은 이렇게 했지만 갑자기 아이가 생길 수도 있잖아요."

윤우가 한숨을 내쉬며 고개를 끄덕였다.

"그건 그래요."

윤우가 골치 아프다는 듯 담배 한 대를 꺼내 입에 물자 그가 살짝 노려보더니, 올해까지는 괜찮다는 양 불을 붙여주었다.

"근데 나 궁금한 거 하나 있는데 물어봐도 돼요?"

그가 커피를 마시며 뭐냐는 듯 쳐다보았다. 윤우가 심각하게 받아들이지 말라는 듯 가벼운 어조로 말을 건넸다.

"준연 씨가 만약에 이 세상을 떠난다면요, 누가 마음에 걸려요?"

"글쎄요. 아마도 부모님이겠죠. 내가 부모님보다 먼저 가는 거라면요."

"나는요?"

그가 잠시 대답을 망설이다가 고개를 갸웃하며 답했다.

"글쎄요. 윤우 씨는 내가 죽어도 잘살 것 같은데……."

윤우가 펄쩍 뛰었다.

"안 그래요. 준연 씨 죽으면 나 거의 반쯤 실성할 거예요. 내가 준연 씨 얼마나 좋아하는데."

그의 눈이 믿을 수 없다는 듯 가늘어졌다.

"보니까 문재혁이랑 박경휘랑 계속 연락하는 눈치던데……."

장례 때 찾아온 문재혁이 윤우를 껴안고 한동안 눈물을 글썽이는 걸 본 후 준연은 더더욱 윤우의 마음을 못 미더워했다. 윤우는 아무 말 하지 않고, 의미심장하게 미소만 지어 보였다.

준연이 그만 일어나자는 말을 하고는 커피잔과 재떨이를 쟁반에 챙겼다.

"왜요? 아직 남았는데."

"집에 가져가서 먹어요."

"왜요? 난 카페에서 마시는 게 더 좋은데요."

"아, 글쎄 들어가자니까. 할 거 있다고."
"할 일 있어요?"
"있어요."
"아…… 그렇구나."

그제야 준연의 속내를 눈치챈 윤우가 얼른 일어나서는 쟁반을 갖다 주고 왔다. 곧장 집으로 이어지는 골목길을 걸어 올라가는데, 윤우가 다시금 마음에 걸리는 사람에 대해 물었다.

"근데 부모님이랑 나 말고는 또 없는 거예요?"
"뭐, 사람으로만 따지면 딱히 없어요."
"어? 그럼 사람 말고. 동물이나 화분이 마음에 걸리는 거예요?"

그가 잠시 망설이는 얼굴을 하더니 이내 씁쓸한 얼굴로 말했다.

"고양이, 고양이가 마음에 걸려요."

그녀가 빙의되었던 고양이를 말하는 건가 보다 속으로 추측하며, 윤우가 어떤 고양이냐고 물었다. 그가 다시 생각해도 죄책감이 드는지 자책 어린 얼굴로 답했다.

"고양이를 죽인 적이 있거든요."

윤우의 눈이 휘둥그레졌다. 고양이를 죽였다니, 이게 무슨 끔찍한 소린가 싶다. 연쇄살인범이나 하는 애완동물 학대를 했다는 말인가? 그동안 지켜본 그는 전혀 그럴 사람이 아니어서, 윤우가 설마 하며 그를 쳐다보자 그가 오래전 있었던 일을 이야기해 주었다.

"고등학생 때였는데, 집에 오다가 고양이 한 마리가 나무에 올라간 걸 봤어요. 보니까 나무 아래에서 개 한 마리가 짖고 있더라고요. 그 개를 피해서 올라간 것 같았어요."

"그래서요?"

"그냥 장난으로 나무를 흔들었죠. 당연히 고양이가 매달려 있을 줄 알고, 설혹 떨어진다고 해도 고양이니까 괜찮겠거니 했죠. 착지하자마자 바로 냅다 도망갈 거라고 생각했거든요."

"그럼 떨어져서 죽은 거예요?"

"아뇨. 떨어졌는데 개가 바로 물어버렸어요. 도망칠 줄 알았는데 개한테 바로 물려서 죽은 거죠, 내 장난 때문에."

윤우가 잡고 있던 그의 손을 더 힘주어 잡아주자, 그가 쓴웃음을 지어 보였다.

"베이지빛 고양이였어요?"

그 자책감 때문에 베이지색 고양이였던 그녀를 집에 들이고 잘해준 건가 싶어 묻는데, 그가 예전의 그 고양이를 떠올리듯 허공을 응시했다.

"검은 고양이였어요, 아주 예쁜……."

"검은 고양이요?"

"음. 너무 미안해서 묻어주려고 상자에 넣어서 뒷산으로 올라갔는데, 그곳에 새끼들이 있더라고요. 그러니까 어미가 새끼들 먹을 거 구하려고 내려왔다가 내 장난 때문에 죽은 거였어요."

"그 아이들은 어떻게 됐어요?"

"데려다가 내가 키웠죠, 지극정성으로."

"속죄하는 거였네요."

"예, 뭐 그런 셈이죠."

윤우가 잘했다는 의미로 준연의 어깨를 손으로 쓰다듬어 주는데, 준연이 그 세 마리의 고양이를 떠올리며 미소를 지었다.

"두 녀석은 죽을 때까지 나랑 있었는데 한 녀석은 어느 날 집을 나가서 안 돌아왔어요. 그래서 지금도 골목길에서 검은 고양이가 보이면 그 녀석인가 하고 살펴보게 돼요. 지금쯤이면 벌써 세상 떠났을 거라는 걸 알면서도."

"그 고양이가 언제쯤 나갔어요?"

그가 한참 동안 고개를 치켜들고 허공을 응시했다.

"내가 군대 가기 전쯤이었어요. 그때 할머니가 돌아가셨는데, 할머니 돌아가시기 전인지 후인지는 가물가물해요."

그 검은 고양이가 인도자라는 생각이 들었지만, 윤우는 말하지 않고 그냥 고개만 끄덕였다.

"잘 지낼 거예요. 고양이 목숨은 아홉 개라잖아요. 어쩌면 그때 나무에서 떨어진 고양이도 어딘가에서 다시 살고 있을지도 몰라요."

19부

당신과 있다

사랑을 나눴다. 연이은 육체관계가 힘들긴 했지만, 그의 품에 안기는 게 말할 수 없이 지극한 충만감을 주어서 멈추고 싶지 않았다. 그녀의 여리고 깊은 그곳을 어루만지던 준연이 어느 순간 갈등하는 얼굴로 윤우를 쳐다보았다. 눈을 감고 그의 손길에 잠겨 있던 윤우가 문득 두 눈을 뜨고 그의 표정을 살폈다.
"왜요?"
"안 젖어서……. 이러면 자기가 아플 텐데."
윤우가 그의 얼굴을 쓰다듬으며 속삭였다.
"갑자기 너무 많이 해서 그런가 봐요. 오늘도 세 번이나 했잖아."
"그럼 하지 말까?"
"당신은 하고 싶잖아."
"괜찮아."
준연이 몸을 떼고 품에 끌어안더니 그녀의 살결을 쓰다듬었다. 그의 손길에 불길이 남아 있었다. 아직 다 채워지지 않은 어떤 허기와 절박함이 느껴져서 잠을 청하려고 두 눈을 감았던 윤우가 다시 눈을 떴다.

"준연 씨, 오일이라도 발라볼까?"

"아⋯⋯ 맞다. 그게 있었네."

땅속에 묻어놓은 도토리를 발견한 다람쥐처럼 그가 신나하며 욕실에 가서 오일을 가져왔다. 아이 같은 그 모습에 웃음을 터뜨리던 윤우는 오일에 듬뿍 젖은 손으로 준연이 그곳을 희롱하자 윤우는 몸을 떨며 요동쳤다. 발끝까지 짜릿짜릿한 야릇한 쾌감이 찾아왔지만, 간지러움도 지독해서 윤우가 그만하라며 두 다리를 오므렸다.

그는 우회하기로 마음먹었는지 오일을 그녀의 몸 위에 한 방울씩 떨어뜨리는가 싶더니, 손바닥으로 넓게 어루만지며 온몸에 발라주었다. 따뜻한 그의 손길과 희롱하듯 건드리며 애태우는 손짓에 그녀의 몸이 초콜릿처럼 녹아들었다. 이토록 기분 좋을 수 있다는 걸 왜 진즉 몰랐을까. 윤우는 달뜬 신음을 뱉어내면서 그동안 시간을 아깝게 흘려버렸다는 생각을 했다.

그의 손길이 엉덩이와 등허리로 이어지더니 동그란 양어깨와 목덜미를 어루만지고 지나갔다. 그러다 윤우가 꿈틀거리며 몸을 젖히자 젖가슴과 아랫배를 쓰다듬었다.

"음⋯⋯ 너무 좋아."

그녀의 입에서 감탄 어린 속삭임이 흘러나왔다. 그녀가 반쯤은 몽롱한 얼굴로 준연을 올려다보자 그가 오일을 자신의 성기에 바르고는 곧장 그녀 안으로 들어갔다. 이완이 되어 있어서인지 그녀의 몸이 작은 불편함도 없이 그를 받아들이고 단단히 결합됐다. 그의 입술에서도 만족스러운 신음이 흘러나왔다. 그가 움직이기 시작하자 윤우가 고양이 울음소리를 내며 그의 목을 깨물었다.

"야옹."

준연이 순간 키득거리며 웃더니 그녀의 입술에 키스했다. 혀는 말캉거렸고 뜨거웠으며 축축했다. 그의 혀가 그녀의 이를 핥고, 그녀의 혀를 빨아 잡아당겼으며, 그녀의 입술을 맛보았다. 윤우가 그의 키스에 흠뻑 취해 있는데, 그가 결합된 그곳을 강하게 움직이며 그녀에게 부딪쳐 오기 시작했다. 낮에 나누었던 섹스와는 완전히 다른 거친 몸짓이었다. 그는 자신의 몸을 박아 넣듯 허리를 움직였고, 윤우는 그의 몸을 더 깊이 받아들이려고 두 다리를 활짝 벌려 그의 허리를 감쌌다. 준연이 윤우의 머리를 두 손으로 보호하듯 감쌌다. 거친 행위는 계속되었지만 윤우는 그의 품 안에서 소중하게 보호받는 기분이었다.

그의 부딪침이 계속됐다. 멀어졌다 부딪치며 제 몸을 각인시키는 그의 행위는 느려졌다 빨라지기를 반복하며 윤우를 구석까지 몰아세웠다. 마침내 윤우의 입에서 교성이 흘러나오자, 그가 머리를 감싸고 있던 손으로 그녀의 입을 막았다. 윤우가 도리질을 치며 경련하듯 몸을 들썩이자 그가 더 빠르게 부딪쳐 왔다. 땀 냄새와 살 냄새가 코끝을 스치고, 온몸이 땀으로 흥건히 젖어들어 갔지만 상관없었다. 윤우는 그의 목덜미에 흐르는 땀을 혀로 핥고 이로 물었다. 어느 순간 그가 윤우의 허벅지를 양손으로 잡고 더할 수 없이 거칠게 부딪치더니 갑자기 몸을 빼냈다.

"안 돼!"

윤우가 소리치며 저항했지만, 그는 다시 결합하기는커녕 터질 듯 단단해진 성기를 세우고는 그녀의 몸 위로 정액을 뿌렸다. 윤우의 배와 가슴 위로 하얀 정액이 뿌려지자, 윤우가 아쉬움에 가득한 얼굴로 인상을 찡그리며 그를 때렸다.

"뭐야, 왜 밖에다 이래. 안에다 해주는 게 좋단 말이야."

그는 장난꾸러기처럼 웃고 있었다. 그녀가 가장 좋아하는 걸 해주지 않겠다는 양, 오늘 완전히 만족시키지 않겠다는 양, 그가 얄미운 표정을 지었다. 윤우가 새치름한 얼굴로 그를 노려보며 씩씩거리자, 그가 싱글싱글 웃으며 그녀의 몸 위로 뿌려진 정액을 손바닥으로 펴 발렸다.

"뭐 하는 거야?"

"내 거라고 표시해 놓는 거야."

"고양이야? 분비물 묻혀놓게."

"뭐, 아까 자기도 고양이처럼 울더만."

준연이 드러눕자 윤우가 그 위로 올라가 턱을 괴었다. 그가 반쯤 감긴 눈으로 윤우를 보더니, 헝클어진 그녀의 머리채를 뒤로 넘겨주었다. 그런 준연에게 윤우가 의미심장한 미소를 지으며 넌지시 물었다.

"이거, 내가 바람피울까 봐 그런 거예요?"

"……음."

윤우가 어이가 없다는 양 피식 코웃음을 치다가 조금은 진지한 얼굴로 말했다.

"재혁이는 내 동생 같은 존재야. 경휘는 일 때문에 몇 번 만났던 거고. 그리고 그 친구, 애인 있어."

"그러시겠지."

그가 반신반의하는 얼굴로 이죽이자 윤우가 입술을 삐죽였다.

"진짜라니까, 바보."

그리고는 그에게 키스를 하며 속삭였다.

"내가 당신을 얼마나 좋아하는데. 당신이 몰라서 그렇지."

"말은……."

그가 믿을 수 없다는 양 구시렁댔지만, 그의 몸 아래가 다시 단단해지며 불뚝 솟았다. 윤우가 화들짝 놀란 얼굴로 아래를 내려다보았다.

"당신, 색마야? 어떻게 또 설 수가 있어?"

"몰라, 나도 왜 이러는지."

준연이 일어나더니 욕실로 들어갔다. 윤우도 담배 한 대 챙겨 들고 뒤따라 들어갔다. 둘이 담배 하나를 나누어 피우고, 서로를 씻겨주었다.

육체관계를 맺어서인지 밥 먹은 지 얼마 되지 않았음에도 또 배가 고팠다. 윤우가 그의 티셔츠 하나를 찾아 걸치고는 라면을 끓였다. 냉장고에 넣어둔 풋고추와 계란을 꺼내고, 싱크대 아래 수납장에서 북어채도 꺼내 라면에 넣었다. 그사이 상을 닦고 수저와 그릇을 갖다 놓던 준연이 끓여온 라면을 보더니 신기하다는 양 윤우를 쳐다보았다.

"북어채 있는 건 어떻게 알았어? 안 알려줘도 잘 찾네."

고양이였을 때 그가 북어채를 준 적이 있어서 알고 있었지만, 말할 수는 없는 일이어서 윤우가 대강 얼버무렸다.

"다들 비슷비슷한 곳에 넣어두잖아요."

"그런가?"

윤우가 불기 전에 어서 먹으라며 재촉하자 그가 라면을 덜어 입에 넣었다. 면을 다 건져 먹고, 남은 국물에 밥을 말아 김치를 얹어 먹을 즈음, 윤우가 퍼뜩 생각났다는 얼굴로 그를 쳐다보았다.

"맞다. 선고일이 언제예요? 좀 있으면 판결 난다고 하지 않았나?"

그가 입안의 밥을 우적거리며 무심히 답했다.

"내일."

윤우가 황당해하며 성을 냈다.

"말을 해줬어야죠, 내일이라고. 난 아무 생각 없이 있었네."

"언니 일 때문에 정신없었잖아. 그리고 안다고 해도 할 수 있는 게 없는데, 뭘."

"그래도 내일인 줄 알았으면 오늘 뭐라도 했을 거 아니에요. 1년 동안 못 볼 수도 있는데."

그가 윤우를 안심시켰다.

"바로 형 집행되는 거 아니야. 내일 만약에 실형 나온다고 해도, 하루 이틀은 정리할 시간 줘. 구속된 상태면 모를까."

"그럼 다행이고요."

윤우가 시무룩한 얼굴로 빈 냄비를 내려다보았다.

"이럴 줄 알았으면 더 맛있는 거 해 먹었을 텐데."

그가 피식 웃었다.

"내일 죽으러 가는 것도 아닌데 무슨……. 맛있는 건 내일 해 먹으면 되지. 그리고 라면도 맛있었어."

"칫. 여하튼 내일 같이 가요. 방청석에라도 앉아 있게."

"그러지 않아도 돼. 최악으로 나온다 해도 집행유예나 벌금형이야. 어차피 저쪽에서 노리는 건 이미지 훼손이니까."

그래도 같이 가겠다고 윤우가 고집하자, 그가 알겠다며 고개를 끄덕였다.

새벽 세 시가 되어서야 이부자리를 펴고 다시 누웠다. 재판 때문에 일찍 나가봐야 하니 서너 시간이라도 잘 생각으로 자리에 눕는데, 둘 다 잠이 오지 않았다. 몸은 녹초였지만 내일 있을 재판 때문에 둘 다 마음이 복잡했다.

그가 음악을 틀더니, 그녀를 품에 끌어당겨 안고는 말캉한 아랫배를 어루만졌다. 눈을 감고 쇼팽의 피아노곡에 귀를 기울이던 윤우가 돌아누워 그를 쳐다보았다. 어둠 속에서 그의 눈이 반짝반짝 빛나고 있었다. 윤우가 그의 입술에 키스를 하자, 그가 키스를 되돌렸다. 그러더니 나지막이 말했다.

"만약에 내가 들어가면, 기다려 줄 수 있어?"

"아니, 다른 남자가 잘해주면 만날 건데."

그가 피식 웃었지만, 눈은 웃지 않았다. 윤우가 그의 콧날과 입매를 손가락으로 살며시 쓸어내리며 마음에 있는 걸 그대로 말했다.

"약속 같은 거 안 할래요. 약속이란 걸 하게 되면, 시간이 지날수록 그 약속에 얽매이게 되니까. 약속 때문이 아니라 당신이 좋아서 기다리는 걸로 할래."

무슨 말인지 그도 알겠는지, 더 이상 약속해 달라는 말은 하지 않았다. 대신 그녀를 다시 안으려는 듯 팬티를 끌어 내렸다. 그의 손길이 허벅지 안쪽으로 들어와 부드럽게 그녀의 중심을 애무하기 시작하자, 윤우가 장난스럽게 구시렁거렸다.

"준연 씨, 이러다가 내일 재판정에서 코피 흘리겠다."

그가 킥킥거리며 키스를 하더니, 그녀의 다리를 벌렸다. 윤우가 그가 하는 대로 순순히 몸을 맡기면서도 놀리듯 종알댔다.

"아우, 완전 변강쇠야. 준연 씨가 하루에 다섯 번 할 거라고는 진짜 몰랐어."

"그동안 너무 안 해서 그런가 봐."

그의 몸이 그녀 안을 파고들자 윤우가 흠칫 허리를 젖히며 더 깊이 받아들였다.

"내가 준연 씨한테 몸 파는 거였으면, 금방 집 사겠다."

그의 몸이 움직이기 시작했다. 뜨겁고 단단한 그것이 예민해진 그녀의 몸속을 다시 휘젓기 시작했다.

"그러면 가끔 하겠지, 돈 아까워서."

달뜬 얼굴로 그의 몸짓에 다시 잠겨들었던 그녀가 퍼뜩 눈을 뜨더니 외쳤다.

"그럼 공짜라서 이런다는 거야?"

윤우가 눈을 흘기며 주먹으로 그의 어깨를 때리자, 그가 손목을 잡아채고 머리 위로 올렸다. 웃고 있었지만 그녀의 두 손을 결박한 그 손은 뜨겁고 강했다. 어느 순간 그가 진지한 얼굴로 윤우를 내려다보았다. 어딘가 간절하고 절박한 얼굴이어서 윤우는 그제야 왜 그가 이렇게 연이어 그녀를 가지는지 깨달았다. 만약에라도 내일 실형이 선고되면, 다시 못 볼 수도 있다고 그는 불안해하고 있었다. 장례 때 온 문재혁이 친구라고 하기엔 너무 가까워 보였던 것도 그의 불안감을 부채질했을 것이다. 윤우가 잡혀 있는 손에 힘을 빼고 그에게 키스했다. 준연이 오래토록 키스를 되돌렸다.

동이 틀 무렵까지 두 사람이 서로를 나누어 주고, 가졌다. 한 몸이 된 채로 잠이 들 정도로 둘 다 녹초가 되었다.

다음날 윤우가 깨어나 보니 이미 정오에 가까운 시각이었다. 화들짝 놀라 주위를 살펴보니 옆자리는 이미 비어 있었다. 새벽녘에 까무룩 잠들어 버린 그녀를 그가 깨우지 않고 혼자 나간 게 분명했다.

얼른 작은방으로 가서는 가방에 있는 핸드폰을 꺼내 들었다. 배터리가 다되었는지 핸드폰이 꺼져 있었다. 벌써 선고가 내려졌을 시각이어서 다급히 잭을 연결시키고 전원을 켰다. 역시나 부재중 전화와 문자메시지가 연이어 표시됐다. 그중 안준연의 부재중 전화가 있는 것을 보곤 윤우가 바로 그에게 전화를 걸었다. 그가 전화를 받자마자 윤우가 말할 틈도 주지 않고, 대뜸 물었다.

"어떻게 됐어요?"

〈지금 일어났어요?〉

그의 목소리가 차분했지만 어딘가 굳어 있어서 윤우가 긴장했다.

"네, 핸드폰 배터리가 다돼서 꺼져 있었어요. 미안해요. 어떻게 됐어요?"

〈일 년, 실형 나왔어요.〉

담담한 목소리였다. 윤우가 멍한 얼굴로 입만 벙긋거리다, 어느 순간 믿어지지 않는다는 얼굴로 반문했다.

"진짜예요? 진짜 실형이 나왔단 말이에요? 집행유예도 아니고?"

〈면회 와줄 거죠?〉

윤우가 속상함에 눈물을 글썽이며 성질을 냈다.

"몰라요. 지금 면회가 문제예요? 당신이 이 겨울에 김옥살이하게 생겼는데."

그녀가 나쁜 새끼들이라며 욕을 하는데 갑자기 준연의 웃음소리가 들려왔다. 이 남자가 실성을 했나, 윤우가 뜨악해하다가 어느 순간 거짓말이란 걸 깨닫고는 불같이 화를 냈다.

"아우, 정말…… 장난칠 게 따로 있지."

〈무죄 판결 났어요.〉

"아휴, 진짜…… 오기만 해. 가만 안 둘 거야."

씩씩거리며 아직도 분한 마음을 풀지 못하는데 준연이 대뜸 윤우를 불렀다.

〈윤우 씨.〉

"왜요?"

〈나, 무죄래요.〉

그의 목소리가 어딘가 떨렸다. 윤우가 그의 침묵 소리를 가만히 들으며 그녀 자신에게도 하는 말처럼 속삭였다.

"네, 무죄예요. 우린 무죄예요."

〈하지만 완전히 무죄라고 보기엔 찔리는 게 많아요.〉

'나도 그래요.'

그녀가 침묵하자 그가 말을 이었다.

〈어차피 사람들은 무죄 판결 난 거 모를 테니까 낙인이 찍힐 거예요, 깨끗하지 못한 사람이라고.〉

"내가 알잖아요. 그리고 준연 씨랑 함께하는 사람들이 알고요."

다른 사람이 말을 걸었는지 그가 잠시 핸드폰을 떼더니 서둘러 말했다.

〈오늘 좀 늦게 들어갈 거예요. 변호인단이랑 시장님이랑 술 한잔하고 헤어지려고요. 윤우 씨, 집에 있을 거예요?〉

"네. 오늘 하루 더 쉬려고요. 올챙이국수도 오랜만에 만들 거니까 이따 밤에 오면 같이 먹어요."

〈그래요.〉

"내일 출근하는 거예요?"

〈아뇨. 내일 하루 쉬기로 했으니까 집에 있어요. 같이 축하주 한잔해요.〉

"알았어요. 이따 밤에 봐요."

전화를 끊고, 윤우가 근처 마트에 장을 보러 갔다. 옥수수를 곱게 갈아서 국수를 만들어 함께 먹을 생각에 윤우가 이것저것 사가지고 그의 집으로 돌아왔다.

그의 집에서 노트북으로 메일도 확인하고, 예쁜 속옷을 사려고 쇼핑몰도 돌아다니고 나니 해가 어느새 어스름해졌다. 윤우가 옥수수를 갈아 국수를 만들고, 육수도 미리 만들었다. 그가 도착하면 같이 먹을 생각에 그에게 문자를 보냈다. 언제쯤 오느냐는 문자에 밤 아홉 시에 도착할 것 같다는 답 문자가 왔다.

여덟 시쯤 윤우가 바람 쐴 겸 미리 밖으로 나갔다. 그의 집에 놓을 작은 화분도 하나 사고, 화장품 가게에 들어가 레몬 향 오일과 장미 향 오일도 샀다. 그에게 오일을 발라줄 생각을 하니 벌써부터 엉큼한 웃음이 입가에 그려졌다. 그동안 어울리지 않는다고 생각해 바르지 않았던 오렌지색 립스틱도 하나 샀다. 안 어울리더라도 앞으로는 좋아하는 걸 하고 싶었다.

화장품 가게에서 나온 후 바로 지하철역으로 향했다. 시청에서 출발했다는 문자가 왔으니 조금만 기다리면 도착할 것이다.

지하철역 안으로 들어간 윤우가 개찰구 앞에서 서성였다. 앉을 만한 곳이 없나 둘러보니 먼발치에 의자와 책이 있는 공간이 있었다. 윤우가 의자에 비닐백을 내려놓고, 꽂혀 있는 책들을 구경했다. 이제는 절판되었을 오래된 책들이 꽂혀 있었다. 읽고 싶은 마음은 들지 않았지만, 예전 인쇄 방식으로 찍은 활자를 느끼고 싶어서 그중 오래돼 보이는 세계명시집을 꺼냈다. 잉크가 분사되는 방식이 아니라 활자 하나하나 조판을 만들어 찍는 방식이라, 손끝으로 천천히 만져 보면 글자의 도드라짐이 느껴졌다. 윤우는 그 느낌을 좋아했다. 어린 시절에는 당연시했고 귀한 줄 몰랐는데, 인쇄 방식이 모두 분사 방식으로 바뀌면서 이제는 활자로 찍어낸 책이 나오지 않았다.

글자의 결을 따라 손끝을 움직이면서 윤우가 워즈워스의 시 하나를 읽어 내려갔다.

Splendor in the grass —William Wordsworth

What though the radiance which was once so bright
Be now for ever taken from my sight,

Though nothing can bring back the hour

of splendor in the grass, of glory in the flower

We will grieve not, rather find

Strength in what remains behind

In the primal sympathy

Which having been must ever be

In what soothing thoughts that spring

Out of human suffering

In the face that looks through death

In years that bring the philosophic mind.

초원의 빛 - 윌리엄 워즈워스

한때는 그렇게도 빛나던 광채가

이제 영원히 사라진다 해도

초원의 빛이여, 꽃의 영광이여

그 시절을 다시 되돌릴 수 없다 해도

우리 슬퍼하기보다 차라리

뒤에 남은 것에서 힘을 찾으리

지금까지 있었고 앞으로도 영원히 있을

본원적인 공감에서

인간의 고통으로부터 솟아나

마음을 달래주는 생각에서

죽음 너머를 바라보는 신앙에서
지혜로운 정신을 가져다주는 세월에서.

한글로 번역된 글을 읽던 윤우가 두 번째 문단에 있는 'Face'의 해석인 '신앙'을 가만히 내려다보았다. 워즈워스가 살았던 시대적 배경을 감안해 '신앙'이라고 번역했겠지만, 차라리 그것보단 '대면'이나 '직면'으로 번역되는 게 더 적합하지 않았을까 싶다. 인간의 고통과 지혜로운 정신을 언급하는 걸 보면, 워즈워스가 말하고자 한 게 종교적 구원이 아니라 인간 본연의 힘인 것 같았다. 신에게 의탁하는 것이 아니라, 인간이 자신의 고통과 세월을 통해 죽음을 직면하면서 다시 힘을 찾는 그런 의미로 말이다.

윤우가 '뒤에 남은 것'이라는 구절을 검지 끝으로 다시금 더듬으며 가족의 죽음 뒤에 남은 것이 뭘까 곰곰이 생각했다. 그런데 누군가 그녀에게 말을 걸어왔다.

"박윤우 씨 되십니까?"

그녀의 검지가 책 위에서 멈췄다. 목소리만 들어도 이제는 알 수 있었다. 개성이라고는 전혀 없고, 높낮이가 없는 담담하고 평범한 목소리. 그래서 더욱더 어디에서도 들어볼 수 없는 목소리였다. 도대체 왜 그녀를 찾아왔을까. 그녀가 이해할 수 없다는 얼굴로 고개를 들어 검은 코트의 사내를 쳐다보았다.

누가 그녀를 마음에 걸려 했을까? 가까운 사람이 죽은 건 요 근래 언니밖에 없는데, 언니는 마음에 걸리는 게 없다고 그녀가 답하지 않았던가. 설마 문재혁의 아버지가 잘못되기라도 한 걸까? 이식이 성공적으로 되었다며 재혁이 소식을 전해주었는데, 뒤늦게 거부반응이라도 일어난 걸까. 어릴 적 재혁과 함께 그 집에 보내졌지만 그녀는 일주일 만에 되돌아오지 않았던가. 이제 와서 문재혁의 아버지가 겨우 일주일을 함께 보낸 여자아이를 마음에 걸려 할 리는 없지 않은가.

윤우가 대답을 않고 도대체 누가 세상을 떠났을까 미친 듯이 생각해 보았다. 슈퍼마켓 할아버지가 떠올랐지만, 박윤우를 모르는 그 할아버지가 마음에 걸려 했을 리는 천부당만부당한 일이었다. 그녀가 대답을 하지 않자 그가 수첩에 적혀 있는 이름을 들여다보고는 다시 말을 건넸다.

"박윤우 씨, 아닙니까?"

윤우가 정신을 차렸다. 누가 마음에 걸려 했든 따라가지 않겠다고 하면 되는 일이니 말이다.

"아뇨, 맞아요. 제가 박윤우예요."

그가 다시 수첩에 적은 이름을 확인하더니 찾아온 용건을 말했다.

"김달자 씨 때문에 찾아왔습니다."

"김달자 할머니요?"

"예. 김달자 씨가 세상을 떠나기 전에 박윤우 씨를 마음에 걸려 했습니다. 김달자 씨를 따라가시……?"

검은 코트의 사내가 말을 끝내기도 전에 윤우가 고개를 세차게 저으며 답했다.

"아니요."

그는 알겠다는 듯 고개를 끄덕여 보였지만, 윤우는 여전히 혼란스러운 얼굴로 물었다.

"왜 김달자 할머니가 저를 마음에 걸려 한 거죠? 저는 그분과 인연이……."

없다고 말하려다가 그녀가 말을 멈추었다. 할머니에게 빙의되었을 때, 책을 한 아름 준 게 할머니에게는 뜻 깊은 일이었나. 아니면 할머니가 그녀의 원룸 안에 들어와 책을 가져가려고 했던 게 마음에 걸렸던 걸까.

윤우가 어떻게든 그 마음을 헤아려 보려는데, 검은 코트의 사내가 말했다.

"키울 수 없는 형편이라 낳자마자 아이 아버지의 집으로 보낸 딸이라고 하더군요."

윤우가 넋 나간 사람처럼 말을 잇지 못하고 그를 쳐다만 보았다. 수많은 생각과 기억들이 머릿속을 스쳐 지나갔다. 왜 유독 그녀는 엄마가 아니라 아빠를 닮았는지, 왜 엄마는 그토록 방치에 가까운 무관심과 과할 정도로 큰 애정 표현을 번갈아 했는지 이제야 이해되었다. 엄마는 그녀가 미우면서도 미워하는 게 미안 했던 것이리라. 그래서 유독 그녀에게만은 큰오빠나 언니에게는 잘하지 않았던 칭찬을 하고, 미안하다는 말을 그토록 자주 했던 거였다. 동시에 방치에 가까울 정도로 무관심했었다.

윤우가 알아보지 못하고 떠나보낸 김달자 할머니를 떠올리며 주루룩 눈물을 흘렸다.

오래전 한집에서 겨울을 나고 봄에 나갈 때 뱃속에 그녀가 있었던 거구나. 엄마가 그토록 자책했던 이유는 아이를 가진 여자를 빈손으로 내쫓았기 때문이었다는 걸, 이제 알겠다.

그래, 한 가지 풀리지 않았던 의문이 있었다. 문재혁을 아이 없는 집으로 보낼 때 왜 그녀를 함께 보냈었는지 말이다. 그것도 이제야 알겠다, 왜 둘 다 보냈었는지. 그리고 왜 그녀만 다시 데려왔는지. 외간 남자의 아이를 낳아 결국은 버렸다는 죄책감에 엄마는 김달자가 낳은 아이를 키우면서 그 죄책감을 덜어내려 했다는 것을.

윤우가 말없이 눈물을 흘리자 검은 코트의 사내가 다시 말을 걸었다.

"박윤우 씨, 마음에 걸리는 사람이 있습니까?"

그녀가 어리둥절한 얼굴로 되물었다.

"따라가지 않을 건데 그건 왜 묻는 거죠?"

"기록해 두려는 것입니다. 그게 제 소임입니다."

"대답하지 않겠다면요."

그가 난감한 얼굴을 했다.

"기록하기 전에 갑자기 세상을 떠나는 경우도 많습니다. 요즘 같이 사고가 많은 시대에는. 그럴 때 당신이 답한 사람이 기록되어 있으면, 그 사람을 보기 위해 다시 이 세상에 올 수 있습니다."

윤우가 대답을 망설이며 물었다.

"하지만 제가 죽으면 그 사람을 찾아갈 거 아니에요."

"그렇습니다."

검은 코트의 사내가 짧게 고개를 끄덕이고는 윤우의 대답을 기다렸다. 윤우가 차마 답을 하지 못하고 망설이는데, 지하철이 도착했는지 퇴근하는 사람들이 개찰구로 쏟아져 나왔다. 윤우가 검은 코트의 사내 어깨 너머로 개찰구 쪽을 바라보니 준연이 사람들 속에 있었다. 그의 손에 꽃다발과 조그만 종이가방이 들려 있었다. 윤우는 그게 초콜릿이라는 걸 알 수 있었다. 어제 사랑을 나눌 때 그녀가 초콜릿을 먹고 싶다고 했었다. 키스할 때 초콜릿을 입에 물고 하면 정말 맛있다고, 수제초콜릿을 파는 가게가 근처에 있는지 찾아보자고 했었다.

'만약 내가 죽었을 때 그가 따라가겠다고 답하면……'

윤우가 대답을 않고 입을 꽉 다물고 있자 검은 코트의 사내가 다시 물었다.

"마음에 걸리는 사람이 있나요?"

당신과 있다 429

"없다고 하면 나중에 저는 다시 이 세상에 돌아올 수 없게 되는 거죠?"

그가 어찌 알았느냐는 듯 윤우를 쳐다보았다. 윤우가 다시 물었.

"그럼 완전히 사라지게 되는 건가요?"

"그건 말해줄 수 없습니다. 그런 대답을 한 사람만이 그 이후를 알게 됩니다."

윤우가 더 이상 묻지 않고 개찰구를 나와 역 계단으로 향하는 그를 바라보았다. 술 한잔을 걸쳐서인지 그의 얼굴이 약간 상기되어 있었다. 베이지색 겨울 코트 위에 그녀가 떠준 목도리를 두르고 계단을 올라가는 그가 너무나 근사하고 밋있었다.

어떻게 답해야 하는 걸까. 언니를 다시 태어나지 못하게 만들었으니 그녀도 똑같은 선택을 하는 게 좋을까. 아니면 그가 위태로워지더라도 그 사람을 말해야 하는 걸까.

마침내 윤우가 대답을 했다. 생각을 비우고 마음에 떠오르는 대로 그냥 답했다. 아무리 애를 써도 인연이 뜻대로 되지 않으니, 그녀의 마음이 어디로 향하는지 그것만 잘 살펴볼 일이었다.

"안준연이요."

작게 중얼거리듯 대답한 윤우가 한 번 더 확실하게 말했다.

"안준연이 마음에 걸려요."

검은 코트의 사내가 그녀의 대답을 붉은 수첩에 기록하더니 자리를 떠났다. 겨울이라 검은 옷을 입은 사람이 많았다. 검은 코트의 사내는 사람들 사이에 섞여 걸어가더니 이내 그 모습이 보이지 않았다.

윤우가 들고 있던 책을 책꽂이에 꽂아두고, 의자에 둔 비닐백을 챙겨 들었다. 그리곤 준연이 올라갔던 계단 쪽으로 뛰어갔다. 두 걸음씩 계단을 올라 그의 집 쪽으로 내달리자 멀리 그가 걸어가고 있었다.

"준연 씨!"

준연이 놀라며 몸을 돌렸다.

"집에 있는 줄 알았는데 어디 갔다 오는 거예요?"

"이것저것 사느라고요."

"에이, 이거 숨겼다가 주려고 했는데."

"그랬어요?"

윤우가 활짝 웃으며 그의 볼에 입맞춤을 하자, 준연이 꽃다발을 건네주었다. 분홍색, 파란색, 노란색, 흰색, 색색의 꽃이 한 아름 묶인 꽃다발이었다. 윤우가 꽃다발에 코를 묻고 향기를 맡자 그가 사랑스럽다는 듯 윤우를 쳐다보았다. 윤우가 고개를 들어 준연을 마주 보았다.

"고마워요."

"나도 고마워요, 내 곁에 있어줘서."

윤우가 까치발을 들고 그의 입술에 키스했다.

됐다, 지금, 행복하면. 그걸로 충분했다.

에필로그

검은 의자

"박쥐야! 여기!"

박경휘가 카페 안으로 들어서자 안쪽에 앉아 있던 윤우가 손을 흔들어 보였다. 그는 휘적휘적 자리로 걸어오는가 싶더니 윤우의 외양을 보고는 눈을 동그랗게 떴다.

"어! 안 보던 사이에 분위기가 달라졌다."

"그래?"

윤우가 어리둥절한 얼굴로 고개를 갸웃하는데, 그가 윤우의 옷차림을 훑어보며 묘한 웃음을 지었다.

그녀는 베이지색 바탕에 분홍 꽃무늬와 빨간 체크무늬가 패치워크된 원피스를 입고 있어서 마치 앳된 소녀처럼 순수한 분위기를 풍겼다. 게다가 원피스 자락 아래로 속치마 레이스가 러플처럼 나와 있어서 여성스러움이 한껏 묻어나고 있었다.

"어딘가 소녀 같은 느낌이 나는데."

"아…… 옷을 그렇게 입어서 그래. 보헤미안풍인데, 약간 소녀 취향의 옷이야."

"소녀들은 이렇게 안 입던데."

"당연하지. 걔네들은 얼른 어른이 되고 싶어 하니까."

박경휘가 맞은편 자리에 앉더니 관찰하는 듯한 눈빛으로 물었다.

"어린 시절로 돌아가고 싶은 거야?"

"됐어, 분석하지 마. 예전부터 입고 싶었지만 안 어울릴 것 같아서 안 입었던 것뿐이야. 더 늦기 전에 입고 싶은 대로 입으려는 거니까, 꼴사나워 보여도 견뎌."

그가 웃음기를 거두고 진지하게 대꾸했다.

"꼴사납지 않아, 전혀. 잘 어울리는데. 난 단지 네가 과거로 회귀하는 건가 싶어서……."

"걱정 마. 난 어릴 때 강하게 보이는 옷만 입어댔으니까."

"그렇다면 좋은 현상이고."

"커피나 얼른 주문해, 바보야. 네 얼굴 지금 피곤에 떡 된 얼굴이거든."

그는 자신의 얼굴을 쓸어내리며 겸연쩍은 웃음을 지었다.

"이번 책 수정하느라 잠을 거의 못 잤거든. 십 년은 늙은 기분이야."

"그래서 책은 나왔어?"

그가 씨익 웃으며 서류가방을 열어 책 한 권을 꺼냈다.

"어제 출판사에서 보내줬어. 뜨끈뜨끈한 신상이야."

윤우가 얼른 책을 낚아채서는 표지를 들여다보았다. 책 제목인 「두 갈래의 도망 : 허영과 죄책감」이 표지 중간에 검은 글씨로 또렷하게 박혀 있었다.

윤우는 자신이 캘리그래피한 서체가 표지 디자인과 잘 어울리는지,

책이 되었을 때 어떤 느낌이 나는지 꼼꼼하게 뜯어보았다. 책을 비스듬히 돌려 그 서체가 책등에 들어갔을 땐 어떤지도 살펴보았다.

"보고 있어, 나 커피 한 잔 사올게."

"응."

박경휘가 자리에서 일어나 계산대 쪽으로 가자 윤우가 책 표지를 살며시 넘겨보았다. 그녀에게 주기 위해 가져온 책이어서 그런지, 속표지 안에 그녀에게 보내는 짧은 글귀와 그의 사인이 있었다.

―친구, 좋은 글씨 써주어서 고맙다. 네가 써준 글씨만큼 내 글이 괜찮은지 모르겠지만, 그래도 코피 터져 가며 쓴 글이니 한동안은 아껴줬으면 좋겠다. 가족을 모두 떠나보낸 너에게 이 책은 고통스러운 책이 될 것 같지만, 그래도 난 네가 허영과 죄책감으로 도망치지 않고 네 삶을 살기를 바라기에 이 책을 건넨다.

―박쥐로 살고 싶은 경휘가.

내지를 넘겨 목차를 훑어보았다. 목차는 크게 허영과 죄책감으로 나눈 후 실제 환자가 했던 말을 소제목을 삼고 있었다.

'1부 허영'에 속한 소제목을 읽어 내려가던 윤우는 한 환자의 말에서 눈길을 멈추었다.

―부모님은 불쌍한 분들이었어요. 박지수(가명, 40세).

윤우가 의아한 얼굴로 그 목차 부분의 본문을 살펴보았다. 박지수라는 환자가 부모의 죽음 후 죄책감에 시달렸는데, 부모에게 정신적 학대를 받았다는 걸 인정하는 게 고통스러워 부모가 불쌍한 분이었다는 식으로 심리적 허영을 부렸다는 내용이었다.

마치 결혼한 여자가 남편의 외도 사실을 알고 난 후에도 혼자 독립해 사는 게 두려워 자식 때문에 산다던가, 남편이 불쌍한 인간이고 내연녀가 남편을 유혹한 것이라는 심리적 허영을 부리는 것과 매한가지라며, 이러한 심리적 허영은 스스로의 비겁함과 나약함을 인정하기 싫어 도망치는 것인데, 결국 상황을 아무것도 변화시키지 못한다고 책엔 쓰여 있었다.

사실 캘리그래피를 부탁받았을 때 1차 원고를 받아 읽어보았던 윤우는 박경휘가 그녀의 상담을 사례로 썼다는 걸 알고 있었기에 책 내용을 보고 놀라지는 않았다. 다만 한 가지 의아한 건 1차 원고 때에는 '2부 죄책감'에 들어갔던 그녀의 이야기가 수정된 원고에서는 '1부 허영'에 들어갔다는 점이었다.

윤우가 골똘히 생각에 잠긴 얼굴로 그 뒷부분 내용을 읽어보고 있는데, 박경휘가 커피를 들고 자리로 돌아왔다.

"뭘 그렇게 집중해서 읽어?"

그는 눈앞에서 읽는 게 좀 부끄러운지 괜한 소리를 하며 윤우의 읽기를 멈추게 했다. 윤우가 고개를 들어 궁금증이 가득한 눈으로 그를 쳐다보았다.

"박쥐야, 이 박지수 씨 사례, 처음엔 죄책감에 들어갔는데 왜 허영으로 바꾼 거야? 1부, 2부 분량 맞추려고 옮긴 거야?"

"아니, 수정할 때 다시 생각해 보니까 허영 쪽에 더 가까운 것 같아서."

"그래? 난 읽으면서 죄책감의 대표적인 사례라고 봤는데."

"나도 처음엔 그렇게 생각했는데, 다시 생각해 보니까 그 환자는 허영을 감추기 위해 죄책감으로 포장한 거란 생각이 들어서……. 사실 뭐, 대부분 둘 다 같이 결합되어 나타나기는 하는데, 개념상으로 더 파고들다 보니 박지수 환자는 사회나 종교가 요구하는 잣대에서 죄책감을 갖는 게 아니라 스스로의 허영이 죄책감을 갖게 만든 것 같았어. 박지수는 효도라던가, 자식으로서의 의무 때문에 죄책감을 가진 게 아니었거든. 좀 더 자기 자신의 정체성과 연관된 죄책감이었지."

"……흐음."

윤우가 말없이 고개만 끄덕이는데, 박경휘가 뭔가 비밀이 있다는 양 몸을 앞으로 숙이더니 말을 건넸다.

"사실은 말이야, 그 환자 이름이 박지우였는데, 혹시 네 언니분이 돌아가시기 전에 깨어난 적이 있었니?"

그는 윤우 언니의 장례 때 조문을 하면서 고인의 이름이 박지우인 걸 보고 깜짝 놀랐다. 하지만 박지우가 반년 여간 뇌사 상태로 누워 있었다는 사실을 알게 되어서, 말이 되지 않는 이야기라 동일인물인지 확인하지 않았다. 그때 상담 왔던 박지우는 동생 이름이 무엇인지 말해주지 않았기에 확실치 않았다. 물론 윤우의 언니분과 환자로 왔던 박지우의 나이가 같고, 가족이 차례로 세상을 떠난 사연이 똑같았지만 말이다.

영정 속의 박지우는 머리가 길고 약간 포동포동한 이십대 후반의 사진이어서, 비니를 푹 눌러쓰고 살짝 야위었던 환자 박지우와는 닮은 듯하면서도 달랐기 때문에 박경휘는 그때 속으로 무진장 혼란스러웠다.

윤우는 짐짓 아무것도 모른다는 얼굴로 어깨를 으쓱였다.

"몰라, 그건 아직도 미스터리야. 언니가 요양원에 옮겨진 후에 사라졌었는데, 제주도 병원에서 연락이 왔었거든. 언니가 그사이 어딘가를 다닌 건지 아니면 누가 제주도로 데려갔던 건지 아무도 몰라."

그는 진짜 미스터리하다는 얼굴로 연신 '그것참 이상하네'라는 말을 중얼댔다.

그의 관심을 딴 데로 돌릴 겸 윤우가 의문 나는 걸 하나 물어보았다.

"그런데 있잖아. 내가 박지수 씨랑 비슷한 심리를 겪어서 묻는 건데, 허영이란 게 일종의 생존 기술일 수 있잖아. 방어기제처럼. 그걸 꼭 잘못됐다고 할 수 있을까?"

박경휘가 눈을 크게 뜨고 고개를 저었다.

"잘못됐다고 하는 게 아니야. 힘이 없는 아이의 경우엔 허영이라도 있어야 그 상황을 견뎌낼 수 있으니까. 그런데 그 아이한테 네 부모가 사회에서 차별받고 힘들게 사는 사람이라 너를 때리는 거니, 부모를 불쌍하게 여기렴. 너만 견뎌내면 괜찮단다, 그렇게 말할 수는 없는 거야."

"그렇긴 하지만…… 넓게 보면 아이라고 해도 어른의 눈으로 인간에 대한 연민을 느낄 수 있는 거잖아. 자기 부모가 한 여자, 한 남자로 보이기 시작하면 인간적으로 그들이 처한 상황을 이해하면서 불쌍하게 여길 수는 있지 않나? 물론 그렇다고 자기를 때리는 걸 이해하겠다는 게 아니라."

박경휘가 진지한 어조로 답했다.

"그 아이를 부모와 떨어지게 하고 좋은 사람들이 있는 환경에서 자라게 하잖아? 그러면 그 아이는 자기 부모가 나쁜 사람이었다는 걸 알게 돼. 이해하려고 하는 것도 자기가 그들을 이해하지 않으면 그 상황을 참아낼 수 없으니까 그런 것도 있어. 갈 곳이 없고 기댈 사람이 없으니까 어떻게든 부모를 이해하고 불쌍하게 여기려는 거지. 그럴 때 아이가 갖는 연민은 연민이 아니라 자기 상황에 대한 합리화, 정당화라고 봐. 진짜 연민은 자신이 강해져서 다른 사람에게 기대지 않고도 살 수 있을 때 말할 수 있는 거라고 보는데."

윤우가 수긍한다는 의미로 고개를 끄덕여 보았다. 그는 뭔가 부족한지 덧붙였다.

"물론 그런 연민의 감정이 누군가를 미워하지 않게 해주어서 또다시 분노에 휘둘리지 않도록 도와주긴 하지만, 자신이 두려운 게 없이 상대를 불쌍하게 여기는 거랑, 뭔가가 두려워서 불쌍하게 여기는 거랑은 좀 다른 문제라고 봐. 대부분은 현실을 대면하지 못해서 상대가 불쌍하다면서 심리적 우월감을 느끼려고 하거든. 자신이 폭력을 당하고 있다는 걸 인정하지 못해서."

윤우는 예진에 봤던 영화를 떠올렸다. 강간을 당한 여자가 가해자를 불쌍히 여기면서 그 와중에도 가해자를 아이처럼 안아주는 장면이 있었는데, 그 장면을 볼 때 설명되지 않는 불쾌감과 분노가 치밀어 올랐었다. 그 영화의 감독은 남자였는데 여자에 대한 또 다른 판타지를 씌우는 느낌이었던 것이다. '여자는 남자가 강간해도 속으론 좋아한다' 라는 판타지가 아니라 '여자는 강간을 당해도 그 남자를 불쌍히 여기며 걱정한나' 는 판타지로 말이다.

박경휘의 말을 들으며 윤우는 그때의 불쾌감과 분노가 무엇 때문이었는지 이제야 이해되었다. 그건 가해자의 시선이었고, 그들의 논리였다. 암묵적으로 약자들에게 그 논리를 강요하고 있었다는 것을 말이다. 어쩌면 여성 스스로도 자신이 당하는 폭력을 직면하지 못하고, 심리적 허영을 부리며 그 상황을 외면하고 있는 것일지도 모르겠다.

그때의 일을 떠올리던 윤우가 문득 고개를 들어 박경휘를 쳐다보았다. 구불거리는 파마머리에 귀고리를 하고, 빨간색 티셔츠를 입은 그는 얼핏 보면 천방지축 자유로운 사람처럼 보였는데, 어떤 과거가 있었기에 이런 통찰에 이른 것일까 갑자기 궁금해졌다.

혹시 너도 어린 시절 부모에게 폭력을 당했느냐고 물어보려던 윤우는 어쩌면 그 질문이 폭력이 될 수도 있겠다는 생각이 들어 그만두었다. 차츰 시간이 지나며 관계가 돈독해지고, 신뢰가 쌓인다면 언젠가는 그가 그녀에게 자신의 이야기를 털어놓을 거라고, 그때가 되면 그녀도 편하게 친모에 대해 털어놓을 수 있을 거라고 생각되었다.

한 시간여 정도 더 이야기를 나눈 후 두 사람이 헤어졌다. 그는 유학 갔던 애인이 얼마 전 귀국했다며 애인을 보러 간다고 했고, 윤우는 저녁에 안준연과 약속이 있다며 일어섰다. 서로 진심 반 농담 반으로 빨리 헤어지고 자기를 만나달라는 말을 주고받은 후, 그는 차가 주차된 병원 주차장으로 향했고, 윤우는 지하철역으로 향했다.

준연과 가구와 침대를 보기로 한 터라, 윤우가 그의 퇴근 시각에 맞추어 가려고 서둘러 걸음을 옮겼다. 박경휘와 시간 가는 줄 모르고 떠든 탓에 남은 시간이 빠듯했다.

〈어디야? 나 일 끝났는데.〉

지하철역이 멀리 보일 때쯤 그의 문자가 도착했다. 윤우가 우뚝 멈춰 서서 답 문자를 입력했다.

〈잠실. 이십 분이면 가니까, 조금만 기다려 줘요. 미안.〉

전송버튼을 누른 후, 다시 걸음을 옮기려던 윤우는 몇 걸음 떨어진 곳에서 한 노인을 보곤 걸음을 떼지 못했다. 칠십은 족히 넘는 할아버지가 잡지 '빅이슈'를 팔고 있었는데, 마주 서 있는 여자와 이야기를 나누고 있었다. 그냥 지나쳐도 상관없을 모습이었고, 길가에서 흔히 접하는 광경이었다. 한데 딱 한 가지 눈에 걸리는 게 있었다.

봄이 완연한 날씨였는데 여자가 목도리를 두르고 있었다. 길에서 등을 지고 노인과 이야기를 나누고 있는 터라 여자의 얼굴을 볼 순 없었지만, 목에 두른 흰 목도리가 윤우의 시선을 잡아끌었다.

윤우는 설마 하면서 두 눈을 가늘게 좁히고, 흰 목도리를 자세히 뜯어보았다. 그녀가 언니에게 떠주었던 목도리와 같은 재질의 실인지 확인하고 싶었지만 멀어서 그것까지는 알 수 없었다. 해서 쿵쾅거리는 가슴을 애써 진정시키며 그쪽으로 조심스레 걸음을 옮기는데, 여자가 어느 순간 몸을 돌리더니 그 자리를 떠나 사람들 사이로 걸어갔다.

윤우가 황급히 그 할아버지에게 달려가 말을 걸었다.

"할아버지, 방금 있던 여자요, 어떻게 생겼어요?"

아닌 밤중에 홍두깨인 양 할아버지가 눈을 끔벅이며 윤우를 쳐다보았다.

"응? 그건 왜?"

"아는 사람인가 해서요."

마음이 급한데 노인은 한참을 뜸 들이더니 애매모호하게 답했다.

"그게 눈, 코, 입이 다 있긴 있었는데, 딱히 뭐라고 하기가 어려운 얼굴이었어. 그냥 평범했어. 못생긴 얼굴도 아니고 마냥 예쁜 얼굴도 아니고……. 그런데 그건 왜 묻나?"

윤우는 예전에 검은 코트의 사내에 대해 조카에게 설명할 때, 딱히 뭐라고 콕 짚어서 설명할 수 없어 했던 일이 떠올랐다.

윤우의 심장이 쿵쾅쿵쾅 소리를 내며 뛰기 시작했다. 설마 했는데 정말 언니였던 걸까? 윤우가 의문에 가득 찬 얼굴로 그녀를 쳐다보고 있는 노인을 내버려 두고, 여자가 향했던 쪽으로 뛰어갔다. 사람들 사이를 헤치며 마구 내달렸지만 아무리 살펴봐도 흰 목도리를 한 여자는 보이지 않았다. 그녀가 허탈해하며 뒤돌아서다 버스정류장 쪽을 보곤 우뚝 멈춰 섰다. 가슴이 터질 것 같았다. 손이 떨려오고, 발이 움직이지 않았다. 언니였다. 그녀의 언니가 흰 목도리를 두른 채 버스를 기다리고 있었다. 한 손에 붉은 수첩을 들고, 사람들 사이에 조용히 서 있었다.

'언니!'

언니를 불렀지만, 소리가 되어 나오지 않았다. 자꾸만 목이 메어왔다.

윤우가 언니를 잡아 세우려고 정류장 쪽으로 걸어가는데, 버스 한 대가 정류장 앞에 멈춰 섰다. 0번 버스였다. 박지우가 버스에 오르더니 윤우가 소리쳐 부르기도 전에 가버렸다.

한참의 시간이 지난 후에 윤우가 '빅이슈'를 파는 노인에게 되돌아갔다. 다른 손님에게 잡지를 팔고 있던 노인은 다시 돌아온 윤우를 보더니, 궁금했던 걸 물어보기 시작했다.

"혹시 아는 사람인가?"

"예전에 알던 사람이에요. 지금은 뭐 하고 지내는지 몰랐고요."

"그래? 그 여자, 나한테 이상한 걸 묻던데."

"뭘 물어봤는데요?"

노인이 머리에 쓴 모자를 손으로 긁적이며 자신도 이해할 수 없다는 얼굴로 구시렁대듯 말했다.

"나한테 마음에 걸리는 사람이 있느냐고 묻던데……. 누가 나를 마음에 걸려 했다고 하면서. 갑자기 나타나서 그런 건 왜 묻는 건지……."

윤우가 노인의 얼굴을 자세히 뜯어보았다. 오랜 노숙자 생활로 할아버지의 이는 누렇게 바래 있었고 빠진 이도 있었다. 얼굴은 묵은 때가 미처 다 벗겨지지 않아 거칠기 이를 데 없었고, 간이 안 좋은지 황달기가 있었다. 그래도 다시 시작해 보려고 마음을 굳게 다졌나 보다.

얼굴과 손을 깨끗하게 씻은 티가 났다. 옷도 해지고 오래되었지만, 깨끗하게 빨아서 입었는지 깔끔했다.

"할아버지, 혹시 성함이 어떻게 되세요?"

"그건 왜? 나 허가받고 여기에 있는 건데……."

이리저리 단속하는 구청 직원이나 상가 주인들에게 많이 치였는지 노인이 잔뜩 경계를 했다. 윤우가 그런 게 아니고, 방금 말을 걸었던 여자가 사실은 그녀의 언니인데 그동안 연락이 안 돼서 찾고 있었다고 하니, 노인이 경계를 풀고 입을 열었다.

"난 용석철이라고 하는데, 그 여잔 오늘 처음 보는 사람이야. 나도 잘 모른다고."

"용석철이요?"

윤우가 읊조리듯 노인의 이름을 되뇌었다. 언젠가 들어본 이름이었는데, 어디에서 들었는지 기억이 나지 않았다.

"혹시 누가 할아버지를 마음에 걸려 했는지 말 안 해주던가요?"

노인의 눈빛이 그 순간 흔들렸다. 윤우가 대답하기 싫으시면 안 하셔도 된다는 말을 건네자, 노인이 어딘가 괴로운 얼굴로 답을 해주었다.

"내 아내…… 내 아내가 날 마음에 걸려 했다더군."

그 대답을 듣는 순간 윤우의 머릿속으로 하나의 기억이 스쳐 지나갔다. 옆집에 살던 할머니, 그 할머니가 검은 코트의 사내에게 대답했던 사람의 이름이 말이다.

"아내분이 양순덕 씨였나요?"

노인의 눈이 휘둥그레졌다.

"내 안사람을 알고 있수?"

"옆집에 잠깐 살았었어요. 작년에 돌아가셨는데 할아버지한테 연락이 안 되었나 봐요."

"이제 와서…… 연락할 게 뭐 있겠어. 벌써 이십 년 전에 끝난 인연인데."

노인은 노숙자가 된 후 처음엔 일주일에 한 번씩 서울역에 찾아왔던 아내가 일 년이 지나자 이사를 가버렸다는 걸 말하지 않았다. 그때 이후로 아내를 다시는 볼 수 없었는데, 이제 와서 아내가 그를 마음에 걸려 했다니, 기쁘다고 해야 할지 슬프다고 해야 할지 설명할 수 없는 감정만 복받쳤다.

윤우가 뭐라고 말을 못하고 노인을 바라보는데, 노인이 들고 있던 잡지 '빅이슈'를 불쑥 내밀며 말했다.

"이거나 하나 사주게. 나 아직 오늘 밥값도 못 벌었거든."

윤우가 빙긋이 미소를 지어 보이곤 가방에서 지갑을 꺼냈다.

"얼만데요?"

"이번 달부터 오천 원으로 올랐는데, 페이지는 두 배야."

노인이 살짝 미안해하는 얼굴을 하자, 윤우가 그러지 않아도 된다는 뜻으로 얼른 오천 원을 내밀었다.

"잘 읽을게요. 할아버지 덕분에 좋은 글 읽게 되어서 좋아요."

그녀의 말 때문이었을까, 노인이기 전에 용석철이라는 이름을 가진 사람이 겸연쩍어하는 얼굴로 자신의 이야기를 조금 들려주었다.

"그렇게 생각해 주면 내가 너무 고맙지. 나 이걸로 술 안 마시니까 걱정 안 해도 되네. 저기 있는 고양이, 저 녀석한테 밥 사주려고 이렇게 일하는 거야."

노인이 맞은편 골목 쪽을 손가락으로 가리켰다. 윤우가 그곳을 눈여겨 살펴보니, 골목길 안쪽에 있는 모텔 주차장 구석에 삼색의 얼룩 고양이 한 마리가 머리를 빠끔히 내밀고 노인을 지켜보고 있었다. 윤우가 눈을 휘둥그레 뜨고 고양이에게 가려고 하자, 고양이가 알아챘는지 휙 하니 골목길 안쪽 어딘가로 뛰어가 버렸다.

"저 녀석이 경계가 심해서……. 조금 있으면 다시 돌아오니까 괜찮아."

"할아버지가 기르시는 고양이예요?"

"으응. 작년에 길에서 자고 있는데 저 고양이가 나한테 비틀거리며 다가오더라고. 많이 굶었는지 털이 군데군데 빠져서는…… 아후, 몰골이 말이 아니었어. 그래서 내가 저 아이 밥 먹이려고 이걸 시작했다는 거 아니야."

윤우가 고양이기 사라진 골목길을 다시금 쳐다보다 할아버지를 뒤돌아보았다. 할아버지가 누구를 마음에 걸려 하는지 알 것 같았다.

무슨 말을 건네야 할지 모르겠어서 윤우가 입을 꾹 다문 채 서 있는데, 손에 들고 있던 핸드폰에서 소리가 났다. 확인해 보니 준연의 문자였다.

〈도착했어? 나 1층 로비에 있으니까, 이리로 와.〉

윤우가 준연이 기다리고 있다는 사실을 뒤늦게 떠올리곤, 용석철에게 인사를 건넸다. 다음에 기회가 되면 또 사러 오겠다는 말을 건네자, 용석철이 괜찮다며 어서 가보라며 손짓을 해 보였다. 다행히도 다른 사람이 잡지 하나를 달라며 청해와서, 윤우는 한결 가벼운 마음으로 그 자리를 떠날 수 있었다.

그날 저녁, 준연과 함께 가구 매장에 간 윤우는 사려고 했던 서랍장과 침대 외에도 의자 하나를 더 샀다.

"이 의자를 어디에 쓰려고?"

"현관문 옆에 두려고."

"현관문 옆에?"

준연이 선뜻 이해되지 않는다는 얼굴로 윤우가 사겠다는 의자를 쳐다보았다. 의자는 다리가 네 개 달리고 등받이가 T 자 모양의 얇은 철봉이었는데, 전체적으로 검은색을 띠고 있었다. 의자 옆면을 살펴보니, 등받이인 철봉은 직선이 아니라 반원을 그리며 의자 바닥에서부터 위로 올라온 형태였다. 높이는 일반 의자보다 약간 높은 바텐더 의자여서, 앞쪽 다리에 발 디딤대로 얇은 철봉이 덧대어져 있었다.

준연이 당최 이해되지 않는다는 얼굴로 그 의자와 윤우를 번갈아 쳐다보자, 윤우가 묘한 웃음을 지었다.

"음, 현관문 앞에 두면 누군가 찾아왔을 때 잠시 앉아서 쉴 수 있잖아."

"누구?"

"뭐, 길고양이일 수도 있고, 택배 아저씨면 짐 올려둬도 되고. 아니면 저승사자?"

마지막 말은 농담처럼 웃으며 던졌는데 준연이 고개를 설레설레 젓더니 반대의 말은 하지 않았다.

"당신이 원하는 거면 난 좋아. 저승사자야, 문 안 열어주면 되는 거니까."

그녀가 가끔 '저승사자'에 대한 농담을 했더니 그도 이제는 얼추 쿵짝을 맞추어 대꾸했다. 윤우가 고맙다는 뜻으로 그의 뺨에 입맞춤을 하고는, 가구점 직원에게 의자도 새로 이사하는 집으로 보내달라고 청했다.

직원이 구매 목록과 배송지를 주문서에 기입하고 있을 때, 윤우가 준연에게 슬쩍 한 가지 퀴즈를 냈다.

"저 의자, 이름이 있는데 뭘까요?"

"이름?"

준연이 검은 의자를 쳐다보며 고개를 갸웃했다. 의자에 이름이 있다는 것도 처음 안데다, 구입한 의자가 딱히 뭔가를 떠올리게 하는 모양이 없어서 아무것도 떠오르지 않았다.

"글쎄…… 온통 검은색이니까, 블랙맨?"

윤우가 씨익 웃으며 정답을 알려주었다.

"사라피스야, 이집트의 명계의 신."

준연이 왜 그 의자가 명계의 신이란 이름을 갖고 있는 건지, 새삼스러운 눈길로 의자를 들여다보았다. 등받이가 뱀의 꼬리를 형상화한 건지, 아니면 머리에 난 뿔을 형상화한 건지 알 수 없었지만, 이름을 들으니 미니멀리즘 계열의 디자인으로만 보였던 검은 의자의 형태가 새롭게 보였다.

「Philippe Starck, Sarapis, 1985」

The End

작가 후기

2년여 동안 속을 썩인 글이었습니다. 어머니의 죽음 후 이 글을 시작했지만, 반년 후 또 다른 죽음이 일어나자 전 다시 혼란에 빠졌고, 글을 중단해야 했습니다. 그 후 이 글을 시도했다 중단하기를 몇 번이었고, 다른 소설을 쓰려고도 했지만 결국 이 글로 돌아와 계속 맴돌이를 해야 했습니다.

겨울 내내 이 소설을 어떻게 전개할까 고민하며 컴퓨터에 한글 창을 열어놓고, 뜨개질만 했던 기억이 납니다. 하루 종일 뜨개질을 하면서 도대체 내가 뭘 말하고 싶은 건지, 뭘 표현하고 싶은 건지 들여다봤습니다.

그즈음, 어떤 환시 같은 게 저에게 있었습니다. 어두운 밤 창밖으로 또는 골목길에서 검은 옷을 입은 사내가 저에게 다가오는 장면이 자꾸만 상상되었는데, 처음엔 무서워하다가 나중엔 그를 똑바로 응시하거나 무슨 말을 하는지 기다렸습니다.

왜 그런 상상이 되는 걸까? 그는 나에게 뭘 물으려는 걸까?

다시는 누구도 나를 뒤흔들 정도로 영향을 끼치는 사람이 없도록 마음에 걸리는 사람 없이 살 것인지, 따라 죽고 싶어질 정도로 고통스럽게 된다고 해도 마음에 걸리는 사람을 만들 것인지, 그것도 고민이었습니다.

그런 고민 속에서 이 소설을 썼습니다.

어머니란 존재에게 가장 마음에 걸려 했던 자식이고 싶은 욕망과 동시에 어머니란 존재의 상실로 인해 죽음에 이르게 될까 봐 두려워했습니다. 엄마가 떠난 지 반년이 지날 즈음 언니가 뇌출혈로 쓰러졌기에, 다음 차례는 나일 것 같다는 불길한 예감에 사로잡혔습니다.

그리고 그 예감이 죄책감으로 인한, 자기 징벌적 상상이라는 것도 깨닫게 되었습니다. 이후 죄책감 뒤에 거대한 분노가 자리 잡고 있다는 것도 어렴풋이 깨달았지만, 역량의 부족으로 그 많은 이야기를 담아낼 수는 없었습니다. 분노 뒤에 무엇이 자리 잡고 있는 것인지, 왜 내가 분노하는지 그에 대한 부분은 아직 풀지 못했습니다. 여전히 제게 가족은, 생과 사는, 인간의 내면은 미궁입니다.

앞으로 이 미궁이 새로운 소설을 쓰게 만드는 원동력이 되리라 봅니다.
조급해하지 않고, 성급하게 단정 짓거나 규정짓지 않고, 묵묵히 풀어나가 볼 생각입니다. 죽을 때까지도 풀지 못한다면, 그건 뭐 그것대로 삶의 묘미로 남겨두고 떠나야겠지요.

이 소설이 독자분들께 작은 즐거움이라도 되기를 바라며, 저는 다른 소설로 또 찾아뵙겠습니다.

2013. 7. 16.
카페 'Potter's Coffee'에서 연두가 씁니다.

덧글 : 카페에서 글을 쓰는 동안 여러모로 신경 써주시고, 커피를 무한 리필해 주신 '포터스커피' 사장님과 직원 여러분께 정말 감사드립니다.